ज्ञान गरिमा के
70 वर्ष

भारतीय
ज्ञानपीठ

मिठो पाणी खारो पाणी

(उपन्यास)

मिठो पाणी खारो पाणी

जया जादवानी

भारतीय ज्ञानपीठ

लोकोदय ग्रन्थमाला : ग्रन्थांक 1178

ISBN 978-93-263-5140-9

मिठो पाणी खारो पाणी

(उपन्यास)

जया जादवानी

तीसरा संस्करण : 2016

मूल्य : 300 रुपये

प्रकाशक : भारतीय ज्ञानपीठ

18, इन्स्टीट्यूशनल एरिया, लोदी रोड, नयी दिल्ली-110 003

मुद्रक : आर.के. ऑफसेट, दिल्ली

आवरण-चित्र : अजय कुमार शर्मा

आवरण-सज्जा : ज्ञानपीठ कला प्रभाग

MITHO PAANI KHAARO PAANI

(Hindi Novel)

by Jaya Jadwani

Published by

Bharatiya Jnanpith

18, Institutional Area, Lodi Road, New Delhi-110 003

Ph. : 011-24698417, 24626467; 23241619 (Daryaganj)

Mob. : 9350536020; e-mail : bjnanpith@gmail.com

sales@jnanpith.net; website : www.jnanpith.net

Third Edition : 2016

Price : Rs. 300

उन्हीं को
जिनसे मिला

‘यदि दिक् अपरिमित है तो हम
दिक् के किसी भी बिन्दु पर हो सकते हैं,
यदि काल अनन्त है तो हम
काल के किसी भी क्षण में हो सकते हैं।’

"आपसे बात करनी है..." अँग्रेज़ी भाषा में बहुत आत्मीय स्वर था।

"क्यों?"

"भीतरी ज़िन्दगियों पर शोध करने का धन्धा है मेरा...सर्च ऐंड रिसर्च!"

"सच?"

"आपका आज तक का लिखा सब पढ़ा है मैंने?"

"अच्छा? लेकिन मैं आसानी से हैरान नहीं होती!"

"और ऐसा जान कर मेरे कान पर जूँ भी नहीं रेंगती।" अब ठेठ हिन्दी में कहा गया, "मेरी पहली भाषा हिन्दी है, मगर मेरा जो परिवेश है, उसमें अँग्रेज़ी ही चलती है...उसी का अभ्यास हो गया है..."

"क्या तुम्हारे पास मेरी सब किताबें हैं?"

"एक नज़र सब पर डाल कर नदी में बहा दी हैं सारी किताबें..."

"ठीक किया।"

"शुक्र है, आप हैरान नहीं हुईं!"

"शैतान!"

"सिर्फ आपकी किताबें नहीं, सबकी किताबें...वो सब, जो आज तक के श्रेष्ठतम लोगों द्वारा कही या लिखी गयी थीं...सब नदी में बहा दीं..."

"अब क्या रह गया?"

"आपसे वह सब पूछना है, जो आपने नहीं लिखा है..."

"और?"

"जो आपने नहीं जिया है..."

"और?"

"और...जिसका जवाब आपके पास नहीं है..." कुछ देर के लिए दोनों तरफ़ सन्नाटा छा गया।

"और वह सब जानना है, जिसे आप जानना चाहते-चाहते थक गयी हैं...और

मैं भी..."

दोनों तरफ सिर्फ साँसों की शान्त आवाज़ें आती-जाती रहीं।

"कुछ कहिए... या फोन बन्द करूँ?"

"हाँ... बन्द कर दो... कल बात करते हैं... यह मेरे सोने का वक़्त है और सोते समय मैं शब्दों की रूह तक में नहीं रह जाती..."

"... और कल आप सच में मुझसे बात करेंगी?"

"अब हम दोनों का एक-दूसरे से बच पाना असम्भव है। पहचान लिया मैंने तुम्हें! अब बच कर दिखा दो तो जानूँ!"

"कौन हूँ मैं... कौन हैं आप?"

"सो जाओ... गुडनाइट!"

"इस रात को यह रोशनी मुबारक!"

मैंने उन दोनों की बातें सुन लीं...

देखती हूँ, ये दोनों क्या चीज़ हैं और आनेवाले दिनों में क्या बातें करती हैं... और फिर कहाँ जाकर मिलती हैं... मिलती भी हैं कि नहीं...

और यह भी देखूँगी कि इन दोनों में जितनी बातें होंगी, उनमें से मैं कितनी किसी को बताऊँगी और कितनी मेरे ही पास रह जाएँगी...

असली बातें अनकही क्यों रह जाती हैं? और अनसुनी? अपरिचित?

लेकिन मैं कौन?

नदी हूँ मैं!

सदियों से...

सदा से...

कभी साकार तो कभी निराकार...

बर्फ के फूलों में छिपकर पर्वतों से चिपक जम जाना, पिघलकर बहना और झील हो जाना...रिसना, निकलना और चट्टानों से टकराते हुए आगे निकल जाना... मेरा स्वभाव है सीमाओं के पार निकल जाना...

मेरी इस सतत प्रवहमान धारा ने इतिहास के न जाने कितने उतार-चढ़ाव देखते दिव्य महापुरुषों, कुटिल सेनापतियों, दोमुँहे वणिकों और अपनी जान न्योछावर करनेवाले सैनिकों की गतिविधियों का स्पर्श किया है। मैं 'सप्त सैंधव' ...मेरी स्मृतियों में मनुसन्तति आज भी मेरे तटों पर अठखेलियाँ कर रही है— वेदों की ऋचाओं का गूंजन, यज्ञवेदी से उठता सुगन्धित धुआँ...आकाश मार्ग से गुज़रते देवता जान जाते यह मेरी ही भूमि है...। कुछ भी तो नहीं भूली मैं— यहाँ के निवासियों के

शौर्य, बलिदान और कर्मशीलता के बल पर ही ये तट तमाम झंझावातों के बावजूद सुरक्षित रह सके ।

'सौवीर' नाम के प्रसिद्ध इस प्रदेश को अयोध्यापति राम ने भरत को सौंपा था— कैकयी, मन्थरा, गान्धारी और महारानी विदुला मेरी ही बेटियाँ हैं। महाभारत के युवराज दुर्योधन की बहिन दुश्शला के पति का साम्राज्य इसी सिन्धुप्रदेश पर फैला हुआ था— यहाँ बसे क़बीलों और जातियों की आपसी युद्धप्रियता का शमन करने और उन्हें संस्कारित करने का कठिन प्रयास दुर्योधन द्वारा इस क्षेत्र में भेजे गये तीस हज़ार ब्राह्मण परिवारों द्वारा किया गया। जैन सम्प्रदाय के ग्यारहवें तीर्थंकर श्रेयांसनाथ का जन्म मेरी ही कोख से हुआ है। उस समय संसार में दो ही नगर मशहूर थे—पाटलिपुत्र और अलोर। अलोर की महिमा सातवीं और आठवीं शताब्दी में अपने सर्वोच्च शिखर पर थी।

मालव गणराज्य और शिवियों के जनसमूह ने सिकन्दर तक को युद्धभूमि में स्तब्ध कर दिया था। मेरे वैभवशाली अतीत की स्मृतियों में लोहानों का लखपत, देवल, नारायण सर से लेकर सिन्ध की ऊपरी घाटियों तक का फैलाव आज भी तरोताजा दिखाई देता है। इसके अलावा सूमरा, सामा, लांघा, भुट्टो, लाक्खा, सहेता, मोहनो, दाहर, चाचर, घरेजा, दसान, और राठौड़ जैसी क्षत्रियोचित जातियों ने सिन्ध को सँवारने, बिगाड़ने और पुनर्निर्मित करने में जो बेशकीमती योगदान किया उसे मैं कैसे भूल सकती हूँ?

यहाँ तक कि पैगम्बर मुहम्मद साहब भी सिन्धियों की क्षमताओं से परिचित थे। उनकी सेवा में अदरक का अचार सिन्ध से ही जाता था। उनकी पत्नी आयशा जब एक असाध्य रोग से पीड़ित थी तब उनका उपचार एक सिन्धी जाट चिकित्सक ने किया था। सिन्ध निवासी आरम्भ से वैदिक परम्पराओं के आधार पर अपनी जीवन-यात्राओं को संचालित करते। तक्षशिला जैसे विश्वविख्यात विश्वविद्यालय में न केवल भारत के बल्कि चीन, मंगोलिया एवं मध्य एशिया के विद्यार्थी भी ज्ञानार्जन के लिए आते थे। भगवान बुद्ध और महावीर की शिक्षाएँ भी काफी लोकप्रिय थीं। समय के अन्तराल में कुमारिलभट्ट और शंकराचार्य का प्रभाव भी था। इस्लामी तलवारों के कारण धर्मपरिवर्तन की आँधियाँ भी खूब चलीं।

क्या-क्या बताऊँ...यही सब तो खोजने-जानने मेरे तटों पर कोई न कोई आता रहा है मगर...आज...मुझे बाँध लिया गया है...हवा का कोई वतन नहीं होता...

लेकिन नदी का?

उसे कुदरती किनारों से लेकर आदमी के बनाये बाँधों तक में बँधना होता है।

उस पर सारे परिन्दे उतरते हैं, मगर उसके अपने रास्ते तयशुदा हैं। उसके न चाहने पर भी उससे सरहदें बनती हैं...

परिन्दे तो पार कर जाते हैं उन सरहदों को, लेकिन मनुष्य उन पर लहूलुहान होता आया है... अपने ही मन का मारा! थकता ही नहीं अहंकार से...

अपनी और सारी प्रकृति पर मनुष्य का वहशी मन कितना भारी पड़ जाता है! वरना मन तो सलोना होने के लिए संघर्षरत है। मन, जो तन का प्यारा कहार हो सकता है... और अन्ततः एक सच्चा मीत। फिर तन ऐसे मन के लिए मचलता है...

''मन के तट पर पहुँचने का रास्ता तन के तट से होकर ही जाता है। नदी के पार जाना हो तो भीगना पड़ेगा ही! बिना भीगे उस पार कैसे जाओगे?''

मेरे बहाव में से कोई कह रहा है...

कौन कह रहा है? चौंक-चौंक कर देखती हूँ—कोई आएगा—रात की काली चादर ओढ़े जब मैं सो रही होती हूँ और जब हवा शरारत से सूखे पत्तों जैसे स्वप्नों को मुझ पर बिखेर देती है, मैं नींद में भी उन्हें अपने आगोश में ले लेती हूँ—जज़्ब कर लेती हूँ ख़ुद में कि ये फिर नये आकारों में फूटेंगे मुझमें ही पर वह कब आएगा जिसकी प्रतीक्षा समस्त सभ्यताओं और संस्कृतियों को है— समस्त नदियों, समस्त पहाड़ों, समस्त ऊँचाइयों, समस्त गहराइयों को है? यही प्रतीक्षा क़बीलाई संस्कृति से आधुनिक संस्कृति के मानव को ज़िन्दा रखती है—किसी को देखकर मेरा हृदय नाचा नहीं, मेरी लहरों में तूफ़ान नहीं आया, मैं पूरे वेग से उमड़कर बिखरी नहीं, पूरे जुनून से मैंने किनारे तोड़े नहीं तो समझो अभी वह आया नहीं है—कई बार मैं ख़ुद अपने किनारों पर बैठी थक जाती हूँ तो ख़ुद को पकड़ बीच लहर में ले आती हूँ। प्रतीक्षा है तो वह भी है—रक्तरंजित सदियाँ उसी की प्रतीक्षा कर रही हैं, जिन्हें देखते ही सारे ज़ख़्म सूख जाएँ और सूखे हुए स्वप्न हरियाने लगें...

शब्द जो हमने रचे
ज्यों मन्त्र वेदों के
गूँजते क्षितिज के पार
ज्यों प्रलंयकर लहरों पर
अक्षयवट का एक पत्ता बचे
ज्यों ठहर कर मौन
अपने ही उद्‌गम पर
ख़ुद से ख़ुद को रचे
कैलाश-मानसरोवर!

पृथ्वी के गहनतम रहस्य और परम सौन्दर्य का केन्द्र!—जहाँ अदेखे कमल पर अज्ञात की मणि झिलमिलाती है और भीतर की आँखों में समा जाती है...

ओम् मणि पद्मे हुम!

इसी कैलाश-मानसरोवर के अंचल से चलकर कहाँ-से-कहाँ जा पहुँची मैं!

कितनी ही कथाएँ, कितनी ही गाथाएँ... पता नहीं कहाँ कविता और कहाँ कहानी? मगर कितनी गहरी सच्चाइयाँ! इतिहास और पुराण के पार सिसकती और सहमती तनहाइयाँ, जिन्हें सदियों से दुनियावी दस्तूर अक्सर ठिठककर देखते तक नहीं... उसे बूझकर उसे कहना तो बहुत दूर...

न...न...यह नहीं कि सिर्फ मनुष्य ही अपनी कथाएँ कहते हों— कथाएँ तो अहर्निश चलती रहती हैं समस्त ब्रह्मांड में। हिमशिखर कहते हैं, जिसे बादल सुन लेते हैं... सुन-सुन कर भर जाते हैं तो कह देते हैं बहकते हुए वृक्षों, शाखों, पत्तों से... ये कथाएँ टपकती हुई हर कहीं फैल जाती हैं...

कहाँ से सुनाऊँ?

एक-एक पत्ते की तो न सुना सकूँगी। युगों-युगों का मामला ठहरा! धैर्य न होगा सुनने को उतना...तो तुम्हीं से कहती हूँ तुम्हारी कथा...जो देख भी ली तुमने और बिसरा भी दी...

सब कुछ अस्तित्व में है, सब कुछ अस्तित्व से है। फिर भी अस्तित्व प्रतीक्षा करता है कि कोई आये और उसे अनावृत कर दे— उसे बहा दे— उसके साथ बहने लगे। यही बहना कहना भी तो है— ख़ुद को और ख़ुद के बहाने दूसरे को भी।

कितनी ऋतुएँ गुज़र गयीं! जाने कितनी बार इस अस्तित्व की शाखों से पुराने पत्ते झरे और नये आ गये। अब इन झरे हुए पत्तों पर चलते हुए तुम्हें अपनी कथा कहनी है। वह कथा जो इन्हीं के भीतर दफ़्न है— हर सूखे पत्ते की कहानी है—सुनी नहीं किसी ने—फ़ुर्सत ही नहीं थी किसी के पास! कोई आता भी तो दूर अपनी आँखों की छड़ी से इन्हें उलट-पलट छोड़ देता—आगे निकल जाता। लेकिन जब कोई सुनने आता है—ये फिर से जीवित हो उठते हैं।

कभी-कभी हवा का एक तेज़ झोंका हमारे भीतर कितने ही पन्ने पलट देता है...और कभी बहते पानी की आवाज़ न जाने हमारी कितनी सुप्त ख़ामोशियों और यातनाओं को जुबान दे देती है।

जंगल में से गुज़रते हुए तुम भले न जान पाओ कि जब एक वृक्ष दूसरे को पुकारता है या एक फल के टूटने की आवाज़ दूसरे को इस क़दर उदास कर देती है... तब वे एक-दूसरे से क्या कहना चाहते हैं और एक-दूसरे में क्या तलाश करते हैं... मगर तुम यह जरूर जान जाते हो कि इन्हीं पुकारों में से एक पुकार तुम्हारे लिए भी होती है। सहसा कहीं पहुँचकर तुम अनन्तशान्ति से भर जाते हो तो लग सकता है कि तुम उस पुकार के नज़दीक आकर ठिठक गये हो।

सिन्धु नदी हूँ मैं...

मुझे सिन्धु क्यों कहा गया? सन्ध यानी जोड़...जीवनदायिनी हूँ मैं—जीवन

और जगत को जोड़नेवाली, मोक्षदायिनी। रावी, व्यास, झेलम, चिनाब, सतलुज और छठी सरस्वती सब मुझी में तो आकर मिलती हैं... समुद्र-मन्थन से निकली लक्ष्मी को मेरा ही नाम मिला...सिन्धु कन्या, सिन्धु सुता...बाहर से हम कितने ही जुदा हों, भीतर से कुछ जुदा-जुदा नहीं हैं...

एक समूचा सिन्धु समाया है मुझमें!

एक सागर...एक समन्दर...

अथाह शान्ति! असीम हाहाकार... सन्तप्त... उत्तप्त... तरंगित...

एक वक़्त आता है जब हर समन्दर के हर स्पन्दन को पी लिया जाता है निरभ्र आकाश के द्वारा... एक नये सृजन की अनाम आहट को अनछुई रुई में छिपाये—चाहे... अप्रयास...

सूरज के तले जलता समन्दर कब और कैसे भेस बदलकर बादलों और हिमशिखरों में छिप जाता है... और सबके लिए नमी के नये भंडार भर लेता है... इसे देखें तो अपने सफ़र भी कुछ समझ में आ जायें...

इस 'होने' से नावाक़िफ़ रह जाने का ठगा हुआ-सा अफसाना ही तो है हमारी यह दुनिया!

कितनी अनन्त है मेरी यह यात्रा! मेरे मीठे पानी में न जाने कितनों ने अपने आँसू, लहू और ज़ख़्म धोये होंगे... कितनी मिट्टी साफ की होगी! फिर भी मेरे पानी ने अपना स्वाद नहीं बदला।

यह कितना सुखद एहसास है कि मैं मुझमें हूँ कि यह सारा जगत मुझ पर बिछे हुए इन हरियाये पहाड़ों की परछाई-सा भासता है...मेरी सुबह के होठों पर न जाने कितने गीत हैं...चिड़ियाँ जिन्हें अपनी चोंच में न जाने कहाँ-कहाँ ले जाती हैं...न जाने कहाँ-कहाँ के पेड़ हवा में झूम-झूम कर इसे गाते हैं! मैं अपने पुराने दिनों को फिर से ज़िन्दा करना चाहती हूँ, जब मेरे तटों पर ऋषियों ने गीत लिखे और वे ऋचाएँ मेरी बूँद-बूँद में घुलती रहीं...मैं न जाने कितनी डोलती हुई कश्तियों को उस पार पहुँचाती हूँ! जब-जब मनुष्य को मारा गया है मेरी ही छाती का लहू बहा है। मनुष्य के सुख-दुख, सन्ताप, आक्रोश और स्वप्न में मैं ही मौजूद रही हूँ...वह रोया है तो मेरा पानी खारा हो उसकी आँख से बहा...वह हँसा है तो मेरा पानी मीठा हो उसके लहू में मिला है।

निरन्तर बहते हुए भी मुझमें कुछ ऐसा है जो नहीं बहता...बाट जोहती हूँ उस अदेखे कि जिसके देखने भर से मैं अदृश्य हो जाऊँ...तब तक तो बहना और कहना है ही...कोई आएगा और मेरी चट्टानों के सीने से कान लगाकर यह सब सुन लेगा। जिसे अपनी नियति के अतिरिक्त और कुछ नहीं चाहिए उसे अपने जैसे नहीं मिलते। मैं अपना ठंडा अन्तरिक्ष अपनी बाँहों में समेटे अकेली बह रही हूँ...

बहुत पानी बह गया है मेरा...कोई हिसाब नहीं है उसका...

लेकिन उसकी रवानी नहीं टूटी...न ही मेरे अनकहे की कहानी!

मैं किन्हीं पाँवों की आहट सुन रही हूँ...

मुझे यक़ीन है, वे आते होंगे मेरे अकथ्य को सुनने...

मेरी ख़ामोशियों को गुनने! मैं प्रतीक्षारत हूँ...

उनकी अकुलाहट अपनी पदचाप लिये मेरी तरफ बढ़ रही है...

वे आएँगे... किनारे पर बैठकर अपने पाँव मेरे पानी में डालेंगे... हाथ डुबोकर अपनी उँगलियों से मुझे छुएँगे... देर तक बैठे रहेंगे...अपनी गाथाएँ मेरे तटों पर फैला देंगें...मेरे सन्नाटे गा उठेंगे...

कैलाश-मानसरोवर के बर्फीले आँचल में से निकलकर कितनी ही ऊँची-नीची घाटियों में से भागते हुए जैसे मैं यहाँ ठहरकर साँस लेना चाहती हूँ। जैसे कोई मेरे इन्तज़ार में बैठा है, मुझसे मेरा पता पूछने।

क्या कोई नदी बता सकती है कि उसे अपने स्रोत का अधिक पता रहता है या अपने अगले विस्तारों का? कि वह कहाँ से शुरू होती है और कहाँ पर ख़त्म? वह इधर की है या उधर की? आगे की या पीछे की? उसके सीने पर पलनेवाले उसमें एक-दूसरे का लहू क्यों घोल देते हैं?

नदी का पानी कहाँ तक मीठा रह पाता है और कहाँ से खारा होना शुरू होता है?

लद्दाख के भीतरी इलाक़े में पहुँचकर मैं अपने किनारों पर उगे पेड़ों की हरियाली पर मुग्ध हूँ। सहसा इनके पीछे से कोई बौद्ध स्तूप झाँकता है...या किसी छोटे पर्वत की चोटी पर बना गोम्पा या बौद्ध विहार, जिसकी तलहटी में एक गाँव बसा है। फिर मीलों तक किसी बस्ती का कोई नामोनिशान नहीं... सिर्फ मैं और मेरा अवाक् प्रवाह... दूर-दूर तक नज़र आते चट्टानी और रेतीले नंगे पहाड़, जिनके शिखर कहीं-कहीं बर्फ को बचाये हुए हैं। इसी बर्फ का पानी मेरी रवानी में जगह-जगह चुपके-से आ मिलता है।

कहीं कोई शोर नहीं।

पत्थर, पानी और बर्फ़ की दुनिया में से गुज़रती हूँ मैं...सदियों से बर्फ़ और हवा की हथेलियों से भुरभुरे हो रहे पहाड़ों की रंग-बिरंगी रेत झरनों की तरह फिसलती दिखाई देती है...देर तक ठहर जाती, फिर हवा के ज़ोर से सरकती... थमती...रंगों की नयी परतें उगाती...

हेमिस और ठिक्से गोम्पा के इलाक़ों के बीच में से निकलते हुए सोचती हूँ कि अगर मैं यहाँ से न गुज़रती तो जीवन और मौत के रहस्यों का पार पाने को निकले ध्यानी साधक और सिद्ध कोई दूसरी नदी-घाटी खोजते अपनी धूनी रमाने के लिए...

मनुष्य अपनी चेतना की नसों में एक साथ अग्नि और शान्ति भरने के लिए सदियों से ऐसी नदियों के तटों की खोज में रहा है, जहाँ मनुष्य ने अपनी इच्छाओं की भगदड़ नहीं मचायी है और जहाँ अन्धी दौड़ में शामिल मनुष्य रह ही नहीं सकता। मैंने अपने तटों से लगी चट्टानी और हिमानी दीवारों में सदियों अकेले-दुकेले साधकों को भी देखा है और संन्यासियों के समूहों को भी... फिर उनके बीच पहुँची नारियों से बनते सरोकारों और शान्त-विश्रान्त परिवारों को भी...

मनुष्य जन्म लेने, जीवन बिताने और दोबारा आने के लिए स्वयं ही अपने लिए जगह चुनता है... अक्सर अनजाने में... और कभी-कभी होश-हवास में भी... यह मैंने बहुत क़रीब से देखा है। हिमालय में जन्मान्तर के प्रयोग और परम्पराएँ मेरे लिए नयी नहीं हैं। मनुष्य तो अपने एक-एक क्षण में पुनर्जन्म महसूस करने की पात्रता रखता है। बशर्ते वह इस योग्य हो...

मैं सिन्धु हुई तो मुझसे सिन्ध प्रान्त हुआ... फिर सिन्धी तहज़ीब... न जाने क्या-क्या? एक नदी पर ठप्पा लगता है तो मनुष्य की अन्तर्यात्राएँ भी ठप्प हो जाती हैं। मुक्त बाट भी हाट और व्यस्त घाट हो जाते हैं। मनुष्य जबसे मेरे तटों पर क़ब्ज़े जमाकर संगठित धर्म में रहने लगा, तबसे उसने एक-दूसरे को मौत के घाट उतारने के खेल भी खूब खेले, वरना मेरे पानी ने पहले सिर्फ़ मिट्टी, पानी और आकाश के रंग ही देखे थे।

लद्दाख के मुख्यालय लेह की एक बुलन्दी पर 'शान्ति स्तूप' बना है, जिसे मैं अपने मन्थर प्रवाह के बीच दूर से अक्सर देखती हूँ। मुझे याद आता है, जब भारत के बँटवारे पर पाकिस्तान बना था और मैंने उन लोगों को उजड़ते देखा था, जिनकी रगों में मेरी मिठास खून बनकर बहती थी। आज मैं देखती हूँ कि लद्दाख के लोग किसी-न-किसी विभाजन या किसी-न-किसी हमले से आशंकित हैं... मुझे हर कहीं अपनी मिठास के छिन जाने का डर रहने लगा है।

ये जो बर्फ़ के लुढ़कते हुए पहाड़ अपनी जगहों से फिसलकर मुझमें आ मिलते हैं, चौड़ा लेती हूँ ख़ुद को...आ...ओ...आ...ओ...

बहुत जगह है मुझमें... यह प्रकृति विलीन होती ही इसलिए है कि फिर-फिर जन्म ले मुझसे...न सिर्फ़ प्रकृति... न जाने कितनी सभ्यताएँ मुझी में से जन्म लेती मुझी में विलीन हो गयी हैं...

ये देखो... दो सफेद मानव आकृतियाँ मेरे किनारे आकर बैठ गयीं हैं चुपचाप... एक की गोद में कुछ है लाल-सा... जिसे उसने बड़ा सँभाला हुआ है। किसी के फूल हैं या स्मृतियाँ—मुझमें प्रवाहित करने को?

सबसे ज्यादा क्या सँभालता है मनुष्य? स्मृतियाँ ही तो। अपनी स्मृतियों से ही वह इस क़दर जुड़ा होता है कि ये छिन जाएँ उससे तो वह ख़ुद से ही सबसे

ज्यादा अजनबी हो जाता है।

क्या कर रही हैं ये दोनों मानवाकृतियाँ?... आचमन कर रही हैं कि बुला रही हैं स्मृतियों को? मनुष्य स्मृतियों को ऐसे ही बुलाते हैं... कभी वे एकदम तेजी से आकर उनकी बाँहों में समा जाती हैं, कभी रुक-रुक के बरसती हैं बेमौसम बारिश की तरह और कभी तो इन काली घटाओं को हम उस पार जाते देखते ही रह जाते हैं। और कभी पतझर के पीले पत्तों-सी वे लगातार झरती हैं... कभी झिझकती कभी सकुचाती समय के दरवाजे से झाँक-झाँक कर देख लेती हैं... कभी सहमकर पीछे हट जाती हैं। किन्हीं के चेहरे बेहद पुराने और जर्जर हो गये हैं...वृक्ष की छाल से खुरदरे... उँगलियों से देर तक टटोलने के बाद भी भेद नहीं पा सकते हम उनका... किन्हीं चेहरों को तो समय की हवा छू तक नहीं पायी... नवजात शिशु-से वे कभी नींद में मुस्करा कभी आहिस्ता से सुबकी भरकर अपने पास बुलाते हैं। चूमने झुको तो मुँह से माँ के दूध की-सी महक आती है। कुछ स्मृतियों को वे पी जाते हैं मीठे पानी की तरह। वे उनके लहू में मिलती, साँसों में घुलती, ख्वाबों में उतर जाती हैं। कुछ स्मृतियाँ तो अनन्त जन्मों से हमारा पीछा करती हुई हमें ढूँढ़ निकालती हैं। बीच राह में इस तरह मिलती हैं कि हम हक्के-बक्के खड़े रह जाते हैं। निर्णय और अनिर्णय के बीच झूलते...उनके पीछे जाना चाहते हैं, पर डर लगता है। क्या जाने कौन हो? कहाँ ले जा के छोड़ दे? उन्हें सीने में भींचकर सो भी जाएँ तो वे टुकुर-टुकर हमारा चेहरा देखती हैं...हमारे जागने की प्रतीक्षा में...

निशान छोड़ जाते हैं इच्छाओं के मासूम खरगोश मन की गीली मिट्टी पर... उम्र की धूप पड़े तो सख़्त हो जाते हैं...पता लगाना पड़ता है— वैज्ञानिक लगाते हैं जैसे बड़ी-बड़ी चट्टानों और उनमें धँसे हुए फॉसिल्स को देखकर कि कितने पुराने हैं... कुछ लाख बरस कम या ज़्यादा? क्या फ़र्क़ पड़ता है सिवाय आँकड़ों के? चट्टानों और फॉसिल्स का भी तो आख़िर पूरा एक जीवन होता है। महत्त्वपूर्ण यह होता है कि आख़िर उन्हें पहचान लिया गया! एक चट्टान, एक निशान, एक पंख, समय का एक ठहरा हुआ टुकड़ा... भटककर आया हुआ बादल... अधबीच ठहरी हुई एक दौड़... साँप की उतारी केंचुल-सा खेत में लावारिस पड़ा एक स्वप्न, क्या सब यही नहीं चाहते कि वे पहचान लिए जाएँ?... और मनुष्य?

और उन दोनों लड़कियों ने मुझे घेर लिया है...शान्त-स्थिर...चलायमान...मैं उन दोनों के चेहरे देखती हूँ... ज्ञान की कितनी प्यास है इनके भीतर! अरसे के बाद ऐसे चेहरे देखे हैं जिनका मक़सद कोई भौतिक सम्पदा पाना नहीं, सिर्फ़ ज्ञान और प्रेम हासिल करना है और जहाँ देना हो बेशर्त... अपना आप...

''मैं जानना चाहती हूँ शुरू से!'' उसने फिर ज़िद की। यह रूमी है— दूसरी रायना....इससे कुछ बरस छोटी और बेहद क़रीब...

मैं बहुत देर तक उसका चेहरा और उसके भीतर का जुनून देखती रही— "लड़की! कितना जान सकती हो तुम? जितना भी जानोगी, उससे बहुत कम होगा, जो सचमुच है। तुम्हारी उम्र से बहुत लम्बी कहानी है और कहानी यह मेरे अकेले की नहीं है। यात्राएँ और कहानियाँ अकेलों की नहीं होतीं, हालाँकि पूरा इन्हें अकेले ही करना होता है। और तुम्हारा काम सिर्फ़ मेरे बताने से नहीं चलेगा, तुम्हें उनसे भी पूछना पड़ेगा, जो ख़ुद कहानियाँ और इतिहास बनाने की कोशिश में एक कहानी बन गये और उनसे भी जिनके पास बहुत कुछ था इस समूची मानवजाति को देने के लिए... जिन्होंने अपनी धर्मान्धता के चलते इतिहास को एक गलत दिशा दे दी। और यह तो हमेशा से होता आया है—करता कोई है, श्रेय कोई और ले जाता है।"

"यह गलत दिशा क्या जानबूझ कर दी?" उसने तुरन्त नया सवाल दाग दिया। वह यह सोचकर खुश हो गयी कि अब कुछ नया शुरू होगा जानते हुए भी कि न कुछ नया होता है न शुरू।

"हाँ भी, नहीं भी। यह तो उन्हीं से पूछना पड़ेगा।"

"आप तो सब जानती हैं, आपसे बड़ा जानकार कहाँ मिलेगा?" रायना ने कहा।

"जानना सबका अपना होता है। जो मैं जानती हूँ, वह मेरा है। उनसे उनका पूछोगी तो ज्यादा अच्छी तरह समझ सकोगी।"

"वे सब यहाँ आते हैं?"

"और कहाँ जाएँगे? जब तक सब अपना-अपना हिस्सा न ले जाएँ, कौन मुक्त होता है? सबके पास अपना-अपना बोझ है। ये गठरियाँ यहीं खुलती, यहीं बहती हैं... और यह जो गठरी तुम्हारे पास है, खोलो इसे... गढ़ो इसे... पढ़ो इसे..."

"यह तो शोर मचाना हो जाएगा... सोए हुओं को जगाना।" उसने गहरे असमंजस में कहा।

"लेखक और क्या करता है! सोये हुओं को जगाना ही तो काम है उसका... और उनके भीतर सवाल रोपना। जवाबों के फूल जिन्हें चाहिए... उन्हें बड़ा जतन और परिश्रम करना पड़ता है।"

वह अपने हाथों में थमी लाल गठरी को कई क्षण देखती रही। खून का रिश्ता है इससे...! हालाँकि ज़ख़्मी भी खून के रिश्ते ही करते हैं, पर इससे क्या? उसके जीवन का एक बड़ा हिस्सा इसी गठरी के इर्द-गिर्द घूमता और संचालित होता रहा। उसने उसे अपने माथे से लगाया... न जाने क्या कहा और उसे खोल दिया... निराकार ने आकार ले लिया।

कई क्षणों तक वे एक-दूसरे को देखते रहे...उनकी आँखें डबडबा आयीं...

''कैसे हैं पिताजी...''

''तुमने मुझे बहुत दूर से बुला लिया! मेरे सारे काम ख़त्म हो चुके थे। मैं व्यर्थ समय काट रहा था।'' उन्होंने कहा।

''देना भूल गये थे आप! जो कुछ आपके पास है, ज्ञान से उपजा अनुभव या अनुभव से उपजा ज्ञान...। उसे दे निर्भर होकर जाइए... अभी भी बहुत-सी गाँठें हैं जो खुलने के इन्तज़ार में जम गयी हैं। उन्हें सिर्फ आपके हाथों की आँच पिघला सकती है।''

''तुम मानोगी नहीं...''

''यह तो आपका भी स्वभाव नहीं था।''

''तुम तो मुझसे नाराज हो।''

''अब नहीं''

''तुमने कहा था—मुझे कुछ देने से पहले पूछ तो लिया होता पिता जी। कि मुझे क्या चाहिए? या कभी जानने की कोशिश ही करते। यह मुझे किस रास्ते पर धकेल दिया! इन फिसलनों और दलदलों से ऊपर उठने में मेरी उम्र का कितना बड़ा हिस्सा लग गया! आपने भी वही किया जो आपके पेरेंट्स ने आपके साथ। यही बार-बार क्यूँ होता है? हम दुनिया के तमाम बच्चों को अपनी बनायी गलत राहों और कीचड़ों में क्यूँ धकेल देते हैं?''

''अब इन बातों का वक़्त गुज़र चुका। अब सिर्फ़ मेरी नहीं, सबकी बात है।''

''मैं क्षमा नहीं माँगूँगा, पर कभी सोचना, कुछ काम हम करते नहीं, हो जाते हैं। बाढ़ आती है तो कमजोर वृक्ष यह नहीं सोचता कि क्या करे? उसे तो बस बह जाना होता है। कुछ घटनाएँ उसी तरह घटती हैं, जैसे घटने को वे तय थीं...जीवन में कुछ रफ़ और फ़ेयर नहीं होता...और फिर जीवन में बाधाएँ आवश्यक हैं... इन्हीं को पार करने के बाद मनुष्य अपने भीतर उन गुणों का विकास कर पाता है, जिनकी उसे ज़रूरत है।''

''मेरी बात छोड़ दीजिए पिताजी...पीछे लौटकर बताइए कि क्या तय था? क्या हुआ? क्यों हुआ? मैं सचमुच जानना चाहती हूँ।''

''यह सिर्फ़ तुम्हारी नहीं, हम सबकी दास्तान है... सिरिल रेडक्लिफ... जो न पंजाब को जानता था न बंगाल को और न वह भूगोलविद् था... उसने कुछ लकीरें खींचीं और हिन्दुस्तान-पाकिस्तान बन गये।''

''सिरिल रेडक्लिफ...?'' उसके मुँह से निकला।

''वकील था। माउंटबेटन ने उसे भारत और पाकिस्तान की सीमाएँ तय करने का काम सौंपा था—वह भी नक़्शे में देखकर! और उसने कागजों पर सीमाएँ बना दीं।''

"पर अलगाव का यह बीज तो मुग़ल सल्तनत के आते-आते पड़ गया था, जिसे अँग्रेज़ों ने खूब सींचा और उनसे भी अधिक अपनों ने वह रुक गयी। उसे कहना नहीं सुनना है... वह जो वे सोचते हैं और जो उन्होंने देखा...

"हाँ...मुग़ल सल्तनत के दौरान हिन्दू-मुस्लिम फाँक दिखने लगी थी। दिल्ली के तख़्त को पाने के लिए औरंगज़ेब ने धर्म को हथियार बनाया। इसी के चलते भारतीय मुसलमान अपनी ही जमीन पर विस्थापित हो गये और दो सदियों बाद यही बात विभाजन का कारण बनी। इसी मानसिकता ने भारतीय मुसलमान को अपने वतन में अजनबी बना दिया। औरंगज़ेब ने दारा की हत्या करवायी और साबित किया कि वह तख़्त के लिए कुछ भी कर सकता था।"

उन्होंने एक गहरी साँस ली... ज़रा-सी देर रुके रहे.........

वह जानती है दारा शिकोह जो एक नयी तहज़ीब, एक नयी इन्सानी पद्धति को जिंदा रखना चाहता था ताकि समूची क़ौम अमन-चैन से रह सके। इस समय तक हिन्दू जाति भी वर्णों और मिथ्या अहंकार का शिकार हो चुकी थी। औरंगज़ेब को अपने भाइयों से ख़ासतौर पर दारा की लोकप्रियता से डर था। उसने दारा को इस्लाम विरोधी और ख़ुद को इस्लामपरस्त साबित करने का भरपूर प्रयास किया और इसमें उसकी बहिन ने पूरी मदद की।

"तेगबहादुर औरंगज़ेब के निशाने पर कैसे आये?"

उसने देखा... वे स्मृतियों और जाने-सुने अनुभवों के गुंजलक में फँस गये हैं। उसने आहिस्ता से उन्हें वहाँ से निकाला।

"जब औरंगज़ेब ने कश्मीर को जबरिया धर्म-परिवर्तन का निशाना बनाया तो कश्मीरी पंडितों को ज़ुल्म बर्दाश्त नहीं हुए। पंडित कृपाराम एक जत्था लेकर गुरु तेग बहादुर के पास जा पहुँचे। उन पर ज़ुल्मों और जबरदस्ती धर्म-परिवर्तन की बात सुन कर गुरु जी ने कहा, "जब तक कोई महान पुरुष धर्म की रक्षा के लिए आत्म-बलिदान नहीं करता, तब तक धर्म को बचा पाना मुमकिन नहीं है।" यह सुनकर संगत के बीच बैठे गुरु तेग बहादुर के नौ वर्षीय पुत्र ने पिता से कहा, "पर पिता महाराज, इस वक़्त आपसे बड़ा महापुरुष कौन है? यह कार्य आप ही कर सकते हैं।"

तब गुरु तेगबहादुर ने पंडित कृपाराम से कहा—

"जाओ, औरंगज़ेब से कहो—इस वक़्त हमारे नेता गुरु तेग बहादुर हैं, जो गुरु नानक की गद्दी पर आसीन हैं। अगर वे धर्म-परिवर्तन मंजूर कर लेते हैं तो हम सभी मंजूर कर लेंगे।"

यह सुनते ही औरंगज़ेब ख़ुश हो गया और उसने गुरु जी की गिरफ़्तारी का आदेश दे दिया। इस आदेश के पहुँचने से पहले ही गुरु जी आनन्दपुर साहिब से निकल चुके थे—वे रोपड़, सैफ़ाबाद, समाना, कैथल, रोहतक और पलवल होते हुए

आगरा पहुँचे। वहीं गिरफ़्तार कर उन्हें दिल्ली लाया गया और इस्लाम क़ुबूल करने की पेशकश की गयी। ज़ाहिर है उन्होंने सख़्ती से इनकार कर दिया और तब गुरु जी का सिर क़लम करने का फ़रमान जारी हुआ। 11 नवम्बर, 1675 को जब घड़ी की सुइयाँ सुबह के दस बजा रही थीं, चाँदनी चौक में भारी भीड़ के सामने उनका सिर क़लम कर दिया गया।

उनके मुँह से एक आह निकल गयी और वहाँ एक लम्बी ख़ामोशी व्याप्त हो गयी।

गुरु तेग बहादुर...

मेरी लहरों में उनका अक्स मचलने लगा। मुझे अपने जिन सपूतों पर गर्व है, उनमें वे भी हैं। अपने जीवन के मानी वे शुरू से ही जानते थे और उसी के अनुरूप वे जिये भी।

मैं उन्हें सुनना छोड़कर तेग बहादुर की स्मृतियों में ख़ो गयी।

जिस वक़्त उनका सिर क़लम किया गया, उसी समय वहाँ एक अद्‌भुत नज़ारा पेश हुआ...कटा हुआ सिर नीचे नहीं गिरा...वह आतिशी चकरी की तरह तेजी से घूम रहा था और उसमें से चिंगारियाँ निकल रही थीं। उसी समय अचानक काली आँधी चल पड़ी और एक जबरदस्त भूचाल आया। इमारतें बजने लगीं, चारों तरफ दिन में ही अँधेरा छा गया। इस आँधी-तूफान का फ़ायदा उठाकर भाई जैता ने अपनी जान दाँव पर लगायी— गुरु जी का शीश उसने बीच हवा में थामा और आनन्दपुर साहिब की ओर चल पड़ा।

इस बीच बग्गी वाले लखीशाह ने जैसे-तैसे गुरु महाराज के खड़े हुए धड़ को बग्गी में लिटाया और मिट्टी चूने के बोरों से ढककर अपनी झोपड़ी में ले आया। घर का सारा सामान चिता पर रखकर उसने गुरु जी का दाह-संस्कार कर दिया।

उधर जब मुग़ल सिपाही गुरु जी का शरीर उठाने आये तो वहाँ न शरीर था न धड़। भाई जैता गुरु साहिब का सिर लेकर आनन्दपुर पहुँच चुका था। माता गूजरी ने उनका सिर अपने हाथों में ले लिया और शिष्यों सहित कीरतपुर जाकर उनका अन्तिम संस्कार कर दिया।

और कोई जाने-न-जाने, मैं जानती हूँ, सत्ता की हवस इतनी बड़ी होती है कि उसके सामने सब कुछ तिनके-सा बह जाता है। संसार की समस्त सभ्यताओं की कहानियाँ लोभ, सत्ता की हवस, कपट और रक्त की प्यास के इर्द-गिर्द बुनी हुई हैं। जगा दिया है बहुतों को इस लड़की ने अपने प्रश्नों से...

अब देखें— जागे हुए जागे हैं सचमुच या कि अभी भी वहीं खड़े हैं, जहाँ रचित इतिहास ने उन्हें छोड़ा है...

पर इन्हें तो शुरू से शुरू करना है— मोहन जोदड़ो से— औरंगज़ेब से नहीं।

"यहाँ से शुरू करो!" मैंने लड़की को हल्के से हिलाया। उसने चौंककर देखा और यही बात अपने पिता से कही।

"चलोगी मेरे साथ?"

"कहीं भी..."

"तो चलो... एक हाथ से मुझे और दूसरे से ख़ुद को पकड़े रहना। मुझे वहीं लौटना होगा, जहाँ से मैं आया हूँ... उसी मिट्टी-पानी, उसी वातावरण में! मुझे वही होना होगा जो मैं था।" यही तो वह जानना चाहती है... जिस मिट्टी में उसके पूर्वज रहते आये थे, वहाँ से उसके माँ-बाप को जान नहीं बल्कि ईमान, धर्म, संस्कृति छोड़कर क्यों भागना पड़ा? क्यों वह उस ज़मीन में पैदा न होकर बहुत दूर अजनबी इलाक़े में जाकर पैदा हुई? क्यों मनुष्य आज भी दूसरे मनुष्य के साथ रहना नहीं सीख पाया? क्यों वह बचपन से लेकर बुढ़ापे तक के साथी और पड़ोसी का साथ देना नहीं सीख पाया? क्यों स्त्री आज भी एक सियासी घटना से उठी अराजकता के बीच पूरी तरह पराश्रित हो जाती है? और क्यों सारी उपनिवेशवादी, साम्राज्यवादी ताकतें अपने नुकीले नाखूनों और दाँतों से इनसानी खाल नोंचकर उनकी हड्डियाँ बजातीं रक्त से सना बीभत्स नृत्य करती हैं?

पता नहीं क्या-क्या छिपा रहता है किसी उखड़े हुए... अपनी धरती छोड़कर भागे हुए मनुष्य के इतिहास में? कितना तो उसे अपनी शर्म के लिए छिपाना पड़ जाता है!

और जानकर होगा क्या ?

"पता नहीं... शायद कुछ हो... शायद कुछ न हो!"

"मनुष्य को जानना ही मेरा लक्ष्य है..." कहीं एक पुकार रह-रह कर आती है— ऐसे जीवन पर आस्था रखना असम्भव है, जो कहीं नहीं ले जाता।

मनुष्य ने तो अपना इतिहास खून से लिखा है। कौन-सा इतिहास? एक इतिहास होता है बाहर... गलत तथ्यों, आँकड़ों, गलत नामों का इतिहास जिसे कोई लिखवाता है... छल-कपट, हिंसा, द्वन्द्व, साज़िशों, हत्याओं का इतिहास। दूसरा इतिहास मनुष्य के भीतर घटता है... उसके आत्मबलिदान, वीरता, अस्मिता के लिए संघर्ष, चाहों, स्वप्नों, दु:खों-यातनाओं, पश्चातापों का इतिहास, बहुत कुछ मिट जाने का इतिहास। वही अमूर्त-अदृश्य-आकारहीन इतिहास ही वास्तविक इतिहास है, जिसे और कोई नहीं ख़ुद मनुष्य लिखता है—अपने लिए! वही तो जानना है! जानना और क्या है?

देखो, ये दोनों कहाँ चले गये... 'मुअन...जो दड़ो' की तरफ़... यानी मृतकों का टीला...

उसे रोहतांग दर्रे का ध्यान आता है... ऐसा एक अर्थ है रोहतांग का भी।

सर्दियों में इसके ऊपर से निकला रास्ता बर्फ़ से बन्द हो जाता है। जो इसे लाँघने की कोशिश करते हैं, उनमें से कई आकस्मिक हिमपात या छिपे हुए गड्ढों में दब जाते हैं... फिर बर्फ़ हटने पर ही उनके शव मिलते हैं।

"मैं छोटा-सा था, तबसे वहाँ जाता था... मिस्र की नील नदी की सभ्यता भी जिन प्रश्नों का जवाब नहीं दे पायी, उसका जवाब सिन्ध सभ्यता ने दिया है। इसकी ख़ुदाई में एक के बाद एक सात नगर मिले थे... चौड़े रास्ते, उत्तर से दक्षिण की ओर जाती हुई गलियाँ एक-दूसरे के सामने बनी हैं। भवनों की छतें गल गयी हैं या जलकर राख हो गयी हैं। दीवारें पक्की ईंटों और गारे से बनी हैं... हवादार घर और लम्बे-चौड़े दालान। पानी की निकासी के लिए बनी हुई नालियाँ भी ढकी हुई हैं। कुछ भवनों में मन्दिर और दुकानें भी हैं।" ये दबे हुए खंडहर 1924 में दुनिया के सामने आये ज़िन्हें देखकर संसार हैरान रह गया। वह जानती है इस ख़ुदाई ने रातो-रात दुनिया के सामने भारत का नक़्शा बदल दिया। दावे यक़ीन में तब्दील हो गये। कैसे लोग थे यहाँ? कहाँ चले गये?

वे कहीं नहीं देख रहे, वे मृतकों के टीले पर घूम रहे हैं...

वह उनकी तरफ देखती है...

"इन नगरों में अनाज रखने के बड़े-बड़े कोठार थे। इतने बड़े कि किसी की व्यक्तिगत सम्पत्ति नहीं हो सकते। इन कोठारों के समीप ही अनाज कूटने और भरनेवाले कामगारों के रहने के लिए चालें बनी हुई हैं। यहाँ की मिट्टी पाउडर जैसी बारीक़ और नर्म है। यहाँ की एक बड़ी ख़ासियत सार्वजनिक स्नानागार हैं। अब ये भी व्यक्तिगत तो होंगे नहीं, क्योंकि घरों में भी बने हुए हैं। यहाँ पर धार्मिक संस्कार से सम्बन्धित स्नान और शुद्धिकरण होता होगा। नीचे जाने के लिए सीढ़ियाँ भी बनी हुई हैं, जिनमें बढ़िया ईंटों की चिनाई हुई है। सफाई के लिए एक लम्बी नाली द्वारा पानी को बाहर निकालने की भी व्यवस्था है...

"कांस्ययुगीन सभ्यता थी यह! ताँबे की कच्ची धातु राजस्थान से प्राप्त की जाती थी। यहाँ यह धातु इतनी अधिक मात्रा में उपलब्ध थी कि इसका निर्यात पश्चिमी देशों को भी होता था। सिन्ध देश और ईरान के बीच व्यापार का बड़ा केन्द्र फ़ारस की खाड़ी के बहरीन द्वीप में था। यहीं पर हमारे सुमेरी सभ्यता के गिलगिमेश ने अपने मित्र एकिन्दु को मृत्यु के मुँह से वापस लाने के लिए सागर की अतल गहराइयों में छलाँग लगा दी थी। जहाँ जल-प्रलय के बाद शुरुप्पक नगर का जिऊसुद्दू उस औषधि को लेकर छुप गया था।

एकिन्दु ने पहली बार प्रेम का स्वाद चखा था और गिलगिमेश ने पहली बार मित्रता की विराटता के दर्शन किये थे। और वह देवदासी... रूना! वह अपने अनजाने दुनिया की इस प्रेम कहानी में प्रवेश कर गयी... जिसके बाद मिस्र के

पिरामिड बने।

—कौन-सी प्रेम कहानी?

—थुरुप का सम्राट गिलगिमेश अत्यन्त पराक्रमी है और भ्रष्ट देवताओं का दुश्मन है। देवताओं ने षड्यन्त्र करके आकाशपुत्र एकिन्दु को मनुष्य का जन्म देकर पृथ्वी पर भेजा। एकिन्दु जाहिल, असभ्य, जंगली और बर्बर था। गिलगिमेश ने उसके पास अतीव सुन्दरी देवदासी रूना को भेजा। छह दिन और सात रातें वे एक-दूसरे के साथ रहे... देह से उठकर एक-दूसरे को छुआ... एक-दूसरे के मन और आत्मा को... इसी प्रेम ने एकिन्दु को जानवर से इनसान बनाया। उससे मांस और घास छुड़वाकर दूध पीना और कन्दमूल-फल खाना सिखाया और फिर देवदासी रूना उसे लेकर सम्राट गिलगिमेश के पास गयी... दोनों ने एक-दूसरे को जलती हुई आँखों से देखा और दोनों में द्वन्द्वयुद्ध छिड़ गया। देवताओं की आशा के विपरीत गिलगिमेश ने एकिन्दु को पराजित कर दिया। एकिन्दु ने ही उसे बताया कि देवताओं ने उसके खिलाफ षड्यन्त्र किया है। गिलगिमेश ने देवताओं को ललकारा। देवताओं ने दुबारा गिलगिमेश की हत्या करने के लिए एक भयंकर सांड भेजा। गिलगिमेश के मित्र बन चुके एकिन्दु ने उस भयंकर और विकराल सांड को पराजित किया पर स्वयं मारा गया। तब गिलगिमेश ने ऐलान किया कि उसे चाहे कितनी ही पीड़ा और यातना सहनी पड़े, वह मृत्यु से मुक्ति की औषधि खोज कर लाएगा। वह प्रेम और मित्रता को इस धरती पर जीवित रखेगा।

"मगर प्रलय के समय आर्य सभ्यता की एक मत्स्य कन्या ने गिलगिमेश को अमरता प्राप्त करने का रहस्य बताया।" उसके भीतर किसी ने तुरन्त कहा।

"हाँ, मत्स्यकन्या के कहे मुताबिक गिलगिमेश ने मृत्यु के विरुद्ध जीने की शक्ति रखनेवाले सभी जीवाणुओं को अपनी नाभि में छुपा लिया था। इसीलिए वह जल-प्रलय में जीवित रह सका। उस मत्स्यकन्या ने ही उसे शुरुप्पक नगर के जिउसुद्दु की जानकारी दी थी, जिसके पास मृत्यु से मुक्ति की औषधि सुरक्षित थी। किसी को मालूम नहीं था कि जलप्रलय के बाद शुरुप्पक का वह जिउसुद्दु उस औषधि को लेकर कहाँ छुप गया था। सम्राट गिलगिमेश ने उसका पता लगाने का निश्चय किया और उस सागर तक पहुँच गया जहाँ से वह जलमार्ग जाता है जहाँ अतल जलराशि के नीचे के प्रदेश में जिउसुद्दु मृत्यु से मुक्ति की औषधि लिए बैठा है। और देवताओं के षड्यन्त्रों के बावजूद उसने सागर के अतल गहराइयों में छलाँग लगा दी।

और प्रेम में डूबी देवदासी रूना को अभी भी भरोसा है कि गिलगिमेश वह औषधि लेकर लौटेगा और एकिन्दु को जीवित कर देगा...

प्रतीक्षा... अग्नि की तरह निष्कम्प जलती... हवा की तरह बेआवाज़ हर जगह

व्याप्त... उसे वापस आने में वक़्त लग गया...।

"इस सभ्यता के क्षेत्र का विस्तार भी काफी था..." उनकी आवाज़ सुन उसने अपने भीतर से सिर उठाकर बाहर देखा...

"...पूर्व से पश्चिम 1600 और उत्तर से दक्षिण तक 100 किलोमीटर यानी पश्चिम में बलूचिस्तान तक और पूर्व में राजस्थान, हरियाणा और उत्तरप्रदेश में मेरठ तक, दक्षिण में सौराष्ट्र और गुज़रात तक फैली हुई थी यह सभ्यता। मैं तुम्हें कुछ और चीजें बताना चाहता हूँ... 'दशमलव प्रणाली' सिन्धु सभ्यता की देन है। मोहन जोदड़ो और हड़प्पा की ख़ुदाई के दौरान मिले सीप से बने एक रूलर से पता चलता है कि उस समय भी भारत दशमलव प्रणाली से परिचित था। यह रूलर सीप की एक पतली और चपटी-सी पट्टी है, जिस पर 6.7 किलोमीटर की दूरी पर चिह्न अंकित हैं। सीप एक ऐसा पदार्थ है, जिसमें ताप के घटने-बढ़ने से कोई परिवर्तन नहीं होता। प्राचीन मनुष्य प्रकृति के साथ रहते-रहते उसे समझने लगा था और उसी के हिसाब से उसने अपने कार्यों को भी विभक्त कर लिया था। सिन्धु निवासी भी मानसून, बाढ़, सूखे आदि का पता लगा लिया करते थे। इसी में बुआई करने के लिए मौसम और सिंचाई के साधनों का पता मिल जाता था।"

वह जानती थी कि सोवियत वैज्ञानिकों ने तो सिन्धु लिपि के अपने अध्ययन के आधार पर सिन्धु सभ्यता के पंचांग और ज्योतिष के ज्ञान के बारे में कई धारणाएँ स्पष्ट की है... सिन्धु सभ्यता के पुरोहितों ने एक बेहतर चन्द्रसौर पंचांग तैयार कर लिया था। उन्हें बृहस्पति ग्रह के परिक्रमाकाल की अच्छी जानकारी थी। इनका दावा है कि उन्होंने सिन्धु लेखों में मृग, कृतिका, सप्तर्षि, वृषभ, वृश्चिक आदि नक्षत्रों के चिह्नों को पहचान लिया है। उनका मानना है कि भारतीय संस्कृति सिन्धु संस्कृति की आधारशिला पर खड़ी है।

"लेकिन...उन अभिलेखों को तो आज तक कोई नहीं पढ़ पाया, जो मिट्टी के बर्तनों पर अंकित हैं..." उसने आगे कहा। काश! लिपि भेदी जा सकती इस साक्षर, सुरूचि सम्पन्न सभ्यता की।

"नहीं...अगर उन अभिलेखों को पढ़ना सम्भव हो जाय तो सिन्धी भाषा से सम्बन्धित बहुत-सी गुत्थियाँ सुलझ जाएँ। कहा जाता है कि वेदों की रचना के समय सिन्धु घाटी में प्राचीन भारतीय भाषा-धर्मभाषा की बोलियाँ बोली जाती थीं। छाप लगानेवाली कई मुहरें मिली हैं, मिट्टी के बर्तनों पर भी कुछ चित्र बने हैं। एक मुहर में भैंसे द्वारा एक या अधिक शिकारियों को हवा में उछालने का दृश्य है। एक मुहर में पशुओं से घिरे हुए तीन मुँह वाले एक देवता का, पशुपति शिव के आदि रूप की एक आकृति है। एक मुहर पर पाल, झंडे, पतवार सहित एक नौका का दृश्य है। एक में गिलगिमेश के कई पराक्रमों में उसके साथ वृषभ मानव एकिन्दु को भी पहचाना

जा सकता है। पता नहीं वे कौन-सी भाषा बोलते थे, जिन्होंने इन्हें नष्ट किया? कौन थे वे लोग?''

''मैंने देखी है एक मूर्ति शृंगारित सिन्धु महिला की...गले में खूब सारे गहने...बाजुओं और कलाइयों पर सफेद मोटे चूड़े...सिर पर नायाब कलाकृति-सा घड़ा...जीवन के एकदम क़रीब...बहुत बाद में मनुष्य जीवन से दूर जाने लगता है...सभ्य होने के बाद...ताम्रपत्रों, मुहरों, पत्थर और मिट्टी की मूर्तियों से यह पता भी चलता है कि उस समय मातृपूजा को महत्त्वपूर्ण माना जाता था।''

''हाँ, ये शक्ति-मूर्तियाँ हैं। इनके सिर पर तुमने पंखे की आकृति के विभिन्न प्रकार के मुकुट भी देखे होंगे। गले में आभूषण, कमर में पेटी से लगे घाघरे, किसी ने मेखला भी धारण की हुई है...याद करो...और क्या देखा है?''

उसे याद आया, कुछ शक्तिमूर्तियों में नारी के गर्भ से एक वृक्ष भी निकलते दिखाया गया है। कुछ में नारी शिशु को स्तनपान करा रही है। इसमें देवी के हाथ में कोई धारदार हथियार है। वृक्ष....शिशु...हथियार...यह देवी थी या मातृशक्ति...

''इनकी पूजा कैसे की जाती होगी?'' उसके मुँह से बेसाख़्ता निकला।

''वैसे ही जैसे आज की जाती है...दीप या सुगन्धित धूप जलाकर...प्रार्थना सहित...कभी संगीत और नृत्य में...।''

''...और ये पुरुष देखिए—लम्बी नाक, बिना दाढ़ीवाला चेहरा, गहरा ललाट, लम्बी और अंडाकार आँखें और पूरे अंगों की बनावट भद्दी है...ऐसा क्यों?''

जवाब मिला कि ऐसे पुरुष की पूजा दुष्ट और कुत्सित भावना को हटाने के लिए की जाती है।

इसका मतलब है कि उस समय वृक्ष, पशुपूजा, शक्तिपूजा, पुरुष देवता की पूजा, लिंग और योनि के प्रतीकों की पूजा की जाती थी। योगासनों तक की मूर्तियाँ हैं। सूर्य, अग्नि, सोम, आदित्य...सभी हैं। यह वैदिक धर्म की शुरुआत है।

उसने उनके सामने एक कांस्य-मूर्ति रख दी है—नर्तकी का दाहिना हाथ लताहस्त मुद्रा 'एकिम्मो' में कटि पर टिका हुआ है। बायें हाथ में आकर्षक बंगड़िया यानी चूड़ियाँ हैं, जिनसे पूरा हाथ भरा है। कड़े जैसे भुजबन्द और तीन लटकनोंवाली माला उसके दूसरे जेवर हैं। केश लहरिया में बँटे पीछे की ओर बँधे हुए हैं।

''यह नर्तकी है। इसे 'मधूच्छिष्ट विधि' से बनाया गया है। इस विधि में धातु मूर्ति को ढालने से पहले इसकी एक प्रतिकृति मोम से तैयार की जाती है। इसकी ऊँचाई दस सेंटीमीटर है और यह काँसे की बनी हुई है।''

उसने तस्वीर अपने हाथ में ले ली है। उसकी बड़ी-बड़ी आँखें अधमुँदी हैं। आँखों की ख़ास बनावट उसकी नृत्य-भंगिमा की ओर इशारा करती है। इकहरा, लचीला बदन, लम्बी जंघाएँ और हाथों के साथ-साथ भंगिमाओं से पता चलता है

कि वह नृत्य में पारंगत है। उसका बायाँ हाथ अपने कूल्हे पर टिकाना उसके विशेष होने का संकेत है।

"एक और मूर्ति देखिए...स्त्रियाँ माथे पर फूल-पत्तियों की डिजाइनवाला काँसे का एक छोटा गोलाकार आभूषण पहना करती थीं। इस गोलक के मध्य का फूल चारों ओर के अन्य फूलों से बड़ा है पें जौ की आकृति का हार उस काल की कारीगरी की बेहतरीन मिसाल है।"

"अरे! तुम तो इन चीजों की बारीक़ जानकारी रखती हो!" फिर कहा...

"मैं समझता हूँ तुम्हारा अगला प्रश्न यह होगा कि ये जो एक के ऊपर एक सात नगर दबे हुए हैं... यह कैसे हुआ? उन्होंने उसे ख़ामोश देखकर कहा।

गिलगिमेश अभी तक नहीं आया है। प्रतीक्षा की काँपती धुन्ध में से सिर उठाकर उसने देखा और मुअन-जो-दड़ो के बीचोबीच खड़ी रही...

आख़िर यह सब कैसे हुआ होगा? सुनामी लहरों की तरह एक तीव्र लहर आई होगी और एक बड़ा हिस्सा ग़ायब। सभ्यताएँ क्या ऐसे ही मिटती हैं— अपना एक विकासचक्र पूरा करने के बाद। क्या-क्या नहीं डूबा होगा उन लहरों के साथ? हल-बैल, बैलगाड़ी के पहिये, मिट्टी के बर्तन, कलाकृतियाँ... देव-प्रतिमाएँ और साँसों के पहिये पर चलनेवाली सबसे बड़ी कृति— स्वयं मनुष्य भी। जो इन सब चीजों का निर्माता है। पानी का हमारे जीवन में क्या महत्त्व है, इसे बताकर नहीं समझाया जा सकता। हम सब इसी से उदित होते हैं, इसी में विलीन। फिर वह पानी चाहे सिन्धु या सरस्वती का हो पवित्र और मीठा या समुद्र का खारा...!

"मैं ठीक से नहीं बता सकता... अनुमान है कि सिन्धु नदी में बाढ़ आने से अगर एक शहर दबता होगा तो उसके ऊपर दूसरा शहर बन जाता होगा। यह नगर व्यापारिक रूप में भी महत्त्वपूर्ण रहा होगा, इसलिए नगरवासियों ने स्थान बदलने के बजाय एक के ऊपर एक नगर बसाये होंगे। अचरज तो यह है कि कुएँ तक एक के ऊपर एक बने हैं... मानों एक लम्बी चिमनी हो। मनुष्य की जिजीविषा अनन्त है, उसका साहस अदम्य है। सिर्फ़ मनुष्य ही है जो नियति और प्रकृति से कभी हार जाता है, कभी जीतकर अपने अनुकूल बना लेता है। अच्छा... अब तुम एक बात बताओगी?"

"पूछिए..."

"क्या तुम बता सकती हो, सिन्धु सभ्यता भारत के उपजाऊ और सुविकसित क्षेत्रों में क्यों नहीं फैल सकी? जबकि शेष भारत की तुलना में यह सारा प्रदेश शुष्क है? ऐसा क्योंकर हुआ कि पहले बड़े नगरों का विकास एक ऐसी नदी की घाटी में हुआ जो लगभग मरुप्रदेश से होकर बहती है?"

"बहुत सरल उत्तर है इसका... मनुष्य की मुख्य जरूरत है पानी और अन्न।

दोनों के लिए नदी की जरूरत होती है। संसार की प्राचीन सभ्यताओं का विकास ऐसी ही नदी–घाटियों की जलवायु में हुआ है, जहाँ खेती के लिए मिट्टी अनुकूल रही।''

उसकी बात सुनकर वे कुछ सोचने लगे।

''अच्छा, बताइए... सिन्धु घाटी के बाशिन्दे कौन–सी चीजें बाहर भेजते थे और कैसे?''

''ताँबे के अलावा हाथीदाँत से बनी वस्तुएँ... जैसे कंघे, वानर, मोर, मोती और कपास के वस्त्र बाहर भेजते थे। बदले में चाँदी और अन्य वस्तुओं का आयात करते थे। आवागमन तो समुद्री मार्ग से ही होता था... नौकाओं से। यह मुश्किल काम था जरूर, मगर नाविकों ने एक विलक्षण तरीक़ा खोज निकाला था। किनारे की ज़मीन आँखों से ओझल हो जाय तो वे एक कौआ छोड़ते थे जो उस दिशा में उड़ता था, जिस ओर किनारे की भूमि सबसे नजदीक होती थी। तुम्हें पता है, नोह ने भी ठीक यही तरीका अपनाया था।''

दोनों की नज़रें सहमति के भाव में मिलीं।

''माल की गठरियों या कलशों को ढककर रस्सी से बाँध दिया जाता और फिर गाँठों पर पलस्तर चढ़ाकर उस पर मुहर लगा दी जाती। आज भी यह उपाय बरता जाता है। पहुँच पर सील यथावत बनी रहे तो इसे माल में कोई हेराफेरी नहीं होने का सबूत माना जाता है। सिन्धु घाटी की एक बड़ी विशेषता यह थी कि लोगों ने बाढ़वाले इलाक़ों का विस्तार करके वहाँ की भुरभुरी और उपजाऊ मिट्टी का उपयोग वहाँ लाभदायक फसलें तैयार करने में कर लिया था। मोहन–जोदड़ो में हर साल आनेवाली बाढ़ों की सीमा में ऊपर तक निचली मंज़िलों को भर दिया जाता, फिर ऊपर नयी मंज़िलें बनाई जातीं। कुछ मकान जब अपने आप ढह जाते तो उनके समतल किये गये मलबे पर नये मकान बना दिये जाते। ईंटों के भट्ठे नगर के बाहर ही होते। लकड़ी हिमालय से सीधे नदी के प्रवाह में डालकर, फिर नावों पर लादकर पहुँचाई जाती।

''व्यापारी अपने हिसाब–किताब दर्ज करने के लिए ताड़पत्र या वस्त्र का इस्तेमाल करते। गिनती बीस से आगे नहीं जाती थी। बीस को ही बहुगुणित किया जाता।''

वह सोचने लगी कि लोग बाहरी हमलों से अपनी सुरक्षा कैसे करते होंगे? ख़ुदाई में तलवारें नहीं मिली हैं। भाले कमज़ोर हैं। चाकू या कुल्हाड़े हथियार नहीं औज़ार हैं। इससे पता चलता है कि सत्ता बल का प्रयोग नहीं करती थी। जरूर लोग आन्तरिक चीजों और उनके विकास में अधिक उत्सुक थे। एक बात अवश्य चकित करती है कि धर्म की सनातनता के प्रेमी यहाँ के लोग परिवर्तन के प्रति उदासीन क्यों

थे? क्या समूचे भारतीय समाज का ही यह सच है कि जो समाज सदियों से अपने प्राचीन धर्म को संगठित होकर अपना लेता है, वह नयी चीजों और नये विचारों से दूर रह जाता है? या कि धर्म उसे हर हाल में सन्तुष्ट रहने की घुट्टी बचपन में ही पिला देता है?

सहसा उसे ध्यान आता है कि साम्यवाद के लम्बे अभ्यास ने कैसे चीन देश में बीसवीं सदी के अन्त तक ऐसी पीढ़ी तैयार कर दी, जिसके लिए अतीत जैसे मिट ही गया है और वह सिर्फ़ आगे देखती है। यह युवा पीढ़ी है। इसे धर्म के मोतियों की तलाश नहीं, दुनियावी विकास में रुचि है। इस सफ़र में जितना मिलता है, उतना खो भी जाता है।

''सिन्धु सभ्यता के इस एक हज़ार वर्षों के काल में मिस्र में पूरे एक दर्जन राजवंशों ने शासन किया, अक्कादियों ने सुमेर पर आक्रमण कर दिया। सारगोन महान ने एक साम्राज्य की स्थापना की जो उसके उत्तराधिकारियों के हाथों अपने अन्त को प्राप्त हुआ। मेसोपोटामिया के प्रत्येक नगर के ढाँचे में महत्त्वपूर्ण परिवर्तन हुए, परन्तु ये नगर यथावत बने रहे।''

''हो सकता है इसका कारण स्थानीय परिस्थितियाँ हों... बल्कि यही कारण सही भी लगता है। ये भी तो देखो न उन देशों में मन्दिरों, राजप्रासादों और समाधियों के निर्माण पर अधिक धन खर्च किया जाता था... जनसाधारण तो कच्चे घरों में रहता था, पर इसके विपरीत यहाँ आम नगरवासियों के लिए अधिक सुविधाएँ दिखाई देती हैं।''

''कैसे दिखते होंगे उस समय के लोग? मैंने सुना है, मुख्यतः वे शिव की पूजा करते थे। सेव्हण स्थान भी कभी 'शिवस्थान' रहा होगा। यहीं पर लाल शाहबाज़ कलन्दर का मजार है। ये 'दमादम मस्त कलन्दर' वाले...''

''हाँ, ठीक कह रही हो... दिखने का तो कहते हैं कि वे लोग द्रविड़ थे। जो मूर्तियाँ मिली हैं, उनसे लगता है वे क़द के नाटे और मोटे बदन के थे। होंठ चपटे, आँखें छोटी, कन्धे मोटे, भरे हुए गालों के हड्डी चपटे थे। पुरुष दाढ़ी-मूँछ कभी रखते थे, कभी नहीं। सिर के बाल पीछे की ओर समेटकर उनमें कंघी लगाकर रखते। गहने बहुत क़िस्म के पहनते थे।''

''सिन्ध समृद्ध भी बहुत था उन दिनों...'' सिन्ध की रेती में सोने के जर्रे बहकर आते थे। एकाएक उसे ख़याल आया, यूनान के हैरोडोटस ने लिखा है—''सिन्ध इलाक़े का राजा ख़ुद मनों रेत निकलवाता था और फ़ारस के सम्राट साइरस से उसकी तिजारत करता था।'' उसने बताया तो एक चमक उनके चेहरे पर दौड़ गयी। हिन्दुस्तान तो सोने की चिड़िया रहा ही है विदेशियों के लिए, ख़ासतौर से सिन्ध। सोने के सिक्कों का चलन आम था। एक वक़्त ऐसा भी आया जब सिन्ध

एशिया के समृद्ध देशों में सबसे आगे जा पहुँचा।''

वे दोनों अब 'मऊन जोदड़ो' से लौट रहे थे...

''उस वक़्त तक सिन्ध को 'स्वर्णगृह' कहा जाने लगा था। सिन्ध में बने माल से लदे जलयानों के क़ाफ़िले इराक और मिस्र तक जा पहुँचते। पुरुष अपने व्यवसायों को लेकर दूर-दूर निकल जाते और स्त्रियाँ एक बड़े कुनबे में बच्चों और बड़े-बूढ़ों के साथ रहतीं...''

सिन्धु स्त्रियाँ!

कैसा था उनका जीवन?

वह सोचने लगी, ''मनुष्य की सभ्यताओं ने औरत को अक्सर एक समर्पित मादा के रूप में ही देखा है। ले-दे कर स्वयं औरत ने भी ख़ुद को इसी रूप में पहचाना है और मानती रही है कि उसे अपनी दुनिया शायद ही इस दुनिया में नसीब हो।

''प्रारम्भ में देखो तो महारानी कैकेयी, गान्धारी, मन्थरा, और महारानी विदुला सिन्ध की बेटियाँ हैं, जो अपने युग के इतिहास पर छायी रहीं...सतयुग में आयें तो सत्यवान-सावित्री, महारानी मदालसा, जिन्होंने अपने चारों पुत्रों को लोरियों में ऐसा ज्ञान दिया कि तीन महायोगी बने, चौथा चक्रवर्ती सम्राट। हमारे यहाँ मातृशक्ति का महत्त्व प्राचीनकाल से ही है। हम एक कन्या को सौ ब्राह्मणों के बराबर मानते हैं। कालान्तर में फ़र्क़ तो पड़ता है पर अन्य जातियों के मुक़ाबले हमारे यहाँ स्त्रियों को ज्यादा सम्मान प्राप्त है। पुरुषों के बाहर रहने से उन्हें काफी मसलों पर ख़ुद जूझना पड़ता। तुम आगे देखोगी कि स्वतन्त्रता संग्राम में कैसे स्त्रियों ने बढ़-चढ़कर हिस्सा लिया।

''पर हमारे दौर में हिन्दू औरतों के, बाज़ार से निकलने के लिये ख़ास गलियाँ निश्चित थीं, ताकि उन्हें मुसलमानों के सामने आने का कम-से-कम मौक़ा मिले। पुरुषों की सबसे बड़ी चिन्ता अपनी औरतों और बच्चों की हिफ़ाज़त करना होती थी।''

''अपनी औरत!'' उसे उनके ये शब्द खटक गये। औरत, गाय, भैंस, बकरी... सम्पत्ति! इतनी गायें, इतनी भैंसें... इतनी औरतें! कितनी सारी सभ्यता और कितनी भारी असभ्यता...कितने ही युद्ध लड़े जाते हैं, औरत को माल मान लेनेवाली उसी की सन्ततियों के बीच! उसके नाम पर कितनी ही जघन्य हत्याएँ... कितने ही विस्थापन... निर्वासन... और कितने ही राज़ीनामे...''

''चलिए... हम पीछे लौटें... मुझे बताइए कि इतनी महान सभ्यता का विनाश कैसे हुआ?''

वे समझ रहे थे कि वह उन्हें किसी गहरी चिन्ता में नहीं ले जाना चाहती...

"देखो... विनाश की जो सबसे अहम वजह दिखाई देती है, वह उनकी कृषि व्यवस्था का नष्ट होना है। नदियों के रास्ते डावाँडोल हुए तो नौकाशय बिगड़ गये... अनाज के आने-जाने में रुकावट पड़ गयी। बाहरी हमलावर मूलत: किसान नहीं, घात लगाकर हमला करनेवाले अनुभवी लुटेरे होते थे, जिन्हें पता था कि कैसे और कब सिंचाई के साधनों को कहाँ तोड़ना है और कहाँ बाढ़ से बचने के लिए बनी व्यवस्था को नष्ट करना है। इसी में पुराना नगर ग़र्क़ हो जाता और लोग खलबली में पड़ जाते। आक्रमणकारी आग लगाने में भी माहिर थे। भगदड़ पैदा करके लोगों को मार डालना उनका पेशा था। उनका मक़सद यहाँ से कीमती चीजें उठाकर ले जाना होता था..."

वे चुप हो गये। वह उनकी ख़ामोशी में छिपी उनकी उस लम्बी यात्रा को पढ़ने की कोशिश करने लगी, जिसके सफ़े कभी खुलने ही नहीं थे...

वह जानती है कि उनके और उसके अपने चाहने भर से वह समूची दास्तान नहीं समझी जा सकती...वह समझ गयी है कि उसे ख़ुद ऐसा बहुत कुछ महसूस करना है, जो उनके भीतर कहीं ठिठका रह गया है...

"हर सृजन में विनाश के बीज मौजूद रहते हैं... मनुष्य हो, प्रकृति हो या वस्तुएँ... जन्म का अर्थ ही अपने साथ मृत्यु को चाहे-अनचाहे स्वीकार कर लेना है... अपने साथ चलने और फलने देना है... हमसफर की तरह! सभ्यता या संस्कृति कभी कालजयी होने नहीं आतीं, चाहे मनुष्य कितनी भी कोशिश कर ले। एक चक्र चलता रहता है विकास और ह्रास का... पूर्णता तक... मगर वह पूर्णता अगर हमारे भीतर सम्पन्न नहीं होती तो बाहरी अपूर्णताएँ हमें कभी सन्तुष्ट और कभी असन्तुष्ट करने में लगी रहती हैं... "

वह उन सभ्यताओं को लेकर सोच रही है... महान-से-महान सभ्यताएँ अक्सर बाहरी हस्तक्षेप के बिना भी अपने ही भार से थक जाती हैं और दूसरी सभ्यताओं में नये अंगारे तलाश करने निकल पड़ती हैं...

मैं एक नदी...

सिन्ध के इतिहास की साक्षी...

मैं उसे देख रही हूँ—

उसके मन में अनन्त प्रश्न हैं। चाहे वे प्रश्न अब सिर्फ़ उसके नहीं हैं, मगर उसके पास चले आते हैं किसी और के लिए उत्तर या संवाद बनाने को...

वह फिर उसी धरती पर लौट आयी है, जहाँ प्रश्न चुकते ही नहीं...

क्या एक गलत या एक सही निर्णय इतिहास की दिशा बदल सकता है?

जो होना होता है, क्या उसे रोका जा सकता है?

अगर दाहिरसेन के मुख्यमन्त्री मोक्षवास, उसके भाई रसल, सेनापति शमनी और उस नीच अलाफी ने उसके साथ दगा न की होती तो क्या सिन्ध का इतिहास कुछ और होता? अलाफी जो मोहम्मद बिन क़ासिम से जाकर मिल गया था।

पर उस इतिहास को देखने से पहले मैं ज़रा-सा और पीछे जाना चाहती हूँ— जब सिन्ध का क्षत्रिय राज्य एक अज्ञात ब्राह्मण चचदेव के हाथों में आ गया तो संसार चौंका...सत्तासीन क्षत्रपों, ठाकुरों और राजाओं के अहम को चोट लगी...इसी दमित अहंकार ने इस्लाम का स्वागत कर चचपुत्र दाहिर की धोखे से हत्या करवा दी...

चच ने कुल 40 वर्षों तक सिन्ध पर शासन किया। यह काल सिन्ध के इतिहास का स्वर्ण काल कहा जाता है। राजा चच की मृत्यु के बाद यह भार उनके 12 वर्षीय पुत्र दाहिर के कन्धों पर आ पड़ा। शुरू के 6-7 वर्ष उनके चाचा चन्दिर ने इसमें सहयोग दिया फिर वे भी परलोक सिधार गये और केवल 18-19 वर्ष की छोटी आयु में दाहिर सेन को अकेले ही सब सँभालना पड़ा...।

मेरा पुत्र दाहिर— जिस पर मुझे गर्व है। जिसने युद्ध के वक़्त भूख से मर रही मोहम्मद बिन क़ासिम की फ़ौज को अन्न के साथ सन्देश भिजवाया था...

"आप लोग हमारे लिए हमलावर शत्रु हो किन्तु सिन्ध की धरती पर आज तक कोई भी भूख से नहीं मरा इसलिए यह अन्न भिजवा रहे हैं। निरपराध लोगों का रक्त बहाने से अच्छा है कि आप अपने देश लौट जायें, युद्ध में हुआ खर्च भी हम देने को तैयार हैं।"

चलो, दाहिरसेन को तलब करें...

याद करते ही हाज़िर...

यह है...सिन्ध का अन्तिम महाराजा...जिसने अपने राज्य में शरण पा रही अलाफियों की सेना को उस वक़्त माफ़ कर दिया जब दाहिर सेन को उनकी बड़ी जरूरत थी और उन्होंने युद्ध में शामिल होने से सिर्फ इसलिए इनकार कर दिया कि वे मोहम्मद बिन क़ासिम के मजहब के विस्तार को नहीं रोकना चाहते थे। महान तीरन्दाज़...शब्दभेदी बाण चलाने में श्रेष्ठ...औरतों की हिफ़ाज़त जान से बढ़कर करनेवाले इसकी दीप्ति और तेज देखो...! वह प्रणाम करके वहीं बैठ गया।

'आओ दाहिर...मैंने उसके प्रणाम के जवाब में उसके सिर पर हाथ रखा...कुछ कहना चाहते हो तो कहो...इतिहास के पन्ने पलटने आज मेरे तट पर बहुत से लोग आनेवाले हैं...।'

'माँ... मुझे अलोर में हुई वह अन्तिम लड़ाई कभी नहीं भूलती...। युद्ध को चलते एक सप्ताह हो गया था। मोहम्मद बिन क़ासिम की हताशा बढ़ती जा रही थी। वह युद्ध का आठवाँ दिन था...हरावल का जिम्मा स्वयं राजकुमार ने सँभाला था...। अग्रिम मोर्चे पर दस हज़ार सैनिकों का जमावड़ा...सभी अस्त्र-शस्त्र और आवश्यक लौह आवरणों से ढके हुए...। पूर्व और पश्चिम की ओर हाथियों पर फैली सेनाओं के मध्य श्वेत हाथी पर मैं...। मेरे चारों ओर घुड़सवारों का दल...। ये यहाँ के ख़ूँख़ार लड़ाके थे। इनकी पहचान यह थी कि इनके बाल लम्बे और कान के पीछे बँधे हुए रहते। हाथों में बिना म्यानवाली लम्बी तलवारें...कमर पर कटारें, लोहे का लबादा और पैरों में जूतियाँ...। और, युद्ध प्रारम्भ हो गया...सामने से एक सनसनाता तीर मोहम्मद बिन क़ासिम के घोड़े की गर्दन में जा घुसा...। चारों तरफ कोलाहल, मारकाट, घोड़ों की हिनहिनाहट, घायलों की चीत्कार, मेरा हाथी आगे बढ़ा, 400 वीर योद्धा लोहे की चमकती तलवारें लिये, हाथ में लोहे के दास्ताने लपेटे...जो भी सामने आता...न लौट पाता...न दिखाई देता। मेरे हाथों में एक ख़ास चक्र था जिस पर लोहे की कड़ियों के चारों ओर तेज़ धारवाली कटारें लगी हुई थीं। इस चक्र के आसपास जो कोई भी फटकता...उसका शरीर कई टुकड़ों में बँट जाता। आज इस्लामी सेना के एक सिपहसलार शुजाह ने शपथ ली थी कि वह मेरा वध करने के बाद ही भोजन करेगा। मैंने उसे देखते ही अर्द्धचन्द्राकार द्विमुखी तीर चला दिया...उसका सिर धड़ से अलग हो गया। एक प्रहर चले इस युद्ध ने अरबों के बचे-खुचे होश उड़ा दिये। उनकी सेना भागने लगी। तब मोक्षवास अपनी सेना की नयी टुकड़ी के साथ उनसे आ मिला और उन्हें बचा ले गया। वे समझ गये थे कि मेरे जीते जी वे यह युद्ध नहीं जीत सकते। अगले दिन भी यही हुआ—हमारी सेना उन्हें चीरती हुई आगे बढ़ रही थी। मोहम्मद बिन क़ासिम को कोई चमत्कार ही बचा सकता था...और वही हुआ...शाम हो गयी...युद्ध समाप्त हो गया...बचे घायल और थके-

हारे सैनिक दुर्ग की ओर लौटने लगे...तभी मैंने कुछ औरतों की चीख़ें सुनी जो अरब सैनिकों से ख़ुद को बचाने के लिए चीख़ रही थीं। मेरे संकेत पर महावत ने हाथी को उधर मोड़ दिया...मेरे ख़ास सैनिक भी उस ओर भागे...तभी कई अग्निवर्षी तीरों की बारिश हुई और मेरा बैठने का वितान जल उठा। आग की गर्मी से घबराकर हाथी समीप की झील में धँस गया। हाथी ने तुरन्त डुबकी लगायी...मैं और महावत भी धँसने लगे। मैं पानी में ही था कि मुझ पर तीर बरसने लगे। क्षत-विक्षत मैने देखा पानी के किनारे मोक्षवास और उसकी सेना खड़ी थी...जिनके शरीर पर औरतों के परिधान थे। मैं समझ गया...मैंने आख़िरी तीर मोक्षवास की तरफ चला दिया...जो उसकी गर्दन में जा धँसा...और बस...! मुझे वीरता में कोई नहीं हरा सकता था...हमें हमारे लोगों के षड्यन्त्रों ने मार दिया...। मैं सिन्ध को अरक्षित नहीं छोड़ना चाहता था माँ।' दाहिर की आवाज़ उदास होती चली गयी फिर उसने अचानक गुस्से से कहा—

"माँ, क्या मुहम्मद बिन क़ासिम को बुलाना ठीक नहीं रहेगा...उस मक्कार से भी तो कुछ पूछिए...।"

इतने में सबने देखा, दूर से एक कुटिल-सा दिखता नौजवान चला आ रहा है— उसने जरा-सा झुककर मुझे आदाब किया और वहीं बैठ गया...

"तुम्हें पता है, तुम्हें क्यूँ बुलाया गया है? तुम पर सिन्ध पर हमला करने का दोष है"

"माँ, मुझे तो मेरे क़बीले के मालिक हज्जाज बिन यूसुफ ने सिन्ध को लूटने भेजा था। हम नये-नये मुसलमान बने थे। उन दिनों सिन्ध की धन-दौलत की दास्तानें हमने न जाने कितनी बार सुन रखी थीं और हम इस 'सोने की चिड़िया' को अपने पिंजरे में कैद कर लेना चाहते थे। मुझे हज्जाज ने पैसा उधार दिया था इस शर्त पर कि सिन्ध नदी के उपजाऊ इलाके में हुकूमत कायम करके मैं उन्हें लगातार पाँच लाख दीनार क़ी सालाना मालगुज़ारी देता रहूँगा। हम यह भी जानते थे कि जंग के दौरान सिन्ध में राजा के साथ सिर्फ कुछ लोग लड़ते हैं और उन्हीं की हार-जीत पूरी कौम की हार-जीत तय करती है। राजा हारता है तो सब हार जाते हैं। और राजा दाहिर हार गया। मैं वीरता में तो राजा दाहिर का मुक़ाबला नहीं कर सकता था सो मैने षड्यन्त्र रचा।"

मैं मुहम्मद बिन क़ासिम ने मुस्कराकर राजा दाहिर को देखा। दाहिर की आँखों से चिंगारियाँ निकलने लगीं— "तुम लुटेरे हो। तुमने मन्दिरों और बौद्ध विहारों की अकूत सम्पत्ति लूट ली और मुल्तान की बस्ती में...।"

"मैं तो कह रहा हूँ, माँ, मैं लुटेरा हूँ। तुम्हारे ख़ज़ाने मन्दिरों के नीचे ज़मींदोज़ रहते हैं। मुल्तान की बस्ती के पूर्व की ओर के तालाबवाले मन्दिर के नीचे

ताँबे के चालीस कोठारों में सोने का चूरा छिपा हुआ था। कोठार तोड़ने से पहले सिर्फ़ मूर्तियाँ तोड़ने में ही मुझे तीन सौ मन सोना मिला और फिर अन्दर के चालीस कोठारों को मैंने तोड़ा तो तेरह हज़ार दो सौ मन सोना मेरे हाथ आया। तुम्हारे काम का तो वैसे भी नहीं था, दाहिर...'' मोहम्मद बिन क़ासिम की मुस्कराहट गहरी होती जा रही थी— गहरी और कुटिल...

''तुम्हारे इतने सारे भगवान भी तुम्हें बचाने नहीं आ सके, जिनका तुम लोग बहुत भरोसा करते हो। मैं तो आक्रमणकारी था ही... मैं तो सिन्ध नदी के दहाने से तक्षशिला में बौद्ध ब्राह्मणों को चीरता हुआ कांगड़ा तक जीतता चला गया।''

''इस नापाक को देखो, माँ... इसे अपने किये पर कोई शर्म नहीं!''

इतने में सबने देखा, तेज़-तेज़ क़दमों से चलती हुई महारानी लाडी आ गयी— सिर पर साफा, मर्दाना वेशभूषा में—उनका गोरा चेहरा मुहम्मद बिन क़ासिम पर नज़र पड़ते ही ग़ुस्से से तमतमाने लगा—उसने आकर मेरा आचमन किया और अपने पति की बगल में बैठ गयी...

दोनों ने एक-दूसरे को देखा...

''तुम बहुत बहादुर हो।'' दाहिर की आँखों ने उससे कहा।

''प्रेम हमें बहादुर बना देता है और अमर।'' लाडी की आँखों ने जवाब दिया।

''अब तुम कहो लाडी।'' मैंने उस जोड़े को प्रेम से देखते हुए कहा।

''जब मेरे पति का शव कीचड़ में से निकालकर मेरे पास लाया गया तब सबसे पहले मैंने उन्हें स्नान करवा सुगन्धित कक्ष में रखवाया और महल की छत पर लकड़ियाँ जमा करने और उस पर घी छिड़कने का आदेश दिया। मुझे पता था अगले दिन अरब सेना किले पर धावा बोलेगी। मैंने मर्दाने वेश में अपनी सभी सखियों को युद्ध के लिए तैयार किया। हमने पहले किले में घुसने की कोशिश करती अरब सेना का मुक़ाबला किया, जितना कर सकती थी पर जब द्वार तोड़कर अरब सेना किले की छत पर पहुँची और आमने-सामने युद्ध होने लगा तो हम ज्यादा देर न टिक पायीं...। हम बची हुई स्त्रियों ने उनके हाथ पड़ने से बेहतर चिता के हवाले कर दिया ख़ुद को...। पर मेरी बेटियाँ सूरज और परिमल, उन्हें पकड़कर हज्जाज के सामने ले जाकर पेश किया गया...।''

तुम्हारी बेटियाँ बहुत साहसी है लाडी...उन्होंने अन्ततः मोहम्मद बिन क़ासिम से उसके किये का बदला ले लिया। मैंने उसके सिर पर हाथ रखा।

''हाँ माँ...उन्हें जब जीत की खुशी का जश्न मनाते इराक़ के बग़दाद में इस्लामी धर्मगुरु ख़लीफ़ा हज्जाज के शाही दरबार में पेश किया गया तब उन्होंने कह दिया कि उनके चहेते दामाद मोहम्मद बिन क़ासिम ने उन्हें रास्ते में ही जूठा कर दिया है।''

ख़लीफ़ा के तन-बदन में आग लग गयी कि मुहम्मद बिन क़ासिम की ये मजाल कि अपनी जूठन हमें नायाब सौगात कहकर भिजवाये। उन्होंने उसी वक़्त एक फौजी टुकड़ी सिन्ध भेजी कि उसे भैंस की ख़ाल में ज़िन्दा सिलवाकर मार दिया जाये। और फिर मेरी बेटियों ने अपने आस-पास घेरा बनाये खड़े सिपाहियों की कमर से कटारें खींचीं और एक-दूसरे की छातियों में घोंप दीं।''

दाहिर और लाडी की आँखें डबडबा आयीं...

''तुम दुख क्यों करते हो बच्चो...तुम्हें गर्व होना चाहिए ख़ुद पर, अपने बच्चों पर...। जीते और मरते तो सभी हैं पर कुछ लोग भौतिक काया से मुक्त होकर भी सदैव लोगों की स्मृति में रहते हैं... अपने कामों की वजह से...यही जीना जीना है, यही मरना मरना, अपनी मातृभूमि के लिए...। अब जाओ तुम दोनों...आते रहना...।''

''माँ...'' उन्होंने झुककर मेरा आचमन किया और चले गये। तब तक मौक़ा पाकर मुहम्मद बिन क़ासिम भी खिसक गया।

अब उधर सुनिए... ये बाप-बेटी क्या बातें कर रहे हैं...बहुत कहानियाँ चल रही हैं...

''इसके बाद क्या हुआ?'' उसने अपने पिता से पूछा।

''इसके बाद उनकी कट्टरता उभरकर सामने आयी। देबल में मन्दिरों का विध्वंस होता रहा, उन पर मस्जिद बना दी गयी और तीन दिन लगातार नरसंहार होता रहा। कितने ही लोगों को स्त्रियों और बच्चों समेत बन्दी बना लिया गया, अपार धन लूटा गया और एक ऐसे हिन्दू को शासक बनाया गया जो मुसलमान हो गया था। उस पर एक अरब का नियन्त्रण था। इसके अलावा रावर और असकलन्द में सारे सशस्त्र लोगों को मार डाला गया। मुलतान में युवकों का वध करके छह हज़ार पुजारियों को जेल में डाल दिया गया। सूर्य की स्वर्ण-प्रतिमा के गले में गोमांस लटका दिया गया।''

''सुना है, सिन्ध के विद्वान अरब देशों में जाते थे... ''

''लगभग तीन-चार हज़ार वर्ष पूर्व अरब देशों में अलग-अलग कलाओं के विद्वानों के सम्मेलन हुआ करते थे...। सिन्ध से भी कई विद्वान उन सम्मेलनों में भाग लेते थे और कई संस्कृतियों को एक-दूसरे को जानने का मौक़ा मिलता था। इस तरह ज्योतिष, गणित, आयुर्वेद, भाषा आदि विज्ञान सामने आये।''

''तो इस तरह से दो संस्कृतियाँ क़रीब आयीं और उन्हें एक-दूसरे को जानने का अवसर मिला?''

''जानने के अवसरों का मनुष्य कितना उपयोग कर पाता है, यह तुम्हें अच्छी तरह से पता होगा। जहाँ इनसान बड़ी-बड़ी वैज्ञानिक बातें समझने में बरसों लगाता

है और उन्हें समझकर ही दम लेता है, वहाँ दूसरे मनुष्य को समझने में अक्सर चूक जाता है। यह पहेली मुझे आज तक समझ में नहीं आयी। किसी मनुष्य को जानना किसी वस्तु को जानने से ज्यादा सार्थक क्यों नहीं है?''

वे दोनों कुछ देर से ख़ामोश हैं। मैं उनकी स्तब्धता की भाषा सुन रही हूँ...

मनुष्य का मन ही सबसे बड़ी पहेली है, इसी को कोई नहीं सुलझा सका...जो स्वयं को जाने बिना सब कुछ जान लेना चाहता है...दूसरों से मिला हुआ...बिना क़ीमत चुकाये! इसीलिए तो ज्ञान-विज्ञान भी अन्ततः अधिकांश लोगों के काम नहीं आता। बल्कि अक्सर घातक हो उठता है... संगठित सम्प्रदायों की जागीर होकर... या हिरोशिमा-नागासाकी होकर...

एक दिन उसने पूछा था...

''एक बात बताइए। हम पर यह आरोप है कि हम भीरू हैं। हमें लड़ना नहीं आता। हम न तो अपने अधिकारों के लिए लड़े, न ही अपनी जमीन के लिए...''

''धर्म और सत्ता के लिए लोगों की हत्याएँ करना, शहर-के-शहर बर्बाद करना अगर बहादुरी है तो हाँ... हम बहादुर नहीं हैं। हम माँगने और छीनने में नहीं, सृजन करने में यक़ीन करते हैं। जितने हमले सिन्ध पर हुए हैं बाहरी जातियों के... जितने लोगों को मारा गया है, उसका हिसाब लगाना मुश्किल है। जीवन क्या इतना क्षुद्र है कि इसे लड़ने-कटने में गँवा दें? आक्रमणकारियों का हमेशा मुक़ाबला किया है हमने, दबाव और ख़ौफ़ के हालात में भी बेहतरीन नतीजे दिये हैं। उस दौर में जब मुग़ल सल्तनत के खून पीनेवाले गवर्नरी इन्तज़ाम के नाम पर सिन्ध में वाही-तबाही थी। उस वक़्त भी हमने शराफ़त और मेहनत से कमाना नहीं छोड़ा अब तो इसे गाली बना दिया गया है...काट डालो, मार डालो, ख़त्म कर दो...आगे बढ़ो...बढ़ते रहो... ये इस युग के नारे हैं...।''

कहते-कहते वे काफी उत्तेजित हो गये। वह उनके शान्त होने की प्रतीक्षा करती रही...

''सिकन्दर, मुहम्मद बिन कासिम, अरगूनों, तरखानों आदि हज़ारों हमलावरों के लगातार हमलों को सहने के बाद हमने अनुभव किया कि तलवार साथ लेकर जीना कठिन है। इसलिए विभाजन के बाद अपने अस्तित्व की रक्षा के लिए हमने तलवार फेंककर तराजू उठायी। पर तलवार हमारे सीने में अब भी है...। शादी के वक़्त दूल्हे और उसके बहनोई की कमर में तलवार बँधी देखी होगी तुमने। आत्मरक्षा की प्रतीक है यह। जब भी हमारे अस्तित्व...हमारी मातृभूमि पर हमला हुआ है, हम उठे हैं...। हमारे प्रबल योद्धाओं और लड़ाकों की वीरता के अनेक प्रमाण वैदिक युग से स्वतन्त्रता संग्राम तक मौजूद हैं । उस वक़्त विदेशों में कहा जाता था कि एक हिन्दू की तरह जवाब दो...।

हमें हमारे लोगों ने दग़ा दी...बहुत बार...1947 में भी। पढ़ो पाकिस्तान के उस घोषणापत्र को, जो सन् 1940 में लाहौर में जारी हुआ था। इसमें हम सिन्धियों को पूरी स्वायत्तता देने का वादा है, लेकिन इरादे बदल गये सियासत के, पाकिस्तान बनने के बाद...धर्मनेताओं और राजनेताओं के इशारों पर लाखों लोग कट गये। नेताओं के निजी स्वार्थों की लड़ाई में हम बेवतन हो गये। जिनके इशारों पर लाखों लोग कट जाते हों, उन्हें सोच समझकर इशारा करना चाहिए। उनका अपनी महत्त्वाकांक्षाओं पर नियन्त्रण होना चाहिए या नहीं, और जो लोग यह समझते हैं कि हमें आज़ादी लड़कर या किसी काँग्रेस या किसी गाँधी-नेहरू के चलाये गये आन्दोलन के परिणामस्वरूप मिली है, वे या तो गलत इतिहास पढ़कर आये हैं या ख़ुद को छल रहे हैं। ये तो अँग्रेज थक गये थे और अब उनकी वह औक़ात नहीं बची थी कि इतना विशाल उपनिवेश अपने क़ब्ज़े में रख सकें। उन्हें देना था और आज़ादी जिस सूरत में मिले, हमारे नेताओं को लेना था। क्या हम उन्हीं की गलतियों का परिणाम अब तक नहीं भुगत रहे। मुझे बहुत शिक़ायतें हैं, मगर कौन सुनेगा इस बूढ़े की आवाज़? तुम कहो, तुम्हें कुछ कहना चाहिए। हो सकता है कुछ न हो, पर मुझे लगेगा कि हाँ, मैंने कहा।'' वे पहले भड़कते चले गये फिर धीरे-धीरे शान्त होते गये...।

वह चुपचाप उनका चेहरा देखती रही।

''मुंहिजा मारूँ किथे ऐं मलीर किथे? आन्दो आहे छिके तकदीर किथे? आहे मौत खां वधिक पहिंजो मुल्क छड्णु, जिन खां देस वयो तिन जो कहणो जिअणु।''

(मेरे आदमी कहाँ हैं? गाँव कहाँ हैं? ये तक़दीर मुझे कहाँ ले आयी है? मौत से ज्यादा तकलीफदेह है अपना मुल्क छोड़ना। जिनसे देश छूटा उनका क्या जीना?)

और उनकी आवाज़ अपनी ही आवाज़ में डूब गयी।

चली आती हैं एक कहानी के पीछे अनन्त कहानियाँ...

पिता अक्सर उसे कहानियाँ सुनाया करते, जिनमें से अधिकतर में एक राजा हुआ करता। उसकी कुछ या एक सुन्दर राजकुमारी। वह हमेशा उसके लिए एक उपयुक्त वर की तलाश में रहता। उसे खोज लेने में जीवन की सार्थकता पाता। युद्ध के दो ही मक़सद होते थे। सम्पत्ति या लड़कियाँ। क्या यह कहानी उनसे अलग है? कहानियों की मारी हुई यह लड़की हर कहानी ध्यान से सुनती है...

जूनागढ़ का राजा अनिराव रोज सुबह सवा लाख मुहरें दान करता था। एक दिन उसने अपने दरबार के बीजल चारण से पूछा—

''इस संसार में मुझसे भी बड़ा कोई दानी है?''

जवाब में बीजल ने राजा को दोहा सुनाया :

"सोरठ संकल देस जी, जातिजी परमार।
बेटी राजा भोज की, पाली रत्नकुम्भार।
मङ्. अनीराव बादशाह जी, माणि राव खंगार।
सो नर तोखाँ वड्रो दातार, सो नर तोखाँ वड्रो जुझार।"

(संकल देश की राजकुमारी सोरठ जो जाति की परमार और राजा भोज की बेटी थी और जिसे रत्न कुम्हार ने पाला था, जो राजा अनिराव की मंगेतर थी। उसकी शादी राय खंगार के साथ हुई। वही नर आपसे बड़ा दानी और जुझारू है।)

इतना सुनते ही राजा अनिराव को बहुत ग़ुस्सा आया। उसने बीजल को तो कुछ नहीं कहा, पर उसी समय अपनी फ़ौज के साथ गढ़ गिरनार को तहस-नहस करने के लिए रवाना हो गया।

राजा अनिराव ने विशाल सेना और तोपों से आक्रमण कर दिया, लेकिन गढ़ गिरनार का कुछ न बिगाड़ सका। छह महीने के बाद राजा राव खंगार को पता चला कि उसके गढ़ गिरनार के नीचे कोई शोर हो रहा है। राजा ने सेनापति को बुलाकर वजह पूछी। सेनापति ने समूची बात सुनायी। राव खंगार ने अनिराव को एक पत्र भिजवाया। उसमें लिखा था...

"मुझे मालूम नहीं था कि तुम गढ़ गिरनार पर हमला करने आये हो। मुझे छह महीने के बाद पता चला है। जाओ, मैंने तुम्हें जीवन दान दिया। वापस चले जाओ, वरना मैं तुम्हें और तुम्हारी सेना को ख़त्म कर दूँगा।"

अपमानित राजा अनिराव वापस आ गया और ज्यादा जलता हुआ। उसने बीजल के माध्यम से राजा राय खंगार से बदला लेना चाहा। अनिराव ने बीजल को बुलाकर कहा, "अगर वह मुझसे भी बड़ा दानी है तो जाओ, उसका सिर दान में ले आओ, नहीं तो बच्चों समेत मरने को तैयार हो जाओ।"

बीजल घबरा गया। अब क्या होगा? वापस आकर उसने पत्नी को सारी बात बतायी। पत्नी ने कहा, "आपको ऐसा नहीं करना चाहिए था। दुनिया को मिल्कियत देना एक बात है, अपना सिर देना दूसरी।"

उसने पति को समझाया कि यदि तुम्हें दो शगुन मिले तो जाना, नहीं तो लौट आना। पहला, जंगल में जाकर अपना सुरन्दा बजाओ, यदि हिरण तुम्हें अपना सिर दे तो आगे बढ़ना, वरना नहीं। दूसरा, वासिंग मणिधारी नाग जो पहाड़ी पर रहता है। वह भी तुम्हें अपना सिर दान में दे तो आगे बढ़ना, वरना नहीं।"

बीजल जंगल की ओर निकल गया।

जंगल में बैठकर जैसे ही बीजल ने साज बजाया, जंगल के सारे जीवजन्तु आ गये और ध्यान से बीजल के साज की आवाज़ सुनने लगे। साज की आवाज़ हिरन-

हिरनी ने भी सुनी। हिरन जैसे ही साज की ओर जाने लगा, हिरनी ने उसे रोक कर कहा, "हे बड़े सींगोंवाले मृग! तुम वहाँ मत जाओ। यह तुम्हें मारने आया है। वहाँ जाते ही तुम अपना सिर दे दोगे और मैं अकेली रह जाऊँगी।"

हिरण चाह कर भी रुक न सका। दौड़ता हुआ बीजल के पास आया। कहने लगा, "तुम्हारे साज की आवाज़ पर पत्ते भी खड़कने लगे। मृग तरसने लगे। सभी जीव-जन्तु तुम्हारे साज की आवाज़ पर इकट्ठे हो गये हैं। मेरा सिर बख़्शीश में ले लो। मेरी आँतों की तार बना साज में डाल दो। फिर बैठकर साज बजाओ।"

बीजल ने कहा, "मेरे पास तुम्हारा सिर काटने का कोई साधन नहीं है।"

"अपने साज की तार मुझे दो," हिरन ने कहा।

बीजल ने तार हिरण को दे दी। हिरन ने तार गर्दन में लपेट ली। जैसे ही उसे गोल घुमाया, गर्दन कटकर दूर जा गिरी। उस गर्दन में से आवाज़ आयी, "हे मांगणियर! अब मुझे अपने साज की आवाज़ सुनाओ।"

बीजल रोते-रोते वहीं बैठ गया और साज बजाने लगा। हिरनी आयी रोती बिलखती। बीजल ने कहा, "रो मत, ऐसा ही होना था। मैं तीन दिन बाद वापस आऊँगा। इस लाश पर एक मक्खी भी न बैठने देना।"

पहला शगुन पूरा हो चुका था।

वह सारा दिन हिरन और हिरनी की बाबत ही सोचती रहती... तीन दिन...तीन दिन बाद क्या होगा? हिरन ने क्यों अपनी जान दे दी? साज में कैसी कशिश थी? क्या ऐसा भी कोई आकर्षण होता है कि कोई सब कुछ अपना वार दे? अपनी जान दे दे? क्या मैं ऐसा कर पाऊँगी?

बीजल वासिंग नाग का बिल ढूँढने पहाड़ पर गया। थोड़ी देर में वासिंग नाग बीजल के सामने आ गया। कहा, "मैं इस आवाज़ पर अपना सिर क़ुर्बान करता हूँ, इसे स्वीकार करो।"

बीजल ने उसका सिर भी ले लिया। फिर नागिन से कहा, "इसके शरीर पर मक्खी न बैठने देना। मैं तीन दिन बाद वापस आऊँगा।"

बीजल के दोनों शगुन पूरे हो गये थे।

वह गढ़ गिरनार पहुँचा। सन्तरी ने बीजल की प्रार्थना पर भी उसके लिए दरवाजा नहीं खोला। रात का समय था। बीजल ने गढ़ के पास साज बजाना शुरू किया। महल में कोहराम मच गया। रानियाँ और दासियाँ दुखी हो गयीं। राव खंगार समझ गया कि यह मेरा सिर दान में लेने आया है। राव खंगार ने अपनी यह बात प्रधान रानी सोरठ को बता दी। फिर उसने बीजल को कहला भेजा, "गिरनार का मालिक तुम्हारी प्रतीक्षा में हैं। हे बीजल, इस साज पर तो अपना सिर दान करने को

जी चाहता है।''

ओह! यह वाक्य उसके भीतर धँस गया। इस सृष्टि में क्या कोई ऐसा भी है जिसकी आवाज़ सुनकर कहूँ कि आ, जो चाहता है ले जा। क्या किसी मनुष्य में इतना मारक आकर्षण हो सकता है, जो साज की तरह भीतर प्रवेश कर जाए? क्या मृत्यु इतनी आनन्ददायी हो सकती है? उस दिन उसने पहली बार सोचा— मृत्यु माने क्या?

गढ़ गिरनार चौबीस कोस की ऊँचाई पर बना हुआ था। बीजल के लिए जो चमड़े की डोली भेजी गयी, उसी में चढ़कर वह वहाँ पहुँचा। रानी-सोरठ ने बिलख कर कहा, ''तुम्हें जो स्वर्ण आभूषण चाहिए, वह ले लो, मगर कृपया इसे बजाना बन्द करो।''

सोरठ रात के हर प्रहर में नाना उपहार देने की बात करती है। उच्च क़िस्म के घोड़े, उन पर सोने के पलड़े, अपार दौलत। पर बीजल को तो राजा का सिर ही चाहिए था।

सोरठ ने फिर कहा, ''यह पूरा गढ़ गिरनार ले लो, जिसमें सारे साहूकार रहते हैं। बस, राजा का सिर छोड़ दो। तुम ख़ुदा के नेक बंदे हो। मेरी मिन्नत स्वीकार करो।''

इतनी मिन्नतों के बाद भी बीजल न पिघला तो सोरठ ने ग़ुस्से से उसे श्राप दे दिया—

''झल्ल चारण तो दियां पिरह पटोलो मुनो
हीऊ दाँगी अईं कुनो, मरकु तुहिंजो मंगता।''

(मैंने तुम्हें कितनी चीजें उपहार में देनी चाहीं, पर तुमने एक न ली। अब तवा और हांडी ही तुम्हारी शोभा है। अर्थात् अब तुम अपने दिन गरीबी में गुज़ारोगे, कहते हैं सोरठ के श्राप के कारण ही मांगणियार गरीबी में दिन गुज़ारते हैं।

अपना सिर दान में देने से पहले राव खंगार अपनी माँ के पास गये। उन्होंने कहा, ''बेटा! साठ सोरठे और तेरह राव खंगार इस गढ़ गिरनार में थे, जिनका अब नामोनिशान नहीं है। यह धन दौलत ख़ज़ाने यहीं रह जाएँगे सिर्फ़ दानियों का यश संसार में गाया जाएगा।''

राव खंगार ने कहा, ''माँ, मैं एक सिर तो क्या, अगर मेरे सिर पर एक के बाद एक सिर उगते जाएँ तो मैं नित्य सिर दान करता जाऊँ। पर मेरे एक ही सिर है। मैं लज्जित हूँ।''

फिर राव खंगार ने बीजल को बुलाया और कहा, ''मैं तुम्हें अपना सिर दान देता हूँ। तुम दान लेने के लिए तैयार हो जाओ।''

सिर कटते ही धड़ हिला। खून की धाराएँ बहीं। फिर भी राजा के मुँह से यही आवाज़ निकल रही थी— ''ले रे, बीजल! ले!''

बीजल यह दृश्य देख बेहोश होकर गिर पड़ा।

आख़िर उसे उठाकर सिर थाल में सजाकर दे दिया गया। पूरे राज्य में मातम छा गया।

बीजल की मुराद पूरी हुई। जब वह सिर लेकर जाने लगा, तो सोरठ ने बीजल से कहा, मैं राव खंगार के सिर के साथ चलूँगी। अब मैं यहाँ रहकर क्या करूँगी?

दोनों उस जगह पहुँचे, जहाँ हिरन मरा पड़ा था।

वादे के मुताबिक़ बीजल ने हिरन का सिर दान में ले लिया। उसकी आँतों की तार बनाकर अपने साज में डाली और उसकी ख़ाल को बिछाकर उस पर बैठ कर साज बजाने लगा। आख़िर वह अनिराव के पास पहुँचा और कहा— "मैं राव खंगार का सिर दान में लेकर आया हूँ। मेरे साथ रानी सोरठ, हिरनी और नागिन भी आये हैं। मैं तीन सिर लेकर आया हूँ और अब आप वादे के मुताबिक़ छह सिर दीजिए।"

राजा अनिराव की सात रानियाँ थीं। उसने सोचा मेरे लिए एक ही रानी बहुत है। उसने छह रानियों से उनके सिर माँगे तो उन्होंने साफ इनकार कर दिया। अनिराव ने हुक्म दिया कि सोरठ के लिए हीरे, जवाहरात, आभूषण, कीमती पोशाक़ें ले आओ। मैं सोरठ से शादी करूँगा। बीजल और राव खंगार का सिर जला दो।

बीजल को यह सुनकर ग़ुस्सा आ गया। उसने तलवार के एक ही वार से राजा का सिर धड़ से अलग कर दिया। बीजल राव खंगार का सिर एक झोपड़ी में सम्मान के साथ अग्नि को समर्पित करना चाहता था, लेकिन सोरठ सती होना चाहती थी। उसकी इच्छा का सम्मान करके बीजल ने उन दोनों को अग्नि के हवाले कर दिया। और फिर जीवन भर अपने संगीत में सोरठ और राव खंगार की कीर्ति को गाकर इतिहास में अमर कर दिया।

उसे अच्छी लगती है यह कहानी, कई बार सुनने के बाद भी। जीवन हो तो ऐसा हो, जो किसी के काम आये। ऐसा भी क्या कि जिये और मर गये, किसी को पता भी न चले। अपना आप उसे वैसा ही क्यों लौटा दें, जैसा उसने भेजा है? वह कई रातें जाग सोरठ से पूछती रही थी... क्या तुम राव खंगार से प्रेम करती थी? या तुमने उस वक़्त का पत्नी धर्म निभाया था?

उसके घर में प्रेम मुहब्बत की कोई बात नहीं होती थी। जो भी बातें होतीं– खाना, सब्ज़ियाँ, बग़ीचा, गाय–भैंस, दिन रात कमाने की चिन्ता...पिताजी चौबीस घंटे बस धन्धे की सोचते। लड़कों का भी यही सोचते कि बड़े होकर वे उनका धन्धा आगे बढ़ाएँगे। न किसी को किसी से मुहब्बत थी, न कोई इस बाबत सोचता था। यह कोई ग़ैरज़रूरी चीज थी, जिसके बिना सब मज़े में जी रहे थे... फिर वह

क्यों सोचती थी? उसे ऐसा लगता कि सबकुछ है, पर किसी चीज का अभाव है। उसे सिर्फ़ प्रेम-कहानियाँ अच्छी लगतीं...किसी के लिए मर जाना अच्छा लगता। उसके लिए जीवन की बस इतनी ही क़ीमत थी कि उसके लिए मर जाओ, जिसे तुम मुहब्बत करते हो। बहुत बाद में पता चला...बहुत-बहुत बाद में—आधी उम्र गुज़ारने के बाद कि मुहब्बत मौत नहीं चाहती...जीवन चाहती है। किसी के लिए जीना ही मुहब्बत निभाना है।

"रायना, कहाँ हो?" कुछ लोग कितना भी दूर रहें, हमेशा दिल के पास होते हैं...उनका तीव्र एहसास हमेशा तुम्हें घेरे रहता है।

"मैं ठीक हूँ, आपको याद करती रहती हूँ...। किसी-किसी वक़्त वह पढ़ती हूँ जो आपने सुझाया होता है। अभी-अभी, 'टेल्स ऑफ द आलमाइटी' पढ़ी...रिल्के की...पढ़ती गयी, पढ़ती गयी...ऐसा लगता है कुछ किताबें सदैव से हमारे भीतर रहती आयी हैं...बस किसी ने उन्हें अनावृत कर दिया...। फिर वह वक़्त भी गुज़र जाता है...कभी-कभी कुछ करने का मन नहीं होता...। एक अजब क़िस्म की ऊब है...सन्नाटा है...मायूसी है...। मैं ये वक़्त गुज़ार देना चाहती हूँ, जहाँ मैं कहीं-नहीं हूँ...न भीतर की दुनिया में...न बाहर की...। यह कोई बीच की जगह है जहाँ से भीतर का सन्नाटा और बाहर का शोर एक साथ देख पा रही हूँ।"

"तुम्हें एक नया मोड़ देना है ख़ुद को...एक नया रास्ता...।"

"वही...वही...हर रास्ते पर थोड़ा-थोड़ा चल के देख लिया।"

"थोड़ा-थोड़ा नहीं...। चुनने का रिस्क तो उठाना ही पड़ेगा। अपने आपको जानने के लिए अपनी हद से पार जाना जरूरी है।"

"कभी-कभी मुझे लगता है मेरे भीतर एक नहीं दो लड़कियाँ रहती हैं...। एक खिलन्दड़ी...उच्छृंखल, अपनी मनमर्ज़ी करनेवाली, दुनिया को ठेंगे पर रखनेवाली और दूसरी...इसे क्या चाहिए, मुझे कभी समझ में नहीं आता। यह तो बड़ी विलक्षण पारम्परिक लड़की है यार, इससे तो मेरी निभती ही नहीं।"

"तीसरी तुम हो...इन दोनों को देखने वाली...।"

"हाँ, शायद! पता नहीं!" उधर से असमंजस से भरी आवाज़ आयी, फिर उसने आगे कहा—

"कभी-कभी भीतर हो रहे परिवर्तनों की झलक मिलती है। कुछ बदल रहा है और मैं...देख पा रही हूँ। कुछ होने-होने को है...कुछ आने-आने को है। दूर से कोई मुझे बुला रहा है और मैं सामान उठा रही हूँ। कुछ छूट तो नहीं रहा, सोचती हूँ और बहुत कुछ छूट जाता है। फिर लगता है, जो छूट रहा है, वह छूटना ही था। तुम उतना ही ले सकते हो, जितनी तुम्हारी सामर्थ्य है।"

रायना की जरा-सी बोझिल और हस्की आवाज़ मेरी चेतना के समस्त तन्तुओं में बज उठी।

हम दोनों कुछ देर मोबाइल फोन पर एक–दूसरे की साँसों की आवाज़ें सुनती रहीं...वह इसी तरह मिलती है, कभी–कभी...बारिश के बाद के इन्द्रधनुष की तरह... यकबयक...अकस्मात्! कि तुम सब कुछ भूलकर अवाक् रह जाते हो...

"एक बात बताइए, मानव जीवन का उद्देश्य क्या है?" उसकी साँसों के कम्पन बता रहे हैं कि उसके पास बहुत कुछ है पूछने को...जानने को!

"जो भी तुम्हारे भीतर कच्चा और स्थूल है, उसे पकाकर सूक्ष्म में परिवर्तन करना। सभी रहस्यवादी पद्धतियाँ यह स्वीकार करती हैं कि मानव अद्वितीय है, बस, उसे अपनी उच्चतर शक्तियों और क्षमताओं का पता नहीं है और एक नामालूम प्रतीक्षा उसके भीतर सदैव तैरती रहती है कि कोई आये और उसे उस नींद से जगा दे।"

"पर क्या यह इतना आसान है?" उधर से एक गहरी साँस!

"नहीं है। कीमियागर कहते हैं, अगर तुम्हें सोना बनना है तो सोने की एक निश्चित मात्रा तुम्हारे पास होनी जरूरी है। और तुम जानती ही हो कि समान ही समान को आकर्षित करता है। लाइक अट्रैक्ट्स लाइक! जब व्यक्ति अपने चारों ओर एक ख़ास चुम्बकीय क्षेत्र बना लेता है तो वह उसी तरह के प्रभावों को अपनी ओर खींचना शुरू कर देता है।"

"तभी तो मैं आपके पास आ गयी हूँ।" उसकी आवाज़ में खिलन्दड़ापन उभर आया।

"कह सकती हो! तभी तो हम मनचाही जगहों पर जाते हैं, मनचाहे लोगों से मिलते हैं, मनचाही किताबें पढ़ते हैं। हम उस वक़्त अपने सबसे निकट खड़े होते हैं और राहत महसूस करते हैं। परेशान तब रहते हैं जब कोई हमें हमसे दूर ले जाता है। यहीं से मनुष्य अपने मार्ग को भी प्रभावित करना शुरू कर देता है। तभी तो हम कहते हैं, अगर तुम प्यासे हो तो पानी बरसेगा।"

"...और मार्ग? मार्ग कहाँ है?"

"जहाँ तुम खड़ी हो—अपने भीतर! वहीं से मार्ग का प्रारम्भ है।"

"पर कभी तो मार्ग मिलता नहीं, कभी मिलते ही खो जाता है।"

"यह तुम्हारी चाह, हालात, परिस्थितियों, चुम्बकीय केन्द्र की शक्ति पर निर्भर करता है। तुम्हारी तलाश का रुख़ बदलते ही रास्ते बदल जाते हैं। रास्ता वहीं से प्रारम्भ होता है, जहाँ सीढ़ी समाप्त होती है।"

"सबसे पहले कहाँ से शुरू करना होता है?"

"अपने शरीर से—भौतिक शरीर से! उसे इस लम्बे सफ़र पर चलने के लिए तैयार करना है। समुद्र में उतरने की तैयारी तुम्हें धरती पर करनी होगी।"

"आप यह कहना चाहती हैं कि ख़ुद पर निगरानी रखनी होगी और ख़ुद को

तैयार करते रहना है।''

''आहार से लेकर विचार तक की निगरानी।''

''और?''

''बाहर से आनेवाला प्रत्येक प्रभाव चाहे वह शब्द, किसी भी रूप में हो— एक निश्चित ऊर्जा में हमारे भीतर कम्पन पैदा करता है— इसी को हम बाहरी प्रभाव कहते हैं। मुख्य बात है स्थूल का सूक्ष्म में बदलाव और स्थूल से सूक्ष्म का अलगाव।

कुछ देर दोनों तरफ़ ख़ामोशी छा गयी।

''क्यों कभी लगता है कि हम जो महसूस कर पा रहे हैं वह कह नहीं पा रहे? कभी-कभी लगता है कि कोई हमसे कुछ कह रहा है—कभी समझ लेते हैं, कभी नहीं...।''

''किसी ख़ास अवस्था में ही हम नयी भावनाओं, नयी संवेदनाओं का अनुभव करते हैं जिन्हें इससे पहले न हमने महसूस किया और न उसका वर्णन करने के लिए हमारे पास शब्द हैं। अपने उच्चतर भावात्मक केन्द्र से आ रही आवाज़ों को जो हमसे बात करतीं हैं, हमें पुकारती हैं, हम सुन नहीं पाते।''

''और जब संयोग के नियम घटित हो जाते हैं—हम जाने-अनजाने उन आवाज़ों की सही फ्रिक्वेंसी पर आ जाते हैं...वे आवाज़ें हमें सुनाई देने लगती हैं। जैसे अभी आप मुझे सुनाई दे रही हैं...वह भी जो कहा नहीं आपने...सुन रही हैं न आप?''

धारणाएँ— जैसे सिकन्दर को लेकर हैं अभी भी लोगों के मन में— कई उसे विश्वविजयी मानने की भूल करते हैं। सच तो यह है कि ईरान और आद्यकालीन अफ़गानिस्तान के रास्ते भारत आते समय उसने छोटे-मोटे राजाओं और क़बीलों को हराया था। राजा पोरस की सेना ने उसके छक्के छुड़ा दिये थे। मगध राज्य की शक्तिशाली सेना का सामना करने की तो वह हिम्मत ही नहीं जुटा सका। अफ़गानिस्तान में भी उसे कई मुश्किलों का सामना करना पड़ा। ग्रीस लौटते समय उसने सिन्ध पर हमला किया। उस वक़्त सिन्ध में श्रीकृष्ण और जाम्बवन्ती के वंशज राजा साम्बस का राज्य था। साम्बस ने मौत पर खेलकर यूनानियों पर ऐसा धावा बोला कि सिकन्दर के शाही हकीम परेशानी में पड़ गये कि इन तीरों के घाव सूखते क्यों नहीं। सिकन्दर को उन हालात ने पस्त कर दिया था। चलो, आगे का हाल सिकन्दर से ही पूछा जाए—धीरे-धीरे मेरे तट पर सारा अतीत, सारा इतिहास इकट्ठा होने लगा है...अपने किये का हिसाब देना तो सबको ख़ुद होता है, पर परिणाम पूरी कौम भुगतती है। वो जो कहीं शामिल नहीं थे, वे भी शामिल हो जाते हैं।

"सिकन्दर को तलब किया जाए?" मैंने कहा ही था कि मेरी ही लहर घेर कर सिकन्दर को मेरे पास ले आयी—लड़खड़ाता हुआ सिकन्दर आया—पराजय की मार से आहत!

"विश्वविजय की चाह में तुम कैसे भूल गये सिकन्दर, कि वास्तविक जीत लोगों का हृदय जीतना है न कि राज्य और सम्पदा...और तुम यही जानना चाहते थे न कि सिन्ध में स्वाभिमान का यह जज़्बा कहाँ से आया?"

"हाँ माँ! मैं संसार जीतने निकला था और..." उसने अपनी भर्रायी हुई आवाज़ में कहना शुरू किया— फिर चुप हो गया।

"एक दिन सब व्यर्थ हो जाता है, हार भी, जीत भी। पर जो काँटों की फसल तुम बो चुकते हो, उसे काटना सदियों को पड़ता है। तुम्हारे एक इशारे पर लाखों सैनिक कटकर मर गये, उनके परिवार तबाह हो गये। मनुष्य जाति की लहलहाती फसल युद्ध के उत्तेजक घोड़े पल में नष्ट कर देते हैं।" मैंने कहा।

वह एक क्षण साँस लेने को रुका, फिर बोला, "मुझे राजा साम्बस को हराना आसान लगा था, पर वहाँ के श्रेष्ठ लड़ाकों का एक तीर मेरे कवच को भेदता हुआ

मेरी छाती में धँस गया। मैं घुटनों के बल वहीं बैठ गया। मेरे सैनिक मुझे तत्काल उठाकर न ले जाते तो मैं उसी वक़्त मारा जाता। मैं हैरान था कि सिन्ध में स्वाभिमान का जज़्बा कहाँ से पैदा हो गया? मुझे मालूम हुआ कि यहाँ सैनिकों का पथप्रदर्शन कुछ नंगे फिलॉस्फर करते हैं। मैंने दस फ़लसफ़ियों को बन्दी बनाया और पूछा कि तुम लोगों ने क्या कहकर राजा साम्बस को भड़काया था...

"सम्मान से जियो या मर जाओ! उनमें से एक ने कहा।"

"वहाँ तो माँ, शहरों से दस-दस मील के फ़ासले पर भीषण गर्मी और धूप में कुछ साधु अपने आसनों पर बैठे रहते थे। मुझे यह देखकर अजीब लगता था कि उनको कुछ भी नहीं चाहिए। मैंने उनको बुलवाया तो उनका जवाब था...अहंकारी राजा! जिसे अपनी ताकत पर गर्व है साधुओं के रहस्य और जीवनशैली को नहीं समझ पाएगा। मेरे सैनिकों ने कहा कि हम अनुवादक का इन्तज़ाम कर देंगे, तो उनका जवाब था कि अनुवादकों के सामने कहना ऐसा ही है जैसे मिट्टी में पानी डालना।"

सिकन्दर की बातें सुनकर मैं मुस्करा दी।

जब सिन्ध में ब्राह्मणों की शक्ति क्षीण हो गयी थी, रानी दुश्शला ने अपने भाई दुर्योधन से तीस हज़ार ब्राह्मण माँगे थे। यहीं से सिन्ध के बदलने की शुरुआत हुई। इन्हीं ब्राह्मणों की बस्ती का नाम ब्राह्मणाबाद पड़ा। इन्हीं में पाणिनी भी हुए। इन्हीं के हुनर का शिकार सिकन्दर ग्रीस की ओर लौटने को बाध्य हुआ और पराजय की पस्ती और बीमारी की चपेट में आकर रास्ते में ही चल बसा।

वे उन लोगों के रहस्य से रोमांचित हैं, जो तोपों और तलवारों को अपने हुनर से व्यर्थ करने में माहिर होते हैं।

हर युग में जीनियस पैदा हुआ है। वह इतने ऊपर से बोलता है कि नीचे खड़े लोगों तक उसकी आवाज़ नहीं पहुँचती। पहुँचती है तो अर्थ उनके अपने होते हैं, सन्दर्भ अपने। वे वस्तु, व्यक्ति और परिस्थिति का केवल जिस्मानी रूप ही देख पाते हैं, उनके पीछे का सच नहीं।

"और, मैं...जब भारत से लौट रहा था, रास्ते में एक फ़कीर से मिलने गया। सिन्ध के उस फ़कीर का नाम था—कलाणो। मैंने उसे अपना परिचय दिया—'मैं सिकन्दर हूँ...सारे संसार का विजेता!' फ़कीर हँसा तो मैं सहम गया। फ़कीर कहने लगा—'मैं भी कभी विश्वविजय के सपने देखता था, मगर मेरी आँखें उससे पहले ही खुल गयीं। तुम्हारी खुली कि नहीं?'

'मैं स्तब्ध था।'

'फ़कीर बोला, 'ऐसा समझ कि तू रेगिस्तान में खो जाये और एक गिलास पानी के लिए मारा-मारा फिरे तो पानी के बदले अपना कितना साम्राज्य देने को

राज़ी हो जाएगा?'

'आधा साम्राज्य दे दूँगा।'

'और अगर पूरा साम्राज्य दिये बिना तुझे पानी मिले ही नहीं तो?' फ़कीर ने पूछा।

'सारा साम्राज्य दे दूँगा।' मैंने कहा।

'फ़कीर ने ठहाका लगाकर कहा, 'यह है तेरी आज तक की कमाई...एक गिलास पानी! हालाँकि इससे भी तेरा गला भर तर होगा, आत्मा नहीं। इससे तेरी दैहिक प्यास भी नहीं मिटेगी, वास्तविक प्यास को तो भूल ही जा...वह तुझ में अभी जगी भी नहीं है।'

'और माँ...जाते हुए मैंने अपने दोनों हाथ खुले रखे थे कि लोग देख लें कि सिकन्दर भी कुछ नहीं ले जा सका।'

उसकी आवाज़ में भीतर से उठते आँसुओं की धमक है। मैंने उसके सिर पर हाथ रखा तो उसकी भीगी आँखें मुस्कराने की कोशिश करने लगीं...

मैं उसे सिर झुकाये जाते देखती रही।

मैं भी उसके साथ अपनी यात्रा पर हूँ...

कभी-कभी मुख्य मार्ग छोड़कर पगडंडियों पर बैठना सुकून देता है...अगर ज़रा-सी अजनबी...जरा-सी जानी-पहचानी हों...

''सिकन्दर के मरने के बाद यूनानी शासक आते-जाते रहे, फिर चन्द्रगुप्त...बिन्दुसार...अशोक...अशोक भी हमलावर था और कलिंग स्वतन्त्र देश...युद्ध में इतना खून बहा कि दया नदी का पानी लाल हो गया। इसके बाद अशोक में जो परिवर्तन आया, वह उसे सहसा बौद्ध धर्म की शरण में ले गया। बौद्ध धर्म सिन्ध में बारहवीं शताब्दी तक सार्वजनिक रूप से व्याप्त रहा। उससे आगे की क़रीब दो सदियाँ सिन्ध के लिए भारी उथल-पुथल की थीं। हमलावर अरगूनों और तरखानों ने सिन्ध को आपस में बाँट लिया। उस समय सिन्ध न केवल भारत का, बल्कि संसार का सबसे बड़ा व्यापारिक केन्द्र था।''

पिता को ख़ामोशी में उतरते देखकर वह भी खामोश है।

जैसे वे झाड़-झंखाड़ से भरे चौराहे पर पहुँचकर आगे का रास्ता तलाश करना चाहते हों। वह उन्हें अपना रास्ता बनाते देख रही है और सोच रही है...

सिन्ध की भीतरी सुन्दरता और कशिश ने जाने कितनों को अपनी ओर खींचा। शेरशाह ने हुमायूँ को पराजित किया तो वह भागकर सिन्ध पहुँचा। वहाँ अरगूनों ने उसकी मदद की। हुमाँयू ने अपने व्यवहार से सबको जीता। बेहद उठापटक से तंग आकर वह मक्का जाकर फ़कीरों-सा जीवन जीना चाहता था। सेनापति ने किसी तरह उसे रोक लिया। उसने हमीदा बानू अरगूनी सिन्धी से पात

गाँव में शादी की। लगभग एक साल के बाद अकबर का जन्म अमरकोट में हुआ...

अकबर ने सिन्ध के निचले हिस्से पर क़ब्ज़ा करने की कोशिश की, तब वहाँ के सिन्धी बच्चे 'जानीबेग अरगून' ने उसका भारी विरोध किया। उस समय तक सिन्ध को 'विलायत दिलपसन्द सिन्ध' कहा जाता था। जब अकबर ख़ान ख़ाना को लाहौर भेज रहा था, तब वह स्वयं रावी के तट तक उसे छोड़ने आया था। उस समय तक मुग़लों की फ़ौज कम हो गयी थी और रसद चुक गयी थी। भूखों मरने की नौबत आ पहुँची तो जानी बेग ने ख़ान ख़ाना को हरा दिया। ख़ान ख़ाना उस समय के बड़े धार्मिक नेता क़ाज़ी उस्मान के पास गया तो क़ाज़ी ने कहा—"जीतोगे तुम, राज जानीबेग करेगा।" जब शाहजहाँ अपने पिता जहाँगीर से लड़ रहा था, उन्होंने कुछ वक़्त ठट्ठा में बिताया। जब औरंगज़ेब ने दाराशिकोह को हराया तब वह भागता हुआ सिन्ध की शरण में आया। जब तक किसी शासक को लोगों के दिलों पर राज करने का हुनर नहीं आएगा, वह कहीं भी राज नहीं कर पाएगा। जीतने की शुरुआत दिलों से होती है।

वह उनकी बातें बड़े धीरज से सुन रही है...

"सरमद फ़कीर के बारे में सुना है तुमने?" उससे पूछा मैंने।

वह मेरे नज़दीक बैठी है मुझे निहारती।

"सिर्फ़ नाम सुना है।" वह संकोच से मुस्करायी।

"कभी-कभी सिर्फ़ नाम याद रह जाते हैं, काम खो जाते हैं...आओ मिलें सरमद से..."

मैंने प्यार से सरमद को पुकारा तो वह मानो किसी लम्बी नींद से लौटा—"किसी एक जगह का तो नहीं हूँ, माँ...सारा संसार मेरा है। सारे धर्म मेरे हैं। इस्लाम अपनाकर पूरा पश्चिम एशिया घूमकर मैं ठट्ठा में आकर बस गया था। यहीं पर मैंने अभयचन्द का मुशायरा सुना, जिसके संगीत ने मुझे पूरा बदलकर रख दिया।"

उसकी वस्त्रविहीन देह दिव्य आभा से चमक रही है, उसके सफेद लहराते बाल...उसकी आँखों की झिलमिलाती रोशनी...

"हम दोनों ने एक साथ रहना शुरू कर दिया। मैंने सारे कपड़े उतार फेंके। मैं जहाँ खड़ा हो जाता, मुझे सुनने के लिए भीड़ इकट्ठी हो जाती। लोगों के साथ पता क्या है, माँ...वे सिर्फ सुनते हैं, उसे अपने जीवन में उतारते नहीं। वे एक ऐसा रास्ता चाहते हैं जहाँ भेड़ों की तरह उन्हें छोड़ दिया जाय और वे आँखें बन्द करके चलते चले जाएँ। ऐसा कोई रास्ता नहीं होता। मैं जब दिल्ली पहुँचा तो दाराशिकोह मेरा शिष्य हो गया। मेरा परिचय शाहजहाँ से भी कराया गया, जिसने मुझसे कपड़े पहनने का अनुरोध किया। मैंने मना कर दिया। और माँ, मनुष्य अमीरी सह सकता है, फ़कीरी नहीं। जितने भी फ़कीर हुए हैं, मनुष्य ने उन्हें मार डाला। जामा मस्जिद के

सामने मेरा सिर क़लम कर मुझे भी इस फ़ानी देह से छुटकारा दे दिया गया।''
सरमद मुस्करा दिया—''मनुष्य को मनुष्य बनने में और कितना समय लगेगा, माँ?''

मेरी लहरें उसके हाथों और पैरों को सहलाती रहीं...

''ईश्वर भी कुछ नहीं है। वह मात्र चेतनशून्य है, असीम! यह संसार न सच है न झूठ, बल्कि शून्य पर आरोपित है। शून्य का न जन्म है, न मौत। यह शाश्वत वर्तमान है। मगर यह बात तब तक पता नहीं चलती, जब तक शून्य की तलाश में भाषा ही न मिट जाये। सारी तलाश अन्ततः शून्य की है।''

वह एक क्षण रुका। उसकी आँखें अपने भीतर झाँक रही हैं—अभी भी न जाने कितना अनकहा वहाँ अटका हुआ है—'कोई जानने की कोशिश नहीं करता कि हम दरअसल संसार से नहीं लड़ते, उन नामों से लड़ते हैं जो हमारे भीतर हैं और जो संसार की एक-एक चीज को दे दिये गये हैं। भाषा क्योंकि सदैव हमारे भीतर है—हमीं से है, अतः सारा झगड़ा हमारे भीतर भाषा से ही है।'

''अज्ञान मनुष्य के भीतर इस वजह से नहीं है, सरमद, कि ज्ञान कोई बहुत मुश्किल चीज है या उसकी पहुँच से परे की बात है। बल्कि वह ख़ुद नींद में डूबा हुआ है—वह जागना और जानना ही नहीं चाहता। क्योंकि वह क्षण जिसमें तुम हो, तुम्हारी चाह ही रचती है।''

''चलता हूँ, माँ, इस क्षण में मैं हूँ, तुमने पुकारा। पुकार लिया करो कभी-कभी...माँ की गोद से सुखदायी और क्या है?''

उसने मेरा आचमन किया और ग़ायब हो गया।

मैं उसे देख रही हूँ— वह चुप गहरी सोच में है—

''मैं चाहती हूँ, मेरा अन्तस पानी की एक साफ़ झील हो, जिसके तल पर पड़े हुए सफेद मैले पत्थर, मिट्टी, रेत, घास तो दिखें ही, उस पर पड़ती बाहर के दृश्यों की परछाईं भी साफ़ दिखे...जिसे मैं उतनी ही साफ़ और सच्चाई से लिख सकूँ। इस तर्क में पड़े बग़ैर कि यह यथार्थ है या माया, क्योंकि आख़िरकार दोनों एक-दूसरे के बग़ैर नहीं रह सकते।''

''जाओ, अब अपने पिता से पूछो, जब मेरी जरूरत हो, मेरे पास आ जाना।''

प्रतीक्षा!

इस चराचर जगत में सिर्फ़ एक ही चीज स्थिर है— प्रतीक्षा! बिल्ली के बच्चे की तरह टेबल के नीचे दुबकी, गर्म-गर्म साँसें लेती, अधमुँदी आँखों से दरवाजे के बाहर देखती...वह कहीं नहीं जाती। घर के लोगों के चले जाने के बावजूद। टूटी दीवारों, धसकी छतों, गिरे हुए मलबे, टूटी ईंटों के ऊपर उछलती हुई भी वह ज़िन्दा है। जाने कैसे?

वह आगे कुछ पूछना भूल गयी है...वे उसका चेहरा देखते हैं...

वह अपने विचारों से निकलती अपनी आवाज़ सुनती है—

''बख़्शा तो नादिरशाह ने भी नहीं हिन्द और सिन्ध को! खूब लूटा ब्रज और मथुरा को।

''नादिरशाह ने लौटने से पहले यहाँ की सारी कीमती सम्पत्ति लूटी और ब्रज और मथुरा के ब्राह्मणों और स्त्रियों को ग़ुलाम बना सिन्ध से क़ाबुल के रास्ते ईरान लौटने लगा। उस वक़्त लगभग हर अरब मुल्क में ग़ुलामों की ख़रीद-फ़रोख्त होती थी। समरकन्द और बुखारा में कनीज़ों की बिक्री और नीलामी होती थी। जो अरब इन्हें ख़रीदते थे, वे समरकन्द और बुखारा में रह रहे शिकारपुरी-सिन्धियों से हुंडी पर कर्ज़ लेते थे। यह 1723 का वक़्त रहा होगा जब ये ज़ंजीरों से बँधे हुए ग़ुलाम ब्राह्मण-ब्राह्मणियाँ शिकारपुर पहुँचे तो इसकी सूचना पाकर सिन्ध के प्रसिद्ध नाऊँमल होतचन्द भोजवाणी परिवार के सेठ केवलराम और उनकी पत्नी श्रीमती तखतबाई ने प्रति व्यक्ति 100 से 250 रुपये तथा लुटेरों की फौज को रास्ते के लिए अन्न आदि देकर उन ब्राह्मण व ब्राह्मणियों को छुड़ाया। इसमें शिकारपुर सिन्धी-हिन्दू पंचायत ने भी मदद की। भोजवाणी परिवार की हिन्दुस्तान के लगभग सभी मुख्य शहरों में व्यापारिक कम्पनियाँ थीं। इन क़ैदियों को छुड़वाकर आवश्यक धन और अन्न देकर वापस ब्रज और मथुरा पहुँचाया गया। यही नहीं 1811-12 में सिन्ध, कच्छ और मारवाड़ में भयंकर अकाल पड़ा। लोगों के पास खाने को अन्न नहीं था तब भोजवाणी परिवार ने दूर-दूर के शहरों-गाँवों में ढिंढोरा पिटवाया कि हमारी कोठी में अन्न से भरी बोरियाँ रखी हैं जो चाहे ले जा सकता है। हज़ारों लोग आकर अन्न ले गये...असहाय-लाचारों-बीमारों के पास उन्होंने घर बैठे अन्न पहुँचवाया। फिर उन्हें

पता चला कई धनवान ऐसे हैं जिनके पास खूब सोना तो है पर अन्न नहीं है और वे स्वाभिमान के चलते आ भी नहीं पा रहे हैं...तब उन्होंने ढिंढोरा पिटवाया कि अन्न की बोरियाँ इस तरह रखी रहेंगी कि ले जानेवाले के मुँह पर रोशनी नहीं पड़ेगी...और उन्होंने यह महान कार्य सात-आठ महीनों तक किया था।''

वह अभिभूत-सी सुनती रह गयी थी। कहाँ है ऐसा उदाहरण और कहीं? कहाँ चले गये ऐसे लोग? कई पल उसके मुँह से कोई आवाज़ नहीं निकली।

''हिन्दुस्तान में हुई इस लूट का किसी ने विरोध नहीं किया?''

''विरोध कौन करता—संगठन की ताकत तब समझ में आती है, जब मनुष्य ख़ुद लुट चुका होता है। औरंगज़ेब की मौत के बाद मुग़ल साम्राज्य तो ढह गया था और उस समय सिन्ध में कलहोड़ा जाति तरखानों और अरगूनों से झगड़ती अपना वर्चस्व क़ायम करने की कोशिश कर रही थी। अभी वह ठीक-ठीक खड़ी भी न हो पायी थी कि सन् 1740 के दिनों में नादिरशाह ने सिन्ध पर आक्रमण कर दिया। हमले की खबर सुनते ही नूर मोहम्मद जान बचाकर अमरकोट भाग गया। एक करोड़ रुपये नगद और 20 लाख रुपये वार्षिक कर देने की शर्त पर नूर मोहम्मद को वापस सिन्ध की सत्ता मिली।''

''और दीवान गिदूमल'' बात तो आगे बढ़ानी थी।

''उसी पर आ रहा हूँ...सुनो...

ईरान के नादिरशाह के बाद लगभग 1750 में अफ़गानिस्तान में अहमदशाह अब्दाली ने सत्ता में आने के बाद कर न मिलने के बदले सिन्ध पर हमला करने की सूचना भेजी। सूचना मिलते ही नूर मुहम्मद ने अपने बुद्धिमान मन्त्री दीवान गिदूमल से विचार-विमर्श करके एक योजना बनायी और सुन्दर शिल्पकारी से सजी बड़ी-बड़ी तीन पेटियों के साथ उन्हें अफ़गान भेजा।

''दीवान गिदूमल ने अब्दाली के दरबार में सुन्दर पेटियाँ भेंट करते हुए कहा, 'मैं आपके लिए सिन्ध की नायाब सौगात लेकर आया हूँ। मेहरबानी करके इस भेंट को स्वीकार कीजिए।' किन्तु पेटियाँ खुलवाने पर उनमें से हीरे-जवाहरात के बदले मिट्टी निकली, जिसे देखते ही अब्दाली ग़ुस्से में आग-बबूला हो गया।''

'यह क्या है?'

'सिन्ध की इस मिट्टी में कई हिन्दू और मुसलमान सन्तों की ख़ाक मिली हुई है। हमारे लिए इस पवित्र-पाक सौगात से बढ़कर क़ीमती कोई दूसरी चीज नहीं है।' दीवान गिदूमल ने नम्रतापूर्वक कहा।

यह सुनकर अहमदशाह अब्दाली ख़ुशी से गद्गद हो गया और उसने झुककर उस मिट्टी का तिलक लगाया। इस तरह दीवान गिदूमल ने अब्दाली के हमले से सिन्ध को बचाया। कलहोड़ा वंश के समय 'नीरन कोट' का नाम बदलकर हैदराबाद

रखा गया और दीवान गिदूमल की देखरेख में पुराने किले के स्थान पर नया किला बनवाया गया।

"और ग़ुलामों की ख़रीद-फ़रोख्त... ?"

"मुस्लिम संस्कृति के प्रभाव के चलते समरकन्द और बुखारा से ग़ुलाम ख़रीदे जाते थे जिन्हें माल के ऊँटों के साथ शिकारपुर ले आते थे। एक दिन में 700 ऊँट आते और जाते थे। शिकारपुर में ग़ुलाम भी बिकते थे। आजकल जिस तरह जानवरों के बाज़ार लगते हैं, उस समय ग़ुलामों के लगते थे। जमींदार खेतों में काम करने के लिए और दूसरे कामों के लिए उनकी ख़रीद-फ़रोख्त करते थे। उनकी टाँगे, रानें, चमड़ी, दाँत आदि देखने-परखने के बाद उनका सौदा किया जाता था। तारीख में दर्ज़ है कि सिन्ध के बड़े साहित्यकार मिर्ज़ा कलीमबेग के दादा भी ग़ुलाम बनकर जार्तिया में बिके थे। 17-18वीं सदी में जिस बेरहमी से अरब सौदागर अफ़्रीका के निरीह लोगों को नावों में भरकर बेचने लाते थे, वह दिल दहलानेवाला मंज़र था। बाद में अमेरिका ख़रीददार बना तो ग़ुलामों की क़ीमतें एकदम बढ़ गयीं। जहाज़ भर-भर कर अमेरिका को ग़ुलाम भेजे जाने लगे। देखो।"

उन्होंने एक लम्बी साँस ली...

"गरीबी से बुरा कुछ नहीं है। मैं तो एक ही बात जानता हूँ, हमने जितनी ताकत एक-दूसरे से लड़ने, एक-दूसरे को मारने, बर्बाद करने में खर्च की है, उतनी ताकत अगर हमने गरीबी को मार भगाने में खर्च की होती तो आज मनुष्य अपने शिखर पर होता। पेट ख़ाली हो तो वह पेट से आगे कुछ सोच ही नहीं सकता। इसके तल पर मनुष्य जानवर है। अकाल के दिनों में एक मनुष्य दूसरे मनुष्य को खाते देखा गया है। पेट कुत्ता है। इसके सामने सब छोटा है।"

कहते-कहते उनकी आँखें कहीं दूर निकल गयीं, फिर उन्होंने क्षणभर को उसकी तरफ देखा और फिर कहने लगे—

"हम बड़ी-बड़ी बातों से नहीं, जीवन की छोटी-छोटी बातों से सबक़ ले सकते हैं। ख़रीदता वही है जो ख़रीद सकता है...जो तुमसे ज्यादा ताकतवर है। अमेरिका क्यों एक बड़ी ताकत बनता जा रहा है? वह ख़रीद सकता है, इसलिए! यह लोभ की पराकाष्ठा हो सकती है, लेकिन गरीबी और अन्धविश्वास में बने रहने की हमारी आदतें एक दूसरे छोर पर हैं, जो हमारे भीतर आत्मसम्मान तक को जन्म नहीं लेने देतीं। यह स्थिति हमारी आत्मा को सिकोड़े रखती है।"

वह उनसे कुछ और भी पूछना चाहती है...

जिन मनुष्यों की नीचे की जरूरतें पूरी हो जाती हैं, वे क्यों नहीं मनुष्य बने रह पाते? क्यों जानवर हो जाते हैं? ग़ुलाम तब ही नहीं बिकते थे, अब भी बिकते हैं। बाज़ार बड़ा हो गया है, जगहें बढ़ गयी हैं, नये चेहरे आ गये हैं मुखौटे लगा कर...।

इस गरीबी की कितनी ही बातें उसने इस घर में सुनी हैं—परम्परागत खेती के सिवा उनका कोई अन्य व्यवसाय नहीं था और खेती तो बस ईश्वर के भरोसे ही होती थी। उनके पिता यानी उसके दादा गज लेकर बाहर चारपाई पर बैठे रहते। औरतें भीतर सिलाई करतीं। मुसलमान अपनी नाप और कपड़े दे जाते। दादा भीतर भिजवा देते। मुस्लिम औरतों को अन्दर जाने की मनाही नहीं थी। उन्हें बचपन से ही यह एहसास हो गया था कि उन्हें कमाना है कैसे भी। शायद वही वक़्त था जब उन्होंने मनुष्य से एक व्यक्ति होने का तनाव भरा सफर किया। जवाब देना होता है हर वक़्त ख़ुद को कि तुमने क्या किया...और चूँकि यहाँ झूठे जवाबों से काम नहीं चलता, सचमुच कुछ करना पड़ता है। अपने आप को हर वक़्त याद रखना...इससे बड़ा तनाव और क्या हो सकता है?

वह उनकी ओर देखती है...यह तनाव भरा सफर उन्होंने कैसे पूरा किया...यह तो नहीं जान पायी...कभी-कभी उन्हें कहते सुनती थी...।

"हम किससे कहें? कौंन सुनेगा हमें? मैं तो तब से अपनी पीड़ा किसी को बताना चाहता हूँ? जब हम अपनी जन्मभूमि छोड़कर पानी के जहाज़ में इधर आ रहे थे, तब किसी ने सुना क्या? किसी के पास फ़ुर्सत है? हम सबके पास अपने-अपने दुखों की सलीबें हैं, वही ढोने को हम अभिशप्त हैं।"

पेड़ों की परछाइयाँ पानी में आहिस्ता-आहिस्ता हिल रही हैं, मानो वे सब कुछ जानती हैं।

सिन्ध की बाबत उसकी लगातार खोजबीन से वह जानने लगी है कि वहाँ के मेले बड़े ख़ास क़िस्म के थे—मुहर्रम या ईद पर, किसी मुर्शिद के उर्स पर आसपास के गाँववाले भी पहुँचते। भीड़ इतनी कि कन्धे से कन्धे छिलते। मारे शोर के कान के परदे हिल जाते। हर चीज बिका करती मेलों में। जानवरों से लेकर लड़कियाँ तक। बाहर से आयी इन लड़कियों के तम्बू-खेमे गड़ जाते...अन्दर खाटें और चटाइयाँ पड़ी होतीं...क़ीमत के हिसाब से लड़कियाँ मिलतीं—कोई आठ आने में मिल जाती, कोई एक रुपये में, तो कोई पाँच रुपये में। जैसा पैसा-वैसा माल। जेब का वजन तय करता कि किसे क्या चाहिए। लोग पैसे चुकाते और तम्बू के भीतर घुस जाते। खाट या चटाई का जैसा भी उन्होंने पैसा दिया होता, वही मिलता। यही नहीं, इससे भी सस्ता माल उपलब्ध था...कहीं चारपाइयों पर इनकी सस्ती दुकानें सजी होतीं, चारपाई के चारों ओर लगे चार डंडों पर पर्दे टाँग दिये जाते। ऊपर खुला आसमान! इन्हें 'टुआ' कहते थे। ये खटोले एक लाइन में लगे होते। एक खटोले पर एक-एक औरत बैठी होती। लोगों की भीड़ की भीड़—एक निकलता, दूसरा घुसता। इन लड़कियों को साँस लेने की फ़ुर्सत न मिलती...सीजन जो ठहरा! कुछ शोहदे लफंगे लड़के परदा उठाकर नज़ारा देखने की कोशिश करते रहते। उन्हें गालियाँ दे-देकर भगाया जाता तो वे फिर आ जाते।

हर समाज की तरह यह समाज भी अच्छाइयों और बुराइयों का अजीब घालमेल रहा है।

हैदराबादी सुन्दरता के चर्चे दूर-दूर तक थे। वहाँ की लड़कियाँ पढ़ी-लिखी और एडवांस मानी जातीं। शिकारपुर की लड़कियों को 'जन्नत की हूर' कहा जाता। यों उन दिनों सिन्ध को ही 'जन्नत' कहा जाता था। सिन्ध को वे प्यार से कहते हैं—'सिन्धुणी'।

ख़ुदाया! वह सोचती है, मुझे अपने समूचे जीवन को अगर एक शब्द देना हो तो कहूँगी—खोज!

उसे पता है, इस क़िस्म के मेलों की जानकारियाँ पिता उसे नहीं देंगे। वे जो कुछ कहेंगे, कमोबेश कुछ इस तरह का होगा कि जिन ख़ास कामों के लिए सिन्ध प्रसिद्ध रहा है, वह है सिल्क की कढ़ाई, चाँदी का व्यापार और मिट्टी के बर्तन।

इसके अलावा...याद कर करके वे उसे बताते रहते थे— "वहाँ के कुछ मुस्लिम कागज बनाने का काम भी करते थे। इतना बढ़िया कागज, जो अपनी मजबूती और चिकनाहट की वजह से देश-विदेश में मशहूर था। कुछ क़िस्में ऐसी थीं, जिन्हें सौ-दो सौ साल रखे रहना मामूली बात थी। महँगी किताबोंवाले या क़ीमती रिकार्डवाले कागज की बात छोड़ दें तो आजकल का कागज बीस-पचीस साल मुश्किल से चले। उन दिनों कपड़े की कतरन और खजूर के पेड़ के रेशे से कागज तैयार किया जाता था..."

फिर वे दूसरे उद्योग पर पहुँचे, जिसके बिना मनुष्य का काम कभी नहीं चला-शराब।

"बहुत बढ़िया शराब बनती थी। बाहर से आनेवाले सौदागर तो इसे बहुत पसन्द करते थे। शराब के शौक़ीन रईस और ज़मींदार भट्ठीवालों को अपना कच्चा माल देते—अंगूर, खजूर, सौंफ, जाफ़रान, गुलाब, बबूल की लकड़ियाँ और जो भी उसमें लगता, देकर स्पेशल शराब बनवाते। शिकारपुर में एक ख़ास शराब बनती थी—चौबीस बोतलों में यूनानी हकीमों से 'कुवत-वाह' ताकत का मसाला लेकर डालते, सात तीतरों और दुम्बे की चर्बी मिलाकर उबालते। जब तीन बोतलों जितना आसव रह जाता तो उसमें कस्तूरी, अम्बर, केसर, एक ख़ास फल के दाने और मिश्री मिलाते और मुलतानी मिट्टी से बन्द करके केवड़े के पेड़ की जड़ों में गाड़ देते। छह महीने के बाद उसे निकालते तो जो माल तैयार होता, उसे कोई जिगरा जवान ही झेल पाता। बड़े-बड़े ज़मींदार उसमें कबाब डुबोकर खाते। उनकी आँखें और चेहरा देखते ही बनता था। यह अँग्रेजी शराब से ज्यादा लज़ीज़, महँगी और ख़ुमारी देनेवाली शराब थी। अँग्रेजी या ब्रांडी की बोतल उस वक़्त ढाई रुपये की थी और शिकारपुर की देसी बोतल दस रुपये से लेकर साठ रुपये तक की। खैरपुर में ख़ास एक भीरन की भट्टी थी, ऐसी शराब संसार में कहीं नहीं बनती थी, ख़ुशबूदार... उसमें हिरण की नाभि मिलाई जाती थी।"

"इसके अलावा?"

"इसके अलावा ऊन और कपास साफ करने के छोटे-छोटे कारखाने हुआ करते थे। लूमों पर कपड़ा बनाया जाता था, बहुत से व्यापारी अपना धागा देकर इन कारीगरों से अपनी मनचाही डिजायन और क्वालिटी के खेस, चादरें, कम्बल और रेशमी कपड़े बनवाते थे। ये लूम तो घर-घर में थे। इनका कपड़ा टिकाऊ और सस्ता होता। बर्फ़ का एक कारखाना देखा था मैंने, जहाँ मीठी, रंगीन और स्वादिष्ट बर्फ़ बनती थी। चमड़े के कारखाने भी थे, जहाँ घोड़े की ज़ीनें, ऊँटों के पाखड़े, पानी भरने की मश्कें और दूसरी चीजें बनती थीं। कुर्सी की ऊपरली सीट भी उसी चमड़े से बनाते थे। कितने ही प्रकार के जूते और चप्पल बनते।"

उस वक़्त वे एक नयी रवानी में होते...वहीं पहुँच जाते...उन्हीं उद्योगों के आसपास...मानो खड़े होकर ख़ुद बनवा रहे हों...

सबसे ज्यादा बर्तन बनते थे...बड़ी-बड़ी देगें तो देश-विदेश हर कहीं बनकर पहुँचतीं। एक देग में एक मन चावल पका लो। शादी-ब्याह और त्योहारों-मेलों के अलावा लश्करों और सदाव्रतों में ये देगें चढ़ी मिलतीं। भंडारे चलते। ईरान, खुरसान, काबुल, कन्धार के सौदागर तो स्पेशल आर्डर देकर बनवाते, वहाँ ले जाने के लिए। ये लोग अधिक क़ीमत देकर भी बनवाते, क्योंकि ये बहुत टिकाऊ रहतीं और नफ़ासत से बनी होतीं। पीतल के बर्तन जो कटोरे में कटोरा और डब्बों में डब्बे भरे होते, वे भी बड़े मशहूर थे। लोकल क़िस्म की तो कितनी ही मिठाई और नमकीन चीजें बनतीं। इनके ख़रीदार हर क़िस्म के होते। बाहर से आये लोग पैक करवाकर अपने देश ले जाते। सबसे बड़ी बात यह थी कि आजकल की चीजों की तरह ये जल्दी खराब नहीं होती थीं।

अँग्रेजों के आने के बाद इन छोटे-छोटे घरेलू उद्योगों पर मार पड़ी। वे बेजान होने लगे। इंग्लैंड का माल सस्ता और सुन्दर होने से ज्यादा बिकने लगा। कपड़ा बनानेवालों पर इतनी सख़्तियाँ की गयीं कि उनका काम ही बन्द हो गया।

हर चीज के अपने फायदे और नुक़सान हैं—अँग्रेजों के आने से फायदे भी हुए। हिन्दुओं पर मुसलमानों के जुल्म बहुत कम हो गये। कोर्ट और जेल बनने से गुनहगारों के हाथ-पैर कटने बन्द हो गये। रेलवे की वजह से आवाज़ाही सस्ती-सुलभ हुई। रास्ते और पुल बनने से खेतों को पानी, लाखों लोगों को रोजगार मिला। चोरी-डकैतियाँ कम हुईं तो लोग निर्भय होकर आने-जाने लगे। अस्पताल, मुसाफिरख़ाने, यतीमख़ाने बनने से साधारण या गरीब लोगों के लिए सुविधाएँ बढ़ीं।

मगर कुछ भी किसी को यूँ ही नहीं मिलता...क़ीमत तो चुकानी ही पड़ती है...'' वे इतनी सारी बातें बताने के बाद बोले।

''मुस्लिमों ने तलवार के ज़ोर से लोगों को मुसलमान बनाया तो अँग्रेजों ने सरकारी ओहदे और पैसा देकर गाँव के गाँव ईसाई बना दिये।''

''इसका विरोध भी तो हुआ होगा?''

उन्होंने उसकी बात नहीं सुनी...अपनी बात पूरी किये बिना वे दूसरे की सुनते भी नहीं।

''उसी समय नये सम्प्रदाय बने। राजाराम मोहन राय ने कलकत्ते में ब्रह्मसमाज की स्थापना की। इन्होंने सती-प्रथा, जाति-प्रथा, बाल-विवाह और अँग्रेजी तालीम के विरोध में जाग्रति पैदा की। इसके बाद 1875 में स्वामी दयानन्द ने बम्बई में आर्य समाज की स्थापना की। ये ईसाई और इस्लामी मज़हब के बरक्स वैदिक धर्म की श्रेष्ठता साबित करते थे। थियोसोफिकल सोसाइटी और न जाने कितने पन्थों और

समाजों की स्थापना हुई। सबका एक प्रमुख लक्ष्य था—हिन्दुस्तान में जाग्रति फैलाना। शिकारपुर में ये सारी संस्थाएँ थीं।

"न सिर्फ हिन्दू, बल्कि मुसलमान भी नींद से जागे। उनके नेता थे—सर सैयद अहमद खाँ। उन्होंने अपनी क़ौम की उन्नति पर बहुत ध्यान दिया। 1875 में उन्होंने भी अलीगढ़ में एक कालेज की स्थापना की, जो आगे चलकर मशहूर 'अलीगढ़ मुस्लिम यूनिवर्सिटी' कहलाया।"

"रेल के आने से बहुत फ़र्क़ पड़ा होगा।"

"फ़र्क़?" वे हँसे..."सिन्ध में व्यापारियों के क़ाफ़िले आना बन्द हो गये। नये व्यापारी और उनके नये व्यापार रेलों के साथ ही शुरू हो गये। तस्वीर ही बदल गयी। कितने ही ऐसे शहर नये-नये सौदागरों की मंडियाँ बन गये जहाँ पहले कोई नहीं जाता था। विलायती माल कराची बन्दरगाह पर उतरने लगा। अँग्रेजी तालीम ने ऐसी पीढ़ी तैयार कर दी जो हिन्दुस्तानियों को जाहिल साबित करने लगी...बहुत सारी चीज़ें अपनी जड़ों समेत उखड़ गयीं।"

बहुत कह चुके थे वे। थोड़ी देर चुप रहने के बाद उन्होंने कहा—

"जीवन जगह बदलने का ही तो नाम है। जगह बदलते-बदलते एक दिन हम सब अपनी सही जगह पर पहुँच जाएँगे।"

"वहाँ क्या है, जहाँ आप जाना चाहते हैं?" अचानक वह पूछ बैठी।

वे कुछ देर उसका चेहरा देखते रहे, फिर बाहर की तरफ देखने लगे—

"सवाल यह नहीं है कि मैं जाना चाहता हूँ। सवाल यह है कि वहाँ क्या है? मैं तो नहीं जानता...सुनी-सुनायी बातें हैं, बाप-दादाओं के मुख से सुनी हुईं..."

"वही बताइए।"

कई बार उसने सोचा था कि उनसे पूछे, मृत्यु को वे आज किस तरह से देखते हैं? उनके भीतर ऐसा कौन-सा छोर है, जहाँ वे इस पार के 'ख़ुद' पर ख़त्म होकर उस पार के अगले 'ख़ुद' पर पहुँचता महसूस करते हैं।

"हमारा धर्म भी मृत्यु के बाद आत्मा की वापसी में यक़ीन करता है। अपनी इच्छाओं से संचालित...किसी और शरीर को अपना वाहन बनाते हुए! हम मानते हैं कि मृत्यु के तुरन्त बाद आत्मा अपनी आदत के वशीभूत शरीर के चक्कर लगाती है, ताकि उसे भीतर आने का रास्ता मिल सके। मृत्यु होते ही हम मृतक के पाँव उसके घर की तरफ और सिर श्मशान की तरफ रखते हैं। श्मशान में अर्थी के चारों ओर पानी छिड़का जाता है। आत्मा को चेतावनी के रूप में कि अब उसे शरीर के चारों ओर घूमना बन्द करना होगा।"

वे अचानक चुप हो गये।

कुछ सोचते हुए उनकी आँखें सिकुड़ गयीं। वह उन्हें कुछ आगे बढ़ाने की

ग़रज़ से बोली।

''पिता की चिता को अग्नि हिन्दू रस्मों के अनुसार बेटा ही देता है?''

''हाँ...'' उनके चेहरे पर अजीब मुस्कान आयी, फिर वे उसकी तरफ देखकर बोले—

''चाहे वे कितने ही नालायक हों। है न?''

''एक बात और आपसे कहूँ?''

''कहो...''

''आप रिश्तों के इतने मुहताज क्यों हैं? क्या मिलता है इनमें—दया, घृणा, प्रताड़ना और उपेक्षा के अलावा? प्रेम और विश्वास तो कहीं से भी मिले, ले लो। वहाँ ये बँधकर नहीं आते...बेशर्त होते हैं। इनसान को पहचानना हो तो उन पर से रिश्तों के लेबल उतारना जरूरी है।''

''तुम ठीक कहती हो।'' उन्होंने जैसे बुदबुदाहट में कहा—

''पर...मनुष्य...मुझे डर लगता है। कोई और मारे, इससे बेहतर है अपनों के हाथों मारा जाऊँ।''

''और मुझे रिश्तों से डर लगता है।'' वह मुस्करायी।

''अब तुम्हारी क्या बात! तुम तो राह भटककर आ गयी हो कहीं और से... अब बेटी की तारीफ तो उसके सामने नहीं करनी चाहिए न!'' वे हँसे, फिर अपनी बात पर लौटे...

''हाँ, तो मैं कह रहा था कि फिर कुल्हाड़ी के हत्थे से घड़ा तोड़ते हैं।''

''कुल्हाड़ी के हत्थे से घड़ा तोड़ना इस बात का प्रतीक भी हो सकता है कि प्राचीनकाल में मृत्यु के बाद लोग मृतक का सिर तोड़ देते थे, ताकि आत्मा सिर के रास्ते बाहर निकल जाये।''

''हाँ, वैसे तो आम आदमी जीता ही सारी उम्र अपने निचले हिस्सों में है। अब जाके मुझे ऐसा लगता है, मनुष्य के दो हिस्से हैं— कमर के ऊपर और कमर के नीचे। नीचे तो सभी जीते हैं। अपने आप से ऊपर उठना...अपनी कमर के ऊपर उठना ही तो है। सब कुछ इस देह में ही दिया है परमात्मा ने—हम उसे खोज नहीं पाये। बस, संसार ही खोजते रह गये।''

सुनकर उसे लगा, क्या सचमुच उन्हें इस बात का मलाल है या यूँही किसी निराश पल की बात? अगर आज उनसे पूछा जाय कि क्या वे वापस आना चाहेंगे तो बिना झिझक के उनका जवाब 'हाँ' में होगा। लेकिन वह उन्हें इस सवाल से बचाकर आगे उनकी बात सुनने लगी।

''मृत्युशैया के निकट जमीन पर घी का दीया जलाया जाता है—दो दिन और दो रात...तीसरे दिन उस वक़्त तक जलता रहता है, जब तक हड्डियाँ और राख चुन

कर नहीं लाये जाते किसी पवित्र नदी में बहाने के लिए। यह भी इस बात का प्रतीक है कि आत्मा लगातार उस स्थान के चारों ओर चक्कर काटती है, जहाँ वह इतने बरस रही है। तीसरे दिन दीया बुझना उसे वापस भेजने का संकेत है। फिर भी यह माना जाता है कि ग्यारह दिन आत्मा अपने घर के चारों ओर भटकती है—बारहवें दिन जब यज्ञ, दान-पुण्य, ब्राह्मणभोज कराकर उसे विदा किया जाता है, तब उसे यक़ीन होता है कि अब वापसी सम्भव नहीं, तब...''

वे सहसा रुक गये।

''तब?'' उसने पूछा।

''तब?'' वे कुछ पल सोच में डूबे रहे, फिर बोले, ''पता नहीं। वापसी तो तब भी होती है...किसी और शरीर में...किसी और तरीक़े से...''

''प्रकृति हमें मौक़ा देती है अन्त तक—पूरा मौक़ा...जब तक हम ख़ुद नहीं ऊब जाते—तौबा नहीं कर लेते। तब तक आपकी मर्ज़ी है तो आते रहो...वही-वही काम करने के लिए...उन्हीं-उन्हीं रास्तों पर गोल-गोल घूमने के लिए...व्यर्थ, निरर्थक...''

उसकी बात सुनकर वे कई पल उसे देखते रहे, फिर बोले—

''अगर सब व्यर्थ है तो उसने यह सृष्टि बनाई ही क्यूँ?''

वह चुप रह गयी...

वह चाहती तो उत्तर दे सकती थी कि जिसकी तैयारी हो चुकी है और जो समझ चुका है आने-जाने का अर्थ, वह क्यों न अपना अगला रास्ता चुने? लेकिन कुछ उत्तर बहस बनकर रह जाते हैं, जब तक उन पर सिरे से कोई संवाद न चले। प्रश्न और उत्तर बहाना हैं, उनके ज़रिये हम नये सवालों तक पहुँचते हैं और एक गहरी यात्रा शुरू होती हैं। फिर दूसरों से नहीं, स्वयं से सामना होता है।

खोजते-खोजते उसे 'शाह जो रिसालो' मिल गया, सिन्ध में यह क़ुरान शरीफ़ के बाद सबसे अधिक पढ़ा जाता है। ...शाह अब्दुल लतीफ़।

"ख़ुद आप भी सूफ़ी मत से ख़ासे प्रभावित रहे। सूफी होना आपका सिर्फ़ ख़्वाब बनकर रह गया। आप इस राह पर चल न सके।" सूफीज़्म वैदिक धर्म की संस्कृति से जुड़ा है...इसकी जड़ें सिन्ध में आदि काल से मौजूद रहीं।

ख़ाली निगाहों से वे कुछ क्षण न जाने कहाँ देखते रहे...फिर मुस्करा कर कहा—"बुल्लेशाह कहते हैं—

'रैण गयी लटके सब तारे! अब तो जाग मुसाफ़िर प्यारे'। तो रैण गुज़र गयी, हम जाग नहीं पाये। चलो आज मैं तुम्हें 'शाह-सचल-सामी' से मिलवाता हूँ।

शाह लतीफ़ भिटाई सिर्फ सिन्ध के ही नहीं, संसार के महान दरवेशों में से एक हैं। उन्होंने अपनी विचारधारा लोगों तक पहुँचाने के लिए अक्सर प्रेम कहानियों का सहारा लिया। वे जनकवि हैं। लोग खेतों में हल चलाते हुए, लम्बे सफर पर पैदल चलते हुए और दूसरे हज़ार सांसारिक काम करते हुए इन्हें गाते हैं। शाह साहब के कलाम को बैठ कहा जाता है। जिन्हें शाह साहब ने 'आयतें' कहकर पेश किया है। आयत यानी कुदरती तौर पर अन्तर से उतरी हुई।"

"और रिसालो यानी?"

"सन्देश! अब इनके बारे में मैं कुछ और भी बताना चाहूँगा—शेख़ अयाज़ लिखते हैं— शाह साहिब के वालिद सैयद हबीब ने तीन शादियाँ कीं, लेकिन सन्तान का सुख देखना नसीब न हुआ। उन्होंने अब्दुल लतीफ़ नाम के एक कामिल दरवेश के सम्मुख अपना दुख प्रकट किया। दरवेश ने दुआ की कि अल्लाह तेरी अभिलाषा जरूर पूरी करेगा। तू अपने बेटे का नाम मुझ पर रखना। अल्लाह चाहेगा तो तेरा बेटा अपने गुणों के कारण संसार में बेजोड़ मुकाम हासिल करेगा। यह दुआ फल गयी। कहते हैं जब उन्हें पढ़ाई के लिए भेजा गया तो उन्होंने कहा—

जो कुछ है, एक अलिफ़ में समाया हुआ है, बाकी कुछ पढ़ने या जानने की जरूरत नहीं है—'अखर पढ़ु अलिफ़ जो वर्क सभ विसार। अन्दर तू उजार, पन्ना पढ़न्दे केतरा।'

"एक बार वे एक वटवृक्ष की छाया में बैठे हुए थे—अपने ध्यान में मगन माला

फेरते। दो युवतियाँ सिर पर पानी के घड़े लिये गुज़र रही थीं...वहीं बैठकर सुस्ताने लगीं। एक ने पूछा—

"कितनी बार मिली है तू अपने महबूब से?"

"कितनी बार?" उसने हैरत से दूसरी को देखा...

"क्या यह याद रहता है...बस वही है, जहाँ भी है।"

सुनकर शाह साहब ने अपनी माला फेंक दी—

"जब तू ही है सर्वत्र तो वहाँ मेरे लिए भी जगह नहीं है।"

शाह साहब ने कहा है—

"पानी पी पर प्यास रहने दे। रोटी खा पर भूख रहने दे। फिर तुझे अपने भीतर अल्लाह का जलवा दिखाई देने लगेगा।

"इक्कीस साल की उम्र में उन्होंने घर छोड़ दिया और योगियों की मंडली के साथ घूमने लगे। इसके बाद ठट्टा से शाह लतीफ़ भम्भोर चले गये। भम्भोर को ससुई का शहर माना जाता है। शाह साहब ने अपने कलाम में सबसे अधिक स्थान ससुई-पुन्हूँ की प्रेम कहानी को दिया है। शाह साहब कहते हैं—

"मैं ही ससुई हूँ, मैं ही पुन्हूँ हूँ।

"मूमल को भी जब तक अपने अलग अस्तित्व का भ्रम था वह अपने प्रियतम राजा की तलाश में दुखी थी। जब अभेद की अवस्था प्राप्त की तो उसकी प्रसन्नता का ठिकाना न रहा। कहती है—'अब ऊँट को कहाँ ले जाऊँ? राणा को क्यों ढूँढूँ? मेरी दृष्टि जहाँ तक जाती है, वहाँ तक राणा के सिवा कुछ दिखाई नहीं देता। यही अभेद की अवस्था है।"

वे कहते जाते हैं...

"शाह अब्दुल लतीफ़ कल्होड़ों के युग में थे। एक बार कुछ दुष्टों ने शाह साहब को रास्ते में रोककर पूछा, 'आख़िर तुम कौन हो? हिन्दू या मुसलमान?'

उन्होंने कहा, 'मैं दोनों के बीच में हूँ...मैं वो कुछ नहीं हूँ।'

"उन्होंने अपने कलाम में सिन्ध की सभ्यता, सिन्ध के प्राकृतिक मनोहर दृश्य, सिन्ध की लोक परम्पराओं और लोक साहित्य को उजागर किया...सिन्धी भाषा को ऊँचे से ऊँचे, गहरे से गहरे, सूक्ष्म से सूक्ष्म भावों और विचारों से सुन्दर और सरस बनाया। पालने से लेकर क़ब्र तक शाह साईं का कलाम हमारे जीवन का अभिन्न अंग है। कहते हैं संसार के सबसे अधिक प्रसिद्ध कवियों में शाह लतीफ़ का नाम शामिल है। यह भी कहते हैं कि कुदरत ने हर क़ौम को हादी (मार्गदर्शक) और रहबर भेजे, लेकिन जब सिन्ध की बारी आयी तो उसने शाह की उँगली पकड़ी। ये सिन्ध की आत्मा हैं।"

"और सामी-सचल...?"

"वहीं आ रहा हूँ..." उन्होंने पहलू बदला और बताने लगे...

"जब शाह साहब की मुलाकात सिन्ध के प्रसिद्ध फ़कीर सचल के दादा मियाँ से हुई तो वे लोगों से छिपकर भक्ति कर रहे थे। शाह साहब ने उन्हें देखकर फ़रमाया—

'यार को छिपाना नहीं चाहिए, उसे बाहर लाना चाहिए।' इस पर वे बाहर आ गये। जब शाह साहब दूसरी बार उनसे मिलने गये तो वहाँ पाँच वर्ष के बालक सचल को देखकर फ़रमाया—"जो बर्तन मैंने चढ़ाया है, उसका ढक्कन यह खोलेगा।"

सामी का जन्म शिकारपुर के वैश्य परिवार में सन् 1743 में हुआ। वे जब युवा थे तब स्वामी मेघराज नामक एक ब्राह्मण से दीक्षा लेकर संस्कृत और दर्शन का अध्ययन प्रारम्भ किया। वे कागज के छोटे-छोटे टुकड़ों पर सिन्धी भाषा और गुरुमुखी में श्लोक लिखकर एक मटके में डालते जाते थे। अस्सी वर्ष की उम्र में इन्हें एक पुत्र हुआ, जिनका नाम था घनश्याम दास। जब वह बड़ा हुआ तो उसने मटके में से वे श्लोक निकालकर उन्हें एक पोथी में संगृहीत किया। सामी ने इन श्लोकों में कहीं भी अपना नाम नहीं लिखा है। वे कहते हैं—

'प्रेम बिना प्रकासु, कहिंखे थियो कीन की।' (प्रेम के बिना प्रकाश की उपलब्धि नहीं हो सकती।)

सामी के पाँच हज़ार श्लोकों का विशाल भंडार है। सचल सरमस्त संगीत की मस्ती में हाथ में तानपुरा लेकर झूमते रहते थे। वे कहते हैं—आशिक को अपने आपको 'अनलहक' कहना चाहिए। इसी बात की ओर शाह लतीफ़ ने भी इशारा किया है। मुराद फ़कीर कहता है—

'वह एक ब्रह्म हज़ारों लहरों में व्याप्त है, वह तुम्हारे हृदय में भी विराजमान है—

मूँ में आहीं तू, तो में आहयाँ माँ
बिजली बादल सां, आहें जींय सुपरी।

सूफ़ीमत जो सिध में प्रचलित है, उसका आरम्भ किसी मनुष्य से इश्क़ करने से होता है। यानी, जिसे तू ढूँढ़ रहा है, वह तू ख़ुद है। सूफ़ी आत्मलय को 'फ़ना' और ब्रह्मलय को 'बका' कहते हैं। यही तो बुल्लेशाह कहता है—

न ख़ुदा मसीते लभदा, न ख़ुदा विच काबे
न ख़ुदा कुरान किताबा, न ख़ुदा निमाजे।

मगर किसी को समझ ही नहीं आता। कहते हैं, भगवान श्रीकृष्ण बीमार पड़ गये। किसी वैद्य ने कहा, आपका उपाय चरणों की धूलि है। इससे आप ठीक हो जाएँगे। लेकिन कोई भी अपनी चरणधूलि देने को तैयार न हुआ- रुक्मणि भी नहीं।

नरक जाने का डर जो था। राधा को जैसे ही पता चला, उसने कहा, 'बस, इतनी-सी बात? कितनी चाहिए?' श्रीकृष्ण ने रुक्मणि से कहा, 'देखा!'

तो जहाँ फ़र्क़ मिट-मिट जाये... कि तुम कहाँ से शुरू हुए...मैं कहाँ ख़त्म हुआ?

कट्टरपन्थियों ने लाखों मनुष्यों का रक्त बहाया है। धर्म के नाम पर जितना क़त्लेआम हुआ है, उतना तो युद्धों में भी नहीं हुआ। सचल के दौर में सिन्ध की धरती पर रक्त का दरिया बहाया गया। कोई समझता ही नहीं है धर्म माने क्या? धर्म माने जीवन की राह! और सुनो—धर्म एक दिन मिट जाते हैं...सिर्फ ईश्वर बचा रहता है...।

वे अब चुप हैं... थक गये हैं...

"और क़ाज़ी कादन?" वह बीच में कहीं रुकना नहीं चाहती...सब कुछ पूछ लेना चाहती है...

"वो भी थे, मियाँ मीर थे। मियाँ मीर ने गुरु नानकदेव के बाद सिखों के पंचम गुरु अर्जुन देव के आग्रह पर अमृतसर में स्वर्ण मन्दिर की नींव का पत्थर रखा। मियाँ मीर क़ाज़ी कादन का नाती था। सूफ़ी कवियों में क़ाज़ी कादन का नाम शाह अब्दुल करीम और शाह अब्दुल लतीफ़ से पहले आता है। और भी बहुत होंगे। सबके नाम तो मैं नहीं बता पाऊँगा...विद्वानों और शायरों बड़ी आस्था रही है। हर विद्वान और साहित्यकार अपने युग का अनुवादक होता है। जब किसी भी समाज में मनुष्य का खून निर्ममता से बहाया जाता है, तब कवि-साहित्यकार कलम उठाता है। देखो, कितनी हैरानी की बात है...मनुष्य जिन्हें महान मानता है, उनकी पूजा करता है, मन्दिर-मस्जिद बनवाता है, लेकिन उसके कहे में नहीं चलता। कौन करता है मनुष्य से इश्क़? तुमने देखा है किसी को? ये सब किस्से-कहानियों की बातें हो गयी हैं..."

"किया तो है बहुतों ने...बुल्लेशाह करता था, मीरा ने किया, नानकदेव ने किया...और अभी आप कह रहे थे न...मूमल ने किया..."

"सुनोगी मूमल की कहानी?"

"जी..."

"तुम कहोगी, मैं तुम्हें सिर्फ कहानियाँ बता रहा हूँ, पर ऐसा नहीं है...मैं तुम्हें जीवन बता रहा हूँ...कैसे वे जी गये हमसे अलग तरह का जीवन...अपनी धुन, अपनी दीवानगी, अपनी रौ में...दीन-दुनिया को ठेंगे पर रखकर, दुनिया के निरर्थक दस्तूरों से भागकर! फ़र्क़ होता है जीवन काटने और जीने में। तुम्हें यक़ीन नहीं आएगा, लेकिन यह जीवन मनुष्य पर सचमुच बोझ है...उसे समझ नहीं आता है, वह क्या करे? वह लड़ता है, जीतता-हारता...लहू बहाता है...पर वह जीने का सलीक़ा

सचमुच नहीं जानना चाहता।"

वह कुछ नहीं कहती—वह वहीं अटकी है—बुल्लेशाह में, मीरा में, शाह-सचल-सामी में...

एक वह छोर है, जहाँ कोई जानता है कुछ और दूसरा छोर वह जनमानस का, जहाँ उसे अपनी बात पहुँचानी है—विद्वत्ता के नियम और रूढ़ियाँ किसी को भी अपने सम्पूर्ण ज्ञान को अभिव्यक्त करने की अनुमति नहीं देतीं। कोई व्यक्ति जितना कहता है, वह उससे हमेशा कम होता है, जितना वह जानता है।

"रुको, मैं मूमल को बुलाता हूँ, तुम ख़ुद ही पूछ लो।" उन्होंने हल्के से मुस्करा कर कहा और दरवेशों की तरह अपने हाथ नीचे से ऊपर किये...

मूमल आ गयी...

वह एक भाव जगत में थी...जैसे एक फिल्म चलने लगी...

"प्रेम में मरना क्या जरूरी होता है, मूमल?" उसने वह प्रश्न पूछा, जिसके इर्दगिर्द उसकी कहानी लिपटी थी।

वह मुस्करायी, "हम सात बहनें थीं...मीरपुर माथेलो के राजा मिन्द गुज्जर की सात शहजादियाँ...मैं सबसे सुन्दर..." वह कहती चली गयी...

"जब हमारे पास हुस्न की दौलत होती है, तब हम चाह उठते हैं कि कोई आये, हमें जीते और हमें ले ले...हमारी शर्तों पर! इसी ख़्वाहिश के चलते मैंने एक ऐसा अद्भुत जादुई महल बनवाया, जिसमें प्रवेश करते ही भटकने और खो जाने की पूरी सम्भावनाएँ थीं..."

"जादू? यह जादू क्या होता है, मूमल?" उसने पूछा।

"जिसके नियमों का तुम्हें पता न हो।"

"अच्छा...फिर?"

"उसके अन्दर खूबसूरत बाग भी थे, टेढ़ी-मेढ़ी गहरी नदियाँ थीं—असली भी और जादुई भी। नदियों पर ऐसे पुल थे जो पैर रखते ही ढह जाते। रास्ते में असली होने का भ्रम डालते, जादुई शेर-चीते नज़र आते थे। महल के अभिनन्दन कक्ष में खूबसूरत दीवान थे, जो खोखले थे। उनके बीच गहरे कुएँ थे। बहुत नौजवान आये, लेकिन मुझ तक कोई नहीं पहुँच सका। फिर एक दिन राणा आया...अमरकोट के राजा हमीर सूमरो का वजीर...अपने राजा और साथियों के साथ। सब थककर लौट गये, सिर्फ राणा ने मुझ तक पहुँचने की ईमानदार कोशिशें कीं...और वह पहुँच ही गया। मुझे जीते जाने की खुशी थी और राणा को मुझे पा लेने की। राणा दूसरे दिन लौट गया। अमरकोट से मेरा महल दूर भी न था, सो राणा रोज़ रात को आता, दिन को चला जाता। मैं उसे हमेशा अपने साथ चाहती थी। फिर एक दिन उसे पहुँचने में बहुत देर हो गयी और मैंने उसे सबक़ सिखाने के लिए अपनी बहन को

मर्दाने वेश में सुला दिया...''

''क्या तुम नहीं जानती, मूमल...मर्द कितना ईष्यालु होता है?''

''तब नहीं जानती थी। वह आया, उसने दूर से देखा और लौट गया। फिर उसने किसी का ऐतबार नहीं किया...सन्देशवाहकों का भी नहीं। बहुत प्रतीक्षा की मैंने, वह नहीं आया तो भेस बदल कर मैं उसके पास गयी और उससे दोस्ती कर ली। फिर एक दिन शतरंज खेलते हुए उसने मुझे पहचान लिया और नाराज़ होकर चला गया।''

मूमल की बातें सुनकर उसके मन में कई नये प्रश्न उठे, लेकिन वह उसे परेशान नहीं करना चाहती थी।

''फिर...मूमल... ?''

''मैंने चिता बनायी और उसमें कूद गयी''

''ओह...मूमल...''

''चिता में मेरी देह लपटों के बीच ख़त्म हो रही थी कि राणा को पता चला। वह भागता हुआ आया...और...और चिता में कूद गया।''

वह मूमल की आँखों में देखती रही।

''अब तुम जितने चाहो, इसके अर्थ निकाल सकती हो...'' कहती हुई वह लुप्त हो गयी।

यह कथा कहीं उसके अवचेतन में रही होगी...उसने उसे प्रत्यक्ष जी लिया जैसे...लेकिन सवाल रह गये।

राणा ने तुम पर यक़ीन नहीं किया और तुम उसके प्रेम में...उसकी तलाश में... कहाँ से कहाँ पहुँच गयी! आत्मघात तक...ओह, मूमल...क्यों? किस यात्रा पर जाने के लिए?

वे बताते जा रहे हैं—''रूह और रब की प्रेमकथा को शाह साहब ने मूमल-राणो की इस कहानी के ज़रिये समझाया है। वे कहते हैं कि मूमल रूह है और राणा मुर्शिद है, जो अल्लाह का रूप है। यह जाइई महल शरीर है। रूह का अल्लाह तक पहुँचना जितना मुश्किल है, उतना ही मुर्शिद का रूह को मायावी महल से आज़ाद करवाना कठिन है।''

पिता जी की बात सुनकर वह मुस्कराती है...संसारी रिश्ते को रूहानी रिश्ते में क्यों तब्दील किया गया, लोगों को समझाने के लिए? बुल्लेशाह कहते हैं—

'मुल्ला की दौड़ मस्जिद तक, आशिक़ की मंजिल आगे है।'

"आप अक्सर मुझसे लाड़काने की तारीफ करते रहते हैं। आख़िर ऐसा क्या है इसमें? कोई शहर किस तरह किसी इनसान के लहू में मिल जाता है?"

यह पूछा था उनसे...बहुत पहले...जब मिल की भागादौड़ी के बीच कभी-कभी वे समय बचा लेते थे। उनके लिए समय बचाने का मतलब था पीछे लौटकर उन-उन चेहरों को देखना...जो अब नहीं हैं। हम अपने अतीत से प्रेम करते हैं...अपने उन लोगों से जिनके बिना हम वह नहीं बन सकते जो हैं...अच्छे, बुरे कैसे भी।

वे हँस पड़े थे—"जैसे माँ से पैदा होते हैं तो पता नहीं चलता कि कितनी माँ आ गयी है भीतर? मिट्टी का रिश्ता तो उससे भी गहरा है...यह देखना है तो अलग-अलग प्रदेशों के लोगों को देखो—वे अपने देश और प्रदेश की रसीदी टिकट हैं—वहाँ की मिट्टी, हवापानी, वातावरण सब हम पर प्रभाव डालते हैं। तुम अपने आप को देखो—सिन्ध हमसे छूटी...लेबल तो अभी भी तुम्हारे चेहरे पर है...पक्की सिन्धनियाँ लगती हो।"

यह उन्होंने तब कहा था, जब हमें 'सिन्धनियाँ' होने से डर लगता था। हम नहीं चाहते थे कि हम दूसरों से अलग देखे-समझे और महसूस कराये जाएँ। यह सितम हम अपने बचपन से झेल रहे थे बिना किसी से कुछ कहे...वे अक्सर कहते थे—"हम अपनी जातीय अस्मिताओं और स्मृतियों को नष्ट करते जा रहे हैं धीरे-धीरे। अब किसी सिन्धी को देखो—वह सिन्धी लगता ही नहीं—न वह सिन्धी होने में गर्व महसूस करता है। हमारी विशिष्टताएँ भी धीरे-धीरे सामान्य होती जा रही हैं। पहले ही हमारी दुनिया का इतिहास उन संस्कृतियों से अटा पड़ा है जो ज़मीन में धँसी पड़ी हैं और जिन्हें हम आज याद तक नहीं करते। वे हमारे मृत अतीत का हिस्सा हो चुकी हैं। तो क्या यह एक दिन हमारे साथ भी होगा?"

उसके पास इन सब बातों का कोई जवाब नहीं होता था, न उसे ये लाइनें समझ में आती थीं।

"लाड़काने के लिए हम आज भी कहते हैं—हुजेई नाणो त घुमु लाडकाणो नक़द है तो लाड़काना घूमो..." उन्होंने कहना शुरू किया—"इस शहर की तारीफ़ तो कितने ही आमिलों-शायरों ने की है। इसकी शोहरत पूरे सिन्ध में फैली हुई

थी—सुगदासी चावल की तरह! अच्छा...तुमने कभी यह महसूस किया है—हर चीज की एक महक होती है...मिट्टी हो कि पेड़-पौधे, फूल-फल, अनाज हो या मनुष्य...कि पशु-पक्षी...सबकी महक जुदा-जुदा...यही महक हमें अपनी ओर खींचती है, लगाव पैदा करती है। सिन्ध-सा चावल इस मिट्टी में नहीं महक सकता, न ही यहाँ की चीजें वहाँ महक सकती हैं उसी तरह हमारी महक हमारी मिट्टी में है...।''

उस दिन पहली बार उसने इस जुदा-सी चीज को शिद्दत से महसूस किया था और जाना जब अलग-अलग महक से महकते लोग उसके जीवन में आये-गये।

''बाज़ार की रौनक़ शाम को देखने लायक़ होती, चारों तरफ दुकानें सज जातीं—सूखे फल की दुकानें...चमन के जरदालू, अंगूर, अनार और शरदे सजाये जाते। द्वारकादास और नानकदास बन्दूकवाले विलायत से आयी नयी बन्दूकें सजाकर रखते शो-केसों में...मिठाइयाँ ताज़ा-ताज़ा बनतीं, थालों में सज जातीं...चाँदी के वर्क लग जाते। गर्म-गर्म तले जाने की महक चारों ओर फैली रहती। ख़ासतौर से कबाब, पकौड़े, चाय...''

वे अपने उन बाज़ारों की हलचलों में पहुँच गये हैं...।

''सेऊ बाज़ार से जेल्स बाज़ार पहुँचने तक चारों तरफ रौनक़। होटलवालों को फ़ुर्सत ही न होती। तूफान होटल में नये-नये रिकार्ड बजते, इस कारण वहाँ भीड़ भी बहुत होती। गर्मियों में चाय के बदले लमलेट ज्यादा पसन्द किए जाते—लेमन, रासबेरी, आरेंज, मोती, केवड़ा और सबसे ज्यादा विमटो। सर शाहनवाज़ और ख़ानबहादुर खुहरो के बँगले राजनीतिक हलचलों के केन्द्र होते...।

वहीं हिन्दुओं में प्रभुदास तोलाणी, राम पंजवाणी के पिता दीवान प्रताबराय पंजवाणी, रीझूमल लाहौरी और निश्चल दास, किशनचन्द्र बेबस, दादा दुखायल शहर के इज़्ज़तदार लोग माने जाते।

घूमने के लिए रायल टाकीज़ के नज़दीक था नज़रबाग़। उसके जामों का स्वाद अभी भी मेरी जुबान पर है। दूसरा था ज्ञानबाग। तालाब से निकाली गयी ताज़ा पबुण की टिकी यानी कमलगट्टा खाकर तो देखो। और तरबूज...उसके स्वाद की बात ही और थी—एक टुकड़ा मुँह में डालो तो मुँह रस से भर जाये।''

रस? और महक? वह इन दोनों के बारे में दिनों सोचती रही—कहाँ चले जाते हैं सारे रस और सारी महक जब हवा में एक छुरा चमकता है और 'घप्प' से किसी की छाती में घुस जाता है?

उसे ख़याल आता है कि सिकन्दर के वक़्त यूरोप के लोगों में सिन्ध के लोगों के बारे में कुछ ऐसी राय थी...

'सिन्धी दुबले-पतले, लम्बे और सुदृढ़ शरीरवाले होते हैं। ये सोने की

थालियों में चावल, सब्जी और गोश्त मिलाकर खाते हैं। इनकी शराब भी चावलों से बनती है। अपने ज्ञान को ये मौखिक रूप में स्मरण रखते हैं। इनका मुख्य व्यवसाय कृषि है। अनाज को सुरक्षित रखने में इनका कोई सानी नहीं।'

धारणाएँ अजीब चीज़ हैं। ये एक बार बन जाती हैं तो फिर पीछा नहीं छोड़तीं। हम इन्हें चुन-चुन कर अपना गौरवगान भी बना लेते हैं। ये नहीं कि ये निराधार होती हैं, लेकिन हमने इनके कमज़ोर पैरों पर बहुत ज्यादा वजन रख दिया...चली जा रही हैं लड़खड़ाते हुए।

“1783 से 1843 तक सिन्ध पर मुस्लिम मीरों का शासन रहा...”

वे बताते रहे...

“ये चार भाई थे। इन्होंने सिन्ध को चार भागों में बाँट लिया था और हर वक़्त लड़ते रहते थे। इनका राज्य इतना कमजोर था कि ये अफ़गानिस्तान से निष्कासित होकर शिकारपुर में रह रहे शाहशुजा, पंजाब के राजा रणजीतसिंह और अँग्रेजों को हर साल लाखों रुपये कर के रूप में चुकाते थे। इस दौर में सिन्ध की आर्थिक स्थिति इतनी कमज़ोर थी कि अँग्रेज़ इसे दुर्भाग्यजनक घाटी मानते थे। चारों भाइयों में ख़ुद को अँग्रेज़ों का हितैषी सिद्ध करने की होड़ मची रहती थी, और अँग्रेज़ सिन्ध को अपने अधिकार में लाने को ज़रा भी इच्छुक नहीं थे।”

“और उस वक़्त के धार्मिक हालात...?”

“काफ़ी ख़राब...एक हिन्दू महिला ने एक मुसलमान को बेईमान कहा तो उससे पूछा गया क्या तुम ईमान रखती हो? उसके ‘हाँ’ कहने पर जबरदस्ती उसे मुसलमान बना दिया गया। किसी भी सिन्धी हिन्दू को घोड़े पर सवारी का अधिकार नहीं था। गधे या खच्चर पर सवारी करने पर भी उसे मीर परिवार और उनके रिश्तेदारों या अधिकारियों के सामने आने पर नीचे उतर सलाम करना पड़ता या फिर सज़ा पाने के लिए तैयार रहना पड़ता था। ज़िस भी हिन्दू सिन्धी से नाराजगी होती, उसका सुन्नत कर मुसलमान बना दिया जाता। इस तरह सिन्ध बहुत से हाथों में लुटता-पिटता रहा।

सिन्ध में पिछली चार-पाँच पीढ़ियों से देश-विदेश में प्रसिद्ध व्यापारी भोजवानी परिवार के सेठ नाऊमल के अँग्रेज़ अफसरों के साथ पहले से ही गहरे सम्बन्ध थे—अँग्रेजों को सिन्ध के रास्ते अफ़गानिस्तान जाने के लिए उनको हर प्रकार की सहायता दी थी—सेठ ने अँग्रेजों को अनाज-घोड़े-ऊँट-खच्चर आदि सवारियों के साथ मज़दूरों की व्यवस्था और समय-समय पर धन भी उधार दिया। फिर उन्होंने अपने पिता होतचन्द के साथ हुए अत्याचारों का बदला चुकाने और आतंकी मुस्लिम राज से सिन्ध को मुक्ति दिलाने के लिए अपना जीवन ख़तरे में डालकर अँग्रेजों को मनचाहा धन देकर उनकी मदद की और लगभग 1843 में मीरों के आतंकी राज से सिन्ध को मुक्ति दिलायी।”

एक छोटी-सी खामोशी छा गयी।

उसके पास उनसे पूछने के लिए प्रश्न-ही-प्रश्न हैं...अनन्त जिज्ञासाएँ।

आख़िर क्यों स्वनिर्मित और स्वर्णिम जीवन को हम दाँव पर लगा देते हैं? क्यों अपनी श्रेष्ठतर संस्कृति और परम्पराओं को निम्नतर इच्छाओं के बदले नष्ट होने देते हैं? हम ऐसी पहचान बनाते ही क्यों हैं, जो हमें बेहद सुकून तो देती है, मगर हमसे अपनी रक्षा या विकास नहीं करवा पाती?

क्या ऐसे सवालों के ठीक जवाब होते भी हैं?

इनके उत्तर हमें अपने समय से पूछने पड़ते हैं। समय...जो पता नहीं होता भी है या हमारे मन का कामचलाऊ आविष्कार है...हमारे दुनियावी कामकाज भर को चलाने के लिए।

अन्ततः हम स्वयं बचे रह जाते हैं अपने ही कटघरे में... अकेले!

"अब मैं तुम्हें अपने समय के कुछ महान लोगों के बारे में बताना चाहता हूँ। उन्हें जाने बिना सिन्ध की बाबत तुम्हारी जानकारी पूरी नहीं होगी और वैसे भी तुम्हें जानना चाहिए। कुछ लोगों के पास इतना होता है कि सबको देने के बावजूद कम नहीं होता। सबसे पहले मैं तुम्हें ऋषि दयाराम के बारे में बताऊँगा, जो सिन्ध के 'युगपुरुष' कहे जाते हैं..."

वह उन्हें ध्यान से सुन रही है...

"दयाराम गिदूमल शाहाणी के पुत्र थे। ये एक योग्य जज तो थे ही, कोर्ट के बाहर भी इनका विस्तृत संसार था। उन्होंने एक नारी सभा बनायी, जहाँ विधवा औरतें कई तरह के काम करती थीं। दहेज़ प्रथा के ख़िलाफ़ उन्होंने बड़ा अभियान छेड़ रखा था। अपनी बेटी रुक्मणि के विवाह समारोह में उन्होंने सिर्फ शरबत और पापड़ परोसे थे। जज के रूप में वे निष्ठावान थे। एक बड़े उद्योगपति सेठ केवलराम जब शिकारपुर में बलात्कार के अपराधी साबित हुए तो दयाराम ने उनकी प्रतिष्ठा की परवाह न करके उन्हें पाँच साल की क़ैद की सजा सुनायी।"

"मैंने सुना है कि दयाराम जी ने शिमला के क़रीब धर्मपुर में सौ एकड़ ज़मीन पर टी.बी. सेनिटोरियम बनवाया..."

उसकी बात सुनकर वे मुस्कराये..."तो तुम जानती हो!"

फिर वे दयाराम की दूसरी सेवाओं का ज़िक्र करने लगे—

"उस दौर के बॉम्बे में उन्होंने सेवा सदन बनवाया और अमृतसर में शान्ति आश्रम पुस्तकालय बनवाकर शिरोमणि गुरुद्वारा प्रबन्ध कमेटी को दे दिया। वे टैगोर के शान्ति निकेतन को लगातार कुछ-न-कुछ भेजते रहे। अपनी 1120 रुपये की मासिक आमदनी में से सिर्फ़ 150 रुपये ही अपने खर्च के लिए रखते थे। उनकी न्यायप्रियता के इतने क़िस्से मशहूर थे कि लॉर्ड कर्जन उनसे मिलने आया था। अपने

अन्त तक आते-आते वे मौन रहने लगे थे। गाँधीजी ने सुना तो उनसे मिलने आये और अपना मौनव्रत तोड़ने का आग्रह किया। लेकिन दयारामजी ने इसे स्वीकार नहीं किया। उन्होंने अपने बेटे केवल को अपनी लिखित डायरी भेजी, जिसे 'सत्य के प्रयोग' नाम दिया। तीन साल बाद जब गाँधी जी ने अपनी आत्मकथा लिखी तो उसे यही नाम दिया।

"एक और भी शख़्स थे—साधु वासवानी, जिन्होंने बर्लिन की धर्मसभा में भारत का प्रतिनिधित्व किया था" वह उन्हें याद दिलाती है।

"हाँ...साधु वासवानी, प्रोफेसर के रूप में कराची, कलकत्ता, लाहौर और पटियाला के कॉलेजों में पढ़ाते रहे, लेकिन अपने स्वभाव से वे एक सन्त थे। 1910 की बर्लिन धर्मसभा में सारे विश्व से प्रतिनिधि आये थे। साधु वासवानी ने वहाँ भारत का प्रतिनिधित्व किया। उनका गुणगान अख़बारों में आता रहा। जब उनके पास अख़बारों की कतरनें पहुँचीं तो उन्होंने उन्हें समुद्र में डाल दिया। वे अपनी ऐसी शोहरत को व्यर्थ मानते थे। उनकी माँ उनके अभियानों से कभी सहमत नहीं रहीं, लेकिन उनकी अटलता देखकर उन पर विवाह करने के लिए उन्होंने ज़ोर डालना बन्द कर दिया। साधु वासवानी सिर्फ दस रुपये महीना अपने ऊपर खर्च करते थे। तुम्हें यह जानकर आश्चर्य होगा कि कई सालों तक सारा संसार तीन नामों को ज्यादा जानता रहा—गाँधी, टैगोर और वासवानी। वासवानी जी ने हैदराबाद में दो स्कूल खोले। वे कविता भी करते थे। इनकी बेहतरीन कविताओं का संग्रह 'नूरी ग्रन्थ' में है। कई मुस्लिम इन्हें 'दादा दरवेश' कहते थे।"

वह पूछ रही है—"अँग्रेजों के आने पर सिन्ध के क्या हालात थे?"

"मैंने तुम्हें बताया था कि 1843 में नाऊँमल होतचन्द भोजवाणी ने अँग्रेजों के सहयोग से सिन्ध को मीरों के आतंकी राज से मुक्ति दिलायी। तब तक सिन्ध का परिदृश्य काफ़ी कुछ बदल गया था। सिन्ध की धरती के जख्मी होते जाने के सिलसिले चलते आये थे...जो आता, कुछ-न-कुछ उठाकर चलता बनता...। गरीबी ने सिन्ध को जकड़ लिया तो ईसाई मिशनरीज आ पहुँचीं। इनकी मंशा समझ लेनेवाले लोगों ने अपने बच्चों को इनके स्कूलों से हटा लिया। उस समय तक औरतें पर्दे में रहती थीं। बारह वर्ष की माँएँ और क़रीब इतने ही बड़े लड़के आवारा घूमते आसानी से देखे जा सकते थे। नयी पीढ़ी में जाग्रति लाने की जरूरत थी और इस पर आगे काम भी हुआ... प्रीतम धर्मसभा ने भी बहुत काम किया।"

उसने उन्हें याद दिलाया, "ऋषि दयाराम और साधु वासवानी के अलावा सिन्ध की जनता पर जिनका अच्छा-ख़ासा प्रभाव था, वे सावरकर, तिलक और गाँधी थे। मैंने सुना है, तिलक जब सिन्ध गये तो युवकों ने बैलगाड़ियों में बैलों की जगह ख़ुद को जोता। महिलाओं ने पहली बार घर से बाहर निकलकर उनकी आरती

उतारी। तिलक भावविभोर हो गये थे। उन्होंने सिन्ध यात्रा के बाद कहा था, 'सिन्ध के लोगों की देशभक्ति देखकर मुझे विश्वास हुआ है कि भारत माता अधिक दिनों तक बेड़ियों में जकड़ी नहीं रह सकती।'

सुनकर वे प्रसन्न थे...''तुम स्वयं भी खोजबीन में लगी रही हो और कई चीजें जान गयी हो...पर कुछ चीजें और भी जानती चलो। गाँधी जी से बहुत पहले ही सिन्ध में वीर सावरकर की प्रेरणा से स्वदेशी आन्दोलन शुरू हो चुका था। विदेशी माल की होली जलाना और स्वदेशी का प्रचार-प्रसार। 1905 में शुरू हुई आत्मनिर्भरता की इस लहर के सूत्रधार थे तोलाराम बालानी और आचार्य जे.बी. कृपलानी। इनके साथ थे प्रो. जवाहरमल मनसुखाणी, बीरूमल बेगराज और गोवर्धन शर्मा। खादी के वस्त्र पहनना स्वदेशी व्यक्ति की पहचान सा बन गया । ब्रह्म समाज, आर्य समाज, थियोसॉफिकल सोसायटी जैसी प्रमुख संस्थाओं के साथ सारा जनसमूह हो लिया । और क्या जानती हो?

''जब तिलक का देहान्त हुआ तो जयराम दास और अन्य सिन्धी लीडरों ने शोक में अपने सिर मुँड़वा लिये। उस वक़्त यह डर फैल गया कि स्वतन्त्रता आन्दोलन ठंडा न पड़ जाय। लोगों की आस महात्मा गाँधी से बँधी। महात्मा गाँधी ने सिन्ध की सात बार यात्रा की थी । 1916 में पहली सिन्ध यात्रा से लौटने के बाद बम्बई पहुँचकर उन्होंने पत्रकारों से कहा था—'राष्ट्रीय चेतना बम्बई से अधिक सिन्ध में दिखलाई दी।' मुझे एक बात और याद आ रही है पंजाबकेसरी लाला लाजपत राय ने अमृतसर काँग्रेस अधिवेशन के बाद अपने कार्यकर्ताओं से कहा था.....'सिन्ध के लोगों के उत्साह और देश प्रेम से हमें प्रेरणा लेनी चाहिए ।'

वह अभी कुछ और जानना चाहती है...

''गाँधी, नेहरू और जिन्ना के बारे में हम बाद में बात करेंगे। उससे पहले मुझे 1930-32 के सत्याग्रह मूवमेंट के बारे में बताइए।''

वह जानती है कि बात फिर किसी और दिशा में घूम जाएगी... उन्हें इन तीन व्यक्तियों से बहुत शिकायतें हैं और मौक़ा मिलते ही उसके सामने उन शिकायतों को रख देना है। पर अभी वे वहीं हैं—सिन्ध में...

'' नमक सत्याग्रह की सफलता के लिए कराची की पाँच हज़ार स्त्रियाँ समुद्री पानी से मटकियाँ भर-भर मोहल्ले की हर गली में नमक बनाती नज़र आती थीं। नमक सत्याग्रह के साथ शराब और विदेशी कपड़ों के बहिष्कार के लिए भी सिन्ध में आन्दोलन चल रहे थे । इसमें पुरुषों के साथ महिलाएँ और बच्चे भी शामिल हो गये। सैकड़ों महिलाएँ हाथ में सूत कातने वाली तकलियाँ चलातीं, दुकानों के सामने जा-जाकर ग्राहकों को हाथ जोड़कर, विदेशी कपड़ों के प्रयोग से होने वाले नुक़सानों को समझातीं, उनके बहिष्कार की प्रार्थना कर रही थीं। जेठी सिपहमलाणी, किकी

लालवाणी, कस्तूर बेन, पार्वती गिदवाणी बाकियों को संचालित करती थीं।

फॉरेन क्लाथ बॉयकॉट कमेटी ने व्यापारियों को बैठक में बुलाकर चेतावनी दी कि हफ्ते भर के बीच विदेशी कपड़ों की बिकवाली बन्द कर दें और पूरा माल विदेशी एजेंटों को वापस लौटा दें । विदेशी एजेंटों ने जब इस माल को देश के अन्य शहरों में ले जाने के लिए लॉरियों में भरा तो सत्याग्रही इन लॉरियों के सामने लेट गये। बाद में एजेंटों ने इस माल को जहाज़ के रास्ते वापस ब्रिटेन भेजा ।

जिस दिन व्यापारियों ने अँग्रेज़ी कपड़ा मिलों के आर्डर रद्द कर दिये उस दिन कराची में भगवा झंडा शान से लहराने लगा। 'डेली गजट' ने बड़ी-बड़ी हेडलाइन में लिखा—'कराची में अँग्रेज़ी सरकार का कामकाज ठप्प।'

सिन्ध में नमक सत्याग्रह आरम्भ होने से पूर्व असहयोग आन्दोलन और विशेष कर मुस्लिम लीग के कारण कई मुस्लिम कांग्रेस से अलग हो गये थे। गाँधीजी के द्वारा ख़िलाफ़त आन्दोलन में मुस्लिमों का सहयोग करने के आह्वान का जिन्ना ने विरोध किया, जिसके कारण उन्हें कांग्रेस छोड़नी पड़ी। बाद में अँग्रज़ों और मुस्लिम लीग के प्रयासों से वे मुस्लिम लीग में शामिल हो गये। गाँधीजी की इस घोषणा के कारण कई प्रसिद्ध नेताओं के साथ अनेक हिन्दुओं ने भी कांग्रेस छोड़कर हिन्दू सभा में प्रवेश किया था।

उन्हीं दिनों एक बड़ी दुर्घटना हो गयी..." वे कहते-कहते संजीदा हो उठे।

"कौन-सी?"

"अँग्रेज़ों ने सरदार भगतसिंह और उनके दो साथियों सुखदेव और राजगुरु को फाँसी की सज़ा सुना दी। पूरा देश इससे आन्दोलित हो उठा। महात्मा गाँधी वायसराय से मिलने गये तो देश को उम्मीद थी कि यह सज़ा टल जाएगी, लेकिन ऐसा न हो सका। गाँधीजी पर आरोप लगे कि उन्होंने भगतसिंह और उनके साथियों को अँग्रेज़ों द्वारा फाँसी चढ़ाने से बचाने के गम्भीर उपाय नहीं किये। इसके लिए उन्हें जगह-जगह भारी विरोध का सामना करना पड़ा।"

वह जानती है कि बाद में ये तथ्य भी सामने आये कि स्वयं भगतसिंह ने फाँसी से बचने के हर उपाय में साथ देने के बजाय फाँसी पर चढ़ने का अटल फ़ैसला कर लिया था, ताकि उनकी शहादत से नौजवानों और आनेवाली पीढ़ियों को प्रेरणा मिलती रहे। अपने पिता को लिखे उनके पत्रों से पता चलता है कि वे अपने पिता से इस बात के लिए बेहद नाराज़ थे कि वे उन्हें बचाने की कोशिश कर रहे हैं। उसे रह-रहकर यही ख़याल आ रहा है कि किसी क्षण में किये जानेवाले फ़ैसले से चाहे इतिहास बनते हैं, लेकिन उस क्षण की जाँच-परख करना बहुत कठिन है।

"भगतसिंह और उसके साथियों को तो सब जानते हैं...बहुत से ऐसे क्रान्तिकारी भी हुए हैं, जिनका नाम तक कोई नहीं जानता...आओ, मैं तुम्हें एक छोटे से वीर

क्रान्तिकारी से मिलवाता हूँ..." वे कहते चले गये....।

सहविचार का दृश्य उनके सामने विस्तार पा गया—एक छोटा वीर क्रान्तिकारी हरकिशन जेल में बन्द है—

पिता मिलने आये तो पूछा—

"बेटे, तू अच्छा निशानेबाज़ है—फिर वह लाल मुँहवाला बन्दर कैसे बच गया?"

"पिताजी, मैंने कुर्सी पर खड़े होकर गोलियाँ चलायी थीं—कुर्सी हिल रही थी। अँग्रेज़ गवर्नर घायल तो हुआ...परलोक नहीं पहुँच सका। इसके बाद मैंने जो गोली चलायी, उस थानेदार को लगी जो उसकी रक्षा करने को खड़ा था।"

"तुमने गोली जमीन पर खड़े होकर क्यूँ नहीं चलाई?"

"यदि मैं जमीन पर खड़े होकर गोली चलाता तो वह किसी को भी लग सकती थी। क्योंकि कई लोग गवर्नर जनरल के आसपास थे। मैंने उस पर दो गोलियाँ चलायी। तीसरी गोली जैसे ही चलाने लगा, डॉ. राधाकृष्णन उसे बचाने बीच में आ गये।"

"यदि गोली निशाने पर लगती और उस लाल मुँहवाले बन्दर का क़त्ल हो जाता तो मुझे अपने बेटे पर और ज्यादा गर्व होता...।"

26 जनवरी, 1931 के दिन लाहौर सेशन कोर्ट ने हरकिशन को फाँसी की सजा सुनायी। जेल में मिलने आयी दादी ने पोते का माथा चूमकर कहा—

"हरि बेटे, बहुत हौसले के साथ फाँसी पर चढ़ना।" कहते-कहते उनकी अपनी आवाज़ भर्रा गयी।

"फ़िक्र न करो, दादी। शेरनी का पोता मौत को शर्मिन्दा करके रहेगा।" उसने मुसकराते हुए अपनी दादी के पैर छू लिये।

"जिस जेल में उसे फाँसी दी जानेवाली थी, उसमें भगतसिंह भी कैद थे। उसने उनसे मिलने की इच्छा प्रकट की। न मानने पर अनशन कर दिया। आख़िर भगतसिंह को फाँसी दिये जाने के बाद उसे भी फाँसी दे दी गयी।"

हाँ, सब कुछ तो कोई नहीं जानेगा...ऐसे न जाने कितने वीर शहीद हो गये...जिनके नाम तक कोई नहीं जानता...।

"1942 में एक आन्दोलन हुआ था..." वह याद कराती है।

"हाँ, इसमें भी दो क़ीमती जानें गयीं—हेमू कालाणी और निर्मल जीवताणी। हेमू बचपन से ही अपने चाचा डॉ. मंघाराम कालाणी की स्वराज सेना में रहकर देश की मुक्ति के लिए क्रान्ति का पाठ पढ़ चुका था। हेमू सिन्ध के महान क्रान्तिदूत परचो विद्यार्थी के मागदर्शन में सिन्ध को अलग देश के रूप में आज़ाद करवाने वाले 'यूथ सर्कल' का सदस्य था...सक्खर सिन्ध के रास्ते फौजी गोला-बारूद ले जा रही

रेलगाड़ी को गिराने के लिए रेल पटरियाँ उखाड़ते समय आयी पुलिस को देखकर उसने अपने तीन साथियों को भाग जाने को कहा और ख़ुद को गिरफ़्तार करवा लिया।''

और इस अपराध के बदले 21 जनवरी, 1943 के दिन उसे फाँसी दिये जाने के विरोध में जेल में बन्द सभी क़ैदियों ने दिन भर का उपवास रखा था।

'और, तोलाराम बालाणी?'

'आग का शोला थे...। ये सिन्ध के पहले नवयुवक थे जिन्होंने स्वराज और स्वदेशी का सन्देश छोटे-छोटे गाँवों तक पहुँचाया। इनकी लिखी 'मुल्क मदाह' नाम की देशभक्ति के गीतों की किताब अँग्रेज़ सरकार ने 1907 में प्रतिबन्धित कर ज़ब्त कर ली। प्रकाशक डर गये और इनकी किसी भी सामग्री को छापने से इनकार कर दिया। इन्होंने हार नहीं मानी और अपने हाथ से लिखकर अपने दो अख़बार लिथोप्रेस पर छापने शुरू कर दिये।'

''चलो, तुम्हें असहयोग आन्दोलन के दौरान सिन्ध के जोश और जज़्बे का एक और मंज़र दिखाता हूँ...यह देखो, सिन्ध की सँकरी सड़कें...हज़ारों विद्यार्थियों और सैकड़ों शिक्षकों ने सरकारी विद्यालयों को त्याग दिया है। कराची के प्रसिद्ध डी.जे. सिन्ध कॉलेज के विद्यार्थी भी अपना कॉलेज छोड़ रहे हैं। श्री हासानन्द जादूगर के गीत गलियों में गूँज रहे हैं।'

'आ गया है कर्मयुग, कुछ काम करना सीख लो'

'देश और जाति पर, कट-कट कर मरना सीख लो।'

नवाबशाह साहिती ज़िले के खेमचन्द चेतनदास बालाणी परिवार के कई सदस्य जेल चले गये। इनके छः बड़े-बड़े मकान आज़ादी की हलचल के केन्द्र थे यहाँ भारत के क्रान्तिकारी भी आकर शरण लेते थे। अँग्रेज़ सरकार ने कई बार इनके घर और कार्यालय पर छापे मारकर सरकार विरोधी साहित्य ज़ब्त किया था। यहीं के फेरूमल सच्चानन्द थावाणी विद्यार्थी जीवन से ही 'स्वराज आन्दोलन' से जुड़े थे। उनके परिवार के दस सदस्यों को जेल की सजा दी गयी। ऐसे न जाने और कितने परिवार थे जिनका मक़सद एक ही था आज़ादी।

इसी समय ख़ुद को सभ्य समझनेवाले अँग्रेज़ों की क्रूर असभ्यता सामने आ गयी जब उन्होंने ढाका की विश्व प्रसिद्ध मलमल तैयार करनेवाले बुनकरों के अँगूठे काटकर भारत की बुनाई कला को समाप्त करने का प्रयास किया।

असहयोग आन्दोलन के चलते कई वकीलों ने सरकारी न्यायालय छोड़ स्वदेशी स्थापित कर लिए हैं। इन्हीं के माध्यम से लोगों के विवाद निपटाये जा रहे हैं और इसी के चलते सिन्ध के लगभग 200 लोगों को जेल हुई। इसमें 72 मुस्लिम भाई भी थे। सिन्ध में असहयोग आन्दोलन का 1921 का यह दूसरा साल है—यह

जन सभाओं, हड़तालों और विद्रोहियों को जेल की सजाएँ देने का साल है। सिन्ध के कुछ कांग्रेसी सत्याग्रही नेताओं ने ख़ुद को गिरफ़्तार करा लिया है। इन विद्यार्थियों के नाम हैं—श्री परचो विद्यार्थी, हषू केवलरामानी, सोमो ज्ञान चन्दानी, ऐशी विद्यार्थी, कीरत बाबाणी, गोविन्द माल्ली, आसन उत्तमचन्दानी। और भी न जाने कितने! ये इस आन्दोलन को कहते हैं—'जनता की जंग'। इनमें से कुछ जुलूस निकालकर अपना विरोध प्रदर्शित कर गिरफ़्तारियाँ दे रहे हैं, कुछ संचार माध्यमों को ठप्प करने के लिए तार काटने, डाक के डिब्बे जलाने, रेल की पटरियाँ उखाड़ने और झूठे सरकारी आदेश जारी कर क्रान्तिकारियों को छुड़ाने और अफसरों की बदली करवाने, सरकारी खजाना लूटने का काम करते हैं। इनमें लड़कियाँ और औरतें भी कहाँ पीछे हैं?'

वह देख रही है उनकी आँखों से वह भीड़... जिसने स्वदेशी आन्दोलन के चलते देखा था अपने नेताओं के जोश को जिनका एक ही उद्देश्य था—स्वराज! और जब उन्हें गिरफ़्तार कर जेल भेजा जा रहा है तो उनके मुख पर हँसी-सी खेल रही थी। गोवर्धन शर्मा के पिता वल्लभ शर्मा ने आशीर्वाद देते हुए कहा— 'आपको तीन साल और पाँच साल की सजा मिली है तो कोई गाज नहीं गिरी है। लोकमान्य तिलक को छह साल, और श्रीराम को चौदह साल बनवास मिला था।' इस पर वीरूमल बेगराज ने हँसते हुए कहा— 'ये पाँच साल की सजा पाँच घंटों की तरह गुज़र जाएगी। इनमें एक और थे चेटूमल हरीराम जेल के दरवाजे तक उनके पीछे हज़ारों लोग 'वन्दे मातरम्' कहते हुए गये। शिकारपुर में इस दिन हड़ताल की गयी....

उसकी एक पुकार ने न जाने कितनी क़ब्रों के मुँह खोल दिये। वे जो उसके भीतर थीं...और वे भी जो उसके अतीत में थीं—फिर भी—वह सोच रही है—हमारे भीतर बहुत कुछ ऐसा है जो न कभी लिखा जाएगा, न प्रकाशित होगा—बहुत से पन्ने चिता पर हमारे साथ जाएँगे—जिन्हें पढ़ने को हम तब भी कतराएँगे—क्या हम जानते हैं उन पर क्या लिखा है? क्या हम उसे बदल सकते थे?

"क्या सिन्ध में कुछ ऐसे भी क्रान्तिवीर थे जो आज़ाद सिन्ध का सपना देखते थे?"

उसने मेरी तरफ देखते हुए अपनी बोझिल आवाज़ में अगला प्रश्न पूछा...।

अभी नहीं थकेगी, अभी देर है...। मैं उसकी तरफ देखती मुस्करा दी— "अब तुमसे मुझे परचो विद्यार्थी को मिलवाना पड़ेगा, तलब करती हूँ उसे...।" और मैंने उसे आवाज़ दी—

"परचा...।"

और वह आया...गोरा-चिट्टा...सूट-बूट-टाई सिर पर टोप पहने किसी अँग्रेज़ सरीखा...

आते ही उसने मुझे दोनों हथेलियों में भरा और माथे से लगा लिया—

"मैं तो कभी तुमसे दूर नहीं जाना चाहता था, माँ। अगर सबने और समय ने मेरा साथ दिया होता तो सिन्ध को एशिया का स्विट्ज़रलैंड बनाने का मेरा सपना पूरा हो जाता और आज मेरी आँखों में आँसू न होते...मैं तो अपने साथियों से कहता था—'अँग्रेज सरकार ने अब तक ऐसी गोली नहीं बनायी है जो परचे को लग सके। सिन्ध में अँग्रेज सरकार अगर किसी से डरती थी तो सिर्फ़ मुझसे। कई केस मिलाकर मुझे 83 साल की सजा सुना दी गयी थी।" वह खिलखिलाकर हँस पड़ा—"मैं अँग्रेज़ों के सामने गिड़गिड़ाकर आज़ादी की भीख नहीं माँगना चाहता था। मेरा इरादा था—सशस्त्र क्रान्ति। मुझे पता था कांग्रेस, मुस्लिम लीग और अँग्रेज़ सरकार मिलजुल कर आज़ादी के नाम पर नयी ग़ुलामी का इतिहास रच रहे हैं। मैंने दो हज़ार हिन्दू और मुस्लिम लड़के-लड़कियों को संगठित किया—'भारत सेवा समाज' नाम का संगठन बनाया। कामरेड जलालुद्दीन बुखारी, अमीन खोसो, ऐशीं विद्यार्थी, झामन कालाणी, फेरू, विश्नो, सन्तोष, प्रीतम और बम विशेषज्ञ खेमो। इनमें कुछ लड़कियाँ भी थीं। मैं इन सभी साथियों के प्रति कृतज्ञ हूँ...इन सबके बिना मैं कुछ नहीं कर पाता। जहाँ-जहाँ पुलिस चौकीदारी करती थी, हम बम फेंक देते, डाक के डब्बों को तेजाब डालकर जला देते, समाचार-पत्र छापते-बाँटते, झूठे सरकारी आदेश निकालकर अपने साथियों को छुड़ाते, टेलीफोन की तारें काटते।

लॉडी शूटिंग केस में गिरफ़्तारी के बाद जब मैं जेल से बाहर आया तो पता चला—आज़ादी के नाम पर देश के नेताओं ने अपने ही देश के टुकड़े करना स्वीकार कर लिया है। विभाजन के सम्बन्ध में दिया गया महात्मा गाँधी का वचन झूठा सिद्ध हुआ है—हज़ारों क्रान्तिवीरों का सपना टूट गया है, हमें एक ज़िला थरपारकर भी नहीं दिया गया। मैं कलकत्ता में रह रहे महात्मा गाँधी से मिलने पहुँचा। मैंने उनसे तीन दिन सिन्ध के हालात पर चर्चाएँ कीं, पर कोई फायदा नहीं निकला। वे मुझे समझने को तैयार ही न थे। इसके बाद भी मैंने हार नहीं मानी...बैंक ऑफ इंडिया में डाका डाल सात लाख हथिया लिये। हथियार ख़रीदे। अपनी योजना का समर्थन प्राप्त करने के लिए सिन्ध के कांग्रेसी नेताओं जयराम दास दौलतराम, डा. चोइथराम गिदवाणी से विचार विमर्श किया। हिन्दुस्तान में राजकुमारी अमृत कौर से भी मुलाकात की पर कोई भी मेरी योजना से सहमत नहीं हुआ। मैंने चोइथराम गिदवानी से कहा—

"हमारी योजना में पीर पगारो अपनी लाल सेना के साथ शामिल है। अगर

आप हमारा साथ दें तो हम आपको सिन्ध का नेता स्वीकार करने को तैयार हैं अन्यथा सारी-की-सारी सिन्ध हमारे हाथ से निकल जाएगी। सिन्ध की गौरवशाली संस्कृति और इतिहास पर साम्प्रदायिक कट्टरता का दाग़ लग जाएगा।''

डॉ. गिदवानी ने इस योजना को सुना और चौबीस घंटे का समय माँगा। पर इन चौबीस घंटों में ही वे अन्य काँग्रेसी नेताओं की तरह हवाई जहाज़ से हिन्दुस्तान पहुँच गये। और इस तरह मेरा सपना टूट गया, माँ। जब पाकिस्तानी खुफिया पुलिस को पता चला कि हिन्दू क्रान्तिकारी कुछ गड़बड़ करने जा रहे हैं तो उसने कइयों को पकड़कर जेल में डाल दिया। मैं नहीं मिला तो वे मेरी पत्नी और पाँच साल के पुत्र के पीछे पड़ गये। मेरी पत्नी कहीं भूमिगत हो गयी बच्चे के साथ और इस तरह सब बिखर गया। बँटवारे के बाद जब दोनों देशों के बीच हुए समझौते के अनुसार भारत में रह रहे मुस्लिम अपराधी और सिन्ध के क्रान्तिकारियों की अदला-बदली हुई...मैं भारत आया जहाँ कुछ समय बाद मैं अपने परिवार को ढूँढ़ सका...सिन्ध मुक्ति की आस में प्रयासरत मैं आज भी जी रहा हूँ...''

'अलग सिन्ध...अलग पाकिस्तान...कितने अलग-अलग देश-प्रदेश बनाओगे? इस नफ़रत और हिंसा ने धरती को क़ब्रिस्तान बना दिया है। यह हिंसा, नफ़रत और ख़ून की ख़्वाहिश...ये इनसान के दिलों को क्या हो गया है? इसने लालच और महत्त्वाकांक्षाओं को इतना बड़ा कर दिया है कि वह ख़ुद इनके हाथ का खिलौना बन गया है। ये धरती क्या इनसान के लहू से रक्तरंजित होने के लिए है? मेरा पाकिस्तान, मेरा हिन्दुस्तान की जगह इनसानी जज़्बे को पनपने दो। प्रेम और करुणा को पनपने दो। पाकिस्तान बनने से क्या हुआ? मुसलमान, मुसलमान और हिन्दू-हिन्दू को मार रहा है। धरती को बाँटोगे तो दिल और ज्यादा बँटेंगे—नफ़रत बोओगे तो नफ़रत उगेगी। दिल की इस उपजाऊ धरती को खून से सींचोगे तो कुछ नहीं उगेगा। तुम ख़ुद इस धरती पर भूखे और प्यासे मरोगे। जब तक नफ़रत तुम्हारे भीतर है, तुम प्रेम नहीं सीख सकते।'' मुझसे रहा न गया...

''प्रेम भी सीखना पड़ता है, माँ?''

''हाँ। मनुष्य जहाँ इस वक़्त है, उसे प्रेम भी सीखना पड़ेगा। अभी तो वह सिर्फ लेने और छीनने की भाषा जानता है। उसे मारने नहीं मर जाने की भाषा सीखनी पड़ेगी।''

अचानक सबने देखा, परचो विद्यार्थी के बग़ल में उसी के क्रान्तिकारी दल का एक दुस्साहसी क्रान्तिकारी दयाल कालाणी और हशू केवलरामानी बैठे हुए हैं—द ग्रेट इंटलेक्चुअल सिन्ध ने इनसे बड़ा जीनियस पैदा नहीं किया, ऑक्सफोर्ड यूनिवर्सिटी में इन्दिरा गाँधी इनकी वालंटियर थीं। उन्होंने झुककर मेरा आचमन

किया तो मैंने मुस्कराकर पूछा—

"कैसे हो कामरेड?"

"सब आ रहे थे आपके दर्शनों को तो मैं भी चला आया, माँ।"

हशू ने मेरा पानी अपने माथे से लगाया—"अभी भी जैसे कुछ नहीं गुज़रा, सब वहीं-का-वहीं ठहरा है। मैं तो सात समन्दर पार लन्दन में श्री वी.के. कृष्ण मेनन की इंडिया लीग में रहकर भारत की आज़ादी के लिए काम कर रहा था। 1938 के आसपास मैं सिन्ध वापस लौटा और मज़दूरों-किसानों के अधिकारों के लिए लड़ने लगा। वे सब मुझे प्यार से कामरेड कहते थे। मैंने बहुत से विद्यार्थी नेता तैयार किये। 1940 में मुझे गिरफ़्तार कर डेढ़ साल की सज़ा देकर कराची से सक्खर जेल में लाया गया। इसके विरोध में सक्खर के विद्यार्थियों ने सभी स्कूलों-कॉलेजों में हड़ताल करवा ऐतिहासिक जुलूस निकाला...। पर हमारी कोशिशें भी इस विभाजन को न रुकवा सकीं...।" वह सिर झुकाकर बैठ गया।

"और इस दयाल ने क्या किया था?" मैंने मुस्कराकर पूछा।

"इसने अपने एक साथी के साथ अँग्रेज़ सार्जेंट और पुलिस की एक टोली पर बम फेंका और भागते हुए एक घर में घुस गया। और इसकी हिम्मत तो देखो, माँ...थोड़ी ही देर में कच्छे-गंजी में घटना स्थल पर दोबारा वापस आया जहाँ अँग्रेज़ सार्जेंट औंधे मुँह गिरा पड़ा था और बाकी पुलिसवाले घायल थे। यह वहीं खड़ा होकर तमाशा देखने लगा।" हशू ने ही बात आगे बढ़ाई।

"कामरेड तो एक और भी है हमारा, वह नहीं आया..."

मुझे पता है आज पूरी-की-पूरी सिन्ध मेरे तट पर पहुँचने को बेक़रार है। एक अनगढ़ लड़की ने इन लहरों के तारों को छेड़ दिया है। जो इतिहास ख़ामोशी से मेरी सतह में लेटा बहा जा रहा था। उसकी कुछ परतों को इसने छू दिया है और न जाने कितनों की नींद इस लड़की ने उड़ा दी है।

"मैं आ गया, माँ!" अचानक सोभो ज्ञानचन्दानी ने प्रकट होकर सिर नवाया।

मेरे भीतर एक लहर उठी और मैंने उसका सिर छू लिया। यह मेरा बच्चा...जब इसे गिरफ़्तार किया गया तो शेख़ अयाज़ ने लिखा था—'उन्होंने हिमालय को चूहे के बिल में बन्द किया है।'

इसके सिर पर और भी कम बाल बचे हैं। विद्यार्थी जीवन से ही अँग्रेज़ी राज के विरुद्ध कई क्रान्तिकारी गतिविधियों में भाग लेने के कारण यह पाकिस्तान-सिन्ध में क़ैद था। विभाजन के बाद भारत-पाकिस्तान के बीच एक समझौते के आधार पर इसे जबरन हिन्दुस्तान भेजा जा रहा था, तब इसने कहा था—"मैं इस धरती का पुत्र हूँ। निश्चय ही मैं इस समय पाकिस्तानी हूँ पर उससे अधिक मैं सिन्धी हूँ। इसलिए इस पर दूसरों से अधिक मेरा हक़ है। मैं दौड़कर जा रहा हूँ अपनी मिट्टी की

तरफ...चाहे मुझे गोली मार दो।"

और वह सचमुच सिन्ध की ओर वापस दौड़ गया...।

"तुम तो अपनी मिट्टी में वापस आ गये मेरे बच्चे, अब कहो, क्या कहना है?"

"किसानों, मजदूरों और गरीबों के हक़ की जो लड़ाई मैंने तमाम उम्र जारी रखी—उसको और भी आगे जारी रखने की जरूरत है, माँ। कितने किसान आज भी आत्महत्याएँ कर रहे हैं। गरीब और गरीब, अमीर और अमीर होते जा रहे हैं। भ्रष्टाचार हिन्दुस्तान-पाकिस्तान की नसों में लहू की तरह बह रहा है। कहने को तो इन बीतें साठ-पैंसठ सालों में इन्सान ने तरक्की कर ली है पर सिर्फ बाहरी। दूसरे का हक़ मारने में वह पहले से ज्यादा उस्ताद और शातिर हो गया है। ये सब...ऐसा संसार...इतनी हृदयहीनता...इतनी मक्कारी...पार्टीशन में जितने मनुष्यों का रक्त बहा, उससे ज्यादा बहा है इन तुच्छ वैचारिक लड़ाइयों में। हमने जिस मनुष्य के लिए क़ुर्बानियाँ दी थीं, वो तो इस धरती पर सबसे क़ीमती थीं, माँ...आज जो मनुष्य दिखाई दे रहा है—उसकी क़ीमत इस धरती पर सबसे कम है।"

मैंने उसके सिर पर हाथ रखा—देर तक थपकती रही। तेरे इसी मानवता के प्रति दर्द के कारण शेख़ अयाज़ ने कहा था—"सिन्ध में मुअनजोदड़ो जैसी एक और चीज है देखने के लिए—वह है सोभो ज्ञानचन्दांणी।"

तभी हम सबने देखा, दूर से देखा वीरुमल बेगराज चले आ रहे हैं—तेज-तेज कदमों से—तिलक जैसे डील-डौल और पहरावे में।

"मैंने सुना—यहाँ वीरों और शहीदों का मेला लगा हुआ है तो दर्शनों को चला आया...हम जाके भी कहीं नहीं जा पाते, माँ...वहीं वहीं लौट आते हैं।"

वह मेरे तट पर बैठ गया और पानी पीने लगा। हम सब चुप उसकी ओर देखते रहे। हमें पता है, वह भरा बैठा है और कुछ कहने आया है। वही हुआ।

"मैं बँटवारा नहीं चाहता था, माँ। मुझे गाँधीजी की नीतियों से बहुत निराशा थी। उनके पास आज़ादी की कोई ठोस योजना नहीं थी। 1929 में एक करोड़ सदस्य और एक करोड़ रुपये जोड़कर बारह महीने में आज़ादी दिलवाने की बात...दूसरे विश्वयुद्ध में अँग्रेज़ों के लिए एक अहिंसा के पुजारी द्वारा सेना इकट्ठी करना और हर पाँच साल में अँग्रेजी नीतियों के अनुसार स्वदेशी, असहयोग, नमक सत्याग्रह और फिर भारत छोड़ो जैसे टुकड़ों-टुकड़ों में चलाये गये आन्दोलन कांग्रेस और अपने ही देश के लोगों में निराशा और फूट पड़ने देने जैसी कार्यशैली, जिसका आज़ादी से कोई सीधा सम्बन्ध नहीं था। यही नहीं मैं गाँधीजी की और भी कई बातों से सहमत नहीं हो सका।"

फिर सबने देखा आचार्य कृपलानी चले आ रहे हैं दुबले-पतले शरीरवाले

ढीली-ढाली सदरी में।

उनके आने से सबके मन में कितनी ही स्मृतियाँ उमड़ पड़ीं—

1917 की बात है, कृपलानी को एक तार मिला कि रात को गाँधी जी उनके यहाँ पहुँच रहे हैं। कुँआरे प्रोफेसर को समझ में नहीं आया कि क्या करें। उनके पास अपना मकान नहीं था। वे दौड़े-दौड़े अपने दोस्त मलकानी के पास गये कि गाँधी जी का स्वागत कैसे करें। हॉस्टल के विद्यार्थियों ने तय किया कि गाँधी जी की आरती उतारी जाय। कृपलानी ने नारियल के पेड़ पर चढ़कर नारियल निकाला और फिर गाँधी जी का बाक़ायदा स्वागत हुआ।

"गाँधी जी ने बाद में लिखा—"आचार्य कृपालानी जी से मैं जब मिला, वे पहले से ही स्वतन्त्रता सेनानी थे। महीने में चार सौ कमाते थे। उनके पास रहने के लिए अपना कमरा नहीं था, फिर भी वे केवल चालीस रुपये अपने पास रखकर बाकी पैसे आश्रम चलाने के लिए चोइथराम को हैदराबाद भेज देते थे।

"माँ, मेरी समझ में यह बात नहीं आती थी कि अहिंसा के बल पर कैसे स्वतन्त्रता पायी जा सकती है? मैं उन्हें कभी 'महात्मा' नहीं कह सका। गाँधी जी मुझे 'प्रोफेसर' कहते थे और मैं गाँधीजी को 'मिस्टर गाँधी', बाद में बापू कहना शुरू किया। जब पचास वर्ष की उम्र में मैंने सुचेता से विवाह किया तो गाँधी जी सहमत नहीं हुए, न हमें आशीर्वाद देने का मन बनाया। पर जब सुचेता ने उन्हें भरोसा दिलाया कि हम दोनों एकजुट होकर देश की सेवा करेंगे तब कहीं जाकर उन्होंने आशीर्वाद दिया...मैं जब कांग्रेस का अध्यक्ष था, गाँधीजी ने मुझसे अपने ब्रह्मचर्य को लेकर राय माँगी। उन दिनों वे अपनी पोती मनु के साथ सोते थे और सिर्फ़ मनु ही नहीं मीरा, प्रेमा, डॉ. सुनीला नैयर, लीलावती, कंचन, आभा और जयप्रकाश नारायण से विवाह करनेवाली प्रभा देवी के साथ अपने शरीर को गर्मी पहुँचाने के लिए उनके साथ प्रयोग करते थे। हाँलाकि वे मानते थे कि विकारी पुरुष सत्य और अहिंसा का प्रतिनिधि नहीं बन सकता और यदि कोई लड़की विकारग्रस्त होती तो वे उसे फटकारते।

"आज गाँधीजी से सहमत या असहमत होने का अवसर नहीं है, माँ।" आचार्य कृपालानी ने आगे कहना जारी रखा—"सवाल यह है कि क्या अब हमें स्त्री-पुरुष सम्बन्धों के नैसर्गिक तथ्यों, आन्तरिक सत्यों और उनके चेतनागत विकास को सहजता और सजगता से नहीं जान लेना चाहिए? ऐसा किये बिना क्या दुनिया भीतरी और बाहरी विध्वंसों से बच पाएगी?"

सभी चुप उन्हें ध्यान से सुन रहे हैं—"सारे मतभेदों के बावजूद सिन्ध के नेताओं से गाँधी जी के बहुत मधुर सम्बन्ध रहे। हालाँकि कई मुद्दों पर गाँधी जी को उनका विरोध भी सहना पड़ा। जैसे 'ख़िलाफ़त आन्दोलन' को वीरुमल बेगराज

'आफ़त आन्दोलन' कहते थे। 1930 में जब गाँधी जी ने डॉ. चोइथराम से पूछा कि वीरुमल उनके 'नमक आन्दोलन' के बारे में क्या सोचते हैं तो उन्होंने बताया—'वीरुमल सोचते हैं कि 1920 में आप आज़ादी सूत के बाल से चाहते थे, अब नमक के लड्डुओं से चाहते हैं।''

अचानक सब हँस पड़े और पिछली सारी गम्भीरता बिखर गयी।

''मैं एक बात और कहना चाहता हूँ।'' सबने देखा डॉ. चोइथराम चले आये हैं इस महफ़िल में। सब उत्सुक हो उन्हें देखने लगे—''गाँधी जी की अहिंसा ने हिंसा से पीड़ित लोगों को चाहे कुछ समय के लिए शान्त कर दिया, मगर उन्हें भीतर से नहीं बदला। इसलिए जैसे ही मौक़ा मिला, हिंसा के विरोध की प्रवृत्ति बाहर आ गयी। जितना हो सकता था, उतना ख़ून-खराबा हुआ। प्रयोगों या बाहरी अनशनों की पोल खुल गयी। गाँधी जी के निकट के लोगों ने भी उनकी बात नहीं मानी। अहिंसा हो या ब्रह्मचर्य, उसे किसी पर थोपा नहीं जा सकता, लेकिन गाँधीजी दूसरों पर इन्हें थोपते रहते थे। अनशन करके मर जाने की धमकी वे बार-बार देते रहे। यह क्या था? हिंसा ही तो थी, अपने ऊपर भी और दूसरों पर भी।'' वे कहते गये—''विभाजन के रूप में हुए समझौते के अनुसार पाकिस्तान को 55 करोड़ देना तय हुआ था...विभाजन के तुरन्त बाद अक्टूबर दिवाली की रात 1947 को जम्मू-कश्मीर के राजौरी पुंछ में हमला करके एक ही रात में 22 हज़ार हिन्दुओं की हत्या करवा दी गयी पाकिस्तान द्वारा...तब सरदार पटेल के नेतृत्व में पूरी संसद ने पाकिस्तान को यह धनराशि देने पर रोक लगा दी...इसके बाद भी 13 जनवरी 1948 के दिन महात्मा गाँधी ने पाकिस्तान को यह राशि देने का दबाव बनाने के लिए आमरण अनशन शुरू किया...देशभर के समाचार-पत्रों ने इसकी निन्दा की...पं. नेहरू ने सफाई देते हुए कहा कि गाँधीजी के इस अनशन का पाकिस्तान को रुपये देने से कोई सम्बन्ध नहीं है...पर सरदार पटेल ने इस सफाई का खंडन करते हुए कहा...गाँधीजी की जिद के आगे हमें झुकना पड़ा...उधर पं. नेहरू ने महाराजा हरिसिंह पर दबाव डालकर जम्मू-कश्मीर का राज 27 अक्टूबर 1947 के दिन इस्लामी धर्मान्ध नेता शेख अब्दुल्ला के हाथ में सौप दिया था। ये वही शेख़ अब्दुल्ला हैं जिन्होंने 1931 में अपने भाषण में कश्मीरी पंडितों और अन्य सभी हिन्दुओं को कहा था...या तो मुसलमान हो जाओ या भाग जाओ और ख़त्म हो जाओ...उनके पुत्र फारूख़ अबदुल्ला ने मुख्यमन्त्री रहते हुए 1989 में इस घोषणा पर अमल किया, जब कश्मीर घाटी के मूल निवासी तीन लाख कश्मीरी पंडितों को कश्मीर से तलवार की नोक पर लूटमार कर खदेड़ दिया गया। तब केन्द्र में प्रधानमन्त्री वी.पी. सिंह की सरकार थी।

सबने देखा डॉ. चोइथराम की बग़ल में कुछ समाज सेवकों के साथ भाई

प्रताप भी आकर बैठ गये हैं...आगे बात उन्होंने सँभाली...

"विभाजन के कारण सिन्ध से जबरन निर्वासित 13 लाख सिन्धीजन दिसम्बर-जनवरी की कड़ाके की ठंड में दर-दर भटक रहे थे। मैंने और डॉ. चोइथराम ने पं. नेहरू से मुलाक़ात की। पं. नेहरू ने उस वक़्त हाथ उठा दिये। तब तो गाँधीजी ने कोई अनशन नहीं किया। और तो और, अनशन तोड़ने की याचना करनेवालों के सामने यह शर्त रखी कि शरणार्थियों के नेता भी इस पर सही करें। पुनर्वास मन्त्री मेहरचन्द खन्ना जब डॉ. गिडवानी के पास गये तो उन्होंने भड़कते हुए कहा—"पाकिस्तान को 55 करोड़ दिये जाने या गाँधी के अनशन से शरणार्थी पुनर्वास कमेटी का क्या सम्बन्ध। मैं तब तक इस पर सही नहीं करूँगा, जब तक शरणार्थियों के लिए रहने की व्यवस्था नहीं की जाती।" दूसरे दिन सरदार पटेल स्वयं डॉ. गिडवानी से मिले और कहा—"आप सही कर दें, सिन्धीजनों को बसाने का कार्य मेरे गृह मन्त्रालय के अधीन है। मैं कल ही ऐसा आदेश-पत्र आपके पास भिजवा दूँगा।"

'वैष्णव जन तो तेने कहिये जो पीर पराई जानी रे' के भजन गानेवाले महात्मा सिन्धियों की पीर के प्रति बेपीर थे।

जयपुर में हुए काँग्रेस सम्मेलन में जब सिन्धियों को शरणार्थी कहा गया तो सरदार पटेल ने इसका विरोध करते हुए कहा, 'सिन्धी जाति को शरणार्थी समझना और कहना इनके प्रति अन्याय है—सिन्धी उच्चकोटि के व्यापारी हैं, जो अपने व्यापार से देश की आर्थिक स्थिति मजबूत कर सकते हैं। सिन्धी शरणार्थी नहीं बल्कि पुरुषार्थी हैं।'

प्रभुदास तोलानी भी चले आये हैं। प्रणाम करके बैठ गये...

"तब हमें कच्छ दिया गया और भाई प्रताप कच्छ में नयी सिन्ध बनाने में जुट गये। उस समय कच्छ बंजर जमीन थी। बबूल के घने जंगल...बड़े-बड़े चूहे, बिच्छू और साँप। भाई प्रताप ने घोषणा की—यदि कोई सिन्धी भाई एक चूहा पकड़कर लाये तो एक आना कमाकर ले जाये, बिच्छू पकड़कर लानेवाले को चार आना और साँप पकड़ कर लानेवाले को एक रुपया दिया जाएगा। जैसा भी काम कर सकते हो आओ, आकर कमाओ, खाओ, रहो। भाई प्रताप जानते थे कच्छ के जाड़ेजा महाराजा के पूर्वज कभी सिन्ध से ही आकर कच्छ में बसे थे। वे नये सिन्ध के निर्माण के लिए महाराजा के महल में जाकर उनसे मिले। महारानी ने भाई प्रताप को बुलाकर कहा—"तुम सिन्धी लोग हमारे पुत्र जैसे हो, सिन्धियों को कच्छ में बसाकर हमें बहुत खुशी होगी। महाराजा ने इसके लिए 15 हज़ार एकड़ ज़मीन दान में दी थी। इस तरह हम एक नया सिन्ध बनाने के ख्वाब को पूरा करने में लगे रहे।"

और 27 मई 1947 में गाँधी जी ने अपनी एक प्रार्थना सभा में सिन्धियों को

सम्बोधित करते हुए कहा था—"सिन्ध के हिन्दुओं को क्यों इतना डरना चाहिए? इससे बेहतर है वे राम का नाम लें। सिन्ध के लोग चाहते हैं कि मैं वहाँ आऊँ। मैं बहुत सालों से वहाँ गया भी नहीं हूँ—मेरे उनके इतने अच्छे सम्बन्ध हैं कि मैं स्वयं को एक सिन्धी ही मानता हूँ।"

पर राम का नाम लेने से क़त्लेआम रुकता नहीं बढ़ता है। हिन्दुओं और मुसलमानों के बीच के कट्टर और हिंसक लोग तो थे ही, जो अन्धे होकर सिर्फ अपनी तरफ के ही लोगों की हिमायत करते हैं। गाँधी जी की हत्या करनेवाले नाथूराम गोडसे को यह मालूम नहीं था कि जिस बूढ़े और लाचार हो चुके व्यक्ति को वह मारने जा रहा है, वह यों भी अपने ही निकट के नेताओं में मृत मान लिया गया है और उसे मार डालने से वह ख़त्म नहीं होगा, बल्कि सदा के लिए जीवित हो जाएगा।"

इतने में अँग्रेज़ों की नींद हराम करनेवाले पीर-पगारो भी पधार गये। उन्होंने आते ही मुझे सजदा किया और इजाज़त लेकर बोल पड़े—

"मुझे तो गाँधी जी की अहिंसा से भगत सिंह की हिंसा ज्यादा ठीक ज़ान पड़ती है माँ। मुझे तो भगत सिंह एक ऐसी यात्रा के मुसाफिर लगते हैं, जिन्हें यदि एक पूरा जीवन मिलता तो वे हिंसा-अहिंसा के पार चले जाते। वे बहुत तेज़ी से जीवन के अध्ययन में जुट गये थे और गाँधीजी के रास्ते का भी आदर करते थे।" वे क्षण भर रूके और बोले—"हमारी आदत यह है कि हम अपने नायकों की बातों को सदियों के लिए गाँठ बाँध लेते हैं, चाहे उनमें कितनी भी ख़ामियाँ हों, या चाहे वे कितनी भी पुरानी पड़ जाएँ... हमारे ज्यादातर साधू-सन्त तो लोगों को ढकोसले सिखाने में लगे रहते हैं और लोग आँखें बन्द करके उनकी बातें मानते हैं। गाँधी के तो पहरावे को देखकर ही लोंग उन्हें महात्मा मानने लगे थे। फिर खादी पहननेवाले नेताओं के आडम्बर चले। गरीबी का गुणगान करने से तो भारत में जीवन का विकास ही रुक गया। उधर अमेरिका जैसे नये देश में हमारे जैसे लोग चले गये जिनकी यहाँ क़द्र ही नहीं थी। गरीबी हो या अमीरी, उससे हमारी समस्याएँ बढ़ती हों तो हमें उनके कारण तलाश करके तत्काल उपाय करना चाहिए।"

वह एक क्षण के लिए रुके, फिर कहना जारी रखा—"इसका मतलब यह नहीं है कि मैं गाँधी जी के किये को कम करके आँक रहा हूँ। ये उनके व्यक्तित्व का चमत्कार ही था कि जनता का एक हिस्सा उन्हें अपने ही बीच का जानता और मानता था। पार्टीशन के वक़्त कलकत्ता में उन्होंने हिंसा रोके रखने का चमत्कार करके दिखा दिया। 4 जून शाम छह बजे जब माउंटबेटन ने उनके सामने पार्टीशन की बात रखी तो वे यकायक कोई निर्णय नहीं ले पाये। उन्हें प्रार्थना सभा में जाने की जल्दी थी। शायद उन्हें इस बात का अन्दाज़ा था कि अब उनकी बात कोई नहीं सुनेगा। उनकी

इस चुप्पी के लिए बहुत से देशवासियों ने उन्हें कभी माफ़ नहीं किया।

तब तक माउंटबेटन ने तारीख़ तय नहीं की थी। एक पत्रकार ने उनसे सत्ता सौंप देने की तारीख़ पूछी तो माउंटबेटन के मस्तिष्क की सूई 15 अगस्त पर आकर रुकी क्योंकि बर्मा के जंगलों में लम्बी लड़ाई इसी दिन समाप्त हुई थी और जापानियों ने बर्मा में आत्मसमर्पण किया था।

उन सब के चेहरे पर एक उदास मुस्कराहट आ गयी—**5000 वर्ष पुरानी सभ्यता को माउंटबेटन, चर्चिल और रेडक्लिफ ने पाँच महीनों में तोड़ दिया।''**

और तब हम सबने आसमान पर एक अदभुत नज़ारा देखा—एक दुबला-पतला अधनंगा फ़कीर...एक मटमैली चादर लपेटे, हाथ की लकड़ी पर अपने जर्जर जिस्म का बोझ सँभाले—अपनी बूढ़ी औखों पर टिके गोल-गोल चश्मे के पुराने ग्लासेस से इस दुनिया को हैरत से देख रहा है। वह जल्दी-जल्दी कुछ कह रहा है, जो किसी को सुनायी नहीं दे रहा...वह लोगों का ध्यान बार-बार अपनी ओर आकर्षित करना चाह रहा है—पर धरती पर इतनी धूल, धूप और इतना शोर है कि वह न तो किसी को सुनाई दे रहा है, न दिखाई। कई नेताओं ने उसकी मूर्तियाँ कुछ चौराहों पर लगा दी हैं—जहाँ वह अपने बूढ़े और थके जिस्म का बोझ एक लकड़ी पर टिकाए खड़ा है, उसे चीख़ने की भी मनाही है। उसकी गर्म-गर्म साँसों से उसकी अपनी ही माला सूखकर झर गयी है। वह उसे उतारकर फेंक देना चाहता है पर लोग बार-बार चढ़ा देते हैं। वह चीख़ता है—''बन्द करो यह नाटक...मुझे और कितनी बार मारोगे?'' पर कोई नहीं सुनता। लोग अपनी गहरी नींद से जागना पसन्द नहीं करते।

''जय जगत पुकारे जा, सिर अमन पे वारे जा
सबके हित के वास्ते, अपना सुख बिसारे जा।''

अभी हम सब ऊपर देख ही रहे थे कि इस आवाज़ ने हमें चौंका दिया। देखा-लोक कवि हूँदराज 'दुखायल'अपनी ढपली बजाते हुए मेरी मिट्टी अपने माथे से लगा अपना ही गीत गा रहे हैं।

उनकी आवाज़ में अपनी आवाज़ मिलाते हुए आये प्रोफेसर हासानन्द जादूगर-जो अपने जादू के साथ सुरीले कंठ से भी लोगों को मुग्ध कर देते थे। इन्होंने जीवन भर दहेज प्रथा के ख़िलाफ़ काम करते हुए अपनी दोनों पुत्रियों का विवाह उस परिवार में करने की घोषणा की, जो दहेज़ का लेनदेन न करता हो। और ये देखिये सर्वप्रिय नेता चोइथराम गिदवानी, क्रान्तिकारी युवक निर्मल जीवतानी और लक्ष्मण, कामागाटामा जहाज़ केस के प्रो. जन्व्हरमल मनसुखानी और बाबा गुरुदत्त सिंह...ये भी गा रहे हैं—

''प्रेम की पुकार हो, सबको सबसे प्यार हो।

जीत हो जहान की, फिर क्यों किसी की हार हो।''

सेठ शहीद हरचन्द राय विशन दास जिन्होंने बीमार रहते हुए भी साइमन कमीशन के विरुद्ध संसद में वोट दिया। जयराम दास दौलतराम जिन्होंने आज़ादी के बाद पं. नेहरू के प्रधानमन्त्री रहते हुए बिहार के राज्यपाल बनने के बाद जब आसाम के राज्यपाल थे तब अपनी सूझबूझ से आसाम की हज़ारों मील भूमि चीन के क़ब्ज़े में जाने से बचाई थी। शहीद अल्लहबक़्श सूमरो हिन्दू मुस्लिम एकता के अगुआ शहीद हासाराम पमनानी सिन्ध असेम्बली के मेम्बर, जो सन्त कँवरराम के हत्यारों को सज़ा दिलवाने के जुर्म में मार गिराये गये। प्रो. घनश्याम शिवदासाणी, खेमचन्द बालाणी और उनके परिवार के सदस्य जो आज़ादी के आन्दोलन में जेल गये। स्वतन्त्रता के बाद उन्होंने पेंशन आदि सुविधाएँ यह कहकर ठुकरा दी कि मातृभूमि की सेवा करना पुत्र का कर्तव्य है—माँ की सेवा को उपकार मानकर बदले में आर्थिक लाभ लेना देशभक्ति नहीं—नेताजी सुभाषचन्द्र बोस के साथ काम करनेवाले सिन्धी सैनिक, उन्हें अपने गहने भेंट करनेवाली सिन्धी महिलाएँ, सिन्ध सभा के अख़बारों सिन्ध टाइम्स और सिन्ध सुधार का सम्पादन कार्य करनेवाले साधू हीरानन्द...उनके भाई साधू नवलराय दीवान दयाराम गिदुमल भी गा रहे है—

''न्याय का विधान हो, सबका हक़ समान हो
सबकी अपनी हो जमीन, सबका आसमान हो।''

हंसराज वायरलेस, श्री मोतीराम गिदवाणी—सारे तो यही हैं—आतंकवादी मुख्यमन्त्री पर दहाड़नेवाली कुमारी जेठी सिपहमलाणी, ढाई साल की सज़ा को ढाई मिनट का बतानेवाली लक्ष्मीदेवी...मोहिनी दीपचन्द बेलानी जो स्वतन्त्रता आन्दोलन के चलते बारह बार जेल गयीं, हर्षा हीरानन्दानी जो आज़ादी का अलख जगाने साइकिल पर अख़बार बेचतीं फिरती थीं। दीवान दयाराम जेठमल जिन्हें समाज के पिता के रूप में देखा जाता था। आज़ाद सिन्ध की ख़्वाहिश रखनेवाले लगभग दो हज़ार युवक-युवतियाँ—

''रंगभेद छोड़ दो, जात-पाँत तोड़ दो
मानवों की आपसी, अखंड प्रीत जोड़ दो।''

साधू रीझूमल लाहोरी, बीरूमल बेगराज, पीर-पगारो अपने नौ लाख मुरीदों के साथ, सुभाषचन्द्र बोस के प्रमुख सहयोगियों में से एक मंघनमल उधाराम बहिराणी, वेदान्त के प्रकांड पंडित संत लीलाशाह और ओबैदुल्ला सिन्धी जिसने क़ाबुल जाकर 1915 में आज़ाद सिन्ध सरकार का गठन किया था। चार लोगों—अलीगढ़ के राजा महेन्द्रप्रताप सिंह, भोपाल के बरकत उल्ला भोपाली और ओबैदुल्ला सिन्धी और डीयो कृपलानी शेख़, ने बारह हज़ार कबाइली सेना तैयार कर ली थी। आज़ाद सिन्ध सरकार को जर्मनी, तुर्की और अफ़गानिस्तान से विशेष सहयोग मिला

इसके नेता कामरेड लेनिन से मिल चुके थे। यह संस्था गुप्त रूप से सन्देश भेजने के लिए रेशमी रूमालों का प्रयोग करती थी। डॉ. कृपलानी, जो आचार्य कृपलानी के भाई थे जिन्होने आज़ादी के लिए धन जुटाने को अपनी पुत्री-पत्नी के गहने और घर का क़ीमती साजो-समान बेच दिया, न सिर्फ़ इतना बल्कि उन्होंने हिन्दू से मुसलमान बनकर स्वधर्म को राष्ट धर्म पर वार, दुनिया को नया सन्देश दिया और, एक आम आदमी सीतलदास जिसने स्वतन्त्रता आन्दोलन के लिए राशि जमा करनेवालों को कहा था—'मैं ख़ुद को नीलाम करता हूँ, जो मुझे ख़रीदेगा मैं उसके यहाँ बिके हुए ग़ुलाम की तरह काम करूँगा।'

और ये सबसे अलग-थलग दिखता मेरा विद्रोही बच्चा खड़ा है। सिन्ध का साईं, 'जिए सिन्ध' आन्दोलन का पैरोकार। उच्चकोटि का लेखक...जी.एम. सैयद सिन्ध देश की स्वाधीनता का सपना लिये उसने मेरा पानी अपने माथे से लगाया और कह उठा...

"मैं तो मानता हूँ माँ सिन्ध की उत्पत्ति पृथ्वी के साथ हुई है, सिन्ध इतना शाश्वत है जितनी धरती माता। पाकिस्तान का अस्तित्व अप्राकृतिक तथा षड्यन्त्रों का परिणाम है। पाकिस्तान नामक कोई देश इतिहास के पृष्ठों में नहीं था। न ही उसका इस धरती पर कोई वजूद था। पाकिस्तान की कोई राष्ट्रभाषा नहीं है, उर्दू वस्तुतः भारत की क्षेत्रीय भाषा और हिन्दी की शैली है जो सिन्धी, बलूची, पश्तो तथा पंजाबी भाषियों पर लाद दी गयी है। बंगालियों ने तो यह जुआ गले से उतार फेंका और अब बांग्ला देश स्वतन्त्र है। लेकिन सिन्ध तो पाकिस्तान के लिए कामधेनु है गैरसिन्धी मुहाजिर सिन्ध पर अधिकार किये हुए हैं। सिन्धी घुटन महसूस कर रहे हैं। अपने ही घर में वे बेगाने हैं। कराची बन्दरगाह सोने की चिड़िया है और सिन्ध की उपजाऊ जमीन सोने की खान। पंजाबी, फौजी तानाशाही तथा हुकूमत के मातहत सिन्ध ग़ुलामों के उपनिवेश का दर्जा रखता है जबकि सिन्ध से पाकिस्तान के ख़ज़ाने में प्रति वर्ष बारह सौ करोड़ से ज्यादा जाते हैं। पाकिस्तान अब तक हिन्दू और भारत विरोधी विषवमन और सिन्ध का शोषण करके 'इस्लाम' का खोखला नारा देकर भोली-भाली जनता को गुमराह करता आ रहा है। अब मुझे सिन्ध की स्वाधीनता का सपना साकार करना है माँ। मैं यह सपना सबकी आँखों में देखना चाहता हूँ।" उसकी आँखें भर आयीं। मैंने उसके सिर पर हाथ रखा और उसका सिर सहलाती रही।

और भी सारे-के-सारे मेरे बच्चे...जिनके नाम मेरी लहरों ने ख़ुद में जज़्ब कर लिये हैं...चले आये हैं मेरे पानी को अपने माथे से लगाने...।

"शान्ति की हवा चले, जग कहे बले-बले
दिन उगे स्नेह का, रात-रंज की ढले।"

इन सब को देखकर मेरी आँखों में समन्दर समाने लगा है...मैंने इन सबको अपनी बाँहों में भरा और उनका माथा चूम लिया...

'जाओ...लोगों के हृदय में फैल जाओ...उन्हें प्रीत का पाठ पढ़ाओ...उन्हें बताओ कि "जिस जन्नत की कल्पना में इस धरती को जहन्नुम बना रहे हो वह जन्नत इस धरती से परे नहीं, यहीं है। सारे पीर-पैगम्बर, नानक, कबीर, मीरा, दादू, सारे धर्म तुम्हें यही सिखाते हैं। कुछ लोग इनकी शिक्षाओं को तोड़-मरोड़ कर अपनी स्वार्थजनित व्याख्याएँ करवा लेते हैं। यह लड़ाई धर्म की नहीं धर्मान्धता की है। जब किसी का भाई या बेटा मरता है या किसी की बेटी विधवा होती है तो उसमें एक हिस्सा तुम्हारा भी मरता है। यहाँ अलग कुछ भी नहीं, सब सम्पूर्ण है। मनुष्यता के इतने रक्तरंजित इतिहास ने भी क्या तुम्हें कुछ नहीं सिखाया **हमें धर्मान्ध दुनिया नहीं बहुधर्मी लोगों की एक धार्मिक दुनिया चाहिए। जहाँ मनुष्य-मनुष्य की तरह रहते हुए एक-दूसरे के सहयोग से निरन्तर अपना विकास कर सके।**"

हम सबकी संवेदनाएँ लहरों की तरह घुलती-मिलती नयी लहरे बनाती रहीं...शाम ढलने को है...विश्राम काल...कल नयी सुबह होगी...।

हम खारे पानी को मीठा बनाने का हुनर जानते हैं

ब्रिटिश राज्य...सुनती रही है, इस साम्राज्य का सूरज कभी नहीं डूबता। एक-चौथाई दुनिया इस साम्राज्य के क़ब्ज़े में थी। इसमें भारतीय नेपाल के गोरखा, अफ़गानी पठान, अफ्रीका के हुस्सास, सूडान के अफ्रीकी, साइप्रस, जमाइका, मलेशिया, चीन हांगकांग, बोर्नियो, कनाडा के बाशिन्दों के साथ-साथ न्यूजीलैंडर्स और आस्ट्रियन भी थे।

हिन्दुस्तान में अब इस साम्राज्य का सूरज अस्त हो रहा था। दूसरे विश्वयुद्ध में इंग्लैंड ने विजय तो हासिल कर ली लेकिन इस युद्ध में उसके सारे उद्योग-धन्धे चौपट हो गये और उसका सरकारी ख़ज़ाना ख़ाली हो गया। एक वक़्त जिनके नारे थे—'वी फॉर विक्ट्री' और 'थम्स अप', उनका नारा हो गया 'भूखो मरो और थर-थर काँपो' तब इंग्लैंड के प्रधानमन्त्री निवास के नये प्रधानमन्त्री एटली और उसकी लेबर पार्टी ने सरेआम यह घोषणा की कि अब महान ब्रिटिश साम्राज्य को समेटने की प्रक्रिया शुरू की जाएगी और इसके लिए उन्होंने दबंग लार्ड माऊंटबेटन को भारत का वायसराय बनाकर भेजा और माऊंटबेटन के 'आपरेशन रिडक्शन' ने यह

सम्भव कर दिया। देश को दो टुकड़ों में तोड़कर।

वह 2 जून 1947 की शाम थी, जब माउंटबेटन ने ऑल इंडिया रेडियो से आज़ादी में मौजूद विभाजन का ऐलान किया था। और जिन्ना ने इस ख़बर की पुष्टि की थी...।

यह कितनी हैरतअंगेज़ और दुखदायी बात लगती है कि जिस जम्बूद्वीप को राम-रावण युद्ध, महाभारत युद्ध, ईसा पूर्व तीसरी सदी में आया सिकन्दर, शक और हूण, मोहम्मद बिन कासिम, गौरी, नादिरशाह, अब्दाली, तुर्क, अफ़गान, मुग़लिया सल्तनत न तोड़ सके—पाँच हज़ार साल पुराने उस महादेश को अँग्रेज़ों ने तोड़ दिया। अँग्रेजों से ज्यादा उसे अपनों की कुटिलताओं ने तोड़ा।

यूँ देखा जाय तो एशिया ने सारे धर्म और सभ्यताएँ पैदा की हैं और यूरोप ने विदेशी बाजार। पूर्व पर आक्रमण भी उन्होंने इसी दौलत के लिए किये। पहले-पहल तो उन्हें यह पता ही न था कि उनके समुद्री तटों के पार कोई और दुनिया भी है...उन्होंने तो सिर्फ 'सोने की चिड़िया' हिन्दुस्तान का नाम सुन रखा था। जिसे खोजते हुए वे समुद्री डकैत हिन्दुस्तान के मालाबार तट तक पहुँचे और भारत की तलाश में कोलम्बस अमेरिका की अछूती धरती पर पहुँचा। उनकी भौतिक हवस ने संसार की पुरातन सभ्यताओं को अपनी चपेट में ले लिया।

उस वक़्त भारत के शहंशाह जहाँगीर थे। जब सन् 1599 में ईस्ट इंडिया ट्रेडिंग कम्पनी बनी और संन् 1600 में ब्रिटेन का जहाज़ी हॉकिन्स, सूरत के बन्दरगाह पर उतरा। उसे जो चीजें चाहिए थीं...वे थीं...काली मिर्च, जीरा, लौंग, अदरक, मुर्गी के अंडे जितने बड़े पन्ना, पुखराज, और अक्षत यौवन के लिए हाथी के अंडकोष का वीर्य।

महारानी एलिजाबेथ प्रथम पुर्तगाली तस्करों की कम्पनियों में पैसा लगाती थीं और अफ़्रीकी हब्शियों को दासों की तरह बेचकर मुनाफ़ा कमाती थीं।

व्यापार की अनुमति उन्होंने मलिका नूरजहाँ के ज़रिये जहाँगीर से ली थी और फिर ईस्ट इंडिया कम्पनी ने नील, अफीम, काली मिर्च, लौंग इलायची, अदरक के बदले सैकड़ों वेश्याएँ बंगाल के तट पर उतारी...उन्हें बंगाल के नवाब सिराजुदौला के सिपहसालार मीरजाफर के हरम में प्रवेश दिलवाया और फिर आहिस्ता-आहिस्ता हिन्दुस्तानी हुकूमत की जड़े खोदनी प्रारम्भ की। मुग़ल सल्तनत बिखरने लगी। क्लाइव ने सिराजुद्दौला को अपनी तरफ मिलाया और नतीजा 1757 का प्लासी का युद्ध...। मीर जाफर ने गद्दारी की। वह जाकर धूर्त क्लाइव से मिल गया। नवाब सिराजुद्दौला हार गया और फिर सात बरस बाद 1764 में बक्सर की लड़ाई जीत कर अँग्रेज़ों ने अपनी जड़ें हिन्दुस्तान में जमा ली।

यह इतिहास चाहे उसने स्कूल के दिनों में पढ़ा था पर वह उसकी आत्मा में

ख़ुदा हुआ था...फिर भी बहुत कुछ ऐसा था जो न किताबों में समा सकता था न लोगों की यादों में।

'अपने इतिहास को जानो। अपने इतिहास को जाने बिना तुम उसकी गलतियों से सबक़ नहीं ले सकते और न उन महापुरूषों को जान सकते हो जो तुमसे पहले तुम्हारा पथ प्रशस्त करने आये। वे बार-बार तुम्हें रास्ता दिखाते हैं, तुम बार-बार अपने युद्धों और लहूलुहान धर्मों के रक्त की नदी में खो देते हो।'

वे जब तब कहते थे। आज इतिहास के कई टुकड़े शिद्दत से उसके भीतर तैर रहे हैं।

'जिन्ना को मुस्लिमों का नेता साम्राज्यवादी धर्मान्ध ताक़तों ने बनाया। वे तो ग़ैरमज़हबी बेनमाजी, पोर्क खानेवाले और रत्ती से मोहब्बत करनेवाले इनसान थे जो न क़ुरानशरीफ़ पढ़ सकते थे न उन्हें अरबी या उर्दू आती थी। अपना पिछला बोया हुआ काटने को मुस्लिमों ने जिन्ना को तैयार किया।' बहुत देर से वे जिन्ना के इर्द-गिर्द घूम रहे थे ।

''पर कैसे उन्होंने जिन्ना को तैयार किया जबकि जिन्ना उन अर्थों में मुस्लिम थे ही नहीं जिन अर्थों में उन्हें दरकार थी और जिन्ना इतने बीमार थे कि डॉ. पटेल ने उन्हें साल डेढ़ साल का वक़्त और दिया था।''

''आप ठीक कहते हैं। सन् 1934 के आसपास जिन्ना राजनीति से इतने परेशान और निराश हो गये थे कि बम्बई हाइकोर्ट की अपनी शानदार प्रेक्टिस छोड़कर लन्दन चले गये। उनका वहीं वकालत करने और राजनीति से संन्यास लेने का इरादा था। यही वह वक़्त था जब मुस्लिम लीग के कुछ ख़ास नेताओं, बड़े-बड़े ज़मींदारों, नवाब और ताल्लुकेदारों ने उन्हें वहाँ जा-जाकर मनाया और इस बात के लिए राजी किया। उनकी बीमारी की बात जानबूझकर छिपायी गयी। मुस्लिम लीग के पास कोई पटेल के क़द का नेता नहीं था...जिसके दम पर वे पाकिस्तान की माँग उठाते।

जब जिन्ना गाँधी जी के पीछे थे, आज़ादी की सीधी सरल लड़ाई लड़ रहे थे, तब गाँधी जी और कांग्रेस ने अली बन्धुओं जैसे साम्प्रदायिक तत्त्वों की जी-हुज़ूरी की और जिन्ना का मज़ाक़ उड़ाया, पर जब जिन्ना भी अली बन्धुओं की भाषा बोलने लगे तो गाँधी जी और कांग्रेस उनके पीछे क़ायदे आज़म कहते हुए घूमने लगे।

जिन्ना स्वयं जानते थे कि इस विभाजन के कितने भयंकर परिणाम सभी को भुगतने पड़ेंगे पर अब वे पीछे नहीं हट सकते थे। उन्होंने बड़ी शिद्दत और आरजू से पाकिस्तान माँगा था और तमाम मुश्किल प्रक्रियाओं से गुज़रने के बाद जब उनके सामने विभाजन का प्रस्ताव रखा गया तो वे खामोश और उदास थे। 3 जून 1947

को जब माउंटबेटन ने इंडिया के विभाजन का प्रस्ताव अलग-अलग पार्टियों के सामने पेश किया तो जिन्ना ने अपने जागे हुए ज़मीर की आवाज़ को दबाते हुए न 'हाँ' किया न ही 'ना'। अपने चेहरे को थोड़ी-सी जुम्बिश देकर आधा इंच नीचे किया और उसी मुद्रा में बैठे रहे।''

उन दोनों के बीच एक सन्नाटा पसर गया। जब भी वह जिन्ना को लेकर सोचती है, रत्ती साथ चली आती है... 17 वर्ष की सुन्दर प्यारी लड़की, जो 47 वर्ष के जिन्ना के आकर्षण में पागल होकर उनसे शादी कर बैठी। मगर दस साल के बाद, उन्हें छोड़कर चली गयी और फरवरी 1928 में दुनिया से...

ऐसा क्यूँ होता है कि जब कोई पुरुष प्रेम करता है तो वह न संसार छोड़ता है, न कोई ख़्वाब, न अपने जीने का तरीक़ा। उसमें भी वह महान बनने या कुछ हासिल कर लेने की फ़िक्र में रहता है, पर जब कोई स्त्री प्रेम करती है तो वह सबकुछ छोड़ने को राजी हो जाती है, ख़ुद को भी।

अगस्त 1947 में रत्ती की क़ब्र पर फूल चढ़ाते हुए जिन्ना ने जैसे उसे पूरे मन से याद किया और पूरे मन से भुला देने का संकल्प भी। जिन्ना उसके देहान्त से बुरी तरह पस्त थे। उन्होंने उसे भुलाने के लिए अपना सारा ध्यान गाँधी और नेहरू से लड़ने में लगा दिया। जिन्ना सियासत के उन्मादी खेल खेलने लगे। वे कांग्रेस से अपने अपमान और आहत अहम् का बदला लेना चाहते थे, हालाँकि इसकी-उन्होंने कल्पना भी नहीं की होगी कि इसमें वे सफल हो जाएँगे।

वे उसके अपने ख्यालों से बाहर आने की प्रतीक्षा करते रहे। उसने वापस आकर एक बार उन्हें देखा और एक बार अपनी गठरी में धरे प्रश्नों के अम्बार को। फिर एक नया प्रश्न निकाला।

'उस समय सिन्ध के क्या हालात थे? और वहाँ के लोग क्या सोचते थे?

'मि. जिन्ना की निगाह शुरू से ही सिन्ध पर थी। उनका जन्मस्थान सिन्ध में होने के कारण उन्हें सिन्ध से लगाव था ही। उनका यह भी मानना था कि अगर सिन्ध न मिला तो समझो पाकिस्तान न मिला। वे चुनाव में सिन्ध की सारी सीटें जीतना चाहते थे। उन्हें डर था कि वहीं वे दादू की सीट न हार जायें, जहाँ उनका कड़ा मुक़ाबला मि. जी.एम. सैद से था। सैद मुस्लिम लीग के विरोधी थे। नेहरू जब वहाँ कांग्रेस के प्रचार के लिए आये तो सबने कांग्रेस की जीत पक्की समझ ली।

''क्या परिणाम आया?''

नतीजा कांग्रेस के पक्ष में रहा। जवाहरलाल नेहरू को अन्तरिम सरकार बनाने को कहा गया। जिन्ना ने इसमें शामिल होने से साफ इनकार कर दिया। उन्हें भी एक अलग देश का क़ायदे-आज़म और मुखिया बनना था। उनके 'डायरेक्ट एक्शन' के एलान से दंगे-फसादों को शह मिल गयी। कलकत्ता से शुरू होकर दंगे नोआखाली,

बिहार, दिल्ली, अमृतसर, लाहौर, रावलपिंडी और कराची तक फैल गये। इसी के साथ सिन्ध के हालात बिगड़ते चले गये। वहाँ चूँकि हिन्दू अल्पसंख्यक थे इसलिए उनकी बेचैनी और घबराहट का कोई ठिकाना नहीं था।

वे कुछ देर रुके, फिर बताने लगे...

सारे उपाय नाकाम हो जाने पर बँटवारे का फैसला ही सबको मानना पड़ा। नेहरू ने कहा—"हमने मजबूरी में बँटवारा क़ुबूल किया है, इसके सिवा आज़ादी हासिल करने की कोई दूसरी सूरत बची ही नहीं है।"

यह सुनते ही सिन्ध के हिन्दू उबल पड़े...

'हमसे पूछा तक नहीं गया और बँटवारा क़ुबूल कर लिया गया? क्या सिन्ध की धरती पर हमारा कोई हक़ नहीं है? अगर कल को हमें यहाँ नहीं रहने दिया गया तो हम किधर जाएँगे? हमारा हक़ तस्लीम किया जाय और हमें हमारे हिस्से की जमीन दी जाय भले ही हमें हिन्दू बहुल थरपारकर वाला हिस्सा दिया जाय। हम वहीं—अपना सिन्ध बना लेंगे ।'

यह सलाह सबको पसन्द आयी मगर सवाल यह था कि इसमें मदद कौन करेगा? जिस कांग्रेस को जिताने के लिए हमने दिन-रात एक कर दिये, क्या वह हमें यह हिस्सा दिलवा देगी?

सिन्ध के लोग गहरे असमंजस में थे।

लोग तरह-तरह की बातें करते मिलते...

"घबराओ मत। महात्मा गाँधी ने अभी बँटवारा क़ुबुल नहीं किया है...क्या वे इसके लिए अनशन नहीं करेंगे?"

"ये पार्टीशन किसका विचार है—ये अँग्रेज़ हमें हमारे हाल पर छोड़कर चुपचाप चले क्यों नहीं जाते। रूस और चीन में भी जनक्रान्तियाँ हुईं। 1917 की अक्टूबर की सोवियत क्रान्ति में क्या यह सम्भव था कि गद्दी छोड़कर भाग रहा 'जार' आन्दोलन कर रहे बोल्शेविकों के सामने अपनी कोई शर्त रख पाता। वे तो हमारी ही कमज़ोरियों का फ़ायदा उठा रहे हैं....सच तो यह है कि जिस शक्ल में, जिन शर्तों पर, जिस तरीक़े से भी अँग्रेज़ आज़ादी देते हैं कांग्रेस उसी रूप में आज़ादी लेने को तैयार है।"

"ये उतार-चढ़ाव हमने बहुत देखे हैं। लड़कानावाले झगड़े, सखरवाले फ़साद और भक्त कँवर राम की शहादत...तो भी लोग मिल-जुल कर रहते आये हैं।"

"लेकिन हमें यह नहीं भूलना चाहिए कि हम अल्पसंख्यक हैं...वे कुछ भी कर सकते हैं।"

'क्यों करेंगे? कुछ लोगों की वजह से पूरी क़ौम को दोषी नहीं ठहराया जा सकता। कहीं भी देखो एक घर हिन्दू का है, बाकी दूर-दूर तक मुसलमान तो भी

यहाँ इज़्ज़त हिन्दू की अधिक होती है। हम हमेशा उनके काम आते रहे हैं। सिन्ध को इतना सम्पन्न हमीं ने बनाया है। हमसे तो उनको कोई डर है ही नहीं। ये दंगे-फ़साद तो सियासी लीडरों और यू.पी., बिहार से आये मुहाज़िरों की ख़ुराफ़ात ठहरी।

'हमें अँग्रेजों की जगह कट्टरपंथी मुसलमानों की ग़ुलामी मंजूर नहीं है। हम उनके साथ नहीं रह सकते। हमें अपने लिए जिला थरपास्कर लेना ही है। कम-अज-कम सिन्ध का हवा-पानी तो साथ रहेगा।'

लोगों की समझ में नहीं आ रहा था कि क्या करें? भारत की आज़ादी के लिए उन्होंने जो क़ुर्बानियाँ दी थीं, उनके बदले में उन्हें क्या मिला? उन्होंने अपनी जवानियाँ, मोहब्बतें, हसीन रातें जेलों की कालकोठरी के हवाले कर दी—और लीडरों ने उनके यह भी नहीं पूछा, तुम्हें बँटवारा मंजूर है या नहीं। आख़िर यह क्रान्ति यह इनक़लाब मुकम्मल भारत के लिए था, न कि बँटवारे के लिए। क्या सबके बलिदान व्यर्थ चले जाएँगे?

"फिर?" उन्हें चुप होते देख उसने पूछ लिया।

"लोग चीखते-चिल्लाते रहे लेकिन कुछ न हुआ। प्रोफेसर घनश्याम शिवदासानी, जो कांग्रेस की तरफ से मीटिंग में शामिल हुए थे,उनसे आख़िर थरपारकर जिले की माँग की गयी ताकि अपनी ही जमीन पर रह सकें। वे बिगड़कर मीटिंग से उठकर चले गये, यह कहते हुए कि उस रेगिस्तान में क्या ढोर चराओगे?"

"गाँधी जी की क्या प्रतिक्रिया थी?"

"इसके लिए मैं ज़रा तुम्हें पीछे ले जाऊँगा। 1938 में हिन्दुओं ने गाँधी जी से शिकायत की कि मुस्लिम उनके ख़िलाफ़ क्रमबद्ध तरीक़े से हिंसा करने पर उतारू हो गये हैं। तब गाँधी जी ने कहा—"ख़ुद अपने आपको बचाने की कला सीख लो। अगर आपको लगता है कि आप अपनी रक्षा नहीं कर सकते तो जगहें छोड़ दो।"

"और जब 1947-48 में सिन्ध और पश्चिमी पंजाब में बड़े पैमाने पर मार-काट और लूट-खसोट के कारण सिन्धी सिन्ध छोड़ने को मजबूर हुए तब?"

तब गाँधी जी ने लिखा—"अगर एक भी सिन्धी सिन्ध छोड़ता है तो यह जिन्ना के लिए शर्म की बात होगी। सिन्धी हिन्दू पहले दर्जे के व्यापारी हैं। वे जहाँ भी जाएँगे, अपने लिए धन कमा लेगें। संसार में मुश्किल से ही कोई जगह होगी, जहाँ सिन्धी नहीं हैं। साउथ अफ्रीका में इन्होंने बहुत धन कमाया और लोगों की मदद की है। सिन्ध छोड़ने से ये कुछ नही खोएँगे, सिन्ध की धरती इन्हे खो देगी।"

अन्ततः जब बँटवारा हो ही गया तो उन्होंने कच्छ के महाराज से अपील करके आदीपुर की जमीन भाई प्रताप के प्रयासों से सिन्धियों के लिए प्राप्त की और उधर जब पाकिस्तान की यात्रा से लौटे के.आर. मलकानी ने उन्हें बताया कि कैसे वहाँ

जिन्ना कैप पहनने और उर्दू पेपर पढ़ने को मजबूर किया जा रहा है तो उन्होने कहा...वे आज अपनी शाम की प्रार्थना सभा में इसका उल्लेख करेगें। लेकिन वह शाम कभी नहीं आयी।

वे सहसा चुप हो गये। उनके बीच एक नयी तरह की ख़ामोशी पसर गयी। सिर्फ हवा की सायं-सायं थी और पेड़ों पर पत्तों की सरसराहट।

और 7 अगस्त, 1947 का दिन।

जिन्ना पाकिस्तान के लिए रवाना हुए। उस दिन भी उनका चेहरा उतना ही सख़्त और भावविहीन था, जितना सदैव रहता था। हवाई जहाज़ में बैठे वे शून्य में ताकते रहे।

जब उनका विमान कराची के नज़दीक पहुँच रहा था, उनकी बहन फ़ातिमा ने भावावेश में उनका हाथ पकड़कर कहा था, "जिन्न...जिन्न...वह देखो..."

जिन्ना ने भावशून्य आँखों से अपार जनसमूह को देखकर कहा, "हाँ...बहुत लोग हैं।"

जब वे गवर्नमेंट हाउस में पहुँचे तो भर्रायी हुई आवाज़ में सैयद अहसान से बोले, "मुझे कभी उम्मीद नहीं थी कि मैं अपनी जिन्दगी में पाकिस्तान देख सकूँगा।"

वे गहराती आवाज़ में बोले—"गाँधी जी को किसी पद का लोभ नहीं था। नेहरू को हिन्दोस्तान का प्रधानमन्त्री बनना था और जिन्ना को पाकिस्तान का। उन्हें तो आज़ादी जिस सूरत में भी मिलती वो लेने को तैयार थे। दो व्यक्तियों की महत्त्वाकांक्षाओं के आगे पूरा देश हार गया।"

उनके बीच इतिहास का यह टुकड़ा एक छाया की तरह गुज़र गया।

"जिन्ना जब कराची..."

"हाँ...14 अगस्त, 1947 को जिन्ना और माउंटबेटन दोपहर एक बजे या दो बजे के बीच कराची में थे, जहाँ लॉर्ड माउंटबेटन ने अपना झंडा उतारा और जिन्ना ने पाकिस्तान का झंडा फहराया। बेपनाह भीड़...'पाकिस्तान ज़िन्दाबाद' के नारे...लोगों में उन्माद...इस सबके बीच अल्पसंख्यक हिन्दुओं का आतंकित होना स्वाभाविक था।"

हालाँकि जिन्ना ने हुकूमत हाथ में लेते ही कहा था—"पुरानी बातों को भूल जाइए। हमारे बीच अब कोई झगड़ा नहीं है। जो लोग पकिस्तान में हैं, वे सब हर हाल में सलामत और सुखी रहेंगे। फ़र्क़ सिर्फ इतना होगा कि पहले वे हिन्दोस्तानी कहलाते थे, अब पाकिस्तानी कहलाएँगे।"

लेकिन जिन्ना की सारी बातें गलत साबित होने लगीं।

उसी रात कराची में फ़साद, मारपीट और आगजनी की वारदातें शुरू हो गयीं।

माउंटबेटन रात को ही लौट गये। मोहल्लों में ऐलान हो गया कि हिन्दू सिन्धी भाग जाएँ, वरना...

बस, भागने का सिलसिला शुरू हो गया। औरतें अपने ज़ेवर, बर्तन, आड़े वक़्त के लिए चूल्हे के नीचे दबाये गये चाँदी के सिक्के, रास्ते के लिए थोड़ा-बहुत राशन-पानी बाँधने लगीं... सिर पर जैसे मौत मँडरा रही थी और कह रही थी कि जितनी जल्दी हो, भागो...लेकिन किस तरफ भागें, यह किसी की समझ में नहीं आ रहा था।

''बस, भागो...वरना मारे जाओगे।''

वह सहसा कहीं और पहुँच गयी है। अनायास उसे मंटो याद आ गया। वह इस बँटवारे के ख़िलाफ़ था और जब उसने देखा कि देश दो टुकड़ों में बँट रहा है तो उसका दिल टूट गया।

मंटो जब तक ज़िन्दा रहा उसके दोस्त उसे पाकिस्तानी कहने की हिम्मत नहीं कर पाये। वह लगातार कहानियाँ लिखता रहा, जिसमें दोनों तरफ की नफ़रतों और नरकों का ज़िक्र है।

कुछ लोगों को कभी भी अपने सपनों का देश नहीं मिलता, वे ताउम्र भटकते रहते हैं। दूसरी तरफ इक़बाल था। शायर चाहे कितना भी बड़ा हो, मनुष्य छोटा रह गया। पहले उसने कहा—'सारे जहाँ से अच्छा हिन्दोस्ताँ हमारा' फिर उसने अपनी लाइनें बदल दीं...चीनो अरब हमारा, हिन्दोस्ताँ हमारा, मुस्लिम हैं, हम वतन है, सारा जहाँ हमारा।' यह एक शायर की कैसी नैतिकता है इसे इनसान नहीं दिखा, मज़हब दिखा और हक़ीक़तन तो इसे ख़ुदा भी नहीं दिखा। इसका ख़ुदा तो सिर्फ़ मुस्लिमों का ख़ुदा है, इस्लाम इतना संकीर्ण मज़हब तो नहीं?

वह देर तक अपने भीतर के सन्नाटे में चुप बैठी रही। वे भीड़ क्यूँ नहीं समझना चाहती की हर मजहब का इनसानी सन्देश एक ही है। जिस मज़हब को इनसान-इनसान के बीच पुल का काम करना चाहिए वह खाई का काम करने लगता है। जब तक एक धर्म के लोग दूसरे धर्म के लोगों के साथ वास्तविक तहज़ीब से रहना नहीं सीख लेते तब तक एकता और संस्कृति की बातें बहुत बचकाना हैं।

''आपको क्या लगता है...विभाजन टल सकता था?''

वे कुछ लम्हे उसका चेहरा देखते रहे, फिर कहा—''विभाजन टल सकता था अगर नेहरू और दूसरे काँग्रेसी नेताओं को जल्दी न होती...उन्होंने एकजुट होकर अँग्रज़ों की बिचौलिए की भूमिका ठुकरा दी होती...अँग्रेज़ों की फूट डालने की साज़िशों का विरोध किया होता...अगर गाँधीजी ने अपनी दोहरी नीति जारी न रखी होती...क्या होता ज्यादा-से-ज्यादा गृहयुद्ध...तो क्या विभाजन में भीषण रक्तपात नहीं हुआ...कुछ सयाने लोग कहते भी रहे कि हिंसा जितने लोगों को मार सकती थी

उससे अधिक लोगों को अहिंसा ने मारा...बँटवारे के लिए जितना माहौल बना वह बना 44-45 के बाद...इसके पहले मुस्लिम लीग को 25 प्रतिशत से भी कम समर्थन प्राप्त था...मुस्लिमों में भी दो धाराएँ थीं। राष्ट्रवादी और अलगाववादी। जिन्ना पहले राष्ट्रवादी थे पर गाँधी से उपेक्षित हो अलगाववादी बन गये...गाँधी जी भी मुस्लिम तुष्टिकरण में लगे रहे और उस अब्दुल रशीद को गले लगाया जिसने स्वामी श्रद्धानन्द की 1926 में हत्या कर दी, जिन्होंने शुद्धि आन्दोलन चलाया जिसके अन्तर्गत बड़ी संख्या में लोगों को पुनः हिन्दू बनाया जाने लगा...जबकि यही गाँधीजी थे जिन्होंने शहीद भगत सिंह, राजगुरु और सुखदेव की फाँसी की सज़ा समाप्त करने की याचिका पर यह कहते हुए हस्ताक्षर नहीं किये कि उनका मार्ग हिंसा का है...पर नहीं हुआ कुछ...विभाजन तो हो गया...'' उनकी आवाज़ विषाद में डूबी रही।

1931 में हुए दूसरे गोलमेज सम्मलेन में कांग्रेस की ओर से गाँधी जी भी सम्मिलित हुए, आगाख़ाँ मुसलमानों के प्रतिनिधि बने। हालाँकि इस सम्मलेन का कोई निष्कर्ष नहीं निकला पर यहीं पहली बार 'पाकिस्तान' शब्द अस्तित्व में आया। चौधरी रहमत अली और कैम्ब्रिज के तीन अन्य मुस्लिम छात्रों ने पंजाब से पी, अफ़गानिस्तान से ए, कश्मीर से के, सिन्ध से स, और बलूचिस्तान से तान लेकर यह शब्द बनाया—उस समय तो इसे कुछ छात्रों की अव्यावहारिक-अनुत्तरदायी कल्पना कहा गया पर आगे चलकर यह सही सिद्ध हुई।

वे यहाँ से वहाँ जा पहुँचे जहाँ यह कल्पना अपनी भयावह वास्तविकता में सामने खड़ी थी...

''शुरू में जिन्ना ने विभाजन पूर्व हिन्दू-मुस्लिम जनता की अदला-बदली का प्रस्ताव रखा था जिसे गाँधी जी ने खुलकर और साफ शब्दों में नकार दिया था। इसके उत्तर में वायसराय ने जिन्ना से कहा था आप इस माँग को क्यों रखते हो। जितने मुस्लिम यहाँ हैं उनको यहीं रहने दो...आगे चलकर आप अपनी जनसंख्या बढ़ा सकते हो। जिन्ना उनके गुप्त संकेत को समझकर चुप हो गये। इस पर सरदार पटेल ने कहा...जब हमने हिन्दू-मुस्लिम आधार पर देश के टुकड़े करना तय किया है तो जनता की अदली-बदली भी हो जानी चाहिए, तब नेहरू तुरन्त बोल पड़े, नहीं हम तो सेक्युलर हैं...पर कहने से क्या होता है। विभाजन के बाद केवल पश्चिमी पाकिस्तान सिन्ध-पंजाब-बलूचिस्तान, में लूट-पाट के बाद दस लाख हिन्दुओं की निर्मम हत्या की गयी और लगभग इतने ही हिन्दुओं को मुसलमान बना दिया गया, पूर्वी पाकिस्तान में भी ऐसी ही क्रूर हत्याएँ की गयीं। सिन्ध के नौ लाख लोगों सहित लगभग दो करोड़ हिन्दुओं को अपनी जन्मभूमि छोड़नी पड़ी।

जो कुछ हो रहा था, इतना भयानक था कि इसका अन्दाज़ा नहीं लगाया जा

सकता। "धूल...धूप...आँखें लाल...दुखते हुए गले...तारकोल की सड़कों पर घिसटते घायल पाँव...भूख-प्यास...जगह-जगह पाखाने, पेशाब और पसीने की बदबू...मैली-कुचैली धोतियाँ और साड़ियाँ...ढीले-ढाले पाजामे और फटी-पुरानी चप्पलें, बूढ़ी औरतें अपने बेटों के कन्धों पर...गर्भवती औरतें अपने पतियों का सहारा लेती हुईं... साथ में घर का वह सामान, जिसे छोड़ा नहीं जा सकता था और मीलों ढोना था...कई-कई दिन बिना खाये-पिये...या कभी-कभी मिलनेवाले दाने-पानी के सहारे...।"

वे उसे बताते जा रहे हैं—

"और सोचो...चलने-फिरने में लाचार बूढ़ों, अपाहिजों और बीमारों का क्या करते? हर मील पर थकान, भुखमरी, हैज़ा और दूसरी बीमारियों का ख़तरा। हर तरह के लोग थे, जिनमें किसान अधिक थे। हमें उन दिनों मालूम नहीं था कि वायसराय क्या होता है, कांग्रेस और मुस्लिम लीग क्या चीजें हैं, जो उस वक़्त की भाग्य-विधाता हो गयी थीं। सबको किसी तरह बचने और अपने परिवार को बचाने की ही चिन्ता रह गयी थी। कितने ही लोग रास्ते में दम तोड़ गये।"

वह सुनती ही रह गयी।

एक ही ख़याल था सबके ज़ेहन में कि कैसे बचे? कैसे बचायें अपने परिवार को?

इनसान को इनसान की तरह कोई जीने नहीं देता—हर बार कोई न कोई आकर अपने निजी स्वार्थ के लिए उनकी ज़िन्दगी तूफ़ानों के हवाले कर के चला जाता है। क्या है इस विभाजन का हासिल। भूख और हत्या?

दिल्ली-जहाँ खानसामा, ताँगेवाले, फल-सब्जीवाले ज्यादातर मुसलमान थे...तीन सितम्बर की सुबह, जिस दिन गाँधी जी ने कलकत्ता में अपना अनशन तोड़ा...आतंक का दौर शुरू हो गया।

एक ही भयभीत धर्म रह गया था, दूसरे धर्मवालों को नहीं मारोगे तो वह तुम्हें मार देगा।

लाहौर एक बहता हुआ शहर था जिसमें पाँच लाख हिन्दू, एक लाख सिक्ख और छः लाख मुसलमान मिलजुल कर रहते थे, बिना किसी भेद-भाव के, सामाजिक त्योहारो में, व्यक्तिगत दावतों में एक-दूसरे के साथ खाते-पीते नाचते-गाते थे, यह शहर भी आख़िरकार हिंसा की चपेट में आ गया और पहली लहर में तीन हज़ार से ज्यादा आदमी मारे गये जिनमे ज्यादातर सिक्ख थे। एक लाख से अधिक लोग शहर छोड़कर चले गये। लाहौर में सबसे ज्यादा उपद्रव घनी आबादीवाले इलाक़े में हुआ जहाँ मुसलमान और हिन्दू भेड़ बकरियों की तरह घुले-मिले रहते थे। छोटी-छोटी दुकानों की क़तारें...चमड़े का काम करनेवालों की, टीन का काम, जौहरी का काम,

जूतों की, मीना-पच्चीकारी के काम की, लाख की पॉलिशवाले ज़ेवरों की, बर्तनों की, चन्दन के लकड़ी के काम की, हर क़िस्म की दुकाने थीं यहाँ...हिंसा की बाढ़ ने इस बाज़ार में रक्त की नदी बहा दी।

हर जगह यही हुआ। जो संख्या में ज्यादा और शक्तिशाली थे उन्होंने संख्या में कम और कमजोर लोगों पर तलवार उठाई। जो लोग पीढ़ियों से साथ-साथ रहते आये थे, वे भी हिंसा और नफ़रत के खूनी ज़लज़ले में सबकुछ भूलकर एक-दूसरे पर टूट पड़े। लाहौर की गलियों में खून बह रहा था। चारों तरफ वीरानी और तबाही का मंज़र था। हिन्दुओं के घर धू-धू कर जल रहे थे और मुसलमान और फौजी तमाशा देख रहे थे। इसके विपरीत अमृतसर में ज्यादातर मुस्लिम इलाक़े मलबे के ढेर में बदल गये थे। जहाँ सिक्खों का ज़ोर था और वे संगठित थे, वहाँ वे बेरहम हत्यारों में तब्दील हो गये थे।

लाहौर में मुसलमान खुशी से नाच रहे थे और झंडे फहराते हुए नारे लगा रहे थे—'हँस के लिया है पाकिस्तान, लड़ के लेंगे हिन्दुस्तान'। क़त्लेआम शुरू हो गये थे जिनका न कोई मज़हब, था न ईमान।

ज्यों-ज्यों दोनों दिशाओं से भागनेवालों की संख्या बढ़ी, त्यों-त्यों रेलगाड़ियों पर हमले बढ़ने लगे। मीरपुर ख़ास की तरफ जानेवाली एक गाड़ी में पंजाबी खालसा अपने कुटुम्बियों के साथ जा रहे थे कि उन पर हमला हुआ और सारे सिक्खों को मार डाला गया। इस क़त्लेआम ने पूरे सिन्ध को हिला दिया। अगस्त के अन्त और सितम्बर की शुरुआत के दिनों में बड़े पैमाने पर लोग घरबार छोड़ कर भागे। लड़काने के हिन्दू भी अपने मकानों, दुकानों और जमीन-जायदाद को औने-पौने दामों में बेचने लगे। कुछ लोगों ने हालात को वक़्ती समझ कर घरों या दुकानों पर ताले लगाये और पड़ोसियों को चाबी सौंपकर निकल पड़े।

''दोनों मज़हबों के कुछ लोग मिलकर लोगों को शान्त करते भी दिखाई दिए, लेकिन फिर सबके हाथ से हर उपाय निकल गया।

इस भयानक मार-काट से लोगों के दिलोदिमाग पर ऐसी चोट पहुँची कि बरसों घाव नहीं भरें। यक़ीन नहीं आता था कि यह मनुष्य है और इतनी हिंसा, इतनी नफ़रत, इतनी बर्बरता-क्रूरता इसी के अन्दर छुपी हुई है। यह सिर्फ एक मौजूँ वक़्त का इन्तज़ार कर रही थी जो परिस्थितियों ने उसे दे दिया था।

''जैसे-जैसे भागनेवालों की संख्या बढ़ती गयी, शादियों के सिलसिले भी बढ़ते गये। जिस भी घर में शादी लायक़ लड़के-लड़कियाँ थे, उनकी नींद हराम थी—परदेस में कहाँ से लाएँगे रिश्ते? सादे ढंग से फटाफट शादियाँ की जाने लगीं। मन्दिर गये, फेरे लिये और मिठाई बाँट दी। हलवाइयों की बन आयी। आदमी ही आदमी का निवाला है—एक तरफ खून की नदियाँ बह रही हैं, दूसरी तरफ नये

जीवन को जन्म देने की तैयारी! मनुष्य हर हाल में ज़िन्दा रहना चाहता है और अपनी निशानी छोड़े बिना नहीं जाना चाहता। सबसे बड़ा भय था बेटियों, बहनों और पत्नियों का। उन्हें कैसे बचाएँ? हमला किसी पर कैसा भी हो, भुगतती उसे औरत ही है।

हैवानियत की इस आँधी में शहर के शहर बर्बाद हो रहे थे। शिकारपुर में हिन्दुस्तान से आये मुसलमान भरते चले गये और जबरदस्ती हिन्दुओं के घर और दुकानों पर क़ब्ज़ा करते गये। इसके लिए उन्होंने स्थानीय पुलिस और गुंडों से भाड़े पर भी काम करवाया। औरतों और बच्चों का घर से बाहर निकलना बन्द हो गया। लोग भागने की तैयारी में अपना सामान नीलाम करने लगे। रोने की फ़ुर्सत भी नहीं थी किसी के पास। कहाँ जाएँ क्या उठाकर ले जाएँ, ''धिक्कार है...'' वे सहसा अपनी बात कहते-कहते आँसुओं से भर गये।

''ऐसी होती है किसी नये देश का नेता बनने की महत्त्वाकांक्षा...जो लाखों लोगों की लाशों पर टिकी हो। वे इसे देश सेवा कहते हैं, दंगे होते हैं तो निर्दोष लोग उनका शिकार बनते हैं, इन्हें अंगरक्षक मिल जाते हैं। देश निकाला हमें मिलता है, इन्हें नहीं। भूख, गरीबी, यातना...सब हमारे हिस्से...उनका क्या? अचानक मजमा लगाकर भाषण देंगे, मुआवज़ा देने की घोषणा करेंगे, तालियाँ बजवाएँगे, फिर सब ख़त्म...थू है! मुझे सबसे ज्यादा नफ़रत राजनीति से है। मनुष्य इसमें मनुष्य नहीं रह जाता। इतना लालच...इतनी अन्धी वासना...इतना छल...अपने ही उन लोगों के साथ, जो तुम पर यक़ीन करते हैं...।''

वे आपा खो बैठे तो उसने उनके निकट जाकर उनके कन्धों पर हाथ रख दिया...

''विभाजन के इस भयानक दौर में भी सिन्ध में उतनी मार-काट नहीं हुई जितनी पंजाब में।''

कितना कठिन है अपने भोगे हुए सच को निर्विकार रहकर भुला देना और उसके दंश से मुक्त रहना।

कुछ देर के बाद वे सहज हुए तो बताते चले गये—

''शहर छोड़ने के लिए चार क़िस्म के सर्टिफिकेट की जरूरत होती थी—म्यूनिसिपल, इन्कमटैक्स, बिजली और रेवेन्यूवालों की...इसलिए कि जानेवाले पर उनका कोई बक़ाया तो नहीं है। दंगे बढ़ने लगे तो कितने सिख बाल कटवाकर मुसलमानों जैसी दाढ़ी-मूँछ रखवाकर भाग निकले। जिन्हें अपने बालों को कटवाना मंजूर नहीं था, वे बुर्क़ा पहनकर निकले। सलामत रहने के लिए कितने ही हिन्दुओं ने अपनी धोतियाँ उतारकर सलवारें, जिन्ना टोपी, और काले बास्केट पहन दाढ़ी-मूँछ रख ली।''

लाहौर में हिन्दुस्तान–पाकिस्तान के वज़ीरों के बीच इक़रार हुआ था कि सामानों की तलाशी नहीं ली जाएगी, पर तब भी सिन्ध से आनेवाले हर परिवार, हर व्यक्ति की तलाशी तीन–तीन, चार–चार जगहों पर ली जाती। पहली तलाशी अपने स्टेशन पर, दूसरी नवाबशाह और हैदराबाद के स्टेशनों पर और तीसरी या चौथी कराची के बन्दरगाहों पर। बिस्तरबन्द सहित सारी चीजें खुलवायी जातीं, जो चीज पसन्द आती, वह ले ली जाती, जबकि हिन्दुस्तान की तरफ से आनेवाले मुस्लिमों की एक मुर्गी या बकरी को भी कोई नहीं छू रहा था।

हिन्दू जब सुनते कि गाँधीजी को हिन्दुओं से ज्यादा चिन्ता मुसलमानों के जान–माल की हो रही है तो उन्हें बेहद गुस्सा आता। गाँधी जी के सामने सिर्फ वही हिंसा थी, जो हिन्दुओं द्वारा मुसलमानों पर हो रही थी।

''तभी तो मैं कहा करता हूँ कि गाँधी जी की अहिंसा एक अन्धकार की तरह है, जिसमें सही–सही देख पाना सम्भव नहीं...'' वे सँभले।

''हैदराबाद हिन्दू–मुस्लिम फ़सादों की मुख्य जगह बन गयी थी। दोनों तरफ से आने–जानेवाली ट्रेनें यहीं आकर रुकतीं। स्टेशन पर हर कहीं भूखे–प्यासे, हताश–निराश चेहरे दिखायी देते। कुछ स्वयंसेवकों ने दो–तीन सौ रोटियाँ, दाल और पानी पहुँचाना शुरू किया। जो भी ट्रेन आती, सब उसमें बँट जाता। यह सेवा भी कुछ लोगों को नागवार गुज़री। मुस्लिम नेशनल गार्ड्स ने खाना फेंकना शुरू कर दिया और स्वयंसेवकों को धमकियाँ दीं कि आइन्दा इस ओर न आना। हम उस वक़्त में रोये थे कि हाय, हम मनुष्य क्यों हुए?'' वे आपबीती सुनाते हुए बीच में कहते हैं, ''इतनी मारकाट और दंगाइयों की बेरहमी देखकर मैं पागल हो उठता था कि मनुष्य इतनी नीचता पर कैसे उतर सकता है! कौन हैं ये हत्यारे? कहाँ से आये हैं इतनी क्रूरता लेकर? ये अपने ही जैसे मनुष्यों को इस धरती पर क्यों नहीं रहने देना चाहते? दूसरों को पीड़ा पहुँचाकर इन्हें क्या मिलता है? इससे क्या फ़र्क़ पड़ता है कि हमारे मज़हब अलग–अलग हैं? क्या हर मज़हब शान्ति का सन्देश नहीं देता? क्या सन्त और सूफ़ी एक ही बात नहीं कहते?''

''मारनेवाले बहुत थे तो कुछ मदद करनेवाले भी थे...'' उन्होंने अपनी आँखें पोंछ ली हैं और पानी पी लिया है...उन्हें अब आगे अपनी दास्तान कहनी है...।

''कराची में समुद्री जहाज़ पर चढ़नेवालों के लिए परसराम पारूमल ने जहाज़ की ढेरों टिकटें मुफ्त में बँटवाईं। कुछ ही समय में हिन्द सरकार ने मुफ्त यात्रा का प्रबन्ध किया। एक–एक जहाज़ में चार–चार हज़ार आदमी! ऐसे चार जहाज़ एक हफ्ते में बम्बई आये और पाँच जहाज़ों में ग्यारह हज़ार शरणार्थी हर हफ्ते काठियावाड़ और गुजरात उतरे।

जिन लोगों ने समुद्र देखा न था, उनके लिए तो बड़ी मुसीबत हो गयी।

जहाज़ के हिचकोले, समुद्र की आवाज़ें और अन्धकार—आसमान और समुद्र का मिलना देखकर तो उनके सिर घूमने लगे। खाने को थीं मीठी रोटियाँ और अचार। दिल में आशंकाएँ...न इस करवट चैन, न उस करवट। कभी समुद्र शान्त होता तो आसपास का नज़ारा दिख जाता। कोई कहता—"सिन्ध छोड़ने का क्या दुख? जो रब ने जोड़ा...वाह-वाह! सिर बच गया, शरम बच गयी, शुक्र है। अब जो गया सो गया, फिर से मेहनत करेंगे। जिसने पैदा किया, वो भूखा तो नहीं मारेगा न?"

दूसरा कहता, अच्छा हुआ, निकल आये नहीं तो प्रकृति का ये नमूना कहाँ देखते? इतनी बड़ी लोहे की नाव पानी में कैसे तैर रही है? अब नया मुल्क देखेंगे, नए लोग, नई ज़िन्दगी। कुछ ज़िन्दादिल लोग हमेशा आगे देखते हैं।

वे यह सब बताते हुए मुस्कराने लगते हैं और उनके साथ वह भी मुस्कराती है।

"हिन्दुस्तान की सरकार ने आप लोगों की मदद की, उससे तो आपको कोई शिक़ायत नहीं रही होगी?"

"काफी मदद की...एक सौ साठ कैम्प जो अँग्रेज़ी फौज द्वारा खाली की गयी छावनियाँ थीं खोली उसी वक़्त सरकार ने। लगभग नौ लाख पचास हज़ार लोगों ने सिन्ध छोड़ा। इनमें से कई जिनके यहाँ नाते-रिश्तेदार थे, वे कैम्पों में नहीं गये। सिर्फ कुरुक्षेत्र के कैम्प में तीन लाख आदमी रह रहे थे, जिनके लिए सौ टन आटा रोज़ लगता था। इसी हिसाब से दाल, तेल-शक्कर वग़ैरह भी खपता होगा। पाकिस्तान सरकार ने भी मुश्किलें बढ़ायी थीं। इक़रार हुआ था कि दोनों मुल्कों की सरकारें अपने-अपने लोगों तक खाना-कपड़ा पहुँचाएँगी। भारत सरकार ने मुसलमानों के कैम्पों में खाना-पीना, कम्बल-रजाइयाँ दीं, लेकिन पाकिस्तान में हिन्दुओं को अपने पैसे से रोटियाँ भी नहीं ख़रीदने दी गयीं...इधर बहुत से लोग ऐसे थे जिन्हें हमारा सिन्ध से यहाँ आकर बसना अच्छा नहीं लग रहा था...हमारी मुश्किलें इससे भी बढ़ीं..."

"आप लोगों को अपना प्रान्त नहीं मिला जबकि..."

"यह सबसे बड़ा अन्याय हुआ था सिन्धी हिन्दुओं के साथ। पंजाब और बंगाल को पश्चिमी और पूर्वी क्षेत्र के आधार पर बाँटा गया, इससे उखड़े हुए पंजाबी और बंगाली उस हिस्से में जाकर बस गये। सिन्ध के थरपारकर जिले में हिन्दू ज्यादा थे तब भी उस जिले को हिन्दुस्तान से नहीं मिलाया गया। डॉ. चोइथराम ने बँटवारे के ख़िलाफ़ बहुत शोर मचाया, पर हुआ कुछ नहीं। आचार्य कृपलानी ने गाँधीजी से गुहार की तो उनका जवाब था—"किसी को भी अपना घर नहीं छोड़ना चाहिए। ख़ासकर सिन्धी कांग्रेसियों को—सभी को अपने घर में रहना चाहिए।"

मगर जिन्हें अपनी और अपने लोगों की जान प्यारी थी, उन पर गाँधीजी की बात का कोई प्रभाव नहीं पड़ा। बात तो इससे भी आगे है—पाकिस्तान में हिन्दुओं

का जो विनाश हुआ, उसका क्या?

"मुस्लिमों को पाकिस्तान मिल गया, फिर भी उन्होंने इतना ख़ून-ख़राबा क्यों किया?" वे एक बार फिर उत्तेजित होने लगे—"अपनी जान बचाने के लिए वहाँ लाखों हिन्दू मुसलमान हो गये। हिन्दुओं को मस्जिद में ले जाकर उन्हें गाय का मांस खाने को मजबूर करके मुसलमान बनाया गया। पंजाब के हज़ारों गाँवों में ऐसी घटनाएँ हुईं। जिन जिलों के हिन्दुओं को यक़ीन था कि हिन्दू-बहुलता होने से वे हिन्दुस्तान के हिस्से में आएँगे, वे दम साधे वहाँ बैठे थे, पर वे पाकिस्तान में मिला दिये गये और वहाँ बलूच रेजीमेंट ने आकर जो क़हर बरपाया—हिन्दुओं की दुकानों को आग लगा दी, लारियाँ भर-भर कर उनका माल-असबाब ले गये, घरों में आग लगाकर बाहर खड़े रहे। पुरुष बाहर निकलते तो उन्हें क़त्ल कर देते...औरतें निकलतीं तो उन्हें जबरदस्ती आपस में बाँट लेते। पंजाब के शेख़ूपुरा में तो मत पूछो, जो हुआ—26 अगस्त 1947 की एक घटना का आँखों देखा हाल मेरे एक अज़ीज़ दोस्त ने मुझे सुनाया, तुम भी सुनो..."

बलूच रेंजीमेंट के अत्याचारों से भागकर आठ हज़ार हिन्दुओं ने सरदार आत्मा सिंह की चावल मिल में पनाह ली। बलूच रेजीमेंट ने मिल को घेर लिया और फायर करने लगी। तब कांग्रेस प्रेसिडेंट स्वामी आनन्द सिंह ने आकर फ़ौजवालों से बात की। फौजी कमांडर ने कहा कि सारे हिन्दू बाहर आयें और अपना क़ीमती सामान हमें सौंप दें। मजिस्ट्रेट क़ाज़ी अहमद शफ़ी ने स्वामी आनन्दसिंह को भी यही करने को कहा। मजबूरन उनकी बात माननी पड़ी। लेकिन जब सात-आठ टन सोने के ज़ेवर ले लेने के बाद फौजियों ने अपने लिए सुन्दर लड़कियों पर भी क़ब्ज़ा करना शुरू कर दिया तो आनन्दसिंह ने ऐतराज़ किया। इस पर उन्हें वहीं गोली मार दी गयी। उनका सिर काटकर मुस्लिम लीग के झंडे के साथ एक भाले में फँसाकर 'अल्लाह ओ अकबर' के नारों के साथ कई जगहों पर घुमाया गया।

उसी वक़्त एक फौजी ने सबके सामने एक लड़की को पकड़ लिया तो एक हिन्दू युवक ने कृपाण निकालकर उस फौजी को चीर दिया। गोलियों की बौछार होने लगी। आगेवाले हिन्दू मरते रहे, पीछेवालों ने अपनी औरतों और लड़कियों की आबरू बचाने के लिए उन्हें काटना शुरू कर दिया। जल्द ही वहाँ की जमीन लाशों से पट गयी।

"लाशों के नीचे दबकर जो लाश की मानिन्द पड़े रहे, सिर्फ वही हिन्दू बच पाए" बताते-बताते उनका चेहरा लाल होते-होते कत्थई हो गया। वे बैठे नहीं रह सके, उठकर चहलक़दमी करने लगे। उनकी आँखों में खून उतर आया है। वे बताने लगे।

शेखूपुरा की एक दूसरी धर्मशाला में भी बलूची फौज ने जब घेरा डाला तो हिन्दू औरतों ने कुएँ में कूद-कूद कर अपनी जान दे दी। भर गया कुआँ लाशों से।

एक मिनट में मानव जीवन कितना सस्ता हो गया। जिन पुरुषों ने बाहर आकर मुक़ाबला करने की कोशिश की वे मारे गये। उस शहर के बीस हज़ार हिन्दुओं में से चार-पाँच हज़ार हिन्दू ही अपनी जान बचा सके। वो भी इसलिए कि अट्ठाइस और उनतीस अगस्त को तेज बरसात हो रही थी, वे अँधेरी रात में भीगते-भीगते शेखूपुरा के अपने घरों से ख़ाली हाथ भाग गये। जवाहरलाल नेहरू इस हादसे के बाद वहाँ पहुँचे, लेकिन आँसू बहाकर रह गये।'' सरदार पटेल ने जो इक़रारनामे कराये थे, वे बेकार साबित हुए।

''अब आप बैठ जाइए...'' उसने उन्हें पानी पिलाया और उनका आवेश शान्त होने की प्रतीक्षा करने लगी।

''नहीं-नहीं...तुम पूछो...मैं बताऊँगा...वह सब जो मैं जानता हूँ...''

''पंजाब में सिक्खों के गिरोह ने एक मुस्लिम बस्ती को तहस-नहस करते हुए एक-एक मर्द को बड़ी बेरहमी से मार औरतों को नंगा कर उनके साथ बार-बार बलात्कार किया और उन्हें अमृतसर की सड़कों पर घुमाने के बाद उन सब के गले काट दिये। नंगी किरपाने हाथ में लिये सिक्ख भूखे भेड़ियों की तरह घूम रहे थे और जो मुसलमान सरहद पार कर पाकिस्तान जाने की कोशिश में पकड़ा जाता उसे भी काट डालते। 15 अगस्त को तीसरे पहर अमृतसर 10 डाउन एक्सप्रेस जब प्लेटफार्म पर आकर रूकी तो स्टेशन मास्टर चन्नी सिंह ने खून जमा देनेवाला नजारा देखा...सारे डिब्बो में मुसाफ़िर नहीं लाशें पड़ी थीं। कटे हुए हाथ-टाँगे-धड़ सब इधर-उधर बिखरे थे। उनका दिमाग़ सुन्न हो गया। हत्यारों ने अपना परिचय देने के लिए आख़िरी डब्बे पर मोटे-मोटे अक्षरों में लिख रखा था—'यह पटेल और नेहरू को हमारा आज़ादी का तोहफ़ा है।''

पंजाब में लोग नफ़रत से पागल होकर एक-दूसरे पर टूट पड़े थे। हिन्दू-सिक्ख-मुसलमान तीनों। लाहौर की नालियाँ बहते हुए खून से लाल हो गयी थीं। वह खूबसूरत शहर जिसे 'पूरब का पेरिस' कहा जाता था, वीरानी और तबाही की जीती-जागती तस्वीर बन गया था। अमृतसर के ज्यादातर मुस्लिम इलाक़े पूरी तरह तबाह कर दिये गये और अब वहाँ ईंट और मलबे के ढेर के सिवा कुछ नहीं रह गया था।

दोनों तरफ होड़ लगी हुई थी कि कौन ज्यादा बर्बरता दिखा सकता है। पंजाब में चल रही नफ़रत की इस आँधी ने नेहरू को भी विचलित कर दिया था। दहशत का आलम यह था कि जो औरत देख लेती कि अब उसे पकड़ लिया जाएगा और उसके साथ बलात्कार किया जाएगा वह आनन-फानन छत पर बड़ी-सी चिता बनाती, बच्चों को दूध पिला पहले उन्हें फेंकती फिर ख़ुद कूद जाती।''

उनका गला भर आया। वह कुछ नहीं कह सकी। वे फिर बताने लगे...

"इतने बड़े पैमाने पर जनसंख्या की अदला-बदली की मिसाल इतिहास में दूसरी नहीं। सितम्बर के अन्त तक इनसानों की ऐसी बाढ़ आयी कि पचास लाख नर-नारी पंजाब की सड़कों और खेतों में बिखर गये। तीन महीने में एक करोड़ से अधिक आदमी अपने घरों से उजड़ गये। जान बचाना ही इतनी बड़ी बात हो गयी कि दूसरी सब बातें गौण हो गयीं।"

"आपने बताया कि हिन्दू सिन्धी जहाज़ों से आये, पर कई क़ाफ़िले भी तो आये थे..."

"आये थे न... जहाँ तक मैं जानता हूँ, चौबीस बड़े काफिले हिन्दुस्तान आये थे। ये क़ाफ़िले दस-बारह मील लम्बे तो होते ही थे, एक काफिला तिरपन मील लम्बा था। सोचो...कितना भयानक होगा वह दृश्य...चींटियों की तरह रेंगता हुआ मानव-समुद्र! हर प्रकार के लोग-धूप, धूल, थकान, भूख-प्यास से बेहाल... कभी-कभी अपाहिज, बीमार और मरते हुए लोगों को बाँस के बीच में एक बड़े से झोले में लटका दिया जाता था और उसके दोनों सिरे दो तरफ लोग सँभाल लेते थे। उनकी कमर टूटने लगती। औरतें अपने सिरों पर गृहस्थी का सामान लादे चलतीं। एक क़ाफ़िले में कमोबेश चालीस से साठ हज़ार आदमी होते। इसमें सबसे बड़ा क़ाफ़िला लायलपुर पंजाब से चला था, जिसमें रास्ते में लगातार लोग शामिल होते गये और यह चार लाख आदमियों का क़ाफ़िला बन गया, जो एक सौ पचास मील चलकर भारत पहुँचा। रास्ते में हज़ारों आदमी मर गये..." वे बताते रहे...

"जिन हिन्दुओं और सिक्खों का रास्ते में क़त्ल हुआ, उनकी लाशें रास्ते के दोनों ओर सड़ती रहीं। कितने ही माँ-बाप अपने बच्चों को सँभालने में असमर्थ हो गये और जब कोई रास्ता न बचा तो बच्चों को क़ाफ़िले के पीछे छोड़कर ख़ुद आगे निकल गये। बीमारों और बूढ़ों के साथ भी यही हुआ। कुछ लाचार लोग स्वयं ही पीछे छूटकर कहीं पड़ जाते, ताकि उनके परिजनों को परेशानी न हो और वे ख़ुद भी चैन से कहीं प्राण छोड़ सकें।" चारों तरफ त्राहि-त्राहि मची होती थी। कौन किसको सहारा दे?

"इन क़ाफ़िलों की हालत देखकर समझा जा सकता है कि मनुष्य होना कितना भयानक है। बच्चों और स्त्रियों पर जो ज़ुल्म हुए, उनकी मिसाल इतिहास में ढूँढे नहीं मिलेगी। जानवरों की तरह औरतें एक हाथ से दूसरे हाथ में बिकती रहीं, बाँटी और अदली-बदली जाती रहीं। नन्हें बच्चों को भाले की नोकों पर चींथकर बाज़ारों में घुमाया गया...मनुष्य जितना बर्बर दिखाई दे, उतना कम है! दूसरे को तकलीफ़ पहुँचाने के लिए वह किसी भी हद तक जा सकता है" उनकी आँखें एक बार फिर आँसुओं से भर गयी हैं।

"लगता नहीं कि ये हम थे जो यह सब देखते रहे और ज़िन्दा रह गये...और

देखो...अब भी जी रहे हैं। हम कायर लोग उनका कुछ नहीं बिगाड़ पाते जो शक्तिशाली हैं। हम एक-दूसरे को ही मारने-काटने लगते हैं।''

वे कुछ देर सिर झुकाये बैठे रहे, फिर पसीने और आँसुओं से भीगा अपना चेहरा पोंछने लगे।

उनके चेहरे की झुर्रियों में फँसा हुआ गीलापन अभी भी शाम की धूप में चमक रहा था। शाम जो दिनभर की थकान अपने आँचल से पोंछकर अपनी गोद में सुला देती है...जिसमें सारी हताशाएँ, यातनाएँ, पश्चाताप धूमिल पड़ने लगते हैं।

कितना कुछ ओझल रहता है, चाहे तुम टक लगाकर देखते ही रहो...सब कुछ तो नहीं देखा जा सकता...न सब कुछ जाना जा सकता है...हम कितनी बातें करते हैं मनुष्य की चेतना की—उसे चैतन्य बनाने की...। सच तो यह है कि मनुष्य ख़ुद चैतन्य नहीं होना चाहता। मनुष्य स्वयं को नहीं जानता। न अपनी सीमाओं को और न सम्भावनाओं को।

कितनी अजीब बात है, मनुष्य हत्या का निषेध करता है, इसके बावजूद हमारी सम्पूर्ण प्रगति का नतीजा है हत्याओं की तकनीक में प्रगति और युद्ध के तरीक़ों का विकास।

फोन की घंटी बजती है, घड़ी पर नज़र जाती है—जानती हूँ—वही होगी...

''कैसी हो?'

''कुछ ढूँढ रहीं हूँ, मिल नहीं रहा।'' उसकी उदास आवाज़...

''कुछ बाहर का ढूँढ रही हो तो ढूँढ लो। भीतर का ढूँढ रही हो तो वहीं कहीं होगा...न परेशान हो।'' उसने हँसकर कहा।

''इनसान ढूँढ़ रही हूँ...एक अदद...।''

''ऐसा इनसान मिलता नहीं, बनाना पड़ता है।''

''इनसान कोई वस्तु नहीं जिसे बनाया जाय।''

''किसी हद तक यह वस्तु ही है...अगर सोया हुआ है। मनुष्य को प्रकृति एक सीमा तक विकसित करके छोड़ देती है, आगे उसे अपने प्रयत्नों से विकसित होना होता है। मनुष्य नहीं जानता कि वह ख़ुद एक मशीन है जो बाहरी प्रभावों और बाहरी संघातों से हरकत में आती है। उसके भीतर की सभी गतिविधियाँ सभी कर्म, शब्द-विचार, भावनाएँ बाहरी प्रभावों से उत्पन्न होती हैं। उसके पास होता है पूर्व अनुभवों का एक निश्चित भंडार और संचित ऊर्जा।''

''अब आप कहेंगी कि मनुष्य अपने विकास के प्रयत्न नहीं करता।''

''हाँ यही कहूँगी। उसे अपनी नींद से बहुत प्यार है। वह भीतर से शान्ति और बाहर से युद्ध चाहता है। उसका अपनी महत्त्वाकांक्षाओं, अपने पशुत्व, अपनी मशीनी आदतों पर वश नहीं है। वह इतना मैकेनिकल है कि कोई भी उसे किसी भी राह पर ले जा सकता है, उसके साथ कुछ भी कर सकता है। वह अपने बारे में कुछ नहीं

जानता। जागे हुए मनुष्य से तुम हत्या नहीं करवा सकते। उसके हाथों में धर्म की तलवार नहीं थमा सकते। धर्म स्वभाव है। मनुष्य इसे जीता है, इसे पहनता नहीं है।''

''और जाग्रत होने का क्या अर्थ है।''

''जाग्रत होने का मतलब है...जो तुम हो, जहाँ तुम हो, उसका स्वीकार...अपनी नगण्यता, अपनी तुच्छता, अपनी यान्त्रिकता, अपनी असहायता की पूर्ण स्वीकृति।''

''मनुष्य युद्ध चाहता क्यों है जबकि उसका अपना विनाश इसी में निहित है।''

''युद्ध मनुष्य को अपने अस्तित्व का बोध कराते हैं। वह महसूस करना चाहता है कि वह है...सामाजिक और प्राकृतिक परिस्थितियों में वह मशीन बनकर रह जाता है। युद्ध मनुष्य को जगाये रखता है, नफ़रत सोने नहीं देती। रामायण और महाभारत से लेकर आ॑ज तक इतने युद्ध और हिंसाएँ हुई हैं जिसका कोई हिसाब नहीं फिर भी मनुष्य थका नहीं है। वह रोता है, विलाप करता है, फिर उठकर युद्ध करने लगता है। वह ऐसी चीजों के लिए युद्ध करता है जो न उसकी थी, न होगी। सम्पत्ति, औरत और जमीन। तीनों उसकी नहीं है, न होने का कोई उपाय है। जागा हुआ मनुष्य दूसरे के हाथ की कठपुतली नहीं बन सकता। साम्राज्यवादी ताक़तें नींद में डूबे मनुष्य की हत्याएँ करवाती है और उसी को सज़ा दिलवाती है...।

''तो युद्ध नहीं रोके जा सकते?''

''अभी तो नहीं। युद्ध उस दासता का परिणाम है, जिसमें लोग जीते हैं। युद्ध के कुछ कारण मनुष्य के भीतर है, कुछ बाहर। जो कारण मनुष्य के भीतर है, शुरूआत उन्हीं से करनी होगी ।''

''और लोगों की नींद कैसे टूटे?''

''ख़ुद से पूछो। क्या तुम जागना चाहते हो? जवाब आसानी से नहीं आएगा। आसान है भी नहीं। कभी ख़ुद को जगाये रखने की कोशिश करना...दो मिनट से ज्यादा नहीं जाग पाओगे...फिर सो जाओगे। अगर-तुम सचमुच जागना चाहते हो तो समझो तुम्हारी आधी समस्या हल हो गयी।

इतिहास में डूबते-उतराते जब वे सरसरी तौर पर चेहरों को पहचानते, उनके बारे में बातें करते, उनके जीवन की महत्त्वपूर्ण घटनाओं पर रोशनी डालते आगे बढ़ते...तब वह ठिठक-ठिठक कर उन सब चेहरों को बार-बार देखती, जो उससे दूर होते हुए भी उसे अपनी ओर खींचते...गाँधी, सरदार भगत सिंह, सुभाष चन्द्र बोस, सरदार पटेल, जिन्ना, श्रीमती एडविना माउंटबेटन...

एडविना ने वायसराय की पत्नी होकर भी कैम्पों की गन्दगी, बीमारियों और मरते हुए लोगों के बीच जिस धैर्य और लगन से काम किया वह बेमिसाल है। वे मुश्किल से रात को पाँच घंटे सोकर सुबह अपने अभियान में जुट जातीं। एक कैम्प से दूसरे कैम्प, एक अस्पताल से दूसरे अस्पताल का चक्कर लगाती रहतीं। वे टखनों-टखनों तक कीचड़ में हैज़े से मरते हुए मरीज़ों के पास बैठी रहतीं और उनके अन्तिम क्षणों तक उनके माथे पर हाथ फेरती उन्हें तसल्ली देती रहती थी। उनमें से कई थे जो मसीहा की तरह उन बदनसीबों की मदद किया करते थे, मगर उनके नाम आज तक कोई नहीं जानता।

हर उपलब्ध इतिहास के पीछे एक सच्चा इतिहास छिपा रह जाता है। असली इतिहास तो वहाँ है, जहाँ घटनाओं के मूल स्रोत हैं, जड़े हैं। बाकी सब तो ऊपर चलता है। ऊपरी घटनाओं को पकड़कर इतिहास लिखनेवाले जैसे चाहें वैसे तोड़-मरोड़ सकते हैं। उसके जैसे चाहें, वैसे अर्थ निकाल सकते हैं।

वह मारकाट की बातें बहुत सुन चुकी थी, अब वह उन्हें ज़रा-सा पीछे ले जाना चाहती है...

''कैसा था आपके गाँव का मंज़र...उस समय...।''

''गाँव का हाल पूरे सिन्ध में अलग नहीं था। तुम्हारे दादा हमसब के लिए बहुत परेशान...ख़ासतौर पर अपनी चारों बेटियों के लिए।'' वे कहने लगते हैं...

''अपनी धरती से उखड़ के जाने और फिर उससे जनमी भागा-भागी में दादा जी को मोहल्ले के एक पठान ने बुलाया और कहा...

''सुनो, हिन्दुस्तान-पाकिस्तान बन रहा है, अगर तुम नहीं जाना चाहते तो अपनी चारों बेटियाँ हमें दे दो। हम तुम्हारी रक्षा करेंगे।'' पिताजी बहुत डर गये और उठकर चुपचाप घर आ गये। उन्होंने माँ को बताया, माँ ने मुझे। हम समझ गये कि

यहाँ दाना–पानी ख़त्म। रातोंरात भागने की तैयारी हुई। चूल्हे के नीचे दबे चाँदी के सिक्के निकाले। गहने सबको पहना दिये...बर्तन–भाड़े समेटे...सब एक–दूसरे के गले लगकर रोने लगे। अब तो जो है...उसे बचाने की चिन्ता...क्या छोड़ें...क्या उठाएँ? पेट तो कुत्ता है, हमेशा कुछ–न–कुछ माँगता रहता है।

सूबेदार की पत्नी को हमारे भागने की भनक मिली तो हमारे घर आकर रोने लगी...

"तुम लोग मत जाओ, हम तुम्हें छुपा लेंगे।" उसने बच्चों को छाती से लगाकर कहा। वह इस परिवार से कपड़े सिलवाती थी।

"कहाँ छुपा लोगे? ये बड़ी नहीं होगी क्या?" माँ अपनी बेटियों की डरी हुई आँखों को देखती रो रही थी।

एक बेहद अँधेरी और अनिश्चित सुरंग सामने थी। हम वाहे गुरू का नाम लेकर निकल पड़े। किसी को भरोसा नहीं था कि घर से जितने बन्दे निकले हैं, वे सब कहीं पहुँच सकेंगे। फिर भी पहले खैरपुर से बस में सीता रोड, फिर वहाँ से कोटिडी...कोटिडी से सिन्ध के ही हैदराबाद...। हैदराबाद में टिकट न मिलने के कारण वहाँ छः दिन रूकना पड़ा। वहाँ भी हमारे जैसे ही लोग थे...डरे–सहमे–घबराये–घायल...एक–दूसरे को तसल्ली देते लोग...मैं तुम्हें कई बातें नहीं बता पाऊँगा....अपनी बहनों–माँ–बाप को कैसे–कैसे भयानक हालात में से गुज़रते हुए अपने साथ छिपते–सहमते–शर्मिन्दा होते देखा। हम कम खाते, कम सोते, कम माँगते, कम बोलते...हमारा अपराध मनुष्य होना था...हमारे भीतर एक भारी–सी चट्टान थी...जिसका बोझ हम तमाम वक़्त ढोते रहते...।

जब हम हैदराबाद से ट्रेन पर हिन्दुस्तान आ रहे थे, मुसलमान लूटमार कर रहे थे। वे आते, झपट्टा मारकर जो मिलता, उठा लेते। छीन लेते। लड़कियो को अपने कन्धों पर उठा ले जाते। तुम्हारी छोटी बुआ पम्मी हमारे हाथ से जाते–जाते बचीं। उस समय हम ट्रेन में चढ़ ही रहे थे कि किन्ही दो हाथों ने उसे खींच लिया, हम सबने लपककर उसका हाथ पकड़कर न खींचा होता तो पता भी न चलता कहाँ चली गयी। भारी भीड़ थी, जत्थे के जत्थे ट्रेन पर चढ़ रहे थे। पम्मी को जैसे ही हमने अपनी ओर खींचा, ट्रेन चल पड़ी।

वह देर तक सिर झुकाये उनकी बहुत गहरी अवसादपूर्ण साँस को खींचते और छूटते सुनती रही।

"सिन्ध के एक ही हिन्दू मिनिस्टर थे, वे भी सिन्ध छोड़ भारत चले गये थे...निहचलदास वज़ीराणी बड़े–बड़े हिन्दू अफसर भी। गुंडागर्दी और अराजकता अपने चरम पर थी।"

"सबसे पहले कहाँ आये?"

"राजस्थान। वहाँ सब ठीक-ठाक रहा। दो-तीन दिन के बाद दतिया के लिए रवाना हुए। वहाँ के ओल्ड महल के बड़े-बड़े कमरे...एक-एक कोना एक-एक कुनबे को दिया था। चाक से निशान लगा दिये गये कि अपने-अपने कोनों में रहो। अब तुम सोच लो कैसे रहते होंगे? नहाना, धोना, खाना-पीना, हगना-मूतना सब एक ही जगह। शरणार्थियों की इस बाढ़ को सँभालना आसान काम नहीं था। लाखों लोगों के लिए खाना-पीना, कम्बल, दवाइयाँ वग़ैरह इतने काम थे कि कार्यकर्ताओं का सिर चकरा जाता था। सिर्फ खाने की व्यवस्था ही सोचो तो भी आदमी घूम जाये कि कैसे होगा? चारों तरफ सड़न, बीमारी और बदबू होती थी, कुछ लोग इसे 'आज़ादी की बदबू' भी कहते थे। किसी के मरने से कोई दुख नहीं होता था बल्कि आदमी सोचता था, अब इसके हिस्से का मुझे मिल जाएगा। भयानक मंज़र था। भयानक और शर्मनाक।"

"राशन में भी घपला होता होगा?"

"वह वक़्त ही एक बहुत बड़ा घपला था...राशन में कौन-कहाँ-क्या हेराफेरी कर रहा है किसे फ़ुर्सत थी यह सोचने की भी? सुननेवाला भी कौन होगा? सब भाग-दौड़ में चल रहा था। हमें तो राशन लेते हुए शर्म आती थी। कभी इस तरह मोहताज नहीं हुए थे। दानियों और बाँटनेवालों की निगाहों में हमारे लिए क्या-क्या नहीं होता था? व्यंग्य, हँसी, दया, सहानुभूति, घृणा, उपेक्षा। कोई हमारे दर्द को नहीं समझता था। हमारी तरह जिसने भुगता था वही जानता था। हमने दूसरे लोगों से आँखें मिलाना बन्द कर दिया। हमने एक-दूसरे की बाँह थामी और काम की तलाश में निकलने लगे। हमारे सामने यह स्पष्ट भी नहीं था कि क्या काम करें और कैसे? अजनबी लोग...अजनबी भाषा...। हमारे पुराने अनुभवों को नये हालात मुँह चिढ़ा रहे थे।"

वे हौले-से मुस्कराये, जैसे उन दिनों की नयी तरह की बेबसी पर हँस रहे हों...ऐसी ही बेबसी में हँसी आ जाती थी उन दिनों भी...अपनी हालत पर...। बस यही आसरा था कि हम जैसे और भी हैं, हम एक-दूसरे को समझ भी सकते हैं, एक-दूसरे की मदद भी कर सकते हैं। आख़िर एक रास्ता हमारी समझ में आया कि कपड़ा ख़रीदो और सिर पर गठरियाँ रखकर फेरी पर निकल जाओ। सुबह पाँच बजे हम निकलते और साथ में दूसरे काम भी तलाशते। औरतें और बच्चे भी काम की तलाश में निकलने लगे। औरतें अपने बच्चों को पापड़ और पकौड़े जैसी चीजें देकर बेचने के लिए गली-गली भेजतीं। खेलने की उम्र में वे घर चलाने का साधन बनते गये।

"फिर?"

"कपड़ों की फेरियाँ कब तक लगाते? नये-नये काम पकड़ने लगे। हमने

आटाचक्की लगायी। सरकार से मिलनेवाला राशन एक साल के बाद बन्द कर दिया गया। ओल्ड महल छोड़कर सब अपने थोड़े सम्पन्न रिश्तेदारों के भरोसे उनके पास जाने लगे।''

''लोकल लोगों का क्या रूख़ था?''

''वहाँ ब्राह्मण और ठाकुर ज्यादा थे। वे सम्पन्न नहीं थे इसलिए उन्होंने हमें ख़ास तंग नहीं किया। फिर वहाँ से घूमते-घामते हम शहडोल जिले में आये। हम कुछ लोग अपना-अपना परिवार अभी दतिया में बुजुर्गों के पास ही छोड़ आये थे। शहडोल आकर पता चला कोतमा का रविवारीय बाज़ार बहुत प्रसिद्ध है। आसपास के गाँव से बहुत भीड़ आती है। गेंहू, चावल, सब्जियों से लेकर पशु तक यहाँ हर चीज मिलती और बिकती है। बहुत-सी चीजें तो हमने यहाँ आकर ही पहली बार देखी। सब कुछ सस्ता। लगा, यहाँ गुज़र हो जाएगी। हमारी तरफ के कुछ लोग यहाँ पहले ही आ चुके थे। उन्होंने आश्वासन दिया कि मेहनत करोगे तो भूखे नहीं मरोगे, आ जाओ। मैं कई जगह काम कर चुका था, मिस्त्री से लेकर ठेकेदारी तक... और हर काम करने को तैयार रहता था। हमें लगा कि चक्की लगाना ठीक रहेगा। सरकार ने चार हज़ार फुट जमीन सस्ते में दी...चक्की लगाने के लिए। पैसे लिए दो आने फुट के हिसाब से पट्टा बनने पर। पहले चक्की मैंने लगाई, फिर दो पार्टनर और बन गये—काम बढ़ाने की सोची। छह महीने अकेले रहकर यहाँ काम जमाया, फिर किराये के घर खोजे परिवार के लिए। सब हो गया तो परिवार ले आये..।''

तकलीफ़ों और आघातों की दास्तान के बीच सहसा वह अब एक नये पड़ाव पर है...एक रोमांच में भी...क्योंकि अब वहाँ का ज़िक्र है, जहाँ उसने जन्म लिया...

''कैसा था उन दिनों कोतमा...जब आप यहाँ आये?''

यह दूसरा जीवन था उनका—दूसरे जीवन की शुरुआत...हज़ारों आशंकाएँ और भय मन में लिए जब उन्होंने पहला क़दम रखा होगा यहाँ...तब से अब तक... कितने सालों का सफर इन लफ़्ज़ों में समेटा जा सकता है?

''सिंगल लाइन थी...छोटा-सा प्लेटफॉर्म...छोटा-सा टिकटघर। प्लेटफार्म से बाहर आओ तो छोटा-सा गाँव शुरु हो जाता...देहाती औरतें टोकरियों में सब्जियाँ, चने, मूँगफली वग़ैरह बेचतीं। छोटी-छोटी दुकानें, दो-चार मारवाड़ी सेठ...बाकी आदिवासी, बनिया, ब्राह्मण। आदिवासियों की भी अपनी अनेक जातियाँ—गोंड, बैगा, बबइया, जोगी। भाषा बघेलखंडी। दूर-दूर तक जंगल ही जंगल...बसाहट कम। रात को शेर भी आ जाते थे। सुबह-सुबह आदिवासी मर्द-औरतें महुआ बीनने निकल जाते थे। बीनकर आते और कच्ची शराब बनाते। उनकी जरूरतें बहुत कम थीं। बाज़ार जाने की उनको बहुत कम जरूरत पड़ती। परिवर्तन के लिए वे आसानी से तैयार नहीं होते। बशोर जाति के लोग सूप बनाते थे, बाँस छीलकर और

टोकरियाँ। हम आये तो जंगल काट-काट कर लकड़ियाँ इकट्ठी कीं, रहने के लिए जगह बनाई। रीवा राज्य के पुलिस महकमे में ब्राह्मण और ठाकुर ही ज्यादातर होते थे। बाकी लोग लगभग अशिक्षित। तहसीलदार, पटवारी भी अंडर मैट्रिक होते। हमारे हाथ यही आदिवासी थे, वही हमारे यहाँ मजदूरी करते। उनकी और हमारी जरूरतें एक समान थीं—रोज अपनी रोटी के लिए उपाय और मेहनत करना...''

कुछ लोग उजड़कर नये जीवन के लिए संघर्ष करते हैं, कुछ अपनी जगह पर सदा से रहते हुए भी नये ज़माने से बहुत पीछे छूट जाते हैं। दोनों को स्थापित और स्थानीय चालाकियों का सामना करना पड़ता है, लेकिन आदिवासी अपनी परम्पराओं को सीने से चिपटाये रखकर तो पिछड़ते ही हैं, नई दुनिया की चतुराइयों के हाथों अपने जल, जंगल और जमीन भी गँवा बैठते हैं।

''कोतमा रीवा राज्य के अन्तर्गत आता था...तो वहाँ के राजा भी तो होंगे।'' उसने पूछा।

''हाँ, रीवा राज्य गरीब इलाक़ा था। रीवा के महाराजा ने राज्य के लिए कुछ नहीं किया। न स्कूल, न कॉलेज। आदिवासियों को सुअर, भेड़-बकरी ख़रीदवा देते कि पालो और जिओ। किसी ने महाराजा रीवा को स्कूल और कॉलेज खुलवाने को कहा तो उनका जवाब था—''अगर ये आदिवासी भी पढ़ने-लिखने लगेंगे तो ठाकुरों और ब्राह्मणों के खेत कौन जोतेगा?''

वह मुस्करा दी। यह जवाब हर सत्ता, हर सभ्यता और हर समाज अपने साथ अपने विकास के पहले दिन से लिए हुए है। ''और यह मत सोचना कि ऐसी सोच सिर्फ उस वक़्त के राजाओं की ही होती थी, आज के नये राजा भी यही सोचते हैं...''

वह फिर से मुस्करायी। वे उसके मन की बात जो कह गये।

''व्यवस्था का चेहरा एक ही होता है हर जगह। पुराने राजा चले गये तो नये आ गये। जब तक जनता बेवकूफ़ है, यही लोग राज करेंगे। जिस दिन व्यक्ति-व्यक्ति को समझ आ गयी, उस दिन इनका भगवान ही मालिक है। इन्हें अगर आज समझ आ जाय तो दुनिया स्वर्ग हो जाय और ये स्वर्ग के ऐसे राजा, जिन्हें इनके न चाहने पर भी लोग सिर-आँखों पर बैठाएँगे...सच्चे दिल से। लेकिन न तो ये इस लायक़ हैं, न लोग। जो न के बराबर सच्चे लोग हैं, वे इन दोनों क़िस्मों से स्वयं को जाने कितने-कितने उपायों से बचाये फिरते हैं? क्योंकि उनकी भाषा ये दोनों ही क़िस्म के लोग नहीं समझते।''

जब वे ऐसी बातें करते हैं तो उसे लगता है कि अब वे उसके बहुत क़रीब हैं...

वे अपने भीतर के संसार में टहलने निकले...

''यहाँ कॉलेज तो क्या, स्कूल तक न था। यहाँ के बच्चे जैतहरी जाते थे

पढ़ने। हमारे सामने तो रोजी-रोटी का मसला ही इतना बड़ा था कि हमने उस वक़्त के बच्चों की पढ़ाई-लिखाई की तरफ कोई ख़ास ध्यान नहीं दिया। वैसे भी एजुकेशन तो तब ऐसी थी कि पढ़-लिख कर अपनी रोटी आप कमा लेने से पहले कई साल बेरोजगार और बेकार रहना होगा। उससे तो अनपढ़ अच्छे! आज भी कितने ही सिन्धी हैं, जिन्हें पढ़ना-लिखना नहीं आता, लेकिन अपने कारोबार से वे लाखों कमा रहे हैं। मैं किसी शिक्षा के ख़िलाफ़ नहीं हूँ। शिक्षा तो हमें मनुष्य बनाती है। लेकिन सच्ची शिक्षा कभी यह नहीं सिखाएगी कि तुम बेरोजगार हो जाओ। वह तो एक-एक अक्षर के साथ याद दिलाएगी कि स्वावलम्बी बनो। लेकिन अगर मैं अपने बच्चों की ही मिसाल दूँ तो देख लो, जितना मैंने बहुत कम पढ़ाई-लिखाई से किया है, मेरे तीन बच्चे मिलकर भी उतना नहीं कर पाये। हमारे यहाँ कहावत है—"पढ़ने के साथ कढ़ना और फिर ठरना भी जरूरी है।" (धीरे-धीरे उबलने के बाद आसव जब अर्क बन जाय और ठंडा भी हो जाय तो समझो अब तुम तैयार हो।)

वह उनकी बात से फिर पुरानी यादों में पड़ गयी है...यह सच है कि पूरे शहडोल जिले में उनकी मिल का नाम था। दूर-दूर से आदिवासी गठरियाँ सिरों पर रखकर आते थे। वहीं बैठकर चना, गुड़ खाते, पानी पीते, सामान रख देते। दादा जी घूम-घूम कर सबसे मिलते, सबसे बात करते अपनी टूटी-फूटी गँवई भाषा में...बहुत बार वे आटा पिसाई के पैसे भी नहीं लेते थे। उनकी महुआ आदि की गठरियाँ...खली-चुनी की गठरियाँ एक कोने में पड़ी रहतीं। वे जब आते, अपनी-अपनी गठरी पहचान कर ले जाते। अपने-अपने दुखों की गठरी...जो ऊपर से एक जैसी दिखती थी...मटमैले कपड़े में बँधी।

क्या ऐसी कोई जगह नहीं, जहाँ ये गठरियाँ फेंकी जा सकें?

सच यही है कि इन्हें कोई नहीं फेंकना चाहता...सब अपना-अपना दुख पहचानकर उसे फिर-फिर उठाकर ले जाते हैं।

वह बात बदलती है—

"सबसे बड़ी समस्या उस समय आपके सामने क्या थी?"

"मन को मना लेने के बाद जब बाहर की दुनिया के बीच अपनी नई दुनिया बनाने में जुटे तो भाषा हमारे लिए सबसे बड़ी समस्या बन गयी..."

"जैसे?"

"हम इस तरह से बोलते थे—"हम तुम्हारे घर पर आये, तुहिंजो कड़ो डिनो पयो हो।" यानी..."हम आपके घर आये, आपकी कुंडी लगी हुई थी।" लोग विस्मय से पूछते—"क्या?"

मैं तो खैर इतनी जगहों पर रह चुका था कि मुझे वहाँ की लोकल मिलीजुली हिन्दी आने लगी थी, पर घरवालों को तो नहीं आती थी। उन्हें समझने में भी

दिक़्क़त होती थी। औरतें बहुत कम घर से निकलतीं। मैं रात में सबको बैठाकर समझाया करता कि किस चीज को हिन्दुस्तानी में क्या कहते हैं। सब रोज नये-नये शब्द याद करते...बहनें पैसा लेकर बाज़ार जातीं—राशन या सब्जी ख़रीदने...तो जो लेना होता, उस चीज के ऊपर पैसे रख देतीं और एक सीखा हुआ वाक्य दोहरा देतीं—"ये चाहिए!" सुननेवाले हँसते या हैरान होते। फिर भी लोगों ने हमारी मजबूरियों को थोड़ा-बहुत समझा और हमें दुत्कारा नहीं। वे हमें 'शरणार्थी' कहकर पुकारते थे। मारवाड़ी, ठाकुर, मुस्लिम, ब्राह्मण...ये लोग हमें तंग तो करते थे, पर हमारी ख़ामोशी देखकर लिहाज करते। हम उनसे बहस नहीं करते थे। हमारे लिए उनके पास 'शरणार्थी' से कहीं बड़ा सम्बोधन था—"सिन्धी साले!" उनकी देखा-देखी दूसरे लोग भी कहने लगे। फिर बहुत साल तक हम इसे सुनते रहे। एक और शब्द है—"काका"। उस वक़्त "काका" कहते ही सिन्धी का बोध होता था...मैं ख़ुद को हमेशा याद दिलाता था कि मैं ख़ास हूँ, आम नहीं हूँ। मैं अपनी मेहनत से अपनी तक़दीर सँवारूँगा। जो मेरे साथ हुआ मेरे बच्चों के साथ नहीं होगा।"

उन दोनों ने कुछ देर अपनी ख़ामोशियों के बीच पहलू बदले और सूखे हुए पत्तों पर नज़रें जमाए रहे।

"हिकारत भरे सम्बोधनों से आपकी जान कब छूटी?"

"बहुत साल लग गये, जब हमने पैसा कमा लिया। आदमी भीतर से ख़ुद को बदले न बदले, सामनेवाले के पास पैसा देखकर हर कोई अपना बर्ताव बदल लेता है। मैंने तुम्हें सिकन्दर के वक़्त का क़िस्सा सुनाया था...कैसे मामूली से साधुओं ने सिकन्दर को लाजवाब कर दिया था। अब वैसे लाजवाब करनेवाले और लाजवाब होनेवाले लोग दिखाई नहीं देते। अब तो पैसा ही साधू है, पैसा ही सिकन्दर..."

हल्की-हल्की हवा में सूखे पत्ते थरथरा रहे हैं।

"भाषा के अलावा...वहाँ के लोगों के बीच दूसरी समस्या...?"

"हमें अपनी वेषभूषा कभी अनोखी नहीं लगती, मगर हम अक्सर दूसरों की वेषभूषा की खिल्ली भी उड़ा देते हैं...हमारा पहरावा लोगों को बहुत अटपटा लगता था। हमारे कपड़ों के रंग और डिजायन उनके लिए हास्यास्पद थे..."

उसे अपनी माँ और दादी के पहरावे याद हो आये...चौड़े पाँयचेवाले पायजामे और ढीले-ढाले कुरते...लम्बी आस्तीन के। और सोते समय भी उनके सिर पर रहनेवाला सफेद रवा...यानी दुपट्टा। उन्होंने अपने आपको बदलने की काफी कोशिशें कीं ताकि वे 'सिन्धिनियाँ' न दिखें...माँ का पायजामा सलवार में तब्दील हो गया, ढीले-ढाले कुर्ते जरा से ठीक तो हुए पर उनके रंग वैसे ही रहे...चटख। उसे माँ याद आ रही है...हम अपनी माँ को सदैव वैसा ही देखना चाहते हैं...देसी घी की महक से लबरेज़...।

"लेकिन समय के साथ हमने ख़ुद को कम नहीं बदला...वरना बच सकते थे क्या? सिन्ध में थे तो हमें वहाँ के मुस्लिमों के हिसाब से पहनना-ओढ़ना होता था—सलवार-कमीज। जो आदमी इन्हें नहीं पहनता था, वह चौड़े मुँहवाला पायजामा पहनता था। कपड़े सफेद होने की वजह से मैले जल्द हो जाते थे तो काफी लोग धारीदार पायजामा भी पहनते थे। कौन-सा हमें कहीं गद्दी पर बैठना था? हर कहीं हम नौकरों के साथ मिलकर काम करनेवाले लोग रहे...।"

उनकी बात उसे मिल में ले गयी है...

स्पेलर ख़राब होने पर आसपास कोई अच्छा मिस्त्री न मिलने पर पिता जी पुर्जा-पुर्जा खोलकर बैठ जाते, फिर एक-एक पुर्जा अपनी सही जगह पर बैठाकर उन्हें जोड़ते। अक्सर मिस्त्री मिल भी जाता तो वे उसे देर लगाते देख, समझाते कि कहाँ कैसे क्या करना है। कई बार वे उसे हटाकर ख़ुद लग जाते—'ये मेरी चीज है, मुझे ही समझ में आएगी।' जब वे काम में इस तरह जुटते तो नौकरों की शामत आ जाती। जब तक उनकी माँगी हुई चीज उनके हाथ में न पहुँचती, तब तक डाँट खाते। सब जानते थे कि जब तक मशीन सही नहीं होगी, वे नहीं हटेंगे। एक बार ठोका-पीटी के बीच उनकी आँख में लोहे का ज़रा-सा कण चला गया। उन्होंने लापरवाही में ध्यान नहीं दिया, लेकिन बाद में आपरेशन करवाना पड़ा।

अचानक जिनका जीवन उलट जाता है, उन्हें उसे सुलटाने में काम की इतनी आदत हो जाती है कि वे अपनी धुन में यही मानने लगते हैं कि वे अब अपराजेय हो गये हैं...लेकिन अचानक शरीर का कोई हिस्सा मशीन की तरह बिगड़ता है तो मनुष्य अपने भीतर बैठे मिस्त्री की पस्ती को देखता रह जाता है।

लेकिन इसी के साथ दूसरी चीजों में चौकसी चली आती है...

"लोग आज भी हँसते हैं कि चाहे कुछ भी हो, काका की दुकान बन्द नहीं होगी। वे ठीक कहते हैं। कोई होली, दीवाली, कोई छुट्टी नहीं। उस समय तो सुबह पाँच बजे तक छोटी-मोटी सिन्धी होटल में गरमागरम जलेबी और समोसों की पहली खेप निकल जाती थी। हमें अपना काम करने से कोई बाधा नहीं रोक पाती। वैसे भी अब बार-बार पीछे मुड़कर देखने का क्या फ़ायदा? अब तो यही सोचो कि आगे क्या हो? अब यहाँ हैं तो यहाँ का रहन-सहन अपना लिया..." वे साँस भर लेने को रुके।

वह स्त्रियों के पहरावों को लेकर कुछ और जानना चाहती थी—

"सिन्ध में औरतें क्या पहनती थीं?"

"सफेद कुर्ता, छींट का पायजामा, सफेद दुपट्टा, पट्टा, खादी...बहुत क़िस्म की चीजें...सटीनो, मलाई, फुलवायल, हिर्ख, बाफतो, चिकन। ज़री-मोती की कढ़ाई भी। लाल कम पहनते, क्योंकि लाल देवी का रंग माना जाता। बाकी सारे

चटख रंग। मुस्लिम काला ज्यादा पहनते। औरतें घर से निकलतीं तो ऐसी चादर पहनकर निकलतीं कि उँगली का नाखून भी न दिखे। सफेद चादर! इसके अलावा सफेद रवा तो हर लड़की को सिर पर रखना होता ही था। यहाँ आकर पायजामों की जगह सलवारों ने ले ली। धीरे-धीरे ढीले कुरते टाइट और छोटे होने लगे...अब तुम लोग क्या करोगे, पता नहीं। हमारा जो अलग-सा जीवन था, वो कहाँ रहा? कुछ भी तो नहीं। खान-पान, कपड़ा-लत्ता, शादी-ब्याह, त्योहार, देवी-देवता जो हिन्दुओं के हैं, हम सिन्धियों के भी हैं। दूसरी जाति के लोग फिर भी कहीं अलग नज़र आते हैं, हमने तो अपनी समूची विशिष्टताएँ खो दी हैं। क्यों? क्या हम में जातीय अभिमान की कमी है?''

वह उनके सवाल के पीछे की तकलीफ को समझने की कोशिश कर रही है।

''जिन विशिष्टताओं को हम साथ लेकर आये थे, कुछ तो भूगोल बदलने के कारण छोड़नी पड़ीं...वहाँ हम सारे एक जैसे कपड़े पहनते, एक जैसा खाना खाते, एक जैसा जीवन जीते...यहाँ हमारे इर्दगिर्द दूसरे लोग भी थे...और उनके बीच हम हँसी के पात्र नहीं बनना चाहते थे या कहूँ कुछ विशिष्ट नहीं दिखना चाहते थे, क्योंकि यहाँ मामला हास्यप्रद हो जाता था। यहाँ हमारे आसपास जैनी लोग बहुत थे। उनमें छुआछूत का चलन बहुत रहा है...शुरू-शुरू में नल पर पानी भरते वक़्त इन्तज़ार करना पड़ता कि वे भरें तो हम भरें। कभी-कभी अपना घड़ा छू जाने पर वे पानी गिरा देते, कभी गुस्से से घड़ा ही तोड़ देते। हम चुप खड़े रहते। हमने इन सब बातों को कभी तूल नहीं दिया। रोटी हम अपनी दुकान पर ही खाते थे, सुबह साथ बाँधकर ले जाते...आने-जाने की परेशानी से बचने और समय बचाने के लिए। ये बात भी उन्हें अच्छी नहीं लगती थी। तो लड़ना थोड़े ही था, रहना तो एक साथ था...इतनी लड़ाइयाँ देखकर आये थे और कितना लड़ते? हमें शान्ति चाहिए थी और विकास। बहुत सारी समस्याएँ थीं, एक थोड़े न थी। अस्तित्व के लिए संघर्ष करना ही था, विजयी होना ही था...हम हुए...''

वे अचानक रुके, फिर मुस्कराकर बोले—

''एक बात कहूँ तुमसे? **हम खारे पानी को मीठा बनाने का हुनर जानते हैं।**''

वह कई पल मुस्कराती उन्हें देखती रह गयी...

''तो कोई ख़ास झगड़ा नहीं हुआ यहाँ के लोकल लोगों के साथ?'' अब आगे बढ़ना था—

''नहीं...ख़ास नहीं। सीधे-सादे लोग थे, झगड़े से डरनेवाले। कभी-कभी कहते थे—'तुम लोग यहाँ क्यूँ आये हो?' लोग वास्तव में बुरे नहीं होते, मूर्ख होते हैं। उन्हें बुरा बनाया जाता है, सिखाया जाता है। उन्हें बुरा बनाती हैं परिस्थितियाँ...

मजबूरियाँ...समय की माँग, थोपे गये दोहरे मापदंड। कहने के लिए आदर्श चुनते हैं, जीने के लिए यथार्थ। अभी भी देखो, क्या हो रहा है—एक चूतिया आदमी अपने पीछे भीड़ ले जा रहा है। एक प्रयोग करो...हर जाति का...छोटी-बड़ी हर जाति का एक बच्चा लो...उन सबको एक जैसा पालो...पिछला बताओ मत कुछ...फिर देखो...उन्हें आपस में इस तरह लड़वाना कितना मुश्किल हो जाएगा। धर्म का अर्थ हमने क्या से क्या बना लिया है—अपनी पहचान नहीं, वर्ण और सम्प्रदाय की पहचान...जातियों की पहचान। इसी पर राजनेता भी अपनी रोटियाँ सेंकते हैं...लानत है ऐसी पहचान पर!''

जब भी मौक़ा मिलता है, वे उस पर अपनी नाराज़गी जाहिर किये बिना नहीं रहते।

वह चुपचाप उनकी बातें सुन रही है।

जीवन चक्र है...दुष्चक्र भी और बना सको तो सुचक्र भी। मनुष्य तो अक्सर इसे दुष्चक्र बनाता आया है...जीवन्तता को भी सड़ा देना...दूसरों से लड़ने के नाम पर ख़ुद ही हारते जाना...कहने भर की जीत के नाम पर...

''रुतबेवाले कुछ लोग आते आटा पिसवाने...कहते कि आटा मोटा पीस दिया, हम पैसा नहीं देंगे। हम कहते, अच्छा मत दो। बहुत एडजस्ट किया हमने...यहाँ भी, वहाँ भी। जैनी कहते—'सिन्धी लोग टट्टी करने के बाद हाथ नहीं धोते।' इन बेहूदा बातों का हमने कभी जवाब नहीं दिया। हम में एक ही जुनून था, पैसा कमाने का। हम तब तक कुछ और नहीं सोच सकते थे, जब तक हमारे पेट में जरूरत भर रोटी न आ जाती...''

''लोग बाहर से आये, हमें लूटकर चले गये। कितनी बार नहीं हुआ ऐसा? हम तो बाहर के भी नहीं, इसी मिट्टी के हैं। हम यहीं के शासकों की अदूरदर्शिता, अनीति, महत्त्वाकांक्षा और स्वार्थों के चलते अपनी जमीनों से बेदख़ल हुए। कोई भी योजना नहीं बनाई गयी हमारे लिए...कोई प्रदेश नहीं दिया गया। बंजर भूमि के छोटे-छोटे टुकड़े जहाँ-तहाँ दे दिये गये। फिर भी हमने कोई शिक़ायत नहीं की। क्यों कहा गया हमें शरणार्थी? हम तो अपने ही देश में हैं, इस तरह मैं कई जातियों के नाम बता सकता हूँ, इतिहास से उठाकर, जो यहाँ के हैं ही नहीं। फिर? हम मनुष्य हैं...यह समूची धरती हमारी हैं। हमारे लिए जिसने जितना भी किया, हम धन्यवाद देते हैं, शिक़ायत नहीं करते। महाराष्ट्र के उल्हास नगर की सैनिक छावनी में जहाँ सिन्धियों को ले जाकर पटक दिया गया, जहाँ न बिजली, न पानी की सही व्यवस्था थी। तम्बुओं की हालत यह थी कि छोटे-छोटे नवजात शिशुओं को सुअर मुँह में दबाकर उठा ले जाते थे। वहाँ कुछ सालों बाद हज़ारों सिन्धियों ने जुलूस निकालकर इसे सिन्धु नगर नाम देना चाहा तो पुलिस ने लाठियाँ बरसाईं। राशन देर

से मिलने पर बूढ़ी औरतों ने शोर मचाया तो पुलिस ने गोलियाँ चलायीं। लगभग सभी कैम्पों की हालत एक-सी थी। हमें दतिया का ओल्ड महल रहने को दिया गया। एक कोना एक फैमिली को...एक बड़े कमरे में चार परिवार...क्या हालत बताऊँ मैं वहाँ की? मैंने अपने कई बच्चे वहीं खोये...फिर भी...मैं अपने लोगों के लिए 'शरणार्थी' शब्द नहीं सुनना चाहता...यह धरती हम सब की है हम सब हैं, इसके पुत्र-पुत्रियाँ...दूसरा कौन है, बताओ?

वह उनकी एक प्रिय ग़ज़ल अपने होंठों पर मचलती महसूस करती है—

"मैं इस दुनिया को अक्सर देखकर हैरान होता हूँ...न मुझसे बन सका छोटा-सा घर दिन-रात रोता हूँ... ख़ुदाया, तूने कैसे ये जहाँ सारा बना डाला...चमकते चाँद को टूटा हुआ तारा बना डाला...मेरी आवारगी ने मुझको आवारा बना डाला..."

कहने को आज वे अच्छी हालत में हैं...कड़ी मेहनत से अपने परिवार को समर्थ कर दिया है...मगर क्या इससे वह भी मिल जाता है जिससे मनुष्य का होना सार्थक बनता है? क्या वह देश मिल जाता है, जिसे हम बनाते-बनाते खो देते हैं और दोबारा पाने की कोशिश में दुनिया से ही चले जाते हैं?

अन्ततः कबीर जैसे सन्तों की ही शरण लेनी पड़ती है स्वयं को सहेजने के लिए—"रहना नहिं देस बिराना है।"

उसे तो पता ही नहीं है...वह कहाँ है किधर आना-जाना कर रही है...हवाएँ उसे किधर-से-किधर भेज और बुला रहीं हैं किन-किन खेतों की मिट्टी ने उसे आकार दिया है...वह तो सदियाँ ओढ़े...अपने तन की मिट्टी में दबी...सो रही थी चुपचाप कि एक इच्छा ने उसके द्वार पर दस्तक दी—पता ही नहीं चला पहली दस्तक से उसे...नींद गहरी थी...दस्तकें हौले-हौले बार-बार पड़ने लगीं...एक ख़ास अन्तराल में भीतर कुछ सुगबुगाहट हुई...मिट्टी ने करवट बदली...बीज की परतों ने अँगड़ाई ली...सोए हुए आकार में हल्के-हल्के कम्पन होने लगे...परतों ने ख़ुद को हटाना आरम्भ किया। भ्रूण को फैलने की जगह मिलने लगी और उसने बस ज़रा-सा अंश बाहर निकाला—एक अनस्तित्व अस्तित्व में बदल रहा है—भीतर एक ऐसा विलक्षण शून्य है—जहाँ हर ध्वनि उत्पन्न होती है और शान्त हो जाती है—जहाँ हर आकृति को रूप दिया जाता है और फिर उसे रूप रहित कर दिया जाता है—जहाँ हर व्यक्तिगत आकार पाता है निराकार में तब्दील होने के लिए—मौन के संसार में भ्रमण करते-करते भ्रूण ने शब्द में उतरने की इच्छा प्रकट की—वो जो इच्छाओं के उत्पन्न होने से पहले ही उनकी पूर्ति कर देता है...वह जो अनस्तित्व से अस्तित्व को प्रकट कर देता है...उसने समुद्र को बूँद में उतार दिया।

मैं जीवन वृक्ष हूँ...एक ऐसा जीवन वृक्ष जिसकी जड़ें हर स्थान पर हैं, मेरी शाखाएँ और पत्ते हर स्थान पर हैं और जीवन वृक्ष चाहता है उस पर मीठे और सुगन्धित फल लगें। वह सदा हरा-भरा और दृढ़ रहे। उसका रस मिट्टी और जड़ों से होकर फलों तक का सफर करता रहे...तो यह क्या है...प्रेम-प्रेम ही जीवन का रस है...प्रेम ही सृष्टि के उदित होने का कारण है...यह कोई गुण नहीं है बल्कि एक आवश्यकता है...रोटी, पानी, प्रकाश और हवा से बड़ी आवश्यकता...कोई पुरस्कार नहीं चाहिए प्रेम के बदले...प्रेम ही प्रेम का पुरस्कार है...जैसे घृणा ही घृणा का पुरस्कार... ख़ाली कर देती है स्वयं को एक विशाल नदी समुद्र में मिलकर तो इसीलिए न कि उसे प्रेम सदा भरता रहे...न प्रेम अब है न तब...न यहाँ न वहाँ...सब ऋतुएँ प्रेम की ऋतुएँ हैं...सब स्थान प्रेम के स्थान हैं...बाधा नहीं मानता प्रेम कोई...वह तो सतत प्रवाहमान है...उसका अन्धापन ही उसकी सर्वोत्तम दृष्टि है—प्रेम हर आँख निर्मल कर देता है...हर दृष्टि पावन...यह धरती क्षणभर में बिखर गयी होती अगर इसे प्रेम से न बाँधा गया होता...ये ऊँचे-ऊँचे हिम शिखर जिन्हें कोहरे ने अपने आगोश में छिपा लिया है...ये गहरी-गहरी घाटियाँ...धरती की हरियाली से घिरी हुई पहाड़ियों के कटावों पर बसी बस्तियाँ...पर्वतों के हृदय को चीरकर बहते ठंडे झरने...परिश्रम करते मनुष्यों और दूब चरते जानवरों के पैरों से निहाल होती हरी-भरी वादियाँ...कभी तेज कभी मध्यम बहती हवा...काँपते बादलों से भरा क्षितिज...क्या इनके होने का प्रेम से बड़ा कोई कारण हो सकता है।

इसी मंगल कामना और प्रेम से भरी कोख से बाहर आकर उसने आँखें खोलीं ...सारा घर खुशी से झूम रहा था...वह हाथों-ही-हाथों में उछाली जा रही थी...वह अपने बचपन के दिनों में थी...धीरे-धीरे पुराना सब कुछ विस्मृत होता चला गया और प्रेम की जगह दूसरी दुनियावी चीजें आती चली गयीं...प्रेम धीर-धीरे तल पर बैठता जा रहा है...।

उन दिनों को आज सोचती है तो तरतीबवार कुछ याद नहीं आता...जहाँ खड़ी हो जाती है बस वहीं के दृश्य साफ-साफ दिखते हैं...जगह बदलते-बदलते एक दिन हम वहाँ जा पहुँचते हैं जहाँ सचमुच पहुँचना चाहते हैं।

कुछ औरतें झरनों जैसी होती हैं, वे नहीं याद रखतीं, कहाँ से गिरीं कहाँ पहुँचीं...कहाँ बह रहीं हैं...किसने अपना मुँह धोया या कितने ठंडे और काई लगे पत्थरों से वह गुज़र गयीं...याद उसे दूसरे दिलाते हैं...जिन्हें पानी घड़ों में रखने की आदत होती है...अपना पानी पीते समय वे सुरक्षित महसूस करते हैं...।

उसके सामने अतीत के पन्ने फड़फड़ाने लगे हैं...

'छोटी बुआ पम्मी की शादी हो रही थी। उसे कुछ पता नहीं था। तीन साल की थी तब वह। बताया गया कि उनके जाने के बाद रो-रो के जो बुखार हुआ तो सात दिन तक नहीं उतरा। घरवालों की नींद उड़ गयी। तब दादा जी ने पम्मी के ससुर को लिखा कि साईं हमारी बच्ची रो-रोकर बीमार पड़ गयी है, कृपया पम्मी को भेजने की मेहरबानी कीजिए। उस वक़्त इतनी जल्दी भेजने का रिवाज नहीं था। कम-अज-कम छह महीने, ताकि ससुरालियों को समझने का पूरा अवसर मिले और लड़की की वहाँ रहने की आदत बने। उनके ससुर बहुत अच्छे थे, पहली बार में ही मान गये और आयीं वे। उनसे चिपककर खूब रोई वह और ठीक भी हो गयी। नहीं मालूम कब कौन-सा बीज गिरा था भीतर, पर वह अपनी चारों बुआओं में उन्हीं को सबसे ज्यादा प्यार करती। तीनों बुआएँ उन्हें मज़ाक़ में 'ताला-चाबी' कहतीं...गोकि एक खो जाती तो दूसरी ढूँढ़ने निकल पड़ती...'

स्वभाव की मीठी, नम्र, सहनशील, धीमा और कम बोलनेवाली, लड़ाई-झगड़े से डरने वाली...मेहनती इतनी कि अलस्सुबह उठकर जो भिड़ती घर के कामों में तो देर रात तक भिड़ी रहतीं। घरवाले थक कर सो जाते, वे करती रहतीं। माँ की तो प्यारी थीं वे। जब आतीं छुट्टियों में, पूरा घर खोल-खाल कर गहरी सफाई करतीं, पुराने कपड़े निकाल उनके तकिये, पेटी के कवर, झोले, गद्दियाँ...न जाने क्या-क्या बनाकर रख जातीं...साल भर की फ़ुर्सत...।

माँ उन पर बहुत निर्भर रहतीं, उनकी बात मानतीं। किसी रिश्तेदार या किसी आये-गये को या किसी सगाई-शादी में क्या लिया-दिया जाय, उन्हीं से पूछा जाता। माँ और दादी की घनघोर लड़ाई में भी वे तटस्थ रहतीं; जैसे यह उनके संसार

का हिस्सा नहीं है। पिताजी और चारों बहनों में उम्र का इतना फ़ासला था कि माँ कहतीं—"मैंने चारों ननदों को अपना दूध पिलाया है। इनका हगना-मूतना, नहाना-धोना, चोटी करना, जूँ निकालना सब...हम दोनों सास-बहू एक साथ बच्चे पैदा करतीं।' वे कहतीं, चौदह में से तुम तीन बचे हो..." माँ ने उन्हें बेटियों-सा प्यार भी किया...समझाया-सिखाया भी...दादा और पिता तो घर में घुसते ही सबसे पहले उन्हें बुलाते। वे नींद में भी होतीं तो उठकर दौड़ी चली आतीं...

यह बुआ जैसे पिछली यात्राओं से उसके साथ चली आ रही थी...वह उनके बारे में सोचती जा रही है—

"और कितनी सुन्दर थीं! लेकिन अपने लिए उनके पास वक़्त नहीं था। सुन्दर वे पाँचों थीं। एक साथ खड़ी होतीं तो लोग कहते, पांडव खड़े हैं। बाद में वे पांडव के नाम से मशहूर हो गयीं। काम करके उनके हाथ-पैर काले होने लगते तो वह ग्लीसरीन-गुलाब जल और नींबू एक बोतल में बनाकर उन्हें देती लगाने को। लगाने का तरीक़ा भी बताती और कभी स्वयं लगाती। पर यह काम साथ रहने पर ही होता...वे ससुराल चली जातीं तो वह बोतल कहीं खो जाती। उन्हें अपनी सुन्दरता का पता तो था, पर उसे बचाये रखने की कोई चाह न थी। वे शरीर से एक ख़ास दूरी बनाये रखतीं—माँ की तरह...'राख हो जाएगा एक दिन...ये काम भी निकाल लो।"

आज बुआ उसके अस्तित्व में नयी होकर उससे बतिया रही थीं...

'तो जब वह लिखना-पढ़ना सीख गयी, दादी कहतीं-रूमी, तुझे पढ़ाने का क्या फ़ायदा? चल, तो...पम्मी को चिट्ठी लिख...मैं बोलती जाती हूँ। तो कभी दादी की तरफ से, कभी अपनी तरफ से उन्हें खूब सारे खत लिखे। वे सबका सम्मिलित जवाब देती थीं। उनके ख़त का मजमून होता था—मेरी, प्राणों से प्यारी रूमी, प्यारी अम्मा, बाबा, भइया-भाभी...आप सब ईश्वर की दया से...' सबसे पहले अपना नाम देखकर ही उसे रोना आ जाता। वह पानी-पीने के बहाने उठती और दो-चार मिनट के लिए ग़ायब हो जाती। दादी चिल्लाती रहतीं—"इस लड़की को एक जगह ठहरना कभी नहीं आया। तू चिट्ठी तो पढ़, फिर जहाँ जाना हो जा।"

चारों बुआओं में सिर्फ वही थीं जिन्होंने आठवीं तक पढ़ाई की थी। बाकी ने पाँचवीं तक। तो दादी ख़त सुनकर चली जाती यह हिदायत देते हुए कि जब जवाब लिखेगी तो मुझसे पूछ लेना...

वह खत सँभालकर रख लेती और उसके मन में नये खत के शब्द उतरने लगते। हम सबका जीवन एक ख़त ही तो है...उस दूसरे के नाम, जो इसे कभी पढ़ता है, कभी नहीं। बुआ आतीं तो अपने साथ उसे पूरा मोहल्ला घुमा लातीं। उनके आने के शुरुआती कुछ दिन वे घूमतीं, फिर वे घर के कामों को ढूँढ़-ढूँढ़ कर करतीं। उन्हें

कोई ख़ाली छोड़ता ही नहीं था...'पम्मी, इधर तो आ...' दादी अचानक अपने पास बुला लेतीं। दादी गुदड़ी बनाया करतीं—पुराने कपड़ों को एकसार भीतर भरते हुए बाहर से अच्छे कपड़े का कवर लगा चारों तरफ सिल देतीं हाथ से...फिर भीतर भी कच्चे टाँके लगातीं। उनके कच्चे टाँके भी बड़े मज़बूत होते। कभी न निकलते। लोग अपने घरों से खूब सारे पुराने कपड़े ले आते और उन्हें दे देते। बाहर से वे अक्सर सूती साड़ियाँ लगातीं। पम्मी को बैठाकर टाँके लगवातीं तो कभी गद्दों में रुई भरवातीं। रुई भरवाकर वे कहतीं—अब इसको सोटी मारकर एकसार करो। वहाँ से छूटतीं तो माँ बुला लेतीं। वहाँ से छूटने पर पिताजी! एक महीना कब गुज़र जाता, पता ही न चलता।

'एक बार आठवीं की परीक्षाओं के बाद उसकी दो महीनों की गर्मियों की छुट्टियाँ लगीं तो उसे सज़ा सुनाई गयी कि यहाँ रहकर सिलाई-कढ़ाई तो सीख नहीं सकती ढंग से...तो जा पम्मी के पास तिल्दा...वे 'शाला' भेजकर यह सब सिखाएँगी। पम्मी के पास जाने के नाम पर ही वह खुश हो गयी कि चलो यहाँ से मुक्ति मिलेगी। ये लोग दिनभर उससे सिलाई भी करवा लेते हैं, खाना भी बनवा लेते हैं, फिर भी कहते हैं, तू कुछ नहीं करती। आख़िर पता नहीं कौन उसे वहाँ तक छोड़ आया।

वहाँ का तो नज़ारा ही और था। संयुक्त परिवार, चार बच्चे उनके अपने, पाँच देवरानी के—ऊपर से उनकी दोनों ननदें अपने नौ बच्चों के साथ। दिनभर बाबा जी का लंगर चलता रहता, वे दिनभर भिड़ी रहतीं। सोने की छोड़ो, सोचने की भी जगह नहीं थी। कहाँ अपने घर में उसका एकछत्र राज था, और कहाँ, यहाँ बच्चों की भीड़ में उसे भी बच्ची मान लिया गया। यहाँ तो पम्मी उसकी थी ही नहीं। दिनभर बच्चों के झगड़े होते और उनकी लपेट में वह भी आ जाती। पम्मी बुआ उसे समझातीं तो वह कहती तो कुछ नहीं, मगर भीतर ग़ुस्से से धू-धू जलती रहती। वह सिन्धियों का मोहल्ला था। दिनभर कोई-न-कोई आता-जाता रहता। अब लड्डू, सांटा, सतपुड़ा बनाना हो तो पम्मी। कोई बीमार हो, किसी को लेबरपेन हो, किसी के बच्चे का मुंडन हो, सगाई-शादी हो...अचानक मेहमान आ टपके हों...सबके पास एक ही नाम—पम्मी! अलस्सुबह उठतीं, घर का काम करने के बाद भागती हुई वहाँ जातीं, वहाँ निपटाकर भागती हुई इधर आतीं। अपने इसी समर्पण से वे मोहल्ले भर की चहेती बनी रहीं। लेकिन घर में उनकी देवरानी उनसे बहुत चिढ़तीं। परिवार में आनेवाली बहुएँ उनके रहते अपनी माकूल जगह न तो लोगों के दिल में बना पायीं, न घर में। न उनमें वो समर्पण और धैर्य था, न अनन्त वक़्त तक काम करने की सहिष्णुता। वे बहुत जल्द नाक़ाबिल साबित हो जातीं और इसका बदला वे जमकर बुआ से लेतीं।

'पम्मी की शादी हुई थी तो बहुत जल्द उनकी सास की मृत्यु हो गयी। वे बहुत बीमार रहती थीं। इनके आते ही उन्होंने इनकी गोद में अपना नौ साल का बेटा डालते हुए कहा—है तो देवर, पर इसे बेटे जैसा रखना। पम्मी ने उसके सिर पर अपना हाथ रख दिया। वे नहीं रहीं। पम्मी ने कभी देवर को माँ की कमी महसूस नहीं होने दी। बड़ा हुआ तो उसकी शादी एक सुन्दर लड़की से करायी। शादी की रात उसने अपनी पत्नी से कहा—"ये मेरी भाभी नहीं, माँ हैं। मेरी बात न भी मानना, पर इनकी बात जरूर मानना।"

'लेकिन हुआ कुछ और ही...उस लड़की ने पम्मी की बात मानने के सिवा सब कुछ किया। घर के भीतर की लड़ाइयों ने पम्मी बुआ को बहुत तोड़ा। हालाँकि पम्मी के साथ सब थे, लेकिन उस लड़की ने उनके ख़िलाफ़ वह सब किया जो वह चाहती थी।

तो दिन में दो-एक बार कोई-न-कोई उसे देखने आ पहुँचता—पम्मी, अपनी भतीजी को तो दिखा...सुना है, तेरे जैसी है। बुआ उसे बुलातीं तो वह मारे संकोच के निकलती ही नहीं। दिन गुज़रने लगे तो बुआ को याद आया कि उसे 'शाला' भेजना है। तिल्दा एक क़स्बा...एक लम्बी सड़क और दोनों तरफ भाँति-भाँति की दुकानें...न ढंग के स्कूल, न सड़कें, न अस्पताल। सिन्धी मोहल्ला होने से एक जैसे लोग...एक जैसे रंग...एक जैसे बच्चे, हरेक को हरेक से मतलब। पता नहीं कितनी कहानियाँ उन जुबानों से होकर आकार लेतीं...मुफ्त में मनोरंजन करतीं सबका।

उस सड़क के एक हिस्से से वह चलना शुरू करती और दूसरे हिस्से पर पहुँचती, जहाँ उस औरत का घर था जो उसे सिलाई सिखाने को प्रतिबद्ध थी। एक सप्ताह तक वह उसे यही सिखाती रह गयी कि सलवार कैसे काटते हैं। वह सलवार पर अटकी तो कुरते तक पहुँची ही नहीं। बिना कुछ सीखे उसे एक महीने के पचास रुपये दिये और घरवालों की खूब डाँट खायी।

दादाजी की, उनसे बड़ी दो बहनें थीं, जो बूढ़ी होने के बावजूद जब-तब कोतमा आती थीं। दोनों बहनें उसकी बुआ से भी सुन्दर। गोरी ऐसी कि दूध में किसी ने बस जरा-सा सिन्दूर मिला दिया हो। नाक-नक्श एकदम तराशे हुए...नर्म-नाजुक बाल...लहीम-शहीम काया। आतीं तो दादा जी उनका बड़ा मान करते। वे जब उनके पैर छूते तो बच्चे हँसते। वे भी हँसतीं। वे दादा जी को उनके नाम से बुलातीं थीं। बच्चों ने उनका नाम उन्हीं से सुना। उनकी उम्र पर दादी कटाक्ष करतीं—कौवे की हड्डी खाकर आयी हैं, दो सौ साल जिएँगी। उनको कुछ देने के नाम से ही दादी की छाती फटती थी। 'मेरी अपनी चार हैं, इनको दूँ कि उनको?' दादा जी दादी से छिपाकर कुछ-न-कुछ देते जरूर। कहते—'उस घर में बरकत नहीं पड़ती, जिसमें बेटियों को नहीं दिया जाता। उन्हीं के आशीष से घर फलता-फूलता

है।' वे जाने लगतीं तो उनके पैर छूते हुए कहते—'हमको आशीष करती जाना, ग़लती माफ करना।' वे खूब रोतीं। दादा जी ने बताया था कि उनकी बड़ी बहन को औलाद नहीं होती थी। उन्होंने संकल्प लिया कि अगर औलाद हुई तो उसे गुरुद्वारे में दे देंगी। बेटा हुआ तो उन्होंने अपना संकल्प पूरा किया। फिर एक बेटा और हुआ...

वे यहीं रहती थीं। जब उन्हें पता चला कि वह आई है...वे भागती हुई आयीं, बार-बार गले लगाया, खूब सारी बातें कीं। जाते-जाते पम्मी को कहती गयीं कि उसे उनके पास भी कुछ दिन रहने के लिए भेज दें। वह तुरन्त राज़ी हो गयी। उसे उस शोर से भागने का रास्ता चाहिए था। उन्होंने उसे बहुत प्यार से रखा। बहुत छोटा परिवार था उनका...सास-ससुर, बहू-बेटा, उनका बच्चा और एक बकरी, जिसके थनों पर वे हर समय सफेद कपड़े की थैली बाँधकर रखते। पूछने पर बताया कि चरने जाती है तो कोई न कोई पकड़कर दुह लेता है। उसने पूछा कि थैली खोलकर भी तो कोई दुह सकता है तो उन्होंने बताया कि जब तक थैली खोलेंगें, बकरी भाग जाएगी। उसे हँसी आ गयी।

वह आज अपने भूले-बिसरे नातों को एक फिल्म की तरह देख रही है...

गर्मियों की रातें...उनके बहू-बेटे अन्दर सोते, तीन खाटों पर वे सब बाहर आँगन में...उसकी बगल में बकरी बँधी होती। सारी रात वह उठा-पटक करती... वह चौंक-चौंक कर उठती। एक बार पूछा, 'यह सोती कब है?' सुनकर वे देर तक हँसती रहीं। वहीं पर उसने उनके बड़े बेटे को देखा गेरुए कपड़ो में, जिन्हें गुरुद्वारे को दे दिया गया था। अक्सर वे अपनी माँ से मिलने आते। गोरे-चिट्टे माँ की तरह...वे उसे अपने गले लगा रोने लगतीं...

एक हफ्ते बाद पम्मी उसे लेने आयी तो उनके बेटे की बात चली। पम्मी ने ही पूछा 'क्या अभी भी कहता है कि मेरी शादी कर दो?'

''कहता नहीं है तो क्या मुझे सुनाई नहीं देता...''

यह कहकर वे अचानक रोने लगीं। उन्हें जीवनभर इस बात का मलाल रहा कि उन्होंने बेटे के साथ ठीक नहीं किया। फिर उन्होंने उसकी तरफ इशारा किया, 'रामन इसके लिए रिश्ता ढूँढ़ रहा है क्या?'

'इसके लिए? अभी इसको कुछ अक्ल भी है? भाऊ-भाभी तो बच्चों को इतना बन्द करके रखते हैं...वे बड़े कैसे होंगे? अभी कुछ साल तो इसके रिश्ते की बात नहीं होगी...'

'रामन को तो कुछ अच्छा नहीं लगता। इसके लिए तो कोई राजकुमार सोचा होगा।'

'सोचने से क्या होता है? राजकुमार मिलना भी तो चाहिए।'

वह पम्मी के साथ वापस आ गयी थी।

उनके यहाँ एक औरत थी—समारू। सुबह से शाम तक एक भी शब्द बोले बिना ऐसे काम करती, जैसे उसका अपना ही घर हो। पम्मी उनकी बड़ी इज़्ज़त करती। उनके ससुर खाने पर आते तो वे बहुधा लम्बा घूँघट काढ़कर रसोई से निकल जातीं। उन्हें समारू परोसती जो घरवालों को नागवार गुज़रता। बुआ अपनी थाली से पहले उसकी थाली लगातीं, पानी देतीं, बीच-बीच में दस बार पूछ लेतीं, कुछ चाहिए तो नहीं। वह संकुचित होकर न-न करती। उसके पूछने पर उन्होंने इतना ही कहा-"यह काम करनेवाली नहीं है, हमारे गाँव में जो खेत है न, उनकी देखभाल करती है।"

"क्यों आयी है?"

"सबके आने की कोई वजह नहीं होती।"

उनके पास फ़ुर्सत ही कहाँ थी जो हाथ रोककर बात करतीं?

उनकी ननदें भी समारू को पसन्द नहीं करतीं। फूफा जी कभी-कभी व्यंग्य से पूछते—"अपनी सास को खाना खिला दिया?"

"हाँ", वे उपेक्षा से कहतीं।

गली-मोहल्ले की औरतें भी मज़ाक़ कर जातीं—"तेरी सास कैसी है? घर सँभाल रही है या नहीं?" पम्मी हँस देती, कहती कुछ नहीं।

रात को समारू पशुओं के बाड़े में, जहाँ खली-चुनी रखी जाती, सोने चली जाती। क्या था वहाँ? एक दिन उसने जाकर देखा—चटाई पर एक पुराना बिस्तर, एक धोती, एक ब्लाउज, एक तौलिया।

"इसे पूछो, कब जाएगी?" एक बार फूफाजी ने पूछ लिया तो बुआ भड़क उठीं—"तुम्हें क्या करना है? तुम तो नहीं खिला रहे उसे? उस औरत की क्या गलती है? जिसकी गलती है, हिम्मत है तो उसे कहो कुछ! तुम लोग औरतों पर चढ़ाई क्यों करते हो?"

असहाय फूफा जी चुप हो गये। सालों बाद बुआ जी ने बताया कि उनके ससुर खेतों की देखभाल के लिए पास के गाँव जाते थे और छह-छह महीने घर नहीं आते थे। यही औरत उनकी देखभाल करती थी। उनके ससुर की मृत्यु के बाद उन्हें किसी ने नहीं देखा।

कुछ औरतें झरनों जैसी होती हैं, वे नहीं याद रखतीं कहाँ से गिरीं कहाँ पहुँचीं... कहाँ बह रही हैं...किसने अपना मुँह धोया या कितने ठंडे और काई लगे पत्थरों से वह गुज़र गयी...याद उसे दूसरे दिलाते हैं, जिन्हें पानी घड़ों में रखने की आदत होती है...अपना पानी पीते समय वे सुरक्षित महसूस करते हैं...

वह बुआ के यहाँ से लौट आई है...वह फिर अपने रेडियो के पास है...अपनी

लता मंगेशकर के साथ...अपने दादाजी, पिता जी, माँ के पास...अपनी गाय-भैंसों के पास...उन सबके पास, जो उसकी जरूरतों के सिर उठाने से पहले ही उसके लिए सब कुछ कर देते थे। मगर क़द्रें भी कपूर की तरह होती हैं, ज़रा-सी जली नहीं कि उड़ गयीं।

उसने जब से होश सँभाला, देखा कि वे खपरैल के अपने पुराने घर में रहते थे। पहले इसे किराये पर लिया था, फिर पिताजी ने ख़रीद लिया। यह घर हर आवाज़ाही के लिए खुला था। धूप, धूल, हवा, पानी किसी चीज की कमी नहीं। यहाँ तक कि जीवन इतने धीमे धड़कता था कि आवाज़ तक न सुनाई देती। जो सुनाई देता, वह शोर था।

लगातार एक सीध में बने हुए तीन कमरे। दायीं ओर किचन...उसकी ही पंक्ति में पशुओं के लिए बाड़ा...जो उनके तीन कमरों के बराबर था। उस तरफ खुलनेवाली खिड़कियाँ वे बन्द रखते, ताकि गोबर, मूत्र की बू से बचाव हो। बायीं तरफ दादा-दादी के लिए बड़ा कमरा। बीच में खूब खुला आँगन...फिर पाख़ाना और गुसलख़ाना...पाख़ाना ऐसा कि आप ऊपर से हाजत रफ़ा कर रहे हैं और नीचे से सूअर गरमा-गरम उड़ा रहे हैं। पाँच रुपये में मेहतरानी आती थी उसे साफ करने...राख डाल कर उठाती। घर के बच्चे उसके पास से गुज़रते तो वह ख़ुद ही हट जाती। सिकोड़ लेती ख़ुद को।

माँ को यह सब न व्यापता। कपड़ों पर ब्रश लगाते हुए वे उससे बातें करतीं...सिर्फ दादी की बुराइयाँ। उसके आने के दिन उसके लिए चाय और रोटी रखतीं। रोटी वे उसे दूर से नहीं, उसके हाथ पर रख कर देतीं।

"तू भी मांहू, माँ भी मांहू... कहिड़ो फ़र्क़?" (तुम भी मनुष्य, हम भी मनुष्य, कैसा फ़र्क़?) उसके दूर छिटकने पर वे अक्सर कहतीं।

माँ उस वक़्त हँसने लगतीं, जब वह जैनियों की छुआछूत की शिकायत करती..."एक आप हो एक वो जैनी..."

"तू वहाँ जाती क्यूँ है? उठाये अपना गू तो पता चले। तुझे पता है, हम सब कर सकते हैं, अपना गू नहीं उठा सकते। उसके लिए हम किसी और को बुलाते हैं।"

घर पर कामों का अम्बार होता। माँ मुँह अँधेरे तीन बजे उठकर सिगड़ी जलाती, खारी सोडा डालकर एक बड़े गंज में कपड़े पकने के लिए रख देती। वे कई घंटे खारी सोडा में उबलते रहते। उसमें वे 'टिनोपाल' भी डालतीं। जब तक सफेद कपड़े उबलते, वे रंगीन कपड़े किसी पाउडर में भिगो रखतीं। कपड़ों को लगानेवाला साबुन वे स्वयं बनातीं। एक चपटी बड़ी ट्रे में हल्की-पीली मोटी बर्फी के टुकड़े जैसे दिखते। वे नहाते भी उसी से।

माँ उनसे पूछतीं, ''इस बार साबुन अच्छा बना है न?'

उन्हें पता न होता, पर वे हाँ कहते।

उसे याद है...

सबके साथ उसे भी छह बजे के आसपास उठना पड़ता। वे दूध पीकर सात बजे स्कूल जाते और बारह बजे लौटते। घर की सफाई और कपड़ों के बाद माँ चौके में घुस जाती। बग़ीचे से सब्ज़ियों के ढेर आते। उन्हें छाँटना, अलग करना, धोना, टोकरियों में भरना, नौकर के हाथ बाज़ार में उन्हें बेचने के लिए भेजना...उसकी गैर हाज़िरी में उसके हिस्से के काम करना, पशुओं के खाने-पीने का इन्तजाम, समय पर दूध दुहना, उसे बाज़ार भेजना, हिसाब रखना...कितने ही काम वह भी रोज करती...उसके सामने ख़ास तरह की तस्वीर चलने लगीं—

'माँ को फिल्में देखने का काफी शौक़ था। हालाँकि वे इस शौक़ को बहुत कम पूरा कर पातीं। गाँव के एकमात्र थियेटर 'भूपेन्द्र चित्र मन्दिर' में कोई धार्मिक फिल्म लगती तो महीनों चलती। तब वे उसे देखने के लिए बेचैन होने लगतीं। फिर एक दिन बाक़ायदा योजना बनायी जाती। घर का काम जल्दी निपटा वे दाई और तीनों बच्चों को लेकर फिल्म देखने जातीं। वे एक लोटा पानी, खूब सारी मूँगफलियाँ और चाकलेट साथ ले जाते। जब बच्चे वहाँ से भागने की कोशिश करते तो दाई उन्हें सँभालने में माँ की मदद करती। बच्चे उन्हें खूब तंग करते, पर वे आख़िर फिल्म देख ही लेतीं...

खपरैल वाला घर होने से बारिश में बहुत दिक्कतें होतीं। बारिश से पहले हालाँकि छतों की मरम्मत करायी जाती, टूटे खपरे बदलवाये जाते, फिर भी पानी का टपकना जारी रहता। कभी-कभी माँ किसी ख़ास टपकनेवाली जगह बड़ा-सा गंज रख देती। वह भर जाता तो उसे ख़ाली करके फिर रख देते। घर नीचा होने की वजह से पानी पट्टी को फलाँगता हुआ पहले कमरे में घुस जाता। फिर पूरा घर पानी-पानी...। बच्चे दरवाजे पर मिट्टी की छोटी-सी आड़ बनाते। पानी तीनों कमरों में भर जाता। जमीन पर पड़ा सामान वे दौड़-दौड़ कर ऊपर रखते। समूचा घर अस्त-व्यस्त। बारिश रुकने के बाद माँ घर साफ करती। खाटों के ऊपर रखी चीजें यथास्थान रखी जातीं, वे अपनी कॉपियाँ लेकर बाहर आ जाते। पानी के लबालब भरे नालों में कागज की नावें तैराते...देखते किसकी नाव कितनी दूर तक जाती है। बाद में कॉपी फाड़ने पर पिटाई होती। माँ पुरानी और भरी हुई कॉपियाँ देतीं कि लो, इनकी नावें बनाओ।

उसके घर के सामने जैनियों के परिवार रहते थे। पिता जी बताते कि ये लोग बाद में आये हैं। यहाँ के मूल निवासी तो बैगा-जोगी हैं जो परम्परागत ढंग से सिर्फ मेहनत का काम कर सकते हैं। मुश्किल से ही कोई नयी बात समझते हैं। जैनी औरतें

अपने घरों से बाहर बने चबूतरों पर दोपहर से शाम तक बैठी किसी-न-किसी से गपियाती रहतीं, जब तक उनके शाम के भोजन का वक़्त न हो जाये। पिताजी को ख़ाली बैठने से सख़्त चिढ़ थी। वे घर में उन सबको साँस लेने की फ़ुर्सत भी न देते। वे जैनी परिवारों को देखकर अक्सर कहतीं

'हितऊं जा माँहूँ आलसी थींदा आहिनि।'

(इस तरफ के लोग आलसी होते हैं।)

उन्हें छुआछूत भी बहुत होती। खाना बनाते समय एक धोती पहनते, चौके के बाहर दूसरी, संडास जाते समय तीसरी, बाज़ार जाते समय चौथी, मन्दिर जाते समय पाँचवीं। माँ हँसती...''अन्दरु त धोअनि, बाहर धोई छा कन्दा? (पहले अन्दर साफ करो, बाहर की सफाई से क्या होगा?)

बच्चे तो नहाने के बाद जो पहनते, वही टाँगे रहते दिन भर। रात तक मैले हो जाते तो माँ जबरदस्ती बदलवाती—साफ कपड़े पहनकर सोया करो।

सोते समय साफ़ क्यों? तब वे न समझ पाते। सब आँगन में नहाते। दाई खींच-खींच कर पानी देती कुएँ से। वे भी खींचते। बच्चे माँ के सामने अच्छी तरह नहाने की ऐक्टिंग करते। उनसे नहलवाना मतलब अपनी चमड़ी छिलवाना...खूब रगड़-रगड़ कर बाल धोतीं मुलतानी मिट्टी से...फिर शरीर पर घर का बना साबुन रगड़तीं। कमबख़्त झाग भी न छोड़ता। वे इधर-उधर भागते तो पकड़कर मारती भी जातीं। अक्सर वे दाई को पटा लेते कि कह दो मैं नहलाये देती हूँ। माँ उसे हज़ार हिदायतें दे अपनी बंडियों के पास चली जाती और पानी में खेलना शुरू...'

आख़िर में माँ आँगन में नहातीं—सबके जाने के बाद...और सारे कामों से फ़ारिग होने के बाद। दाई उन्हें भी कुएँ से पानी खींचकर देती। माँ बुदबुदातीं—

'डंडो त वदन अनेक वार, सर्वकला समरथ, डोलण तेरा को प्रभु, जन नानक ते कर हथ।'

यहाँ से शुरू होकर उनके दोहे एकाध घंटा चलते। इस बीच कुछ काम आ पड़ता तो इशारे से समझातीं, पर गाना बन्द न करतीं। एक छोटी-सी खिड़कीनुमा जारे में छोटा-सा मन्दिर होगा—सारे देवी-देवता। नहाने के बाद माँ गुरुमुखी में रामायण पढ़तीं, महाभारत पढ़तीं, आख़िर में गातीं—

'फिरत-फिरत प्रभु आइयो, परयो तो शरनाय, नानक की प्रभु वेनती, बाबा अपनी भक्तिय लाय।'

इसे वे तीन बार गातीं।

माँ की कैसी-कैसी गुनगुनाहटें कब उसके भीतर जाकर उसका हिस्सा बन गयीं, उसे पता ही नहीं चला। बाद में माँ ने गुरुमुखी सिखायी। एक स्लेट पर सारे अक्षर लिख देतीं, फिर याद करने को कहतीं। काम से फ़ारिग होने के बाद वे आतीं

उसका इम्तिहान लेने...कागज के छोटे-छोटे चौकोर टुकड़ों को मोड़कर बीच से फाड़ देतीं। फिर उस अक्षर पर रखकर पूछतीं—'यह क्या है?' कोई न बता सके तो तड़ाक से एक चाँटा मुँह पर!

वह मुस्कराते हुए वे लम्हे याद करती हैं...'कम-अज़-कम वह तो सीख ही गयी थी...चाँटे खा-खा कर! इस तरह ठोक-पीट कर उन्होंने अपने बनाये साँचे में उसे फिट करने की जी-तोड़ कोशिश की, पर उस साँचे से कभी हाथ बाहर आ जाता, कभी पैर...एक दिन वह पूरी बाहर आ गयी। अच्छा हुआ, वे नहीं देख पायीं, नहीं तो अपना सिर कूट लेतीं।'

कोतमा में एक छोटा-सा गुरुद्वारा है गुरु नानकदेव जी का। गुरुग्रन्थ साहिब रखा है वहाँ। सारे सिन्धी वहीं जाते हैं। हफ्ते में एक बार माँ उन्हें वहाँ ले जातीं। कहतीं, ''जब अच्छी तरह गुरुमुखी सीख जाएगी, फिर 'वचन' लेना।'' इतना विशाल ग्रन्थ उसे आकर्षित करता।

'क्या मैं कभी पूरा पढ़ पाऊँगी?' वह सोचती।

वहाँ अखंड पाठ चलता, पाठी आते...छह या आठ। एक उठता, दूसरा बैठता। चौबीस घंटे पढ़-पढ़ कर वे उसे ख़त्म कर देते। फिर भोग-साहब होता। पूरे गाँव भर से सिन्धी आते। खूब सारा कड़ाह प्रसाद बनता, फल कटते। कथा...भजन-कीर्तन...प्रसाद...

''माँ, इससे क्या होता है?''

''सन्तों की वाणी है—गुरु नानक जी की...कबीर की और दूसरे गुरुओं की। जो गुरु ग्रन्थ साहिब पढ़ता है, उसे कभी तकलीफ़ नहीं होती।''

''आप भी तो पढ़ते हो...ये पाठी भी...'' वह बात अधूरी छोड़ देती।

''वो तो कर्मों का फल है। उससे बचना असम्भव है।'' वे भी समझ जाती...उसे गुरुमुखी आने लगी तो माँ ने टिकाणे से ही दसों गुरुओं के जीवन पर आधारित भाङे लाकर दिये—

''इन्हें पढ़ो, दसों गुरुओं की बाबत जान जाओगी।''

वह पढ़ती तो वे आगे-आगे बताती जातीं—

गुरु नानक जी, भाई बाला, भाई मरदाना...भाई मरदाना रबाब बजाया करते। वे तीनों गाँव-गाँव घूमते...जंगल-जंगल। भाई मरदाना को भूख लगती, तब गुरु नानकदेव कहते कि जल्द ही इसका भी प्रबन्ध हो जाएगा। और प्रबन्ध हो जाता। गुरु नानकदेव का पूरा जीवन संगीतमय था। आधी-आधी रात तक वे गाते रहते। उनके पिता को समझ ही न आता कि वे किसको पुकारते रहते हैं? वैसे भी पुकारें जिनके लिए नहीं होतीं, उन्हें समझ में नहीं आतीं। और कभी-कभी तो अपनी ही पुकारें बहुत देर से सुनाई देती हैं...वह उन सबकी बाबत देर तक सोचती...

उसे मीरा आकर्षित करतीं, जिसने कृष्ण को कृष्ण से ही माँग लिया। ऐसा होता है प्रेम! जो तुम्हें सब भुला दे-

'करना फ़कीरी क्या दिलगीरी
सदा मगन में रहना जी
कोई दिन गाड़ी न कोई दिन बँगला
कोई दिन जंगल बसना जी
कोई दिन हाथी न कोई दिन घोड़ा
कोई दिन पैदल चलना जी
कोई दिन खाणा न कोई दिन लाड़ू
कोई दिन फाकम-फाका जी... '

उसे यह गीत अच्छा लगता। वह इसे घूमते हुए गाती, नाचते हुए। सोचती, 'एक दिन सब छोड़ दूँगी...यह शाश्वत ख़याल उसके भीतर रहता-बिना जाने और बिना समझे कि क्यों? किसके लिए?

माँ कभी-कभी दुख की और अतीत की बातें करतीं...मृत्यु की...निराशा की...सिन्ध में गुजारे अपने अच्छे दिनों की और पिता जी के जुल्मों की। आख़िरी बात वे सबसे ज्यादा करतीं—अपने जन्मस्थान सिन्ध के बख़्शजतोई गाँव की। उनके पिता ज़मींदार थे। खेती-बाड़ी, गाय-भैंसें...रुतबा। माँ तड़के उठकर दूध दुहतीं, बड़ी-बड़ी मथानियों से मक्खन निकाला जाता। चक्की चलायी जाती। उपले थापे जाते। घड़ों में रख आम पकाये जाते। दोपहर तक घर का सारा काम कर लेते, फिर शाम को आती खेलने की बारी। लेकिन इसके लिए बहुत कम वक़्त होता था। लड़कियों को हर वक़्त ये सीखो, वो सीखो की फिकर करनी पड़ती है। फिर भी वे अपने भाई-बहनों के साथ छिप-छिप कर खूब खेलतीं...

उनके पिता के पास एक 'दम्बूक' थी। घर में जब जचकी के वक़्त भाभियों को तकलीफ होती, वे हवा में या दीवार पर दो धमाके करते...बच्चा बाहर! उनके आँगन की दीवार पर बहुत सारे छेद थे। वह भय और आतंक में माँ से सुनती...पता नहीं कितना कुछ था उनके पास बताने को...पुराना...रहस्यमय अतीत!

मेरे पास क्या है? उसके होंठों पर सहसा मुस्कराहट आ गयी है...

पर यह तो बहुत पहले की बात है...बाद में मेरे पास भी बहुत कुछ रहने लगा था उनको बताने के लिए...शिवानी से अमृता प्रीतम तक...वह माँ से पूछती, "अच्छा, बताओ, आप कितना पढ़े हो?"

"हम एक दर्जा तक पढ़ी हूँ।" उन्होंने हमेशा 'मैं' को 'हम' कहा।

"एक दर्जे में क्या?"

"पहाड़ा और अलफ अ़म्ब, बे बल्ला, बे बकरी, पे पल्लो। मेरे पिता जी ने

मुझे गुरमुखी सिखायी थी—ससो, ममो, रारो, गगो...''

वह हँसते-हँसते बेहाल हो जाती। उसे और हँसाने की ख़ातिर वो गातीं—

''ससो ममो, रारो गगो, कीन पढ़न्दी साँय...अँग्रेज़ी माँ पढ़न्दी साँय।'' (ससो, ममो, रारो, गगो नहीं, मैं अँग्रेज़ी पढ़ूँगी।')

''कैसे?''

''ऐसे...'' माँ पंजाबी में सुने हुए लहजे में शुरु हो जातीं—

''पिजन कबूतर उड़न फलाई
लुक वेखो असमान सकाई...''

उसे अपनी हँसी सँभालना मुश्किल होता और माँ कहती ही जातीं—

''वाटर पानी लाओ ब्रिंग, फोर लिए महाराजा किंग...''

माँ सुबह चिड़ियों को दाना डालतीं। कभी-कभी हाँडी में पानी भरकर छत पर रख देतीं। जब कौवे अपनी उड़ानों से थककर छत पर बैठेंगे, अपनी प्यास बुझाएँगे। उन्हें कौवों से काफी लगाव था। जब भी आते, उन्हें रोटी डाल देतीं। कहतीं, आज कौवे आये हैं, कोई मेहमान आनेवाला है। श्राद्ध के समय तो कौवों की बन आती। उन्हें खूब सारी चीजें खाने को मिलतीं। दाल, चावल, फल, गेहूँ की बनी मिठाई...

श्राद्ध के समय तो बच्चों की भी बन आती—

सिन्धी औरतें बुलाने आतीं। कन्या को भोजन कराना है। माँ उसे दूर तो नहीं, लेकिन पास के घर में भेज देतीं, वह भी दाई के साथ। वे उसे बैठातीं, उसके पैर धोतीं, उसके सामने खूब सारा खाना रखतीं, फिर कहतीं, अब कौवे का खाना निकालो। वह अपने हाथों से कौवों का खाना निकालती—काफी सारा। थोड़ा-सा ख़ुद खाती, बाकी छोड़ देती। आख़िर में वे फल, पैसे और सवा मीटर कपड़ा देतीं। पितर-पक्ष के अधिकतर दिन लगभग हर सिन्धी घर का यही हाल रहता। छतों पर कौवे काँव-काँव करते रहते। वे कहतीं, हमारे घर पुरखे आये हैं आशीर्वाद देने—सारे पुरखे कौवे बनकर!

वह हैरान होती और सोचती, जब दादी मर जाएगी तो क्या वह भी कौवा बन जाएगी? फिर तो दिन भर काँव-काँव करेगी। फिर वह माँ से पूछ लेती।

''चुप कर छोरी! दादी सुन लेगी तो तेरा गला दबा देगी।'' माँ उसे झिड़कती। लेकिन वह पूछती जाती, ''बताओ न! सब कौवे क्यों बन जाते हैं? किसी को तो हंस भी बनना चाहिए...किसी को चिड़िया...किसी को कुछ और...कोई तोता भी तो बन सकता है, कोई ईगल...''

माँ कहतीं, ''मुझे क्या पता? जैसे करम होंगे उनके, वैसी जून मिलेगी। और जूनें तो इतनी सारी होती हैं।''

"कितनी होती हैं?"

"मुझे पता नहीं छोरी...अब बस कर!"

"जूनें करमों के हिसाब से मिलती हैं?"

"हाँ..."

"फिर हम बुरे करम क्यों करते हैं?" वह पूछती और सोचती, 'ऐसा कौन है जो मुझे चुप करा दे, जब तक मैं ख़ुद न चाहूँ...'

"भाऊ तो बहुत चिल्लाते हैं, उनको कौन-सी जून मिलेगी?"

"तेरा बाप तो इसी जनम में राक्षस है, आगे भगवान जाने क्या बनेगा?" माँ के चेहरे पर नफ़रत छा जाती।

उन्होंने बताया था, तेरह वर्ष की उम्र में उनकी शादी जिस आदमी से तय हुई थी, बाद में पता चला, उसे टी.बी. है। सो नाना जी ने उससे रिश्ता तोड़कर पिता जी से कर दिया, जिनकी माली हालत उस वक़्त काफी खराब थी। मोटा खाते, मोटा पहनते। माँ को हमेशा शिक़ायत रही कि उन्होंने उनकी ज़रा भी क़द्र न की। एक गलती पकड़ लेते, उसके लिए महीनों प्रताड़ित करते। उनके अनुसार औरतों को तो अक्ल होती ही नहीं। उन्हें डंडे की नोंक पर रखना चाहिए, तभी वे सीधी रहती हैं।

उनकी ज़रा-ज़रा-सी लड़ाई हफ्तों चलती। लड़ते-लड़ते वे न जाने किन-किन पुरखों की क़ब्रें खोद डालते। वे भी अपनी क़ब्रों से उठ आते...असहाय उनकी लड़ाई देखते...फिर वापस वहीं जाकर सो जाते। इन्हीं लड़ाइयों से डरकर तो वे भागे हैं। कभी-कभी तो यह लड़ाई इतनी बढ़ जाती कि पिता माँ पर हाथ भी छोड़ देते। तब माँ आग का गोला बन जातीं। संस्कार साथ छोड़ दें तो वे कुछ भी कर सकती थीं, पर उन्होंने कभी छोड़ा नहीं। उनकी बातों से लगता था कि पहले-पहल वे पिता जी से डरती रही होंगी। उनके ग़ुस्से से, उनकी प्रताड़ना से, फिर धीरे-धीरे वह भय नफ़रत में तब्दील हो गया होगा, जिसे छिपाने की उन्होंने कभी कोशिश नहीं की।

पिता जी को खाना खिलाना अच्छी-ख़ासी क़वायद होता। चार-पाँच सब्जियाँ, सलाद, फ्रूट, छोटे-छोटे नरम फुल्के। ये लाओ, वो लाओ...नेपकिन मैला क्यों है? चम्मच यह नहीं वो...थाली लाकर मेज पर पटक देते हो...ट्रे में क्यों नहीं लाते? देहाती हो तुम लोग, देहाती रहोगे! ये चार-चार फुल्के एक साथ लाकर क्यों रख देते हो? मैं क्या तुम लोगों को राक्षस दिखता हूँ? पहले एक तो खा लूँ! ये चावल इतने नरम क्यों हैं? दाल इतनी पतली क्यों? मैं इसमें नहाऊँगा क्या? सब्जी में नमक है कि ज़हर?

कभी-कभी इतना गुस्सा होते कि थाली उठाकर दीवार पर दे मारते। सब बिखर जाता। फिर चार दिन लड़ाई।

वह उन दिनों की अपनी हालत पर सोच रही है...

उसे घर जेल लगता और स्कूल पनाहगाह। उसके लेखे सारे पुरुष ऐसे ही होते हैं—शादी माने झगड़ा। आख़िर क्यों कहाँ-कहाँ से आये दो लोग एक साथ रहना शुरू कर देते हैं, जबकि उनका आपस में कोई मेल नहीं होता। बेमेल जोड़े थे दोनों घर में। इधर दादीजी-दादाजी की नकेल कसे रहतीं, उधर पिताजी माँ की। पिताजी का गुस्सा माँ दादीजी पर निकालतीं। घर युद्ध का मैदान! यह नहीं कि सिर्फ घरवालों से, पिताजी की किसी रिश्तेदार से नहीं बनती थी। अपने से ज्यादा समझदार व्यक्ति से ही वे ज़रा-सा दबते थे और उस वक़्त तो कोई ऐसा था नहीं।'

एक बार एक बाबा जी आये। माँ उन तीनों की कुंडली उनके सामने निकालकर बैठ गयीं। जाने क्या-क्या पूछती रहीं। उधर वह अवसर की तलाश में थी कि माँ कहीं जाये तो मैं पूछूँ। आख़िर माँ उनके लिए दक्षिणा लेने और चाय-नाश्ते का प्रबन्ध करने उठीं। वह लपककर उनके पास पहुँची। मैली धोती, मैली कमीज... मोटा चश्मा, तेल से चीकट बाल...अजीब-सी मिली-जुली गन्ध, जैसे स्पेलर से आती है...जब उससे तेल टपकता है।

वे उसे देखकर मुस्कराये।

"बोलो, बेटी..."

"माँ और पिता जी बहुत लड़ते हैं। कोई उपाय है?"

"नहीं, बच्चा, कोई उपाय नहीं। यह ऐसे ही चलता रहेगा।"

"क्यों?" मुझे पता था तुम यही कहोगे। पिताजी ठीक ही कहते हैं, अगर ये लोग क़िस्मत बदल सकते तो सबसे पहले अपनी बदलते। अभी पिता जी आ जाएँ तो भगाकर ही दम लें। वो तो माँ सबको अन्दर आ जाने देती है।

"भगवान कभी-कभी बेमेल जोड़े बना देता है", उन्होंने अपनी असहाय आवाज़ में कहा।

कभी-कभी?

भगवान ने तो हमेशा बेमेल जोड़े बनाये हैं। माँ-पिता जी, दादा-दादी, चारों बुआएँ और उनके पति। भगवान को जोड़े बनाना आता नहीं तो बनाता क्यों है?' उसने गुस्से से सोचा था। कुछ कहे कि माँ उनके लिए ट्रे सजाए आ गयीं। वे ख़ुद जल्दी में थीं, घबरायी हुई कि अभी पिता जी आ जाएँगे और सारा किस्सा ख़त्म। बाबाजी फुर्ती से अपना पोथा-पत्री समेटते रहे।

"आपकी बिटियाँ बहुत समझदार है, अम्मा!" उन्होंने नास्ता करते हुए कहा।

"इसे आशीर्वाद देते जाइए, बाबा। चौदह बच्चों में यही तीन बचे हैं।"

माँ ने उनकी जेब में कुछ डाल दिया। वे गद्‌गद भाव से उठे, खूब सारा आशीर्वाद दिया और चलने लगे। उसने एक आख़िरी नज़र उनकी पोथियों पर डाली। पोथियों के सिवा और क्या है जो बाँचा जा सकता है? वे चले गये।

"यह क्या कह रहा था?" उसने माँ को घेरा।

"कह रहा था, आपके बच्चे बहुत भाग्यवान हैं, इन्हें कभी कोई परेशानी नहीं होगी।"

"इसे क्या मालूम?"

"वो पोथियों में लिखा पढ़ रहे थे।"

"इनमें क्या सब लिखा होता है?"

"हाँ, वो जो होनेवाला है और वो भी जो नहीं होनेवाला है।"

"इतना पढ़ा-लिखा तो नहीं लगता था। वह जो रेनू अक्सर यहाँ आती है डबल एम.ए. ...वह पढ़े तो पढ़े...यह आदमी तो अपना नाम भी मुश्किल से लिख पाता होगा।"

"इसके लिए ये वाली पढ़ाई-लिखाई नहीं, दूसरी वाली समझ की जरूरत होती है।"

"कौन-सी समझ? और वो कहाँ से आएगी?"

"बस कर मेरी माँ...पीछा छोड़!" माँ ने उसके सामने हाथ जोड़ दिये और फुर्ती से घर के कामों में लग गयीं। इतना समय खराब हुआ, उसकी भरपाई करे अब। इतने में एक बंडी न सिल गयी होती...धागे की लच्छी ही खुल गयी होती या कपड़े ही प्रेस हो गये होते!

"तो फिर मैं मशीन पर बैठूँ?" उसने पीछे से चिल्लाकर पूछा। माँ को खुश करने का इससे अच्छा तरीक़ा और क्या हो सकता था?

इस मशीन को चलाने में उसका साथ जितना लता मंगेशकर ने दिया, उतना किसी ने नहीं दिया। वे मानो अपने गानों की किताब खोले उसके सामने खड़ी रहती थीं—बाहर की आँखें बंडी के ऊपर दौड़ती सुई पर लगी होती, भीतर की उन अक्षरों पर।

"आज दिल पे कोई ज़ोर चलता नहीं...'

मुस्कराने लगे थे, मगर रो पड़े...मगर रो पड़े..."

इस पूरे गाने में एक गोल सिलाई हो जाती...लताजी मुझे छोड़कर कहीं जाएँगी नहीं। वे उसके लिए फिर एक गाना चुन रही हैं...तब तक मैं ज़रा यह बॉबिन भर लूँ...'

'ओहरे ताल मिले नदी के जल में, नदी मिले सागर में...सागर मिले कौन से जल में...कोई जाने ना...'

अरे, मुकेश साहब, आप बीच में कैसे आ गये? आइए, इधर तशरीफ़ रखिए...पहले लताजी को सुन लें। ये थक जाएँगी तो फिर हम आपको तकलीफ़ देंगे—"तुम मुझसे दूर चले जाना ना...

मैं तुमसे दूर चली जाऊँगी...''

'किस से दूर चली जाऊँगी? शायद सब से!' ऐसा उसे हर वक़्त क्यों लगता है?

चलो, अब ये दूसरी गोल सिलाई हो गयी...अब किनारे बन्द करो। उसने किनारे बन्द करने शुरू किए...'तुम कौन हो जी भीतर...बताये चले जा रहे हो...ये करो, वो करो...मैं जानती हूँ कि मुझे क्या करना है?'

''लग जा गले कि फिर ये हसीं रात हो न हो...

शायद इस जनम में मुलाक़ात हो न हो...''

वह समूची डूब जाती...'हाय! क्या गला मिला है तुम्हें लता...तुम बोलती हो तो लगता है, मैं बोलती हूँ...कि शब्द मेरे हैं, गा तुम रही हो। ऐसी कौन-सी जगह है, जहाँ अपना दुख, दूसरे का दुख आकर मिल जाता है...जैसे दो नदियों का संगम...जहाँ पता न चले कि कौन-सा मेरा, कौन-सा तुम्हारा। एक जैसा होता है खारे पानी का स्वाद भी, जब दो जोड़ी होंठ उसे एक समय में चखते हैं...'

यह लो! बंडी पूरी हो गयी। लताजी, अब आप आराम से मुकेशजी से बातें कीजिए, हमें भी छुट्टी दीजिए...चलें कुछ और करें, नहीं तो आएँगी अभी माँ चिल्लातीं...'चार बंडियाँ सिलने में चार घंटे? हे, भगवान!'

रोज सुबह-शाम दूध दुहकर दादा जी बाल्टी माँ को पकड़ा देते—झाग और भाप छोड़ता। दादाजी लाते-लाते एक छोटा टुकड़ा कोयले का डाल देते—नज़र से बचाने के लिए। दूध दुहते समय कभी-कभी बच्चे उनके कन्धों पर लटक जाते। वे दूध की धार उनके चेहरों पर छोड़ते—''भागो यहाँ से...फिसल कर गिरोगे।''

वे भागने के बजाय वहीं आसपास बने रहते।

उसे दूध की महक अच्छी लगती। माँ कहती—

''खूब दूध पीती है तू...मेरे पेट से नहीं, गाय के पेट से निकली है।''

''हाँ...तभी तो यह इतनी सफेद है...'' भाई कहता।

''तू कालू...तू जरूर भैंस के पेट से निकला होगा।''

उन दोनों में लड़ाई शुरू हो जाती। हाथों से, लातों से...घूसों तक पहुँच जाती। फिर दोनों की कसकर पिटाई होती और फिर...शान्ति।

वैसे अपनी जरूरत भर के लिए दूध रखकर बाकी माँ बेच देतीं। लेकिन सर्दियों में नहीं। सर्दियों में वे एक ख़ास क़िस्म की मिठाई बनातीं। लोहे की एक बड़ी कड़ाही में तीन-चार किलो दूध उबलने के लिए रख देतीं—धनिये के बीज डालकर—खाना बनाते हुए उसे भी लगातार घुमाती जातीं...खोवा बन जाता आहिस्ता-आहिस्ता, गर्म-गर्म महकता हुआ...इसी खोवे का वह इन्तज़ार करती। बनने को होता तो माँ उसे बुलातीं...गर्मागर्म खिलाकर ख़ुद तृप्त होतीं। इस तरह एक हफ्ते में

खूब खोवा बन जाता तो एक दिन वे खूब सारा दूध और कटा हुआ ड्रायफ्रूट डालकर खूब देर औटाकर एक मिठाई बनातीं। दूर-दूर तक नाते-रिश्तेदारों में यह मशहूर थी। बच्चे उसके दीवाने थे।

वह उन दिनों में डूब-उतरा रही है...

'माँ ने इतनी मिठाई खिला दी थी कि अपने बाकी जीवन में फिर खायी ही नहीं। उसकी सहेलियाँ आतीं, खाते हुए हैरानी से पूछतीं—

"कैसे बनती है? इसमें क्या-क्या डला है?"

कितनी ही चीजें होतीं उसमें! लेकिन सबसे ख़ास चीज होती माँ का हाथ!

माँ और दादी की तो ख़ैर बनती नहीं थी, पर पिताजी और दादी की भी नहीं बनती थी। पिताजी के खुले हाथ खर्च से दादी और दादाजी नाराज रहते। वे कहते- "इतनी कमाई है, फिर भी कुछ दिखता नहीं।"

"मैं क्या जुआ खेलता हूँ? रंडीबाज़ी करता हूँ? पान खाता हूँ? पिक्चर देखता हूँ? अरे, मैं तो सूफ़ी हूँ, सूफ़ी! मैं तुम्हारी तरह हमेशा गरीबी और कंजूसी में नहीं रह सकता। अच्छा कमाओ, अच्छा खर्च करो। तुम भी करो, तुम्हें कौन रोकता है? अरे, शुकर करो, भगवान ने तुम्हें मेरे जैसा बेटा दे दिया, वरना बैठे होते दतिया में कहीं चक्की चलाते..."

पिताजी खर्च के मामले में किसी से कुछ नहीं कहते थे। जो भी कंजूसी करता अपने स्वभाव के चलते करता। वे माँ से भी झगड़ते थे—

"अब मशीन चलाने की जरूरत नहीं है। क्यों चलाती हो? पता नहीं किस-किस तरह के लोग घर में घुस आते हैं..."

मशीन न चलाऊँ तो क्या तुमसे माँगू? सौ दो, हज़ार दो। मुझसे नहीं होगा। तुमको भी जरूरत होती है तो मेरे ही पास आते हो। और...आता कौन है घर में तुम्हारे डर से? बेचारा मंगतराम दरवाजे पर थान फेंककर चला जाता है। इतना भी किसी से सम्बन्ध नहीं रखोगे तो जाकर जंगल में रहो। वैसे भी आदमियों की कौन-सी गन्ध है तुम में?" माँ भी न छोड़ती उन्हें।

वे अपना-सा मुँह लेकर वापस चले जाते मिल पर।

वे नौकरों को भी खूब एडवांस देते। अक्सर नौकर एडवांस लेकर भाग जाते।

दादाजी-दादीजी से शिक़ायत करते, दादी माँ से, माँ पिताजी से। घर में हमेशा कोहराम मचा रहता। कभी-कभी दादा जी गुस्से में मिल को ताला लगाकर घर बैठ जाते। उन दिनों झगड़ा अपने चरम पर होता। उन दिनों वह कहीं भाग जाना चाहती। वे जिन कारणों से लड़ते, उसकी समझ में एक भी न आता।

उन दिनों लता मंगेशकर भी उससे जैसे रूठी रहतीं। तब अमृता प्रीतम उसे पनाह देतीं।

दादी के मायकेवाले पास ही थे। वह कभी-कभी दादी के साथ वहाँ चली

जाती। वे काफी गरीब थे। उनके भतीजे शराब पीते थे, जिसके लिए वे पिताजी से ताने सुनतीं। उनके बड़े भाई आलूमल को लकवा मार गया और बिस्तर पर पड़े रहते। वहाँ दादी जैसी बातें करतीं, उसके पल्ले बिल्कुल न पड़तीं। वह जल्दी से अपने घर लौट आती...

माँ कहतीं, "तू अपने बाप पर गयी है, किसी के साथ नहीं रह सकती। अच्छा हुआ, आ गयी...चल, अब मशीन पर बैठ!"

वह फिर लता मंगेशकर के साथ हो लेती।

एक रात...

किसी के आहिस्ता-आहिस्ता दरवाजा खटखटाने से उसकी आँख खुली। वे तीनों बच्चे माँ के साथ ही सोते थे अक्सर। पिता हमेशा से अलग दूसरे कमरे में। कभी-कभी दोनों लड़के दादाजी के साथ, और वह माँ के साथ सोती।

वह चुप लेटी देखती रही...माँ उठीं...दरवाजा खोला...

कोई झपटकर उनके गले से लग गया और उनके कानों में कुछ फुसफुसाने लगा। माँ ने गुस्से से उसे परे फेंक दिया और चप्पल उतारकर हाथ में ले ली। आँगन में जल रहे बल्ब की रोशनी में उसने देखा, वह माँ के पैरों पर गिर पड़ा। दूर का रिश्तेदार था। माँ को भाभी कहता था।

"भाभी माफ कर दो...गलती हो गयी...तुम तो मेरी माँ हो..."

माँ ने उसे लात मारकर दूर कर दिया और बोली—"उठाऊँ इनको? काट के टुकड़े-टुकड़े कर देंगे। किसी को पता तक नहीं चलेगा।"

वह लड़खड़ाता हुआ उठा और बदहवासी में हाथ जोड़ता भाग गया।

माँ क्रोध से काँपती रही...कुछ देर वहाँ खड़ी रही, फिर दरवाजे को फटाक से बन्द करके भीतर आ गयी।

वह सन्नाटे में माँ को बन्द आँखों से देखती रही, जैसे उसे कुछ पता ही नहीं चला। माँ खाट पर बैठकर कुछ बड़बड़ाती रहीं...अपना रवा ठीक से सिर पर लिया...हाथ जोड़े... "वाहे गुरु...सबको पाप से बचाना...अपनी शरण में रखना..." फिर लेट गयीं।

सुबह पिता जी ने उस घर आये मेहमान के लिए पूछा कि रात में कहाँ चला गया?

"गया होगा अपने घर! सारी उमर रहने थोड़े ही आया था। मैं तो तंग हो गयी हूँ तुम्हारे मुफ्तख़ोर रिश्तेदारों को खिलाते-खिलाते... ख़बरदार जो अब किसी ऐरे-गैरे को बुलाया। बाहर से न भगाया तो अपने बाप की औलाद नहीं।"

माँ अपने काम से लगी बड़बड़ाती रहीं। वह चुपचाप माँ को देखती रही।

उस दिन लता मंगेशकर ने उसे अपने गले लगाकर खूब गाने गाये।

"आपको अपनी दादी की याद है?"

यह सवाल उसने उनसे बहुत पहले पूछा था अपनी किताब लिखने के दौरान...माँ नहीं रही थी और शाम की चाय वह उनके साथ अक्सर बग़ीचे में पीती थी...

एक सन्नाटा...जैसे अचानक वे एक दूसरी दुनिया में जा पहुँचे हैं। उनमें विचारों की आवाज़ाही इस क़दर है कि कभी तो उन्हें किसी का चेहरा एकदम साफ दिखाई देता है, कभी एक भ्रम के कोहरे से अटा हुआ। कितनी ही तारीखें, तस्वीरें और हादसे गड्डमड्ड। टुकड़े-टुकड़े जोड़कर कभी वे एक पूरी अनगढ़ तस्वीर बना देते हैं, कभी एक साबुत तस्वीर के इतने टुकड़े करते हैं कि उसकी असली पहचान तक खो जाती है...

"बहुत नहीं...वे चाँदी-सोने के धागों को सलवार के पाँवचों में बाँधती थीं और कंजूस इतनी कि सबके खाने के बाद बटलोई पोंछते हुए पूरा खाना खा लेतीं। अंगार माँगने के लिए एक घंटा पड़ोस में घूमती थी। वहाँ की ज़िन्दगी ऐसी ही थी। औरतें मक्खन निकालकर एक-दूसरे को दिखाती थीं। सबको सबका पता रहता। सास-बहू की लड़ाई जैसे सात पुश्तों से चली आ रही है। अम्मा और दादी आठ-आठ दिन लड़तीं एक ही बात पर। दादी के रिश्तेदार इंडोनेशिया, बालीबेट और जावा में रहते। वहाँ से वे बोस्की कपड़ा भेजते...नक़द पैसे भी। रिश्तेदारों की मदद करना तब काफी सहज था...अब तो..."

वे हौले से हँसे तो वह भी मुस्करायी।

"दादी अक्सर कहती थीं, 'जे वया जावा, वल न आवा।' जो जावा जाता है, फिर लौटकर नहीं आता। सचमुच कोई नहीं आया...दादी की मौत पर भी नहीं... जबकि हमारे यहाँ निभाते बहुत हैं...दूर-दूर के रिश्तेदारों की बात तो छोड़िए, कोई किसी के गाँव से आया, किसी ने किसी से दोस्ती बताई तो महीनों साथ रह जाता था। अब तो बेटा बाप को घर में रख ले तो उसका एहसानमन्द होना चाहिए।"

"और आपके दादा..."

"दादा जी इरिगेशन में सब-दरोग़ा थे...तीस-पैंतीस रुपये तनख़्वाह थी... कंडेचुखी खैरपुर नाथनशाह में। पूरा कुनबा था वहाँ...एकड़ों जमीन...ख़ासकर

खेती-किसानी का ही काम था। मशीन चलाने के अलावा औरतें सिन्धी कढ़ाई करतीं, गाय-भैसों की देखभाल...नौकर से गोबर इकट्ठा करवातीं, कंडे थपवातीं...ख़ुद भी थापतीं—इतने सुन्दर कि धागे में पिरो दो तो एक माला बन जाये।''

'सामाजिक कट्टरता वगैरह...?'

''छुआछूत, जातिवाद अपनी जातीय अस्मिता बचाने का कट्टरपन हममें था भी नहीं, न हमने उसके लिए कोई प्रयत्न किया। हम सरनेम तक नहीं लगाते थे...। मुझे याद है, तुम लोग मुझसे पूछा करते थे कि हमारे नाम के बाद सिर्फ सिन्धी क्यूँ लगता है? वहाँ तो बेटे के नाम के बाद बाप का और जरूरत हुई तो दादा का नाम लगाना काफी होता। सरनेम सब बाद में बने। यहाँ तो हम अजनबियों और अवांछितों की तरह आये डरते-डरते। बहुत कम जगह घेरते हुए समाज की मुख्य धारा में शामिल हुए। आसान नहीं था अपने-आपको दुबारा जमाना और इसीलिए हमने पूरी ताकत झोंक दी...''

''आपने बताया कि बड़ी बुआ का ब्याह आपने दतिया में ही...'' उसने उन्हें एक ख़ास प्रश्न की तरफ मोड़ा।

''हाँ...दतिया के बहुत बड़े सेठ थे—बूलचन्द...उनके बेटे का नाम आत्मा...तेरी बुआ तो सुन्दर है ही...आत्माराम नाटे, साँवले, काले-लम्बे रोओंवाले...तुमने देखा ही है। उन दिनों भी कुछ ख़ास काम नहीं करते थे। उनकी शक्कर बनाने की मशीन थी, ज़मींदारी भी थी...उसी की देखरेख...अमीरों को तो ज्यादा काम वैसे भी नहीं होते...उनके घर का एक आदमी सारा साम्राज्य बना देता है, बाकी बैठकर रोटियाँ तोड़ते हैं। और उस जमाने में सिर्फ लड़का नहीं, घर देखा जाता था। बूलचन्द ने तीन शादियाँ की थीं—दो औरतों के मरने के बाद तीसरी। उनका घर भी बहुत बड़ा था—बहुत बड़ी बैठक। बैठक में बहुत बड़ा पलंग...पलंग पर बहुत बड़ा बिस्तर और बिस्तर पर बहुत बड़े वो!''

दोनों हँस पड़े।

''बहुत बड़ा पग्गड़ बाँधते थे। हट्टे-कट्टे लम्बेचौड़े, ख़ुशमिज़ाज...खूब हँसते थे। हँसने पर उनका पेट ज़ोर-ज़ोर से हिलता। तो उन्होंने आगे बढ़कर ख़ुद तेरी बुआ का हाथ माँगा था अपने बेटे के लिए। यह इतनी बड़ी बात थी कि किसी टालमटोल का प्रश्न ही नहीं था। हमने शादी कर दी। दुर्भाग्य कि उनकी तीसरी पत्नी मरते ही सब कुछ अपने साथ लेती गयी। उनका साला जो उनकी कुछ दुकानों और ज़मींदारी का काम भी देखता था, बहनोई की देखभाल भी करता था, बहिन के मरते ही सारी नक़दी समेटकर चलता बना। घर की हालत ख़राब होती चली गयी। तीसरी पत्नी के भी न रहने से वे टूट गये थे। उन्होंने काम पर जाना बन्द कर दिया। कोई न सँभाल सका और धीरे-धीरे सब ख़त्म होता चला गया। वे दतिया में ही थे

कि हम सबने दतिया छोड़ दिया।''

''तो जब आपने दतिया छोड़ा, आपके अपने बच्चे भी थे?''

''मेरे साथ माँ-बाप और पत्नी के अलावा तीन बहनें और तीन बच्चे भी थे, जो बाद में नहीं रहे। तीनों लड़कियाँ थीं और तुम्हारी दादी तो पोते के लिए तरस रही थी। ख़ैर, उस वक़्त हमने यहाँ आकर किराये का छोटा-सा मकान लिया। तीन छोटे छोटे कमरे...चारों तरफ से टीनों से घेरकर बनाया गया आँगन... आँगन में ही रसोई। घर का सारा कारोबार आँगन में ही चलता। औरतें घर का सारा काम भी करतीं, मशीन भी चलातीं। सुबह-सवेरे लड़कियाँ गोबर बीनने निकलतीं, कभी पिता जी भी। फिर आँगन की दीवार पर कंडे थापते। एक तरफ सूख जाते तो उन्हें उतार कर दूसरी तरफ सुखाया जाता। ईंधन के काम यही आते और लकड़ी भी। ईंधन के लिए अलग से कोठरियाँ रहतीं, जहाँ इनका स्टॉक किया जाता— बरसात के दिनों के लिए... ठंड के दिनों के लिए...

आटा चक्की के लगने के पहले और बाद के महीने बेहद गरीबी के दिन थे। चक्की लगने के कुछ महीनों के बाद दतिया से पैग़ाम आया—'आपकी बहिन भूखों मर रही है, आकर ले जाइए।' क्या करते? गये और दोनों को ले आये। किराये का मकान लेकर दिया उन्हें भी। अब उन्हें किसी काम पर लगाना था। बहनोई को काम करने की आदत तो थी नहीं, जहाँ जाते, अपने निकम्मेपन की वजह से निकाल दिये जाते। पहले किराने की दुकान खोलकर दी, फिर जूतों की। कुछ नहीं हुआ। अपना परिवार तो चलाना ही था, बहिन का भी सँभालना था आख़िर उन्हें चक्की पर रखा। दिन भर गायब रहते, रात को आते। आख़िर उन्होंने दिखा दिया कि वे कुछ नहीं कर सकते। कुछ लोग दुनिया में यूँ ही आते और चले जाते हैं...''

वह इस क़िस्से को दादी और माँ के मुँह से भी तरह-तरह से सुन चुकी है। वे उसे उसके प्रश्न को ध्यान में रखकर अपने तरीक़े से बता रहे हैं। ''इधर घर में सास-बहू की कभी न ख़त्म होनेवाली लड़ाइयाँ थीं...अम्मा आये दिन छाती पीटतीं कि 'हाय, रब! जिधर देखें, फ्रॉकें-ही-फ्रॉकें दिखती हैं—कोई तो पैंट-शर्ट भी दिखा!''

''फिर?''

''फिर वे तीनों लड़कियाँ भी नहीं रहीं...हम बहुत घबरा गये थे...इतनी मौतें देखी थीं कि अब टूटने लगे थे। फिर बहुत मन्नतों...देवी-देवताओं को मत्था टेकने के बाद तू हुई। हमने तुझे कभी रोने न दिया। तू एक साल की हुई तो हम तुझे सारे तीर्थ करा लाये। हम तुझे 'बच्ची' कहकर पुकारते कि बच गयी। फिर एक बार ग्यारह साधू हमारे घर आये। पिताजी ने उनके पैर पकड़ लिए कि हमें एक पोता चाहिए। उन्होंने ग्यारह दिन घर में अखंड दिया जलाकर कुछ पूजा-वूजा की।

पिताजी और तेरी माँ ने उनकी बहुत सेवा की। जाते वक़्त उन्होंने कहा—अगले साल इसी महीने आएँगे। इस घर में एक भाग्यशाली लड़का होगा। फिर तेरा भाई हुआ।''

''वे आये थे?''

''हाँ, वे आये थे। पिताजी ने दिल खोलकर उन्हें दान दिया। जाते समय एक और बेटे का आशीर्वाद दिया। वह भी सच हुआ। इस तरह तुम तीन हुए।''

वे एक क्षण रुके।

अपने भीतर की गहरी झील में अपनी परछाईं देखने का प्रयत्न...

वह सोच रही थी कि उनसे अब क्या पूछे?

सहसा वे बोलने लगे—

''एक ऐसी भी चीज है, जिस पर मैं अनन्तकाल तक बोल सकता हूँ...बिना थके...''

वह चौंकी।

''सिन्धु नदी!''

उन्होंने बहुत अदब से ये दो शब्द कहे।

वह जैसे उनकी आँखों पर उभरती सिन्धु नदी को देखने लगी।

''**हमारी ज़िन्दगी थी सिन्धु नदी!** मैं तुम्हें बताना चाहता हूँ **सिन्ध धरती, देश, नदी, सागर, सभ्यता, संस्कृति और भाषा के नाम से पहचाना जानेवाला दुनिया में एक मात्र शब्द है...आदि काल से आज तक समूचे विश्व में नमक, कपड़ा और घोड़े सिन्ध के नाम से ही प्रसिद्ध थे।**''

जैसे वे उस नदी में देर तक एक गहरी डुबकी लगाकर लौटे...''समूची सभ्यता उसी के आसपास...उसी के आर-पार बसी थी। सिन्धु नदी कैलाश पर्वत से...मानसरोवर के इलाक़े से रिस-रिस कर आगे बढ़ती है...सिन्ध को एक नाम देकर...उसे सींचकर आगे निकलती है...सिन्धु अरब, सागर में समा जाती है। कराची समुद्र के किनारे बसा है। बीच में सात नहरें बनाई गयी थीं...बहुत बड़ी-बड़ी—राइस कैनाल, सदरन कैनाल, नदरन कैनाल...ये नहरें कराची दादू की तरफ थीं। चार कैनाल हैदराबाद की तरफ थीं। सिंचाई की व्यवस्था बहुत अच्छी थी। बारिश नहीं होने के कारण वहाँ मकान मिट्टी से बनते थे। छतें भी मिट्टी की। जिला थरपारकर तो पूरा रेगिस्तान! थोड़ी-बहुत बरसात होती। समूचा सिन्ध नदी के भरोसे चलता था। इस नदी के बिना हम जीने की कल्पना भी नहीं कर सकते थे। हमारी सारी संस्कृति उसी नदी ने सींची और बनायी है। हमारा झूलेलाल, दरियाशाह...मीठी बाणी...मीठा पाणी...''

वह जान रही है कि उनकी खुली हुई आँखें उस पर होकर भी कहीं और देख रही हैं...भीतर बन रहे बिम्बों-प्रतिबिम्बों को...

''वैसे सिन्ध के पाँच भाग किए जाते हैं—शीर्ष, मध्य, उत्तर या दक्षिण लाड़, कोहिस्तान और थरपारकर...मध्य और लाड़ को सिन्धु हरा-भरा रखती है। कितने ही साम्राज्य इस इलाक़े में बने और मिटे। कोहिस्तान पर्वतीय और थरपारकर मरुस्थलीय है। कोहिस्तान में बहुत-सी झीलें हैं। तुम्हें मालूम होगा...थरपारकर के ही एक प्रसिद्ध नगर अमरकोट में अकबर महान का जन्म हुआ था। वहाँ की जमीन ही सूफ़ियाना रही...''

वे अब एक नये उत्साह में थे—

''बुल्लेशाह, बाबा फ़रीद...शाह लतीफ़...इनके गीतों को लोग वहाँ गाते हैं। हमारे यहाँ रात को महफ़िल जमती...नौ-दस बजे शुरू होकर रात दो-ढाई बजे तक चलती। सूफ़ियों के कलाम गाये जाते। गानेवाला इतना डूबता कि उसे किसी की सुध न रहती...अपनी भी नहीं। अध्यात्म विद्या के गूढ़ रहस्य समझाते, सामाजिक कुरीतियों पर प्रहार करते हिन्दू-मुस्लिम एकता का आह्वान करते, जीवन को सफल बनाने के रास्ते बताते...ज़मींदारों का मज़ाक़ उड़ाते हुए लोगों को उनके ख़िलाफ़ विद्रोह करने को उकसाते? हर आदमी को अपनी पसन्द का लुक़मा मिल जाता? रातभर चलनेवाली इन भगतों को आधे में छोड़कर कोई नहीं उठता था?

वह अब उनके सुर-ताल के साथ थी...

कितने लोग होते थे और इसे कैसे अंज़ाम देते थे...

चार से छह लोगों की एक टोली होती है, हर कोई शास्त्रीय और सुगम संगीत का जानकार। उनके मुखिया के कानों में कुंडल, माथे पर तिलक, ढीला-ढाला कुरता पहने रहता। एक हाथ अपने कान पर रख दूसरा हाथ ऊपर उठाता हुआ कोई राग शुरू करता किसी कथा को गाते हुए, दूसरे चार लोग उसके साथ चलते? ढोलक और सारंगीवाले भी उनकी ताल में ताल मिलाते रहते तुक से तुक मिलाई जाती। एक कहता सुन्दर नार तो दूसरा—आम की फार...एक कहता...नैन कजरारे और दूसरा, जैसे कटारे, शृंगार रस और भक्तिरस की रचनाएँ समाँ बाँध देतीं।

बताते बताते वे एक नयी दुनिया में पहुँच गये, एक सुर-सागर में डूबते-उतराते।

रात नौ-दस बजे शुरू होनेवाली भगत सुबह तक चलती...एक थकता तो दूसरा आकर उसी कहानी को सँभाल लेता...एक कथा से अनेक कथाएँ जुड़ती जातीं...एक जीवन से कई जीवन निकलते और ख़ुद गाते-गाते श्रोताओं के भीतर उतरते जाते...सन्तों और दरवेशों के कलाम शुरू होते, फिर हास्य रस उपस्थित हो जाता...गायक मशहूर चरित्रों की नक़लें उतारते तो सुनने वाले लोटपोट हो जाते? सुबह हो जाती और लोग उठने का नाम ना लेते...

इस सबके सिरमौर भक्त कँवरराम थे ना...

ख़ुदाई करामात थे वे...कुछ लोग कहीं नहीं जाते, हमेशा हमारे भीतर जीवित रहते हैं, अलस्सुबह तक जब रंग जम जाता तब वे अपना चोला पहनकर मंच पर उतरते लोग उन्हें देखते ही जयजयकार करने लगते। वे मंच पर आते ही हाथ जोड़ कर ख़ुदा की बन्दगी करते और हिन्दू-मुसलमानों की ख़ैर माँगते, गरीब-गुरबे और बेघरों के लिए ख़ुशहाली की प्रार्थना करते...।

जैसे ही वे पहला राग उठाते-सुननेवाले दिल थाम लेते। वे नाचते तो लोग भी नाच उठते। वे ईश्वर को पुकारते...

'कींअं रीझायाँ तोखे कींअं परचायाँ...डसि को डाँउ...या थियाँ मोमिन पाक नमाजी जहिं में जानिब तूँ थें राज़ी।'

ऐसी धुन लगाते कि सुध बुध खो जाती...सबकी आँखें भीग जातीं...गाते-गाते जब वे अपनी चादर पसारते तो उसी पल हज़ारों रुपये इकट्ठे हो जाते...वे वहीं पर गरीबों, फ़कीरों, विधवाओं और दूसरे ज़रूरतमन्दों में बाँट देते। वे अपने लिए कभी एक भी पैसा नहीं रखते थे। गाँव में उनकी एक छोटी-सी दुकान थी, जिससे वे अपना गुज़र-बसर कर लेते थे। एक बार कोई उनसे मिलने गाँव गया तो देखा कि वे तगाड़ी में मिट्टी ढो रहे हैं?

अब जाकर इस उम्र में समझ पाया हूँ कि सबसे बड़ी तकलीफ़ है ख़ुद को याद रखना। जब तुम ख़ुद को भूल जाते हो तो कोई दुख या शोक नहीं रहता...पर इसे शब्दों में कहना आसान है, जीना कठिन। हमारा 'मैं' प्रेत की तरह हमारे पीछे लगा रहता है। हाँ, तो...मैं भटक गया फिर से...''

वह उन्हें उनकी सोच में छोड़कर चुप बनी रही।

''मैं तुम्हें उस वक़्त के माने हुए और पहुँचे हुए सूफ़ी फ़कीर की बात बताता हूँ—भाई मूहन था उनका नाम। नंगे पैर घूमते। किसी भी दुकान में घुसते, जो पसन्द आता, उठा लेते और फिर किसी को दे देते। गोल्ड लीफ की महँगी सिगरेट उठाते...एक ख़ुद पी लेते, बाकी सारी किसी को पकड़ा देते। महँगी घड़ियाँ और दूसरी चीजें भी बेहिचक उठा लेते। जिनके यहाँ से उठाते, वे खुश होते कि आज फ़कीर ने उन्हें चुना और उनकी क़िस्मत जगी। कुछ लोग उन्हें महँगे कपड़े और घड़ियाँ पहना देते। फिर वे इन चीजों को उतारकर जिन्हें देते, वे जिन्दगी भर उन चीजों को अनमोल सौगात मानकर सँभालते। लोग उनसे कागज पर लकीरें खिंचवा कर अपने गल्ले में रखते। घूमते-घूमते वे आधे घंटे में एक गाँव से दूसरे गाँव में पहुँच जाते। एक बार की बात सुनाता हूँ...''

वे ज़रा ठहरकर उस घटना को सहेजने लगे। वह जिज्ञासा से उनकी आँखों में देखने लगी...

''सरदार नूरमुहम्मद का इलाक़ा था। वे अपनी कार में कहीं जा रहे थे। दरवेश

रास्ते में खड़े थे। उन्होंने उनकी कार रुकवाई। कहा—'मैं सामने बैठूँगा। वह सरदार उठकर चुपचाप पीछे चला गया, जिसके एक इशारे पर दस-दस खून हो जाते थे। एक बार इसी तरह उन्होंने एक बसवाले से आगे बैठने की माँग की। बसवाला उन्हें झिड़ककर आगे बढ़ गया। लेकिन बस के मीरपुर पहुँचने से पहले ही वे मीरपुर पहुँच गये। वहाँ बीस किलामीटर के बाद गाँव बदल जाता था। भाई मूहन के परिवारवाले कहते थे, हमने उन्हें टुकड़ों-टुकड़ों में देखा है—बिस्तर पर टाँगें, सिर, धड़, सब अलग-अलग पड़े हैं। उनका सबसे बड़ा योगदान हिन्दू-मुस्लिम भेदभाव को कम करना रहा।''

''वहाँ के जीवन के बारे में कुछ बताइए। किस तरह का जीवन था?''

''जीवन? गाँव का जीवन था।'' वे रुक-रुक कर कहने लगे—

''मुश्किल था बहुत...राजस्थान के जैसलमेर, बीकानेर, जोधपुर, बाड़मेर के डकैत आते और अचानक कहीं भी डाका डालकर भाग जाते। बलूचिस्तान के मुसलमान भी सिन्ध में डाका डालते थे—उन्हें हम ब्रोही कहते थे। इनमें से कुछ के नाम भी मुझे याद हैं—अब्दुल रहमान, सुलेमान, अब्दुल रशीद...। इन्होंने हज़ारों हिन्दुओं को मारा। जो भी आया, सिन्ध को लूटने आया। कुछ तो लूटकर चले गये, कुछ यहीं रह गये—इसे बार-बार लूटने के लिए। ज़मींदारी आमतौर पर हिन्दुओं की थी और मुसलमान उनके खेतों में काम करते। मुख्य उपज कपास, जुआर, धान में काँगड़ो धान, लाडी धान, सुगदासी धान, और गेहूँ थे। ऊँट और भेड़ बहुत पाली जाती थी। भेड़ों के बालों से ऊन भारी मात्रा में बनती और धुलने के लिए इंग्लैंड जाती थी। वहाँ से धुलकर कराची वापस आती और उससे कम्बल बनते...''

''अब मैं तुम्हें अपने गाँव ले चलता हूँ...'' उन्होंने नई भूमिका बाँधी।

''हम कंडेचुखी (खैरपुर) में रहते थे। खैरपुर रियासत सक्खर और नवाबशाह के बीच सिन्धु नदी की बायीं तरफ थी। रियासत मीरों की हुई, सो खैरपुर मीरस कहलायी। टालपुर की इस पर हुकूमत रही। सन् 1843 ई. में जब अँग्रेज़ों ने सिन्ध फतह की तब भी यह स्वतन्त्र रियासत रही। हम खेती-बाड़ी करते थे। फसल हमेशा अच्छी नहीं होती थी। वहाँ कोई स्कूल भी नहीं था। मैं दादू चला गया अपनी मौसी के पास—वहीं रहकर पाँचवीं तक पढ़ाई की। उस समय मेरी उम्र पन्द्रह बरस थी। पेट का सवाल तो सदैव से था। वहाँ गधे और ऊँट पर नमक, गुड़, कपड़े, तेल लादकर ले जाते और उसके पीछे पैदल चलते। हमें बलूचिस्तान की तराइयों की ओर जाना होता। पेचीदा रास्ते, पहाड़, नदियाँ, अजनबी जगहें...हमारे चलते पाँव ही रास्ते बनाते थे। सफर में मशक में पानी, आटा, चावल, गुड़, कच्चा गोश्त रखते। जीदी पहुँचते-पहुँचते तीन-चार दिन लग जाते। फिर हम जीदी, गाज और खुरासान में अपना सामान बेचते। माल ख़त्म हो जाता, हरकारे के हाथ चिट्ठी भेजते कि माल

भेजो। तेरे दादा जी और माल भेजते। एक-एक साल बाद लौटते कमाकर...''

"घर की औरतें?'' उसने यह सनातन प्रश्न पूछ लिया...।

"जाते समय घर की औरतें जार-जार रोती थीं कि फिर पता नहीं कब मुँह देखना नसीब हो। वे लगभग पूरी जवानी अकेली रहती थीं...तभी तो कुटुम्ब की व्यवस्था का हमारे यहाँ बड़ा मान रहा है।''

"सवारी के आम साधन क्या थे? यही जानवर?''

"वही...गधे-घोड़े और ऊँट। सायकिल का चलन बढ़ रहा था। कारें बहुत बाद में आयीं—वह भी कुछ ज़मींदारों और सरदारों के पास। पचास-पचास रुपये में हरक्यूलस सायकिल मिलती थी—मेड इन इंग्लैंड।''

कहते-कहते उन्हें कुछ और भी याद आने लगा...

"मुस्लिम मुख्यतः जूते बनाते, हल चलाते, ज़मींदारों की नौकरियाँ करते। उनका पूरा कुनबा होता—तीन-चार बीवियाँ और खूब सारे बच्चे...खूब सारे रिश्तेदार। गायें, मछलियाँ, मुर्गियाँ, बकरे खूब पालते, खूब खाते। ऊँट का दूध पीते। आमदनी कम, ख़र्च ज्यादा। गरीब मुसलमान खूब सारी मछलियाँ एक घड़े में डालकर आग पर रख देते, मछलियों का तेल निकालते, उस तेल से दिये जलाते। उनके त्यौहार थे—रमज़ान, ईद, बकरीद...ईद पर गरीबों को खाना खिलाया जाता था...''

"एजुकेशन के क्या हाल थे आपके गाँव में?''

"तुम्हें कुछ तो बता ही चुका हूँ...खराब हाल थे। सिन्धी भाषा में पढ़ाई होती थी। ग्रामर, तारीख़, बदन व सेहत। ज्योग्राफी और हिसाब...यानी गणित। पहाड़े रटवाये जाते थे। खर्च न के बराबर। लकड़ी की क़लम, रंग की स्याही या स्लेट और सफेद क़लम। मास्टर की तनख़्वाह चालीस रुपये महीना और पूरे गाँव में इज्जत। अब तुम लोगों के इस जमाने में तो लड़के अपने मास्टर को पकड़कर पीट भी आते हैं। बहुत फ़र्क़ आ गया है...न वैसे मास्टर, न वैसे पढ़नेवाले। लगता है, मरने के बाद का कोई दूसरा संसार है...मगर नहीं, मरने के पहले का है...इसे भी देखना ही था मरने से पहले...''

'वहाँ के बाज़ार कैसे थे? बाज़ारों में औरतें जाती थीं क्या?' वह कल्पना करती है। उसे यहाँ के छोटे-छोटे रविवारीय बाज़ार दिखाई देते हैं। वह अपने बचपन के बाज़ारों में निकल पड़ती है...

हर चीज मिलती थी बाज़ार में...लाल-लाल मनके, रंगबिरंगी कंघियाँ, मालाएँ, चूड़ियाँ, सब्जियाँ, अनाज से लेकर जानवर तक। और तो और 'सिंहासन बत्तीसी' उसने वहीं से ख़रीदकर पढ़ी थी...बेताल के चित्रोंवाली किताब। कभी ख़याल ही नहीं आया उसे कि बेताल नहीं है। हर समय लगता जब भी उसकी ज़रूरत होगी बुला लेंगे...नगाड़ों की आवाज़ उस तक पहुँचेगी और वह प्रगट हो

जाएगा। हाय रे बचपन...जो तू खोये तो सृष्टि की सुन्दरता खो जाये ।

वह कितनी ही यादों से घिर गयी है...

सहसा पिता की आवाज़ सुनी तो वह बचपन से लौटी...

"वहाँ बाज़ार अक्सर ढके-ढके होते थे। जमीन कच्ची होती थी। उसे गीला होने से बचाने के लिए बार-बार सूखी मिट्टी डालते तो सड़क ऊँची और दुकानें नीची हो जातीं। ईद पर बड़ी-बड़ी दुकानें सजतीं। हर जुम्मे को छुट्टी होती। खुशमिजाज लोग थे...लम्बे-चौड़े हँसमुख...जमींदारों और सरदारों के बच्चे क्रिकेट खेलते थे। औरतों के लिए ख़ास गलियाँ होती थीं, ताकि उन्हें मुस्लिमों के सामने कम-से-कम आना पड़े। औरतें टिकाणों में, घरों में, सत्संग में, अपने मोहल्लों में ख़ुद को ज्यादा महफ़ूज़ पाती थीं। गुरुद्वारे में कोई मुस्लिम नहीं जाता था। मस्जिद में हिन्दू न जाते। मगर एक-दूसरे के धर्म के ख़िलाफ़ कोई कुछ न कहता। हिन्दू काफी पैसेवाले थे। गरीबी की रेखा के नीचे तो कोई हिन्दू नहीं था। पैसा आज की तरह लोगों के सिर चढ़कर नहीं बोलता था और न ही हर चीज पैसे से तुलती थी। लोग भोले थे। मारधाड़ के सारे फैसले सरदार सुलझाते। सरदार उस इलाके का मालिक होता।

कहते-कहते वे फिर कहीं खो गये हैं।

वह उन्हें एक नये मुकाम पर लाना चाहती है...यादों के जंगल के किसी ख़ास हिस्से में...जहाँ यादें जुगनुओं की मानिन्द चमकती हैं...वे पीछे नहीं भागतीं, ठहरकर प्रतीक्षा करती हैं।

उसकी हथेली पर जैसे कोई जुगनू आ बैठा...चप्पा भर जगह पर रोशनी बिछाता। वह जुगनू चला जाता है, तो दूसरा आता है...कितने ही जुगनू! स्मृतियाँ हमें अपने होने का यक़ीन दिलाती हैं। वे उन रास्तों पर हमसे आगे-आगे कूद-कूद कर चलती हैं जिन रास्तों को हमने पहले इस तरह से नहीं देखा होता। यादें ठंडी पड़ती इच्छाओं को अपनी गर्म हथेली से पिघला देती हैं...वे फिर से बहने लगती हैं। जब हम सो जाते हैं, तब भी वे जागती हैं। जब हम उठते हैं, वे सफर पर जाने को तैयार दिखाई देती हैं। हम जिस किताब को बन्द कर, सब कुछ विलीन हो चुका समझ लेते हैं, स्मृतियाँ फिर से उनके पन्ने पलटने लगती हैं... ।

वे हैरत और दुख से हवा में फड़फड़ाते उन पन्नों को देखते हैं। जो पन्ना सामने आ जाता है, उसी को पढ़ने की कोशिश करने लगते हैं...बहुत पीछे के अक्षर उनसे नहीं पढ़े जाते...जर्जर पन्ने...जर्जर इबारतें...

"मेरे बाद मेरी हड्डियों को प्रयोगशाला में ले जाना...इनमें सब ख़ुदा हुआ है..."

वे दोनों कुछ क्षण हौले-हौले मुस्कराते रहते हैं।

उसे याद है-शुरू के संघर्ष के बाद उनका काम बहुत अच्छा चलने लगा था। दिनभर भीड़ रहती। वहाँ दूर-दूर तक कोई चक्की नहीं थी। रविवार को तो साँस लेने की फ़ुर्सत न मिलती। सुबह छह बजे से गयी रात तक चक्की चलती रहती। धीरे-धीरे उन्होंने खली, चुनी, मोटा अनाज, तेल, कई प्रकार की दालें, डोरी वगैरह रखनी शुरू कर दी। ये फुटकर काम तो दादा जी देखा करते। वे बाहर का काम-माल ख़रीदना और बेचना...वसूली करना...हज़ारों काम होते।

हफ्ते में तीन-चार दिन पिताजी बाहर रहते—सुबह जाते, शाम या रात को आते। बैग भर-भर कर रुपये लाते। सुबह बच्चों से गिनवाकर बंडल बनवाकर रखते। जिन्हें देना होता, घर बुलाकर देते या जहाँ वह कहता, पहुँचा देते। उनकी ईमानदारी पर हर कोई माल देने को तैयार रहता। एक-दो बार उन पर हमला भी हुआ-स्टेशन के पास। रुपयेवाला बैग उनके हाथ में था। उन्होंने शोर मचाया, लाठियाँ खाईं, कपड़े फड़वाये, पर बैग नहीं छोड़ा। वे सरकारी साहबों को भी पटाकर रखते थे। वे आते, खाना खाते, रात को मिल में सोते...वे उनकी अच्छी तरह सेवा करते थे। मगर एक बार एक साहब के रिश्वत माँगने पर उन्होंने उसे करारा थप्पड़ रसीद कर दिया। अपने उसूलों से कभी नहीं डिगते थे। अखंड ज़िद्दी! कभी-कभी तो क्रूरता की हद तक।

उन दिनों मिल में फुटकर काम बहुत होता था। दादाजी पड़ोस के किन्हीं पढ़नेवाले बच्चों से लिफाफे बनवाया करते थे। जिस दिन लिफाफों के बंडल घर आते, करीब दो-तीन सौ बंडल, वह जमीन पर पालथी मारकर बैठ जाती उस गोदाम में, जो बना ही कबाड़ रखने या चीजें स्टोर करने के लिए था। मोटे-मोटे दो चूहे, जो बिल्ली के डर से छुपे रहते, कभी-कभी बाहर उसे देखते रहते...

वह पहले रंगीन लिफाफे अलग करती, फिर उन्हें आहिस्ता-आहिस्ता खोलती-कहानियाँ, कविताएँ, लेख...आधे-अधूरे, कभी-कभी पूरे भी। वह वहीं झुके-झुके उन्हें पढ़ डालती। धर्मयुग या साप्ताहिक हिन्दुस्तान पत्रिकाओं के पन्ने होते या किसी अख़बार के। कोई चीज पसन्द आती तो वह पास रख लेती। अधूरी कहानियों के लिए आनेवाले बंडलों का इन्तज़ार करती। ये कहानियाँ उसके भीतर जैसे साँस लेने लगतीं। अधूरी कहानी को लेकर वह सोचती रह जाती कि आगे क्या हुआ होगा? एक ही कहानी अलग-अलग समय पर अलग-अलग भेद खोलती।

स्कूल जाती तो सिर्फ पढ़ने की किताबें न होतीं—अमृता प्रीतम बैग के किसी कोने में फँसी अपने भाग निकलने की राह देख रही होतीं। शिवानी अपनी बिन्दास नायिकाओं के नख-शिख वर्णन में मशगूल होतीं। उनके लिए इतनी सारी चीजें वे कहाँ से लाती होंगी? उसे उनके ठीक-ठीक नाम भी नहीं मालूम होते। अधूरी कहानियों के पात्र रास्ते में आगे-पीछे चलते। भीतर इतना भरा होता कि तिल भर भी

जगह खाली न होती। दूसरों का कहा उसे न व्यापता ज्यादा। माँ और दादी, माँ और पिता जी के झगड़े कभी-कभी छत पर टपकती बारिश की बूँदों जैसे जान पड़ते। अपने भीतर दुबकी वह किसी कहानी की नायिका बनी इतरा रही होती। अतिसुन्दर नायिका—सिर्फ जिस्मानी नहीं, भीतरी भी...भीतरी नहीं तो जिस्मानी सुन्दरता व्यर्थ है।

फिर एक दिन मारवी की कहानी सुनायी थी उन्होंने—

मारवी एक सुन्दर लड़की थी, जो मलीर नाम के गाँव में अपने नाना पालणा के साथ रहती थी। इतनी ख़ूबसूरत कि जहाँ से गुज़रती, लोग थम जाते उसे देखने के लिए उसकी खूबसूरती के चर्चे दूर-दूर तक थे। अपनी सहेलियों के साथ खेलना-कूदना, कुएँ से पानी भरकर लाना, अपने चौपायों को जंगल ले जाना, खेतों में और घर में काम करना। सबसे निपुण थी वह। उसके नाना पालणा उसके लिए एक अच्छे वर की तलाश में थे।

कहते हैं, मारवी को सत्य साबित करने के लिए अग्नि परीक्षा देनी पड़ी। ऐसा क्या था कि उसे अग्नि-परीक्षा देनी पड़ी होगी? वह बहुत बाद में जाकर अक्सर सोचती थी...सिर्फ देह पवित्र है, यह बताने के लिए? और जिसका मन अपवित्र हो? यह कैसी अग्नि है जिसे देह की पवित्रता तो दिखाई देती है, मन की नहीं? कितना विरोधाभास है...देह से बँधना...मन से स्वतन्त्र रहना। ऐसे ही अलगाव झूठ को जन्म देते हैं। सच के साथ नहीं जिया जा सकता।

फोगसेन उनके यहाँ बचपन से काम करता था। फोग ने नाना से मारवी का हाथ माँगा तो नाना ने साफ इनकार करते हुए मारवी की मँगनी खेतसेन नामक युवक से कर दी। फोग यह बर्दाश्त नहीं कर सका और बदले की आग में जलने लगा। मौक़ा पाकर वह उमरकोट पहुँचा, जो मलीर गाँव से पचास कोस दूर था। उस समय उमरकोट की गद्दी पर हमीर सूमरे का बेटा उमर सूमरा शासन करता था। वह न्यायप्रिय, तेजस्वी, कला का क़द्रदान और प्रजा का हितचिन्तक था। उसे सियासी गफलत ज़रा भी पसन्द नहीं थी। फोगसेन अच्छा बाँसुरीवादक था। बाँसुरी बजाता हुआ वह एक ख़ूबसूरत ईरानी कन्या के साथ बादशाह के दरबार में पेश हुआ। बादशाह ने बाँसुरी और कन्या के हुस्न दोनों की तारीफ़ की तो फोगसेन ने अदब से कहा—"हुज़ूरे आला, ख़ूबसूरत तो पूरे सिन्ध में एक ही लड़की है—मारवी। उसे तो आपके महल की शोभा होना चाहिए, पर इस महल के ऐसे नसीब कहाँ?"

"फोगसेन, तुम बढ़-चढ़ कर बोल रहे हो।" बादशाह ने गुस्से से कहा।

"हुज़ूर, आप ख़ुद चलकर देख लीजिए।"

बादशाह भेस बदलकर फोगसेन के साथ मलीर गाँव पहुँचा, जहाँ बंजर जमीन पर सिर्फ दो ही चीजें उगा करती थीं—बाजरा और हुस्न।

सवेरे मारवी अपनी सहेलियों के साथ पानी भरने निकली तो बादशाह उसे

देखकर ठगा-सा रह गया। ऐसी कमसिन और निर्दोष सुन्दरता उसने कभी नहीं देखी थी। वह अपने आप को भूल गया। फिर एकदम चेतना समेटकर मारवी के पास पहुँचा और कहने लगा—"मौला के नाम पर मुझे पानी पिलाओ।"

मारवी राहगीर को प्यासा जान जैसे ही घड़ा हाथों में उठाकर उमर को पानी पिलाने लगी, उमर ने फुर्ती से उसकी बाँह पकड़ी और अपने ऊँट की चोख के पिछले हिस्से पर बिठा दिया। इसी के साथ वह अपने दल के साथ कूच करने लगा।

"इस बदतमीज़ी का मतलब?" मारवी ने चीखकर पूछा। तभी उसकी नज़र फोगसेन पर पड़ी। वह सब समझ गयी।

सहेलियों की तो जैसे जान ही निकल गयी। वे सब दौड़ती-हाँफती अपने घरों में पहुँचीं और सारी घटना कह सुनायीं। पूरे गाँव में मातम छा गया।

इधर रास्ते में मारवी ने उमर को बहुत फटकारा—

उमर, तुमने मुझे धोखे से ऊँट पर बिठाया है। मेरे प्रिय मारू अपने चौपायों के साथ गये हुए थे। कुएँ पर कोई नहीं था। वे लोग होते तो तुम्हारी गर्दन इस लप घास में पड़ी मिलती। अब मौला का कोई क़हर तुम पर टूट पड़े तो मैं अपने प्रिय मारुओं से मिल पाऊँ।

मारवी ने उमर को हर तरह से समझाया, लेकिन उमर ने उसकी कोई बात नहीं मानी। इस बीच मारवी को पता चला गया कि यह राहगीर और कोई नहीं, उमर सूरमा है। उसे अपनी माँ की याद आयी, जिसने उसे बताया था कि उमरकोट का बादशाह उमर सूरमा तेरा भाई है। मारवी ने यह बात उमर को बताई तो उसने यक़ीन नहीं किया।

उमरकोट पहुँचकर उसने मारवी को महल में रानी की तरह रखा। उसके पास कीमती पोशाकें, हीरे, मोती, जवाहरात और गहने भेजे, मगर मारवी ने उनकी तरफ देखा भी नहीं और उसे सन्देश भिजवाया—"हे उमर बादशाह, हम मारू लोग सोने को देखकर स्वजनों को नहीं भूलते। तुम्हारे महल माड़ियों को देखकर मैं मलीर की झोंपड़ियों से प्रीत नहीं भुला दूँगी।"

उमर ने मारवी के लिए गोश्त-पुलाव और तरह-तरह के पकवान बनवाये, लेकिन मारवी ने कहा—"उमर, मेरे नाखूनों पर मेरे प्रिय प्रदेश की मेंहदी लगी हुई है। मैं तुम्हारा यह गोश्त-पुलाव नहीं छू सकती। तुम मुझे इस क़ैद से मुक्त करो, मैं अपने स्वजनों के साथ जाकर खाऊँ—खुम्बी, सींगड़ी और सामा ही हमारा भोजन है।"

गुस्से में भरे उमर ने मारवी को किले में बन्द कर दिया। कैद में भी उसने उमर की कोई बात नहीं मानी और अपने मलीरवासियों को याद कर आँसू बहाती रही।

मारवी के गाँव के कुछ लोग उसे छुड़ाने आये तो उमर ने उन्हें भी बन्दी बना लिया। तब मारवी ने रोते हुए कहा-

''उमर, कंढु बन्दियाणी बन्द माँ, मारूँ मुंहिंजा मुल्क वगनि।'' (उमर, बन्दिनी को आज़ाद कर, मेरे मलीरवासियों को जाने दे।)

दूर गाँव में रहती बादशाह की बुआ को जब इस बात का पता चला तो वह भागती हुई बादशाह के पास आयी। उसने बादशाह को बताया—''एक बार तुम्हारे पिता, हमीर सूमरा मालवा के तट पर शिकार करने गये तो अचानक तेज़ बारिश और ठंड से वहाँ बेहोश होकर गिर पड़े। यह देखकर वहाँ के बुजुर्ग लोगों ने सलाह दी कि किसी युवती के नग्न शरीर से उनको ताप मिले तो वे बच सकते हैं। ऐसा उपाय करने से उन्हें होश आ गया। उमरकोट लौटकर वे भूल ही गये कि उस घटना के दौरान क्या हो गया। उस युवती ने बाद में मलीर गाँव में एक बच्ची को जन्म दिया। वही बच्ची यह मारवी है।''

यह सुनकर उमर पछतावे से भर उठा। वह दौड़ते हुए मारवी के पास पहुँचा और बोला—''अपने पाक दुपट्टे का एक धागा मेरी कलाई पर बाँध दे। इस्लाम कैसे राखी की इज़्ज़त करता है, तुम ख़ुद देख लेना।''

मारवी ने राखी बाँध दी। लेकिन उसने ज़रूर सोचा होगा कि अगर वह उसकी बहन साबित न होती तो क्या होता? रिश्तों की बुनियाद यानी इनसानियत के आधार पर क्यों लोग न्याय नहीं करते? क्यों न्यायप्रिय कहलानेवाले उमर ने उसके साथ इतना अन्याय किया?

बादशाह ने बड़ी शान-शौकत से मारवी को उसके गाँववालों के साथ गाँव भिजवाने का इन्तजाम किया। सारे गाँववासियों के लिए तोहफ़े रखे गये। जब फोगसेन को यह पता चला तो वह दौड़ता हुआ आया और बादशाह से अपने प्राणों की भीख माँगी। बादशाह ने उसे कभी अपनी शक्ल न दिखाने का हुक्म देकर भगा दिया।

मारवी के स्वागत में सारा गाँव उमड़ पड़ा। रास्ते में मारवी के मंगेतर खेतसेन का घर था। अपने प्रदेश को देखकर मारवी की भूख-प्यास जाग उठी। मारवी ने उससे कहा—''मुझे प्यास लगी है।'' खेतसेन बोला—''पानी तो नहीं है, मेरे खेत में तरबूज हैं।''

गर्मी में तरबूज उस प्रदेशवासियों के लिए जीवन का आधार ही होता है। मारवी ने तरबूज खिलाने के लिए कहा। खेतसेन ने तरबूज का सारा रस और गूदा निकालकर मारवी को खाली खुखरी खाने को दी। मारवी शीघ्र समझ गयी। वह जान गयी कि खेतसेन को उस पर ऐतबार नहीं है। उसने अपना दुपट्टा उसके आगे फैला दिया—''देखो, क्या इसमें कोई दाग़ है?''

लेकिन वही हुआ...

अग्नि-परीक्षा देनी पड़ी उसे।

पता नहीं, कैसी रही होगी अग्नि-परीक्षा? क्योंकि आग कभी अपना स्वभाव नहीं छोड़ती। और सच्चा मनुष्य भी नहीं। वह कभी ऐसे सबूत नहीं देना चाहता। कैसी भी रही होगी वह रस्म...उससे गुज़रने के बाद कोई सच्ची स्त्री भीतरी तल पर अपने प्रेमी या पति का सम्मान नहीं करेगी और जब उसे अवसर मिलेगा, वह सीता की भाँति धरती में समाना पसन्द करेगी, ऐसे व्यक्ति के साथ रहना नहीं।

वह पिछली यादों में सराबोर वहीं बैठी रह गयी...

जब उन्हें पहली बार पता चला कि वह कविताएँ लिखती है तो वे ख़ुशी और हैरत में डूब गये। उन्होंने सिर उठाकर आसमान में देखते हुए हाथ और सिर ऐसे हिलाया मानो कह रहे हों—'तेरी मर्ज़ी!' फिर बोले—"पैगम्बर मोहम्मद कहते हैं, शायर ख़ुदा की ज़बान होते हैं, इनका दिल न दुखाइएगा। जो लिखना, सच लिखना। शब्दों के साथ धोखा मत करना। झूठे शब्द शोर चाहे कितना मचाएँ, जल्दी मर जाते हैं। सच्चे शब्द धीरे-धीरे बोलते हैं, पर आख़िर तक साथ चलते हैं। ढेरों-ढेर जमा करने से अच्छा है एक क़ीमती शब्द...याद रखना। ये तुम्हारे पास ऐसे ही नहीं चले आएँगे, इनके लायक़ बनना पड़ता है। अपना दिल हमेशा बड़ा रखना, छोटे दिलवाले बड़ा काम नहीं कर सकते। देना सबको कुछ-न-कुछ, देने से कभी कम नहीं होता। एक बहुत पुराने शायर ने कहा था—'दिल कर दरख़्त, जो भी आये, इसकी छाया में बैठ सके।' दूसरे ने कहा—'नहीं, दिल कर दरिया...दरिया एक जगह नहीं रुकता। सबके पास से गुज़रता, सबकी प्यास बुझाता, सबकी धरती को पानी देता।' तुम्हें कुछ होना ही हो तो नदी होना। बिना समन्दर से मिले नदी कभी रुकती नहीं। बाकी तो सब वक़्त काटी है।" हालाँकि वह जानती थी, मुहम्मद ने शायरों को कभी पसन्द नहीं किया। बक़ौल उनके शायर रोलू होते हैं, दर-दर धक्के खाने वाले। वे जिस एक शायर को पसन्द रकते थे—'उमराव अदा कैस', कहते थे, उनके भीतर कोई जिन्न है, जो एक ही बार में मसनवी के 200 छन्द बोल जाता है।

वह जो डर के मारे आयी थी काँपती कि अभी पड़ेगी डाँट लम्बी-चौड़ी...और सिर्फ़ अभी नहीं, दिनभर...सबके सामने...हैरत से उन्हें तब तक देखती रही, जब तक वे चले नहीं गये।

"और तुमने ये वाला गाना सुना है?" वे उससे कह रहे थे...

'आउ अची मिलु ओ मन ठार
तुहिंजे बिछोड़े मारी आहियां।"

(आके मिलो, ओ मन को ठंडक देने वाले, मुझे तेरे बिछोह ने मारा है।)

उन्हें गाते सुनकर माँ और बुआओं के गाये हुए न जाने कितने ही गीत उसे

याद आ गये...वे सब एक साथ गातीं–

'मुंहिजो बेड़ी अथई विच सीर ते
पलउ पायाँ थी माँ जिन्द पीर ते।'

बुआओं के पतले मधुर स्वर धीरे-धीरे ऊँचे हो जाते...एक मस्ती तारी हो जाती। एक की साँस टूटती तो उसकी अधूरी लाइन दूसरी थाम लेती। उनके स्वर का मुक़ाबला माँ न कर पातीं। वे अपनी मन्द आवाज़ में गातीं और थाल बजातीं...उँगलियों में मोटे-मोटे छल्ले पहन। एक गीत ख़त्म होते ही वे दूसरा लपक लेती—

'लाल मुंहिजी पति रखि जाऊँ भला झूले लालण
सेवण जा, सिन्धुड़ीय जा, सखी शाहबाज कलन्दर
दमादम मस्त कलन्दर...'

इस पर वे झूम-झूम कर नाचतीं। उनके साथ वह भी नाचती। बुआओं ने उसे कभी भतीजी नहीं समझा। वह उनकी 'अर्जुन' थी, सबकी प्यारी।

'दमामद मस्त कलन्दर' गा-गा कर, नाच-नाच कर थककर बेहाल हो जातीं, तब बुआ अपनी साँसों को सँभालते हुए उसकी पसन्द का एक गीत गातीं—

'बेड़ीअ वारा अदा रे मुहाणा, लाल डे थी वञां'
लाल डे थी वञां, मां त अखो पाइण थी वञां।'

(नाविक, मेरे भाई, मुझे उस पार ले चल, हम भगवान झूलेलाल के पास जा रही हैं अरदास लेकर...)

भाभी और ननदों की प्रीत बड़ी अनोखी थी। वे अपनी माँ की अवहेलना कर भी देतीं, पर भाभी की कभी नहीं। भाभी ने भी उन्हें बेटियों की तरह पाला...मार कर, दुलार कर...

उसे याद है, वे जब छोटे थे, बारी-बारी उसके और दोनों भाइयों के शरीर पर छोटे-छोटे दाने निकल आये। माँ ने नहलाते वक़्त देख लिया। जब से होश सँभाला था, माँ को वे बहुत कम नहलाने देते थे, लेकिन जब वे पकड़ ही लेतीं तो हफ्ते भर की छिलाई एक साथ कर देतीं। उन दानों पर नज़र पड़ते ही वे घबरा गयीं। छोटा भाई मौक़े का फ़ायदा उठाकर दो लोटे अपने ऊपर डालकर भाग गया। उन तीनों में छोटा तो इतना छोटा था कि उसे सिर्फ दाई ही नहला सकती थी, अपने घुटनों पर लिटाकर।

माँ उसे जल्दी-जल्दी हल्के से पोंछकर दादी के पास ले गयीं। ऐलान हो गया कि माता निकली हैं और अब बहुत जल्द भाई को भी निकलेगी। हल्के सूती कपड़े पहनाकर उसे सुला दिया गया। अब सारे झंझटों से मुक्ति! देख-भाल की ड्यूटी दादी की लग गयी। घर के सारे काम माँ के जिम्मे।

'अब जो-हम कहेंगे, वह होगा। जो-जो खाना चाहेंगे, मिलेगा। अब हमें

कोई कुछ नहीं कहेगा।'

थोड़ी देर यह बहस करने के बाद कि यह छोटी माता है कि बड़ी, नतीजा निकला कि छोटी माता है। उसके बाद माँ अपने काम में लग गयीं। दादी उसे पंखा झलते हुए गाने लगीं। पंखा घर में ही बनता था—बचे-खुचे कपड़ों को जोड़कर, रंगीन झालर लगाकर। एक रुपये में एक बेंचते थे...कभी ढेरों-ढेर बन के पड़े रहते, कभी एक साथ सब निकल जाते..। वह अपने पंखों को पहचानती थी। किसी घर में दिख जाते तो वह मुस्कराकर पूछती—'अच्छा जनाब...यहाँ हो?' वह टिल-टिल सिर हिलाता—"कैसी हो? कितनों की मरम्मत कर चुकी..."

दादी गा रही थी—

"ठार माता ठार, पहिंजे बचिड़नि खे ठार
हे जगु तुहिंजो नंढ़िड़ो बा़रु
हे देवी, तो शरण तो शाल
ठार माता ठार...जग् जे बचिड़नि खे ठार...

(माँ, अपने बच्चों पर मेहर करो। पहले भी की थी, अब भी करो। सारा संसार तुम्हारा छोटा-सा बच्चा, तुम्हारी शरण में। तुम्हारी मेहर से इन मुश्किल घड़ियों से भी हम निकल जाएँगे।)

बहुत सुन्दर गीत था। कम-अज़-कम उसे सुनने में बहुत अच्छा लगता। गाते-गाते दादी का पंखा रुक जाता तो वह हाथ से हिला देतीं। वे फिर झलने लगतीं

"अम्मा, दानु थींदिअ, दयावान थींदिअ
डिठड़ा डोह माता माफु कंदींअ
ओ देवी, तो शरन तो श्याम, मिठी माता तो शरन तो श्याम।

"ही लकु लंघे बचड़ा पवंदमि पारठार माता ठार...।"

दादाजी घर आये तो उसे सोता देख कर चौंके। दादी ने बताया कि माता निकली हैं।

"अरे...रे...रे...मेरे बचड़े को माता निकली हैं। कोई बात नहीं ये तो देवी है देवी, सबके पास नहीं जातीं। अरे, तुम इधर आओ, लोरी गाकर सुनाओ, वहाँ क्या कर रही हो?"

जब तक दादी आएँ, तब तक वे ख़ुद ही गाना शुरू कर देते। दादी जिधर बैठी होतीं, उधर से ही आवाज़ मिलाने लगतीं—

"अम्मा हेठि भी माड़ी, मथे भी माड़ी विच माड़ीय में छिको...
अम्मा जीजल जो आई, ओरण जो आई, डिनइंस सिन्दूर तो टिको
ओ देवी, तो शरन तो श्याम ओ मिठी माता..."

गाना जरूर गाया जाता। वे दानों को खुजलाने से बच्चों को मना करते, अपने

हाथों से सहलाते। दादी गा-गा कर थक जातीं या उनकी आवाज़ मद्धम पड़ने लगती तो माँ जहाँ होती, वहाँ से गाने लगतीं—

"अम्मा, शिकारपुर जी छोकिरियूँ, अम्मा माई-माई कनि...
अम्मा, हथनि में खीर कटोरणा, देखारे तोणे पांण पियन...
ओ जीजल...तो शरन...तो श्याम...
ओ मिठी माई...तो शरन...तो श्याम..."

कोई दस दिन हो गये ऐसे उसे ऐश करते। उसके बाद भाई को भी निकल आयी थी। फिर एक शाम घर में मीठी रोटियाँ बनीं, खूब मोटी...खूब घी डालकर। दूसरे दिन सुबह उन्हें नहलाने की तैयारी की जाने लगी। कुएँ के पास खड़ा करके, जो माँ और दादी के लिए 'दरिया शाह' था, सिर पर लोहे की छलनी रख, उसमें मीठी रोटी के टुकड़े डाल, पैर के नीचे दस पैसे का सिक्का रख छलनी में पहले कच्चा दूध और फिर पानी डाला जाता। माँ और दादी कुछ गाती भी जातीं, बच्चों को नहला-धुला कर साफ कपड़े पहना, टीका लगा मीठी रोटियाँ पहले मन्दिर के लिए, फिर कन्या के लिए निकाल तब बच्चों को दी जातीं।

उस दिन कुछ भी करो, कोई कुछ नहीं कहेगा...बाल्टियाँ बजाओ तब भी नहीं। तसले में पानी के बीच बैठकर उसे हाथों से नाव की तरह गोल-गोल घुमाओ, तब भी नहीं। पानी फेंक-फेंक कर पूरा आँगन तर कर दो, तब भी नहीं। साबुन के झाग बनाकर उड़ाओ, तब भी नहीं।

उसे खूब याद है...

'गर्मियों की छुट्टियों में तीनों बुआएँ अपने बच्चों के साथ आतीं तो वे सब दिन भर कुछ-न-कुछ खाते रहते। रसोई में कुछ-न-कुछ पकता रहता। टोकरे भर आम आते और मिलकर चूसते रहते। कभी अमावट बनाने का व्यर्थ प्रयत्न करते। रस कहाँ चला जाता है, पता ही न चलता। यह तो आज तक नहीं जान पाए कि सारे रस कहाँ चले जाते हैं?

'अपने कपड़ों और रंगों को लेकर वह शुरू से ही असन्तुष्ट रही। माँ को चटख रंग अच्छे लगते, उसे सोबर। वे हमेशा अपने कपड़े चटख रंगों के सिलवातीं। ढीले-ढाले। उन पर सही बैठें, न बैठें, लेकिन महँगे बैठते।

एक बार तीनों छोटी बुआओं और उसने माँ से ज़िद की कि वे साड़ी पहनें। मोहल्ले की जैनी औरतें जब-तब घर आतीं, माँ से कहतीं—"रूमी की माँ, तुम धोती काहे नहीं पहनती?"

उन्होंने बहुत टरकाया, पर आख़िर हथियार डाल दिये। सबने एक साड़ी चुनी, उसके साथ का एक लम्बी बाँहोंवाला बेडौल ब्लाउज सिला, ताकि वे जैसा चाहती थीं कि पेट और बाँहें न दिखें। राम-राम करके उन्हें साड़ी पहनायी। वे जब बाहर

आयीं तो हमें अपनी भयानक भूल का पता चला। उन्होंने कभी ब्रेसियर पहनी ही नहीं थी। वे पिता जी की पुरानी बनियानें पहनतीं। अब भी पहन रखी थी। सिर पर पल्लू रखे वे इतनी निरीह, कातर और शर्मसार नज़र आ रही थीं कि उसमें उसे सफेद दुपट्टे में चमचमाती अपनी ओजस्वी माँ दिखी ही नहीं। वह अपने भीतर लज्जित हो उठी। उनका हाथ पकड़ा और अन्दर ले गयी।

पहलेवाले कपड़ों में लौटीं तो माँ-बेटी को चैन पड़ा। दोनों चुप थीं। एक दूसरे के सामने शर्मिन्दा...

कपड़े शब्दों की तरह हैं...एक दिखावटी आवरण! वे हमारी रूह नहीं, लिबास भर हैं। लेकिन जब वे हमारा चुनाव होते हैं तो कहीं-न-कहीं वे हमारे अस्तित्व से मेल खाने लगते हैं। दूसरे लोग भी हमें उन्हीं के साथ सही-सही पहचान पाते हैं।

माँ रेडियो बहुत अच्छा लगा लेतीं। उन्हें स्टेशन पकड़ाना उन्होंने ही सिखाया...पत्नी होना, माँ होना, घरेलू होना, दुनियादार, समझदार होना ऐसे रेडियो स्टेशन थे, जिस पर वे ट्यून हो चुकी थीं...बहुत साफ-सुथरी आवाज़...निर्दिष्ट दिशा की ओर आना-जाना...उन्हें कोई अतिरिक्त कोशिश नहीं करनी पड़ती थी। स्टेशन सालों से लगा था...आवाज़ें निरन्तर आवाज़ाही करतीं। खाना खाकर वे एक बजे सो जातीं। फिर ढाई बजे उठतीं, सबके लिए चाय बनातीं। तीन बजे मशीन पर और साथ में रेडियो पर गाने...जीवन कब आदत में तब्दील हो जाता है पता ही नहीं चलता।

कभी वे गाने के साथ ख़ुद दो-चार लाइनें गाने लगतीं तो वे उनसे और गाने की जिद करते। बहुत ज़िद करने पर उन्होंने एक बार एक गाना गाया था, जिसका अर्थ है—'हे ईश्वर, ऐसी कौन-सी वस्तु है, जिसे मैं तुम्हें अ़र्पित करूँ? अनाज चिड़ियों ने जूठा कर दिया है, पानी मछलियों ने, फूल भँवरों ने सूँघ लिए हैं। फल तमाम पंछियों ने चख लिए हैं। अपना मन ही मैंने मैला होने से बचा रखा है, वह मैं तुम्हें देती हूँ।'

मन का कोरा कपड़ा वे फिर नहीं बचा पाई होंगी। समय के घाट पर कुटते-कुटते चिथड़ा गया होगा वह कपड़ा...तार-तार हो गया होगा और गुच्छा-मुच्छा कहीं उनके भीतर ही पड़ा होगा? आदमी के भीतर कितनी चीजें इकट्ठी हो जाती हैं...जिन्हें वह एक समय तक नायाब समझकर सबसे छिपाये फिरता है। एक दिन वे ही इतनी व्यर्थ हो जाती हैं कि मात्र उनकी उपस्थिति उसे एक अजीब हताशा से भर देती है। पर चूँकि ख़ुद को या दूसरे को दिखाने के लिए उसे भरा था, एकाएक उसे फेंक नहीं पाते और आख़िर तक वह कचरा हमारे साथ ही जलता है।

कभी-कभी वह शाम को ज़िद करती कि उसे घूमने जाना है। दाई को उसके

साथ भेज दिया जाता। वह दाई को नज़दीकी स्टेशन पर ले जाती। वहाँ घूमते हुए जानबूझ कर इंजन के पास से गुज़रती, जहाँ दो-तीन आदमी हमेशा सिर पर मैला कपड़ा बाँधे एक काली-दहकती भट्ठी में कोयला झोंकते मिलते। उसका जी करता, एक बार अन्दर घुसकर रेलगाड़ी की सीटी बजाये, कुछ और नहीं तो हरी झंडी दिखाये। वापस लौटती तो कोयले की वह भट्ठी साथ चली आती। आग, पानी और बर्फ उसे बहुत अजीब तरह से खींचते हैं अपनी ओर...

परीक्षा के दिनों में उसकी माँ कहतीं—"अब घर का काम बन्द। तुम अपनी पढ़ाई पर ध्यान दो।"

फिर वो खूब सारे उपन्यास बटोरती, किताब या रजिस्टर के बीच दबाकर उपन्यास पढ़ती रहती। डर भी लगता कि कहीं फेल हो गये तो? आना तो फर्स्ट डिवीज़न ही था, एक बार सेकेंड डिवीज़न आने पर पिताजी ने उसे छतरी से पीटा था।

और तब की बात...जब उसका एक हाथ सिर के ऊपर से होता हुआ दूसरे कान को नहीं छू पाता था...चार बरस की थी और नाम लिखवा दिया गया था स्कूल में...पहले-पहल उसने अपने चारों तरफ खेलते बच्चों को देखा...सिर्फ लड़कियाँ थीं...फिर भी उसे डर लगा। वह शुरू से लेकर बाद तक उनसे अलग-थलग रही। वह आदिवासी लड़कियों का स्कूल था। पिताजी पहली और आख़िरी बार स्कूल आये थे। नाम के बाद लिखवाया था—सिन्धी। घर आकर गरमागरम जलेबियाँ बँटवाईं कि हमारी बेटी अब खूब पढ़ेगी। नाम रोशन करेगी हमारा। अगले दिन उसे रंग-बिरंगे कपड़े पहनाये गये। बालों में खूब तेल लगाकर दो चोटियाँ बनाई गयीं और उनमें लाल रिबन बाँधे गये। आँखों में मोटा काजल, घर के बने झोले में स्लेट और क़लम डालकर भेजा गया—भेजा क्या गया, छोड़ने आते थे—कभी दाई, कभी माँ।

शायद वह सबसे अलग दिखती होगी, इसलिए लड़कियाँ उसे देखते ही हँसने लगतीं। मारे शर्म के वह क्लास में न घुसती। घंटी बज जाती तो भी वह बाहर खड़ी रहती। फिर कोई बाँह पकड़कर भीतर ले जाता तो वह एकदम आख़िरी बेंच पर पनाह लेती। ऐसी छिपती थी कि पढ़ानेवाली 'चाची बहिनजी' को उसका चेहरा दिखायी न दे।

अब यह रोज स्कूल जाने की सज़ा हो गयी। स्कूल जाने से पहले वह इतना रोती कि माँ ताड़ गयी कि कोई गड़बड़ है। उन्होंने जाकर चाची बहिनजी से शिक़ायत की—

"यह लड़की स्कूल जाने के नाम से ही काँपने लगती है।"

"यह बैठती कहाँ है? हमें तो दिखती ही नहीं।" जवाब मिला।

आख़िर लम्बी-चौड़ी बातचीत के बाद माँ उन्हें खूब पैसे देकर आयी कि हर रिसेस में वे उसे दस पैसे का सिक्का दें, ताकि वह स्कूल आने में झंझट खड़ी न

करे। लेकिन उसकी झंझट किसी ने समझी ही नहीं। दस पैसों का वह क्या करती? उसकी एक समस्या सबसे अलग दिखना थी और दूसरी समस्या भाषा थी। उसे सिन्धी के अलावा कुछ और बोलना ही न आये। जो थोड़ा-बहुत आये तो साथ की लड़कियाँ बिना रुके इतना बोलतीं कि उसका नम्बर आने से पहले रिसेस ख़त्म हो जाती। कोई रास्ता नहीं था सिवा पढ़ने के।

चाची बहिनजी उसे पीछे से पकड़कर सामने बिठा देतीं। दोस्ती तो आठवीं तक किसी से हुई ही नहीं। बहुत तन्हा बचपन था। रिसेस में वह चबूतरे पर बैठी सारी लड़कियों को कुछ-न-कुछ खाते देखती। उसकी हथेली में दस पैसे का सिक्का दबा होता, लेकिन वह कुछ ख़रीदने बाहर न जाती। वह सब उसके संसार का हिस्सा नहीं था और यह भी वह नहीं जानती थी कि संसार माने क्या?

अगले साल भाई का नम्बर लग गया स्कूल जाने का। पूरा शैतान था वह। लड़कों के स्कूल में उसका नाम लिखवाने से पहले उसके साथ ही उसे स्कूल भेजने की योजना बनी, ताकि उसे स्कूल जाने की आदत बन जाय। वे दोनों स्कूल को निकलते तो रास्ते में ही लड़ने लगते। अक्सर वह स्कूल का गेट फलाँगकर भागने की कोशिश करता। वह घबराती रहती कि कहीं वह खो न जाय। जब से होश सँभाला था, सुनती आयी थी कि चौदह भाई-बहनों में से आख़िरी तीन ही बचे हो।

भाई काला-कलूटा पैदा हुआ तो सबने कहा, ''बेटे मिट्टी के भी अच्छे!'' उसका सब बहुत ख़याल रखते। वह भी उसके लिए बहुत चौकस रहती। जिस दिन वह स्कूल से निकल भागने में कामयाब हो जाता, वह बेचैन रहती। अक्सर वह चाची बहिनजी को समझाने की असफल कोशिश करती कि उसका भाई भाग गया है और उसे उसके पीछे जाना है।

वे हँसती हुई उसके सिर पर हल्का धौल जमाकर कहतीं, ''घर पहुँच जाएगा अपने आप।''

''मगर रास्ते में कहीं उसे गइया मार दे तो?'' वह आशंकित होकर कहती तो वे और हँसतीं। घर लौटकर जब तक वह उसे सही-सलामत न देख लेती, उसे चैन न आता। वह बार-बार माँ से कहती कि अब वह उसे अपने साथ नहीं ले जाएगी। आख़िर वह लड़कों वाले स्कूल में दाख़िल हुआ।

लेकिन वहाँ भी लड़कों के साथ वह मार-पिटाई करने लगा और बार-बार स्कूल से गायब होने लगा। पढ़ाई में उसका मन नहीं लग रहा था, उधर पिता जी पढ़ाई को लेकर गम्भीर और सख़्त थे। वे रोज उनकी कापियाँ खोलकर देखते और कहते कि ज़ोर-ज़ोर से लिखे हुए को पढ़कर सुनाओ। उधर दो तिवारी पढ़ाने आते बारी-बारी, मोटे तिवारी और पतले तिवारी। पढ़ते वे ख़ुद थे, वे तो उनके सिरों पर खड़े होकर चिल्लाते थे।

आख़िर पिता जी के डंडे ने अपना असर दिखाया और वे पढ़ने में काफी होशियार हो गये। भाई उतना नहीं, मगर वह काफी तेज़ हो गयी। फाइनल परीक्षा में वह एक घंटे में पूरा पेपर बनाकर बैठ जाती।

एक बार उसने स्कूल से घर आकर माँ से पूछा—

"माँ, हम सिन्धी क्यों हैं?"

माँ चकित-सी उसका चेहरा देखती रही फिर उसका हाथ पकड़ अपनी ओर खींचा—"क्योंकि तू मेरी बच्ची है।...है न?"

फिर ठीक है...फिर सह जाएगी वह सब...।

"माँ, हम मशीन क्यूँ चलाते हैं? स्कूल में कहते हैं सब सिन्धिनियाँ मशीन चलाती हैं।" उसने हिम्मत करके अगला प्रश्न पूछ लिया।

"क्योंकि हमको पैसा कमाना पड़ता है। कमाना बुरी बात नहीं है, बुरी बात है माँगना...। माँगने से आदमी छोटा हो जाता है...देने से बड़ा। समझी...।" वे ध्यान से उसे देखती रहीं...उसने जल्दी से सिर हिला दिया।

"बहुत बातें अभी नहीं समझोगी...बड़ी होकर समझोगी। हम तो यही चाहते हैं हमारे बच्चों को गर्म हवा भी न लगे...। कैसे-कैसे यहाँ तक पहुँचे हैं कैसे बताएँ? कहने दे जिसको जो कहता है, हम सबको समझाने क्यों जाएँ?"

वे उसके लिए खाना गर्म करने लगीं। वे हमेशा जल्दी में रहती हैं। उन्हें मशीन चलाने के लिए टाइम बचाना होता है। और उनका यह वाक्य उसे हमेशा याद रहा...हम सबको समझाने क्यों जाएँ?

होते-होते वह आठवीं में आ गयी। बोर्ड की परीक्षा के लिए फॉर्म भरते समय सरनेम की बात आयी। उस समय तक वे 'सिन्धी' से काम चला रहे थे। घर आकर उसने पिता से पूछा, "हम किस वंश के हैं?"

"हम सूर्यवंशी हैं।" उन्होंने गर्व से बताया।

"हाँ..." माँ जहाँ थी, वहीं से व्यंग्य में बोलीं, "सूर्यवंशी! बाप गज लेकर बैठता था, माँ मशीन चलाती थी...हम सूर्यवंशी हैं...हुँ!"

"तुम्हें क्या मालूम, हम क्या थे? छोटे घर के लोग छोटा ही सोचते हैं।"

दोनों में लड़ाई शुरू हो गयी। असली सवाल बीच में ही रह गया। देर बाद उसने फिर पूछा कि वे लोग सरनेम क्यों नहीं लगाते? बाकी तो सब लगाते हैं। लोग हमें 'सिन्धिनिया' कहकर पुकारते हैं। तब पिता ने सरनेम का चलन न होने की बात बतायी। फिर कहा कि 'थावानी' लिखो, क्योंकि ये नाम हमारे घर के एक बुजुर्ग का था। इस तरह उन्होंने सिन्धी लिखना बन्द किया।

वह आठवीं में ही थी कि दोनों भाई-बहन को सिन्धी सिखाने का फैसला किया गया। इस भाषावाले मसले पर पिताजी ने उसे एक बार समझाया था सिन्धी

भाषा का निर्माण प्रकृति प्रेरित ज्यादा है, फिर ये संस्कारित होती गयी, फिर व्याकरण के नियम बने। लाखों वर्षों के अनुभव से यह तैयार हुई है...भाषा विज्ञानी कहते हैं भाषा मात्र छह हज़ार वर्ष पुरानी है पर उसके बीज लाखों वर्ष पुराने हैं...जैसे बूँद का गिरना...टप हम कहते हैं...टेपो हँसी की आवाज़ होती हैं खिल-खिल...हम कहते हैं खिलणु साँस को 'साहु' स और ह ध्वनि के कारण...ठंड में सी...सी...करते हैं तो हुआ सीऊ...होंठ जो चपर-चपर की आवाज़ करते हैं...हुए...चपु आकाश...को उभुष्...बड़े, आदरणीय और अनजान को भी 'साँई' कहकर बुलाना...इसलिए कि सबमें ईश्वर का वास है...छोटे या बराबर वालों को...ओ मन...ओ दिल...क्योंकि मन ही सुनता है...दिल ही सुनता है।...बाबा नागार्जुन कहते हैं, हिन्दी के हज़ारों शब्दों का मूल सिन्धी भाषा में उपलब्ध हैं...हमारी भाषा एक समृद्ध भाषा है...बोलो लिखो...समझो।

तब टिंकाणे यानी मन्दिर में एक सज्जन शाम को एक घंटा सिन्धी सिखाते। भाई कभी नहीं गया, लेकिन वह अपनी सीखने की ललक में जाती रही।

दो हफ्ते बाद ही गुरु जी ने उसकी स्लेट चेक करने के बाद पूछा-

"इसे घर में दिखाती हो?"

"नहीं..." वह डर गयी।

"आज इसको मिटाना मत, घर ले जाना। मैं शाम को तुम्हारे पिता जी से मिलूँगा।"

उसके हाथ-पाँव ठंडे हो गये। मुँह से बोल न फूटा। उसे लगा कि आज मार खानी ही खानी है।

शाम को गुरुजी मिल पर आये। पिताजी ने पहले चाय-नाश्ता मँगवाया, फिर स्लेट। कुछ ही देर में स्लेट उसके पास लौट आयी तो वह हैरान! रात को खाते वक़्त पिताजी उसकी माँ को बताने लगे—"इसके गुरुजी कह रहे थे कि बच्ची बहुत होशियार है और जल्दी सीख जाती है...इसके अक्षर इतने सुन्दर हैं कि मैं भी नहीं लिख सकता।"

वह बहुत खुश थी। वह गुरुजी की कृतज्ञ हो आयी। जीवन में पहली बार अपनी तारीफ सुनी थी, वरना अक्सर पिताजी कॉपी देखते और उसके मुँह पर फेंक देते।

टिंकाणे में कभी-कभी गानेवालों की मंडली आती। दादाजी कहते—भगत में चलो सब। पिताजी को छोड़कर वे सब जाते। वह और दादाजी तो जरूर ही जाते। रात दो-तीन बजे तक वे सन्त कँवर राम, कबीर, बुल्लेशाह, शाह अब्दुल लतीफ़ के भजन सुनते। 'दमादम मस्त कलन्दर' पर खड़े होकर नाचते और गाते। बीच-बीच में दादाजी उनको एक या दो रुपये का नोट देते कि जाओ, हारमोनियम पर रखकर

आओ। बहुत-से लोग आते। कमरे में पाँव रखने को जगह न बचती। नाचने भर के लिए जगह छोड़नी पड़ती। माएँ अपने नवजात शिशुओं को हारमोनियम बजानेवाले सन्त की झोली में डाल आतीं कि इसे लोरी गाकर अपना आशीर्वाद दीजिए। लोरी से जुड़ा एक क़िस्सा उन्होंने बताया था—

सिन्ध के डहरकी गाँव में...एक गरीब माँ का शिशु भगवान को प्यारा हो गया। वह रोती जाय। किसी ने कहा कि आज गाँव में सन्त कँवर राम का कीर्तन होनेवाला है। उनमें बड़ी शक्ति है, तुम भी बालक को उनके पास ले जाओ। वह गयी। उसने अपने बच्चे को उनकी गोद में डालते हुए कहा—

"साईं, इसकी लम्बी उम्र की दुआ कीजिए।"

सन्त कँवर राम लोरी गाने लगे। फिर उन्होंने बच्चे को उस माँ को वापस किया तो वह बच्चे को ज़िन्दा पाकर फूट-फूट कर रोने लगी। उसने जब सन्त को सच्ची बात बतायी तो सन्त स्तब्ध रह गये। उन्होंने कहा—

"माता, आपको ऐसा नहीं करना चाहिए था। यह तो शुक्र है कि प्रभु ने मेरी लाज रख ली, वरना मैं कहीं का न रहता।"

कहते हैं, उस घटना के बाद वे हर बच्चे को देख लेने के बाद ही लोरी सुनाते।

वह इस कहानी को कभी नहीं भूली। वह कौन-सा तत्त्व है, जिस के जग जाने के बाद मनुष्य ईश्वर के समकक्ष हो जाता है? कुछ तो है जो हम नहीं जानते, वह नहीं जानती।

उसे याद नहीं, वह कितनी छोटी थी, जब वह दादा जी के साथ पहली बार व्यास गयी थी। उस समय महाराज चरणसिंह गद्दीनशीन थे। दादी रोज सुबह जल्दी उठाकर तैयार कर सत्संग हॉल में ले जातीं। वे दोनों एक साथ नहीं बैठ सकती थीं, क्योंकि बच्चों के लिए अलग जगह रहती। दादी स्वयंसेवकों को बहुत कहतीं कि उनकी पोती इतनी छोटी नहीं है कि रोये और उसे साथ न बिठाया जा सके। लेकिन वहाँ का नियम पक्का था। वह दादी से दूर पीछे बैठती और दादी घबरायी रहती कि वह गुम न हो जाये। दादी के कहने पर जब भी वह सबकी आँख बचाकर आगे जाती, जल्दी ही उसे उठाकर पीछे पहुँचा दिया जाता। इस आने-जाने में दादी बेचारी अपना सत्संग भी ठीक से सुन न पातीं...।

वह चुपचाप चारों तरफ फैले अपार जनसमूह को देखती रहती। कुछ औरतें समाधिस्थ दिखाई देतीं, कुछ धरती पर पड़ी मिलतीं...किसी के होंठों से कोनों तक लार बहती दिखाई देती। कुछ के दाँत भिंच जाते और जिस्म पेड़ के तने जैसा हो जाता। कुछ बैठे-बैठे झूमतीं और कुछ आँखें बन्द किये हँसतीं...कभी अचानक ऐसे रोने लगतीं कि सब सन्नाटे में आ जाते। पर इसके बाद लोग उन्हें ज्यादा श्रद्धा से

देखते...

वह हैरान होकर सब देखती रहती। सत्संग ख़त्म होने को आता तो जनसमूह उस तरफ लपकता जहाँ 'राधास्वामी' जी की गाड़ी खड़ी होती और उन्हें मंच से उतर कर बैठना होता।

दादी उसका हाथ पकड़कर उस तरफ लपकतीं—

"चल, दर्शन कर लें।"

वह कहती—"कर तो लिया दर्शन!"

"पास जाकर करेंगे।"

वे उसे घसीटती उधर ही भागतीं। वे उन सोती, हँसती, रोती और ध्यानावस्थित औरतों को वहीं छोड़कर उधर दौड़ पड़तीं। इतनी भारी भीड़ को फलाँगकर उन तक पहुँचना, वो भी जब ढेरों स्वयंसेवक उनके चारों ओर खड़े हों, नामुकिन-सा होता।

कार उन्हें लेकर धूल उड़ाती हुई चली जाती। उनके सफेद कपड़ों की झलक दिखती ज़रा-सी। लोग जमीन पर बने टायरों के निशानों पर से मिट्टी उठाते, अपने माथे से लगाते। कुछ तो उनकी कार के आगे लेट जाते। कार रुकती, स्वयंसेवक दौड़कर आते, लोगों को हटाते...कार आगे निकल जाती। लोग उन्हें देख-देख कर इस कदर रोते कि समझ ही न आता कि क्यों ऐसे रो रहे हैं। कुछ खड़े-खड़े जमीन पर गिर पड़ते और उनके दाँत मिच जाते। फिर उनके दाँतों को खोलने की कोशिश चलती...उनके मुँह पर पानी के छींटे मारे जाते।

यह सब देखते हुए बाकी लोग श्रद्धा में डूबे दिखाई देते—

"सुरत चढ़ गयी है।"

वह समझ न पाती। उसका ध्यान 'राधास्वामी' से ज्यादा इन लोगों की तरफ रहता।

इसके बाद वे खाना खाने लंगर या कैंटीन की तरफ जाते। दादी चल-चल कर थक जातीं। लंगर में दाल-रोटी मिलती। हज़ारों लोग...खाओ और अपनी थाली ख़ुद धोकर रखो। कैंटीन में तब खाना एक रुपया, दो रुपये और पाँच रुपये में मिलता। पाँच रुपयेवाला खाना बढ़िया मेज-कुर्सी पर बैठाकर खिलाते। पाँच रुपये उन दिनों बहुत ज्यादा लगते थे। वह लंगर का खाना पसन्द नहीं करती थी। दादा-दादी उसे दो रुपये वाली कैंटीन में ले जाते। खाना खाकर थके-हारे सराय की तरफ लौटते। दादी आसपास के लोगों से बतियाने लगतीं, पर वह आते ही सो जाती।

वह कोई दूसरी ही दुनिया थी, जो सिर्फ 'राधास्वामी' के इर्द-गिर्द घूमती... इस दुनिया से उसका कोई सरोकार नहीं था...एक-एक रुपये के लिए जद्दोजहद करती, हारती-टूटती, रिश्तों के समीकरण में उलझती दुनिया...

शाम को सबको 'सेवा' का मौका मिलता। व्यास तब इतना विकसित नहीं

हुआ था। घर बन रहे थे, सरायें बन रही थीं। बहुत से काम थे सेवा के नाम पर करने को—मिट्टी काटना, मलबा ढोना, ईंटें उठाना...जिसे जो काम अच्छा लगे। दादी उसे ले जातीं और कहतीं—

"मिट्टी की सेवा जरूर करनी चाहिए...पाप कटते हैं।"

सिर पर तसले उठाये लोगों की क़तारें आतीं-जातीं। बीच में चरणसिंह जी महाराज बैठे होते—झक सफेद कुरते और चूड़ीदार पायजामे में...सफेद पगड़ी बाँधे... अपने आसपास देखते। लोग उन्हें अच्छे से देखने के लिए धीरे-धीरे चलते। स्वयंसेवक उन्हें लगातार आगे बढ़ाते। उस वक़्त उसने उन्हें पहली बार ध्यान से देखा। फिर जगह बदलकर दूसरी जगह पहुँची तो पाया, वह उनकी बगल में खड़ी है। जैसे उसका क़द उनके बराबर हो गया...।

उसने एक बार अपने चारों ओर फैले जनसमूह को देखा...उसने पहली बार सोचा...उसे भीड़ नहीं बनना है। दो-तीन तसले उठाने पर ही वह थक गयी और फिर चुपचाप एक किनारे जाकर बैठ गयी। स्वयंसेवक उसे वहाँ से हटाने के लिए लपके तो वह उठी और दादी से बोली—"मैं जा रही हूँ, आपको आना है तो आओ।"

दादी बेचारी अपना तसला वहीं फेंककर उसके साथ हो लीं। रास्ते भर डाँटती रहीं कि अब तुझे कभी साथ लेकर नहीं आऊँगी। अब बुढ़ापे में तो चैन से रहने दो...।

बाद के दिनों में उसके लिए हैरानी की बात यह थी कि आख़िर क्यों पढ़े-लिखे लोग भी इस तरह की आत्महत्या के लिए राज़ी हो जाते हैं। क्या ये आत्ममुग्ध और जीवन से उबे हुए लोग हैं? इनके पास सबकुछ है फिर भी ये माँगते रहते हैं...कि कुछ और मिल जाय? ये जीवन कुछ और हो जाय? और इसमें उनका अपना प्रयत्न नाकाफ़ी हो जैसे...वे किसी और के पैर पकड़ लेते हैं...तुम कर दो तो हो जाएगा जाने बगैर कि नहीं होगा। करना ख़ुद को ही पड़ेगा।

बाद के दिनों में वह अक्सर सोचती थी...

मनुष्य की नियति कहाँ है? दूर किसी समय बिन्दु में, किसी दूसरे के हाथ में या स्वयं उसके भीतर?

गाँव में रामलीला आती...

उसे सब याद है—

स्टेशन के खुले और लम्बे-चौड़े मैदान में...तो वे सब घर से बोरे उठाकर ले जाते। बुआएँ होतीं तो वे भी साथ जातीं।

रामलीला आने और रामलीलावालों के तम्बू गड़ने से पहले उनका एक आदमी भोंपू पकड़कर सारे गाँव में ख़बर करता कि रामलीला आ गयी है और रात

नौ बजे शुरू हो जाएगी।

राजा दशरथ के पुत्र-जन्म से कुछ पहले शुरू होकर सीता के धरती में समाने तक महीनों कथा चलती। वे कोई दिन मिस न करते। सारा दिन उसी को सोचते और उसी को जीते।

रामलीला के दौरान बीच में दस मिनट का इंटरवल होता। जिस व्यक्ति को रामलीला की पूरी टीम को जिमाना होता, वह जाकर श्रीराम के गले में माला डाल देता। तालियों की गड़गड़ाहट के बीच उसका नाम घोषित होता। अगले दिन दोपहर को सारी टीम उसके यहाँ खाना खाने जाती। राम, सीता और हनुमान अपने किरदारवाले रूप में ही सजधज कर जाते। लोग उन पर पैसे फेंकते या उन्हें छूकर देखने की कोशिश करते। आधा गाँव उसी रास्ते पर दिखाई देता। अलस्सुबह कोई रामजी को लोटा लिए तम्बू के बाहर कहीं फ़ारिग़ होने के लिए जाते देखता तो उसकी भी कहानी बन जाती। कोई कहता, लक्ष्मण फलाँ जगह पान खा रहा था। सीता माता तो इतवार के बाज़ार में घूम रही थीं...चूड़ियाँ...और न जाने क्या-क्या ख़रीद रही थीं...

जो भी उनमें से किसी को देखता, उसके पीछे लग जाता। लोगों से बच-बचाकर वे वापस तम्बू में घुस जाते...

उन दिनों की एक-एक चीज आज भी उसके ज़ेहन में है...

उसका खूब मन था कि उन्हें एक बार खाना खिलाया जाय...निकट से देखा जाय...पूछा जाय कि महीनों गाँव-गाँव जाकर रामलीला करना कैसा लगता है...अपने घर से इतनी दूर रह कर...कैसा लगता है जब आप किसी दूसरे का जीवन जीते हो... उस जीवन को, जिसे आप जरा भी नहीं जानते...

उसने एक दिन बुआ से कहा—

"इनके गले में माला डाली जाय..."

"खाना कौन बनाएगा? कम-अज-कम चालीस लोग होंगे।" उन्होंने पलटकर प्रश्न किया।

"माँ। वे तो सौ लोगों का खाना एक साथ बना सकती हैं।"

"और भइया?" बुआ ने आशंकित स्वर में कहा तो वह चुप हो गयी।

माँ को तो वह राजी कर सकती थीं, मगर पिताजी को मनाना असम्भव था। वे न किसी भगवान को मानते, न मन्दिर जाते, न ऐसी किसी बात पर विश्वास करते। वे एक ही बात जानते थे—अपना कर्म करना। उनका भाषण उन सबको सदैव याद रहता था...इतनी बार जो देते रहते थे...।

वे किसी को मन्दिर जाते देखते तो कहते—

भगवान के पास इतनी फ़ुर्सत पड़ी है जो तुम्हारी सुने? करम करो

अपना...करम...**संसार में दो शब्द बड़े क़ीमती हैं...कर्म और धर्म। जो हम करते हैं वह कर्म है और जो हम हैं वह धर्म है। धर्म का अर्थ है हमारा स्वभाव। कर्म का अर्थ है जो हम करते हैं। हम अपने से बाहर जगत में उतरते हैं। हम अपने सिवा किसी दूसरे से जुड़ते हैं। धर्म का अर्थ है दूसरे से अलग जगत में बिना गये, जो मैं हूँ, जो मेरा भीतरी होना है। मेरे करने से उसका कोई सम्बन्ध नहीं। वह मेरे कुछ करने से पहले मौजूद है। कर्म में भूल हो सकती है, धर्म में भूल नहीं हो सकती।''**

कर्म और धर्म का यह गड़बड़झाला उनके समझाने के बावजूद तब तक उनकी समझ में नहीं आया था...इसे वे उनकी पसन्द-नापसन्द के रूप में देखते थे।

रामायण ख़त्म होने के बाद वे राजा हरिश्चन्द्र दिखाते। इस तरह महीनों उनकी दुनिया उनके आसपास घूमती।

जब वे चले जाते तो किसी उत्सव के अन्त की याद की तरह उनकी स्मृतियों में टँगे रहते। कुछ चीजें इतनी वज़नी होती हैं कि आपके तीनों तलों को बेधती चौथे तल पर जाकर जम जाती हैं। आप तब तक नहीं पहचान पाते, जब तक रोशनी की लकीर दूसरे तल पर आकर झिलमिलाने नहीं लगती।

उसे राम-लक्ष्मण और सीता-हनुमान के वे चेहरे याद हैं। अब वे बूढ़े हो चुके होंगे, जीवन के संघर्ष ने उन्हें पता नहीं कहाँ जाकर छोड़ा होगा? कैसा लगता होगा, जब इतनी ऊपर से उन्हें संसार की तुच्छताओं में उतरना पड़ता होगा। अभिनय करते-करते क्या सचमुच कुछ उतरता है? हनुमान जी पूँछ कैसे लगाते होंगे? यह तब उनकी चरम जिज्ञासा थी। उनकी पूँछ में लगी आग देखकर तब उन्हें कितना रोमांच होता था! फिर अचानक कोई बताता कि हमने हुनमान को तम्बाकू खाते देखा। उन्हें यक़ीन न आता। सीता जी की अग्नि-परीक्षा जिस रात हुई, वे सब बेचैन थे। क्या सोचा होगा उन्होंने उस क्षण कि अभी तक जिसे वह सार्थक समझती रहीं, एक लम्हे में निरर्थक हो गया। वह कैसी तकलीफ़ होगी कि अचानक वे चाह उठी होगीं कि अब बस...। ख़त्म करो सब। वह रामायण और महाभारत के कई नारी पात्रों से बात करना चाहती हैं ख़ासतौर से सीता, द्रौपदी, कुन्ती, अहल्या, गान्धारी, सुभद्रा आदि से...तुमने क्यों सहा इतना सब? पता नहीं उनके पास क्या जवाब होता?

तमाम कोशिशों के बावजूद वह उन पात्रों के मेकअप-विहीन चेहरे नहीं देख पायी थी। उनके चले जाने के बाद उसे सूने दिनों में फिर अपनी किताबें बुलातीं। वह धीरे-धीरे उन कहानियों के उढ़काये दरवाजे खोलकर उनके भीतर पहुँच जाती। वहाँ का सुरमई अँधेरा सुकून देता, जो उसकी वास्तविकताओं से बहुत सुन्दर था।

मिल के पीछे आदिवासी मजदूरों की झोंपड़ियाँ थीं। वहाँ उन्हें जाने की इजाज़त नहीं थी। वैसे भी उन पर कड़ी नज़र रखी जाती थी। उन्हें अपने समय का पूरा हिसाब देना पड़ता था। वे साल में सिर्फ एक बार उस तरफ से होकर जाते—पीछे

बहती नदी की तरफ। सावन में एक त्योहार होता है—थधड़ी। जन्माष्टमी से एक दिन पहले। उसकी पूर्वसन्ध्या पर वे गेहूँ के आटे की मोटी-मोटी मीठी रोटियाँ पकाते- लकड़ियों की धीमी-धीमी आँच पर। खूब घी डालकर। इसके लिए माँ अपने हाथों से बना खेत की मिट्टी का चूल्हा और तवा अच्छी तरह धूप में सुखा लेतीं। कुछ सूखी सब्ज़ियाँ भी बनाते जो अगले दिन तक खराब न हों। अगले दिन उन्हें खाना नहीं बनाना पड़ता। वे यही खाते। तो रात को वह सब बन जाने के बाद माँ बची हुई अधजली लकड़ियों, चूल्हे, तवे और राख पर पानी के छींटे डाल-डाल कर उनके चारों ओर गाते हुए घूमतीं। उस सामान को सुबह वे पीतल के एक थाल में डालकर ठंडा करने नदी पर जाते। सिर्फ तभी वह देख पाती उन झोंपड़ियों को, जिनके बाहर जूठे बर्तन बिखरे होते, औरतें मैली धोतियों में लिपटी द्वार पर बैठी उन्हें जाते देख मुस्करा रही होतीं। कुछ एक-दूसरी से कहतीं—

"देख, सिन्धिनियाँ कइसे जाय रही है!"

उनके साथ मोहल्ले की कुछ और भी सिन्धी औरतें होतीं जो यहाँ आने के बाद ज़रा भी नहीं बदली थीं—चौड़ी मोहरीवाले पायजामे और ढीले-ढाले कुरते पहने, सिर पर रवा रखे वे अलग ही नज़र आतीं। वह उस तरफ जाने का मोह न छोड़ पाती, क्योंकि उसे नदी में तैरना होता। उतनी-सी नदी ही तो देख पायी है आज तक...वह ज़िद करके जाती। वे राख और लकड़ियाँ बहते पानी में फेंकते। उस छोटी नदी में कपड़ों समेत नहाते और फिर भीगे कपड़ों में घर आते।

कहीं जाने पर वह सोचती कि खूब देर लग जाय, ताकि घर जल्दी न लौटना पड़े। घर उसे एक किले जैसा लगता, जिसमें प्रवेश करते ही फाटक बन्द हो जाता। बच्चों के झुंड उन्हें देखने आजू-बाजू खड़े मिलते—सिर्फ एक मैली हाफ पैंट या कच्छा पहने—स्त्रियाँ भी, पुरुष भी।

"डिसु न, मुआ, कींअ था ड्सिन।" एक कहती दूसरी से। यानी 'देखो न मुए कैसे देख रहे हैं!"

"भला ड्ठिा हुजनि अहिड़ा मुंहं...हे भी छा कोने..." दूसरी मज़ाक़ करती। यानी 'देखे होंगे क्या इन्होंने ऐसे मुँह? ये भी क्या करें!'

वे भी उन्हें ऐसे देखते जैसे तुम हो-न-हो, हमें फ़र्क़ नहीं पड़ता। एक दूरी थी उनके बीच, जिसे उन्हें ही पाटने का प्रयास करना होता था। पिताजी ने घर के बाहर सार्वजनिक इस्तेमाल के लिए एक नल लगा दिया। पूरे मोहल्ले में सरकारी नल होने से पानी भरने के लिए उन्हें अलस्सुबह उठना पड़ता था। अब वे आराम से उठते, नहाते-धोते, पानी घर ले जाते।

घर में पानी का कभी अभाव न होता। कुएँ में हमेशा पानी रहता। बरसात में पानी सिर्फ एक मीटर दूर रह जाता उनसे। वे उसे बार-बार देखते, खुश होते। पिता

जी कहते हैं—''जिस कुएँ में झिरी होती है, वह कभी सूखता नहीं।''

आज वह सोचती है, मनुष्य के साथ भी क्या ऐसा ही कुछ नहीं है?

प्रकृति कितनी मासूम है, वह कच्चे आटे की लोई-सा प्रत्येक को सृष्टि की गोद में दे देती है कि अब ख़ुद ही ख़ुद को आकार दो। अपनी कृति बिगड़ जाय तो किसी दूसरे को दोष न देना...छेनी-हथौड़ी तुम्हारे ही हाथ में थी।

अपना हाहाकार अपने सिवा कोई नहीं सुनता

दिन चिड़िया...छूते ही फुर्र...। पता ही नहीं चला कब ग्यारहवीं ख़त्म हो गयी। अब वह कॉलेज जाएगी पर यह क्या? युद्ध-स्तर पर उसके लिए वर की तलाश शुरू हो गयी...

माँ, मैं पढ़ूँगी मुझे शादी नहीं करनी है।' वह माँ से बोली गुस्से से।

'तो पढ़ लेना, कौन मना करता है। कौन-सी शादी अभी हुई जाती है।' माँ हाथ रोककर तो कभी बात करती ही नहीं।

उनकी लापरवाही से उसका गुस्सा बढ़ जाता। कोई नहीं जानना चाहता कि उसे क्या चाहिए? बोझ हूँ मैं इनके लिए...उतारे और मुक्त हो...। हाय रब्बा। क्या करूँ? कहाँ जाऊँ? उसे घबराहट होने लगी...फिर सोचा...नहीं-नहीं, कुछ होगा...जरूर होगा...पर कब?

जिन्हें हम आसानियाँ कहते हैं अक्सर आसान नहीं होती। छोटे-छोटे काम छोटी-छोटी बातें...दुनिया के बनाये रास्तों पर जीना...हम बड़े काम करना चाहते हैं, बड़े निर्णय लेना चाहते हैं। प्रतीक्षा करना...किसी को धैर्य से सुनना, बहते पानी के भीतर ख़ामोश बैठे रहना हमें काफी कठिन प्रतीत होता है।

दिन भर वह मशीन चलाती है, घर के दूसरे काम करती है। माँ और पिताजी की लड़ाई में माँ का पक्ष लेकर पिता को डाँटती है। थोड़ी देर दादाजी के साथ बैठती है। मन कहीं नहीं लगता। किताबें ही उसकी अन्तिम शरणस्थली हैं...दिन-रात शब्द...बस शब्द। छत पर अकेली बैठी बारिश देखती है...नीचे गुज़रते लोगों और आसपास के दृश्य देखती...कल्पना नहीं कर पाती कि एक दिन उसे भी इन गुज़र जाते दुनियावी नजारों की तरह बीत जाना है। कभी-कभी जीवन ऐसे लगता है जैसे गीली पेंटिंग पर अचानक मूसलाधार बारिश आ पड़ी। न कैनवास साफ होता, न आकृति स्पष्ट रह जाती...हर तरफ पनियारे रंग...। बाहर रंग बहता है...भीतर आँसू...।

नहीं...मेरे लिए कुछ और होगा...उसके भीतर से कोई कहता है...कुछ अद्‌भुत, अनजाना, रहस्यमय होगा जरूर। यह सब जो सामने है, मेरा नहीं है। मैं तो किसी

गलती का शिकार होकर बीच में आ गयी हूँ...मौक़े की तलाश में हूँ...मौक़ा मिला और भागी। पर मौक़ा कहाँ है?

'मेरा आटा गूँथते समय तुमने जिस खेत से मिट्टी मँगवायी होगी ईश्वर, उस खेत में पहले कभी कोई गया नहीं होगा। सदियों से उसकी भनक भी नहीं लगी होगी किसी को...तभी तो मिट्टी का एकान्त तुमने मुझे जन्म से दिया है। आत्मा के इन कोरे पन्नों पर क्या कभी कोई इबारत नहीं लिखी जाएगी?'

'तू बार-बार ऊपर क्यों चली जाती है रूमी?' माँ नाराज़ होती है।

'आपकी दस बंडियाँ सिल गयीं न, अब मैं कुछ भी करूँ, आपको क्या? यह मेरा जीवन है।' वह गुस्से से कहना चाहती है। फिर उसे अपनी सोच पर सन्देह होता है...मेरा जीवन? मेरा? क्या यह सचमुच मेरा है? लगता तो नहीं। पर अगर हो भी तो इसका मैं क्या करूँ? कोरा कागज है। अरे, कोई तो रंग होता इसमें...?

कभी-कभी बारिश के बाद का इन्द्रधनुष दिखता है, फिर आसमान सपाट। इस आसमान की खूबसूरती दूसरों पर निर्भर है...कोई आये और सराहे। चाँद आता है, तारे आते हैं, तुम्हें रोशन कर देते हैं। सूरज तुम्हें इतने तेज से भर देता है कि कोई तुम्हें सिर उठाकर नहीं देख पाता। चिड़ियाँ तुम्हारी आँखों को रोज नये ख्वाब देती हैं। क्या करते हो तुम इनके लिए? कुछ नहीं...सिर्फ प्रतीक्षा...किसकी प्रतीक्षा?

कोई क्यों नहीं आकर कहता कि हम पिछले जन्म के बिछड़े हुए हैं? मैं आया हूँ तुम्हें ढूँढ़ता....अनगिनत तारे हैं आकाश में...क्या घट जाएगा अगर एक सितारा मेरे नाम का भी हो। एक टुकड़ा बादल का ही हो। इस मीलों-मील लम्बी-चौड़ी दुनिया में मेरे लिए भी ज़रा-सी जगह हो, जहाँ मैं खड़ी हो सकूँ बिना किसी सहारे के। ऐसा क्या ज्यादा माँगती हूँ मैं? वह मुझे चाहिए हर हाल में...अपनी जमीन...अपने पैरों के लिए...

और फिर एक दिन पिताजी ने बताया कि दो लोग आ रहे हैं उसे देखने...देखने? मैं क्या कोई वस्तु हूँ?

वे आये... होनेवाले ससुर और उसकी माँ...दोनों गोरे-चिट्टे शालीन...न बहुत बक-बक, न बहुत झिक-झिक...देखते ही पसन्द कर लिया। बस फिर क्या था? उसकी पसन्द की अहमियत ही क्या थी? फोन दौड़ने लगे इधर-उधर...देखते ही देखते पचास-सौ लोग इकट्ठे हो गये। बड़ी शान से सगाई की रस्म हुई। माँ उसे बार-बार गले लगाती और कहती...

'इसी घड़ी के लिए तुझे पैदा किया था।'

'वाह' इसी घड़ी के लिए। फिर पैदा किया ही क्यूँ? क्यूँ बेकार इतनी मेहनत की, तब तक कितनी बंडियाँ तो आप सिल लेतीं...माँ...मेरी बात सुनो, मैं घर का सारा काम कर दूँगी, सारी बंडियाँ भी सिल दूँगी...जो-जो आप कहेंगें...कर

दूँगी...बस मेरी शादी मत करो...मुझे पढ़ना है...मुझे कुछ और करना है...मुझे ये सब नहीं चाहिए...।'' वह रोने लगी

'अरे अभी तो सगाई हुई है। शादी में अभी दो साल देर है...तू पढ़ लेना...हम तेरे ससुरालवालों से पूछ लेते हैं। इसमें रोने की क्या बात है? शादी तो करनी पड़ती है सबको...मैंने नहीं की?'

'इसीलिए मुझे नहीं करनी...।' वह बिफ़र गयी...'और उनसे क्यूँ पूछेंगीं...वे क्या जानते हैं मेरे बारे में?'

'अब तू उनकी अमानत है हमारे पास। अब जो वे कहेंगे वही होगा। अब चुप कर...अभी यहीं बैठे हैं...।'

'अमानत? मैं कोई चीज हूँ जिसे तुमने बेच दिया और अब वापस नहीं ले सकते?'

माँ को सुनने की फ़ुर्सत कहाँ? वे फैसला सुनाकर चली गयीं पर उन्होंने पिताजी से जरूर कह दिया कि वे लड़की की पढ़ाई-लिखाई के लिए उनसे पूछ लें। जवाब मिला उन्हें पढ़ी-लिखी बहू नहीं चाहिए। घर सँभालने और बच्चे पैदा करने के लिए पढ़ाई-लिखाई की क्या जरूरत?

तो क्या मैं ही रह गयी हूँ इस काम के लिए...हाय, कोई नहीं सुनता। मैं भाग जाऊँगी पर दूसरे का दिया जीवन नहीं जिऊँगी...उसके अन्दर धू-धू करता ज्वालामुखी धधकने लगा...

'माँ, उन्हें एक औसत लड़की चाहिए...अपने हिसाब से...अपना घर चलाने के लिए...मेरा वहाँ क्या काम? वह मेरी दुनिया नहीं है...समझो माँ मुझे...।'

'क्यों? तेरे में क्या कमी है जो तू नहीं सँभाल सकती। गाँव के हैं तो क्या हुआ? होगी कोई तेरे जैसी आस-पास के इलाक़े में? तभी तो उन्होंने देखते ही 'हाँ' कर दी...।' माँ समझ ही नहीं रहीं।

'क्योंकि उन्हें नौकर चाहिए...गोरा, सुन्दर और वफादार नौकर...इससे मालिक की इज्जत बनी रहती है। इससे बाज़ार में भी उनकी इज़्ज़त बनी रहती है। वह सिर उठाकर घूमता है...।

'क्या बकवास कर रही है छोरी...लगाऊँ दो थप्पड़, तेरा बाप सुनेगा तो काट के फेंक देगा।'

'फेंक दो काट के...। बाहर मारने से अच्छा था, कोख में मार देती माँ...। मैं यह शादी नहीं करूँगी। उनसे जाकर कह दो, चले जाएँ...।'

'तेरा दिमाग़ ख़राब है—ख़बरदार...जो ऐसे शब्द मुँह से निकाले...।' माँ गुस्से में दहकता अंगारा बन गयीं...

'क्या करेगी? बाप की छाती पर बैठकर मूँग दलेगी। कौन खिलाएगा तुझे

उम्र भर? ये...तेरा बाप...मुझे तो खिलाया नहीं कभी...। या तेरे भाई? किससे उम्मीद है?'

'किसी से नहीं। मुझे किसी से कुछ नहीं चाहिए...मैं ख़ुद अपने पैरों पर खड़ी होऊँगी बल्कि आप लोगों की भी मदद करूँगी। मेरा यक़ीन करो...।' वह उन्हें आख़िरी क्षण तक समझाने की कोशिश कर रही है...

'इसीलिए कहती थी तुझसे कि ये किताबें मत पढ़...। माँ ने ज़रा-सा नम्र होकर कहा...

'हमें तेरा कुछ नहीं चाहिए। बस हमारा पिंड छोड़...। तेरी चिन्ता में मैं तो मर जाऊँगी। दुनिया थू-थू करेगी। तेरे को कुछ पता भी है तू क्या कह रही है?'

उसने और बहस की तो माँ ने दो थप्पड़ रसीद कर दिये और एक कमरे में बन्द कर दिया। बाहर उन लोगों के जाने की तैयारी हो चुकी है...। माँ ने भरपूर दिया...जितना दे सकती थी...अब उन्होंने इनकी बेटी को जीवन भर खिलाने का वादा किया है तो ज़रा-सी भरपाई वे भी कर दें...

अन्त में घर से निकलने से पहले उसकी बुलाहट आयी। माँ ने बहाना कर दिया...

'नज़र लग गयी है...बुखार आ रहा है...चेहरा लाल है। कहती थी...काला टीका लगा ले पैर के तलवे में...पर ये आजकल के बच्चे...।'

न मानने जैसी बातें लोग मान जाते हैं। मानने जैसी बातों पर सौ एतराज...। उनका पेट भी भरा-मन भी। वे चले गये तृप्त...सन्तुष्ट...खुश...

दूसरे दिन सुबह उठते ही उसने दृढ़ता से कह दिया घर में...उसे शादी नहीं करनी...जिसे जो चाहिए कर ले...वह अपने फैसले पर अटल है...।

पहले तो इस बात को एक नासमझ बच्चे की ज़िद की तरह लिया गया और कुछ दिनों तक उससे इस तरह का व्यवहार किया गया मानो इससे उन्हें कोई फ़र्क़ ही नहीं पड़ता। पर जब वह ख़ुद जाकर फर्स्ट ईयर का फॉर्म भरकर आ गयी तो घर में जैसे तूफान आ गया...

माँ छाती कूट-कूट कर रोने लगी। पिताजी पर जैसे आसमान फट पड़ा हो...। कई पल तो उन्हें यक़ीन ही नहीं हुआ कि उनके घर में उनकी इच्छा के ख़िलाफ़ कोई जा सकता है। फिर उनकी दहाड़ पूरे घर में गूँजी...'रूमी'...

उसने सुना और उनके सामने जाकर खड़ी हो गयी तटस्थ, शान्त...

'यह क्या सुन रहा हूँ मैं?'

'आप ठीक सुन रहे हैं। मुझे शादी नहीं करनी।'

'ये पाठ तुझे किसने पढ़ाया है? तेरी माँ ने?' गुस्से में उनकी आवाज़ लड़खड़ाने लगी।

'उन्होंने यह पाठ ख़ुद पढ़ा होता तो वे ऐसी भूल कभी न करतीं।' उसके मुँह से निकल गया ।

'तड़ाक...।' एक ज़ोरदार थप्पड़ उसके चेहरे पर...। वह लड़खड़ायी फिर सीधी खड़ी हो निर्भीक आँखों से उनकी तरफ देखती रही...।

'क्या चाहती है तू? क्या करेगी? किससे मिलती-जुलती है?'

'मैं पढ़ना चाहती हूँ। अपने पैरों पर खड़ी होना चाहती हूँ। और मेरा भागने का कोई इरादा नहीं है, आप निश्चिन्त रहें।'

'ये दुनिया देखी है, खा जाएगी तुझे, बिना शादी के लड़की रसगुल्ला होती है, कोई भी उठाकर मुँह में रख ले। अरे सिन्ध में लड़कियों को बचाकर रखने की चिन्ता में ही ज़िन्दगी नरक बन जाती थी और ये हर जगह है। मैं कब तक ज़िन्दा रहूँगा? तेरी रखवाली करूँगा...?'

'मुझे किसी से अपनी रखवाली नहीं करवानी। मुझे बस मौक़ा चाहिए अपने पैरों पर खड़े होने का...।'

'फिर तू क्या करेगी?'

'शादी हरगिज़ नहीं करूँगी। बाकी आप मुझ पर छोड़ दीजिए।

'और तेरे ससुरालवालों को क्या जवाब दूँगा?'

'ये सोचना आपका काम है। फैसला आपका था, मेरा नहीं। अभी तक आपने जो जीवन मुझे दिया है मैंने लिया। अब नहीं। और अगर आप नहीं कह सकते तो मैं कह दूँ?'

एक ज़ोरदार थप्पड़ और उसके गाल पर...इस बार वह गिर गयी। वे उसे मारने के लिए कुछ ढूँढ़ने लगे इधर-उधर, माँ रोती हुई बीच में आ गयी...उनसे बचाया तो ख़ुद दो चार हाथ जड़ दिये...वह पिटती रही पर उसकी आँख से एक भी आँसू नहीं टपका...

दिन भर घर में मातम...। मानो कोई मर गया हो। खाना बना पर खाया किसी ने नहीं...। दादी तो बिस्तर पर थीं। उन्हें कुछ पता ही नहीं चला। दादाजी को यह सब देर से पता चला। जब पता चला, वे सन्नाटे में बैठे रहे...फिर उन्होंने बड़ी बुआ को सन्देश भेजा कि आकर-अपनी भतीजी को समझा...।

वे आयीं...। माँ ने रो-रोकर उनके सामने नदियाँ बहा दीं...माँ को तसल्ली देकर वे उसके पास आयीं। उसका हाथ अपने हाथों में ले बैठी रहीं। उनकी आँखें देखकर लगा, वे रोकर आयीं हैं।

'अब आप भी कहिए कुछ...।' उसने फीकी-मुस्कान से कहा। वे चुप उसकी ओर देखती रहीं...

'आप सबने अपना हाल देखा है न...। माँ का भी देखा है। फिर भी शादी?

आप लोग अपनी गलतियों से सबक़ क्यूँ नहीं लेते?'

'शादी में तो कोई सुख नहीं है रूमी...पर ये दुनिया?'

'आप भी दुनिया की बात करती हैं। आपने तो अपने पति को अपने जीवन से निकालकर फेंक दिया...।'

'पर वह...।'

'बुआ...समझो...। मुझे कुछ नहीं चाहिए। बस मुझे छोड़ दो और अभी पढ़ने दो। मैं नहीं समझूँगी...मुझे मत समझाइए।

वे उठकर बाहर चली गयीं...जो बाहरवाले थे, घर आने लगे...उसे समझाने...जिनपर तमाम उम्र पिताजी हँसते रहे थे, अब उन्हें पिताजी पर हँसने का सुनहरा मौक़ा मिल गया...वे क्यों छोड़ते?

'हम तो पहले ही कहते थे, लड़कियों को पढ़ाना ठीक नहीं। पर कभी जो इस आदमी ने किसी की बात मानी हो। अब अपनी ही औलाद ने सिर झुका दिया।'

वे दबे-दबे स्वर में कुछ ऐसा ही कहते। आख़िर माँ को समझ आयी। उन्होंने सबको विदा किया और उससे बिना कुछ कहे घर वापस पटरी पर लाने की कोशिश करने लगी। समय के साथ सब ठीक हो जाएगा...उन्हें उम्मीद थी...अभी बहुत वक़्त है।

वह भी वापस अपनी किताबों की ओर मुड़ी, कॉलेज की पढ़ाई के साथ-साथ ढूँढकर उपन्यास पढ़ती-कविताएँ लिखती...साथ ही वे सारे काम सीखती, जिन्हें उसने न तो करना चाहा था, न आगे करना चाहती थी। उसे पता ही नहीं चल पा रहा था...उसे क्या चाहिए?

वह धीरे-धीरे अपनी देह से अजनबी होने लगी...यह सब मेरा नहीं है, जिसका है, वह ले ले। मुझे कुछ ऐसा चाहिए, जो मेरा हो...क्या है वह? वह जिसे मैंने रचा हो... ख़ुदाया। अगर तू है, हालाँकि इसमे मुझे शक़ है...तो मुझे मेरा रास्ता बता...।

दूसरे का बनाया उसे कुछ अच्छा न लगता। वह उसे बिगाड़कर फिर बनाती...कभी तटस्थ होकर देखती...माँ और दादी को लड़ते। माँ और पिताजी को लड़ते...पिताजी और दादाजी के बीच का तनाव...। ये सारे रिश्ते ऐसे ही क्यूँ होते हैं? ढो रहे हैं एक-दूसरे को? इस सबसे परे क्या कोई रिश्ता ऐसा भी होता है जो जिया जाये। अमृता प्रीतम के उपन्यासों मे ख़ुद को ढूँढ़ती...सोचती...क्या ऐसा कुछ होता भी है या लेखकों की ख्यामख्याली है? या फिर 'हम उनकी बाबत सबसे ज्यादा बात करते हैं, जिनकी बाबत सबसे कम जानते हैं।' जिस शब्द की बाबत उसने घर में कभी नहीं सुना, वह था प्रेम। जितना ही वह उसके बारे में सोचती उतना ही उसे जानने को छटपटाती।

उनका नया घर बना रहा है एक हिस्से में। दूसरे हिस्से में दो बड़े गोदामों जैसे कमरे हैं, जिसमें वे रह रहे हैं। एक में दादा-दादी, एक में वे पाँच। बाहर आँगन में छोटा-सा चौका-कुआँ। माँ और पिताजी मे लगभग हमेशा ही अबोला चलता है। दो-चार महीनों में वे सिर्फ दो-चार दिन बातें करते हैं। वो भी तब, जब पिताजी स्वयं से हार जाते हैं। फिर चलता है माँ को मनाने का कई रातों का सिलसिला। माँ नहीं मानती। नीम-अँधेरे में उनकी फुसफुसाहट से उसकी आँखें खुल जाया करती। बहुत रातों बाद वे एक रात मान जाती दो मिनट के लिए। अगले दिन पिताजी खुश रहते...उससे अगले दिन भी...। फिर वापस वहीं पहुँच जाते, जहाँ से चले थे। क्या यही होता है स्त्री-पुरूष का सम्बन्ध, जिसके लिए इतने ग्रन्थ रचे जाते हैं? जिसका पाठ अमृता प्रीतम हर पेज में पढ़ाती है...। वह वितृष्णा से भर जाती...।

वह और ज्यादा मशीन चलाने लगी...जैसे कर्ज लौटाना हो किसी का फिर भी दिन न ख़त्म होता...रात न ख़त्म होती। पटरियों पे एक दिन का सिक्का रख दिया...रेलगाड़ी के गुज़र जाने के बाद देखा चपटा सिक्का...दोनों तरफ एक जैसा...ऐसा ही है उसका जीवन...सब सपाट और एक रात उसने अपनी डायरी में लिखा...'हम छोटे होते हैं तो हमें लगता है, हम सबके केन्द्र में हैं...जैसे ही हम बड़े हो जाते हैं, वो हमें उठाकर हाशिये पर फेंक देते हैं और ख़ुद को केन्द्र में रख लेते हैं। वे हमें पालते हैं और क़र्ज़ वसूली के रूप में हमसे हमारा पूरा जीवन माँग लेते हैं। उन्हें क्यूँ लगता है कि जिन नियमों के चलते इनका अपना जीवन नरक है, उन्हीं नियमों से वे अपने बच्चों का स्वर्ग बना देंगे। मैं अपने चारों ओर देखती हूँ...इतना अँधेरा है कि कोई रास्ता नज़र नहीं आता। ये मुझे क्या हो गया है? आख़िर मैं हथियार डाल क्यूँ नहीं देती? मेरे अन्दर ये कौन है जो हर वक़्त मुझे जगाये रखता है, जो सब जानता है। वह हर वक़्त कहता है भाग जा...भाग जा...जा अपनी मर्ज़ी से जी। मरना ही है तो अपनी शर्तों पर मर। कूद जा इस अज्ञात के समन्दर में। मैं जानती हूँ मैं ज्ञात में मरने जा रही हूँ पर मैं कहाँ जाऊँ? किसके पास? मेरे पास तो इतनी एजुकेशन भी नहीं है कि कुछ कर सकूँ। इसलिए उन्होंने नहीं पढ़ाया। इनसे अच्छी तो चिड़िया है, उड़ना तो सिखाती है अपने बच्चों को...फिर धक्का दे देती है बाहर...जा तेरी मर्ज़ी पूरी हो। मेरी मर्ज़ी? ओ अदृश्य। सुनो, मेरा आसमान कहाँ है बताओ। मेरे सपने मेरी कोख में ही न मर जायें...कैसे मैं अपने सपनों को जन्म दूँ...कैसे उड़ना सिखाऊँ? अभी तो मैंने उनका चेहरा तक नहीं देखा...मेरे ख़ुद के पंख काटने वो देखो कितने लोग आस-पास खड़े हैं?

आख़िर घर बन गया। मुहूर्त निकला, मेहमान आये, मिठाइयाँ बँटीं। सब खुश हैं। सालों लग जाते हैं एक ख़्वाब पूरा करने में। वह घूम-घूमकर देखती है कितने दिन रहना है इस घर में, जो उसका नहीं है। वह मेहमानों से बचती फिर रही है कि

पम्मी बुआ ने उसे पकड़ लिया...

उन्होंने उसे कसकर गले लगाया। उसके भीतर पत्थर हो चुके आँसू ज़रा-सा पिघले...न रोना नहीं...उसने ख़ुद से कहा...।

'रूमी...एक बार और सोच ले...जल्दबाज़ी मत करना'

'सोच लिया बुआ...। अब आप भी मुझे समझाने की कोशिश मत करना।' वो कई पल उसका चेहरा देखती रहीं...

'रूमी तू बहुत जल्दी बड़ी हो गयी। हमें उम्मीद नहीं थी।' और वो रोने लगीं...

'तुझे पता ही नहीं है भाभी-भइया ने तेरे लिए कहाँ-कहाँ मत्था नहीं टेका। तू उनकी बुढ़ापे की औलाद है। वे तो मर जाएँगें जीते जी। उन्हें तो यह बात समझ ही नहीं आएगी।'

'आप उन्हें समझाइए न!'

'पर आख़िर तू करेगी क्या? कोई किसी का नहीं है बेटा।'

'पता है बुआ, बस मैं मेरी हूँ। मुझे पढ़ने तो दो। अपना रास्ता ढूँढ़ने दो।'

'पर सारी उमर अकेली कैसे रहेगी?'

'जैसे आप रहती हैं, जैसे दूसरे रहते हैं कौन किसके साथ है? क्या आपको भी नहीं दिखाई देता?'

मौक़ा देखकर माँ कमरे में घुस आयीं और भीतर से दरवाज़ा बन्द कर लिया...

'पम्मी, तू समझा इसे। ज़िद छोड़ दे। अब मकान भी बन गया है। हम इसकी ससुराल मिठाई भेजनेवाले हैं। बच्चे गलती करते हैं तो उन्हें कौन समझाएगा, हमारे सिवा?'

ओ माँ, अगर-तू ऐसी न होती जैसी है, तो कई लोगों का जीवन नष्ट होने से बच जाता। पर तुझे भी क्या दोष दूँ? तेरी भी मिट्टी तेरी माँ ने गूँथी होगी, जो भी कूड़ा-कबाड़ पड़ा होगा उसके भीतर...आँसुओं के समन्दर के किनारे बसाई झोपड़ियाँ कितनी देर टिकेंगी...?

उसने कहा कुछ नहीं, उठकर बाहर चली गयी।

भाई को फिर भी भेजा गया, मिठाई वग़ैरह के साथ। वह घूम-घाम कर वापस आ गया। माँ उसे घेरकर बैठीं...हालचाल लेने को...वे छोटी-छोटी निरर्थक बातें पूछ रही हैं...

'पलंग पर चादर नयी बिछायी थी कि पुरानी?'

'खाने में सब्ज़ियाँ कितनी थी? खाना स्वादिष्ट था कि नहीं?'

'वहाँ कोई शराब तो नहीं पीता?'

'लोग सीधे हैं कि टेढ़े?'

'और एक ख़ास सवाल...तेरे जीजाजी कैसे दिखते हैं।'

और फिर अन्त में...

'उन्हें यहाँ की कुछ भनक तो नहीं लगी है? होते हैं कुछ चुग़लख़ोर लोग? उन्हें किसी का सुख भाता नहीं।'

भाई को जितनी समझ थी बताया, फिर उठकर भाग गया ।

इस सबसे पिताजी आधे धराशायी तो हो ही गये थे। अभी उन पर एक और बिजली गिरनी बाक़ी थी...

मिल में उनके दो पार्टनर और थे। पिताजी के खुले हाथ और खुली जुबान की वजह से वे अक्सर नाराज़ रहते। आख़िर उन्होंने कहा–अब हमें अलग हो जाना–चाहिए। या तो मिल उठाओ या तो रुपये लेकर मिल छोड़ दो। पिताजी के पास न मिल उठाने लायक़ पैसे थे न मिल छोड़ने का साहस। मिल चली गयी तो क्या करेंगे? इतना ख़ून–पसीना बहाकर जिस मिल को बनाया...

साहस करके उन्होंने कह ही दिया...

'रख लो मिल तुम लोग। मैं दूसरी मिल लगा लूँगा। अगर मैं एक बार बना सकता हूँ तो दूसरी बार भी बना सकता हूँ।'

उन्होंने मिल लगाने के लिए जगह देखी और काम शुरू कर दिया। पार्टनर्स को लगा अब वे मिल नहीं ले सकते। उन्होंने काफी कम दाम लगाकर बोली लगायी और अचानक पिताजी ने हाँ कर दी। वे चकरा तो गये पर अब बाज़ी उनके अपने हाथ से निकल चुकी थी। उन्होंने कहा...हमें हमारा रुपया तुरन्त चाहिए। अब रूपया तुरन्त कहाँ से आये? वे माँ के पास आये...। माँ ने अब तक की अपनी गाढ़ी कमाई के रुपये और सारा सोना दे दिया। फिर भी कम पड़ा तो कुछ रिश्तेदारों से क़र्ज़ लिया। मिल मिल गयी। उस दिन पिताजी बहुत ख़ुश थे...बहुत भावुक...बरसों बाद उन्होंने माँ का नाम लिया...

'लक्ष्मी...मैं तेरा यह एहसान कभी नहीं भूलूँगा।'

माँ भी खुशी से रो पड़ीं। उस दिन सूरज खूब तेज होकर चमका था। उसकी लुनाई सबके चेहरों पर उतर आयी थी। पर फिर मौसम हमेशा एक–सा नहीं रहता। माँ के आसमान पर फिर काले बादल छा गये...जो बिना बरसे दूर चले जाते। उसने उन दोनों के सीने पर एक ज़ख़्म तो दे ही दिया था—कभी–कभी असह्य तकलीफ़ से वे कहते—"मैं कभी किसी बात से नहीं हारा। बस मुझे मेरे बच्चों ने हरा दिया।"

मिल लेने के बाद क़र्ज़ उतारने का सिलसिला शुरु। वे किसी का एक पैसा नहीं रखते थे। रात–रात भर जागकर वे मिल चलाते। शहडोल जिले में उतनी बड़ी

मिल सिर्फ उनके ही पास थी। काम बढ़ता गया। काम करने का जुनून था उनके भीतर। और पुरानी पीड़ा...गरीबी को इतनी दूर भगा दूँगा मैं कि मेरे घर का रास्ता भूल जाएगी।' कभी-कभी शाम को जब सारी ग्राहकी ख़त्म हो जाती, सुबह की शिफ्टवाले कामगार शाम को छुट्टी कर लेते। रात पालीवाले आना शुरू हो जाते, तब पिताजी उन तीनों को मिल दिखाने ले जाते। एक आटा चक्की से तब्दील होती उतनी बड़ी मिल...कहीं स्पेलर चल रहे होते...राई, अलसी, या मूँगफली पिस रही होती...लाइन में लगे नलकों से तेल बह रहा होता फिर टीन के डब्बों में भरा जाता, सील किया जाता और ट्रक में लदने लगता। उसे याद है, वे गर्म-गर्म खली को छूते, सूँघते, तोड़कर देखते। इतने बड़े-बड़े गोदाम कि एक साथ सौ आदमी सो जाएँ। वे गोदाम हमेशा भरे रहते। एक स्टोर में मिल में काम आनेवाला सामान...एक में तेल से भरे डब्बे एक में बाहर से आया माल, एक में ख़ाली बोरे और दूसरा सामान...।

बहुत कामगार थे। लगातार गहमागहमी रहती। कभी-कभी वे रात में खाना बनाते, वहीं मिल पर पिताजी उनके लिए चावल का बोरा खोल देते...पेट भरके खाओ, जी भरके काम करो। पर उनके भीतर लगातार कुछ बुझ रहा था। यह डर उन्हें खाये जा रहा था कि अन्ततः मैं न मानी तो दुनिया को वे क्या मुँह दिखाएँगे?

उन्होंने उससे बातचीत काफी कम कर दी थी। किसी ने उनसे कहा होगा घर की कलह का बच्चों पर बुरा असर हो रहा है, तो कुछ दिन तो वे सँभले रहे पर फिर आदतें कहाँ छोड़ती हैं?

और फिर एक दिन उन्होंने उसे बुलाया...वह गयी, जानते हुए कि यह एक दिन आएगा ही, जब उसकी पेशी होगी...

'तो तुमने क्या सोचा है?'

'मैंने पहले ही बता दिया है।'

'क्या करोगी? माँ के जैसी मशीन या झाड़ू-बर्तन-खाना। अगर यही जीवन चाहिए तो शादी कौन-सी बुरी है?'

'मुझे यह जीवन नहीं चाहिए। पहले मुझे अपनी पढ़ाई पूरी करने दीजिए। मैं आप पर बोझ नहीं बनूँगी।'

'बोझ? तुम्हें क्या लगता है, तुम जो कहोगी हम करेंगे। खाल खींच लूँगा। इन्तज़ार कर रहा था कि कब ख़ुद समझो पर तुम तो...

'बस कीजिए...बन्द कीजिए चिल्लाना...यही तो आता है आपको। कभी पूछा है कि बच्चों को क्या चाहिए? आप ये क्यूँ सोचते हैं कि जो आप कहते हैं वही ठीक है। आप मुझे जान से मार देंगे तो भी मैं शादी नहीं करूँगी।' वह पूरी ताकत से चिल्लायी और उनके मुँह पर दरवाजा बन्द कर बाहर चली गयी।

इतनी आसानी से सब कुछ ख़त्म हो गया हो, ऐसा नहीं था, बहुत तूफ़ान आये

और आख़िरकार उन्हें समझ में आ गया कि इस लड़की पर किसी का बस नहीं चलनेवाला। वे अपने करम कूटकर रह गये, तब तक जाने कैसे यह बात ससुराल पहुँच गयी थी...बिना कोई सफ़ाई माँगे उन्होंने यह रिश्ता तोड़ दिया। उसने राहत की साँस ली...। अब वे कम-अज़-कम दूसरा ढूँढ़ने की गलती नहीं करनेवाले। एक रिश्ते ने ही ज़ोरदार चपत लगा दी...।

पर अभी बहुत कुछ होना बाकी था...। बड़ा भाई पढ़ना नहीं चाहता था उसे खींचतान कर बी.कॉम. तक पढ़ने को राज़ी किया गया। थोड़ा बहुत मिल में बैठता। पिताजी से बनती नहीं थी, सो उठकर इधर-उधर भाग जाता अपने दोस्तों के साथ। छोटे को पढ़ाने की धुन सवार हो गयी। उसे जबरदस्ती सागर ले गये और कॉलेज में दाख़िल करवा आये। माँ रोती रही कि इतनी जगहों पर मत्था टेकने के बाद भगवान ने ये तीन बच्चे दिये हैं, उन्हें भी तुम घर से दूर कर दे रहे हो, पर पिताजी तो पिताजी थे। घर के तमाम सुखों को छोड़कर भाई भी जाने को तैयार नहीं था। पर क्या करता? माँ घर से खूब सारी चीजें बना-बना कर भेजतीं वह भी खा-पी कर मस्त रहता। राम राम करके घर वापस आ गया। पिताजी अवाक्...अरे, इतना पैसा खर्च किया इसलिए कि तू वापस आ जाए...यह कौन-सी पढ़ाई है कि तू अपनी रोटी आप नहीं कमा सकता...मुझे देख, पाँचवीं फेल हूँ...।''

खूब गालियाँ खायीं उसने फिर पिताजी उसे मिल का काम सिखाने लगे। अब हालात ये कि पिता अपने तरीक़े से काम करना चाहते थे, पुत्र अपने तरीक़े से। पिता को शुद्ध मुनाफ़ा पसन्द था, वे मेल-मिलावट नहीं करते थे। व्यापारियों से उनका लेन-देन बिल्कुल साफ। पुत्र वह सारे दन्द-फ़न्द करता जो उनके यहाँ कभी नहीं हुए। उसने पूरी मिल का नियन्त्रण अपने हाथ में ले लिया। पैसों का लेन-देन उसके हाथ में जाने से अब नौकर भी उसकी सुनते और व्यापारी भी। वह बाप पर गरजता...

'आपको काम करना नहीं आता। जाओ, घर जाकर बैठो और इधर मत आया करो।'

'साले, बाप से ऐसे बात करता है? तुझे मार पड़ेगी ख़ुदा की...मैं तो कुछ न कर पाऊँगा पर वो तुझे छोड़ेगा नहीं। आँखें फोड़-फोड़ कर मैंने काम किया है और दो दिन में सब तेरा हो गया?'

पिताजी आधे टूटे अब पूरे टूट रहे थे...'ये क्या हो रहा है? इतने दन्द-फन्द से कभी बरकत नहीं पड़ती। नीयत साफ रख...नीयत खराब करेगा तो बर्बाद हो जाएगा। अरे, नया नहीं बना सकता तो इसी को सँभालने का लक्षण पैदा कर।' और लक्षण तो कोई ऐसी चीज थी नहीं, जिसका बीज बाज़ार में मिलता हो।

फिर वे माँ पर भड़कते...।

'तुम्हीं ने बिगाड़ा है बच्चों को बाप के ख़िलाफ़ भड़का-भड़का कर। अब तुम भी भुगतो। बेटी छाती पर बैठ गयी, अब इनकी बारी है। अरे, मैंने इतना संघर्ष क्यों किया? अपने बच्चों के लिए...परिवार के लिए? कहाँ हैं मेरे बच्चे...मेरा परिवार...

माँ अलग रोती-कलपती...बेटे तो ठीक हैं, कैसे भी छीन-झपट कर लात-गाली खाकर जी लेंगे, पर बेटी? यह एक ऐसा यक्ष प्रश्न था जिसका जवाब किसी के पास नहीं था...

दादी थोड़ी ठीक हुईं तो उन्हें अपने मायके की बड़ी याद आयी...मुझे कहा...'तू ही ले चल और कोई तो सुनता नहीं। अब मुझ बुढ़िया के जीवन में क्या बचा है?'

वह उन्हें ध्यान से देखती...सचमुच, क्या कुछ नहीं बचता? तो इस जीवन का उद्देश्य क्या है आखिर?

उनके मायकेवालों के नाम ही बड़े हास्यप्रद थे...पिता-आलूमल, माँ-मोर, चाचा-शेवामल, चाची-अनी। दो सगे भाई, दो सगी बहिनें। माँ कहती थीं—पहले जानबूझ कर ऐसी शादियाँ करते थे, ताकि घर में कलह न हो। तो अनी की मृत्यु हो गयी, अब शेवामल के चार बच्चों को कौन सँभाले? शेवामल दिन भर रोता पत्नी के लिए तो मोर को देवर का दुख दूर करने का एक ही उपाय सूझा...उससे अपनी पन्द्रह वर्षीया भतीजी शीतल को इस घर में लाने का प्रस्ताव रखा। शेवामल की बाँछें खिल गयीं। शीतल गोरी-चिट्टी, लम्बी-दुबली, तीखे नाक-नक्श और बड़ी-बड़ी काली आँखें। हाय, खूबसूरत औरतें क़िस्मत लिखवा कर नहीं आती।

शीतल की माँ बीमार रहती थी, यह प्रस्ताव सुनकर रोने लगी...

'मेरी बेटी उस बुड्ढे को मत देना। इससे अच्छा है इसे ज़हर दे दो।'

फिर वह मर गयी। औरतें ऐसे ही मर जाती हैं...रोते-रोते...कहते-कहते...कोई नहीं सुनता...न रोना...न कहना...।

अब कौन शीतल के लिए लड़ता। पिता पहले ही ऊपर रवाना हो चुके थे। चाचाओं पर बोझ थी ही, सो उस बुड्ढे को ब्याह दी गयी।

यह वही दौर था—सिन्ध से भाग निकलने का समय, जब जवान बच्चों को जल्द-से-जल्द ब्याह देने की हड़बड़ी मची हुई थी। रोज़ कितनी ही शादियाँ फटाफट निबटायी जा रही थीं। शीतल की शादी भी पानी के जहाज़ पर हुई थी, सिन्ध से भागते वक़्त, जबरदस्ती पकड़कर लाये पंडित ने हड़बड़ी में आधे-अधूरे मन्त्र पढ़े और उस आधे-अधूरे आदमी को सौंप दिया। कभी अनुमान लगाना चाहिए सुहागरात में बैठी उस औरत की यातना का जो अपने पति को देखते ही छाती में सूजा भोंकने जैसी भयानक दर्द भरी चीख किस होशियारी से दबाती है...फिर मुस्कराती है। जिसके मुँह पर थूकना चाहती है, उसी को अपना शरीर देती है...।

शादी के बाद शेवामल के बच्चों ने उसे स्वीकार तक नहीं किया। वह अपने सौतेले बेटे से उम्र में छोटी थी। शेवामल दिन भर खाँसता, बलगम थूकता, वह उसे उठाती, घर का पूरा काम करती, दिन भर बैल की तरह जुटी रहती, फिर भी वह चिल्लाता...

"मेरी सेवा नहीं करती, मेरा ख़याल नहीं रखती। बच्चों के साथ खेलती रहती है। घर गन्दा पड़ा रहता है । जो आता है उसी से बातें करने लग जाती है। सिर से दुपट्टा उतर जाता है, पता नहीं चलता। कभी रोटी जल जाती है, कभी सब्जी..."

शीतल का धैर्य चुकने लगा...

एक दिन लोगों ने सुना...शीतल भाग गयी।

शेवामल अक्सर उनके घर आता...काला, कलूटा...पिताजी घर में न होते तो बीड़ी पीता। अचानक वे आते तो बीड़ी फेंक देता। उनसे अपनी शिक़ायतें करता रोता...शीतल को ढूँढ निकालने की गुहार करता, पिताजी उसे डाँटते और उसके पूरे ख़ानदान की धज्जियाँ उड़ाते, वह चुपचाप सुनता। माँ उसे देखते ही भुनभुनाने लगतीं...'इन पुरूषों से तो नरकों में भी जगहें भरी पड़ी हैं...ये कहीं नहीं समाते।' वे दादी से कहतीं...'ये रहे आपके मायकेवाले।' वे माँ के मायके वालों का तर्पण करतीं...घर में युद्ध छिड़ जाता।

तो उनके मायके में भी वही-वही बातें। वह अक्सर सोचती...शीतल के जो पंख उसकी शादी में काटे गये थे, वे फिर उगे कैसे? इसका मतलब पंख दुबारा उगते हैं...।

वह अपने छोटे-छोटे पंखों को देखती...अब मुझे उड़ने का अभ्यास करना होगा...

भाई की शादी में हज़ार रुकावटें...। जवान लड़की घर में बैठी है...। कोई कमी तो नहीं? बैठकर छाती पर मूँग तो नहीं दलेगी? किसकी छाती पर? जायदाद का बँटवारा कैसे होगा? इसको भी तो नहीं देना पड़ेगा? इसको कौन खिलाएगा?

उसके भीतर तीव्र बेचैनी अपने चरम पर...। एक ज़िद...एक दृढ़ता...कोई चीज उसके सिर से उठती है अन्तरिक्ष को भेदने की कोशिश करती है...नहीं, मैं हार नहीं मानूँगी। परिस्थितियाँ कितनी भी विपरीत हों, एक दिन नियति को मेरे हक़ में फैसला करना पड़ेगा। यह ठीक है कि अभी मैं अभिमन्यु की तरह चारों तरफ से घिरी हूँ पर मुझे बाहर निकलने का रास्ता पता है। एक दिन मैं इन सबको धता बताती उस लम्हे का वरण करूँगी, जिसे प्रकृति ने सिर्फ मेरे लिए उगाया है। ये रात कितनी ही लम्बी हो, सुबह तो होगी...।

उसे यह हमेशा याद रहता है कि यह मेरा घर नहीं, बीच का स्टेशन है। मुझे

एक दिन बोरिया-बिस्तर बाँधकर यहाँ से चल देना है। मुसाफ़िरख़ाने में बहुत वक़्त हो जाय तो अपनी छटपटाहट बढ़ती जाती है।

बदहवास बेचैनी...जैसे कोई तेज हवा घर के सारे खुले दरवाजे और खिड़कियाँ पीट रही है—समूचे काँच टूट गये हैं—किरचें बिखर गयी हैं—खिड़कियों के क़ब्ज़े ढीले होकर लटक गये हैं। हवा का ज़ोर कम नहीं हो रहा। मन सूखे कागज-सा फड़फड़ाता हर ओर उड़ा जा रहा है। कोई अपनी नोक से भेदकर इसे स्थिर कर दे। शरीर के पिंजरे में छटपटाती आत्मा—क्या है ये? फूल है, कि पत्ता है, कि चिड़िया है?

जिन बातों को सुनकर माँ और पिताजी की छाती फटती थी और वे छुप-छुप कर रोते थे...उन बातों पर उसे हँसी आती थी। किसी ने नहीं कहा उसे कि तू चिन्ता न कर, हम हैं। पर वह माँ से कहती थी...

'माँ, आप किसी की न सुनो। मैं हूँ...मुझ पर भरोसा रखो।' और माँ को तो सिर्फ उसी पर भरोसा नहीं था। तब तक सायकोलॉजी में एम.ए. करने के बाद वह क्लीनिकल सायकोलॉजी करने के लिए बाहर जाने की योजना बना रही थी। घर में सबने साफ इनकार कर दिया, जाएगी तो वापस मत आना। फिर उसने पी-एच.डी. की तैयारी शुरू कर दी ।

और फिर एक रात दादी को जबरदस्त दिल का दौरा पड़ा...रात भर वह माँ के साथ अकेली जूझती रही...बाकी अपने कमरों में आराम से सो रहे थे। अलस्सुबह जब वे नहीं रहीं...माँ ने सबको उठाया...घर में मातम का माहौल...रोती कलपती बुआएँ आयीं...। वह हैरत से औरतों की दुनिया देखती है...जहाँ उनका अपना कुछ नहीं है...वे दूसरों के लिए जीती-मरती-ज़िबह होती हैं और उस दूसरे को इससे कोई फ़र्क़ नहीं पड़ता...अपनी चारों बुआओं का जीवन उसके सामने है...

बड़ी बुआ अपने चारों बच्चों समेत वहीं रहती है कोतमा में। आख़िर फूफा जी ने कुछ नहीं किया तो बुआ ने कमर कसी। वे लड़कियों को सिन्धी, कढ़ाई और सिलाई सिखाने लगीं। कभी-कभी वे आते पैसे माँगने, बुआ उनको बुरी तरह फटकारतीं...

'मैं घर छोड़कर चला जाऊँगा।' वे धमकी देते ।

'अभी चले जाओ, दुबारा मुँह मत दिखाना ।'

'मैं जा रहा हूँ...रेल की पटरी पर सोने...आत्महत्या करने।'

'ज़रा जल्दी करो...ट्रेन आने वाली है...और हमारे लिए तो मर ही गये हो, कौन-से ज़िन्दा हो?'

एक बार तो उन्होंने मिट्टी के तेल का कनस्तर ही गिरा लिया ख़ुद पर और खड़े हो गये माचिस लेकर। बच्चे नाना के घर दौड़े जो बस ज़रा-सी दूरी पर था।

वह भागती आयीं दादाजी के साथ। देखा, बुआ जलती तीली लिये खड़ी थीं गुस्से में...

'तुमसे नहीं होगा कायर। आ मैं तेरा यह काम भी कर दूँ।'

वे डर से दूर जाकर खड़े हो गये मिट्टी के तेल से गँधाते। दादाजी पहुँचे, बुआ को परे किया और फूफाजी को फटकारते हुए कुछ रुपये देकर उन्हें भगा दिया।

उनके जाने के बाद दादाजी दुख से रो पड़े। वे उन्हें चुप कराने लगीं। बिना रोये-कलपे और शिक़ायत किये उन्होंने सारा बोझ अपने कन्धों पर उठा लिया था। वे चार बच्चों के लिए मात्र आधा किलो दूध लेतीं, हमेशा दाल-चावल-आलू पकातीं, खुश रहतीं । घर से बाहर जातीं, अपने काम से तो पिताजी नाराज़ होते। वे तमककर कहतीं...'कोई छूकर तो देखे भाऊ, आपकी बहिन हूँ, काटके न फेंक दिया तो कभी आपको मुँह नहीं दिखाऊँगी।'

सालों बाद जब फूफाजी की मौत हुई, उन्होंने तटस्थता से कहा...

'मेरे लिए तो कभी का मर चुका था...जाओ, जला दो जाकर।'

कुछ लोग हमेशा हमारे जीवन से बाहर रहते हैं। बाहर से उनकी आहटें आती हैं, भीतर हम अपने कामों में मशगूल रहते है। एक दिन आहट आनी बन्द हो जाती है। हम समझ जाते हैं, अब वह चला गया...

फिर दादी बुआ को अपने साथ ब्यास ले गयीं...'राधास्वामी' के पास। वे वहाँ से 'नाम' लेकर आयीं। हफ्ते में एक बार उनके घर सत्संग होता। गाँव भर की औरतें आतीं। उनकी सिलाई-कढ़ाई की पूरी शाम इस 'सत्संग' में बर्बाद हो जाती। पहले-पहल उन्होंने इसे बड़े मन से किया। उनकी 'सुरत' चढ़ जाती फिर धीरे-धीरे उन्होंने इस 'सत्संग' की निरर्थकता देख ली और अपनी संघर्षशील दुनिया में वापस आ गयीं।

दूसरी बुआ की शादी बीना में हुई थी। बुआ जितनी गोरी और सुन्दर, फूफाजी उतने ही काले और नशेबाज़। उन्हें रोज एक पूरी बोतल चाहिए। इतनी पीते कि अपने पैरों पर खड़े न हो पाते। बिस्तर पर ही उल्टी-पेशाब कर देते। बुआ अक्सर माँ से अपने दिल की बात कहतीं...

'भाभी, इतना पीने के बाद रात को मेरे पास आता है। खड़ा तक नहीं हो पाता, लुढ़क जाता है। वहीं पेशाब कर देता है। जी चाहता है, उठाकर बाहर फेंक दूँ। हर साल एक बच्चा। किसके होते हैं, ज्यादा बच्चे? सुअरों और कुत्तों के। मैं भी जाकर गिरवा आती हूँ। है क्या हमारे पास जो हम अपने बच्चों को देंगे।'

न उन्होंने किसी से प्रेम किया, न उन्हें मिला। यहाँ तक कि अपने दोनों बच्चों को अनचाहे ही पाला। उनका बचपन नष्ट हो गया। वे भी माँ से हमेशा दूर बने रहे। बड़े हुए तो पूरी तरह दूर हो गये। एक गलत साथ ने कितने जीवन बर्बाद कर दिये।

तीसरी बुआ की शादी कटनी में हुई थी। लड़केवाले किसी और लड़की को देखने कोतमा आये थे। लड़की पसन्द नहीं आयी तो वे वापस जाने लगे। तभी उनकी नज़र स्कूल से घर लौटती एक लड़की पर पड़ी। वे रुक गये। खोजबीन की। दादाजी को सन्देश भिजवाया। दादा जी ने तुरन्त 'हाँ' कर दी। घर बैठे रिश्ता जो आ गया था।

उसे कभी समझ में नहीं आया कि जब हम बाज़ार से सौ रुपये की चीज लेने जाते हैं तो कितना सोचते हैं। पर बेटी का दूल्हा चुनते समय अन्धे हो जाते हैं...जैसे कोई बोझ हो...जिसे किसी-न-किसी तरह उतार फेंकना हो। यह सब सुनते-देखते हुए उसे 'शादी' से नफ़रत होने लगी है।

कटनी में उनका रेडीमेड कपड़ों का व्यापार था। घर मे दिन भर रजाइयाँ भरती रहती। बीस लोगों का कुनबा। सास-सारा दिन सिर पर खड़ी चिल्लाती रहती। सात देवर उनकी नाक में दम किये रहते। उनसे बदतमीज़ी से पेश आते, उनकी शिक़ायतें माँ से करते। सास, बुआ के सातों कुलों का तर्पण करती रहतीं।

बुआयें यहाँ आतीं तो राहत की साँस लेती। अपनी अधूरी नींदें भी यहीं पूरी करतीं। उनका सब-कुछ अधूरा था...वे ख़ुद टुकड़ा-टुकड़ा थीं। जाने किस अदृश्य धागे से उन्होंने ख़ुद को सिल रखा था कि पूरी दिखाई देती थीं। वहाँ उनकी जो हँसी भीतर जम जाती थी और जिसके नीचे उनका बहुत कुछ दब जाता था...यहाँ की आँच में बूँद-बूँद पिघलती। कभी मस्ती कर-करके अपनी सास-पति और देवरों की नक़लें उतारतीं और सबको हँसातीं और कभी सबसे नज़रें बचाये अकेली उदास बैठी होती या आँसू छिपाये घूम रही होतीं। **ख़ुदाया, सारे खारे समन्दर तूने औरतों की आँखों में क्यूँ डाल दिये? और सारें ख़्वाब उनकी छाती में...आँसुओं से अपनी फसलें सींचना...कितना हौलनाक? कि गर यक़ीं न हो तो औरत बनके देख...।**

वे सब मिलतीं तो न जाने कितनी बातें करतीं। वे सब एक साथ सोतीं...एक साथ जागतीं...घर-गृहस्थी की बातें करतीं। उसे उस सबमें कोई दिलचस्पी नहीं थी...वह अपनी कहानी-उपन्यास के पात्रों के साथ उठती-बैठती-जागती-सोती...उन्हीं को जीती...

कुछ किताबें हमारा हाथ पकड़कर घने जंगलों में ले जाती हैं...घने, गीले और लम्बे दरख़्तों के बीच, बहती हवा के मध्य वे हमें तन्हा छोड़ आहिस्ता से विलुप्त हो जाती हैं...मानो वे हवा में घुल गयीं हों...हम उस नीम रोशनी, हरी पत्तियों की गन्ध से महकती हवा के बीच किसी तार पर टँगे रह जाते हैं...नीचे अँधेरी खाई है, छल-छल बहती नदी है, उकड़ू बैठी हुई तिलस्मी चट्टाने हैं...जो दिन में कई-कई बार रंग बदलती हैं। उनके भीतर न जाने कितने मेढकों और कीड़ों का

संसार है...जो हमारे संसार को काटते नहीं बल्कि समृद्ध करते हैं...और ऊपर आसमान पर टँगे बादलों के गुच्छे हवा की मार से इधर-उधर सरकते...मानो रूई उछाल दी हो, किसी ने ऊपर। कभी वे पहाड़ के सिर पर बैठ इतराते हैं, कभी उसके कन्धे से लग रोने लगते हैं। हम चकराये-चकराये बहुत देर तक तनी रस्सी पर चलते रहते हैं...फिर थककर अर्थों की अदृश्य गोद में गिर पड़ते हैं।

रात भर उसे नीद नहीं आती। वह कभी कविताएँ लिखती और कभी भीतर उठते प्रश्नों से जूझती रहती...

'वह क्या है, जो मुझसे बड़ा है, जिसे इतनी कोशिश के बाद भी मैं जीत नहीं पायी। कौन तय करता है हमारी ज़िन्दगी की दशा और दिशाएँ? हमसे पूछे बग़ैर और क्यूँ? मैं क्यूँ नहीं जीवन को उसी ट्रेक पर ले जा सकती जिस पर ले जाना चाहती हूँ। क्या हम किसी और का जीवन जीने को अभिशप्त है? कितना स्वतन्त्र है मनुष्य? न जन्म, न मृत्यु, न देश, न प्रदेश, न माँ-बाप, न रिश्तेदार...अपना मोहल्ला तक नहीं। कभी-कभी अपना कार्य क्षेत्र तक नहीं...। कभी-कभी थककर वह चुपचाप पेड़ों की शरण में चली जाती...शाम का ढलता सूरज...पेड़ों पर लौटती चिड़ियाँ...घर लौटती भैंसों की चमकती काली पीठें...गायों की आँखों की तरलता...मन्द-मन्द बहती बयार...टप-टप टपकते पत्ते, उसकी यातना को धीरे-धीरे अपने में सोख लेते...वह फिर लौटती...नये सिरे से जूझने को तैयार...

ऐसी ही एक रात थी, जब पम्मी बुआ उसकी बगल में आकर लेट गयीं—
"रूमी, मुझे कई बार लगता है अब तू बड़ी हो गयी है और तुझे समझाना व्यर्थ है।"

"नहीं बुआ, आपके लिए नहीं। आप मुझे हमेशा समझा सकती हैं।"

"तू क्या कर रही है बच्ची? तुझे कुछ पता भी है?"

"मैं अपने लिए एक नयी दुनिया की तलाश में हूँ बुआ। यह दुनिया मुझे अच्छी नहीं लगती।"

"और जिसकी तू बात कर रही है, वह दुनिया कहाँ है?"

"कहीं तो होगी न बुआ, अभी दिखाई नहीं दे रही।"

"वह तेरी कल्पना में है, हक़ीक़त में नहीं। किसी पुरूष के बिना जीना कितना असम्भव है, अभी तुझे पता नहीं। और तू तो जवान है, सुन्दर है...दूर-दूर तक तेरे जैसी कोई लड़की नहीं है...ये कैसा वैराग्य भर गया है तुझमें?

"बुआ...मुझे मेरे जैसा चाहिए...उससे कम में नहीं चलेगा पर वह भी बाद में...अपने पैरों पर खड़ा होने के बाद...।"

मुझे कोई ऐसा साथी नहीं चाहिए जो मेरे साथ चले या जो मुझे सुने-समझे । नथिंग लाइक दैट। मुझे कोई ऐसा चाहिए जो मेरा ही हिस्सा हो कि जिसे पाकर मैं और अकेली हो जाऊँ...और ख़ामोश।

पर यह तो वह कह भी नहीं सकती। कौन समझेगा?

"क्या करेगी? नौकरी? उससे तू सुखी हो जाएगी?"

"आप सुखी हो बुआ?" उसने उनकी आँखों में देखा—उसका स्वर शान्त था।

यह सनातन प्रश्न नीम अँधेरे में उनकी चेतना पर हथौड़े की तरह पड़ा...। कई पल वे जैसे एक सहमे से सन्नाटे में लेटी रहीं...

उसने उनके गले में अपनी बाहें डाल दी...

'आपको तो चुनने का मौक़ा नहीं मिला बुआ पर मुझे चुनने का एक मौक़ा दो। और तो कुछ मेरा नहीं है यह जीवन तो मेरा है। क्या मैं अपने मन से नहीं जी सकती?'

'मन और जीवन कभी नहीं मिलते बच्चे। मन को पकड़ते हैं तो जीवन छूट जाता है। जीवन को पकड़ेंगे तो मन छूट जाता है। और किसी पर भरोसा मत करना...अपना हाहाकार अपने सिवा कोई नहीं सुनता।'

'अब सही कहा आपने। मुझे किसी पर भरोसा नहीं है...सिवा अपने। मैं सिर्फ एक वजह...एक वजह अपने जीने की खोजना चाहती हूँ...जो मेरे अस्तित्व को सम्पूर्णता प्रदान करे।'

पता नहीं उन्होंने यह बात समझी या नहीं पर उन्हें यह जरूर लगा होगा कि अब बात हाथ से निकल चुकी है...अब कुछ नहीं हो सकता। वह उन्हें कैसे समझाती कि घास का छोटे से छोटा तिनका भी जिस प्रक्रिया से गुज़रकर बड़ा होता है, इसे तो माली भी नहीं जान सकता...।

अनायास ही जैसे कहने को कुछ नहीं बचा, दोनों एक-दूसरे की तरफ देखते रहे। मनुष्य बहुत ज्यादा और बहुत गहरा सच नहीं झेल सकता। उसे उन पर अचानक बहुत लाड़ आया। जीवन की अधिकतर राहें पछतावे पर ही समाप्त होती हैं पर उससे भी मनुष्य कुछ सीखता नहीं है।

वह अभी भी नहीं जान सकी थी कि आख़िर उसके लिए निर्धारित कार्य कौन-सा है? उसे कैसे खोजा जाय? अक्सर ही वह भविष्य की तस्वीरें देखती...जिसमें वह अलग-अलग किरदार निभा रही है...फिर भी उसे लगता, वह इसके सिवा कुछ 'और' है...। **आख़िर उसकी अपनी 'नियति' कहाँ है? आख़िर उसका अपना 'सच' कहाँ है? उसे ज्ञान की किरण चाहिए, आस्था नहीं...अगर कोई है जो इस धरती से परे है तो उसे अपना चेहरा दिखाना होगा। उसे 'ज्ञान' की दुर्गम खोज में सतत चलते रहना होगा**—उसने देखा...बुआ को नींद आ गयी है। खिड़की के बाहर दूर-दूर तक अँधेरा है...। वह अपने भीतर की निष्कम्प लौ में उस मौन को सुनने की कोशिश करती है, जिसकी भाषा अभी भी उसे ठीक-ठीक समझ में नहीं आ रही।

जिनके पंखों में परवाज़ होती है, वे किसी के रोके नहीं रुकते

याद आ रहे हैं उसे माँ के वे अन्तिम बरस...कितने तकलीफ़देह...आप चाहकर भी उस दूसरे की तकलीफ़ नहीं ले सकते...असहाय देखते रह जाते हैं...। आख़िरी कुछ साल माँ बिस्तर पर पड़ गयी थी...खाना-पीना-पाख़ाना-पेशाब...सब वहीं...हर पाँच मिनट में वे उसे आवाज़ देतीं...

'रूमी...।'

'जी माँ...।' वह उनके आसपास बनी रहती।

'क्या कर रही है?'

'पढ़ रही हूँ माँ...।' वह निकट आ जाती।

'अभी तक पढ़ रही है, कब तेरी पढ़ाई ख़त्म होगी?'

'हो गया माँ। मुझे लायसेंस मिल गया है, अपना क्लीनिक खोलने की मेरी तैयारी चल रही है'

'कुछ चाहिए तो मेरे गहने पड़े हैं, वैसे भी वे मेरे किस काम के? मनुष्य अपना जीवन उन चीजों को इकट्ठा करने में बिता देता है जिससे उसे सन्तोष या शान्ति नहीं मिलती'

'नहीं माँ। तुम्हारा आशीर्वाद चाहिए। तुम हमेशा मेरे साथ रहना।'

'हमेशा...।' क्षण-भर वे चुप रहीं...फिर पूछा...

'अब तू डॉक्टर हो गयी?'

'हाँ माँ...।' उसने उनका माथा सहलाया।

'अपने बाप का इलाज करना सबसे पहले...।' उन्होंने कड़वे स्वर में कहा तो वह हँस पड़ी...

'अब भाग जा, अपने पैरों पर खड़ी हो गयी है न...।'

'तुम्हें छोड़कर कहीं नहीं जाऊँगी माँ। याद है तुमने एक दिन कहा था औरत भाग सकती है, माँ नहीं। अब मैं तुम्हारी माँ हूँ...मैं कैसे भाग सकती हूँ?'

वे रोने लगीं...

भाइयों की शादियाँ हो गयीं और वे अपनी धन-सम्पत्ति और परिवार बढ़ाने

में व्यस्त हो गये। दोनों ने बँटवारे की माँग की। समय रहते पिताजी ने कर भी दिया, टूटे मन से ही सही। सिर्फ वह रह गयी थी दोनों के पास अकेली...। सायकोलॉजी में एम.ए. करने के बाद वह पी-एच.डी. कर रही थी जो लगभग ख़त्म होने की कगार पर थी। पिताजी के पास तीन एकड़ की जमीन का एक टुकड़ा रह गया था और कुछ गाय-भैंसें...बाप-बेटी दोनों मिलकर सँभाल लेते। सुबह चार बजे दोनों उठ जाते...पिताजी खेतों की तरफ निकल जाते, वह अपनी पढ़ाई करती...। शाम को जब ठंडी हवा चलती...सूरज डूबने का वक़्त होता...गाय-भैंसें लौट रही होतीं...वे किसी-न-किसी मेड़ पर बैठे होते...तब वे सिन्ध की तमाम बातें उसे सुनाते...सिन्ध के प्रति दिलचस्पी उसमें उन्होंने ही जगायी...

'रूमी, तूने मेरे बुढ़ापे को ज़ख़्म दे दिया। मुझे तेरी चिन्ता खाये जाती है।'

'मैं बहुत खुश हूँ माँ। तुम्हारे साथ दिक़्क़त यह है कि तुम शादी को खुशी समझती हो'

'इतना पढ़-लिख गयी है, इतने लोगों से मिलती है, कोई मिला नहीं आज तक तुझे?'

'कोई मिलेगा तो तुम्हारे पास ले आऊँगी।'

'ले मत आना। भाग जाना उसके साथ। यहाँ ले आएगी तो तेरा बाप तेरा गला दबा देगा छोरी।'

'अब पिताजी पहले जैसे नहीं रहे माँ। अब कौन है जिस पर गुस्सा करें...सब तो चले गये। तुम थोड़ी बात उनसे भी कर लिया करो।'

'बात? उसे तो मेरे कमरे में भी मत आने देना। मैं उसकी शक्ल तक नहीं देखना चाहती।' उन्होंने इस तरह कहा तो वह फिर हँस पड़ी।

'अच्छा माँ, कभी आपने भाग जाना चाहा?' वह बात बदलती है कि मन बदले।

'कई बार...पर तुम लोगों का मुँह देखकर रह जाती।'

'तो हम तुम्हारी बेड़ियाँ बन गये।'

'परिवार तो होता ही बेड़ी है।'

'फिर भी मुझे परिवार बनाने को कहती है?' उसने उनके बिखरे बाल ठीक किये तो उन्होंने उसका हाथ पकड़ लिया, फिर कुछ देर चुप रह गयीं।

'तेरा औरत होना कैसे सार्थक होगा?' उन्होंने धीरे से कहा।

'इसके लिए दूसरे की जरूरत क्यूँ होगी?'

'तू तो बन्द किताब है अभी तक। कोरी। कोई दूसरा ही आकर तुझे खोलेगा और लिखेगा।'

'और उसका लिखा मुझे पसन्द न आया तो?'

'अपनी पसन्द का पुरुष चुनना, जिसके सामने तू मिटने को राजी हो जाय। अपना आप दे देने में जो खुशी है न...!' वे चुप हो गयीं शायद शब्द न मिलने की वजह से...

'तुम्हें याद है माँ...शुरू में तुम मुझे उपन्यास पढ़ने पर कितना मारती थी और मैंने कहा था ये इतनी बुरी चीज नहीं है। तुम सुनो मैं तुम्हें पढ़कर सुनाती हूँ...इस तरह मैंने तुम्हें बहुत से उपन्यास पढ़कर सुनाये थे।'

'हाँ मेरे अँधेरे जीवन में रोशनी की लकीर वहीं से आयी थी। मैंने पहली बार जाना था...कोई और दुनिया भी है...किसी और तरीक़े से भी जिया जा सकता है।' फिर वे इस तरह चुप हुईं मानो कुछ सोच रही हों...

'तूने मुझे अमृता की एक कहानी सुनायी थी जिसमें एक लड़की बीस रुपये के बदले अपना शरीर उसे देती है, जिसे वह प्रेम करती है। वह चाहती है उसका प्रेमी वेश्या के पास न जाय, उसके पास आये...बीस रुपये देकर भले वह इस कर्ज से मुक्त हो जाय। यह प्रेम है...। मैंने जीवन भर उसको अपना शरीर दिया जिससे मैं प्रेम नहीं करती थी। यह दुख की बात है, पर इससे ज्यादा दुख इस बात का है कि मुझे इसका पता ही नहीं चला।' कहते-कहते वे हाँफ-सी गयीं। वे सुनती रहीं...

'अज्ञान ही सारी बुराइयों की जड़ है रूमी। तूने ठीक किया...ज्ञान की तलाश में गयी। मुझे डर लगता था तेरे लिए। पर अब नहीं। जैसा भी जिएगी, इससे अच्छा होगा। और...चुनेगी ख़ुद...।'

'तुम अपनी दुश्मन ख़ुद रही माँ...दूसरों की सेवा और दूसरों के आगे बिछने में तुमने अपने जीवन की सार्थकता मानी...। दूसरों को रोशनी देने की कोशिश में तुम ख़ुद अँधेरों में रही। तुम ख़ुद पर सबसे कम खर्च करती, सबसे कम कपड़े सिलवाती, सबसे आख़िर में खाती...जो बच जाता। तो दूसरो ने भी तुम्हें इस बचे हुए के लायक़ समझा। अपने भीतर सर्वश्रेष्ठ खोजती माँ, जो तुममें था। इस आत्मदया में जीवन गुज़ारना...।'

वह सहसा चुप हो गयी। क्या इस सबका वक़्त बीत नहीं चुका? हमारे ही भीतर कौन-सी चीज होती है कि हम ख़ुद से प्यार और नफ़रत करते हैं एक साथ...। हम एक साथ योगी और भोगी हैं? एक साथ शिखर पर उठना और फिर अँधेरों में विलीन हो जाना चाहते हैं? एक साथ मर जाना और मार देना चाहते हैं।

'हमें तो यही सिखाया गया था सबसे कम खाओ, सबसे कम सोओ, सबसे कम माँगो, अपना आप सबसे छिपाकर...ढाँककर रखो। ऐसे रहो जैसे नहीं हो।'

वे चुप हो गयीं तो उसने बात आगे नहीं बढ़ायी। वह चुपके से उठके जानेवाली थी कि सहसा उन्होंने फिर पूछा...

'काकी कैसी है?'

काकी उनकी पड़ोसन, जिसकी छः बेटियाँ। चार मशीनें उनके घर हमेशा चलती रहती हैं। मशीन चलाते-चलाते उसकी पीठ धनुष हो गयी है।

'ठीक हैं माँ।'

'उसकी बेटियों की शादी हो गयी?'

'एक की हो गयी है, बाकी की भी हो जाएगी। लड़कियाँ मेहनती हैं, अपनी गुज़र-बसर कर लेती है।'

'हाँ, अपनी गुज़र-बसर। जब तक तुम दूसरे की दी हुई रोटी खाते हो, तब तक तुम्हारी कभी क़द्र नहीं होगी। एक बात तुमसे कहती हूँ...तुम कभी दूसरे की रोटी मत खाना, चाहे तुम्हारी शादी हो जाय।'

'नहीं माँ। तुम दोनों के रिश्ते ने मुझे शादी शब्द से बहुत दूर फेंक दिया है। मुझे नहीं करनी शादी।'

वो क्षण भर चुप हो गयीं, फिर कहा...

'शादी नहीं करेगी तो घर कैसे बसाएगी?'

'फिर घर? तुम घूम-फिर कर वहीं पहुँच गयी।'

'बच्चे कैसे होंगे?'

'दुनिया में बहुत बच्चे हैं।'

'माँ नहीं बनोगी तो देना कैसे सीखोगी?'

'कैसी बातें करती हो माँ? तुमने मुझे बहुत सिखाया है, अब माँ बनना मत सिखाना।'

उनके चेहरे पर भी हँसी आ गयी...

'तुम्हें सिलाई तो मैने ही सिखाई। तुम्हे याद है न रूमी, हम कितनी बंडियाँ सिलते थे...एक रुपये में एक...और कच्छा तो दस और पचीस पैसे में...तिनका-तिनका जोड़ा...। क्या-क्या नहीं सिखाया तुम्हें...औरतोंवाले काम...सिलाई-कढ़ाई, पापड़-बड़ियाँ बनाना, मिठाइयाँ बनाना। जो नहीं सिखाया वह है, ख़ुद को बनाना। मेरा सिखाया किसी काम न आया। तूने अपने लिए सब कुछ ख़ुद ही बनाया है।'

'बनाना पर माँ तुमने ही सिखाया। तुम्हें देखकर ही मैंने जाना कि मुझे जीवन में क्या-क्या नहीं चाहिए?'

'तुम्हारी सहेलियाँ घर आती थीं तो मैं खुश होती थीं। इतना प्रेम तो रिश्तेदार भी एक-दूसरे से नहीं करते। वे तो हमेशा एक-दूसरे की टाँग खींचते रहते हैं। एक दूसरे को गिराने के उपाय सोचते रहते हैं।'

'प्रेम और-मित्रता...इन पर यक़ीन करना भी मुझे तुमने ही सिखाया माँ।'

'अच्छा बता तेरी वो सब सहेलियाँ कहाँ चली गयीं...कुछ खोज-ख़बर उनकी रखती है या नहीं?'

'मैं तो रखती हूँ माँ, पर वे...। उनमें से ज्यादातर की शादी हो गयी है...जिनकी नहीं हुई...वे ऐसे जी रही हैं मानो यह उनकी कोई भयानक भूल हो...।'

'और सुलेखा...। तू उसे बहुत प्यार करती थी...।'

'अभी भी करती हूँ माँ। प्रेम कभी नष्ट नहीं होता...हमारे नष्ट होने पर भी नहीं...। उसकी शादी उसकी इच्छा के ख़िलाफ़ कर दी गयी और वह ऐसे गायब हुई कि पिछले सारे अध्याय बन्द कर दिये...। लड़कियाँ ऐसा क्यूँ करती हैं माँ?'

'वे बहुत मजबूर होती हैं। शादी उनसे सब-कुछ छीन लेती है—उनका अपना-आप तक। मन न मैला करना, उसकी प्रतीक्षा करना। तुझमें बहुत कुछ देखती हूँ। कितना ही मैं तेरे बाप को खराब कहूँ, पर इसी का बीज है तू। लड़के देख कैसे चले गये अपना-अपना घर बसाकर। कोई आता नहीं है पूछने। डरते हैं, हम उनसे कुछ माँग न लें। ये तेरा काम नहीं है, पर तू कर रही है।'

'ये मेरा ही काम है माँ। मुझे यह करने में सुख मिलता है। अगर तुम न होती तो मैं होती क्या? हम सब ख़ुद को एक-दूसरे की मदद से गढ़ते हैं।'

'गढ़ते हैं...।' वे बुदबुदायीं...फिर भटक गयीं...

'जाने की घड़ी आ गयी प्राण जाने क्यों अटके हुए हैं...। ख़त्म हो गये सारे काम।' बुदबुदाते-बुदबुदाते उनकी आँखें झपक गयीं।'

कुछ हफ्तों बाद पम्मी आयी उन्हें देखने। उनके सफेद हाथ पर अपना हाथ रख दिया...

'केरू आ...?' (कौन है?)

'भाभी...माँ पम्मी।'

'पम्मी...कड़िहं आईअं?' (पम्मी, कब आई?)

'अभी...भाभी...।'

'तुम लोग क्यूँ आये हो?' वे भूल जातीं कि वे बीमार हैं।

'आपको देखने...।' वे कहती—

'मुझे क्या हुआ है? मैं तो वैसे ही पड़ी हूँ। बार-बार मत आया करो। इज़्ज़त नहीं होती मायके में। अब मेरा ज़माना कहाँ रहा? मैंने तो कभी ननदों और बेटी में भेद नहीं किया। क्यों पम्मी?'

'हाँ भाभी, आप मुझे नहलाते समय बहुत मारती थीं।' पम्मी ने मज़ाक़ में कहा तो उनके पोपले मुँह में हँसी उतर आयी...नर्म-नाजुक-हल्का गर्म...जैसे किसी चिड़िया का घोंसला हो...।'

'मारती थी तो सिखाया भी तो मैंने ही था...तुझे सिलाई किसने सिखायी ? और खाना बनाना...माजून बनाना...लड़कियाँ हों या लड़के, हमी सभी के लिए मरते रहे। पति को भी कमा-कमाकर दिया...जब जरूरत होती, भागता आता...।' क्षण

भर रुकीं, फिर बोलीं...

'आज पाँच हज़ार दे, आज दस हज़ार...लौटा दूँगा। कहाँ लौटाया कुछ भी?' सब लेने ही आये मेरे पास...बच्चे भी...बड़े को नया काम खुलवा के दिया...कहता था...मिल पर नहीं बैठूँगा...बाप के साथ काम नहीं करूँगा। कहा, ले पचास हज़ार...मेरी सारी जमा पूँजी ले जा....तरक्की करेगा...। माँ का आशीर्वाद...है। पचास हज़ार से पचास लाख कमाएगा...तो देखो, फल गया न आशीर्वाद...। सब उजाड़ दिया छोटे ने। बहुत घमंड था तेरे भाई को कि मेरे जैसा बाप...मेरे जैसा आदमी...बच्चे फ़ख्र करेंगे मुझपर...कोई पास नहीं फटकता। कोई बात नहीं करना चाहता...न कोई सुनना चाहता...उजड़ गया सब। उजड़े हुए आये थे फिर से बसाने हम...नहीं बस सका। आह लगी है इस घर को औरतों की...। इस घर ने कभी औरतों की क़द्र नहीं की...तुम देखना पम्मी...।'

'भाभी, बस करो। बीती बातों से क्या फ़ायदा?' पम्मी उन्हें मना करती।

कुछ देर सन्नाटा ।

'बीती बातें...अन्दर सब-कुछ जिन्दा है पम्मी...मैं कुछ नहीं भूली हूँ...एक तो मेरी सास ने मुझे मारा...दूसरे इस आदमी ने...देखना, सात जन्म इस आदमी को औरत का सुख नसीब नहीं होगा...।'

मवाद था भीतर...जाने कब से दबा पड़ा...रिसता रहता...रिसता रहता...।

पम्मी घड़ी भर के लिए कहीं उठकर जाती तो वे उन्हें आवाज़ लगातीं...

'क्या कर रही है पम्मी? मुझसे मिलने आयी है कि घर का काम करने? घर का भूत जिससे चिपट गया वह कभी चैन से नहीं रह सकता। मुझे देख, कितनी बंडियाँ सिलती थी। पन्ना कहता था, ऐसी बंडियाँ पूरे बाज़ार में नहीं हैं। इतवार को एक भी नहीं बचतीं। सिलो और सिलो...सिल-सिलकर आँखें फोड़ ली...क्या हुआ? है मेरे पास कुछ? इन्हीं लोगों का पेट नहीं भरा अब तक...सब ले गये...फिर भी...।'

उनकी शिक़ायतें फिर-फिर शुरू हो जातीं। वे दोनों सुनती रहतीं।

कभी वो अचानक जैसे सब भूल जातीं और घंटों चुप पड़ी रहतीं। फिर जागतीं...

'पम्मी सुन रही है कि नहीं? मत सुनो, वैसे भी बचा क्या है मेरे पास जो तुम आओगे? पति ने कभी सुनी ही नहीं, वह तो झाँकने तक नहीं आता। उसको जब बुखार होता था पम्मी...पूरा घर उसकी सेवा में लग जाता था। दूसरे से कभी जो चादर उठाकर पूछा हो कि क्या हुआ? हर रिश्ता मतलब का...ये बात हमेशा याद रखना। पति हो या बच्चे, सब हमसे कुछ-न-कुछ लेने आते हैं। जिस दिन तुम्हारे पास कुछ नहीं होगा...तुम्हें छोड़कर चले जाएँगे।'

'भाभी, अब खाना खाकर सो जाओ। ये सब बीते समय की बातें है। अब तो कोई आपसे कुछ नहीं कहता।'

'पम्मी। पुरुष बड़ा क्रूर होता है। मेरा बाप भी था। इतनी बड़ी 'दम्बूक' थी उसके पास। जचकी के समय जब भाभियाँ भीतर दर्द से छटपटाती थीं तो अपनी 'दम्बूक' चलाता था आँगन की दीवार पर । एक धमाका और बच्चा बाहर। बहुत देर तक तो बच्चे के रोने की आवाज़ ही न आती। आँगन की दीवार पर वे छेद अभी भी होंगे।' कई बातें वे दोहराती रहतीं...

'भइया के पास तो कोई 'दम्बूक' नहीं थी भाभी, फिर तुम इतना क्यूँ डरती थी?' पम्मी हँस देती।

'थी न, शब्दों की दम्बूक। गोली सीधी मेरी छाती में। अभी तक न जाने कितने छेद हैं मेरी आत्मा में...।'

पम्मी की आँखें आँसुओं से भर जातीं...वे कुछ कह न पातीं...चुपचाप उनके पैरों और टाँगों की मालिश करती रहती। जितने दिन रहती, उसे फ्री कर देती। उन हड्डियों के ढाँचे को अपनी बाँहों में लेकर पेशाब और लैट्रिन के लिए बैठा देती...नहला देती, निचले अंगों को डेटॉल से धोकर पावडर लगा देती, सोने से बने ज़ख़्मों पर दवा लगा देती, करवट बदलवा देती, चम्मच से खिलाना-पिलाना...घंटों उनकी बातें सुनना...जवाब देना...।

अपनी सेवा करवाना उन्हें पसन्द नहीं था, कभी-कभी रोने लगतीं...

'सोचती थी, जैसा भेजा है ऊपर वाले ने...वैसा-का-वैसा अपने-आप उसे लौटा दूँगी...। पर यह शरीर भी चिथड़े-चिथड़े हो गया पम्मी और मन भी। तुम दोनों लड़कियाँ न जाने कौन-सा क़र्ज़ उतार रही हो मेरी सेवा करके...ऊपर जाकर पूछूँगी उससे, ऐसी दुनिया न भी बनाता तो कोई फ़र्क़ न पड़ता...।'

'भाभी अब सो जाओ...।'

'आज माँ बहुत याद आ रही है पम्मी। घड़े में रखकर आम पकाती थी। खूब सारे आम खाते थे हम। वो जो खाये, फिर नहीं खाये...। उनका स्वाद अभी भी मेरे भीतर है। दो ही चीजें जाती हैं हमारे साथ...स्वाद और महक। नहीं..यादें भी। वहाँ भी दिन भर काम करते थे...दूध दुहना, उपले पाथना, आँगन धोना, पशुओं का चारा बनाना, फिर घर का काम, तब कहीं खेलने को एक घंटा मिलता था...।'

'सब दिन की कसर आज निकाल रही हो भाभी। जी भरकर सोओ अब।' पम्मी ने हँसी से कहा तो वे भी हँस दीं...

'हाँ...मैं नहीं बैठी तो उसने बिठा दिया'

'पम्मी...जरा पास तो आ...।' उन्होंने मद्धिम स्वर में कहा...

'आज मेरा हज्जाम वाला काम कर दे।' पास आने पर उन्होंने कहा।

दरवाजा बन्द करके पम्मी ने उनका हज्जाम वाला काम कर दिया। फिर बाहर आकर हँसते हुए उससे बोली....

'उन्हें पता ही नहीं चला...कह रही थीं...कहाँ किया? मैंने कहा-हाथ से छूकर देखो। फिर बिना छुये ही बोली...अच्छा कर दिया होगा।'

दोनों देर तक हँसती रहीं।

रात वे दोनों साथ सोयीं तो पम्मी बुआ ने कहा...

'रूमी, भरी जवानी का मन तेज रफ़्तार से बहती नदी-सा होता है...कुछ भी ठहरता नहीं। अगले ही लम्हे हर चीज बह जाती है...पानी साफ होता रहता है...कुछ भी फेंको, कुछ भी करो...वेग... बूढ़ा मन बहुत धीमी बहती नदी-सा होता है। कोई भी छोटी-मोटी चट्टान उसका रास्ता बदलने के लिए काफी होती है। कुछ भी फेंको...आसानी से बहता नहीं...नदी इतनी धीमे बहती है कि उसके साथ चलने वाले राहगीर आगे निकल जाते हैं। भूल जाते हैं उसे। कभी-कभी तो वह ठहरकर हर पास आनेवाले को देखने लगती है। उसे कोई जल्दी नहीं है, उसे कहीं नहीं जाना। पर जब नदी ठहर जाती है...शान्त...तब न सिर्फ आसमान और तारे, तुम ख़ुद भी अपना चेहरा देख सकते हो...और फिर यक़ीन मानो, मृत्यु कहीं निकट ही है...बस एक फर्लांग, एक मिनट या एक सेकेंड की दूरी पर...।'

मृत्यु कहीं निकट ही है...यह एक वाक्य उनके इर्द-गिर्द ठहरा रहता। वे उन्हें पल भर भी अकेला न छोड़तीं, कोई-न-कोई बैठी रहती उनके सिरहाने।

'रूमी।' उन्होंने उसे कई दिनों बाद पुकारा। पम्मी के आने के बाद वे उसे कम और पम्मी को ज्यादा पुकारती हैं। पम्मी ने उनके साथ वे ज़माने देखे हैं, जिन ज़मानों में तब तक उसने प्रवेश नहीं किया था।

'जी...।' पास आकर उन्हें छुआ।

'दुख न करना। न मेरे लिए, न अपने लिए। अब मैं समझ गयी हूँ, तुम दुनियावी रास्तों के लिए नहीं बनी हो। तुम अपने लिए बड़ा आसमान और बड़ी धरती ढूँढ़ना। बीतने से पहले ख़ुद को पा लेना।' वे अचानक चुप हो गयीं...मानो शब्द हवा में लटके हों, फिर कहा...

'आजकल आँखों से और भी कम दिखता है। न जाने कितनी परछाइयाँ आती-जाती हैं। ये कौन-सा महीना है? इतनी गर्मी? आमों को बौर पड़ गये? मुझे प्यास लगी है। रूमी, ग्लुकोज वाला पानी तो पिला।'

उसने उन्हें पानी पिला दिया।

'पम्मी से कहना, मुझे बेसन की टिक्की बनाकर खिला दे, अनारदाना डालकर। बहुत पहले बनती थी घर में। अब तो पता नहीं क्या-क्या बनाकर दे देते हो तुम लोग? चुपचाप खाना पड़ता है...।'

पम्मी सुनते ही किचन में चली गयी। वह उनका हाथ थामे बैठी रही...

'इस बार अच्छी बारिश हो तो धरती की प्यास बुझे...। ट्रेन की आवाज़ आ रही है...स्टेशन कितना दूर है? ए रूमी, देख... ट्रेन प्लेटफॉर्म से लग गयी है...चल मुझे चढ़ा दे...ठीक से पकड़ना और तू पकड़े-न-पकड़े...मुझे तो चढ़ना है। अब दूसरी दुनिया देखने का वक़्त आ गया।'

'माँ आप कितनी बार ट्रेन में चढ़े हो?' उसने उनको वहाँ से हटाना चाहा...।

'जब तू एक साल की थी, तुझे इलाहाबाद ले गये थे तेरा मुंडन करवाने। बच्चे ही नहीं बचते थे मेरे...। बहुत मनौतियों से...न जाने कितने दरों पर माथा टेका तब तू आयी मेरी झोली में...। तुझे पहचान न पायी, बस यही ख़ता हो गयी मुझसे...।'

'पर माँ...तुम पिताजी के साथ गयी कैसे? रास्ते भर डाँटते रहे होंगे...।'

उसने हँसकर उनके सिर पर हाथ फेरा...फेरती रही...

'हाँ...पर तब कुछ पता नहीं चलता था। हम भी ख़ुद को उसी लायक समझते थे...। खाना-कपड़ा मिल गया तो और क्या चाहिए फिर? सब सहने को राजी थे...।'

'फिर जगे कब'

'धीरे-धीरे...तुम लोग बड़े हो गये तब। जब तुमने किताबें पढ़कर सुनायी...तब मेरी नींद टूटी...।' कहते-कहते वे चुप हो गयीं...'बहुत देर हो गयी।' उन्होंने धीरे से कहा...जैसे उन्हें नीद आ रही हो...

'माँ, लो ग्लूकोज़ पियो। तुम्हारी बेसन की कचौड़ी बन रही है। अब सो मत जाना...।' वह आशंकित हो उठी...।

'शरीर रुक जाता है तो मन बहुत चलता है रूमी...मन की गति कोई नहीं पकड़ सकता। मेरे सारे गहने अलमारी में हैं। तीन हिस्से करने से पहले अपनी बुआओं को भी देना एक-एक गहना। ये भी मेरी बेटियाँ हैं...और सुन...।'

वह निकट आ गयी...घबराती हुई...

'हम कभी-न-कभी मिलेंगी जरूर। पहचान लेगी एक-दूसरे को। माँ-बेटी जैसा नाता संसार में दूसरा नहीं। मैं माँगती हूँ तुझे अगले जन्म में...ऊपरवाले से...बस इतना ही और कुछ नहीं...। ओ नदियों, सागर की ओर चलो...ओ प्राण...अपनी मुक्ति की राह पर चलो...।'

उन्होंने अपना सिर परे कर लिया...

वह अपनी रुलाई रोकती है।

'ये चादर उतार दे, गर्मी लग रही है। अब बदन उतारने का वक़्त आ गया। बोझ है बहुत। दर्द होता है। मेरी सब चीज फेंक देना, जला देना, कुछ भी घर पर मत रखना। सफ़र में जितना बोझ कम उतना अच्छा...।'

'लो भाभी...ये बेसन की टिक्की तैयार। बताओ तो तुम्हारे जैसी बनायी है या नहीं। ये भी तुम्हीं ने सिखायी थी....है न?' पम्मी ने एक छोटा-सा कौर बनाकर उनके मुँह में डाला।

वे कुछ बोल नहीं पायीं... ज़रा-सा खाती हैं फिर सिर परे कर लेती हैं। पम्मी पानी पिलाती है, मुँह पोंछती है...

'ये रोशनी कैसी है? कोई मुझे लेने आया है। रुको-रुको आती हूँ। मैं तो तुम्हारा ही रास्ता देख रही थी...इतनी देर कर दी। ये तुम्हारे साथ कौन है? इतनी ऊपर से मुझे कैसे उठाओगे? अच्छा उठा लो...मैं तो पतंग हूँ...डोर तुम्हारे हाथ...।'

दोनों की आँखें मिलीं...वे समझ गयीं...अब उन्हें वहाँ से हट जाना है और उन्हें शान्ति से अपने पथ पर जाने देना है। वे ख़ामोश ज़रा-सा दूर हटकर खड़ी हो गयीं...सम्मानपूर्वक...। ओ माँ! अब तुम अपनी नयी यात्रा पर निकलो...यह देह का आवरण जर्जर, क्षीण, पुराना हो गया है...थक गया है तुम्हारा मन...तनिक आराम करो...फिर आना एक नयी देह...एक नये मन और इसी आत्मा के साथ...

साँसों की थरथराहट, एक आख़िरी हिचकी और सब शान्त...।

पगड़ी की रस्म हो गयी...। जो बाहर से आये थे...वे बाहर-बाहर चले गये। लोग दोहरा दुख प्रकट कर रहे...एक माँ की मृत्यु का, दूसरे उसके कुँवारे रह जाने का। अब क्या होगा जैसा शाश्वत प्रश्न उस पर चस्पाँ कर देते। मन जैसे पुरइन का पत्ता है...कुछ नहीं ठहरता...पानी की बूँद भी फिसल जाती है। पम्मी बुआ और वह इतने लोगों के खाने-पीने-रहने की व्यवस्था में ही इतनी व्यस्त रही कि जानेवाले को ठीक से याद करने का भी वक़्त नहीं मिला। भीड़ में भीड़ बनकर भाई आये...उतनी ही संवेदना प्रकट की जितनी भीड़ ने...भीड़ के छँटते ही वे अपने हिस्से के गहने लेकर गायब हो गये...। क्या यही होता है? जिसे तुम अपने जीवन का महत्त्वपूर्ण हिस्सा समझते हो...वही तुम्हें अपने जीवन से निकालकर फेंक देता है। इन्ही बेटों के लिए पिताजी और दादाजी ने न जाने कितने साधु-सन्तों के सामने नाक रगड़ी थी।

'अब तुम्हें अकेले ही सभी मोर्चों को सँभालना है। अब तुम्हारी मदद के लिए कोई नहीं है। एक मोर्चा ख़ुद तुम्हारे अस्तित्व का है...जहाँ तुम समूची की समूची कोरी पड़ी हो...अनखुली-अनकही-अनसमझी...। इस अनछुई जमीन पर कैसे गेहूँ के खेत लहलहा सकते हैं...इसे समझना तुम्हारा पहला काम होना चाहिए...। और भाऊ का ख़याल रखना...न किसी ने इन्हें समझने की कोशिश की...न इन्होंने किसी को...जिनके लिए मरे, वही मारकर चले गये।'

सबसे अन्त में जाते-जाते पम्मी बुआ ने उसे कस के गले लगाया और समझाती रहीं। उनके आँसुओं में न जाने कितने अबोले शब्दों की गूँज थी। उसे पहली बार एक अबूझ रिक्तता का अहसास हुआ। माँ की मौजूदगी से भरा-भरा लगता अन्दर और बाहर का जगत सहसा वीरान हो गया। ये ही वे लोग हैं जिन्होंने जीवन और जगत को समझने में उसकी मदद की...माँ और पम्मी-बुआ। माँ के जाने के बाद पता चला है कितनी भीतर हैं वे? अब? अब क्या? बुआ की तरह यह सनातन प्रश्न उसके भी सामने था।

'मृत्यु के बाद सिर्फ देह गिरती है...दुख-सन्ताप-पाप-पीड़ा यातना नहीं। वे आत्मा से उसी तरह चिपके रहते हैं जैसे देह के अंग देह के साथ। ये तमाम चीजें आत्मा के साथ उसके सफ़र में रहती हैं। एक दिन किसी कोख में कोई बीज गिरता है तो ये तमाम चीजें उसके खोल-सी उससे लिपटी उसके साथ चली आती हैं... फिर-फिर देह धारण कर विकसित होने के लिए। इनके छूटने का उपाय जीवन में ही है, मृत्यु में नहीं। मृत्यु दरअसल कोई उपाय नहीं है। वह सिर्फ एक ब्रेक है...मध्यान्तर। स्टेज के पीछे कलाकार कपड़े बदलते हैं...और चेहरे...फिर वापस आ जाते हैं। चेहरे हमें धोखा देते हैं कि हम हर बार नये कलाकारों से मिल रहे हैं। सिर्फ कभी-कभी ही ऐसा होता है कि किसी कलाकार की आवाज़ या आँखें या उसकी हँसी देखकर हम चौंकते हैं। हमें लगता है पहले भी कहीं देखा है, पर याद नहीं पड़ता कहाँ?'' बुआ के कहे शब्द उसके साथ हैं...

वह माँ की खाट पर अकेली लेटी है...पिताजी ऊपर के कमरे में अकेले...। कुछ लोग हमेशा अकेले रहते हैं...अपने सफ़र में तमाम लोगों के साथ चलने के बावजूद...। वह जाना चाहती है...उन्हें सहारा देने, उन्हें हिम्मत बँधाने कि मैं हूँ...। नहीं जा पाती। पता नहीं उन्हें इस सबकी जरूरत है या नहीं। वह उनका सहारा बन भी सकती है या अभी तक सिर्फ कमज़ोरी ही है।

वह अकेली ख़ुद से जूझ रही है...

कहाँ से शुरू करूँ? भीतर से कि बाहर से? वह सँभालूँ जो भीतर चल रहा है...अपने अस्तित्व को तलाशने-भटकने की यातना, असह्य जुनून और जीने की मजबूरियाँ या बाहर की माँगें? इस देह के भीतर क्या है? मैं कितनी भाव-सत्ता वहन कर सकती हूँ?

मेरे पास सही-दृष्टि नहीं है, सन्देह है, संशय है, करने-न-करने का भी और किये हुए पर प्रश्नचिह्न लगाने का भी...।

हर रोज़ ख़ुद को लिखना, ख़ुद को मिटाना, ख़ुद को ठीक करना...ख़ुद को पाने का यह कैसा बीहड़ रास्ता है...जहाँ छूटती है अपनी ही ऊँगली बार-बार...उसी आकांक्षा की टिमटिमाती लौ में चलना लगातार...।

और एक दिन पिताजी ने उसे बुलाया...वह गयी...इधर वे धीरे-धीरे उदास होते चले गये थे...सब जानते थे कि उन्हें कौन-सी बात खाये जा रही है...पर कोई मुँह नहीं खोलना चाहता। एक रात उसने माँ और पिताजी दोनों को एक साथ रोते और अपने-अपने आँसू पोंछते देखा था...दुख मनुष्य को एक दूसरे के निकट ला देता है...।

''बैठो...।'' उन्होंने ठंडे स्वर में कहा

''नहीं, मैं ठीक हूँ।'' मैं तो ज़िन्दगी के द्वार पर कब से खड़ी हूँ कि वह दरवाजा खोल दे...उसने सोचा, कहा नहीं ।

'तुम जानती हो मैंने तुम्हें यहाँ क्यों बुलाया है? तुम मेरा दुख हो।' उनकी आवाज़ भर्रा गयी।

वह सन्नाटे में खड़ी रही...मैं तो सबका सुख होना चाहती हूँ...मैं तो सबको हँसते देखना चाहती हूँ...

'आख़िर मैं क्या करूँ तुम्हारा? न अपने साथ ले जा सकता, न किसी के भरोसे छोड़ सकता...। मैं तो एक दिन नहीं रहूँगा...फिर तुम? तुम्हें भ्रम है कि तुम अकेली जी सकती हो...अकेला कोई नहीं जी सकता...।'

'आप तो इतने लोगों के साथ जीते हैं। इसमें ऐसा कौन है जिसके साथ आप सारी उमर रहना चाहेंगे?' उसने मुलामियत से पूछा।

वे कुछ सोचते रहे...'शायद कोई नहीं...।' वे बुदबुदाये।

'आपने इतना संघर्ष किया...बार-बार टूटे...बार-बार खड़े हुए...किसके लिए?'

'अपने बच्चों के लिए...।' उन्होंने तुरन्त कहा।

'नहीं अपने लिए। क्योंकि उनके लिए कुछ करके आपको खुशी मिलती है । जिस दिन खुशी नहीं मिलेगी, उस दिन कुछ करेंगे भी नहीं...।'

'अभी तुम अपनी खुशी की बात करो।' उनकी आवाज़ में नाराज़गी उतर आयी।

'मेरी खुशी इसी में है कि मुझे मेरे हाल पर छोड़ दें। मुझे मेरे मन का करने दें। मैं आपसे धन-सम्पत्ति नहीं, अपना जीवन माँग रही हूँ...अपने चारों ओर देखिए...क्या आपको लगता है यह जीवन ऐसा है जो अपने बच्चों को दिया जाना चाहिए। और अगर नहीं तो हमें एक-दूसरे जीवन की तलाश की मोहलत भी तो मिलनी चाहिए...।'

'दूसरा जीवन? कौन-सा दूसरा जीवन? तुम कितनी किताबी बातें कर रही हो? इसी जीवन में मनुष्य ने इतना विकास किया है। पाषाण युग से आधुनिक युग तक...।'

'विकास किया है लेकिन बाहरी। भीतर वह कितना खोखला होता गया है

इतने युद्ध, इतनी घृणा, इतनी हिंसा? कितना भयावह क़ब्रिस्तान है उसके भीतर और बाहरी विकास का वह दावा कर रहा है।'

'तो तुम क्या समस्त मनुष्यों को बदलने का सोच रही हो?' उन्होने व्यंग्य से कहा।

'सबको नहीं सिर्फ ख़ुद को। मेरा रास्ता मुझी से शुरू होता है। जीवन इससे सुन्दर क्यूँ नहीं हो सकता? अभी तो मैं इससे श्रेष्ठ का चुनाव करना चाहती हूँ। मुझे अपनी तलाश जारी रखनी है।'

'कितनी मोहलत चाहिए? दो साल, पाँच साल फिर?'

'मुझे ये पूरी उम्र चाहिए अपने मन का करने की । पिता होने के नाते जो जीवन बन्धक है आपके पास, उसे लौटा दें मुझे...।' सँभालते-सँभालते भी उसकी आवाज़ बिखर गयी।

एकाएक उनकी आँखें आँसुओं से सराबोर हो गयीं...तो तुम नहीं मानोगी...।

'क्या करोगी?'

'पता नहीं। पर किसी से कुछ माँगूँगी नहीं, न कभी आपको शर्मिन्दा होने का मौक़ा दूँगी।'

वे बहुत देर तक सोचते रहे...

ठीक है। मैं भी जानता हूँ अब कुछ नही होगा। जैसा तेरा भाग्य। मेरी जायदाद के तीन हिस्से होंगे। एक तेरा।'

'झगड़े होंगे।' उसने तुरन्त कहा

'हों...मुझे भी तो पता चले कौन कितने पानी में है।'

'जैसी आपकी मर्ज़ी। आपकी सम्पत्ति आपकी अमानत। जब चाहें वापस ले लें।'

वह कविताएँ लिखती है... पेंटिंग करती है...शब्द मानो उसकी समस्त पीड़ा और खोज को आत्मसात् कर उसमें से बाहर आते कुछ वक़्त के लिए...वह खाली हो जाती...अनदिखी झिर्री में से पानी धीरे-धीरे फिर भरने लगता...कभी यह रंगों की शक्ल में बाहर आता...कभी शब्दों की शक्ल में...वह कलाओं में ही अपने आपको ढूँढ़ पाती है...कलाएँ उसे मूर्त में अमूर्त का नर्तन लगतीं। उसके 'होने' का आलोक। यह अनन्त को अपने भीतर जगह देना और उतारना है...ब्रह्मांड के कम्पनों को अपने भीतर एकाकार करना और उन्हें रचना है। वे तुम्हारे सच में ऐसे घुल-मिल जाते हैं...कि फिर अन्ततः सबका सच बन जाते हैं।

वह खुले आसमान के नीचे देर रात तक बैठी रहती है...वह कौन है जो मेरी उँगलियाँ पकड़कर मुझसे लिखवाता है? वह कौन है जो मेरी पेंटिंग्स में रंग भरता है...जिसकी चमक से रंग चमकते हैं...वह कौन है जो मुझे यहाँ से भाग जाने को

उकसाता है...। मैं एक ऐसा समाज चाहती हूँ जिसमें सभी वर्ग और आयु के लोग समान रूप से रह सकें और समान विकास कर सकें...। **रक्तरंजित मानव सभ्यता को एक नये मनुष्य की प्रतीक्षा है।**

सुबह सोकर उठती है तो उसे लगता है...रात न जाने कहाँ थी और कितनी दूर से चलकर आयी है यहाँ तक...कौन सी दुनिया थी वह? क्या वह सचमुच गयी थी वहाँ? कुछ धुँधले दृश्य...लम्बे-लम्बे रास्ते...पहाड़ और नदियाँ...नदियों पर झुकते बादल...दूर-दूर तक बिछी बर्फ...बर्फ पर झुके समाधिस्थ वृक्ष... ख़ाली और सूने रास्ते पर अनायास बनती-मिटती एक परछाईं...चीड़ के फूलों की महक...ये कौन-सी दुनिया है? क्यूँ दिखता है उसे ऐसा? क्या कुछ ऐसा है जो पहले से लिखा जा चुका है और समय आने पर प्रकट हो जाएगा...।

कितना लिखा है, कुछ अच्छा नहीं लगता...कहानियाँ और कविताएँ छपकर आती भी हैं तो वह उन्हें छूते हुए डरती है...ये क्या लिख दिया है उसने? जो सोचती और महसूस करती है, यह तो उसके आसपास तक नहीं...। लिखने के बाद तमाम तरह के सन्देह उसे घेरे रहते हैं...यह तो वैसा नहीं है, जैसा उसने अनुभव किया था...आख़िर वह क्या है जहाँ पहुँचकर उसे लगे कि हाँ पहुँच गये...वह थककर उसकी गोद में गिर पड़े...। और आख़िर वह लिखती ही क्यूँ है? रिल्के ने एक युवा कवि को सलाह दी थी...'रात की सबसे ख़ामोश घड़ी में अपने से पूछो कि क्या लिखना अनिवार्य है? उत्तर 'हाँ' में होना चाहिए, अगर तुम अकेले रह रहे हो और सिवा अपने, कहीं और 'नहीं' मुड़ सकते।' और उसका उत्तर 'हाँ' है...।

अभिव्यक्ति का अधूरापन इतना त्रासद हो उठता है कि हताशा से वह रो पड़ती है...कभी वह मर जाना चाहती है...वॉन गॉग अपने भाई थियो से कहते हैं...'थियो, अब मैं मरना चाहता हूँ।' तब वे अपने सृजन की चरम अवस्था में थे। ये छटपटाहट वर्जीनिया वुल्फ में भी रही...वे अपने अन्तिम उपन्यास 'बिटवीन द ऐक्ट्स' को लेकर इतना विक्षुब्ध रहीं कि उन्हें लगता था अब वे कुछ भी अच्छा नहीं लिख पाएँगी। बाद में इस उपन्यास की गणना बेहतरीन उपन्यासों में हुई। पर ये सब तो मास्टर्स हैं...वह तो इन्हें छू तक नहीं पायी है...तो क्या यह बेचैनी उसकी नियति है? कई बार सोचती है, यह क्या पागलपन है? उसे अपने लेखन से किसी भी प्रकार की उम्मीद क्यूँ है? उसे डॉ. बनना था, बन गयी...। अब आगे बढ़े...पर आगे क्या? उसके भीतर की खदबदाती बेचैनी और व्याकुलता क़लम की घिसटन में ही पनाह पाती है। इन्हीं काले अक्षरों से अपने अस्तित्व का ज़रा-सा बोध दूर से चमकता उसे दिखाई देता है...।

अपने-आपसे जंग दुहरी है। भीतर से भी खड़ा करना है ख़ुद को, बाहर से भी। वह कहीं भी रहे, कुछ भी करे, उसे हमेशा यह याद रहता है कि ये जगह उसकी

नहीं है कि उसे अपने लिए सही जगह की तलाश करनी है।

उसकी पी-एच.डी. हो गयी। वह डॉ. बन गयी। पिताजी को पता चला तो वे रोने लगे।

'जो मेरे दोनों लड़के नहीं कर पाये, वो तूने कर दिखाया। जिनके पंखों में परवाज़ होती है, वे किसी के रोके नहीं रुकते। हम तुझे नहीं पहचान पाये, पर तूने ख़ुद को पहचान लिया रूमी।'

कहाँ पहचान पायी वह ख़ुद को कि वह क्या और क्यूँ है? कभी लगता हैं, यह उसकी मंज़िल नहीं पड़ाव भर है, पर आख़िर मंज़िल भी कहाँ है? कभी लगता है, दूर-सुदूर कोई बुला रहा है और उसे जाना है...। अपना क्लीनिक जमाने के बाद वह निकलेगी अपने सफ़र पर...। उसे पहाड़-बर्फ...ठंडी हवाएँ और हरियाली बुला रही हैं...उसे रायना बुला रही है।

तब तक...तब तक कुछ और लिखने की कोशिश करेगी पिताजी कहते हैं... तुम्हें अपनी जड़ों की तलाश करनी चाहिए। क्या 'हो' से पहले क्या 'थे'? यहाँ तक कैसे पहुँचे? कौन कहता है, दुनिया एक रहस्य है? यह एक किताब की तरह खुली है, हर चीज एक-एक अक्षर में अंकित है। सिर्फ तुम्हें पढ़ना आना चाहिए। स्त्रीत्व से एक मनुष्य तक का सफर तुम्हें करना है। किसी को भी कुछ होने के लिए भीतर से वैसा बनना पड़ता है...अगर तुम पके हुए लाल अनार होना चाहते हो तो तुम्हें पहले अनार का वृक्ष होना होगा। अनार तो बाद में लगता है जब वृक्ष फूलने लगे...। और यह याद रखो...जितना बड़ा सपना होता है उतनी ही बड़ी क़ीमत माँगता है तुमसे...तुम्हारी ।

वह उन्हें सुन रही है...गुन रही है...

लगभग रोज वह उन्हें खेत में मजदूरों से काम करवाते देखती है, हाथ में छाता लिये...अपनी पैंट के पाँवचे मोड़े...लम्बी कमीज...कैनवास के शू...सिर पर कैप लगाये...दूर देश के परिन्दे से भासते हैं...

'आप इनके सिर पर क्यूँ खड़े रहते हैं? करने दीजिये ख़ुद आप आराम से बैठिये...।' वह उन्हें कहती है तो वे हँस देते हैं...

'आराम से क्यूँ बैठूँ? मैं क्या बूढ़ा हो गया हूँ? इन खेतों की मिट्टी मुझे बुलाती है। तुम पढ़ो, सबका जन्म सिर्फ ज्ञान प्राप्ति के लिए नहीं होता। कोई हल भी चलाएगा, अनाज भी उगाएगा रोटी बनाने के जतन भी करेगा। मुझे यही काम दिया है ऊपरवाले ने...मैं यहीं करूँगा।'

वह वापस लौटती है...अपनी क्लीनिक की तरफ...अपनी किताबों की तरफ...अपने लिखे हुए की तरफ...उस पुकार की तरफ...जो और ज्यादा शिद्दत से अब उसे सुनाई देने लगी है...।

दुनिया की औरतो, होश में आओ।
कोई भी तुम्हारे विकास में उत्सुक नहीं है, सिवा तुम्हारे...

कितने-कितने तरीक़ों से वह पिता के साथ इतिहास की उन गलियों में घूम आयी है, जहाँ से कुछ भी मिलने की उम्मीद है। हर उढ़के हुए दरवाजे को उसने खोला है...कितने सोये हुए वक़्तों को आवाज़ दी है। कुछ ने जवाब दिया है और कुछ करवट बदल कर सो गये हैं। कुछ ने तमतमाकर कहा है...चली आओ, अब यहाँ कोई नहीं रहता। कुछ ने हुलसकर कहा—हम तुम्हारी ही प्रतीक्षा कर रहे थे...

'कुछ और बताइए...कुछ भी...जो रोजमर्रा के जीवन का हिस्सा था...।' वह ख़ुद को उनकी ओर मुड़ते देख रही है...।

जानती है, सिर्फ अतीत को याद करने मात्र से हम उससे कुछ नहीं पा सकते। उसे खँगालना पड़ेगा...उसमें से वह सब निकालना पड़ेगा जो हमारे काम का है...उसे पहचानकर नया रूप देना पड़ेगा...नये रंग, नये अर्थ...बाकी छोड़ देना होगा। बदलता हुआ युग बदलती हुई माँगों के साथ सामने खड़ा है। हमें उसका मुकाबला करना है न कि अपने अतीत की मृत देह के सामने बैठ भजन गाना है।

'रोज़मर्रा के जीवन का हिस्सा होता है वह शहर जो हमारी नसों में धड़कता है...जिसकी आबोहवा हमारी साँसों में होती है...जिसकी मिट्टी से हमारी त्वचा बनती है...जिसकी महक से हम अपनापन जीते और अधूरापन भूलते हैं। जो हमें अपनी बाँहों में महफ़ूज़ रखता है, हमें रोटी देता है...हमारे बच्चों को भविष्य के सपने। हमें कभी पता ही नहीं चलता, हम उससे कितना प्रेम करते हैं। पता तब चलता है जब हम किसी-न-किसी वजह से उसे खो देते हैं। सिन्ध के कई शहर मेरे भीतर बसे हुए हैं...मैं उन्हीं में टहलता-घूमता, उन्हें सूँघता, वहीं पनाह पाता हूँ...देखोगी? चलो मेरे साथ...।'

उन्होंने मेरा हाथ पकड़ लिया और हम एक पुराने शहर में प्रकट हो गये...

'यह शिकारपुर है...इस शहर की बनावट दुनिया के कदीम शहरों जैसी ही है, ख़ासतौर पर बुखारा, समरकन्द, इस्ताम्बुल, काबुल, कन्धार के अन्य मुख्य बाज़ारों की तरह यहाँ के बाज़ार भी ऊपर से ढँके हुए हैं। किले की तरह की इसकी

बनावट...आने-जाने के लिए आठ दरवाज़े हैं...शाम होते ही इन आठों दरवाज़ों को बन्द कर दिया जाता है...वहाँ मौजूद पुलिस इन दरवाज़ों से अन्दर आनेवालों पर सख़्त नज़र रखती है...। इन आठों दरवाजों में लखीदर सबकी नाक है। भीतर अफगान बादशाह की बनवाई एक शाही मस्जिद...मैदान के बीच में एक घंटाघर है। इसके चौतरफा सात रास्ते निकलते हैं। यहाँ सदैव रौनक रहती है, ख़ासतौर से शाम को...नौजवान इत्र-फुलेल लगाकर निकलते...चौतरफ़ा दुकानदारों की आवाज़ें ग्राहकों को अपनी ओर आकर्षित करतीं...

'कुल्फी...नेणठार कुल्फी। सदाबहार कुल्फी।'

'फारवाँ। मिठा कारा कुँअरा फारवाँ। मन ठार फारवाँ।' गीह जा पकोड़ा...सोक भुर्कणा पकोड़ा...गरमा-गरम चहरा पकोड़ा...ढोलण...चबीदो वञु। चप चटीदो वञु।'

दूसरी तरफ ताँगे और छकड़ेवाले अपने घोड़ों और साँड़ों को रेशमी रूमाल और रिबन बाँध, रावेल की मालाएँ पहना ग्राहकों को आवाज़ें दे रहे हैं...

'चल यार, टेशन तक दो आने सवारी। है कोई कोरट चलनेवाला...सिन्धु तक...चल यारा...।'

दाल-मूँग और ढेस, छोलेवाले पुकार रहे हैं...एक पैसे में दोना भर के। दो जन का पेट भर जाता है। अगर एक पैसा भी नहीं है तो भी कोई बात नहीं। लखीदर के पास तीन चार जगहों पर ठंडे पानी के घड़े और चने नकुल का प्रसाद बँटता रहता है...खाओ और आगे बढ़ो। यह लखीदर का गोश्त मार्केट...है...राधे चापवाला...बड़ा मशहूर बन्दा है यहाँ का...आलूचाप, गोश्त की सूखी मसालेदार बोटियाँ, कीमा-कबाब, भुना हुआ गोश्त, तली हुई मछलियाँ, पुलाव, बड़ी की सब्जी सब सदा तैयार रखता है। ग्राहकों को प्रेम से पुकारता है...

'ढोलण जो चाहिए माँग लेना, प्रेम से खाना'

पेट भर के खाएँगे तो भी बिल आएगा चार या पाँच आना। इन हिन्दू होटलों में मुसलमान ख़ूब आते हैं, उनके अपने होटलो में घी की जगह चरबी, बासी गोश्त और रोटी चमड़े-सी मिला करती है।

होटल के बाहर एक बड़ा-सा हुक्का रखा हुआ है...जिसका मन होता है, मुँह में डाल, दो सुट्टे लगा लेता है। तम्बाकू ज्यादा लगता है तो उसे प्यारी-सी गाली भी दे देता है...।

अब इस ठाकुरदास और लखेमल की दुकान का ज़रा लमलेट पीकर देखो...गुलाब रोज, फोटो, मोतिया, मिल्करोज...क्या चाहिए? और ये मोटी हरी बोतलें...जिनके गले में कंचे फँसे हुए हैं...कुछ नौजवान अपने अँगूठे पर ही दो घूँसें मार इन कंचों को नीचे खिसका गर्व से इधर-उधर देख रहे हैं। यहाँ की मोती की

कुल्फी तो देश-विदेश में मशहूर है...बादाम-पिस्ते से भरी एक पाव डेढ़ आने में...तनिक आओ ज़रा...इसे चख के तो देखो...।'

चख तो ली पर डेढ़ आना कहाँ से लाते?

'कोई बात नहीं। अपने ही देस के हो। कहाँ जाओगे? फिर दे देना'

शहर के सेठ-साहूकार लाल पगड़ी बाँधे बड़े शानो-शौकत से अपनी बग्घियों में घूमने निकलते हैं हर शाम।

हम दोनों आगे बढ़ रहे हैं...।

लखीदर से पोस्ट ऑफिसवाले रास्ते से चले तो लगभग डेढ़ फर्लांग पर था हज़ारी दर...सामने बड़ा-सा जनाना अस्पताल, फिर पुलिस चौकी और मस्जिद। इससे डेढ़ फर्लांग आगे जाने पर हाथी दर फिर खानपुरी दर...इसके बाद करणु, वागुणो, सिवी नौशहरो दरवाजे हैं...इन्हीं के अन्दर ही यह मुख्य शहर है।

रेलवे स्टेशन से लखीदर डेढ़ मील दूर है। रास्ते डामर के नहीं हैं सो रोज छिड़काव होता है। बसों ने इन कच्चे रास्तों की जान निकाल दी है। अब हम रेलवे स्टेशन पर हैं।

स्टेशन के पीछे सदर बाज़ार और मालगोदी...इसी रास्ते पर सेठ हीरानन्द मेड़े का शानदार बग़ीचा, आँखों का अस्पताल, आयुर्वेद कॉलेज, संस्कृत महाविद्यालय, आर्य समाज, थियोसोफिकल हॉल, जुमानी हॉल, लाइब्रेरी और टाउन हॉल है, जहाँ पब्लिक मीटिंग्स होती हैं।

स्कूल से लगी हुई कोडूमल की वर्कशॉप है और इसके बाद न्यू इरा हाईस्कूल। उनके सामने डॉ. मोहनलाल सोनपार का घर, जहाँ सन् 1916 में महात्मागाँधी आनेवाले हैं। थोड़ा आगे नेभनपुर में हरिवल्लभ थियेटर में बम्बई, कलकत्ते और लाहौर की मशहूर नाटक कम्पनियाँ अपना खेल दिखाती हैं। यहीं न जाने कितने सेठ-साहूकारों के बाग़-बग़ीचे हैं...जहाँ नाच-गाने होते रहते हैं। भारत के बड़े-बड़े गवैये यहीं आकर अपने फ़न का जौहर दिखाते हैं। सन् 1918 में यहाँ गूँगी सिनेमा भी आ गयी। इन फिल्मों में एडीपोलो एल्कोमो पहलवान और पर्लवाइट काम करते हैं। चिमन ठाकुर अपनी गँवारी भाषा में इन गूँगी फिल्मों के अर्थ समझाता जाता है।

तीन क़िस्मों की टिकटें मिलती हैं यहाँ...एक टके में चटाई, एक आने में बेंच, दो आने में कुर्सी। दर्शक ऐसे कि पर्दे पर अगर विलेन हीरोइन पर झपटता है तो पत्थर मार देते हैं।

ये शाही बाग़ इतना विशाल है कि अफ़गान बादशाह अपने लश्कर समेत यहीं आकर उतरते हैं। बीच में हरी घास के नर्म गलीचे...बगल में फूलों की क्यारियाँ...राबेल, मोतिया, फोटो, पारिजात न जाने कितनी क़िस्में...नज़दीक से

गुज़रो तो अन्दर बाहर समूचा महक उठता है...।'

वे जैसे मन्त्रमुग्ध से शहरों की उन गलियों से गुज़रते है...गुज़रे ज़माने की ठहरी हवा उन्हें देखते ही चल पड़ी है...तालाब के ठहरे हुए पानी में एकाएक हलचल होने लगी है...पत्थर हो चुके चौपाये अपनी पूँछ हिला-हिलाकर उस कीचड़वाले पानी में नहा रहे हैं...वह कभी दृष्टा हो जाती है...कभी श्रोता।

'जिस ज़माने में रेलगाड़ियाँ नहीं थीं...कई मुल्कों से काफिलों के जरिये व्यापार चलता था...ईरान, बुखारा, रूस, खुरासान, कन्धार, वग़ैरह के सौदागर मीलों चलकर जब हिन्दुस्तान पहुँचते थे तो पहला मुख्य शहर उन्हें शिकारपुर मिलता। कन्धार शिकारपुर से सिर्फ 350 मील दूर था। वे आकर बड़े-बड़े किलों में ठहरते थे। इन किलों में एक हज़ार मुसाफिर समा जाते। न जाने कितने ऊँट और घोड़े बाहर खड़े-रहते...उन्हें पानी पिलाने और नहलाने की व्यवस्था भी वहीं होती...उसी में खाने-पीने की दुकानें और जरूरत का सामान मिलता...सौदागर शहर में घूमते हुए व्यापार करते...किले में चहल-पहल रहती...जुदा-जुदा मुल्क के जुदा-जुदा आदमी सबकी जरूरतें एक समान...फुरसत के वक़्त ये शतरंज या चौपड़ खेलते। कभी नाच गाने और कभी शराब-कबाब के दौर चलते। रेलगाड़ियों के आने से ये काफ़िले आने बन्द हो गये।'

'लखीदर से शुरू होती बड़ी बाज़ार के दोनों तरफ मुख्य शहर फैला हुआ है...बूट बाज़ार, सूट बाज़ार, पसार की बाज़ार, काठ बाज़ार, लोह बाज़ार...बहुत-से बाज़ार हैं।'

'ये जो बड़ी-बड़ी हवेलियों-सी दिखाई दे रही हैं...जहाँ पूरा कुनबा रहता है...तो क्या यह मुस्लिमों को डर है?'

'नहीं...यहाँ के अधिकतर मर्द व्यापार के लिए दूर देशो में चले जाते...महीनों बाद लौटते...पीछे रह जाते बुजुर्ग, बच्चे और औरतें...। सिन्ध पर जब-तब बाहरी हमले होते रहे हैं। तो कुछ ऐसे रिवाज बना दिए गये ताकि ये सारे न सिर्फ सुरक्षित रहें बल्कि हारी बीमारी, दुख-सुख में एक-दूसरे के काम आयें। इन हवेलियों में कई-कई परिवार एक साथ रहते हैं। कुछ हवेलियाँ बड़ी प्रसिद्ध भी रही हैं।'

'इन परिवारों में युद्ध भी जरूर मचते होगें।' उसने मुस्कराकर पूछा।

'बहुत बार। ज़रा-ज़रा-सी बात पर। तमाम युद्ध जरा-सी बातों पर मचते हैं जिन्हें मनुष्य का अहं मनुष्य से बड़ा बना देता है। औरतें एक-दूसरे के पूरे कुनबे की बन्द क़ब्रें खोद देती हैं। मुर्दे बाहर निकल आते हैं और वापस दफ़नाये जाने की गुहार लगाते हैं। पर फिर किसी शादी-मुरादी, दुख-सुख, घटी-बढ़ी में सब एक-दूसरे के साथ खड़े हो जाते हैं। मुस्लिम इस तरह की हवेलियों मे रहना पसन्द नहीं करते...अपने पर्दे और बदगुमानी की वजह से ये अलग मोहल्लों में रहते हैं...उनमें

कुछ घर हिन्दुओं के भी होते ही हैं। चलो अब मैं तुम्हें यहाँ के बग़ीचों की सैर कराऊँ...।'

अभी वह एक सुन्दर-सी बाँहोंवाली आपा के चेहरे का परदा उठाकर उसकी आँखो में झाँक उसके भीतर उतरने का सोच ही रही थी कि उन्होंने उसका हाथ पकड़ उसे दूसरी ओर मोड़ लिया...

'शिकारपुर के बग़ीचे अपने फलों के लिए बेहद मशहूर रहे हैं। लालबख़्श के बगीचे का ड्रोका, खशू और खारकाँ खाओ तो जैसे मिश्री। भाई टिलू के बाग़ के जाम, फारवाँ और जरदालू। जलाल के बग़ीचे के फारवाँ और काले तूत...खाओ...खाओ...स्वाद लो...सिर्फ स्वाद ही रह जाता है हमारे पास...बाकी सब तो खो जाता है। '

हम वहाँ हैं...जहाँ समूची ऋतुएँ एक साथ एक-दूसरे का हाथ पकड़कर चली आती हैं...

वे जाकर एक बग़ीचे में बैठ गये हैं...सुस्ताते...इधर-उधर देखते...सामने एक कुआँ है...कुएँ से पानी खींचने के लिए बैल...उनके गले में बँधी घंटियाँ...एक पानी गिरने की आवाज़, दूसरी घंटियाँ...

वे उन बैलों को देख रहे हैं, जिनकी आँखों पर ढक्कन चढ़ा लिए गये हैं और वे एक ही जगह पर गोल-गोल घूम रहे हैं। ऐसे बैल हर काल में पाये जाते हैं।

वे उन बाज़ारों-गलियों में घूमते-घूमते थक रहे हैं। उन्होने उसे दाँगी की रोटी, चटनी के साथ दी केले के पत्ते पर। उसने उसे सूँघा तो अपनी मिट्टी की महक।

'मुझे तो सीरा भी चाहिए।' मीठे की अति शौकीन उसने कहा।

सीरा चट से उसके पत्ते पर आ गिरा।

वे दोनों चाव से खाते रहे...।

और जब वे फारवाँ खाने में व्यस्त थे, उसने एक बड़ी-सी हवेली का दरवाजा खटखटाया...

'कहाँ जा रही हो?' उन्होंने उसे रोकना चाहा।

'मुझे जो आप नहीं बता सकते ये बताएँगी...ये दिखाएँगी। हम सबकी छाती में एक जैसा खारा पानी है...जो सदैव बाहर आने को इन दीवारों से सिर टकराता है और हम उसे वहीं ज़ब्त करके रखती हैं...किन्हीं छातियों में तो यह जम भी जाता है और इसके साथ ही पूरी सभ्यता पूरी संस्कृति जम जाती है।'

उन्होंने दरवाजा खोला और उसका हाथ पकड़कर अन्दर खींच लिया...'अच्छा हुआ तुम आ गयी। हम सदियों से तुम्हारी राह देख रही हैं। कोई हमारा दर्द लिखे...तकलीफ़ लिखे...। आख़िर कब तक हम अपनी छाती में जमी आँसुओं की खारी बर्फ अपने हाथों से तोड़ेंगे। हमारे ही लिए साम्राज्य बनते और बिगड़ते हैं,

उन्हीं साम्राज्यों में हमें बाँटा और अदला-बदला जाता है। तपस्याएँ टूटती हैं ऋषियों की, शापित किये जाते हैं हम। स्खलित होता है पुरुष, गाली पड़ती है हमें...।'

''कोई नहीं लिख पाया आज तक पूरा...हम ख़ुद भी कहाँ लिख पाये...कभी-कभी किसी औरत की विद्रोही चीख़ पूरे आसमान में गूँज उठती है...तो हम सब उसी में अपनी कमज़ोर चीख़ें मिला लेती हैं।''

'कैसे रहती हैं आप सब यहाँ?' उसने पूछा।

'आओ...।' वे उसका हाथ पकड़कर अन्दर हो गयीं...। उन्होंने चटख रंगों के घुटनों तक के गोल कुर्ते और पायजामे पहन रखे हैं। दुपट्टा सबके सिर पर था...किसी के रंगीन, किसी के सफेद। हाथों में भर-भर कर चूड़ियाँ, सिर्फ कुहनियाँ छोड़कर...गले में कई-कई हार...नाक में नथ। ये सब अपने अनजाने खुशी से बेड़ियाँ पहनती हैं और उसे गहने समझती हैं...।

उसने देखा कमरों में कमरे...न जाने कितने अँधेरे कमरे...खूब सारे बच्चे उनके इर्द-गिर्द...बड़े-बुज़ुर्गों से भरा घर...एक-एक चूल्हे पर 50-60 लोगों का खाना पक रहा है...

कितनी सब्जियाँ, बड़ी-पोलाव, मटर-गोभी, मिश्री-किशमिश डला मीठा चावल, शलजम और गाजर गुड़ में बन रहे हैं। दाल में फारवाँ और खिचड़ी में खारकू...खूब सारे बरतन...खूब सारे लोग...सिर खुजलाने की जो फुरसत हो...सिलाई कढ़ाई, बच्चों और बुज़ुर्गों की सेवा, लड़ाई-झगड़े...पति परदेश में...लगा गये इनको काम पर...।

कुछ कंडे और मिट्टी से पूरा घर लीप रही हैं...कुछ पानी भरके ला रही हैं कुओं से, कोई लालटेन साफ कर रही है, कोई गीली लकड़ियों को जलाने की कोशिश में धुआँ नाक में भर जाने से हाँफ और खाँस रही है...

हम ऐसी ही हैं...न जलती हैं, न ख़त्म होती हैं। धुएँ के कारण आँखों में आये आँसुओं के पार उसने उन्हें देखा...आठ-दस औरतें पापड़ बनाने में लगी हुई हैं...कुछ अचार-बड़ियाँ बनाने में, कुछ कंडे थापने में, कुछ टोपियाँ सिलने में, कुछ सिन्धी-कढ़ाई करने में, कुछ रफू...जो ये न हो तो इन कुनबों का क्या होगा जो मर्दों की भूखों के अवशिष्ट हैं।

कुछ आपस में बातें कर रही हैं...

'इन किलो की नींव हम हैं, हम ही पहरेदार हैं, फिर भी ये हमारे नहीं हैं।'

'और किसके हैं? सब-कुछ तो हमें सौंपकर वे बेचारे परदेश चले जाते हैं। अब जैसा मन आये करो, खाओ-पिओ, उड़ाओ। सब तो हमारा है।'

'हमें हिसाब देना पड़ता है अपने हर किये का...ये सारी रफ़्तार हमारे तन से होकर गुज़रती है।'

'तन का और करोगी क्या?' सँभल जाएगा बिना मर्द के? हिसाब न माँगें तो क्या उड़ाने को दे दें?'

'और फिर जोड़-जोड़ कर उसी की सन्तति को देना पड़ता है।'

'वह तुम्हारी नहीं हैं?'

'वह जब चाहे हम पर चढ़ सकता है, हमारी सवारी गाँठ सकता है, विवाह उसे यह हक़ देता है कि वह हमारा कुछ भी करे।'

'तुम अपनी सुरक्षा ख़ुद करने में असमर्थ हो इसलिए। और अगर विवाह न हो तो तुम इसी तरह अदली-बदली और बाँटी जाओ। उससे तो अच्छा है, एक।'

'जो औरत खाना-खिलाते समय माँ, घर के काम में नौकरानी, सलाह देने में वज़ीर और बिस्तर में वेश्या होती है, उससे सारे खुश रहते हैं और वह रानी बनके राज करती है। ये पाठ पढ़ाया जाता है हमें। पति को वश में करने के नुस्खे बताये जाते हैं। हमारे ही सिर पर प्रेत आता है, हम ही जूते खाती हैं। हम यहाँ से भाग जाना चाहती हैं, पर हम कहाँ जाएँ?'

'हम तो कुछ नहीं हैं। औरत होने की सजा तो सीता और द्रौपदी तक ने पायी है। कहने को राम राम...दिया क्या सीता को-आजीवन वनवास। एक से आयी तो दूसरे में भेज दिया। और द्रौपदी! पाँच बहादुर पति उसे भरी सभा में नग्न होने से बचा न पाये।'

'वह सौ जगह मुँह मारे तो उसका धर्म नहीं जाता, हम किसी को देख भर लें तो जघन्य अपराध हो जाता है। घर की इज़्ज़त, मान मर्यादा धर्म-सबको सँभालने का जिम्मा हमारा-उसको खुली छूट...।'

'हर गाली, हर लात हमारी कोख को ही पड़ती है, कहने को सृष्टि वहीं से उदित होती है।'

'सुन्दरता तो हमारी सबसे बड़ी दुश्मन। जहाँ जाओ, मर्द निगल जाने को तैयार...। इसी के चलते कभी हम सिंहासनों पर बैठीं...कभी बाज़ारों में। जो एक लम्हे हमें पाना अपना सौभाग्य समझता है, दूसरे लम्हे हमें लात मार सकता है। हमें यही सिखाया जाता है कि सिर्फ देह हो तुम...और हम इसी को लीपती-पोतती रहती हैं और मर्दों को भी इसी के पीछे दौड़ाती रहती हैं। **न वह असली स्त्री से मिल पाता है न हम असली पुरूष से।'**

''जैसे हाशिये पर लिख देते हैं...
बहुत फालतू शब्द और
कभी नहीं पढ़ते उन्हें
ऐसे ही वह लिखी गयी और
पढ़ी नहीं गयी कभी

जबकि उसी से शुरू हुई थी
पूरी एक किताब...।''

भीतर की न जाने किन तहों से ये शब्द फूटे। वे सहसा चुप हो गयीं और एक दूसरे का चेहरा देखने लगीं...

'रुको मैं अभी आती हूँ...।' उसने उन्हें वहीं छोड़ा और घूमती हुई 'मीरशाह जो कुबो' में घुस गयी। यहाँ वे औरते हैं जिन्हें छः-सात वर्ष की उम्र में बुरक़ा पहना दिया जाता है...। 13 साल की उम्र से भी पहले सभी रिश्ते के भाइयों से मिलना-जुलना बन्द। न स्कूल, न कॉलेज सिर्फ उम्रक़ैद....

इन हवेलियों और पाड़ों में वे औरतें रहती हैं, जिनके बारे मे सबसे कम सोचा और जाना जाता है...वे जो रात के अँधेरों में अपना आप लुटातीं है और दिन की जरूरतों में दिन भर पीटी जाती हैं...कुट-कुट कर जिनके रंग उड़ गये हैं। वे, जिनके बिना किसी का काम नहीं चलता...पर जो किसी काम की नहीं हैं...ये वे औरते नहीं हैं जो वह आज तक क़िस्से-कहानियों में पढ़ती आयी हैं। ये चेहरे उनसे अलहदा है। ये लड़ती-झगड़ती...बैन करतीं, अपना अस्तित्व तलाशतीं वे औरतें हैं जो अपने ख्वाब न जाने कहाँ गिरा आयी हैं और अब नंगे पैर गर्म रेत पर दौड़ रही हैं...

'नाफ़रमानी सबसे पहले पैगम्बर हज़रत आदम की पत्नी बीबी होवा ने की। अल्लाह ने पहले आदम को फिर उसकी दिलजोई के लिए उसी की पसली से हौवा को बनाया। जन्नत में सबकुछ था, बस एक ख़ास पेड़ का फल खाने की मनाही थी। पर बीबी होवा ने वह फल तोड़कर खा ही लिया। कहते हैं, इस नाफ़रमानी के नतीजे में दोनों को जन्नत से निकाला गया और वे दुनिया में आ गये।

पहले क़त्ल का दोष भी औरत के सिर पर...। जब हज़रत हौवा पहली बार गर्भवती हुईं तो उसने एक बेटे और एक बेटी को जन्म दिया, बेटे का नाम 'काबील' और बेटी का नाम 'अकलीमा' रखा गया। दूसरी बार भी ऐसा ही हुआ और उन बच्चों का नाम ' हाबील' और 'यहूदा' रखा गया। शरीयत के मुताबिक़ एक पेट की बेटी को दूसरे पेट के बेटे के साथ ब्याहा जाना था सो काबील का विवाह यहूदा के साथ और हाबील का अकलीमा के साथ तय था। पर काबील पहली बार में जन्मी अपनी बहिन अकलीमा से प्यार कर बैठा और उसे सज़ा-ए-मौत मिली।'

एक बुजुर्ग खातून उसे अपने दिल का हाल बता रही है चुपके-चुपके...

'हर बात के लिए औरत ही जिम्मेदार है—चाहे वर्जित फल खाने का पाप हो या अपने ही बच्चों के क़त्ल का मामला हो। क़ुरान में कहा गया है—**'औरत तुम्हारी खेतियाँ है।'** जिस तरह चाहो उस पर हल चलाओ। बिकनेवाली वस्तु है वह...अन्न, जमीन और जानवरों की तरह—सबसे पहले पुरुष ने उसे मज़हब की ज़ंजीरों से जकड़ा...वह ख़ुद आज़ाद खड़ा रहा कि हर दिशा में भाग सके। घर और परिवार

नाम का पिंजरा बनाया और औरत की निगरानी में औरत को लगा दिया। मज़हब के नाम पर औरत को हर जगह फाड़ा और उजाड़ा जाता है। इस्लाम ने औरत को पैर की जूती बना दिया है। हर तरह से वह पुरुष नाम के जन्तु को खुश करने की फ़िकर में मरती है। घर उनके, औरतें उनकी, कोठे उनके, जायज़-नाजायज़ बच्चे उनके...खेत जोतो, फसल काटो और फिर खेत पर जानवर छोड़ दो। वे हल चलाएँ या रोलर, उफ न करो। यहाँ बंजर भी बिकती है, कंजर भी। इस खेत के सीने में कितनी आग है, ये किसी ने जानने की कोशिश नहीं की। इस खेत का पेट कैसे भरा जाय, किसी ने सोचा तक नहीं। वह गुस्से मे तपती लाल हो रही है।

'पर इस्लाम ने तो औरतों को बड़ा दर्जा दिया है।'

'उससे क्या होता है? कठमुल्लाओं ने तो हमेशा अपने अर्थों से इस दुनिया को जहन्नुम बनाया है। क़ुरान में बार-बार परदे का ज़िक्र आया है...'अपनी चादरें अपने ऊपर ढाँक लिया करो।' हम चादरें उतारें तो पाप, वे कपड़े उतारें तो पुण्य। पुरुष हमें अपने सुख और हिसाब से बरतता है। अगर वह चार औरतें रखना चाहता है, कोठे पर जाना चाहता है, परिवार में बदगुमानी करना चाहता है, मज़हब का सहारा लेता है। नये-नये तरीक़ों से वह औरत का शोषण करता है। कुर्रतुलऐन ताहिरा ने जब इस्लाम को चुनौती देते हुए एलान किया कि मैं 'नबिया' हूँ तो वहाँ हड़कम्प मच गया। क्योंकि 'नबियों' की परम्परा में हज़रत मोहम्मद को आख़िरी नबी कहा गया है। ख़ुदा ने यह कहा है कि पुरुष पैगम्बर नहीं आएँगे। यह कहाँ कहा कि औरत पैगम्बर नहीं आएगी? तुम्हें क्या लगता है वे कह सकते हैं? ताहिरा को बदले में अपनी जान गँवानी पड़ी। पुरुष नहीं बर्दाश्त कर सकता। धर्म का मतलब वह ख़ुद है, परिवार का मतलब वह ख़ुद है, क़ौम का मतलब वह ख़ुद है...बाकी रास्ते में काम आनेवाली वस्तुएँ हैं।'

बाहर से उनके पुकारने की आवाज़ आ रही है, वे ढूँढ़ रहे हैं। उसने उस ख़ातून को अलविदा कह अपना हाथ छुड़ाया तो उसने कहा तुम हमारा पैग़ाम सब तक पहुँचा देना। कहना, **दुनिया की औरतो, होश में आओ। कोई भी तुम्हारे विकास में उत्सुक नहीं है, सिवा तुम्हारे।**'

वह उनसे फिर आने का वादा कर बाहर की ओर लपकी...।

वे धूप में खड़े-खड़े बेजार हो रहे थे...

'चलो-चलो...अभी बहुत बाकी है, फिर न कहना ये नहीं देख पायी, वो नहीं देख पायी।

सड़कों पर गहमा-गहमी है। एक ढिंढोरा पीटनेवाला ढोल बजाता हुआ ऐलान करता हुआ जा रहा है कि आज शाम को फलाँ पहलवान का 'मलाखरा' होगा और बड़े शेर मोहम्मद और महाराज छांजेमल की मशहूर खूनी तीतरों की जबरदस्त

फाइट...मनोरंजन और हौसला अफ़ज़ाई के लिए जरूर पधारें।

'ले चलेंगे?' उसने मुस्कराकर उन्हें देखा ।

'उससे पहले यह देखो कि यहाँ आम आदमी कैसे रहता है? हमारे खेतों और बगीचों के आसपास जो बग़ीचेवाले लुहार-धनार, बकरियाँ-मुर्गियाँ पालनेवाले, लकड़ियाँ काटनेवाले रहते हैं...उनका जीवन तमाम तरह की मुसीबतों से भरा है...भूख, गरीबी बेइज़्ज़ती, फटे-कपड़े, फटे पैर, दुखती जिन्दगी। इनकी मिल्कियत है...गायें-भैंसें-भेड़ें और औरतें। बड़े लोगों से ये भी नहीं देखे जाते। पुलिस किसी काम की नहीं है। इनके अन्नदाता वही हैं जो इनसे इनकी औरतें छीन लेते है, कुछ दिन अपने पास रखने के बाद वापस भी कर देते है। गरीब के पास सुन्दर औरत होना सबसे बड़ी मुसीबत। लड़कियाँ उठा ले जाना यहाँ आम है। मुसलमानों से लड़ने का हौसला किसी हिन्दू में नहीं है। सुन्दर लड़कियाँ छिपाकर रखी जाती हैं...नहीं पढ़ाना, जल्दी-शादी कर देना, उन पर नज़र रखना...।'

सुनते हुए वह रास्ते की चहलक़दमी देखती रही...किसम-किसम के लिबास -पठानी जूती, बड़ी सलवार, घुटनों तक कढ़ाईवाला कुर्ता और चुनरियाँ। किसी-किसी ने सुरमे की कढ़ाईवाली मखमली टोपी लगा रखी है। कढ़ाई की काफी वेरायटी है उनके कपड़ों पर।

अचानक सामने से आती एक महिला को देखकर वह हक्की-बक्की रह गयी। वे उसी की तरफ आ रही हैं...उसके मुँह से बोल न फूटा। कुरते और पायजामे के ऊपर उन्होंने सफेद रवा डाल रखा है। वे अभी फ़ासले पर ही थीं कि वह दौड़कर उनसे लिपट गयी।

'माँ...।' वह रोने लगी...

'सब खोया, कुछ न खोया। तुम्हें खोया सब खोया।' उसने रोते हुए कहा।

वे उसके आँसू पोंछने लगी...

'मुझे कहाँ खोया...मैं तो तुम्ही में हूँ। अपनी बेचैनियाँ और अपनी जिज्ञासाएँ मैंने तुम्हें दे दी हैं। तुम्हे मुझसे शिक़ायत होगी, मैंने तुम्हें वह-वह सिखाया जो तुम्हारे किसी काम न आया। पर मैं क्या करती? मैं यही जानती थी कि हमारे पास एक तन है, इसी नाव पर हमें उस पार जाना है और यह नाव भी कीचड़ में गोल-गोल घूमती रही, पहुँची कहीं नहीं।'

'क्योंकि इसमें तुम बैठी थी...। नासमझ हो तुम। मशीन चलाने के सिवा आता क्या था तुमको?' पिताजी पास आकर उनको फटकारने लगे।

'अरे, तेरा यह बाप सुधरा नहीं है क्या? बच्चे आगे बढ़े गये, तुम वहीं रह गये। चलो अब फूटो यहाँ से...बहुत बता चुके तुम...इससे ज्यादा जानते भी नहीं। आधा कच्चा...आधा पक्का...कहीं की ईंट...कहीं का रोड़ा।' माँ ने उपेक्षा से मुँह

बिचकाया।

'तुम्हें लगता है तुम ज्यादा होशियार हो तो लो तुम्हीं बताओ। दो अक्षर तो पढ़ी नहीं हो...।' वे आधे रास्ते से ही पलट गये...जाते-जाते रुके...

'सिन्धु किनारे बैठा हूँ। इससे फुरसत हो तो वहीं आना। मैं नहीं झेल सकता इस औरत को...।'

'अरे झेला तो मैंने तुमको है...रूमी तू बता, तूने तो सब देखा है। पर अब इससे नहीं डरती मैं...।' वे शुरू हो ही रही थीं कि उसने उन्हें अपनी बाँहों में भर चुप करा दिया। वह उससे लगी गहरी-गहरी साँसें लेती रही, फिर कहने लगी,

'औरतों की ज़िन्दगी में घर, पति, बच्चे और इन सबके लिए हाड़-तोड़ मेहनत के सिवा कुछ नहीं है। डिलेवरी घर में करायी जाती है। दाइयाँ अपने गन्दे हाथों से बच्चों को खींचकर निकालती हैं, इससे बच्चों को सेप्टिक भी हो जाता है। अक्सर दोनों में से एक चल बसता। जो इक्का-दुक्का डिलेवरी के लिए अस्पताल बने हैं, उसमें डर के मारे कोई नहीं जाती। परिवार नियोजन के साधन भी नहीं हैं...एक गोद में, एक पेट में, बाकी आँगन में। घरों की हालत तो तुम देखकर आयी हो। औरत तो होती ही भूख मिटाने के लिए है...कभी पेट की, कभी जिस्म की। कितनी अजीब बात है, जिसके लिए हम ख़ाक हुई जाती हैं, वही हमें ख़ाक में मिलाये जाता है। रिश्ते क्या हैं? सिर्फ एक जोंक! दूसरे का खून पीने की एक जायज बना दी गयी वजह।

'कभी आपने ये नहीं सोचा कि जिन्दगी इससे बेहतर भी हो सकती है।'

'कैसे सोचते? हमने तो...वो जिसे तुम लोग बेहतर जिन्दगी कहते हो, कभी देखी ही नहीं। हम दिन भर-काम करते हैं कि गाली न खानी पड़े, भूखे-नंगे न रहना पड़े। तंग हो जाते हैं तो लड़ लेते हैं, झगड़ लते हैं...बच्चों को मार देते हैं बस।'

'यहाँ कहीं चकले वग़ैरह भी होते हैं?' उसने उनके कान में आहिस्ता से पूछा...अब मैं यह बात पिताजी से तो नहीं पूछ सकती न!'

यह सुनकर वे सोच में पड़ गयी, फिर कहा...

'जहाँ पुरूष है, वहाँ सब आ जाता है। शिकारपुर में काफी चकले हैं। दूर देशों से आनेवाले व्यापारी अपने साथ लड़कियाँ लाते हैं, जो पेशा करती हैं। अधिकतर मुस्लिम होती हैं। उनके चेहरे पर रूमाल बाँध के लाया जाता है ताकि कोई पहचान न ले। बड़े-बड़े सेठ अपने यहाँ नाचनेवालियों को बुलाते हैं। क्या होती होगी इन लोगों की ज़िन्दगी? पुरुष जिसके साथ सो लेता है, उसकी इज़्ज़त नहीं करता, इज्जत उसी की करता है जिसे वह कभी पा नहीं सकता।'

उनके चेहरे पर घृणा फैल गयी...वह जानती है...सुहागरात के बाद क्लियोपेट्रा

भी ख़ूबसूरत नहीं रह जाती।

'कलकत्ते से भी लड़कियाँ आती हैं। मख़मली बिस्तर लगते हैं, नाचने-गाने की महफिलें सजती हैं। लड़कियों पर सोने की गिन्नियाँ लुटायी जाती हैं। लड़कियों को ख़रीदने के लिए ज़मींदार और रईस ऊँची बोलियाँ लगाते हैं। जो जीत जाता, लड़की का पहला ग्राहक बनता। शिकारपुर में यह सब ज्यादा चलता है। बहुत बड़ा शहर है...बहुत बड़े सेठ पूरी जवानी बाहर पैसा कमाकर आते हैं, फिर वापस आकर अपनी हसरतें पूरी करते हैं। सिर्फ यही नहीं...वे दान-धर्म भी करते हैं, परोपकार के काम भी। कुछ भी कहो, ये सब हर जमाने में रहा है...चाहे इन्द्र देवता ही हों...नाच-गानेवाली जरूर मिलेंगी।'

वे कहना न चाहकर भी कहती रहीं...

'मर्द को तो मौक़ा मिलने की देर है, चाहे जिसके साथ मिले। औरत देती रहे अपनी आत्मा...बदले में आत्मा तो मिलती नहीं...कभी-कभी तो...।'

वे कहते-कहते चुप हो गयीं।

'कहना नहीं चाहती पर अब आ ही गयी हो तो...।' वे ज़रा-सा झिझकीं फिर कहने लगीं...

'दोनों तरफ के सेठ साहूकार अपनी-अपनी तरफ से लड़कियाँ लाते हैं और एक-दूसरे से बदलते हैं—बाँटते हैं। जी भर जाता है तो नौकरों को दे देते हैं...उनके खेल देखते हैं...और ज्यादा तमाशा देखने का मन हो तो लड़कियों के साथ ट्रेंड कुत्ते।'

एक अजीब-सा सन्नाटा पसर गया। उसकी बोलती बन्द हो गयी। यह हर युग का अभिशाप है...वैदिक युग से कलियुग तक औरत सदैव कुचली-मसली-मारी जाती है ।

'बड़े-बड़े रईस मुसलमान घर या बंगला बनाने को फ़िज़ूलख़र्ची समझते हैं...पर सैर, शिकार, दूसरों की औरतें भगाना, ख़रीदना-बेचना, रात को महफिलें लगाना, रंडियाँ बुलवाना इसमें अपनी शान समझते हैं। इनके पास हज़ारों एकड़ जमीन की पैदाइश होती है। नौकरों की फौज आगे-पीछे घूमती है...। ये बड़ी-बड़ी खाटों और गुलगुले बिस्तरों पर लेटे रहते हैं, वहीं सारे लोग मिलने आते हैं। दिन भर कचहरी चलती है। रेशमी पगड़ी, मलमल का बड़ा कुर्ता, काले इल्पाके का छोटा कोट, बहुत परतोंवाली खास सलवार, जड़ाऊ जूती, नसवार की डिब्बी और नाक पोंछने का रूमाल। ज्यादातर मांस खाते और ऊपर से लस्सी का बड़ा गिलास चढ़ा लेते। यही लोग बाकी मुसलमानों के दादा होते। यही लोग चोरियाँ क़रवाते, चोर-चकारों को यहीं पनाह मिलती। जिनकी औरत चोरी होती या भगा ली जाती, इन्हीं के पास आता। औरत को भोगकर ये वापस कर देते। सब ऐसे नहीं हैं, पर अधिकतर

ऐसे ही हैं।'

वे जैसे एक साँस में कहती जा रही हैं...

'अब मैं तुम्हें एक क़िस्सा सुनाती हूँ...खैरपुर रियासत के मालिक मीर अलीनवाज़ ख़ाँ को लाहौर की एक रंडी से इश्क़ हो गया। उसका नाम बाली था...अपने पेशे के लिए वह लाहौर जाती तो मीर को एक मिनट चैन न पड़ता। उसने उसे पाने के लिये सब किया और आख़िरकार शादी रचायी। पीर-मौलवियों ने काफी लानत-मलामत की पर उसने किसी की एक न सुनी। इतना बड़ा जश्न हुआ कि मत पूछो। उसकी शादी में फिर दूसरी अस्सी मशहूर रंडियाँ बुलायी गयीं। कितने ही दिन नाच-गाने की महफिलें चलती रहीं। कहते हैं, रियासत का ख़ज़ाना ख़ाली हो गया...इतना खाली कि वेश्याएँ अपना पैसा वसूलने और वापसी के रेलभाड़े के लिए कई दिन खैरपुर में फिरती रहीं...

अब छोड़, कुछ नहीं रखा इन बातों को लिखने में...ये भी कोई जीना है...निरर्थक...बिना उद्देश्य...मनुष्य अपना स्वर्ग भी यहीं बनाता है...नरक भी यहीं। उसे कहीं जाने की जरूरत नहीं है।'

'ये अभी कुछ नहीं है, मतलब कुछ और भी है।'

'चल छोड़, तुझे कुछ खिलाऊँ, तू हमारे देस में आयी है।'

'खिलायी है पिताजी ने...दांगी की रोटी।' उसने कहा।

'ऊँह...बन्दर क्या जाने अदरक का स्वाद।' उपेक्षा से मुँह बिचकाया उन्होंने।

'आप उनसे इतना नाराज क्यूँ रहती हैं?'

'हमें आज तक किसी ने सुना ही नहीं, जिससे उम्मीद थी, उसने भी नहीं।'

उनकी आँखें भर आयीं...

'मैं तुझे सच कहती हूँ। जब हम लड़ते हैं न तो लगता है कोई हमें सुन रहा है। सब अपनी भड़ास हम पर निकालते हैं...हम किससे कहें? हम रोते भी इसीलिए हैं कि कोई तो ध्यान दे। बच्चे भी तभी तक अपने हैं, जब तक बड़े नहीं हो जाते। फिर वे भी अपने-अपने आसमानों की ओर उड़ जाते हैं। रह जाते हैं हम अपने खुले-खाली पुराने पिंजरों में...पंख कटा जीवन...बीमारी, बुढ़ापा...कौन आता है पूछने...कोई नहीं...। अच्छा है, युग बदल रहा है। अब तुम आज़ाद हुए पुराने दन्दों-फन्दों से...।

क्या सचमुच? उसने उनसे नहीं ख़ुद से पूछा? कोई जवाब नहीं आया...

'कुछ अन्धविश्वास भी तो होते हैं औरतों में?' उसने अगला प्रश्न दाग दिया।

'अन्धविश्वास?' उन्होंने अपना चेहरा उसकी ओर घुमाया...।'

'वहम और संशय?' उसने उन्हें सिन्धी में समझाया।

'औरत का जीवन ही वहम और संशय है। हमारे तो दिमाग़ में यह बात भर दी जाती है कि लड़की बनकर पैदा हुई, यह बुरे कर्मों का फल है। बच्चा ज्यादा तंग करता तो कहते नज़र लग गयी है, या परछाईं पड़ गयी है किसी बुरी आत्मा की। किसी की बीमारी न उतरती तो झाड़ने-फूँकनेवाले उड़द के आटे का पुतला बना कर, लाल कपड़े में लपेट, उसका नाम लिख, उसमें सुइयाँ घोंपते, फिर मशान में गाड़ देते। किसी की सास बहुत तंग करती तो महीने में एक बार वह नाटक कर देती कि उसके ऊपर 'देवी' आ गयी है। सास को डर लगता। अगर कोई सौतन हो तो उसे मारने के उपाय, पति को वश में करने के, सास को सबक़ सिखाने के उपाय...ये तो हर जगह होता होगा...बच्चा जल्दी बात न करे तो कौवे का जूठा खिलाते हैं। बीमारी न उतरे तो अपनी परछाई को तीन बार जूता मारते है। जिसको जिन्न पकड़ ले, उसकी तो मुसीबत समझो। अक्सर औरतों को ही पकड़ता। किसी झाड़ने वाले को बुलाया जाता तो वह सिर झुलाता हुआ कहता...'ख़तरनाक जिन्न है, छोड़ेगा नहीं।' उस औरत के चारों ओर काली रेखा खींचकर कहता कि इससे बाहर जाना नहीं। फिर आग जलाता, धुआँ करता, उसमें कुछ डालता, कुछ पढ़ता, पूरा घर कड़वे धुएँ से भर जाता। औरत को कहता...'छोड़ इसे।'

'नहीं छोड़ता।' उस औरत के मुँह से मोटी आवाज़ निकलती। बस, फिर उसे मारना शुरू। कभी लाल-लाल मिर्चों की मुट्ठी झोंक देता आग में...उसका मुँह आगे कर देता। रोते-चिल्लाते और खाँसते वह अधमरी हो जाती...

'अब निकलेगा या नहीं?'

'निकलूँगा...।'

वह उसे पानी में राख मिलाकर पिलाता, उसके मुँह से अजीब आवाज़ें निकलतीं तो समझा जाता, जिन्न जा रहा है, ओझा तो अपना मेहनताना लेकर चला जाता, वह हफ्तों के लिए बिस्तर पर पड़ जाती...

'औरत कुछ भी कर ले, उसके दुखों का उपाय किसी के पास नहीं है।' उसके मुँह से निकला।

'कोई और मारता है तो हम ज़ोर-ज़ोर से रोते हैं, पर जब कोई अपना मारता है तो हम भीतर रोते हैं। हमारी कहानी खारे पानी की कहानी है।' उनकी आँखो से आँसू अभी सूखे नहीं हैं...।

'अच्छा...मैं चलूँ अब...तू जा, देख...तेरा बाप कहाँ बैठा है?'

'आप अभी भी उनसे डरती हैं?' उसने उन जाती हुई का पल्ला पकड़ लिया।

'नहीं नफ़रत करती हूँ। मुझे आज तक कोई ऐसा पुरुष नहीं मिला जिससे मैं प्यार कर सकूँ। तुम्हें मिला क्या?'

वह चुप खड़ी रही उनके सामने।

'मुझे नहीं बताओगी? मैं तो चाहती हूँ कोई मिले तुम्हें तो तुम जानो प्रेम क्या है? प्रेम और-मित्रता जैसे तत्त्व सिर्फ मनुष्य के पास हैं...ये तो देवताओं के पास भी नहीं हैं। वह बदनसीब है, जिसने प्रेम नहीं जाना पर अधिकतर मनुष्यों को इसकी जरूरत नहीं महसूस होती। वे अपने युद्धों में मशगूल रहते हैं। उनकी बातों में प्रेम है इरादों में युद्ध। नानक ने क्या किया? कबीर ने क्या किया? बुद्ध और ईसा ने क्या किया? मनुष्य इनकी पूजा तो कर सकता है पर इनके बताये रास्ते पर नहीं चल सकता...।'

वह चुप उन्हें सुनती रही। अरसे बाद वह उन्हें सुन रही है। अरसे बाद वे इतनी फ़ुर्सत में हैं...उन्हें कपड़े नहीं धोने, मशीन नहीं चलानी, दूध नहीं दुहना...।

वे जैसे समझ गयीं...अब सच में कोई काम नहीं बचा। व्यर्थ काम करते रहे तमाम उम्र...कि जोड़ लें। जोड़ा और छोड़ा एक साथ। होश ही तभी आता है, जब लहरें हमें उछालकर किनारे फेंक देती हैं। चलूँ अब...तुम्हारे लिए इतना ही कहना है...**वही करना, जिससे तुम पूरी होती हो।'**

उन्होंने उसके सिर पर हाथ रखा...मुड़ीं और तेज़-तेज़ चलती हुई विलीन हो गयीं।

वह वहीं बैठ गयी। वह उनके साथ ज़रा-सी देर और रहना चाहती थी... ज़रा-सा बीते हुए को पुकार लेना चाहती थी। हम अपने पैरेन्ट्स को उनके जीते जी कभी नहीं सुन पाते पूरा...दूर से आती उनकी आवाज़ें हमारे कानों में पड़ती रहती हैं, हम सुना-अनसुना किये अपने कामों में उलझे रहते हैं। कहते-कहते वे एक दिन चले जाते हैं फिर जब हम अपनी दौड़ से थक-हारकर घर वापस आते हैं तो हमें वे जगहें ख़ाली दिखायी देने लगती हैं...और वे आवाज़ें सुनायी देने लगती हैं।

कितनी अजीब बात है...हम परिवार को कुछ देते हैं तो समाज छूटता है। समाज को कुछ देने की कोशिश करते हैं तो परिवार छूटता है...सब अपनी अलग-अलग माँगों के साथ खड़े रहते हैं हमारे सामने। सबसे आख़िर में आते हैं हम ख़ुद अपने लिए...अपने पास ख़ाली हाथ, क्या बचता है हमारे पास? चाहते क्या हैं हम ख़ुद को देना? सबसे पहले सुख...आदिम सुख...सभी आकांक्षाएँ आदिम होती हैं। वी मस्ट लिव! व्हाय मस्ट वी लिव?

प्रेम जागरण है...अन्तहीन जागरण

उसे उम्मीद नहीं थी पर ऐसा ही हुआ...। ट्रेन लेट होती चली गयी। शाम–चार बजे दिल्ली पहुँचनेवाली उसकी ट्रेन रात 10 बजे पहुँची। उसने ट्रेन की लेट–लतीफ़ी पर सोचना बन्द कर पूरा समय सोते–सोचते और पढ़ते बिताया। सालों बाद उसे इतना समय मिला था अपने लिए...सालों की अकेले घूमने की उसकी इच्छा पूरी हुई थी वह भी पम्मी बुआ के कारण...। उन्होंने आकर पिताजी को सँभाल लिया था और उसे मुक्त कर दिया था...पन्द्रह–बीस दिनों के लिए कि वह ट्रेन पर चढ़ने का अपना शौक पूरा करे। यह कोयले से चलनेवाली उसकी बचपन की ट्रेन नहीं है...पर ट्रेन तो फिर भी है...। इसकी महक उसके बचपन के नथुनों में बसी है। वह सारा दिन ए.सी. डिब्बे की बन्द खिड़की से चिपकी बाहर देखती रही...बाहर बहुत बड़ा संसार है...अदेखा.अनजाना...ओ... अदृश्य...! आ मुझमें उतर...।

जब ट्रेन ने प्लेटफॉर्म का किनारा छुआ...वह अपनी पीठ पर डफल बैग और हाथ में एक हैंडबैग लिए उतरी। उसने भीड़ से बचते हुए इधर–उधर नज़र दौड़ायी, एक कुली लपका पर उसका सामान देख पीछे हट गया। उसने बाहर का रास्ता बताया ऐरो देखा और भीड़ में से रास्ता बनाती उस ओर बढ़ी। अनायास लगा, कोई साथ चल रहा है। उसने ख़ुद को मुड़ने नहीं दिया।

'हाय।' एक मधुर ध्वनि...उस शोर में भी ख़ुद पर टिकी...हल्की खनक...चंचलता और हँसी में लिपटी...उसके भीतर घंटियाँ बज उठीं...

सिर मोड़ते–न–मोड़ते उसके चेहरे पर मुस्कान आ गयी...

एक गोरी–चिट्टी लम्बी–सी लड़की, कन्धे तक खुले बाल, जीन्स और सफेद टॉप में...उसने उसें किनारे खींच लिया...आधे–अँधेरे, आधे–उजाले में...यह दृश्य उसके ज़ेहन में हमेशा के लिए अंकित हो गया। दोनों कई पल एक–दूसरे को देखती रहीं...फिर अनायास एक दूसरे से लिपट गयीं।

एक़ मिनट को रूमी की साँस रुक गयी, जैसे देह में करंट दौड़ गया हो। उसने उस लड़की को अपने में कस लिया और उसकी महक का एक गहरा घूँट भरा। ख़ुदाया! कहाँ रखता है तू ये चमत्कार छिपाकर।

'आपको छू सकने का मेरा असम्भव सपना पूरा हुआ।'

रूमी के गले लगे हुए ही वह उसके कानों में फुसफुसायी। उसकी गहरी साँसें उसके भीतर उतर गयीं...।

'मुझे पता नहीं था आप इतनी सुन्दर हैं।' उसके गले में बाँहें फँसाये वह उसका चेहरा देखती मन्त्रमुग्ध आवाज़ में कह रही है।

'पर मुझे पता था।' वह मुस्कराती रही उसकी आँखों में देखती...

'कैसे?'

'मन की आँखों से देखा था।'

'पर मुझे तो नहीं था न।' उसने ज़ोर देकर फिर कहा।

'पता होने से क्या करती?'

'यूँ आधी रात आपसे मिलने का रिस्क न लेती'। उसने शैतानी आवाज़ में कहा तो वे दोनों ज़ोर से हँस दीं।

क़रीब आधी रात को निज़ामुद्दीन स्टेशन पर दो लड़कियों की मुक्त हँसी...जिन्हें जल्दी थी, वे धीरे चलने लगे, जो धीरे-धीरे चल रहे थे, ठिठक गये...जो ठिठके हुए थे जम गये। ऐसा न जाने कितने वर्षों बाद होता है कि घूमते हुए दो ग्रह खिंचते हुए एक-दूसरे के समीप आ जाएँ।

उसने खींचकर रूमी का डफल बैग अपने कन्धे पर ले लिया और उसका हाथ पकड़ भीड़ में से गुज़रती चली गयी

अब वे 'कमसम' में बैठी हैं। अच्छी-ख़ासी भीड़ है, यहाँ भी लोग अपने सामानों से लदे-फदे आ रहे हैं...खा रहे हैं...जा रहे हैं...।

'पहले आपको अच्छे से देख लूँ।' उसके ठीक सामने बैठी रायना ने उसकी आँखों में देखते हुए कहा।

वह शरमा गयी। सालों बाद उसे सुलेखा याद आ गयी...। इतना ही प्यार होता था उन आँखों में कि वह उस समन्दर में डूब जाती थी। उसके शरमाने पर रायना खुलकर हँस दी।

'क्या लेंगी आप?'

'जो तुम्हें पसन्द हो।'

'देख लीजिए। आनेवाले दिनों में आप वही-वहीं करेंगी जो मुझे पसन्द है।' रायना ने शरारत से कहा।

'बहुत भरोसा है ख़ुद पर...।'

'नहीं...आप पर...**प्रतीक्षा है तो वह भी है जिसकी तुम प्रतीक्षा करते हो**...ऑय एम सो हैप्पी...यह उसने कुछ ज़ोर से कहा।

कुछ लोगों ने चौंककर उधर देखा। हँसती हुई वह उठी और काउंटर पर कुछ

आर्डर दे वापस आयी...।

'मुझे आपसे प्यार हो गया है सच्ची, पहली नज़रवाला प्यार...।'

उसके चेहरे पर क्षण भर कहने-न-कहने का असमंजस आया फिर बिला गया।

'यहाँ कोई उम्मीद नहीं।' रूमी ने बहुत सफाई से जवाब दिया।

'उम्मीद बनाना मेरा काम है। पकड़ लिया न आपको सरे राह। अब ये न पूछिएगा मालूम कैसे चला?'

'मेरी असिस्टेंट से पूछा होगा। वैसे मैंने उसे मना किया था किसी को भी बताने को, पर तुम तो तुम हो, उसे भी पटा लिया होगा।'

उसे अच्छा लगा, अपना यूँ पकड़ लिया जाना और उसकी हँसी...। उसकी मोहब्बत से घिर जाना। जब हम धूप में भी चल रहे होते हैं तो बारिश की आकांक्षा भीतर चुपचाप चलती रहती है।

अरसे से उसने किसी तड़प का अनुभव नहीं किया...जो उसके स्वभाव का मूल बिन्दु है...जिसमें वह बरसों रह सकती है...जो उसमें है ही। वे सब जैसे किसी ठंडी रेत के नीचे दब गये हैं। कोई लहर आती भी है तो रेत की ऊपरी सतह को गीला कर चली जाती है। पहली बार लगा वह इस सबसे गुज़रना चाहती है, ये उसी का खोया अपना आप है, जो वह फिर पाना चाहती है।

'मैं छोटी चीजों में हाथ नहीं डालती। सीधा आपको पटाने का मन है।' रूमी ने हँसकर उसके सिर पर चपत मारी।

'एकदम विदेशी चेहरा है आपका?' उसने कहा।

'अपना चेहरा देखा है ध्यान से?'

'मैं तो हूँ ही विदेशी। माँ पोलैंड की, पिता डेनमार्क के। पर एक बार अपनी माँ से पूछिएगा जरूर आपके फादर कौन थे?' वह फिर शैतानी पर उतर आयी।

'आय लाइक माय फॉदर...'

'तब तो आपकी दादी से पूछना पड़ेगा।' दोनों हँस दीं।

'मैंने तो सिर्फ सपना देखा था कि एक दिन आपसे मिल सकूँगी...और देखिए...।' वह उसकी ओर झुक आयी।

'सपने सच होते मैंने देखे हैं।' रूमी पूर्ववत् मुस्कराती रही।

'क्या पाया?' उसने बहुत आहिस्ता से ऐसे पूछा मानो वह कोई राज़ शेयर करने जा रही है।

'अपनी स्वतन्त्रता।'

'ओह...।' उसने किंचित निराश स्वर में कहा और पीछे हट गयी।

'किसी मनुष्य को पाना मेरा लक्ष्य कभी नहीं रहा।' उसने उसकी निराशा

समझकर कहा।

'अरे, आपकी कहानियों में तो इतनी प्रेम की तक़रीर होती है।'

'हम उसी के बारे में सबसे ज्यादा बात करते हैं, जिसके बारे में सबसे कम जानते हैं। मैं ये भी तो कहती हूँ...।'

कभी-कभी किसी को अपनी इस ख़ामोशी में खींच लेने की बेकल चाह पैदा होती है, जहाँ मैं इतने बरसों से अकेली रह रही हूँ। रूमी ने सोचा।

रायना आर्डर किया हुआ फूड ले आयी और दोनों आहिस्ता-आहिस्ता खा रही हैं...।

'वैसे आप ठीक कहती हैं। मैंने 'वात्स्यायन' की बायोग्राफी पढ़ी थी...जिसने 'कामसूत्र' जैसा ग्रन्थ लिखा है, उसने सिर्फ दो बार स्त्री शरीर पाया था। यह बात नामुमकिन होने की हद तक सच है। मुझे लगता है बहुत जीनियस लोग इसलिए शादी नहीं करते कि उनकी अपनी स्वतन्त्रता को ख़तरा हो जाता है। उन्हें लगता है कोई आएगा और उन्हें ख़ुद में आविष्ट कर लेगा। क्या आप उनमें से हैं?'

वो उसकी आँखों में देखती रहीं...

'शादी का विचार तक मेरे भीतर नहीं है।'

'और प्रेम?'

'यह मेरे वश में नहीं है।'

'पर जैसी आप हैं, न जाने कितनों ने अपने दिल तो बिछाये ही होंगे।'

'उससे क्या फ़र्क़ पड़ता है?'

'अगर मैं लड़का होती तो मेरे बारे में सोचतीं?' उसने फिर शरारत की।

'मैं तुम्हें किसी लड़के की तरह नहीं चाह सकती, तुम लड़की ही ठीक हो।'

रूमी ने कहा और तत्काल एक दूसरा विचार उस पर झपटा—

हम सब अपने ही जैसी स्त्री और अपने ही जैसे पुरुष से प्रेम करना चाहते हैं, करते हैं...चाहे वह बेटी-बेटे, दोस्त-माँ की शक्ल में क्यूँ न हों? यहाँ तक तो हम कह पाते हैं, इससे परे जाकर कहने मे हमें डर लगता है। हमें क्यूँ लगता है कि हमारी आत्मा की जरूरत हमसे ज्यादा किसी और को समझ में आएगी। यह भी क्यूँ लगता है अधिकतर लोगों को कि दो व्यक्तियों की निकटता में सेक्स का हमेशा ही महत्त्वपूर्ण रोल रहता है। इससे परे एक चीज होती है। किसी को पा लेने का सुख, किसी को छू लेने का, उसकी आत्मा के निकट पहुँचने का सुख...। किसी के पास होने का सुख...। पर रायना क्या यह बात समझ पाएगी? पता नहीं।

'कितनी अजीब बात है, कुछ साल पहले तक मैं आपको नहीं जानती थी...सिर्फ दो ही साल हुए हैं और ऐसा लगता है...आपको देखने...आपको छूने से...एक अजीब तरलता है आपमें...और ऐसा ही कुछ आप लिखती भी हैं...शब्द

कब भीतर उतर जाते हैं, पता ही नहीं चलता...। बहुत दिनों बाद कभी मन की दीवारें छुओ तो उँगली गीली हो जाती है।'

रायना की भावप्रवण आवाज़ उसके भीतर एक तरल लहर-सी दौड़ गयी। सालों बाद वह एक बहती नदी के किनारे आ खड़ी हुई और उसके ठंडे पानी में पहला पैर उतारा...

बहुत से भाव ऐसे हैं, जिन्हें कोई आज तक शब्द नहीं दे पाया। हम विरोधी स्थितियों में जीते हैं, संगत शब्दों को तलाशते हैं...।

'अगर मैं न आती, आप क्या करतीं?'

'एयरपोर्ट पर अपनी फ्लाइट का इन्तजार...अर्ली मार्निंग है।'

'मैं आपसे सिर्फ एक चीज एक बार माँगूँगी। क्या आप देंगी?'

रूमी सोच में पड़ गयी। क्या माँगेगी? एक आटोग्राफ या एक प्यारा-सा आलिंगन...जो वह ख़ुद देना चाहती है। उसने तो बड़ी आसानी से कह दिया...उसे प्यार हो गया है और उसे भी अच्छा लग रहा है...युगों अकेले चलते रहने के बाद अनायास राह में आये एक घने-छायादार पेड़ के नीचे बैठ जाना। इन छोटी-छोटी खुशियों को जीना तो वह कब से भूल चुकी है। इतने सख़्त अनुशासन में रखा है उसने स्वयं को कि अब अनुशासन भी सध गया है। सच, आज वह कहीं नहीं जाना चाहती...उससे खूब लम्बी बातें कहना-सुनना चाहती है। उसने उसे उसके बचपन में पहुँचा दिया...सुलेखा कहाँ हो तुम? तुम्हें ढूँढ़ने निकली तो राह में और-और मिलते गये।

'अरे आप तो इतना ज्यादा सोचने लगीं?' उसने उसके हाथ पर अपना हाथ रख दिया, वह उसकी आँखों में देखती रही।

'पूछो मत...माँग लो या उठा लो।' वह मुस्कराती रही।

'माँगती हूँ न...आपको आप से...एक दिन के लिए...एक रात के लिए...आज मत जाइये। कल चली जाइएगा। कोई फ़र्क़ नहीं पड़ेगा।'

'मेरे पास फ्लाइट की कन्फर्म टिकट है।' वह असमंजस में मुस्करायी।

'तो? कल की भी मिल जाएगी। जाने के बहुत सारे बहाने हो सकते हैं, रुकने का सिर्फ एक...मेरे लिए...।'

रूमी कई पल उसकी आँखों में देखती रही फिर उसने अपने हैंडबैग से फ्लाइट की टिकट निकाली, फाड़ी और उसके सामने रख दी...वह बहुत लुभावनी आवाज़ थी जिसने उसे बेतहाशा ख़ुशी से भर दिया...

'हुर्रे...र्रे...।' उसने विजयी नारा लगाया और उसका हाथ चूम लिया।'

'ओ.के. टेल मी अबाउट युअर सेल्फ...। क्या कर रही हो आजकल?' संयत होने के बाद रूमी ने पूछा—

'जॉब छोड़ दी मल्टीनेशनल कम्पनी की। अभी बस घूम रही हूँ।' उसने बड़े आराम से कह दिया।

'क्या करना चाहती हो?'

'मैं नहीं जानती...सचमुच नहीं जानती...। मैं लगातार कई चीजों के बारे में सोच रही हूँ।' उसने अनिश्चय से अपना सिर हिलाया।

'किसी और वक़्त मुझे बताओ शायद।' रूमी की सहलाती आवाज़ मानों ठंडी हवा का झोंका हो। रायना ने उसकी आँखों में देखा तो उसे लगा जैसे वह उसके भीतर झाँक रही है और उसे सब पता है...उसके प्रेम, उसकी भटकन, उसके भविष्य, उसके भय और उसके स्वप्नों के बारे में...प्रेम और करुणा से भरी वह दृष्टि रायना को पिघला रही है।

'कुछ ऐसा ढूँढ़ो जो तुम वास्तव में करना चाहती हो। कई बार पता नहीं चलता और हम जगहें बदलते रहते हैं। अपने भीतर झाँको...क्या करने से तुम्हें अच्छा लगता है। यह दुर्भाग्यजनक है कि हम एक ही काम को बार-बार करते रहें...अनचाहे...और उसी में ख़त्म होते चले जाएँ... काम...शादी...बच्चे...टी.वी., बुढ़ापा, निराशा-हताशा-कड़वाहट, व्यर्थता बोध...अकेलापन और मृत्यु...। यह सब बहुत भयावह है। मैंने अपनी माँ को देखा है...पिताजी को देख रही हूँ...क्या यही वास्तविक जीवन है?'

'क्या आपके पास इससे बेहतर जीवन का ख़्वाब है?' रायना गम्भीरता से उसे देखती रही।

'ख़्वाब हम सबके पास होता है, बस उसे साकार करने की हिम्मत नहीं जुटा पाते हम। पर तुम्हारे पास है वह हिम्मत? अभी तुम अकेली हो, किसी को जवाब देने की तुम्हारी विवशता नहीं है। कुछ ऐसा चुनो जो तुम्हें पूर्णता से भर दे। तुम्हें क्या अच्छा लगता है?'

'पढ़ना और घूमना और कभी-कभी जॉब करना...अगर मेरे मन का हुआ तो।'

'तो वही चुनो। कुछ ऐसा चुनो कि तुम्हारी आर्थिक जरूरतें पूरी होती रहें और तुम्हारा शौक़ भी।'

'मैं किसी एक जगह नहीं रह सकती।'

'तो ऐसे भी तो काम हैं...।' रूमी उसकी आँखों में देखती रही फिर उसके हाथ पर अपना हाथ रख दिया कोमलता से...।

'मिल जाएगा। ढूँढ़ने से सब मिल जाता है, प्रकृति का यही नियम है।'

'पर अभी मैं जॉब के लिए नहीं सोच रही...।' रायना ने कहा।

'मैं उसके लिए कह भी नहीं रही...।' रूमी ने मुस्कराकर कहा तो वे दोनों

हँस पड़ीं।

'पैसा कमाना बहुत मुश्किल नहीं है रायना...मुश्किल है ख़ुद को सही दिशा देना। अपने अकेलेपन से घबराकर किसी के पास मत जाना। प्रतीक्षा करना **जब तुम्हारी आत्मा को उसकी सख़्त ज़रूरत होगी, वह ख़ुद-ब-ख़ुद घूमता हुआ तुम्हारे पास आ जाएगा। मैं जानती हूँ, तुम अकेली हो...पर...कुछ लोग ज़िन्दगी का सामना अकेले ही करने के लिए पैदा होते हैं...। यह अच्छी या बुरी बात नहीं है...ये बस होता है।'**

'आपने कभी नहीं चाहा...अपने अकेलेपन में किसी को शामिल कर लें?' रायना ने आहिस्ता से पूछा।

रूमी कुछ क्षण उसे देखती रही। फिर उसने अपने भीतर झाँका...जहाँ अभी तक कोई नहीं पहुँचा और चारों तरफ मौन पसरा हुआ है। कुछ इतना अन्तरंग है कि वह ख़ुद भी छू नहीं पायी है। कहाँ पढ़ा था अनुभव होना चाहिए हरेक को इस धरती पर, **कैसा होता है प्रेम, यातना और बोझ दुःस्वपनों का।**

वह उसे कैसे कहे...**एक मनुष्य के जीवन में बहुत सारी जगहें होती हैं जहाँ वह किसी को नहीं रखना चाहता...ख़ुद को भी नहीं...** वह ख़ुद अपनी ऐसी जगहों को नहीं जानती जहाँ उसकी आत्मा अकेली विचरती है...। पर एक ऐसी जगह भी तो होती है...जिसे वह भरना चाहती है किसी की उपस्थिति से...कोई बिलकुल उस जैसा...क्या यह सम्भव है? क्या कोई आईना बन सकता है?

'जीवन में बहुत कुछ ऐसा है रायना, जिसे हम करते नहीं, वह हो जाता है। बस उस खास घड़ी की हमें प्रतीक्षा करनी होती है। कभी तो हम 'चुनते' हैं और कभी 'चुन' लिये जाते हैं।'

'अच्छा अगर वह आपको मिल जाये तो क्या कहेंगी सबसे पहले?'

वह हँस दी। यह एक खेल है, बचकाना खेल...

'कुछ नहीं। कहने में मेरा विश्वास नहीं है, **जो समझते हैं उन्हें कहने की जरूरत नहीं पड़ती, जो नहीं समझते उन्हें कितना भी कहते रहो, कोई फ़र्क़ नहीं पड़ता।'**

'पर कुछ मेरे जैसे भी तो हैं जो समझते भी हैं और चाहते भी हैं कि उनसे कुछ कहा जाय।'

यह तो गौतमबुद्ध वाली बात हो गयी। वह हँस पड़ी। 'शब्दों के फेर में न पड़ो रायना...**भाषा अभिव्यक्ति में बाधक है।** अवरोध हटाने के लिए तो तुम शब्दों का प्रयोग कर सकती हो, अवरोध उत्पन्न करने के लिए मत करो। तब जो आएगा...तुम सँभाल नहीं पाओगी। कभी तुमने गायों की करुण आँखें देखी हैं...जब वे अपने बच्चे को चाटती हैं या जब पीड़ा से छटपटाती हैं...। उनके पास भाषा नहीं

है पर कितनी सहजता से वे दूसरे तक पहुँच जाती हैं।'

'आपने इस मौन को और इस निःशब्द को साधना कैसे सीखा?'

'मेरे पैरेन्ट्स जब लड़ते थे तो उनकी आँखों से जो नफ़रत की चिंगारियाँ निकलती थीं...उसे देख मुझे लगता था...इन्हें कहने की ज़रूरत नहीं है कि वे एक-दूसरे को पसन्द नहीं करते...ये इनकी आँखों में, इनके चेहरे पर लिखा है...**दुनिया में जो भी महत्त्वपूर्ण है, वह कहने से नहीं अहसासों से समझ में आता है**...फिर मेरा जीवन बहुत एकाकी रहा है...अमृता प्रीतम, लता मंगेशकर, किताबें और तन्हाई...। मैं तब भी बड़ी आसानी से अपने भीतर उतर जाती थी और बाहर आ जाती थी। मेरी माँ का भी मुझपर काफी प्रभाव रहा होगा। वे बड़ी खुद्दार, साहसी और मज़बूत महिला थीं। शारीरिक और मानसिक तौर पर उन्होंने बहुत सहा और हर परिस्थिति को टक्कर देने का माद्दा उनमें था। जब मैंने अपने होश में उनका जीवन देखा तो पहला ख़याल यही आया कि यह जीवन मुझे नहीं चाहिए। तो कौन-सा दूसरा जीवन मुझे चाहिए और वह कहाँ है? यहीं से मेरी तलाश शुरू हुई। उस दूसरे जीवन की भी और अपनी भी...। किताबों का मेरे जीवन में बड़ा महत्त्वपूर्ण रोल रहा है...यहीं से मैंने ज्ञान की रोशनी पायी और अपने रास्तों पर बिना लड़खड़ाये चलने की हिम्मत भी। कुछ छोड़ो नहीं, किसी से चिपको नहीं, चलते रहो चलते रहो।'

'इस रास्ते पर क्या मैं आपके साथ चल सकती हूँ?' क्या था उसकी आवाज़ में वह नहीं समझ पायी, पर उसका हृदय भर आया।

'**हर रास्ता अकेले का उसके अपने लिए होता है रायना।** बनाता ही वह ख़ुद है। हम दोनों का रास्ता एक हो ही नहीं सकता, होना भी नहीं चाहिए। फालोअर्स यही गलती करते हैं और वे कहीं नहीं पहुँचते। तुम अपनी ज़िन्दगी जिओ। अपने रास्ते पर चलो। जो भी तुम्हारा काम है या जो भी तुम्हारा ख़्वाब है, पूरा करो उसे। मुझसे मिलो और फिर गुज़र जाओ। देखो और जान लो। **ऐसे चलो कि ठहर जाओ। अपनी तान से तान मिलाओगी तो स्वर आसानी से फूटेगा और बहुत दूर तक जाएगा। ख़ुद को पढ़ो, दुर्गम-दुर्लभ लिपि है पर समझ में आएगी** तुममें तो वो जुनून भी है।'

उसने नहीं कहा कि उसे जब-जब उसकी जरूरत होगी उसे रहना होगा। जवाब वह जानती थी। यह जानना उस वक़्त इतना स्पष्ट था कि कहने के लिए कुछ बचा ही नहीं। उनके चारों ओर समय बह रहा था और वे अपनी नाव में ख़ामोश बैठी रहीं।

और उस रात वे एअरपोर्ट के नज़दीक के एक हॉटल में रुकीं। रूमी ने जानने की कोशिश नहीं की कि कौन-सी? वह उसे जहाँ ले गयी, वह चली गयी।

बची हुई रात उनके कमरे में नहीं आयी...बाहर ही खड़ी रही...भीतर दो आत्माएँ रोशन थीं...अपने में मगन...। एक-दूसरे की दुनियायों को देखती-समझती,

उन्हें टटोलतीं, उसमें उतरतीं। अभी तक रूमी ने अपनी माँ और बुआओं का संसार जाना था, पम्मी बुआ का सघन स्नेह जाना था...आज एक दोस्त की मोहब्बत से रू-ब-रू हुई...और आज उसने जाना कि एक आदमी का शरीर और मन...एक आदमी के शरीर और मन को तथा एक औरत का शरीर और मन एक औरत के शरीर और मन को बहुत अच्छी तरह समझता है और उसके गुप्त और रहस्यमय केन्द्रों को भी जहाँ उसका 'होना' छिपा है। **दिखने में तो हमारी समस्त आध्यात्मिक शिक्षाएँ हमें अपने 'होने' को पहचानने के प्रयत्न की ओर धकेलती प्रतीत होती हैं पर दरअसल वे हमें हमसे दूर करने में महत्त्वपूर्ण भूमिका निभाती हैं। वे हमारी कल्पना शक्ति हमसे छीनकर हममें अपना ज्ञान भर देती हैं...फिर हम उस ज्ञान से भी मुक्ति के उपाय खोजते हैं।**

और सुबह हुई, दोनों में से कोई नहीं सोया था। नि:शब्द की उस रात में कुछ शब्द फूलों की तरह उड़े और उन पर बिखर गये। उनके मन के आसमानों में अपना-अपना चाँद टँगा था और खूब सारे तारे...भीतर के पानियों में दोनों चाँद उतर आये और एक-दूसरे की तरफ बहते हुए एक-दूसरे में समा गये। भीतर के समन्दर में जो ज्वार आया समूचे किनारे तोड़ते हुए, उसने न सिर्फ समस्त सीपों-शंखों के बन्द खोल दिये वरन अपने भीतर की समूची रहस्यमय दुनिया को उलट-पलट दिया कितने नगर बसे हैं भीतर जिन्हें महज़ एक भूकम्प भीतर से बाहर ला सकता है।

रूमी जाने को तैयार है...

'चलोगी...लेह...।' उसने अपने नज़दीक खड़ी रायना की बाँह छुयी।

'आज नहीं...। जिया हुआ जी लूँ ठीक से। आज आप जाइये, आप भी अकेली रहना चाहेंगी। और फिर मुझे कुछ इंटरव्यू देने हैं यहीं...नोएडा में...उसकी तैयारी करनी होगी।'

'ओ.के.। अगली बार साथ चलेंगी।' रूमी ने उसके सिर पर थपकी दी तो रायना ने उसका हाथ पकड़ा और पकड़े रही।

कुछ रिश्ते लकड़ी के टुकड़े होते हैं, जितना वक़्त गुज़रता है सूखते जाते हैं फिर एक दिन ज़रा-सी चिंगारी पड़ी नहीं कि भक से जलकर राख हो जाते हैं—उन्हें समय रहते पहचान लो तो तुम उनके राख होने से पहले वहाँ से गुज़र जाते हो और कुछ रिश्ते कुछ वृक्षों की तरह सैकड़ों साल ज़िन्दा रहते हैं, वे किसी से कुछ माँगते नहीं, अपना सत्व धरती से ग्रहण करते हैं—हम उनके गले से चिपककर रो सकते हैं, हँस सकते हैं, बातें कर सकते हैं—वे हमसे कुछ पूछते नहीं हैं, वे हमारी मूक व्यथा के साक्षी होते हैं—मैं इस वृक्ष की छाया में तुम्हारे साथ बैठना चाहूँगी, जिसे मैं दोस्ती कहती हूँ— किसी ने किसी से कुछ नहीं कहा और वे अपने सफर पर निकल गयीं।

लेह में आज उसका दूसरा दिन है। कल एअरपोर्ट से गेस्ट हाउस तक वह लेह को विस्फारित आँखों से देखती रह गयी थी। कुछ सुन्दरताएँ इतनी अद्‌भुत होती हैं कि आपसे सही नहीं जातीं...आप पिघलने लगते हैं...निर्विचार होने लगते हैं...। और, उसने महसूस किया...उसकी पीठ पर टँगे डफल बैग में सिर्फ उसके कपड़े नहीं उसकी देह भी टँगी है और जो इस हवा में तैर रही है...वह शुद्ध आत्मा है।

गेस्ट हाउस लेने के बाद वह देर तक गर्म पानी से नहाती रही। नहाकर बाहर आयी तो गेस्ट हाउस की मालकिन खड़ी मिली।

'आप खाना यहीं खाएँगी या बाहर?'

'आप जो खिला देंगी, वही खाऊँगी।'

वह मुस्कराती हुई चली गयी। फिर उसने एक लड़के के हाथ उसका खाना कमरे में भिजवा दिया

आज वह कहीं नहीं जाना चाहती, कुछ नहीं करना चाहती, आज वह अपने साथ सोना चाहती है बस। बिस्तर पर अपनी शिथिल देह को उसने अपने समीप खींचा। उसे लगता रहा...बाहर का कितना कुछ पढ़ लिया है उसने पर अपने भीतर को पढ़ने से बचती रही है...इस एकान्त ने उसके भीतर के न जाने कितने कोरे सफ़े खोल दिये हैं...उसने अपनी देह को अपनी दोनों हथेलियों में भरा...देह रूठी रही।

'नाराज़ हो?'

'तुमने मुझे कभी देखने की जरूरत नहीं समझी।'

'डर लगता था, तुम कुछ माँगने न लगो।'

'जब तक मैं माँगूगी नहीं, तुम्हें पता कैसे चलेगा कि मुझे भी कुछ चाहिए।'

'जब तक मेरे पास कुछ होगा नहीं तब तक तो मैं तुम्हारे माँगने पर भी तुम्हें नहीं दे सकती।'

'पर तुम्हें उतनी प्यास नहीं है...।'

'तुमसे गहरी है, अनन्त जन्मों की। स्मृतियाँ हैं, सपने हैं, प्रतिक्षाएँ हैं, पुकारें हैं, न जाने क्या-क्या हैं...।'

'कैसे पूरी होगी प्रतीक्षा...।'

'लेट द टाइम कम।'

उसकी देह उसकी बाँहों में सिर छिपाए पड़ी रही...।

दूसरे दिन अलस्सुबह वह उठी...भीतर और बाहर के दूर-दूर तक फैले नीले आसमान को देखा...अब इन्हें चिड़ियों की उड़ान की प्रतीक्षा।

चाय पीती हुई वह काफी देर तक बरामदे में बैठी रह गयी...कितना अच्छा लग रहा है अपने साथ रहना...। आसपास का समस्त संसार उसके भीतर चला आया है...वह देख-देख कर अभिभूत है...। ख़ुद से ख़ुद के मिलन की सिर्फ कुछ झलकें हैं उसके पास, जिसे उसे पूरा करना है। अगर प्यास है तो पानी भी है...पंख है तो आसमान भी...अगर तुम हो...तो है तुम्हारे जैसा दूसरा भी...।

काफी देर बरामदे में बैठे रहने के बाद वह उठकर तैयार हुई और ख़ुद को आईने में देखा जींस-टॉप, कन्धे पर लटका हैंड बैग, रूखे बाल हवा में उड़ते हुए...ये कोई और रूमी है...सर्वथा नयी और अछूती...। हर ज़िम्मेदारी से मुक्त...।

वह दूर तक यूँ ही इधर-उधर घूमती लेह की सुन्दरता बूँद-बूँद पीती रही...। भूख लगी तो एक बेहद खुले रेस्तराँ में जा बैठी...। उसके सामने है...समोसा और गर्मागर्म गुलाबजामुन...। बचपन से ही वह माँ के हाथों बने गुलाबजामुनों की कितनी दीवानी रही है। घर में कुछ भी बनता, माँ सबसे पहले उसे बुलातीं। यह सघन रिश्ता कि किसी दूसरे को बुलाओ या ख़ुद को...किसी दूसरे को खिलाओ या ख़ुद को...उसे माँ और पम्मी बुआ में मिला। ऐसे रिश्ते को माँ के अलावा कहीं और भी पाना सम्भव है क्या?

उसने सामने देखा...रेस्तराँ से ही जुड़ी एक छोटी-सी बुक शॉप। काउंटर गर्ल फारिनर्स से घिरी हुई...वह उन्हें किताबे देती... ...दिखाती...कुछ समझाती...उनसे पैसा लेती-फिर रसीद काटती...हँसमुख-शान्त-सौम्य लड़की...। वह उसके नज़दीक पहुँची तो उसने उसकी ओर देखा...

'यस मैम...।'

'ऑय वान्ट समथिंग न्यू...ऐंड डिफरेंट।'

उसने एक अलग सेल्फ पर रखी किताबों में से दस बारह उसके सामने रख दिया और फिर ग्राहको को अटेंड करने लगी। उसने तीन किताबें चुनी, उसे पैसे दिये, रसीद ली और उसके फ्री होने का इन्तज़ार करने के लिए अपनी टेबिल पर वापस आ उन्हें उलटने-पलटने लगी। आज कहाँ जायें, कहाँ से शुरू करें, उसे इस काउन्टर गर्ल से पूछना होगा। तभी उसके कानों में काउंटर गर्ल की आवाज़ पड़ी...

'सर उस किताब की तो एक ही कॉपी बची थी। वो मैम बैठी हैं न सामने, अभी-अभी ख़रीदा है उन्होंने।'

उसने चौंककर उधर देखा...एक नौजवान ने उचटती नज़र उस पर डाली...क्षणांश को आँखें मिलीं...रूमी के भीतर बिजली कौंधी...वह जाने को पलटा...

'एक्सक्यूज मी।' कहते हुए वह क्षण में काउंटर के निकट पहुँच गयी।

जाते हुए वह ठिठका-रुका फिर दो क़दम पीछे आ उसके नज़दीक पहुँचा। रूमी ने उसे ध्यान से देखा...लम्बे-दुबले-पतले जिस्म पर सामान्य पर साफ पैंट-शर्ट...साधारणता में गुँथा हुआ असाधारण चेहरा...क्या है इसमें असाधारण...उसकी आँखें? उसका माथा? या कुछ और जो दिखाई नहीं दे रहा, पर है।

'यस...।' उसने रूमी को देखते हुए कहा।

'आयम सॉरी। पर शायद आप यही किताब ढूँढ़ रहे हैं।' वह सँभली।

रूमी ने 'द ऐंड इज़ माय फ्रेंड' उसके सामने रख दी।

'जी...लेकिन अब नहीं।' उसने एक नज़र किताब पर डाली, पर उसे छुआ नहीं।

'क्यों?' वह हैरान हुई।

'व्हेयर डू यू कम फ्रॉम? डेल्ही?' वह हल्के से मुस्कराया।

'प्रश्न मैंने पूछा है। जवाब पहले मुझे चाहिए।'

'अब यह आपकी हो गयी है, इस पर आपका हक़ है...अगर मैं कहूँ तो आप कहेंगी...शब्दों और किताबों पर किसी का मालिकाना हक़ नहीं होता। वे उसी की हो जाती हैं, जो उन्हें अपने भीतर जगह देता है।'

'और वह सही होगा।' वह अपनी मुस्कान न रोक सकी...

'क्या हम ज़रा-सी देर वहाँ बैठ सकते है? मुझे थोड़ी-सी जानकारी भी चाहिए् आपसे। वैसे मैं अभी इस काउंटर गर्ल से बात करने का सोच रही थी।'

'वर्तिका से...।' उसने ज़रा ज़ोर से कहा। वर्तिका ने सिर मोड़कर उसकी तरफ देखा और एक शालीन मुस्कान उछाल दी...

'अरे, उसे कुछ नहीं पता। वह सुबह घुसती है, रात को निकलती है।'

ओह, इसका मतलब यह यहाँ अक्सर आता है।

दोनों चलते हुए वापस उसी टेबिल पर बैठ गये।

'लगता है, आप यहीं के हैं।'

'कैसे जाना?'

'पहाड़ी चेहरा है आपका...पहाड़ियों के उबड़-खाबड़ चेहरों पर एक खास तरह की चमक होती है...ख़ासतौर पर छाया में तो वे किसी पहाड़, घाटी या वृक्ष का चलता-फिरता हिस्सा लगते हैं। किसी टूरिस्ट को उनकी आँखें भीतर तक देख लेती हैं, यह भी समझ जाती हैं कि उसे क्या चाहिए?'

'यह सब हम पहाड़ियों को विरासत में मिला होता है। आपने ठीक पकड़ा... मैं जानता हूँ आपको क्या चाहिए?'

'नहीं जान सकते।' उसने धीमी किन्तु दृढ़ आवाज़ में कहा, जब तक मैं न

चाहूँ।

'आप मैदानों से आयी हैं और ये पूरा इलाक़ा देखना चाहती हैं।'

'यह तो सामान्य-सी बात है।' वह हँस दी धीमे से।

'आपको जल्द-से-जल्द एक गाइड चाहिए जो आपको जल्द-से-जल्द घुमाकर वापस भेज दे।

अब वह चुप रह गयी ।

'मैं कर सकता हूँ यह काम...पर शर्त यह है कि आप यह किताब मुझे एक रात के लिये दे दें...मैं कल वापस कर दूँगा। इसके दुबारा आने का मैं इन्तजार नहीं कर सकता...।'

'ओह...विद ग्रेट प्लेज़र...। वैसे मैंने यह किताब आपको देने को ही बुलाया था। आप जैसी मायूसी से लौटे थे, वह मुझे छू गयी...।' उसने किताब उसके सामने सरका दी। उसने मुस्कराते हुए उसे अपने हाथ में लिया...पहला पेज खोलते ही उसका नाम देखा...नाम के आगे डॉ...।

'आप इसके लेखक को जानती हैं।'

'सिर्फ नाम सुना है। इसकी बाबत नेट पर भी कुछ ख़ास जानकारी नहीं है।'

'कहते हैं, इस किताब का लेखक इतना रहस्यमय है, लोग उसे आज तक नहीं ढूँढ़ सके। वह पब्लिशर से एक मुश्त पैसे लेकर ग़ायब हो जाता है और अपनी किताब की कुछ कॉपियाँ तक उससे नहीं माँगता। मुझे यक़ीन है सबसे पहले मैं ही उसकी गर्दन दबोचकर उसका इंटरव्यू लूँगा।'

'अरे, यह तो हमला हो गया व्यक्ति की मर्ज़ी पर।' उसके कथन पर उसे हँसी आ गयी।

'इसने मेरा जीना हराम कर रखा है, कुछ तो मैं भी करूँगा ही।' उसकी इस बेतकल्लुफ़ भाषा ने उन्हें कुछ और सहज कर दिया। दोनों हँस दिये।

'ऐसा क्या है इस किताब में? उसने हाथ में पकड़े हुए अपने चश्मे को दोबारा अपनी आँखों पर चढ़ा लिया और किताब को जैसें सूँघने लगी...। हर नयी किताब से उसे ताज़ा चिरी हुई लकड़ी-सी महक आती है। **स्रोत पर चैतन्य। सोते पर जगते की छिपी हुई आँख।** जो शब्दों के लिहाफ़...भाषा की रजाई से ढँकी-ढँकी 'उस' की रज़ा में सदा राज़ी मिलती है। कल रात वह आग के सामने लकड़ी की महक से लिपटी बैठी थी। अन्ततः आप वहाँ पहुँच ही जाते हैं, जहाँ आप सचमुच पहुँचना चाहते हैं। वह कृतज्ञ भाव से उस अदृश्य को धन्यवाद देती है मन-ही-मन।

'अगर आप नहीं जानतीं तो क्या इसकी तलाश में निकलतीं?'

इस जवाब से उसके भीतर कुछ ठिठक गया। **जिसे हम नहीं जानते, उसी की तलाश में तो निकलते हैं।**

'इसकी तो नहीं पर कुछ ऐसी ही किताबें ढूँढ़ रही थी मैं। कुछ किताबें हमें अपने भीतर नृत्य करती-सी भासती हैं...उनकी एक-एक हरकत, एक-एक मुद्रा, एक-एक इशारे पर मेरी पैनी नज़र रहती है। और, कुछ हमारे बन्द अँधेरे तहख़ाने में हमें ले जाकर न जाने कितनी चीजें अनावृत्त कर देती हैं...जो उससे पहले हमने नहीं देखीं...।'

'आपको कितनी किताबें मिल सकी हैं आज तक ऐसी?'

अब उसने उसे ध्यान से देखा...ऐसे पूछ रहा है जैसे सारी किताबें पढ़ रखी है और बताने से समझ ही जाएगा...फिर भी कहा...

'वैसे तो काफी हैं...पर जो याद हैं...उनमें से 'हरमन हेस्से' की 'डेमियान' है, 'सिद्धार्थ' है, रिल्के की कविताएँ हैं कुछ हेमिंग्वे की किताबें हैं...मुझे वे किताबें अच्छी लगती हैं जो मनुष्य के भीतर छिपी शक्तियों, सम्भावनाओं और अँधेरों को उसके जाने बिना उसके सामने रख दें।'

'ये सारे लेखक आपसे मिलकर बहुत खुश होंगे।'

'ये सब ऊपर से मुझे देख रहे हैं। ये सारे मेरे मास्टर्स हैं। मैंने लिखना इन्हीं से सीखा है। इन्हीं की रोशनी से अपनी अँधेरी राहें उजरायी हैं।'

'यानी मैं अभी एक लेखिका से मिल रहा हूँ। इट्स ग्रेट टू सी यू।' उसने सिर झुकाकर प्रशंसात्मक स्वर में कहा।

'इतनी बड़ी नहीं, साधारण। मैं बहुत धीरे-धीरे चलकर यहाँ तक पहुँची हूँ...।' वह चाहती थी अब बात यहीं ख़त्म हो जाय।

'मैं आपसे एक कठिन प्रश्न पूछनेवाला हूँ।' उसने बड़े अधिकार से उसकी आँखों में देखते हुए कहा।

उसने कहा कुछ नहीं, उसे देखती रही

'आप क्यों लिखती हैं? सफल होने के लिए?' अब उसने उसे ध्यान से देखा। बन्दा पढ़ा-लिखा समझदार लगता है। उससे बात करने में कुछ भी बुरा नहीं लग रहा।

'क्यो लिखती हूँ? इसका उत्तर मेरे पास नहीं हैं। मेरा जीवन बहुत तन्हा, एकरस और ऊब भरा रहा है...शायद इसलिए...या अपने निरर्थकता बोध को सार्थकता में तब्दील करने के लिए...या भीतर गुमे हुए अदृश्य संसार को अनावृत्त करने के लिए या कुछ कहने के लिए। कुछ ऐसा जो साधारणत: नहीं कहा जा सकता। मैंने किसी से कभी नहीं की अपने मन की बात। शायद इस तरह भीतर जमा हुआ बाहर आ जाता है।'

'और सफलता?'

'सफलता क्या है? एक अस्थायी चीज...स्थगित होती असफलता जो

इतनी देर से आती है कि वर्जीनिया वुल्फ, वॉनगॉग, निकलसद स्टॉल उसकी गिरफ़्त से भाग निकलते हैं। सफलता हमेशा कलाकार के पीछे भागती है और कलाकर हमेशा उसकी पकड़ से आज़ाद रहना चाहता है।' वह एक क्षण रुकी, फिर आगे कहा...

'पर यह तो रही महान कलाकारों की बात...मैं तो बहुत साधारण हूँ...मुझे तो अपनी रचना में इतने दोष दिखाई देते हैं कि मैं हताश हो उठती हूँ। तब मुझे 'निकलसद स्टॉल' की याद आती है, जिन्हें अपने सृजनात्मक द्वन्द्व से मुक्ति पाने के लिए आत्महत्या करनी पड़ी।'

'आप किसी से बात नहीं करतीं?'

'क्या बात? जो चीज मुझे समझ में नही आ रही, दूसरे को क्या आएगी? बस उन हताश क्षणों में...।' वह रुक गयी।

'क्या?' उसकी गम्भीर आँखें उस पर टिकी रहीं ।

'नथिंग।' उसने छोटी-सी मुस्कान के साथ एक गहरी साँस बाहर फेंकी।

'उन हताश क्षणों में आप मर जाना चाहती हैं, है न...!'

उसने चकित निगाह से उसे देखा...उसके मुँह से बोल नहीं फूटा...।

'होता है। इन सबको मैंने छुआ बस है, जिनकी बात अभी आपने की। वर्जीनिया वुल्फ की हताशा...और आपकी हताशा मुझे एक-सी लग रही है। सृजन और प्रेम में हम बार-बार इसलिए ही जाते हैं कि यह छोटी-सी मृत्यु है।'

वह हैरान थी कि एक अजनबी से कैसे इतनी बातें कर सकी, जो सामान्यत: वह करती ही नहीं किसी से। वह अजनबी था, शायद इसीलिए...। पर उसका जवाब सुनकर वह और भी हैरान हुई।

'कलाकार की कोशिश उस अव्यक्त तक बार-बार पहुँचने की है, जिसे वह पकड़ नहीं पाता।' उसने आगे कहा तो उसने मुस्कराते हुए सिर हिलाया...'मुझे लगता है, मैं आपसे खूब बातें कर सकती हूँ।'

'जहे-नसीब।' उसने अदा से सिर झुकाया और दोनों हँस पड़े।

'अब हमें कुछ घूमने का प्रोग्राम बनाना चाहिए...।'

'श्योर...चलिए...।'

दोनों बाहर आये...। रूमी ने तीनो किताबें उसे दे दी कि वह आराम से पढ़ कर लौटाये।

'यहाँ हर बरस न जाने कितने टूरिस्ट आते हैं, फारनर्स तो बहुतायत में...। पर कुछ तो यहाँ सचमुच ज्ञान की तलाश में बरसों भटकते रहते हैं...गोम्पाओं में पड़े रहते हैं...। मैं उनको देखकर हैरान होता हूँ...।'

'**हम उसी को ढूँढते रहते हैं जो कभी नहीं मिलता।**' उसने कहा—'एनी वे,

इसे छोड़िये ये बताइए कहाँ से शुरू किया जाय?'

'आप कहीं से भी शुरू कर सकती हैं...इसी वक़्त...आप जहाँ खड़ी हैं...वहीं से।' उसने मुस्कराकर जवाब दिया।

वह कई पल नासमझों की तरह उसे देखती रही। इस वाक्य के कई अर्थ हो सकते हैं।

'आप ठीक समझ रही हैं, हम अभी से अपनी यात्रा शुरू कर रहे हैं।' वह पूर्ववत् उसकी आँखों में देखता रहा फिर अपना हाथ आगे बढ़ाया मनस।'

'रूमी।' उसने हाथ मिलाया और तुरन्त छोड़ दिया। ख़ुदाया! पूरी बाँह झनझना गयी।

'डॉ. रूमी। मैंने देख लिया है।' उसने मुस्कराकर कहा—

'वैसे किस क़िस्म की डॉक्टर हैं आप?' अब उसकी आवाज़ में शरारत थी

'सॉयकॉलाजिस्ट हूँ। गाइडेंस ऐंड कांउसलिंग का काम है।'

'यानी मनोवैज्ञानिक सलाहकार।' उसने दिलचस्पी दिखायी...'वैसे काम अच्छा है आपका...। हमारे यहाँ दो ही काम सफल माने जाते हैं...बीमारों का इलाज़ और अज्ञानियों को ज्ञान बाँटने का काम...। रोजी-रोटी के कभी लाले नहीं पड़ते...। आप दोनों कर लेती हैं।

रूमी ने उसकी बाँह पर 'खट्' से अपना हाथ मारा और वे दोनो बहुत ज़ोर से हँस पड़े।

'आप यहाँ पहली बार आयी हैं न?'

'जी। अब लगता है हर बरस आना पड़ेगा। इस तरह रंग बदलते पहाड़। ये पलक-झपकते बदलनेवाला मौसम...ये नीला आसमान...ये परिन्दों की तरह उड़ते किसम-किसम के टूरिस्ट....कमाल है...। मैं तो एक ही दिन में चकरा गयी।'

'कुछ जगहों पर जाके तो आप दीवानी हो जाएँगी। लेह तो ऊपर की झलक है बस...।'

'आप यहीं के हैं या अक्सर आते हैं?'

'हिमालयी परिन्दा हूँ, लौट-लौट के यहीं आता हूँ ।'

'चलिए, आज का सफ़र शुरू किया जाय। पर मैं आपसे एक छूट लेना चाहूँगा कि मैं जब चाहे जा सकता हूँ...असल में...'

'वजह मत बताइये। ये छूट तो हर क़िस्म के मनुष्य को हर क़िस्म के रिश्ते में भी है। फिर आप और मैं तो एक अजनबी धरातल पर खड़े हैं।'

क्या है अजनबी इसमें, कुछ भी तो नहीं। उसके साथ बाहर निकलते हुए वह सोच रही है...। भीतर सदियों से सोया कुछ जाग पड़ा है और आँखें मलते हुए इधर-उधर देख रहा है।

'मन रखने के लिए ही कह दिया होता मैं आपको कहीं नहीं जाने दूँगी, तो मुझे अच्छा लगता।'

निचली सड़क पर उतरते हुए उसने मज़ाक़ में कहा।

'जरूरत नहीं है कहने की, आप नहीं जाएँगे मैं जानती हूँ।' उसने उसके बढ़े हुए हाथ को थामा नहीं, ख़ुद ही उतर आयी।

आप भाग्य को मानती हैं?' उसके साथ चलते हुए उसने पूछा।

'मानने की क्या बात है? जो मेरा भाग है, वह भाग कर जाएगा कहाँ? मैं उसे रचती हूँ...बनता है वह मुझसे...'

'तो आपने मुझे आज रच दिया...थैंक्स...'

'लेकिन आप कितनी सफ़ाई से शुरू में ही खाली-खाली होकर खिसक जानेवाले थे...' वह हँसी।

वह सहसा कुछ अधिक दार्शनिक हो उठा...

'आप बेशक़ पहली छुअन में...हाथ लगते ही ताजा पेंटिंग की गन्ध की तरह कागज और अल्फाज़ को भी...तत्काल गहरे में सूँघ लेती हो, मगर जीवन में पहले ही क़दम पर वही-वही खो देना होता है, जिसे यदि पा लिया जाय तो बाद में खो देना बहुत घातक है...**व्यक्ति जितना इमोशनल होता है, उतना ही असली चींजों के हाथों मारा जाता है...**'

'तो?'

'अपने जैसे दूसरे से बचो...और अपना आपा बचा रहा जाय तो उसे भी अपने अकेलेपन में बेरंग के रंगों से रचो...**रचते हुए मिट जाना ही हर एंडिंग में बिगनिंग है...**'

'क्या इसी में अपने जैसे अनायास नहीं मिल जाते?' उसने उकसाया।

वह कुछ और गहरा गया...**जब हम बेपरवाही के साथ बेवजह खाली होते हैं, तभी हमारी तरफ 'वह' लपक पड़ता है...**'

'कौन?'

'वही...क्षण...जो हमारा ही होता है...आपने कुछ देर पहले कहा था कि हममें कोई चला आता है हमारे बावजूद...शायद हम ही होते हैं कुछ दूसरी गुमशुदा जगहों पर...किन्हीं दूसरों के साथ...जहाँ हम किसी पिछली यात्रा में ख़ुद को रखकर भूल गये होते हैं। हमें जब हमारी ही गुमशुदा आवाज़ पुकारती है तो हम ठिठकते हैं और अपने समूचे वजूद को समेटकर ग़ौर से उसे सुनते हैं...उसके शेड्स को अपने शेड्स में मिलाने के लिए चुनते हैं...उसके शब्द की शिनाख़्त अपने निःशब्द से कराने को...'

'तो सुन और चुन लिए गये हम...पहचान लिये गये गुमशुदा अफ़साने...।'

वह मुस्कराती रही।

वह कुछ क्षण उसे देखता रह गया फिर कहा...

'आप पता नहीं किस तरह की किताबें लिखती हैं...मैं नेट पर सर्च करूँगा आज रात, पर मैं एक बात जानता हूँ, अच्छी किताबें हत्यारिन होती हैं।'

'जी हाँ।' रूमी ने कहा।

'आप समझ गयीं?'

'नहीं...'

'वे आपकी तरह होती हैं...'

'जैसे?' उसने उसे घूरा।

'आपके भीतर दुनिया से मिली हुई जितनी जान भरी होती है, उसे निकाल कर ये किताबें आपको मार डालती हैं और आपके भीतर ख़ुद रहने लगती हैं...जिस्म खो चुके मुसव्विरों की रूह होकर...नये प्राण पाकर...' वह उसे घूरती रह गयी। 'फर्क इतना-सा है कि आप एक जिन्दा किताब हैं...सिर्फ़ पढ़ी जाने लायक़ नहीं, सुनी और महसूस की जा सकनेवाली...लेकिन एक बात दोनों में एक जैसी है...'

'क्या?' उसने उसकी आँखों में झाँका, जिनमें अभी भी रह-रह कर संकोच उमड़ आता था।

वह बोला, 'ऐसी किताबें बहुत मुश्किल से...बहुत सौभाग्य से मिलती हैं।'

'सौभाग्य...यानी बेहद ख़तरनाक हादसा!' वह हँसी, 'मेरा भी सौभाग्य।'

'बहुत पढ़ती हैं आप?'

'कुछ किया ही नहीं है इसके सिवा। इन किताबों ने मुझे नयी ज़िन्दगी दी है...मेरा परिचय मुझसे करवाया है...मैं उन सभी के प्रति कृतज्ञ हूँ जो हमारे लिए इतना ज्ञान छोड़कर गये। जिन्होंने अपना समूचा जीवन किसी-न-किसी खोज में लगा दिया। यह ज़िन्दगी मैंने अपने पिताजी से माँगी थी अपने लिए और उन्होंने दी। मैं उनके प्रति भी कृतज्ञ हूँ।' उसने मुस्कराते हुए कहा।

'बग़ैर एतराज़ के?'

'नहीं, मुश्किलों से...पर दी...और बक़ौल अमृता प्रीतम तब तक मैं जानने लगी थी कि रूहानी इल्म के दरवाजे को सिर्फ दो चाबियाँ लगती हैं...एक अंक, दूसरा अक्षर।

'आप जल्दी जान गयीं। कई बारी यह जानते-जानते पूरी एक उम्र गुज़र जाती है।'

'मैं बस अभी शुरू होती हूँ। मैं नहीं जानती मेरी मंज़िल क्या है? अभी तो मैं इन रास्तों की ख़ूबसूरती जी भरके देखना चाहती हूँ।'

'तो, घुमक्कड़ी आपका शौक़ है?'

'हाँ, घूमना-पढ़ना-लिखना कभी-कभी पेंटिंग करना...'

'ठहरी कहाँ हैं?'

'एक लोकल महिला ने मुझे अपने घर में ही एक कमरा दे रखा है। मज़े में हूँ। चाय भी पिला देती है, खाना भी खिला देती है।'

'चलिए फिर आज का सफ़र शुरू करते हैं...।

लेह...सिन्धु नदी के किनारे बसा एक अनोखा शहर किसी ज़माने में यह जगह एक पड़ाव भर थी...अफ़ग़ानिस्तान और अमृतसर को जोड़नेवाले व्यापारिक मार्ग के बीच सुकुन-भरा पड़ाव...जो मुसाफ़िरों के दमख़म पर बसने लगा तो भरता चला गया...तिब्बत के जुड़ाव ने इस शहर को एक जुदा-सी शख़्सियत दे दी। चहुँ ओर दूर-दूर तक फैली पर्वत मालाएँ...जिन पर वनस्पति नहीं, नंगी चट्टाने हैं...मटमैली, रेतीली, सुनहरी...और कहीं-कहीं नीली और पीली। कुल मिलाकर सपनीली। इन्ही चट्टानी पर्वती बुलन्दियों पर बर्फ के ढेर हैं, ग्लेशियर हैं, झीलें हैं, जिनमें से झरने फूटते हैं।

पर्वतों पर एक नज़र डालते ही पता चल जाता है कि उनके जर्जर जिस्मों से बहुरंगी लकीरों के रूप में मिट्टी नीचे फिसलती रहती है और कहीं-कहीं झरने का रूप धारण कर लेती है। तेज हवा चलने पर ये रंग भरे झरने तिलस्मी मंज़र बन जाते हैं।

इन्हीं पर्वतों के बहुत बड़े घेरे के बीच बसा है मैदानी लेह...भूरे कत्थई और लाल पहाड़...पहाड़ों के बीच लम्बे-लम्बे रास्ते...अधिकतम उबड़-खाबड़ जिन्हें लगभग हर साल बनाया जाता है...हर साल बर्फ इन्हें बहा ले जाती है।' वह बताता जा रहा है...

वे लेह के पुराने महल के सामने खड़े हैं। इसकी कुछ तस्वीरें उसके पास है। तस्वीरों में यह अजब ढंग से अपनी ओर खींचता है।...सामने मिट्टी के टूटे-फूटे ढूहों में फँसे कुछ लकड़ी के कमरे...रेत और धूल...। वह बहुत देर तक देखती रहती है।

'इसे राजा सिंह नामग्याल ने सत्रहवीं शताब्दी में बनवाया था। अब यह बर्बाद हो गया है।' वह उसकी जानकारी में इज़ाफ़ा करता चलता है...

'लद्दाख में पानी नहीं बरसता और जो ग्रीनरी इस वक़्त दिखाई दे रही है, वह मनुष्य की मेहनत का नतीजा है। जितनी पापुलेशन इस वक़्त लद्दाख में है, अधिकतर तिब्बत से आती है। लेह पैलेस के पीछे मिट्टी के पहाड़ दिखायी दे रहे हैं। लेह को 'बर्फीला रेगिस्तान' भी कहते हैं...लेह को देखने के लिए मस्त यायावर महीनों के लिए यहाँ चले आते हैं और अकेले-दुकेले भटकते मिलते हैं...।'

अकेले...उसे सोचकर अच्छा लगा...

'बढ़ते बाज़ारों, आबादियों और वाहनों के कारण जब से यहाँ गर्मी बढ़ी है

और बर्फ घटी है, यहाँ सेब के बाग बढ़ गये हैं और गर्म इलाकोंवाली वनस्पति उगने लगी है। अनुभवी लोग इसे बुरा लक्षण बताते हैं, क्योंकि इससे बुलन्दियों में पड़े रहने और रिसनेवाले ग्लेशियर अचानक बाढ़ का रूप ले लेते हैं। तबाही तो होगी ही वह बर्फ भी नहीं बचेगी जिससे नदियाँ बनती हैं, सिंचाई होती है...बिजली बनती है...नयी-पुरानी ज़िन्दगी चलती है। इस मैदानी भूखंड में लोगों ने ऐसे पेड़-पौधों से हरियाली भर दी है, जो यहाँ के बियाबानों में आसानी से पनप जाते हैं...पॉपुलर से लेकर ब्यूंस तक...गुलाब, सेब, खुमानी और आड़ू तक।'

वह गाइड की अपनी भूमिका बख़ूबी निभा रहा है...नीचे लेह बाज़ार है। इस बाज़ार का बड़ा आकर्षण है। विदेशी टूरिष्ट यहीं घूमते नज़र आते हैं। सुबह दस के बाद दोनों तरफ दुकानें सजनी शुरू हो जाती हैं। हज़ारों क़िस्म की चीजें...फारनर्स को ध्यान में रखते हुए। किसम-किसम की टोपियाँ, लकड़ी के कड़े, लकड़ी से बनी चीजें, बुद्ध की किसम-किसम की मूर्तियाँ...घंटियाँ, पोस्टर्स, कार्ड्स, किताबें, लोकल कपड़े...। यह दुनिया हमारी दुनियाओं से कितनी अलग और विचित्र जान पड़ती है, तभी आकर्षित करती हैं। कुछ लामा बच्चे अपने मैरून कपड़ों और भारी-भारी जूतों में एक शॉप पर कुछ इलेक्ट्रॉनिक्स वस्तुएँ देख-पसन्द कर रहे हैं। बाज़ार इनके जीवन में भी चला आया है...फारनर्स जो आ गये हैं।

वे छोटी-छोटी शॉपिंग करते हैं और मस्ती करते हुए घूमते हैं। वह पिताजी के लिए एक हैट ख़रीदती है...हालाँकि उन्होंने कहा था मेरे लिए एक ख़ूबसूरत छड़ी लेती आना, जिसके सहारे मैं कम-से-कम बग़ीचे तक जा सकूँ। तेरा भी टाइम ख़राब करता हूँ। पर उसने वह नहीं ली।

'इसे पहनकर तो वे सचमुच विदेशी लगेंगे।' वह उसे अपने सिर पर रखती है।

'आप भी कहाँ हिन्दुस्तानी लगती हैं। यह विदेशी चेहरा आपने उन्हीं से पाया है?' उसने पूछा तो वह मुस्करा दी सिर्फ।

फुटपाथ पर लोकल स्त्रियाँ ताजी सब्जियों की टोकरियाँ और फल लेकर बैठी रहती हैं, जिसमें चुली बहुतायत में हैं। वह उसके लिए लिफाफे में खूब सारी ले आया है...

'जो चुली कुलू-कटराई की सड़कों पर मारी-मारी फिरती है, उसके लेह में बड़े ठाठ हैं।

'कुलू में हम इसकी शराब बनाते हैं।' उसने बताया...'बहुत से लोग तो घर में ही बनाते हैं।'

'अच्छा...मुझे दिखा सकते हैं?' उसने चुली खाते हुए पूछा।

'आपने मौक़ा दिया...तब? पी है कभी इसकी शराब?'

'मैंने किसी भी क़िस्म की शराब नहीं पी कभी।'

'बिल्कुल छोटी बच्ची हैं आप...।' यह बात उसने मुस्कराकर नहीं काफी गम्भीरता से कही।

'हाँ, मैं बड़ा बनने के सफ़र पर निकली हूँ।' उसने हँसकर कह दिया।

लिफ़ाफ़ा ख़ाली हो गया। उसने ख़ाली लिफ़ाफ़े की ओर इशारा किया तो वह भागता हुआ गया...एक और लिफ़ाफ़ा ले आया। वह उसे आते-जाते देखती रही।

किसी वक़्त वह उसे इतनी ग़ौर से अपनी तरफ देखता पाती है मानो वह उसके अन्दर उतर रहा हो...। वह कुछ पल बचने की कोशिश करती है। फिर छोड़ देती है ख़ुद को...उसी तरह...अरक्षित।

घूमते हुए उसने बताया...लद्दाखी मनुष्य जीवन में अतीन्द्रिय शक्तियों के दख़ल पर अत्यधिक विश्वास करते हैं। इन शक्तियों को प्रसन्न करने के लिए ढेरों कर्मकांडों का सहारा लेते हैं। चांग्स्पा में ऐसे न जाने कितने एस्ट्रोलाजर्स के बोर्ड लगे हुए हैं, जो भविष्य बताने का दावा करते हैं।

'आपको चलना है इनके पास?' उसने मज़ाक़ किया।

'मैं अपना भविष्य जानती हूँ।' उसने भी चट से कहा।

'अच्छा, ज़रा बताइए तो।'

'आपको क्यों बताऊँ? आप थोड़े ही रहेंगे भविष्य में मेरे साथ।' उसके मुँह से निकल गया तो वह संकुचित हो उठी। उसने माफी माँगनेवाली निगाह से उसे देखा... 'आयम सॉरी'।

'इट्स ओ.के.। आपके भविष्य में कौन किस रूप में रहेगा, ये कहाँ जानती हैं आप? मैं आपकी स्मृतियों में भी तो रह सकता हूँ। वहाँ से नहीं हटा पाएँगी आप मुझे...।'

'आप जन्मान्तर में विश्वास करते हैं?' उसने न जाने क्यों पूछा—

'नहीं, उसमें होता हूँ। जन्म या जन्मान्तर कामचलाऊ शब्द है। बीच में बेहोशियाँ...देह-मुक्तियाँ या विस्मृतियाँ भी उनके लिए हैं जो अनन्त के अटल रहस्य को झेल नहीं सकते...या उसे आनन्द नहीं बना पाते...कुदरत उन पर रहम करके उन्हें बेहोश रखती है या फिर अगले-पिछले रिश्तेदारों की झलकियाँ भर देती रहती हैं।'

वह उसकी आँखों की गहराई और होंठों की फड़कनों को देखती रही। वह कहता रहा...

'हम हमेशा हैं, इसलिए कोई जल्दी नहीं किसी के गले पड़ने की...कहानियाँ कभी भी स्थगित की जा सकती हैं...बाहरी क़िस्से कैसी भी बाज़ी से खेले और

निबटाये जा सकते हैं...। वैसे...आप बहुत ख़तरनाक क़िस्म की दोस्त हैं...बिगनिंग से पहले द ऐंड पर पहुँचा देती हैं।'

वह उसका चेहरा देखती रह गयी। भीतर के कई सफ़े एक साथ पलट गये है और उसे कुछ लिखा नज़र आ रहा है।

आज सुबह की मुलाक़ात है और दुपहर तक आते-आते गहराने लगी है...रूमी, तुम्हारे जीवन में इसके पहले कोई पुरुष नहीं आया तभी तुम्हें ऐसा लगता है। हो सकता है, बात इतनी गहरी न हो। कुछ दिनों बाद तुम लौट जाओगी और सब-कुछ सामान्य हो जाएगा। उसने ख़ुद से कहा जरूर पर अपने ही कहे का यक़ीन नहीं किया।

'महत्त्वपूर्ण भविष्यवक़्ता' माथोगोन्पा में हर तीसरे बरस बड़े ट्रेडीशनल तरीक़े से चुने जाते हैं...।' वह घूमते हुए उसका ज्ञान बढ़ाता चलता है...'प्रक्रिया यह है कि दो लामा दिये गये नियमों के अनुसार कई दिन पूजा और व्रत में गुज़ारते हैं...इस तरह वे अपनी शुद्धि करते हैं। शुद्ध होने से ही उनके भीतर किसी शक्ति के उतरने की सम्भावना बन सकती है। जो उनके द्वारा भविष्य में होनेवाली घटनाओं को बयान कर सकती है। परिस्थितियाँ बनती हैं और यह घटता है।'

वह उसे कभी बेहद ध्यान से सुनती है और कभी अपने में डूबकर...'परिस्थितियाँ बनती हैं और यह घटता है।' यह वाक्यांश बहुत देर तक उसके भीतर गूँजता रहा।

घूमते हुए वे बाज़ार के निचले हिस्से में बने गोम्पा में जाते हैं...अपेक्षाकृत ठंडा है। कुछ लोकल लद्दाखी औरतें लामा से बात करती हैं और साथ लाई हुई भेंटें चढ़ा देती हैं। सामने बुद्ध की बड़ी-सी प्रतिमा, वही शाश्वत संदिग्ध मुद्रा...'मैं जानता हूँ।' उनके सामने कटोरियों में रखा पानी...बुद्ध की मूर्ति ऊँची शेल्फ पर है...शेल्फ के सामने की ओर अद्‌भुत कलाकारी। इन मूर्तियों में तन्त्र की स्पष्ट छाया है। जलते हुए दीपक, मक्खन की मूर्तियाँ...लामा...चढ़ी हुई भेंटें...तन्त्र आकृतियाँ...।

'मनुष्य ख़ुद को तो कभी जानना चाहता ही नहीं...पर जब कोई ऐसी कोशिश करता उसे मिल जाता है तो वह उसके नाम से इतने आडम्बर खड़े कर देता है कि न पूछिये। इन सब चीजों का बुद्ध को जानने से क्या सम्बन्ध? और बुद्ध को क्यों जानो? जिस दिन ख़ुद को जान जाओगे बुद्ध की तकलीफ़ भी समझ में आ जाएगी। यह सारा आडम्बर तो बाधा है ख़ुद को जानने में। बुद्ध का ही कहना है...'अज्ञान एक कलंक है जो मनुष्य को अन्य सभी वस्तुओं से अधिक कलंकित करता है'...लामा शब्द का अर्थ है शिक्षक न कि भिक्षु...जैसा अधिकतर लोग समझ लेते हैं...ज्ञानी लामाओं में एक प्रथा यह भी रही है कि शास्त्रार्थ में पराजित होनेवाले को एक पुस्तकालय में बन्द कर दिया जाय...उसने मुस्कराते हुए कहा...और मैं तो राज़ी हूँ पुस्तकालय में बन्द होने को...'

वे जब बाहर के चबूतरे पर आकर बैठे तो उसने कहा। बाज़ार का शोर बाहर रह गया है...वे अन्दर आ गये हैं...जहाँ भीतर की ध्वनियाँ सुनाई देती हैं...कान लगाकर सुनोगे तो साफ़...।

उसने उसे ध्यान से देखा सिर्फ...कहा कुछ नहीं। इतना तो समझ ही गया है...जो यह दिखती है, वह नहीं है, जो नहीं दिखती, वह है...सुन्दर चरित्र सुन्दर विचारों को जन्म देते हैं, सुन्दर और अधिक सुन्दर जीवन का निर्माण करने में समर्थ होते हैं...

'बुद्ध को लेकर मेरे मन में अनन्त प्रश्न हैं। धर्म के नाम पर इतनी झंडियों, इतने झमेलों को देख मैं हैरान होती हूँ...चारों तरफ लगे धर्मचक्र...लोग अपने हाथों से चलते-फिरते हिलाये जा रहे हैं। मनुष्य अपने लिये कितनी आसानियाँ चुन लेता है। जबकि **बुद्ध ने विचार को समस्त अस्तित्व के विकास का प्रमुख तत्त्व माना और चेतना के शुद्धिकरण पर ज्यादा ध्यान दिया...क्योंकि कालान्तर में विचार ही पदार्थ बन जाता है...**

'कौन से प्रश्न?' उसकी जिज्ञासु निगाहें उस पर टिक गयीं।

'बुद्ध वापस घर क्यों लौटे? और तब यशोधरा ने उनसे क्या कहा होगा?'

'क्या कहा होगा? मैं भी कभी-कभी सोचता हूँ...।'

'सोचो न! बुद्ध को अचानक अपने पास पाकर यशोधरा का नारी मन किस अराजक मन:स्थिति में फँसा होगा...विविल्डरनेस...एक घना जंगल...पर क्या इसकी अभिव्यक्ति आज तक कोई कर सका है? टैगोर की 'काव्येर उपेक्षिता' नारी की मन:स्थिति की अभिव्यक्ति का एक छोटा-सा संकेत मात्र है। जिसे उकेरने की टैगोर ने कोशिश की और यही कोशिश बहुत सतही तौर पर गुप्त ने 'साकेत' और 'यशोधरा' में की है। लेकिन वह चित्रण कितना ऊपरी है? क्या ईसा पूर्व पाँचवीं सदी से आज तक कोई भी मनोवैज्ञानिक, कोई भी विश्लेषक, कोई श्री साहित्यकार स्त्री मन को समझ सका?'

'उस समय पुरुषप्रधान समाज था और बुद्ध ने अपनी स्वतन्त्र अराजकता का पूरा उपयोग किया।' उसने उसे छेड़ा... 'हो सकता है यशोधरा से डरकर भागे हों।'

पर उसने उसे सुना ही नहीं...

'बुद्ध ईश्वर की तलाश में नहीं गये थे...बुद्ध जब गये, उनके मन में दूसरे प्रश्न थे...बहुत दुख है संसार में, क्यों रहना इसमें? और तुम्हें क्या लगता है...उन्हें कुछ हासिल हुआ? ही कुड नॉट अचीव एनीथिंग, नॉट इवेन हिमसेल्फ...**बुद्ध कभी नहीं कह पाये कि उन्होंने क्या हासिल किया...उन्होंने एक मार्ग दिया, एक ऐसा मार्ग जिसके अस्तित्व पर बुद्ध को स्वत: सन्देह था, इसे मज्झिम मार्ग कहते हैं...मध्यम मार्ग। मध्यममार्गी जीवन को कभी उसकी सच्चाई मैं हासिल नहीं कर सकता।**

ट्रूथ एज इट एक्जिस्ट, कैन नेवर बी रिवील्ड थ्रू दिस पाथ। बुद्ध ने एक ऐसा मार्ग दिया, जिसे आप 'ताओ' नहीं कह सकते। 'ताओ' का अर्थ ही है...'दैट विह्च कांट बी ट्रेस्ड आउट'। 'ताओ', आपका अपना निजी होता है। बुद्धत्व बाद की अवधारणा है। सिद्धार्थ को बुद्धत्व से अभिसिक्त किया गया। शिष्य किसी को भगवान बना ले, इसमें किसका दोष? बुद्ध ने हमेशा अपने आप को सिद्धार्थ ही जाना...सिद्धार्थ गौतम...। और तब मैं कहती हूँ...बुद्धत्व बकवास है...अपने आपको छलने का ही एक प्रयास...।'

'सम्भव है, जब वे लौटे हों...ही वॉज सैटीस्फाइड...।'

'ही वॉज सैस्टीस्फाइड ऐंड द सैटीस्फैक्शन वॉज ड्यू टु दैट सुजाता, हू फेड हिम विथ खीर।' उसने मुस्कराते हुए कहा...

'स्त्री न पत्नी होकर समझी गयी न प्रेमिका होकर...।'

'जानने के लिए कुछ भी तो नहीं है। यह कुछ नहीं होना ही सब कुछ होना है और यही कॉस्मास है...असीम-अनन्त-अविनाशी ऊर्जा...

'तो बुद्ध को ईश्वर नहीं मिला?'

'नहीं...बट ही माइट हैव बीन सैटीस्फाइड। सिद्धार्थ का सबसे बड़ा यथार्थ सुजाता है...सुजाता...द सिंगल मिस्टिक फीमेल कॉइन।'

'इसका मतलब तुम बुद्ध की निब्बान की अवधारणा को झुठला रही हो'

'निब्बान...निब्बान!! निर्वाण...कैवल्य...सब एक ही कॉइन को परिभाषित करने के अनेक ढंग हैं। एक ऐसा कॉइन जो अस्तित्व में है ही नहीं...।'

एक अजीब-सी मस्ती... ख़ुशगवारी और उल्लास से भरे हुए हैं ये दिन...। सूरज को कोई ऊपर से लुढ़का देता है...और वह एक बड़े सफेद फुटबाल-सा पहाड़ पर टिका घबराया-घबराया नीचे देखता है कि कहीं गिर न पड़े। वे सुबह से शाम तक इधर-उधर मारे-मारे फिरते, घूमते-हँसते-गाते...पढ़े हुए टुकड़े एक-दूसरे को सुनाते और न जाने कितनी बातें करते। इन दिनों लगता उसके भीतर से कोई नयी रूमी ही निकल आयी है...हँसती-खिलखिलाती...मस्ती और जीवन से भरपूर...पहली रात जब वह घर वापस आयी तो आईने के सामने-खड़ी हो उसने मानो युगों बाद अपना चेहरा देखा...तो यह तुम हो...बिना देखे तुम्हारी उपस्थिति भासती थी...आज देख भी लिया। इतनी बातें करना कहाँ से सीखा तुमने और इस तरह मौन रहना कि मात्र पलकों की जुम्बिश से सारी-की-सारी बात दूसरे तक पहुँच जाय...भीतर की चट्टानें तोड़कर ये कौन-सी नयी लड़की निकल आयी है...।'

ओह, उसका जी किया वह ख़ुद को चूम ले...।

यही होता है क्या किसी और में डूबकर ख़ुद में डूबना...किसी और में खोकर ख़ुद को पाना...वह मोहाविष्ट-सी आईने में ख़ुद को देखती रही।

उसकी सोने की इच्छा नहीं हो रही थी...बड़ी देर तक वह खिड़की से लगी बाहर देखती रही...अँधेरे में डूबे पहाड़...कहीं-कहीं टिमकती बत्तियाँ...मानो सितारों से जड़ी चुनरी किसी ने उन पर फेंक दी है...यहाँ खड़े-खड़े अपना जीवन कोई दूर की चीज लगती है। मानो कहीं कुछ पढ़ा हो और अब वह भूलने-भूलने को है।

मनस के साथ गुज़ारे हुए लम्हों को अपने भीतर गुज़रते एक बार फिर देखा। देखती रही...एक अजीब-सी आतुरता, जिज्ञासा और अचरज। अचरज जो उसे अपने होने पर भी है। क्यों उसे लगता है, उसके जीवन में मनस का प्रवेश हो चुका है और आगे वह वही सब जीने को अभिशप्त है जो पहले से लिखा हुआ है। पर उसका दिल क्यों घबरा रहा है। वह एक साथ टिकी भी रहना चाहती है और भाग जाना भी।

इस यात्रा पर निकलने से पहले कहाँ जानती थी कि किसी सूक्ष्म अस्तित्व ने उसकी दिशा निर्धारित कर दी है...।

किसी वक़्त उसकी आँखों में अपने लिए तड़प देखती है तो ऐसे बनती है जैसे

कुछ समझा ही नहीं। कैसा लगता है जब तुम पहली बार चाहे जाते हो इस तरह। कभी-कभी नक्षत्रों को करताल की तरह बजा नृत्य करने को जी करता है...ओ सृष्टि...तुम्हें धन्यवाद...घूमती हुई तुम अन्ततः उस जगह मुझे ले ही आयी जहाँ मुझे मेरा ही बिछड़ा हुआ टुकड़ा मिल गया।

आज वह उसे बहुत देर तक अपने बारे में बताता रहा कि वह पहाड़ों के बीच बसे एक छोटे से गाँव में एक छोटा-सा स्कूल चलाता है...बचे हुए समय में घूमता और टूरिज़्म का काम करता है...टूरिस्टों को वहाँ-वहाँ ले जाता है...जहाँ पहुँचने का उन्होंने सोचा तक नहीं होता।

'तब तो बड़ी अद्‌भुत जगहें ढूँढ़ ली होंगी तुमने...यह सतत् घूमते रहने से ही सम्भव है।'

'हाँ...पर कुछ अद्‌भुत जगहों पर मैं सबको नहीं ले जाता। वे समझ नहीं पाएँगे और उसे दूषित कर देंगे। कुछ जगहें सिर्फ़ अपने पात्र चाहती हैं, भीड़ नहीं...।

'मुझे तो ले जाओगे न?' उसने शरारत भरी आँखों से उसे देखते हुए कहा। वे कब आप से तुम पर आ गये, पता ही नहीं चला...।

'कभी तुम्हारे पास वक़्त होगा तो मैं तुम्हें जल्दी ही ले जाऊँगा...चन्द्रताल! इतनी विशाल और शान्त झील तुमने देखी नहीं होगी...देह ताल हो जाती है, जब चाँद उतरता है उसमें। ऐसी बहुत-सी जगहें होतीं हैं...बाहर भी...भीतर भी...जहाँ हर कोई नहीं जा सकता। झील की तरह मनुष्य भी प्रतीक्षा करता है...कोई आये और उन्हें भेद दे।'

कहते-कहते वह ख़ुद ही संकोच में चुप हो गया। अचानक रूमी को उस पर बहुत लाड़ आया।

उसे अपनी न जाने कितनी प्रेम कविताएँ एक साथ याद आ गयीं...

'अब किसी भी हद से गुज़र जा ऐ जिस्म...
तुझे एक पवित्र हवा ने छू लिया है।'

एक ख़ास क्षण बीत जाने के बाद ज़िन्दगी वही नहीं रह जाती जो अब तक थी।

दुपहर के खाने और जरा-सा आराम करने के बाद उन्होंने चाँग्स्पा के आगे 'शान्ति-स्तूप' की ओर बढ़ना शुरू किया। चॉग्स्पा तो कमोबेश पूरा विदेशियों ने घेर लिया है। मुख्य सड़क के दोनों ओर बड़े-बड़े होटल, रेस्तराँ, आर्टिफिशियल ज्वेलरी की दुकानें और दूसरी हज़ारों चीजें...

'अगली बार आओगी तो मैं तुम्हें 'की' गोन्पा ले चलूँगा...।'

'की गोन्पा? क्या है ये? मैंने इसका नाम सुना है।'

'के आई से बनाता है की ।'

'जीवन की जीवन्त ऊर्जा...चराचर जगत के लिए अनिवार्य ऊर्जा... है न'

'तुम जानती हो?'

'तुम एक डॉक्टर से बात कर रहे हो?' उसने शरारत से कहा। वह हँस दिया।

'तब तो तुमने रेकी के बारे में भी सुना होगा।'

'प्राकृतिक चिकित्सा...तन-मन और आत्मा की।

'हाँ...। रेकी वास्तव में दो शब्दों 'रे' और 'की' से बना है। इसका अर्थ है ब्रह्मांड की असीम ऊर्जा, जो चराचर जगत है।' 'यूनिवर्सल लाइफ एनर्जी।' ब्रह्मांडीय जीवन ऊर्जा। यह कण-कण में रहती है, पर यह बाहरी परिभाषा है।'

वह उसे सुन रही है।

'हमारे चारों तरफ जो अन्तरिक्ष और जगत फैला है वह एक अघोषित नियम से संचालित है। एक सहज संगति। इसमें जो जितना विकसित है, वह उतना ही सबको देने को तत्पर है। यहाँ हर कण एक-दूसरे के प्रति कशिश से भरा पड़ा है। यही कशिश जिस मूल स्वभाव से आती है, वही रेकी है। वही 'की' है। मूल या चराचर ऊर्जा के केन्द्र की करुणा या प्रेम, जो भी तुम कहो। यह मूल केन्द्र ही हर कहीं पसरकर विकसित होना चाहता है। मगर मनुष्य इसे अभी नहीं समझना चाहता।'

'मनुष्य अभी उतना विकसित भी नहीं है। वैसे भी विकास अपनी कोशिशों का परिणाम है, व्यक्तिगत कोशिशों का...भीड़ पर इसे लागू नहीं किया जा सकता।'

जब उन्होंने 'शान्ति, स्तूप' के लिए सीढ़ियाँ चढ़नी शुरू की, दिन अभी बाकी था, काफी गर्मी लग रही थी। जैसे-जैसे वे ऊपर चढ़ रहे हैं...लेह पूरा-का-पूरा सामने आ रहा है...। दिन ढलते ही ठंडी हवा बहनी शुरू हो गयी है। ज़रा-सा अँधेरा घिर आया है। वह जैसे अपनी देह छोड़कर कहीं और चली गयी है...देख रही है इस सब को, जो जितना बाँधता है उतना स्वतन्त्र हो जाने का आह्वान भी करता है...

ऊपर बुद्ध का बड़ा-सा चेहरा...चारों तरफ अँधेरा...अकेले बुद्ध...अपने में शान्त-मग्न...कोई नहीं...**बुद्धों के साथ कोई नहीं होता...**बस एक लड़का वहाँ अकेला बैठा है...ख़ामोश...ख़ाली आँखों से नीम अँधेरे में...बुद्ध की ओर ताकता...। यह अजीब है न...अँधेरे में जब हम किसी और को देखते हैं, हम अपने ही अँधेरे को देख रहे होते हैं।

उन्होंने उसके देखने में व्यवधान नहीं डाला। घूमकर दूसरी तरफ से उतरने लगे। मनस ने ग़ौर किया...बहुत देर से उसने कुछ कहा नहीं है...अपने में डूबी चुपचाप कभी आगे, कभी पीछे चल रही है। क्या सोच रही है?

सामने आधी रोशनी आधे अँधेरे में डूबा लेह बेहद सुन्दर दिख रहा है...वह वहीं थम-सी गयी...जाती हुई धूप एक पहाड़ पर टिकी थी...बाकी सब छाँव

में....वह एक लम्हे की रोशनी थी जो यूँ ही मिल जाती है...अप्रयास...किसी को भी। पर ये बात उन्हें कहीं समझ में आएगी जो छाया में खड़े हैं...।

'कितना अद्‌भुत है न?' दूर तक देखते हुए उसने अनायास पास खड़े मनस की बाँह पकड़ ली...वह चौंका नही... ख़ुद पर निरन्तर सख़्त होती पकड़ वह अपने भीतर कब से महसूस कर रहा है...

'क्या होता है जब आप एकदम ऊँचाइयों पर खड़े होते हैं...आप मिट जाना चाहते हैं क्योंकि तब अपना बोझ भी असहनीय लगने लगता है...मनस...कभी ऐसा हो कि मैं भाग्य की सीमा के बाहर हो जाऊँ...न कोई निर्धारित करे मुझे...न मैं निर्धारित करूँ कुछ...मैं बस होऊँ। कभी हो कि प्रकृति के नियमों से बँधी न होऊँ...कार्य-कारण के नियमों से बहुत परे...इन सबसे हमेशा बाहर रहूँ...स्वेच्छा से चुनूँ कि...जाऊँ या रुकी रहूँ...

कभी-कभी मेरा जी करता है...ज़ोर से बोलूँ **ओ मनुष्यो...ऐश्वर्य की कामना करो, सत्य की कामना करो, सुन्दर की कामना करो। कामनाओं के संजाल से संसार बनते हैं...इच्छाओं के ख़याल से इच्छित मिलते हैं। ख़ुद को पहचानने का प्रयत्न ही तुम्हें कीचड़ से उठाकर कमल में प्रतिष्ठित कर देता है। जिस क्षण कीचड़ को देख लोगे, कमल होने से तुम्हें कोई नहीं रोक सकेगा।'**

वह बहुत देर तक उसे देखता रह गया...पर वह उसे नहीं उससे दूर कहीं देख रही थी अनन्त में...जहाँ बादल बर्फ से लदे पहाड़ों के कन्धों पर झुके बैठे हैं...पर वे भी अब ठीक-ठीक दिखाई नहीं दे रहे...जो दिख रहा था...वह था अँधेरे और रोशनी का खेल...।

'आपको कभी किसी ने कुछ कहा नहीं?' मनस ने उसे सीढ़ियों की ओर मोड़ते हुए अचानक पूछा। उसने सिर उठाकर उसे देखा। जैसे कहीं से वापस आयी हो।

'आप अपने सपने के पीछे अनन्त काल तक भाग सकती हैं।' मनस ने उसकी आँखों में देखा।

'हाँ...यही...यही...। मैं उसे हासिल करके ही दम लूँगी।' वह सहसा बच्चों-सी उल्लसित हो उठी।

'और आपका वह सपना है क्या?'

'पता नहीं...।' वह हँस पड़ी...'पर मैं इतना जानती हूँ मेरे जीवन का एक उद्देश्य है। मैंने उन सारी धारणाओं, मान्यताओं, दिशाओं और संस्कारों को इनकार किया है जो मुझे दे दिये गये थे। मैंने अपनी खोज उस अज्ञात बिन्दु से शुरू की जहाँ मैं कुछ नहीं जानती...और मैं अभी भी अपनी खोज के रास्ते पर हूँ।'

'आप कमोबेश ठीक कहती हैं। किस तरंग में हम चलते हैं और कहाँ से हमें

निर्देश आते हैं, ये बातें हमारे चुनाव से परे हैं।'

उसने चकित-सी निगाह से उसे देखा, मानो कह रही हो...तुम तो बिल्कुल मेरे टाइप के हो यार। उसने उस निगाह को पढ़ लिया।

'हरेक के लिए अपना कार्य निर्धारित है। न तो हम इसे चुन सकते हैं न मन मर्जी व्याख्या कर सकते हैं।' उसने हँसकर कहा...

'ये मैंने कहीं पढ़ा था...।'

उसने अपने भीतर ठहरकर मनस को देखा। **कुछ समय तक वह समझती रही थी, वह अनायास उसके जीवन में आ गया है। पर जाना...कुछ भी अनायास नहीं होता, जिसे हम अनायास कहते व समझते हैं, वह भी कहीं हमारी इच्छाओं की अनुगूँज है...हमारे ही पास लौटती...।**

'सुनता हूँ तुम्हारे अकथ्य को, देता हूँ तुम्हें हिमालय की नयी सुबह की नयी आवाज़...और सबके जुदा परवाज़...। इस वक़्त आपके लिए ये गाने का मन कर रहा है...वैसे मैं रफ़ी साहब तो सुना ही चुका हूँ...आबिदा परवीन सुनाऊँगा कभी आपको...अगर आप न भागने का वादा करें तो...।'

उसने यह सब एक मज़ाक़िया अन्दाज़ में कह दिया पर उसे हँसी नहीं आयी। वह अपने मन की आँखों से अभी भी उसे देखे जा रही है।

जब वे उतरकर आये, सवा आठ बज रहे थे। दोनों ओर बढ़िया रेस्टोरेंट की श्रृंखला...हल्की मीठी ठंड...अन्दर-बाहर आते-जाते टूरिस्ट...

आहिस्ता-आहिस्ता चलते हुए उन्होंने एक गार्डन रेस्टोरेंट में प्रवेश किया... लम्बे-चौड़े लॉन में ज़रा-ज़रा-सी दूरी पर दो-दो...चार-चार लोगों के बैठने की व्यवस्था...सामने बड़ी-सी स्क्रीन पर इंग्लिश सांग्स चलते हुए...बीच-बीच में चट-चट जलती सूखी लकड़ियाँ...ऊपर अगस्त का आकाश...शान्त और ठंडा...इस घड़ी तारे इतने निकट आ गये जान पड़ते हैं मानो सिर पर चमक रहे हों...। वे अपनी प्रतीक्षा करती टेबल के नज़दीक पहुँचे जहाँ वे पिछली सात रातों से बैठते रहे हैं...। कितनी बातें की थीं उन्होंने...अपने भीतर अनायास उपजे एक-दूसरे के प्रबल आकर्षण की गिरफ़्त से बचते हुए...फिर भी तमाम वक़्त उन्हें लगता रहा वे कुछ भी नहीं छिपा पाये हैं। साधारण-से-साधारण बातचीत में भी वह तत्त्व उभरकर आने लगा है। विदेशी लड़के-लड़कियों के हँसने-बोलने की आवाज़ें वातावरण में हैं। मनस ने वेटर को आर्डर देने का काम सँभाला तो रूमी ने कुर्सी की पीठ से टेक लगा ली।

कितना चले हैं वे...कितने रास्ते, उतराइयाँ-चढ़ाइयाँ, जंगल पार किये हैं...उस समय कुछ समझ में नहीं आता...वह बस उसके साथ चलती रही थी..पहुँचने के बाद आश्चर्य और कृतज्ञता से भर उठती है...चारों तरफ पहाड़...बर्फ से ढँकी चोटियाँ...कई

क़िस्मों के पौधे और घास। जिसने इतने सालों तक घर से बाहर क़दम नहीं रखा...वह घर से इतनी दूर एक अजनबी के सामने बैठी है...यह चमत्कार नहीं तो और क्या है? पर कहाँ है यह अजनबी...इसने इतने मुलायम हाथों से उसके भीतर अपनी जगह बनायी है कि वह हैरान रह गयी है...

'मैंने सात दिन आपको घुमा दिया, अब गाइड को मेहनताना देने का वक़्त आ गया है।' उसने उसके अकेलेपन से उसे बाहर खींच लिया है।

क्या मैं तुम्हें कभी बता पाऊँगा मैं तुम्हारी नींद में ख़्वाब बनकर उतरना चाहता हूँ...तुम्हारे आकाश में बारिश की तरह झरना चाहता हूँ। मैं ज़िन्दगी के उस ज़बरदस्त फैलाव की तरह तुमसे मिलना चाहता हूँ जिसके आगे फिर छोटे-छोटे ऐतराज़, छोटे-छोटे डर, छोटे-छोटे सपने चाँदनी में अँधेरे की तरह पिघल जाय...

'क्या चाहिए?' रूमी ने जाने कैसी आँखों से उसे देखा।

'मिलेगा न!' उसने हँसकर कहा।

'बोलकर देखो।'

'बोलूँगा। आज इस तारों भरे आसमान के नीचे मैं बहुत देर बैठना चाहता हूँ।'

वेटर ने उनके सामने लाकर बियर की दो बॉटल्स रख दीं तो वह चौंकी...

'यह किसलिए?'

'अगर आप चाहें तो सादर आमन्त्रित हैं वरना मैं अकेला...।'

रूमी कुछ क्षण उसका चेहरा देखती रही फिर मुस्कराकर अपना सिर हिलाया...

उसने बहुत नफ़ासत से दो गिलासों में बियर डाली और 'चियर्स' किया...

पहली बार उसने बियर का एक लम्बा घूँट भरा और उसे अपने भीतर महसूस किया... ज़रा-सी कड़वी है और ठंडी और...।

यह अजीब-सा अहसास सिर्फ पहले ग्लास तक चलता है फिर तुम इतने सहज हो जाते हो जैसे तुम्हारे साथ यह रोज़ होता हो...

'आज मैंने तुम्हें बहुत चलाया है, तुम थक गयी होगी।'

वह एक अजीब से सुरूर में डूबी है। उसने सिर उठाकर उसे देखा और वे दोनों बहुत देर तक एक-दूसरे को देखते रहे...।

'नहीं, आज अपना आप फूल जैसा हल्का, ख़ाली और निर्भर पा रही हूँ। जैसे सिर्फ यहीं आने को चली थी। जीवन में पहली बार जाना और महसूस किया कि मैं एकदम सही जगह पर हूँ...थैंक्स...मनस...।'

अन्तिम दो शब्द उसके मुँह से इस तरह निकले कि वह भीतर तक झनझना गया। उसने बहुत कोमलता से टेबल पर रखे उसके हाथ पर अपना हाथ रख दिया।

पुरुष का पहला स्पर्श...नहीं, मुझे कुछ महसूस नहीं हो रहा...रूमी ने ख़ुद से कहा और पूरा गिलास एक साँस में ख़ाली कर दिया...।

फूल भी कहाँ पूरा ख़ाली होता है, उसमें होती है महक और उसका सम्पूर्ण खिलाव...अगर तुम फूल हो...। मनस ने सिर्फ सोचा, कहा नहीं...कभी-कभी उस दूसरे से बात करने की असह्य ज़रूरत महसूस होती है पर समझ में नहीं आता कहें क्या?

वह इस आदमी से सिर्फ सात दिन पहले मिली है पर ऐसा क्यों लगता है कि जैसे वे दोनों सदैव से साथ-साथ रहे हों...

'तुम कहाँ थे?' उसने उसे अपने नर्म-गीले-मीठे अहसास से छुआ भर...?

वे सिर्फ दो शब्द थे...उसके मन में उगे...। एक-दूसरे से लिपटे...मूँगफली के दाने जितने...जो पता नहीं कितने ज़लज़लों को अँगूठा दिखा मिट्टी की कोख से ऊपर आ गये थे...

'तुम्हारे ही भीतर।' उसने नहीं कहा पर उसने सुन लिया।

'इतने बरस लगा दिये।'

'तुम पत्थर बन गयी थी और मैं उस पत्थर के नीचे दबा हुआ था। तुम फूटी और मैं बाहर आया। रोना चाहती हो तो रो लो...रोना अच्छा होता है। भीतर की मिट्टी गीली होती रहती है...बाहर की बारिशों की फिर उतनी मोहताज़ी नहीं रहती।'

'खुश हो।' उस क्षण रूमी ने ख़ुद से पूछा और जाना...सुख कितना सहज है...उड़ती चिड़िया की चोंच में दबा तिनका...बैंड पर बजती एक बारीक धुन, बर्फ पर चमकती धूप का टुकड़ा...ऊपर खुला आसमान...सूखे पत्तों का हवा में इधर-उधर उड़ना...बहते पानी-सी उसकी आवाज़...हाँ, ये सुख है...बाहर चट्टानों पर बहता...भीतर चिकने पत्थरों पर सरकता...गर्म पैरों के तलवों को अपनी ठंडी बूँदों से सहलाता...यह अभी और यहीं है...।

कौन किसे क्यों मिलता है...ये एक पुकार है अज्ञात में की गयी और प्रति उत्तर में हमारी ही ध्वनि गूँजकर वापस आ जाती है, किसी को लेकर, ख़ुद होकर। वे पता नहीं किस जगत में थे कि वेटर ने आकर उनके सामने खाना लगाना शुरू कर दिया। वे वहाँ से वापस आये और सामान्य दिखने का प्रयत्न करने लगे।

'मैं तुम्हें पढ़ रहा हूँ।' उस निःशब्द में अचानक उसके शब्द उभर आये तो उसने चौंककर उसे देखा...अनसमझी निगाहों से...

'तुम्हारी कहानियाँ नेट पर...'

उसने कुछ नहीं कहा...बियर का तीसरा गिलास उसके सामने है...

'एकान्त...चुप्पी...अकेलापन, पैशन, आत्माभिव्यक्ति की छटपटाहट...तुम जितनी सहजता से भीतर के संसार में उतर जाती हो, उतनी ही सहजता से दुनिया के बीच से गुज़र जाती हो। प्रेम और ऑफकोर्स फिलासफ़ी और सायकोलॉजी...।

दर्शन पूछना और प्रेम जीना है...दर्शन हमेशा पूछता हैं और सही उत्तर नहीं पाता...प्रेम कुछ नहीं पूछता और सही उत्तर पा लेता है...उसका पाना ही उसका जीना है...यह भी तुम जानती हो...तुमने अकेलापन साध लिया है...यह तुम्हें परेशान नहीं करता, तुममें रहता है। सुनो, तुम ख़ुद क्या कहती हो...

कल रात पहली बार मैंने अपना अकेलापन देखा...कितना सफेद, कोमल, स्वप्निल, पारदर्शी-सा चेहरा...यह कितना असहाय और बेचारा-सा है। कितनी निर्दोष और पनीली आँखों से मुझे देख रहा है। हम क्या इसी से डरकर भागते रहते हैं? और तुमने कहा...आओ, मैं तुम्हें वरती हूँ। सुनो, सत्य ऋषियो, समस्त देवताओ, धरती, आकाश...सौर मंडल सभी नक्षत्रो, सभी चर-अचरो, मैंने अपना अकेलापन पहचान लिया है...।'

वह उसकी आँखों में देखती रही...तुम्हारी आवाज़ जो समस्त ध्वनियों को चीरते हुए मुझ तक आती है और उसी सघन एकान्त का हिस्सा बन जाती है, जो अपनी उत्कटता में जहाँ बेचैन करती है, वहाँ सहज आश्वस्त भी...आदि सरगम जैसी अपनी नाद की अनन्तता में-से प्रस्फुटित होती हुई उसी तड़प और आह्लाद की अभिव्यक्ति करती है, जो मेरे अमाप एकान्त का हिस्सा है।

वह एक क्षण रुका फिर उसने कोमल स्वर में कहा...

'मुझे लगा अगर तुम्हें कोई इस अकेलेपन से खींच ले तो वापस वहीं पहुँच जाओगी।'

उसने कुछ नहीं कहा, चुपचाप सुनती रही।

'दाम्पत्य जीवन को लेकर तुम्हारे मन में गहरा तिरस्कार है। हो सकता है इसका कारण तुम्हारी पारिवारिक परिस्थितियाँ रही हों। मैंने जितना तुम्हें नेट पर पढ़ा है, उससे ज्यादा तुम्हें तुम्हारी खामोशी में। आब्जर्वर होना...जिसे तुमने बड़ी सहजता से साधा है...बहुत मुश्किलों से आता है, प्रेम की जो अवधारणा है तुम्हारे भीतर है, क्या तुम्हें लगता है, इस तक किसी सामान्य मनुष्य की पहुँच हो सकती है? साधारण परिस्थितियों से जूझती-निकलती असाधारण हो तुम, यह बात तुम बहुत जल्द सबसे मनवा लोगी।'

''लेखन मेरे लिए ख़ुद को जानने और जान पाने कि एक लम्बी, बोझिल और दर्द भरी प्रक्रिया है...मैं जानती हूँ जहाँ हम रहते हैं, वहाँ रहते नहीं भटकते हैं लेखन इसी भटकाव का एक हिस्सा है...यह हमारे लघु स्वरुप को विराट से जोड़ता है यह हमारे 'स्व' का विस्तार है। यह हमारी दोनों दुनियाओं, के बीच एक, जिसे हम जानते हैं और दूसरी, वह जिसे हम नहीं जानते, सम्बन्ध निर्धारित करता है...इसकी विराटता, असीमता और रहस्यमयता हमें आतंकित भी करती है, आकर्षित भी। लेखन इंसान को उसके सीमित घेरे से तोड़कर उसकी

सम्भावनाओं के अन्तिम छोर पर ले जाता है, हम उस विराट सत्ता से जुड़ सकने के सुख में डूब जाते हैं—लेखन अपने में लौटना है, अपनी मूल सत्ता में, तभी हम अपना सत्य दूसरों तक पहुँचा सकते हैं मनवाना क्या और किसे है।''

उसकी आवाज़ वहाँ से आ रही थी, जहाँ वह चाहकर भी नहीं पहुँच सकता था, हालाँकि पल भर को लगा कि इस आवाज़ का सिरा पकड़कर वहाँ तक जाया जा सकता है जहाँ से यह पानी की महीन धार की तरह फूटती है हम सिर्फ बहता हुआ पानी देख पाते हैं उसका श्रोत नहीं—उसके यहीं-कहीं होने का आभास हवाओं में पकड़ा जा सकता है—पर पता नहीं क्यों वह उन अँधेरों को छूने में झिझक-सा गया—पता नहीं कितना आगे तक जाने की उसे छूट है—**इंटीमेसी इज़ आलसो टू बी इंटरप्रिटेड इंटर्म्स ऑफ टाइम फैक्टर।**

''और मनस जो भी महान है जीवन में उसकी पात्रता के लिए उतनी ही महान प्रतीक्षा चाहिए...है न!'' उसके चेहरे पर एक उदास मुस्कान है।

उसकी आँखों में लिखा था...मैं सब जानता हूँ। वैसे भी इन कुछ दिनों में वह जान गयी है कि उनके बीच कुछ ऐसा पैदा हो गया है...जिसे पिछले कुछ सालों से वह शिद्दत से ढूँढ रही थी और अब उसे शब्द देने से डरती है। वह जानती है...ख़ुद को इस लहर के हवाले करने का अर्थ है...पूरी तरह ख़ुद को बह जाने देना। और उसने ख़ुद को कस के थामा हुआ है...जब भी लहर आती है वह फिसलती रेत में अपने पैर मज़बूती से जमाये खड़ी रहती है...पानी कभी उसके पैरों और हाथों को और कभी उसके चेहरे को गीला कर जाता है...एक लहर गुज़र जाने के बाद वह राहत की साँस लेती है पर कितनी देर?

वह अपने सामने बैठे मनस को देखती रही...वह कभी सोच भी नहीं सकती थी कि वह इसके साथ इतनी दूर तक चली आ सकती है...क्या है इसमें? कुछ नहीं...सिर्फ प्रेम...कोई माँग नहीं...कोई आग्रह नहीं...सिर्फ प्रेम...।

तो प्रेम क्या है?

पता नहीं कितना वक़्त गुज़र गया है...रेस्तराँ से निकलकर अब वे सड़क पर चलने लगे हैं... ख़ामोश...चुप एक-दूसरे में डूबे...उसका कमरा निकट आ गया है...चाबी उसकी जेब में है...दोनों चुप एक-दूसरे के सामने खड़े हैं...चारों तरफ कुछ नहीं था...बेहद ठंडी हवा और बेहद गर्म एहसास...

और अनायास मनस के हाथ उठे...उसने उसका चेहरा अपनी दोनों हथेलियों में लेकर ज़रा-सा ऊपर उठाया...उसकी समूची देह थरथरा गयी...पहला पुरुष स्पर्श...बन्द पलकों के पीछे आँसुओं की बाढ़...उसके होंठ काँप उठे...। वह कई पल उस नीम अँधेरे में उसे देखता रहा फिर अपने होंठ उसके माथे पर रख दिये... ख़ुदाया! या तो इतना समझदार बना दे कि दुनिया मिट्टी का खिलौना लगे या इतना

आदिम कि भूख लगने पर फल तोड़कर खा सके...

समय ओ...धीरे चलो...माथे से सरकते हुए उसके होंठों ने उसे कहाँ-कहाँ नहीं चूमा...आँखें...पलकें...नासिका...कान की लवें...ठोड़ी...सबसे अन्त में जब वह उसके होंठों पर पहुँचा...उसकी समूची देह लपट बन गयी...सारे बन्द खुल गये...और जब उसने अपने होंठ हटाये...वह उसकी बाँहों में बेसुध थी...।

सिर्फ यह क्षण सत्य है...पहला और अन्तिम। एक छोटा-सा क्षण। हम इस क्षण की प्रतीक्षा में कितने बरस, महीने, लम्बे दिन और लम्बी रातें गुज़ार देते हैं। एक दिन वह सहसा हमारे जीवन में प्रकट हो हमें अपने साथ बहा ले जाता है।

ख़ुद को आहिस्ता से छुड़ा वह भीतर चली गयी और वह वहीं अकेला खड़ा रहा...देर तक प्यार की गाढ़ी नशीली ख़ुशबू से लिपटा...सारी दुनिया...सारे विचार सिमटकर एक बिन्दु में आ गये हैं...न जाने कितने लम्हे वे निःशब्द थे...एक-दूसरे में गुम।

अलग-अलग दिशाओं की ओर जाते दिखते अनजान रास्ते न जाने किधर-किधर से मुड़कर एक-दूसरे के सामने आ गये थे...तब रास्तों ने भी एक-दूसरे को पहचान लिया...राहगीरों ने भी। ये रास्ते अब उन दोनों के क़दमों की महक से गुँथे हुए थे...धूल पर उनके पदचिह्न थे...जिन्हें न हवाएँ, न बारिशें, न सदियाँ मिटा पायी थीं। बर्फ की चोटियाँ अँधेरे में डूबी कहीं दूर खड़ी थीं...पर उन्होंने अपने हाथ लम्बे कर इनके सिरों को छू लिया। क्षणांश को बर्फ का वह ताप उन्होंने अपने सिरों पर महसूस किया फिर हवा वह स्पर्श बहा ले गयी।

वह इस वक़्त अपने बिस्तर पर पड़ी है...औंधी...आँसुओं में डूबी...रुदन भीतर की चट्टानें फोड़कर निकल रहा है...अभी भी लग रहा है जैसे वह चूमी जा रही है...हाय रब्बा। इतनी जीवन्त उपस्थिति किसी की उसने पहली बार महसूस की है। आज पहली बार हृदय ऐसा उमड़ा है कि जी चाहता है किसी को अपनी गर्म बाँहों में भरकर सीने से लगा लूँ। उसकी उँगलियों में उँगलियाँ फँसा एक लम्बी सैर को निकलूँ...ऊँचे पहाड़ की चोटी से फिसलूँ...किसी की बाँह के सिरहाने रात भर उससे कुछ-न-कुछ सुनती रहूँ...जीवन एक लम्बी कहानी है...टुकड़ों-टुकड़ों में पढ़ी-लिखी, जी जाती है। तुम वहीं से शुरू कर सकते हो...जहाँ से 'लास्ट टाइम' छोड़ा था। क्या-क्या छोड़ा था 'लास्ट टाइम' और ये कैसे जाना जाएगा? कोई नयी कहानी भी तो शुरू की जा सकती है। वह उस अदृश्य की शुक्रगुज़ार हो उठी कि यह सब उसमें ज़िन्दा है, मर नहीं गया है।

प्रेम जागरण है अन्तहीन जागरण...यह तुम्हें सोने नहीं देगा...यह चाँद-सितारों, नक्षत्रों, उनकी गतियों की नयी व्याख्या शुरू कर देगा जिसे तुम अनथक समझने की कोशिश करते रहोगे। यह सारी क़ीमतों, मर्यादाओं, मूल्यों को

तोड़कर मिट्टी का ढेर बना देगा। प्रेम न सोता है न सोने देता है। वह उन सारी चीजों को व्यर्थ कर देगा जिसे तुम अब तक छाती से लगाकर रखते आये थे।

बातों के टुकड़े रात भर उसके इर्द-गिर्द रहे...और...और उसका स्पर्श भी...कैसे चूमा था उसने? मानो जिस्म की गठरी की गाँठ खोल दी हो बहुत आहिस्ता से...बरसों से साधा अकेलापन उसके सामने बूँद-बूँद गल गया...।

'मैं अकेले गीत की तरह तुझमें बज रही हूँ, मुझे गा तू...। मैं तेरे हृदय की धप-धप से खिला कमल हूँ, मुझे पा तू। आ, तुझे अपनी हथेलियों की गर्मी से सुलगाऊँ....ओ बर्फीले जादू।'

अलस्सुबह मनस की मोबाइल पर एक मैसेज चमका...

'मनस, जा रही हूँ। पम्मी बुआ का फोन आया था, पिताजी बीमार हैं और उनसे सँभल नहीं रहे। ये हमारी अधूरी कहानी पूरी करने मैं फिर आऊँगी...जीने तुम्हारे साथ...अगर रास्ते अनन्त हैं...ये सफ़र अनन्त है तो हम बार-बार मिलते रहेंगे...तब तक ख़ुद को सँभालना मेरे लिए...और मैं? तुमसे दूर जाकर भी मैं रहूँगी तुममें ही...मेरे होंठ अब तक जो अजाना गीत गा रहे थे...उसमें अर्थ भर दिया है तुमने...रूमी।

फोन की घंटी बजी...

'थैंक्स मनस। बहुत सही वक़्त पर आये हो।'

'तुम्हारी आवाज़ पिछली यादों से काँप रही है।'

'मैं तुम्हारे साथ थी, रात की उसी घड़ी, उसी लम्हे में, जब बीच सड़क पर तुमने...।'

'कमबख़्त, मैं अभी तक वहीं खड़ा हूँ। कब आओगी?'

'पिताजी के साथ सिन्धु की यात्रा पर हूँ। अभी-अभी सोये हैं, बहुत बीमार चल रहे हैं।'

'तुमने बताया कि तुम सिन्धु नदी देखकर आयी हो और उसमें नहाकर...।'

'हाँ...और उन्होंने एक काम सौंप दिया...।'

'बोलो...।'

'कहा कि मैं न सिर्फ उनका अग्नि संस्कार करूँ वरन् उनकी राख भी सिन्धु नदी में विसर्जित कर आऊँ...।'

'तुम्हें तो आना ही है बार-बार...

'जब तक तुम बुलाते रहोगे, मैं आती रहूँगी।'

'कभी ऐसा होगा कि आओ और फिर न जाओ।'

'नहीं, अपने से नहीं भागूँगी, न दुनिया से, न अपने लोगों से।'

'आज मैंने नदी तट से बहुत पत्थर छाँट-छाँट कर ढोये, चिने, लिपाई की...कल भोजपत्र की तहें बिछाकर उस पर मिट्टी की परत डालकर छत बनाऊँगा...कौन जाने कब कोई अतिथि आ जाय।'

'अरे...। यही सपना मैंने पिछली रात देखा... फ़र्क़ इतना ही था कि भोजपत्र पर मैंने कुछ लिखा और तब तुम ले गये उसे बिछाने...।'

'क्या लिखा था?'

'पढ़-सको तो पढ़ लेना...। घूमने जाते हो न?'

'कोई राह नहीं बची, जहाँ तुम साथ नहीं हो। तुम रहने लगी हो अहर्निश...किसी से भी मिलने का मन नहीं करता। तुम्हीं ने लिखा है, तुम्हीं मिटा दो।'

'छूती हूँ ऊँगलियों से तुम्हारे शब्द

और कहती हूँ तुम हो
अनश्वर इन शब्दों की तरह।'

बीते हुए दिन किसी सपने की तरह लगते हैं...लगता ही नहीं कि ये हम थे जो ऐसा जीवन जीकर आये हैं...इतनी फ़ुर्सतें जैसे हमारी ही प्रतीक्षा कर रहीं थीं...सुबह होती और हम तैयार होकर निकल पड़ते निरुद्देश्य जिधर बहती हवा या पानी ले जाय मानो हम किन्हीं उड़ते हुए ख़्वाबों का पीछा कर रहे हों...ये बर्फ से लदे पहाड़, ये उनमें से फूटते झरने...ये नीचे से पुकारतीं घाटियाँ...सब हमें चौंक-चौंक कर देखतीं जैसे किन्हीं जन्मों के भूले-बिसरे साथी चले आ रहे हों...बहुत रात गये किसी रेस्टौरेंट में खाना खाने के बाद हम उस नीम अँधेरी सड़कों पर लौटते...तो बस अपने ही क़दमों की आवाज़ हवा में बहती सुनाई पड़ती...उन क्षणों में जब न तुम कुछ कहतीं न मैं...तब भी कितना कुछ था जो बिना कहे हम जानते थे...।

हर वक़्त मुझे तुम्हारी उपस्थिति ऐसे महसूस होती है मानो बारिश की महीन बूँदों ने मुझे घेर रखा हो...वे अपने भीतर मुझे कँपाये रखती है और मैं उनसे दूर नहीं हो पाता। जो तुमसे मिला है वह हमेशा मेरे साथ रहेगा...मेरे जाने के बाद भी...न जाने कितने लोग हमारे जीवन में आते हैं और हमें बेशक़ीमती उपहारों से लादकर चले जाते हैं...हम कुछ वापस करने के लिए उन्हें ढूँढ़ते हैं...वे नहीं मिलते और हम वे उपहार ज़माने पर लुटा देते हैं...

वह वहीं बैठा रह गया है...बीते हुए को अपनी उँगलियों से टटोलता...तुम मेरे जीवन में बग़ैर किसी सूचना के आयी और अब चली गयी हो। मैं न तुम्हारा इतिहास जानता हूँ, न अतीत, न कुछ जानने का अभिलाषी हूँ...। मैं अपनी ही चप्पा-सी रोशनी में अकेला चल रहा था कि उस रेस्टोरेंट की एक मेज पर मुझे एक दूसरा रोशनी का घेरा नज़र आया और फिर मैं कुछ दिन उसके साथ-साथ चलता रहा। मैं तुम्हारी पसन्द-नापसन्द, शौक-इच्छा-अनिच्छा के बारे में बहुत कम जानता हूँ...पर तुम्हारे मस्तिष्क के रेशे-रेशे में फँसे विचारों को तुरन्त पढ़ लेता हूँ। अपने संघर्ष से अपना मकाम बना अपने रास्ते पर तन्हा चलती ख़ुद्दार स्त्री समाज के बनाये हुए नियमों में क्यूँ जिएँगी? तुम्हें शायद याद भी न हो, पर मुझे शब्दशः याद है, जब 'शान्ति स्तूप' की सीढ़ियाँ चढ़ते हुए तुमने जाने किस बात पर कहा था...

''आख़िर तो हम सब जीवन के जटिल प्रश्नों के उत्तर ढूढ़ रहे हैं...जीवन अपने में उससे कहीं अधिक समाये हुए है जिसके लिए हम प्रयास कर रहे हैं...और फिर जिस चीज़ की जरूरत मनुष्य को है...उसे कोई दूसरा नहीं दे सकता...इसे वह सिर्फ अपने भीतर ही पा सकता है।''

पर यह जानना भी आसान थोड़े ही है कि हमें वास्तव में चाहिए क्या।

अपने चौथे आयाम से जाना जा सकता है...अगर हम वहाँ तक पहुँच सकें, चौथा आयाम—इस भौतिक काया में मैं तुम्हारी मानसिक काया देख पा रहा हूँ कितनी अद्‌भुत हो तुम! यह सम्भव नहीं था कि मैं अपने प्रयासों से तुम्हें ढूँढ़ लेता, उस अदृश्य ने इसे सम्भव बनाया।

'जब से तुम मिली हो मैं तुम्हारे होने को ग़ौर से देखता रहा हूँ...उस क्षण तुम्हारा 'होना' बहुत तीव्र होकर चमक रहा था। कोई वरदान ही भोग रहा हूँ, जब तुम साथ हो मियाद पूरी हो जाएगी जब, हम सब अपनी निश्चित राह पकड़ लेंगे। मियाद पूरी होने तक चलने दो इसे। मैं यहाँ हूँ...क्योंकि कुछ दूरी पर तुम भी हो...मेरा होना...तुम्हारा होना एक ही बात के दो छोर हैं...यह प्रेम हम पर नहीं समाप्त होता...फैलता जाता है...इसकी कोई सीमा नहीं...यह सतत ब्रह्मांड हमारा है...हमारा अस्तित्व एक है, विपरीत ध्रुवों की सघन लयबद्धता...लेकिन ये विपरीत ध्रुव बँटे नहीं, परस्पर जुड़े हैं, इस विपरीतता से ही चुनौती पैदा होती है, इसी से बल, शक्ति व ऊर्जा निर्मित होती है। यह तुम थी, हाँ, यह तुम थी। सिन्धु नदी के रास्ते पर मेरे साथ।

तुम्हीं तो थी...मुझसे एक-एक चीज पूछनेवाली...देखे हुए को फिर-फिर देखा मैंने तुम्हारे साथ...हम 'ठिकसे' के लिए रवाना हुए थे अपनी टैक्सी पर...। शे से लगभग पाँच किलोमीटर दूर इसी मार्ग पर एक पहाड़ी पर है ठिकसे का प्रसिद्ध गोम्पा। कहते हैं, यह मठ आज भी उसी प्रकार जीवन्त है, जिस प्रकार यह निर्माणावस्था में था। कुछ सीढ़ियाँ चढ़ने के बाद हमें करीने से सजी हुई प्रार्थना चक्रों की कतार दिखती है, इसे श्रद्धालु, 'ओम मणि पदमे हूम' के जाप के साथ घुमाते मिलते हैं। कुछ और सीढ़ियाँ चढ़ने के बाद एक खुला आँगन...इस आँगन में फहराता धर्मध्वज...यहाँ से दक्षिण दिशा की ओर बनी सीढ़ियाँ हमें मुख्य मन्दिर की ओर ले जाती है। यहाँ मैत्रेय की एक बहुत बड़ी मूर्ति स्थापित है। यह पीतवर्णीय मूर्ति तीस फीट ऊँची है, इसका निचला हिस्सा पहले माले में और चेहरा ऊपरी माले तक चला आया है। मूर्ति के कानों में दो लम्बे-लम्बे कुंडल हैं, जिन्हें क़ीमती पत्थरों से सजाया गया है। तुम बड़े चाव और विस्मय से वह सब बारीकियाँ देखती मानो मन-ही-मन इस कला की कद्र भी करती जा रही हो। मूर्ति के सिर पर पाँच पँखुरियोंवाला ताज, जिसमें पाँच ज्ञान बुद्ध प्रतिमूर्त किये गये हैं। ताज के दोनों ओर वर्तुलाकार दो झालरें कन्धों तक झुक आयी हैं। हाथ छाती के सामने कमल के फूलों से खिले हैं। यह बड़ा-सा प्रकोष्ठ कई कतारों में बँटा है। क़तारों में सजे आसनों पर लामा पूजा करते हैं। हम दोनों इन्हें देखते हुए गुज़रते चले जाते हैं...फिर मन्दिर से बाहर आकर चबूतरे पर बैठ जाते हैं। आसपास से गुज़रती सैलानियों की भीड़...बातें

करने की आवाज़ें...कैमरों के फ्लैश...।

थोड़ी देर बाद हम सिन्धु नदी की ओर रवाना होते हैं। जिसे एक नज़र देखने और जिसका पानी माथे से लगाने तुम इतनी दूर आयी हो। और सचमुच तुम क्यों आयी हो, क्या पता? सारे रास्ते तुम खोई-खोई-सी कभी अपने भीतर और कभी बाहर देखती रही। ऐसे क्षणों में मैं भी यथासम्भव दूरी बनाये तुम्हें चुपचाप देखता रहता हूँ...टैक्सी से उतरकर हम अन्दर की ओर बढ़े...तुम्हारे चेहरे पर खुशी छलछलाने लगी है...'मैं इसी के लिए इतनी दूर आयी हूँ मनस...सिन्धु नदी को देखने के लिए। मैंने पिताजी से इतना सुना है...इतना सुना है...वे सच कहते हैं **नदी हम सबके भीतर बहती है...पर हम इतने शोर से घिरे रहते हैं कि उसकी आवाज़ सुनाई तक नहीं देती...और मनस अभी तो मैं किनारे पर हूँ...अभी तो पूरी नदी पार करनी है तैरकर, फिर वह नदी छोड़नी है और छोड़ना है वह दूसरा किनारा जिसे हम मंज़िल समझते हैं...हम हमेशा कुछ-न-कुछ पकड़ लेते हैं उसे भी छोड़ना है, ख़ुद को पाना है**...पाना है न!

तुम मारे खुशी के मेरा हाथ पकड़कर नदी किनारे पहुँच गयी हो...ओह...हमारा हृदय उस अदृश्य के प्रति प्रार्थना से भर उठा। तुम घुटनों के बल झुक गयीं और एक अंजुरी पानी ले समस्त देवी देवताओं, दिगपालों, अदृश्य मददगारों को अर्पित की...दूसरे उसे...जो दिखाई नहीं देता, पर है।...तीसरी तुमने मुझ पर उछाल दी। क्या इसका भेद कभी भी जाना जा सकता है?

तुम्हारी आवाज़ मेरी ख़ामोशी को और भी गहरा कर देती है...एक वीरान-सी ख़ामोशी जिसका न ज़िन्दगी के शोर से कोई वास्ता होता है, न उसके बहाव **से और तुम्हारे** शब्द फिर उस ख़ामोशी **में** गोल-गोल भटकते हैं...अर्थों का गर्भ **धारण किये।**

शब्द जिनसे ज़िन्दगी के नग़मे भी बुने जाते हैं और इसके फैसले भी पर जिन्दगी तो फिर भी वही रहती है तब तक जब तक हम शब्दों की आवाज़ाही से आज़ाद न हो जाएँ इसके बाद ही शुरू होती है वह यात्रा जिस पर चल हर इंसान आख़िरकार ख़ुद तक ही आता है।

फिर हम पानी में साथ-साथ उतरे...तुमने अपनी जींस घुटनों तक चढ़ा ली और पानी के खेल खेलने लगी...तुमने समूची सृष्टि को गीला कर दिया...तुम उस वक़्त मेरे साथ होकर भी मेरे साथ नहीं थी। तुम कहीं और थी, मैं नहीं जानता कहाँ? सच तो यह है मैं जानना भी नहीं चाहता। एक व्यक्ति इतना विशाल नहीं हो सकता कि वह उस दूसरे का समूचा जीवन घेर सके जिसे वह प्यार करता है। मुझसे पहले भी तुम थी, मुझसे बाद भी तुम होगी...

कभी-कभी मैं यह सोचकर खुश होता था कि अब मेरे पास कोई नहीं

आएगा। अकेलेपन की यह एक ऐसी खुशी है जिसे मैं किसी दूसरे के सामने व्यक्त भी नहीं कर सकता। पर अगर थोड़ी देर के लिए उसे छोड़कर मैं भीड़ में शामिल हो भी जाता हूँ तो वह बड़ी खुशी से मेरी प्रतीक्षा करता रहता है। देखो, मैं इस अकेलेपन की धुन पर नृत्य कर रहा हूँ...यह मेरा अकेलापन ही है जो दूसरे को अपने भीतर खींच लेना चाहता है...आओ...हम एक-दूसरे को जीकर इस अकेलेपन को सम्पूर्ण बना दें...

तुम देखती रहीं...आसपास बिखरे पहाड़...नीला आसमान...जो पानी के साथ हमारे भीतर भी उतर आया था। कुछ लोग नहा रहे हैं...कुछ पानी उछाल रहे हैं एक दूसरे पर...कुछ फोटो खिंचवा रहे हैं। एक नव दम्पती ने मुझे कैमरा देते हुए फोटो खींचने का आग्रह किया...अब वे फिर पानी से खेल रहे हैं। मैं अपने मोबाइल कैमरे से तुम्हारे कई फोटो खींच लेता हूँ दूर से और प्रतीक्षा करता हूँ, जहाँ तुम चली गयी हो, वहाँ से वापस आओ।

जैसे अभी कर रहा हूँ...

इन दिनों जबकि तुम मेरे पास नहीं हो, एक बीहड़ एकाकीपन है—एकान्त का इतना व्यापक हो जाना मैं पहली बार महसूस कर रहा हूँ, कभी यह देह और उदासी से भरी लगती है और कभी तुम्हारे ख़यालों की बारिश से भीगती...मैं जैसे समन्दर के मध्य खड़ा द्वीप हूँ...बाहर का सारा शोर, समन्दर की लहरों की तरह बाहर की दीवारों से टकराकर एक ऐसे सघन शोर की सृष्टि कर रहा है जिसे मैं छूता नहीं और जो मेरे पास से गुज़र जाता है...कुछ है, जो मेरे भीतर से उगता हुआ आसपास अपना स्थान बनाता हुआ फैल रहा है।

आज मैं तुम्हें ढूँढ़ रहा हूँ...तुम्हें तुम्हारे लिए नहीं, अपने लिए...आज मेरी ख़ामोशी को तुम्हारी तलाश है...इस क्षण की ख़ामोशी जो इस पार से उस पार तक फैली हुई है...यह अभी इस वक़्त जीवन का सच लग रही है...मुझे नहीं मालूम मुझे इस ख़ामोशी से किस तरह पेश आना है...पर मैंने इसके अनन्त विस्तार में ख़ुद को ढीला छोड़ दिया है...।

मैं तुम्हारे न होने का अभाव क्यों महसूस कर रहा हूँ, जबकि तुम हो ही सर्वदा, मैं तुम्हें इस तरह क्यों ढूँढ़ रहा हूँ जबकि तुम खो सकते ही नहीं...तुम मुझमें उसी तरह स्थित हो जैसे मैं ख़ुद के रक्त की सनसनाहट में।

धन्य हैं वे रास्ते, जिनके काँटे प्रेम बुहारता है

उन्हें नींद नहीं आती....उन्हें डर लगता है...अँधेरे से, ठंड से, मौत से...वे बार-बार चौंक कर उठते हैं...पुकारते हैं...कोई है? ओ पम्मी...ओ रूमी...ओ बाबा...कोई है?

वह अपने क्लीनिक में होती है तो पम्मी भागती आती है...घर में होती हैं दोनों...

'रूमी, अब मैं चलूँ...डेढ़ महीने से यहीं हूँ...।' पम्मी बार-बार कहती है...उनका घर, बच्चे-परिवार...उन्हें फ़िक्र है...।

'अब ज्यादा वक़्त नहीं है उनके पास बुआ। वे अपना तमाम वक़्त खर्च कर चुके हैं।'

बुआ को लगा, वह डॉक्टर है, सब जानती है पर दरअसल वह कुछ नहीं जानती।

उस दिन बेचैनी कुछ ज्यादा थी...नींद कोसों दूर...वो रात तीन बजे तक उनके सिरहाने बैठी थीं...

'पम्मी पानी पिला।'

उसने पानी पिलाया।

'रूमी...मैं अपने जीवन में कई बार मरा हूँ...अलग-अलग वक़्तों में...कभी जीवन की तपती धूप में तपकर मरा...कभी खारे पानी के बीच मीठे पानी की आकांक्षाओं में मरा।' वे हाँफ गये, क्षण भर रुके...वे दोनों उनके चेहरे पर झुकी थीं...उसने उन पर एक साया-सा मँडराता देख लिया था...। वह अपने भीतर ख़ुद को तैयार कर रही है। अपने लिए भी उनके लिए भी...ऐसे नहीं जाने देगी...इस सर्कल से निकलने को प्रेरित करेगी...इतना बोझ जो वे लेकर जाने वाले हैं...उन्हें यहीं छोड़ना होगा...ताकि आगे चुनाव कर सकें...

'मैं हर वक़्त यही सोचता रहता था कि ऐसा क्या करूँ कि मेरे बच्चों का जीवन सुखी हो जाय। सुख?' उनके मुँह से एक गहरी साँस निकली...**'कोई भी किसी दूसरे के भाग्य और कर्म का निर्धारण नहीं कर सकता। हर मनुष्य को इसे**

ख़ुद ही खोजना आना चाहिए...एक वक़्त के बाद हर व्यक्ति की जीवन गली इतनी सँकरी हो जाती है कि उसे अकेले ही चलना पड़ता है।

'एक ही बात जानी, सब खेल है जिसे जीवन का परम सत्य माना, वही अगले पल झूठ हो गया। लगता था, पैसा कमा लूँगा तो सब कमा लूँगा। पर नहीं, पैसा कमाने की धुन में जीवन हार गया। न रिश्ते कमा पाया न दोस्त, न कुछ और।' वे फिर हाँफकर चुप हो गये। उसने एक चम्मच पानी पिलाया।

वह उनसे हमेशा कहना चाहती रही थी कि मात्र जन्म देने या साथ रहने भर से रिश्ते न बनते हैं न स्थायी होते हैं। उनमें अपने आपको खोजना आना चाहिए। उन्हें अपने भीतर इतनी जगह देनी चाहिए कि वे पैर फैलाकर बैठ सकें। रिश्तों से हम हमेशा गधों का-सा काम लेते हैं। वे हमारा बोझ उठा-उठाकर हाँफ जाते हैं...आधे रास्ते में बैठ जाते हैं और फिर कभी नहीं उठते। हैरत की बात है उनकी मृत्यु की जिम्मेदारी हम कभी ख़ुद पर नहीं लेते।

कह नहीं पायी कभी और वक़्त गुज़र गया।

'और अब तो ख़ाली हाथ ही जाऊँगा...।' वे फिर कहने लगे अपनी अस्पष्ट सी आवाज़ में...जिसे वे दोनों आसानी से समझ लेती हैं।

'जीवन का मक़सद दूसरे बन गये, मैंने ख़ुद को नहीं बनाया। बस अब आख़िरी काम करना मेरा...मेरी चिता को आग तू ही देना और मेरी राख सिन्धु नदी में बहा देना। मैं अन्त में उसी से जाकर मिलना चाहता हूँ, जिसने मुझे जन्म दिया है।' वे फिर चुप हो गये शायद सो गये। वे वहाँ से हिलीं तक नहीं...बैठी रहीं। ज़रा-सी ही देर बाद उन्होंने आँखें खोलीं...

'भाऊ कोई याद आता है?' पम्मी ने उन्हें फिर पानी पिलाया...

'नहीं...कोई नहीं...। सब चले गये...माँ-बाप पत्नी...बच्चे...सब...अपना-अपना हिस्सा लेकर चले गये...। यही दुनिया है पम्मी...और देखो कितना चिपकते हैं जीवन भर हम इन सबसे...?'

'सिन्ध याद आता है?' पम्मी ने यूँ ही पूछ लिया बातों में उलझाने के लिये।

'हाँ...बहुत...। वहीं जिया जो जिया...। वहाँ से छूटा तो अपनी जमीन के लिए भटकता रहा...। जमीन मिली तो औलाद के लिए...औलाद मिली तो धन के लिए...। कहीं-न-कहीं रुकना था...नहीं रुका...। अब मौत कहेगी रुक...चल मेरे साथ...। गया हुआ कुछ नहीं मिलता पम्मी...न खोया हुआ...'

'चाहते हो जाना...।' पम्मी ने काँपते स्वर में पूछा। वे बहुत देर तक कुछ न बोले, फिर कहा...

'हाँ। अब मेरे सारे काम खत्म हो चुके...। क्या करूँगा, दूसरों के रास्ते में रुकावट ही बनूँगा। तू भी तो मेरे लिए अटकी है...रूमी भी। उसका ख़याल रखना

अब तू ही उसकी माँ है। भाई तो अपना पिंड छुड़ाकर चले गये...कोई अच्छा लड़का मिले तो...बात करना उससे...।' वे पल भर को चुप हुए फिर कहा—

'रूमी, मुझे उस नदी के बारे में बताओ जिसके किनारे मेरा जन्म हुआ था...उसकी पावडर-सी रेत पर मैं खेलता-खेलता बड़ा हुआ...उस पानी की गन्ध अब भी मुझे अपने भीतर से आती है...उस पर चलने वाली हवाओं में बहता मैं गीत गाता था...सोचो तो ज़रा, कितने बरस हो गये उससे मिले...? तुमने उससे पूछा...क्या वह मुझे याद करती है? मुझ जैसे उस अनगिन लोगों को जो उससे बिछड़ गये...जो उजड़ गये...न जाने किधर गये। कैसी है वह? हमारी सिन्धुणी...उसी तरह हरहरा कर बहती है या सिकुड़ गयी है। तुमने उससे मेरा सलाम कहा? मैं उसी से जाकर मिलूँगा...जल्द ही...।'

उसने सिन्धुड़ी से लाया हुआ पानी उन्हें पिलाया। धुँधलाती आँखों से उन्होंने उसे देखा...मानो बहुत कुछ कहना चाहते हों और कुछ न कह पा रहे हों...। उसने उनके सिर पर हाथ रखा...नहीं...कुछ कहने की जरूरत नहीं...।

पम्मी लगातार रोती जा रही है। वह उनको परे ले जाना चाहती है, पर वे होती नहीं। पम्मी...वह क्या अपने जीवन का एक भी पृष्ठ उनके बिना लिख सकती है?

'बुआ, आप मुझे भी कमज़ोर कर रही हैं।' उसने उन्हें अपनी बाँहों में भर लिया।

'नहीं...। तू मज़बूत है बहुत, और अच्छा है...हम तो कमबख़्त औरत बनकर रह गयीं।'

उनके इस कथन पर वह मुस्करा पड़ी...

'औरत हैं तभी तो इतने लोगों को पाल लिया...सबको जीवन दिया...मुझे भी।'

'और उतने अपने टुकड़े भी कर डाले। देख भाऊ को अभी भी तेरी चिन्ता है...कोई लड़का पसन्द आये तो मुझे बताना...।' इस घड़ी भी उन्हें मेरे लिए लड़के की फ़िक्र है...। बता दूँ...क्या बताऊँ...मैं ही कितना जानती हूँ? और अगर जानती भी हूँ तो बुआ को कैसे समझाऊँगी? वे कहेंगी...शादी कर लो...। शादी...नहीं...पूरी ताकत से कोई उसके भीतर इनकारी था। और मनस...? क्या वह समझेगा? अगर उसे समझना है तो समझेगा...।'

वह वापस आयी है उनके सिरहाने...मन की पूरी तैयारी के साथ...

'ओ मुझे उस पार ले जाने वाले जहाज़...मेरा किनारा आ गया है...मुझे यहीं उतार दो और तुम लौट जाओ...'

'पिताजी...अब मेरी बात ध्यान से सुनिएगा। समस्त शरीर की चेतना को एक जगह इकट्ठा होते ध्यान से देखना...डरना नहीं...अपने होश क़ायम रखना।' वह

धीमे और दृढ़ शब्दों में उनसे कह रही है। पम्मी बुआ ने हैरानी से उसे देखा, उसने उन्हें इशारे से चुप रहने और पलंग से दूर हटने को कहा। वे समझ गयीं...परे हो गयीं।

'मृत्यु एक घटना है बस...आप सिर्फ अपनी देह से अलग होंगे और एक दूसरी यात्रा की ओर चल पड़ेंगे...देखना...आपको एक पतली पारदर्शी रोशनी दिखेगी...जो रोशनी के सफेद पुंज में परिवर्तित हो जाएँगी...यदि आप इसे होश में देखते रहे तो आपको 'अत्यन्त शीतल अग्नि पुंज' दिखलाई पड़ेगा...यही आप हैं...यही आपको याद रखना है...ध्यान से देखिए...क्या कोई आपको लेने आया है? उनके साथ हो लीजिए...उनके साथ जाइए...पिछला सारा यहीं छूट गया है...पलटकर मत देखिए...आगे की यात्रा आपको अकेले करनी है...अपने कर्मानुसार आपको नरक, सन्त्रास, दुख, पीड़ा, दुष्ट-दानव, वीभत्स दृश्य और घटनाओं से सामना होगा। घबराहट-पीड़ा, बेचैनी की अत्यन्त असहनीय स्थितियों से भी दिग्भ्रमित मत होइएगा...यह सब आपकी ही कल्पना की उपज है...आपकी ही मनःस्थिति की अभिव्यक्ति है...मात्र मन का प्रक्षेपण है...इन सबसे भयभीत होने के बजाय होश के साथ, जो कुछ भी सामने उपस्थित हो रहा है, देखते रहिए...तब यह सब अपने आप हट जाएगा और आपका आगे का पथ प्रशस्त होगा...।'

वह चुप हो गयी। सब-शान्त हो गया है...वे अपनी जानी-पहचानी अजनबी यात्रा पर निकल चुके हैं।

'रायना...पिताजी...'

'मुक्त हुए वे...और जन्म के माध्यम के प्रति उऋण हुईं आप।'

'रायना, उनकी और मेरी एक इच्छा...।'

'जानती हूँ, सिन्धु नदी में अस्थि विसर्जन रहे-सहे का...।'

'तुम कहाँ हो?'

'मिलेंगे, जहाँ आप कहें...।'

मैं...सिन्धु नदी...

उन दोनों को अपने तट पर देख रही हूँ...

एक बड़ी, एक छोटी...

दोनों गोरी-चिट्टी...दोनों लम्बी-लम्बी...

श्वेत-शुभ्र वस्त्रों में लिपटी...देर से ख़ामोश...

वे सुबह से यहीं बैठी हैं...घुटनों-घुटनों पानी में पाँव डाले...पेड़ों और पहाड़ों की परछाइयाँ हमेशा की तरह मेरी गोद में उतर आयी हैं...उसने अपने हाथों में सँभाली हुई लाल कपड़े से बँधी मटकी को अपने माथे से छुआया...'जाइए, आपका सफ़र पूरा हो...। कहीं और...किन्हीं और पन्नों पर आपकी कहानी सुनहरे अक्षरों में लिखी जाय...। घुलना धीरे-धीरे इस कायनात में...जैसे रंग घुलते हैं...हवा घुलती है...महक घुलती है...पकड़ना बीज बनकर इस धरती को और फूटना ख़ुद को खोकर...प्रकृति स्वयं ले जाती है आगे की यात्रा पर...हमें बस ख़ुद को छोड़ देना होता है उसके हाथों...। घिरना नहीं एक ही घेरे में...फिरना तो बिलकुल नहीं...जाओ, स्वतन्त्र हो, स्वतन्त्र रहो...प्रेयस का वरण करो...।'

मटकी धीरे-धीरे डूबती-उतराती आँखों से ओझल हो गयी है। सूरज की अन्तिम लालिमा सलेटी रंग में तब्दील हो गयी है।

'रायना, तुमने जो मुझसे कभी नहीं पूछा...वह मैंने कभी किसी को बताया नहीं है...मुझे कभी किसी को कुछ बताने की इच्छा भी नहीं रही...लेकिन आज इस विसर्जन के बाद तुमसे बहुत कुछ बाँटने का मन है...'

'समझ रही हूँ मैं...'

'तुम उसे समझ सकती हो...।'

वे दोनों मेरी लहरों के क़रीब बैठ गयी हैं...

क्या कहा था उसने अपने जाने से पहले अपनी बेटी को...

'मेरे पास अब, कुछ भी नहीं बचा है...बस इन स्मृतियों के कुछ दाने मैं तुम्हें दे रहा हूँ...इन्हें रोपना और प्रतीक्षा करना...। तेरे साथ अपने-आपको फिर से जीते वक़्त वैसी धूप नहीं व्यापती....मैं छाया में खड़ा हूँ...पर अब यह छाया भी माया-सी भासती है। इतने सारे खारे पानी को आजमाने के बाद अब तो अपनी प्यास भी परायी-सी जान पड़ने लगी है। अब मरूँगा तो अन्तिम तौर पर मरूँगा। एक बार फिर

से जी लेना, अपने आपको फिर से पा लेना भी तो होता है।'

मैंने उसे वह सब कहते सुना...वही...जो अब तक बताया आपको...आपने जो कुछ भी पढ़ा, शुरू से अब तक...वह तो किसी के जीवन की झलक है बस...जीवन तो अपार विस्तार का नाम है...तेज गति से बहती नदी-सा, चट्टानों, खाइयों से निकलता न जाने किधर से किधर जाता है...लगाते रहिए आप अनुमान और लिखते-बुनते रहिए कहानियाँ...।

अगर मनुष्य के भीतर रहे-सहे प्रेम और रहे-सहे हिमालय को सूखने से बचा लिया गया तो हम नदियाँ और भी दबे-छिपे दर्द लेकर आती रहेंगी...कभी पानी की रवानी में...कभी उस पार की रूहानी कहानी में...जो लोग नदियों को सूखने से बचा सकते हैं, वही आगे के गहरे सफ़र भी कर सकते हैं...वही बना सकते हैं हर खारे पानी को मीठा भी...वही समझ सकते हैं दर्द के अफ़साने भी...

उन भीतरी और गहरी दास्तानों को सुनाने फिर आऊँगी मैं...

अगर रह गयी तो...

मेरे जनक...मेरे स्रोत...कैलाश और मानसरोवर हमारी और आपकी सलामती के लिए आज भी गहरे ध्यान में लीन हैं...

मानसरोवर में एक अज्ञात कमल...उस कमल के ऊपर चमकते मणि जैसा है वह!

'ओम् मणि पद्मे हुम!'

उसी से छिटका...उसी से भटका...लेकिन उसी में अटका हुआ अंश हैं हम...

उसी से चले हैं, उसी को पाना है...उसी में नया हो जाना है...

सूरज छिप गया है...छिपे-छिपे ही उसने अगली सुबह फिर मिलने का इशारा किया है...और अपनी रोशनी समेटनी शुरू कर दी है...

हर निर्वासन हमारे लिए अन्तर्जगत का एक नया अडिग आसन लेकर आता है...

मैं उन दोनों स्त्रियों को देख रही हूँ...

उनके वस्त्र...उनके बाल शाम की नयी हवा में मेरी लहरों के साथ लहरा रहे हैं। उनकी ख़ामोशी गहराती शाम में डूब रही है...

उन दोनों ने अस्ताचल पर उगती शाम को देर तक देखा...फिर उठीं...मेरा जल अपनी माथे से लगाया...बहुत देर अपने घुटनों पर नतमस्तक बैठी रहीं...फिर आहिस्ता-आहिस्ता चल पड़ीं...उस दिशा में, जहाँ से उन्हें एक नयी जगह पहुँचना है...

ऊपर मैत्रेय बुद्ध रहस्यमय-मुस्कान के साथ बैठे हैं...

अडिग!

उसने उसे बताया नहीं है कि वह आ गयी है...और एक पूरा दिन अतीत और इतिहास की न जाने कितनी जानी-पहचानी, अजनबी-अनजानी सड़कों-रास्तों से गुज़रती हुई अपना यह अधूरा सफ़र अधूरा ही छोड़कर आ गयी है...। सफ़र कहाँ पूरे होते हैं...चलते रहते हैं जीवन के बाद भी...कौन जाने यह भी किसी अधूरे सफ़र की अधूरी दास्तान हो...जो उसे चलाते हुए यहाँ तक ले आयी है...उसे मालूम है वह कहाँ मिल सकता है...पर उसे याद नहीं वह कितनी सँकरी गलियों-पगडंडियों, ऊँची-नीची पहाड़ियों को पार करती उसके कमरे तक पहुँची है... ज़रा-सा ऊपर और जाना है...वह कमरा उसे यहीं से दिखाई दे रहा है...। कैसे सामना करेगी उसका? क्या कहेगी? उसके पास कितने प्रश्न होंगे उससे पूछने को? वह कई पल वहीं खड़ी रह गयी...अपनी साँसें सँभालती...। पीछे से कुछ पहाड़ी अपनी भाषा में बात करते इधर ही आ रहे हैं...। उनके क़दमों की आहट से वह चौंकी और एक साँस में वे पत्थर की सीढ़ियाँ चढ़ती चली गयी...जिसके दोनों तरफ जंगली पौधों की क़तारें हैं...इन्हें वह पहली बार देख रही है...इस रास्ते की बहुत-सी चीजें उसने पहली बार देखी और उनसे गुज़रती चली गयी। पहली बार, न जाने कितना कुछ बाकी है अभी पहली बार देखने को।

अब वह उस बन्द कमरे के ठीक बाहर खड़ी है...उसने उस बन्द दरवाजे को आहिस्ता से छुआ...इसके भीतर 'तुम' हो। उसने कॉलबेल नहीं बजायी...बस वहीं चुप खड़ी रह गयी कि दरवाजा खुल गया...सामने 'वह' खड़ा है...उसके दिल की धड़कनें बढ़ गयीं...अनायास कनपटियाँ गर्म हो गयीं...वे दोनों न जाने कितनी देर एक-दूसरे को देखते रहे...उसने अपने हाथ बढ़ाकर उसके हाथ ले लिए...

'रूमी...तुम आ गयी।'

सदियों से...सदियों को प्रतीक्षा थी इन शब्दों की जो उसने कहे...हाँ, वह आ गयी है...न जाने कितनी दूर से...न जाने कितनी बाधाओं को पार करते हुए। ओ अदृश्य! वे फिर कुछ और कह न सके...। उसके ठंडे हाथ बारिश में भीगी चिड़िया की तरह उसके गर्म हाथों में काँपते रहे...। फिर उसने उसे अन्दर खींच लिया...अपने निकट। आह! यह जानी-पहचानी अजनबी गन्ध...उसे लगा...। वह रात भर कड़ाके की ठंड में बाहर खड़ी रही है खुले आसमान के नीचे और अब इस गरमाई की उसे

सख़्त जरूरत है। उन दोनों की आँखें आँसुओं से भर आयी हैं। रूमी...क्या कुछ भी कहा जा सकता है? उसके भीतर किसी ने कहा। उसके हाथ रूमी के हाथों से निकले और उसका ठंडा चेहरा घेर लिया। उसकी आँखें मुँद गयीं और न जाने कितने आँसू एक साथ भरभरा कर बह निकले...

अपने माथे पर उसके होंठों का गर्म स्पर्श...उसने बहुत आहिस्ता से उसका ठंडा माथा चूम लिया...और सारे बाँध टूट गये...वह उससे लिपटकर रो पड़ी। उसने कसकर उसे अपने से चिपटा लिया। वह लम्हा। वह कह नहीं सकती...इतने आँसू कहाँ से आ रहे हैं...समय थम गया था...और वह उसे रोते देख रहा था...सदियों से वह रोई नहीं है...सदियों से वह बस भागती रही है...ठहरी नहीं है। आह...वह टूटकर बिखर जाना चाहती है...वह अभी-के-अभी ढह जाना चाहती है...उसने उसे जी भर के रोने दिया...

वे बहुत रो चुके तो उसने उसके आँसू पोंछे, बाल ठीक किये और कमरे में जलती आग के निकट बैठा दिया सहेजकर...आहिस्ता-आहिस्ता जलती लकड़ियाँ ...चिमनी के भीतर उठता धुआँ...

'क्या पिओगी?' उसने किचन में जाते हुए पूछा।

'क्या पिला सकते हो?' उसने चेहरे पर मुस्कान आ गयी

'जो हुक्म करो।'

उसका कुछ शरारत भरा वाक्य कहने का मन हुआ पर टाल गयी...उसने कुछ नहीं कहा तो थोड़ी देर में वह चाय और ब्रांडी दोनों ले आया...

'चाय मैं अभी पीने की सोच रहा था और ब्रांडी इस वक़्त तुम्हारे लिये जरूरी है...।'

उसने कुछ नहीं कहा...चुपचाप आग और उसके खेल देखती रही...सामने की दीवार पर बुक-सेल्फ है...उसकी नज़र कुछ अपनी पसन्दीदा किताबों पर पड़ी और कुछ अपनी किताबों पर...

उसने गिलास में ब्रांडी डाली...पानी मिलाया और उसे दे दिया...फिर अन्दर जाकर खाने को कुछ नट्स ले आया...

फिर वे निकट आ बैठे...बहुत-सी बातें कहते-सुनते रहे...माँ-पिताजी, घर, पम्मी बुआ, रायना, असह्य अकेलापन, सिन्धु नदी, किताब...

'तुम्हारा काम ख़त्म हो गया?'

उसने उसका सिर सहलाया तो वह उसके सीने से लग गयी और एक गहरी साँस भरी...ख़ुदाया यहीं कहीं हो तुम...मैं तुम्हें अपने में महसूस कर सकती हूँ।

'हो जाएगा, बहुत कम बचा है।'

'पुण्या पगली...दिव्या दीवानी हो तुम। किस जुनून से लगी रहती हो अपने

को भूलकर...।'

नहीं, मैं ख़ुद को याद रखती हूँ...देखती हूँ ख़ुद को चुपचाप अपनी ओर देखते...। हाय, मैं क्या कर रही हूँ अपने लिए... कुछ भी तो नहीं...उसने उसके बाल सहलाये और आग को देखता उसका चेहरा अपने सामने कर दिया।

दोनों न जाने कितनी देर एक-दूसरे को देखते रहे...मनस का चेहरा नीचे झुका...उसके होंठों से सिर्फ कण भर दूर उसके होंठ रूक गये...रूमी के हाथ ऊपर उठे और उसके चेहरे को अपनी लपेट में ले लिया...

आह...। उसे एक साथ अपने जलने और पिघलने का अनुभव हुआ...आग चटख-चटख कर जल रही है...कमरे में सिर्फ वही रोशनी है, बाकी अँधेरा है...

'मैं निराकार होना चाहती हूँ मनस...मैं अपनी ऊँचाइयों में ठहरी बर्फ-सी पिघल जाना चाहती हूँ तुम्हारी धूप से...मेरी देह-वीणा के तार अपनी जादुई उँगलियों से झंकृत कर दो...मैं अपने भीतर गूँजता संगीत सुनना चाहती हूँ...कितने वाद्य एक साथ बजते हैं न, तब जाके एक स्वप्निल धुन पैदा होती है...भीतर का संसार थिरकता हुआ आत्मलीन होने लगता है अपनी ख़ुदाई में...। आओ, हम नृत्य करें...। मैं एक डग में समूची दुनिया नाप लूँ...दूसरे डग में तुममें गिरकर खो जाऊँ...यह देह सृष्टि के परम रहस्यों का द्वार है...आओ...हम इसकी मिट्टी से बीज बनकर फूटें...इसके पहले घुल जाएँ इसी में...

ख़ुद को खोकर ही ख़ुदा मिलता है...आकार पिघलकर निराकार बनता है...। मनस, जब वही मिल जाता है जो हम शिद्दत से चाहते हैं तो कैसा लगता है? बोलो, लगता है न कि अब कुछ नहीं बचा पाने को...हासिल करने को...ऐसा सुख, ऐसा सुख कि मर जाने को जी चाहता है...। मनस, मैं मरना चाहती हूँ...

उसके होंठों से एक सिसकी फूटी। दूर पहाड़ों पर जमी बर्फ अँधेरे में पिघलने लगी। ठंडी हवाएँ अपनी हथेलियों में ले उस पानी को इधर-उधर उड़ाने लगीं...ओ सृष्टि, आज तुम समूची भीग जाओ...तुम्हारा कोई भी कोना कहीं सूखा न रहे। आज नक्षत्रों को न जाने कब के भूले गीत याद आ रहे हैं...ओ महान कवियो...आज तुम सब अपनी कविताओं के फूल बरसा दो मुझ पर...ओ रिल्के...ये तुम क्या गा रहे हो मेरे भीतर...तुम्हारे शब्द मुझे बिल्कुल ठीक-ठीक सुनाई दे रहे है...

'टेरती रही तुम्हें हर कहीं
जंगल में, ज्वार में, खेत-खलिहान में
मिले ही नहीं, रहे होंगे कहीं
छिपे मेरे प्राणों के प्राण में।'

हमें कुछ ऐसा बार-बार पाना भी तो होता है जो शुरू से ही हमारा होता है...हममें होता है...

मैं अग्नि हूँ...इन दोनों की देहों से गुज़रती...जो अब मात्र एक देह नही हैं...उनके पार जाती...इन्हें जलाती-मिलाती, सुर्ख़रू करती....जहाँ पंख ख़ुद परवाज़ हो जाय...तीर ख़ुद लक्ष्य...बीज ख़ुद कोख...। यह 'देह' जो दो आत्माओं के मिलन के लिए बनायी गयी है...कितना अद्‌भुत है इसका सौन्दर्य? यह मानव-देह रचकर तो ख़ुद ख़ुदा ने अपनी पीठ थपथपायी होगी। समस्त कचरा मैंने जलाकर राख कर दिया और अब वे एक रोशनी में तरंगित हैं...शुद्ध ऊर्जा...जो बादलों को चीरकर बिजली की लपट-सी तुममें आती है...मैं अग्नि...शाश्वत जलती हूँ...मनुष्य की चेतना में...तभी तो वह हर बार अपनी नींद से उठ नयी दिशाओं, नये पथों नये आसमानों को खोजता है...मुझमें न सिर्फ ये प्रतिबिम्बित हो रहे हैं...सारा जगत मुझमें प्रतिबिम्बित हो रहा है...

रूमी ने उसे ख़ुद में उतर जाने दिया...आओ...मुझमें डूबो और मेरे पार निकल जाओ। ओ अनन्त की ओर जाने वाली पगडंडियों...इन राहियों को गुज़र जाने दो।

धन्य हैं वे रास्ते जिनके काँटे प्रेम बुहारता है।

आओ, अनन्त की ओर जानेवाली इस पगडंडी पर साथ चलते हैं।

रूमी से सिर उठाकर रूमी को देखा...उसे समझ में नहीं आया कि वह रूमी है या मनस...। दो नदियों का पानी पूरे वेग से एक-दूसरे में समा गया था, जिसे अब न अलग किया जा सकता है...न पहचाना जा सकता है। वह अपने भीतर उतनी ही रूमी है जितनी मनस...वह उसकी बाँहों में पिघलती हुई उसी में समाहित हो गयी थी और उसके होंठों पर प्रकृति का वह दुर्लभ गान था...जिसे आदम और हव्वा ने पहली बार गाया होगा।

ओ पंछी, मुझे अपने परों पर उस देश ले चलो, जहाँ से कोई वापस नहीं आता। तुम मेरे विशाल आसमान में अपने नन्हें परों से ऊँची उड़ान भर रहे हो और मैं तुम्हें देख रही हूँ...**ओ दिव्य...दिव्यता ही पथ हो तेरा। साधारण इन्द्रिय समागम नहीं है ये...इससे परे कुछ...भोक्ता हूँ मैं...भोग्य भी मैं ही हूँ...दृष्टा भी...दृश्य भी...। ख़ुद को छूआ उसे छूके...पाया ख़ुद को उसे पाकर...ओ प्रेम, ओ अदृश्य, ओ सृष्टिकर्ता...ओ ब्रह्मांड...जा तेरी मर्जी पूरी हो।**

ओ मेरे असमंजस...तुमने मेरे अर्थहीन जीवन को अर्थ दिया है..मैं कहाँ जानती थी कि इतनी दूर छिपे बैठे तुम कहीं मेरी ही प्रतीक्षा कर रहे हो...। हर लम्हा तुम्हें पुकारता यह मेरा गुलाबतन तुमसे क्रीड़ा करते हुए मेरे लिए ही अजनबी हो उठा है। समन्दर की जिन लहरों की दस्तक मुझे अपने सीने में सुनाई देती थी...उन उत्ताल लहरों ने आज़ाद होकर मुझे चारों ओर से घेर लिया...और हम दोनों को बहाती न जाने किधर ले गयी?

इस अर्थ की तलाश में मैं कहाँ-कहाँ से चलती कहाँ आ पहुँची हूँ...। मेरी देह

जिसे मैंने बाँधकर-साधकर सीपी में मोती-सा इस काल समुद्र की उत्ताल लहरों के बीच सँभालकर रखा था...लो अब मैं इसे आज़ाद करती हूँ...सीपी खुल गयी और यह मोती इस निर्द्वन्द्व प्रवाह में तैरता तुम्हारी विशाल बाँहों में उतरा रहा है।

तुम्हारी बाँहें मेरे तन से क्यूँ फिसल-फिसल जाती हैं मेरे सहचर...? इसका समस्त वेग...इसकी समस्त कोमलता हमारे ही लिए तो है। ये तो तुम मुझे मिल गये बीच राह में मेरे सखा, नहीं तो मैं इस गुलाबतन का क्या करती? लौटा देती उसे ज्यों-का-त्यों...कभी-कभी किसी सीपी को अनन्त जन्मों की प्रतीक्षा करनी होती है...और तब जाकर एक बादल बरसता है उस पर...

कौन हो तुम मेरे? तन्मयता के गहन क्षणों में मैंने तुमसे ख़ुद से पूछा है...मैं तो ये मानकर बैठी थी कि अब शायद कोई नहीं...कोई नहीं आएगा...। तुम जाने किन कन्दराओं में छुपे बैठे थे कि जब मैं अपना तन ओढ़े सो रही थी चुपचाप...तुम अनन्त से निकलकर आ गये। तुमने मेरी आत्मा में अपनी महक भर दी है और अब मैं कहीं भी जाऊँ...कहीं भी रहूँ...मैं तुमसे महकती रहूँगी...

ये जो मैं कह रही हूँ...मैं तुम तक बार-बार नहीं आना चाहती तो तुम्हें क्या पता मेरे सहचर...मैंने हमेशा के लिए तुम्हें अपने भीतर धारण कर लिया है।

उसकी नींद खुल गयी है...उसने आहिस्ता से अपनी आँखें खोलीं और उसे देखा...वह उसकी बाँहों में बँधा लगभग बेहोश-सा सो रहा है...कमरा अभी तक काफी गर्म है...आग बहुत मद्धिम पड़ गयी है...। वह कई क्षण उसे देखती रही...एक दिव्यता है उसके चतुर्दिक...एक संगीत...एक आह्लाद...उसके अन्दर की पवित्रता...उसके होंठ उसके माथे से जा टिके।

वह अचरज से देखती है उसे और ख़ुद को भी...। निर्विचार जगत से विचार के जगत में वापस आते हुए उसने एक बारीक-सी चीज महसूस की...**जितनी वह अटैच्ड है उससे, उतनी ही नॉन अटैच्ड भी...।**

ये क्या है? क्यों है ऐसा? **इतनी गहरी आसक्ति के बीच अनासक्ति...हर पार्टीकल का एंटी पार्टीकल है यहाँ...हर पदार्थ का प्रति-पदार्थ**...अब? अब क्या? अब क्या करोगी रूमी? उसने ख़ुद से पूछा।

'करना क्या है? वापस लौटना है?'

'और मनस?'

क्या मनस? वह कई पल सन्नाटे में आँखें बन्द किये पड़ी रही.........

'तुम उसे प्रेम करती हो।' किसी ने भीतर से कहा

'हाँ, मैं उसे प्रेम करती हूँ...इसका अर्थ यह तो नहीं कि हम साथ रहने ही

गें। इसका अपना जीवन है...मेरा अपना...यह अपने अकेले रहने...अपनी घुमक्कड़ी खुश है और मैं...मेरे साथ मेरी सृजनात्मक शक्ति...जिसके बिना मैं नहीं रह कती। यह प्रेम हमें विस्तार देगा...**मैंने अनन्त को पाया है...मैं अनन्त सिरजूँगी...**

वह समझ गयी...**उसका अन्तिम अकेलापन यहीं से शुरू होता है...प्रेम ही में इस बात का एहसास दिलाता है कि हम कितने अकेले हैं दिस इज द ग्रैविटी ऑफ लव...।**

'ओ मनस...।' सहसा उल्लसित होकर उसने उसके कान में आवाज़ दी

'उठो न...।'

उसने ज़रा-सा चौंकते हुए आँखें खोलीं...उसे देखा खुमारी में डूबी निंदियायी आँखों से...

'मनस...थैंक्स यू वेरी मच। तुम्हें पाके मैंने जाना कि मुझे क्या चाहिए? सघन प्रेम के जादू जगाते क्षण तुमने मुझे दिये...इसकी रोशनी में मैं ख़ुद को ठीक-ठीक देख पा रही हूँ...। मनस...एक ही चीज...एक ही चीज के लिए मेरा जन्म हुआ है...सृजन के लिए...। मैं जानती हूँ, इसके लिए मुझे स्वयं को नष्ट करना होगा...अपने 'मैं' को...तभी मुझमें से विराट उत्पन्न होगा मनस...मुझे आशीष दो कि वह विराट मुझमें अपनी जगह बना सके...पहली बार मुझे इस ज़िन्दगी से प्यार हुआ है...मुझे इसके मायने समझ में आये हैं...।

उसका गला भर आया और वह रो पड़ी...। मनस ने उसके सिर पर अपना हाथ रखा और उस समूची को अपनी बाँहों में भरता हुआ उसके कानों में फुसफुसाया...आमीन...!

रक्तरंजित मानव-सभ्यता को एक नये मनुष्य की प्रतीक्षा है

मैं सिन्धु नदी... सदा... सदा से प्रतीक्षित कितने-कितने लोग मेरे तट पर आये-गये सबको देखा... ये सब मेरे बच्चे हैं निरन्तर ख़ुद को विकसित करते। विचार और सृजन के बीच कुछ स्वाभाविक दूरियाँ होतीं हैं... इन्हीं के बीच मनुष्य ख़ुद को पकाता-बनाता-निखारता चलता है... कर्म ही उसकी पहचान है... सृष्टि की बड़ी शक्तियाँ अदृश्य होकर सृजन करती हैं... ब्रह्मांड को जिन हाथों ने रचा... वे किसी को नहीं दिखे... लोगों को सिर्फ परिणाम दिखाई देता है... प्रक्रिया नहीं... और यही इस सृष्टि की सुन्दरता है... और सब कुछ तो नहीं कहा जा सकता... एक कोना तो निहायत अपना होता ही है निजी, अछूता और अकेला पर सम्पूर्ण... जहाँ कम-अज़-कम किसी इनसान के बच्चे का प्रवेश वर्जित है... जहाँ चीजें, शब्द, शक्लें, जगहें, यादें, सपने, उम्मीदें, आकांक्षाएँ... ? आँसू, दर्द, पीड़ा सभी कुछ तो इतना अपना होता है कि हम किसी और से साझा नहीं कर सकते। कितनी अजीब बात है कि हम अकेलेपन में, अपने अँधेरों में जब तक चाहें घूम सकते हैं, भटक सकते हैं... कोई हमें हाथ हिलाकर वापस नहीं बुला पाता... न पेड़ों की लम्बी-लम्बी डालियाँ... न सर्दियों की रातें... न गर्मियों की ख़ाली वीरान दुपहरें... यह ज़िन्दगी का लगभग दूसरा ही छोर होता है... इधर की आवाज़ें तो उधर पहुँच भी जाती हैं पर उधर की ख़ामोशी इतना लम्बा सफ़र तय नहीं कर पाती... वह रास्ते में ही थककर कहीं बैठ जाती है और कभी-कभी तो वह सचमुच आधे रास्ते में ही बैठी रह जाती है... वह बच्चा जो अपने घर का रास्ता भी भूल गया और आगे जाने में भी घबराता है... ।

मैं बात कर रही हूँ अपनी रूह से... जो सबके लिए महज़ एक ख़याल है पर मेरे लिए हक़ीक़तों से बड़ी हक़ीक़त... उसे तो अब तक प्रतीक्षा है... वह जो आया नहीं है... पर जिसके आने की उम्मीद बँधी है... वह जो अभी गर्भ में है।

मैं तो महा विरही हूँ, विरह के घने कोहरे में मुझे कुछ दिखाई नहीं दे रहा अपना आप तक नहीं, जो भी है सब आकारहीन है, विरह की यह नदी न तैरकर पार की जा सकती है... न किसी नौका से... बेहद कम लोग इस पर पुल बनाने का काम करते हैं और उस पार जाने की हिम्मत जुटा पाते हैं। मुझे उन्हीं की प्रतीक्षा है... मैं ख़ुद

से कहती हूँ...उतावलापन मत दिखाओ मेरी प्रिय, अपने समय की प्रतीक्षा करो...समय को अपने चारों ओर घूमने दो पर समय के साथ मत घूमो...मैंने इस संसार पर प्यार भरी विदा दृष्टि डाली और वापस खुली हवा और अनन्त आकाश का स्वप्न देखने लगी।

□□□

णाणं

पयासयं

2470 भारतीय ज्ञानपीठ [illegible]